»Als wäre alles das letzte Mal«

Erich Maria Remarque
Eine Biographie

Wilhelm von Sternburg

»Als wäre alles das letzte Mal«

Erich Maria Remarque

Eine Biographie

Kiepenheuer & Witsch

1. Auflage 1998

Umschlaggestaltung: Philipp Starke, Hamburg
Umschlagfoto: dpa Bildarchiv, Frankfurt
Umschlaghintergrund:
© Niedersächsische Sparkassenstiftung, Hannover, 1996
Satz: Kalle Giese Grafik, Overath
Druck und Bindearbeiten:
Graphischer Großbetrieb Pustet, Regensburg
ISBN 3-462-02713-1

Für Inga und Judith,
Dodo, Maxi

Inhalt

KAPITEL I

»Ich will mich bemühen, die Wahrheit zu schreiben!«

Er neigte dazu, sein Leben zu einer Legende zu stilisieren. Schon bevor ihn der Ruhm sozusagen über Nacht einholte, gab er seiner Existenz etwas Schillerndes. Den zweifellos nüchternen Geburtsnamen Erich Paul Remark »verschönerte« er, indem er Paul durch Maria ersetzte, und – legitimiert durch den französischen Ursprung seiner Vorfahren – aus Remark wurde Remarque. Als Kriegsheimkehrer in den wirren frühen Jahren der ersten deutschen Republik zierte er sich mit der ihm nicht zustehenden Leutnantsuniform, mit Monokel, Reitpeitsche und Schäferhund, um den Provinzlern im heimischen Osnabrück zu imponieren. Später im tosenden Berlin – die »Golden Twenties« überdeckten noch den Verfall des politischen und wirtschaftlichen Systems – spielte er den Rennfahrer, den schlachtenerprobten Soldaten, den eleganten Dandy, kaufte sich der Sproß aus dem westfälischen Kleinbürgertum einen Adelstitel – Freiherr von Buchwald –, was eigentlich nur noch komisch wirkte. Jahrzehnte später notierte er einmal in seinem Tagebuch: »Das Trinken; das Lügen über Autorennen; die Kriegssachen; die Buchwalddinge, der ganze verschobene und falsche Aufbau ...«[1]

Dann schrieb er den Roman seines Zeitalters, ein Buch, das innerhalb weniger Monate zum internationalen Bestseller wurde, seinen Namen um die Welt trug und ihm einen Platz in der Literaturgeschichte des Jahrhunderts sicherte. In seinem aus den Fugen geratenen Geburtsland ließ ihn »Im Westen nichts Neues« zum wohl politisch umstrittensten Autor werden. Es begann für ihn ein Leben der Widersprüche. Er wurde eine »öffentliche« Person, und er drohte daran zu zerbrechen. Er war ein Autor, der sich jede Zeile abrang, den künstlerische Selbstzweifel plagten, der fast immer auf der Flucht vor dem Schreibtisch war und dem doch praktisch jedes seiner Bücher zu einem neuerlichen Triumph geriet. Ein ungemein genauer Beobachter seiner Zeit wurde er, ein radikaler, aber unideologischer Deuter der Politik, ein Menschenfreund, der auf Distanz blieb. Er arbeitete langsam und mit großen zeitlichen Unterbrechungen, recherchierte seine Themen genau, alle Romane wurden erst nach mehreren Manuskriptfassungen an die Verlage geschickt. Ein sorgfältiger, ernster

Arbeiter war er sein Leben lang. Selten erfüllte ihn das Glück der Zufriedenheit mit dem Veröffentlichten.

Die Welt fordert bald von ihm Interviews, politische Stellungnahmen, später, wenn er an der Seite der großen Divas Hollywoods zu sehen sein wird, füllt sein Name nicht mehr nur die Feuilletons und Literaturzeitschriften, sondern auch die Klatschspalten der Regenbogenpresse. Die Selbstzweifel, die immer wieder schubweise auftretenden Depressionen, seine Unfähigkeit zu einer tiefen Bindung an einen anderen Menschen aber lassen Remarque zunehmend in seinem äußerlich rauschhaften Reise-, Liebes- und Trinkerleben innerlich vereinsamen. Auf den »Rummel« um seine Person reagiert er mit Verunsicherung, er verweigert öffentliche Äußerungen über private Angelegenheiten, ist recht einsilbig – jedenfalls gemessen an der Auskunftsfreudigkeit der meisten seiner Kollegen – bei Nachfragen über sein Werk oder zum Weltgeschehen. Wenn die Photographenmeute hinter seinen berühmten Begleiterinnen herjagt, um sie bei ihren öffentlichen Auftritten abzulichten, wendet er das Gesicht ab oder verdeckt es mit der Hand. Noch im März 1948 klagt die »Offenbach Post« in einer Bildunterschrift: »Vierzehn Telefonanrufe und fünf Briefe mußten seitens der Redaktion gestartet werden, um in den Besitz eines Fotos von Erich Maria Remarque zu kommen...«[2]

Aber er braucht Menschen um sich, vor allem die Nähe von Frauen, das Alleinsein löst Ängste aus, die er als existentiellen Schrekken empfindet. »Alleinsein – richtig Alleinsein, ohne jede Illusion –, das kommt kurz vor Wahnsinn und Selbstmord.«[3] Er entflieht in Cafés, Bars, noble Restaurants, in mehr oder weniger dunkle Kneipen und Bordelle. Er ist sinnlich, sexuelle Kontakte bedeuten ihm bis in die Altersjahre hinein viel, aber es ist wohl auch bei Frauen vor allem Freundschaft, Vertrauen und Gespräch, nach dem er sucht. Selbst seine Bordellbesuche dienen weniger der sexuellen Befriedigung als vielmehr der Flucht vor der Einsamkeit in seinen vielen, langen und durch den Alkoholgenuß seelisch noch stärker verdunkelten Nachtstunden. Später wohnt er über lange Perioden hinweg in Hotelappartements, die Wochen oder Monate in seinem Haus über dem Lago Maggiore – das zeigen zahllose Briefe und Tagebuchnotizen –

erscheinen ihm schon nach kurzer Zeit als eine Art »Gefängnisaufenthalt«. »Ich muß allein sein. Es wird mir nicht gefallen«,[4] notiert er einmal in seinem Tagebuch, als er wählen muß zwischen der Arbeit an einem neuen Roman (»Arc de Triomphe«) oder dem Leben in der Nähe seiner damaligen Geliebten Marlene Dietrich. Ein ruheloses Dasein wird es. Während der einsamen Schaffensmonate sehnt er sich nach dem Wirbel des Lebens und der Frau, die ihn gerade fasziniert. Hält er sich in Paris, New York oder Los Angeles auf, plagt ihn seine »Faulheit«, kommentiert er die als oberflächlich empfundenen Monate, Tage und Stunden mit Selbstanklagen. Diese Gefühlsschwankungen haben nur wenig zu tun mit den politischen Zeitumständen, die ihn hinaustreiben in die Welt.

Das überraschende Glück des Reichtums macht es möglich, daß Remarque vielen Wünschen rücksichtslos nachgeben kann. Großzügig beschenkt er die schönen, ebenfalls oft reichen Frauen in seiner Umgebung. Er pflegt seine Liebe zu wertvollen Kunstwerken, erwirbt berühmte Originale der französischen Impressionisten, kostbare Orientteppiche, chinesische, griechische und römische Terrakottafiguren. Er hat keine Probleme, die Ortswechsel zu finanzieren, die seinen Lebensrhythmus bestimmen. Davos, St. Moritz, die Riviera, Rom, Paris, New York, Hollywood – er sucht die mondäne Welt, genießt lebensneugierig, was sie zu bieten hat. Ihre Juweliere, bei denen seine Begleiterinnen prächtigen und teuren Schmuck aussuchen; ihre Gourmet-Lokale, wo er bei Champagner und ausgewählten Weinen lebenszugewandt tafelt, aber auch das Leiden an dem gerade entstehenden Roman zu vergessen sucht; ihre Großstadtatmosphäre, deren Nachtwelt die so oft empfundene Leere absurd übertönt; ihre Galerien und Museen, in denen der Kunstliebhaber viele Stunden zubringt. Und doch bleibt Remarque ein Einzelgänger. Ein Zechkumpan, der sich burschikos, manchmal sogar vulgär gibt, und ein hilfreicher, kluger Lebensfreund und Ratgeber für die, die ihn nicht enttäuschen. Denn er ist höchst empfindsam, Kränkungen vergißt er nie, kann sehr ironisch, manchmal zynisch werden. Er lacht gerne, argumentiert witzig und selbstsicher, liebt »fröhliche« Plaudereien und den Klatsch, der in der Welt der Hollywood-Stars, in den

Emigrantenkreisen New Yorks, aber auch im kleinen Ascona, wo sich zeitweise viel Prominenz aufhält, reichlich blüht. Das intellektuelle Gespräch mit den ebenfalls berühmten Schriftstellerkollegen meidet er häufig, fühlt sich wohl bei den »normalen« Menschen, mit denen er, freigebig und trinkfest, bis in die Morgendämmerung hinein lacht, redet, vergißt. Und er hat ein nahezu manisches Verhältnis zu Blumen, mit denen er die Frauen überschüttet und die seine diversen Wohnräume an den verschiedensten Orten füllen. Hunde und Katzen liebt er, sie werden Haus und Garten in Porto Ronco bevölkern.

Remarque sah blendend aus und kleidete sich stets mit konservativer Eleganz. »Niedersächsischer junger Bauernkopf, hart geschnitten, zerfurcht, blond mit blauen Augen und blonden Augenbrauen«, notierte Harry Graf Kessler nach einem Besuch des gerade zum Erfolgsautor aufgestiegenen Schriftstellers in seinem Tagebuch. »Fester, manchmal etwas ins Lyrische abschweifender Ausdruck.«[5] Er hatte wohl das, was Frauen lieben. »Remarque was very elegant«, schwärmt Marta Feuchtwanger von dem Mann, der ihr und Lion Feuchtwanger in Berlin, in der Schweiz und im amerikanischen Exil begegnet war. »He was very much an homme à femmes: the ladies liked him; he liked the ladies.«[6] Ruth Marton, mit der ihn eine jahrzehntelange Beziehung verband und die er bei seinen Aufenthalten in New York und Los Angeles gerne aufsuchte, schildert in ihrem liebevollen Erinnerungsbuch an ihren »Freund Boni« die erste Begegnung der beiden im Jahre 1939, und der Leser ahnt, welche Faszination er auf Frauen ausüben konnte: »Berühmte Männer sind im allgemeinen nicht auch noch attraktiv, aber ich fand Remarque in seinem stillen, sonnendurchfluteten Wohnzimmer wahnsinnig gut aussehend und nicht so grüblerisch wie auf den Schutzumschlägen seiner Bücher. Er schien weicher und menschlicher mit seinen wilden Brauen über blauen Augen, die gerne lachten. In seinem Sporthemd, mit einem Halstuch, passend zur Farbe der Augen, und Hosen in nur wenig gedämpfterem Blau wirkte er wie ein Mann, dem die Lebensweise in Kalifornien zusagte, ähnlich wie die der Côte d'Azur, woher er, wie ich hörte, erst vor kurzem gekommen war. Er war voller Charme, kenntnisreich auf vielen Gebieten und außerdem liebenswürdig und rücksichtsvoll. Ich mochte ihn sofort unendlich gern.«[7] Auch Alma Mahler-Werfel, die in ihm trotz einer ausgeprägten Sammelleidenschaft für berühmte Männer lediglich einen wackeren Trinkgenossen fand, ist von dem Schriftsteller kaum weniger beeindruckt: »Erich Maria Remarque hat ein wunderschönes Gesicht, ist groß und schlank ... und hat ein ungeheuer bewegtes Mienenspiel. Seine linke Augenbraue, die dick und schwarz ist, zieht sich hinauf und gibt seinem Lächeln und Lachen einen diabolischen Ausdruck. Er spricht wenig, aber mit schöner Handgestikulation.«[8]

Er spielte nicht mit den Frauen, die sein Leben begleiteten, er brauchte sie: im Bett, beim Diner, beim Frühstück (das für ihn meist erst um die Mittagszeit stattfand) nach einer Alkoholnacht, als Gesprächspartnerinnen seiner unzähligen von Melancholie und Depressionen heimgesuchten Stunden, als praktische Ratgeberinnen des Alltags, als Spiegel der eigenen männlichen Vergewisserung. Sein Charme war überwältigend, er konnte in guten Stunden ausgelassen und weltumarmend sein und »oft versteckte er seine Güte hinter äußerlicher Schroffheit«.[9] Die im starken Alkoholgenuß auftretenden Persönlichkeitsverluste waren nicht ohne Peinlichkeit und nachfolgende moralische Selbstkasteiung. Als Marlene Dietrich ihn davon zu überzeugen versuchte, nicht an »Liebe Deinen Nächsten« weiterzuschreiben, sondern die Arbeit an dem Roman »Arc de Triomphe« fortzusetzen, notierte er in düsterer Stimmung im Tagebuch: »Ganz wenig angefangen zu arbeiten. Thema vielleicht zu dünn. Es hilft nichts; – man muß dem Druck von außen den Druck von innen entgegensetzen. Arbeit. Eine Welt gegen die andere. Aber ist es für mich nicht schon zu spät? Endlos viel versäumt. Viele Spannungen zerflossen. Im Brei von Faulheit, Passivität und Abseitsstehen.«[10]

So nahmen die Frauen in seinem Leben stets Hauptrollen ein. Schon als Jüngling vertraute er seinem Tagebuch an: »Ich halte das, was ich unter Liebe verstehe, nicht ausreichend und nicht dauernd für eine Ehe.«[11] Dreimal war er verheiratet (zweimal mit der gleichen Partnerin), aber immer gab es viele. Und berühmte. Marlene Dietrich, die ihn über Jahre fesselte, liebte, quälte und eine anhaltende Schaffenskrise auslöste, Greta Garbo, die bewunderte »Göttliche«, Lupe

Velez, die in Hollywood Selbstmord beging, oder Natascha Paley, Mannequin, Schauspielerin und Nichte von Zar Alexander III., mit der Remarque in den vierziger Jahren berauscht und leidend liiert war. Und in den letzten beiden Lebensjahrzehnten Paulette Goddard, amerikanischer Filmstar, einst Ehefrau von Charlie Chaplin. Andere, die nicht im öffentlichen Rampenlicht standen, fühlten sich oft über Jahre zu Remarque hingezogen, er tauchte bei ihnen auf, verschwand wieder, vergaß sie nicht und litt gelegentlich heftig. Seine Briefe an die Geliebten, die Gefährtinnen, die Trösterinnen spiegeln vieles wider von seiner Sehnsucht nach Nähe und Gemeinsamkeit, seiner Neigung zur Eifersucht, seiner Hilfsbereitschaft. Sie sind väterlich, offen, witzig, werbend und auch in kokette Wehleidigkeit getaucht. »Ich meine oft, ich sei im Besitze einer Teufelskunst: Weibern den Kopf zu verdrehen.«[12] Diese Kunst nutzte er gelegentlich auch, die ihm Zugeneigten gegeneinander auszuspielen.

Männliche Freundschaften erreichten auch nicht annähernd eine solche Dimension. Als er berühmt wurde, traf er die ebenfalls Berühmten. Thomas Mann, Lion Feuchtwanger, Emil Ludwig, Bruno Frank, Carl Zuckmayer oder die Leinwandhelden, die großen Regisseure und Produzenten aus Hollywood. Er hielt zu den meisten Abstand. Freundschaft verband ihn mit den Schriftstellern Friedrich Torberg und Hans Habe, mit dem Journalisten (und Romanautor) Heinz Liepman und vor allem mit dem Kunsthändler Walter Feilchenfeldt, auch mit Franz Werfel war er gerne zusammen. Die Einsamkeit und der Kampf gegen sie war jedoch eine Grundkonstante seines Lebens. »Ebbe- und Flutmenschen, – nie ganz glücklich, – aber auch nie ganz unglücklich –. Man kann auch jenseits der Verzweiflung sein ..., jenseits des Geschreis, jenseits der blöden Einsamkeit, die sich so nennt, weil irgendein Geliebtes nicht da ist, fort ist, verschwunden ist. Da, wo selbst ein Spiegel schrecklich ist.«[13] Er war abergläubisch, verkündete das Horoskop »böse« Tage, verließ er den Schreibtisch, floh in die Nächte, trank.

Unter der Oberfläche des eleganten Weltbürgers, des höchst aktiven Liebhabers, Partygastes, Restaurantbegleiters oder plaudernden Trinkers lauert stets und unbesiegbar die Trauer. Überwältigt hat sie ihn nicht, der Lebenswille ist stärker (und die Todesangst). »Danke Gott, daß Du lebst, Bruder.«[14] Hier und nicht in seinen »Lebemann«-Eskapaden liegt die – um es ein wenig pathetisch zu formulieren – wirkliche Tapferkeit dieses Schriftstellerlebens. Er hat nicht aufgegeben, zäh und unter heftigen Schöpferschmerzen – in den letzten Jahren ein physisch angeschlagener Mann – schreibt er Roman für Roman.

Seine Lebensdroge war der Alkohol. Ein Trinker, der sich zwar schließlich gesundheitlich ruinierte (zumal er auch ein starker Raucher war), der aber weder sozial noch psychisch an seinem Lebenselexier zugrunde ging. Nachdrücklich hatte er sich nur für kurze Zeitabschnitte gegen die Sucht gewehrt. »Dritten Tag nicht getrunken, nicht geraucht. Erträglich, aber langweilig. Werde diese Abstinenz irgendwann wieder aufgeben.«[15] Ernsthafter geschah dies erst, als in den späteren Jahren schwere Herzattacken seine Todesfurcht verstärkten. Joseph Roth, dieser wunderbare jüdisch-galizische Erzähler, begegnete seiner Sehnsucht nach der verlorenen Welt des untergegangenen Habsburg-Reiches, seiner wachsenden Lebensunlust mit einem ausufernden Alkohol-Konsum und betrieb damit im Pariser Exil systematisch Selbstmord. Für seinen vier Jahre jüngeren Zeitgenossen galt dies nicht. Remarque trank regelmäßig und genußvoll, über Tage oder Wochen auch exzessiv, aber er suchte nicht den Untergang. Vergessen vielleicht. Die Angst vor der Stille, vor dem Versiegen der künstlerischen Kräfte, vor dem Alter, vor dem Tod trieb ihn in Spelunken, snobistische Bars und laszive Orte der Subkultur an die Seite von Schwätzern und intellektuell wenig reizvollen Trinkgenossen. Fast nie unternahm er solche Ausflüge in Begleitung der Frauen, die ihm gerade nahestanden. Und er trank auch in Porto Ronco, wo er einen gut bestückten Weinkeller besaß, oder in den Hotelzimmern, Restaurants und Cafés, die er auf seinen Reisen und langen Aufenthalten mit der Dietrich, der Paley oder auch Jutta Zambona aufsuchte. Ein Gesellschaftstrinker war er, kein zitternder »Schnapsbruder«, der sich gierig über sein Glas stürzte. Nach einem Abend bei Emil Ludwig notierte er: »Ich trank vor Schreck fast eine Pulle Kirsch leer.«[16] Oder im Februar 1938, nach dem Hören deprimierender Radionachrichten über die englische Politik gegenüber Hitlers Ansprüchen in Europa: »Abends eine Flasche Wormser Liebfrauen Stiftswein 1934. Notwendig.«[17] Ein Romantiker war er, der der oft als Schrecken empfundenen Wirklichkeit im Nebel des Alkohols entwich.

Schwule, Lesben, Huren, Zuhälter – das unbürgerliche Gegenleben fesselte seine Phantasien (und wurde zum menschlichen Studienobjekt). Das war auch die Welt seiner berühmten Begleiterinnen, die sich in der homosexuellen Szene von Paris, New York oder Los Angeles bewegten und die Liebe zu gleichgeschlechtlichen Partnerinnen genossen.

Vierzehn Romane schrieb er (der letzte davon blieb unvollendet), mindestens drei Theaterstücke, einige Drehbücher, Hunderte Kurzgeschichten, Gedichte und journalistische Artikel und Reportagen. Die ersten drei umfangreicheren Prosawerke (»Die Traumbude«, »Gam« und »Station am Horizont«) empfand er später als »Jugendsünden«, sein Opus 1 war für die literarische und politische Öffentlichkeit »Im Westen nichts Neues«. Seine Bücher wurden in mindestens 55 Sprachen veröffentlicht, bis heute erscheinen immer wieder Neuauflagen und Neuübersetzungen. Die spannenden, sentimentalen, realistischen, von tiefer Lebensskepsis und einem ungebrochenen Humanismus geprägten Geschichten, die er erzählt, boten den Stoff, den Hollywoods Studiobosse begierig aufgriffen. Seine Romane wurden so auch ein Stück Filmgeschichte. Berühmte Regisseure, Drehbuchautoren und Leinwandstars nahmen sich ihrer an, schufen mehr oder weniger gelungene Filme, die Remarques Namen und das, was von seinem Werk in diesen Kinoversionen noch erkennbar geblieben ist, um die Welt trugen.

Liebe und Tod – die zentralen und existentiellen Punkte menschlichen Seins – waren die Themen dieses Autors. Daß seine Bücher darüber hinaus eminent politisch sind, der Mikrokosmos individueller Schicksale eingebettet und bestimmt bleibt vom Makrokosmos der Zeitgeschichte, das übersahen viele seiner Rezensenten. Mit scheelem Blick verfolgte die deutsche Literaturkritik die außergewöhnlichen Erfolge eines Schriftstellers, der sich nicht im metaphysischen Dunkel deutscher Erlösungs- und Innenweltmystik verlor, sondern von den Opfern einer mörderischen Zeit erzählte, den Frontsoldaten, den Kriegsheimkehrern, den Illusionslosen, den Emigranten, den Verlorenen, den auch in der Liebe Scheiternden. Über seinen Geschichten, deren Ende von der Melancholie der Trennung, des Todes und des »Alleinseins« bestimmt wird, aber liegt »der notwendige Optimismus des Pessimisten«. Vielleicht ist auch dies das Geheimnis des bis heute anhaltenden Erfolges seiner Bücher. Der Leser begegnet sich selbst in ihnen, empfindet die fiktiven Figuren als eine Spiegelung eigener Träume, Zweifel und Ängste. Dieser im Grunde so deutsche Romantiker hat sich als Schriftsteller der Wirklichkeit – vor allem auch der politischen – gestellt und am Ende seines Lebens sein Credo des »Trotzdem« einmal in die Sätze gefaßt: »Denn was bleibt, wenn wir nicht daran glauben, daß ein Fortschritt möglich ist, was bleibt? Es ist manchmal sehr schwer, daran zu glauben, das gebe ich zu, aber man muß daran glauben, und man muß auch dafür arbeiten. Ich würde sogar eher auf das Künstlerische ein wenig verzichten, wenn man damit noch mehr Erfolg haben würde für den Fortschritt.«[18]

Er trug selbst ein beachtliches Stück dazu bei, daß das Politische in seinem Werk so leichtfertig beiseite geschoben wurde. Er sei unpolitisch, betonte er nach der Veröffentlichung von »Im Westen nichts Neues«. Das blieb hängen, auch wenn er sich dann in den fünfziger und sechziger Jahren sehr pointiert zum Zeitgeschehen äußerte. Ein korrektes Mißverständnis, das seine Schriftstellerkarriere vom ersten triumphalen Beginn an begleitete. »Dies Buch soll weder eine Anklage noch ein Bekenntnis sein«, setzt er vor den Beginn seiner Geschichte über Paul Bäumer und eine Generation, »die vom Krieg zerstört wurde«.[19] Seine Kritiker nahmen das ernst, stempelten ihn zum literarischen Leichtgewicht ab, spotteten über den »Erfolgsschriftsteller« und übersahen geflissentlich die zeitgeschichtlichen Dimensionen und die politischen Anliegen, die er in seinen Büchern engagiert aufgreift. Von den elf Romanen, die nach den Frühwerken erschienen, spielen zehn ganz unmittelbar vor einem historischen Hintergrund, der bestimmend für die Handlung ist. Der Autor arbeitet die großen Themen und umwälzenden Ereignisse ein, die die Gesellschaft seiner Zeit bewegen: den Ersten Weltkrieg (»Im Westen nichts

Neues«), das Drama der Weimarer Republik (»Der Weg zurück«, »Drei Kameraden«, »Der schwarze Obelisk«), die Emigration (»Liebe Deinen Nächsten«, »Arc de Triomphe«, »Die Nacht von Lissabon«, »Schatten im Paradies«), die Wirklichkeit im nationalsozialistischen Deutschland (»Der Funke Leben«, »Zeit zu leben und Zeit zu sterben«).

Er schrieb Zeitromane. Selbst dort, wo er zurückblickt, ist es die Gegenwart, die er anspricht. »Im Westen nichts Neues« etwa, dessen Geschehen zehn Jahre vor der Niederschrift angesiedelt ist, konnte vor allem deshalb ein so ungewöhnlicher Erfolg werden, weil Remarque das Empfinden, den Zeitgeist Deutschlands in der Spätphase der Weimarer Republik traf. Nicht der lange zurückliegende Krieg, sondern seine massenpsychologischen Folgen, die erst mit dem Aufstieg der radikalen Republikfeinde und dem Niedergang der deutschen Demokratie in das Bewußtsein der Menschen traten, sind das eigentliche Anliegen des Buches. »Und ich weiß«, heißt es an einer Stelle in diesem Roman, »all das, was jetzt, solange wir im Kriege sind, versackt in uns wie ein Stein, wird nach dem Kriege wieder aufwachen, und dann beginnt erst die Auseinandersetzung auf Leben und Tod.«[20] »Der Funke Leben« oder »Zeit zu leben und Zeit zu sterben« greifen in der restaurativen Frühzeit der Bundesrepublik zwei Themen auf – das entsetzliche Schicksal der KZ-Häftlinge und die Verbrechen der Wehrmacht an der Ostfront –, die zur Zeit ihrer Veröffentlichung im Adenauer-Staat verdrängt und verleugnet wurden. Erst viel später, als die Historiker ernsthaft damit begannen, die Hintergründe der Katastrophen der deutschen und der europäischen Geschichte unseres Jahrhunderts ohne ideologische Scheuklappen darzustellen, die schuldhaften Verstrickungen der deutschen Gesellschaft in dieser Epoche offenzulegen, zeigte sich, mit welch sicherem Gespür Remarque das Elend seiner Zeit, die jämmerlichen Verdrängungen der Täter, das kaum vorstellbare Leiden der Opfer in seinen Büchern erfaßt, es unerbittlich und unerschrocken aus dem Dunkel der Lüge herausgehoben hatte. Dies und die von deutscher »Tiefe« freie Ästhetik seines Werkes haben ihn zu Recht zu einem der wenigen deutschsprachigen Autoren seiner Zeit werden lassen, deren Romane sehr rasch auch international erfolgreich waren. Ein Weltbürger war er und auch ein Weltschriftsteller.

Er selbst wollte am Ende seines Lebens sein Werk in die Tradition eines Emile Zola gestellt sehen. Der französische Romancier hatte in der zweiten Hälfte des 19. Jahrhunderts in seiner Epik ein gewaltiges Sittengemälde der Zeit geschaffen. Remarque empfand es zweifellos als persönliche, künstlerische Tragödie, daß Kollegen und Kritiker seinem Werk nie einen ähnlichen Stellenwert zumessen wollten. Und doch ist es so: Seine Romane lassen das gesellschaftliche Panorama einer Epoche auferstehen, die vergangen ist, aber deren Folgen das Heute immer noch bestimmen.[21]

Remarque litt darunter, daß er später nur an dem Sensationserfolg von »Im Westen nichts Neues« gemessen wurde, die folgenden Romane ungerechterweise im Schatten dieses Buches standen. Allerdings, auch Goethe ärgerte sich zeitlebens, daß in der Öffentlichkeit an erster Stelle fast immer der »Werther« genannt wurde, wenn von seinem Werk die Rede war. Thomas Mann reagierte empört und beleidigt, als ihm 28 Jahre nach der Erstveröffentlichung der Literaturnobelpreis ausdrücklich für die »Buddenbrooks« und nicht für den wenige Jahre vor der hohen Würdigung erschienenen Roman »Der Zauberberg« verliehen wurde, den sein Autor künstlerisch erheblich höher bewertete. Diese literaturgeschichtlichen Fußnoten werden Remarque jedoch nur wenig getröstet haben.

Übel nahm man ihm oft, daß er sich nicht einordnen ließ in die parteilichen Flügelkämpfe, die seine Zeit und viele der Intellektuellen so fatal beherrschten. Er schwieg außerhalb des Werkes lange, blieb den endlosen Streitereien im Lager der deutschen Exilanten fern, unterschrieb nur höchst selten politische Resolutionen, entzog sich den zahllosen Veranstaltungen, in denen leidenschaftlich und nicht immer sehr niveauvoll über Krieg und Frieden, Demokratie und Diktatur, Kommunismus und Volksfront, Spanienkrieg und Faschismus, Moskauer Prozesse und die Nachkriegsordnung debattiert wurde. Thomas, Heinrich und Klaus Mann, Lion Feuchtwanger, Arnold Zweig, Alfred Döblin, Bertolt Brecht, Franz Werfel, Leonhard Frank, Arthur Koestler, Gustav Regler, Ludwig Marcuse oder die sich zum

Kommunismus bekennenden Schriftsteller Anna Seghers, Ludwig Renn, Johannes R. Becher, Friedrich Wolf schrieben mehr oder weniger intensiv politische Essays und griffen mit Zeitungsartikeln in die öffentliche Debatte ein. Er nicht. In seinen Romanen stehe alles, was er zu sagen habe, ließ Remarque die aufgeregten Meinungsforderer wissen. Erst am Ende des Zweiten Weltkrieges und in den Jahren bundesdeutscher Verdrängungsakrobatik gab er sein Zögern auf. Dann meldete er sich mit kritischen Formulierungen öffentlich zu Wort, klagte die Erinnerungsunfähigkeit der deutschen Gesellschaft an, warnte angesichts der Ost-West-Konfrontation vor einer neuerlichen, weltumspannenden militärischen Auseinandersetzung.

Wo er weltanschaulich stand, war aber nie zu übersehen. Auf der Seite des mißbrauchten Menschen, der Opfer von Krieg, Diktatur und Verelendung. Nicht agitatorisch oder im oberflächlichen Kanon seines ideologischen Zeitalters läßt er seine Figuren leben, handeln und argumentieren, sondern als wissende, resignierende und doch nie ganz aufgebende Menschen. Das Leben hat ihnen seine bitteren Lektionen erteilt, und sie ahnen etwas von der Vergeblichkeit der Liebe und der Freundschaft, sie spotten über die Ideale, mit der sich eine bürgerliche Gesellschaft schmückt, um der Realität den Schein des Normalen zu geben. Sein Thema ist die Verlorenheit des Menschen, und er findet sie in allen Lagern, unter den Frontsoldaten und Inflationsgebeutelten, den Emigranten und den Mondänen, den Faschisten und den Kommunisten, den Trinkern und den Liebenden, den Armen und den Reichen. »Letzten Endes ist man doch immer einsam«, notiert der 20jährige im Tagebuch und setzt damit ein Leitmotiv seines eigenen Lebens und seines Werkes.[22]

Remarques Geschichten sind nicht schlicht autobiographisch zu übersetzen. Sie spielen an Orten, an denen er gelebt hat (in Osnabrück, Berlin, Paris, Davos, an der Riviera, in New York oder Kalifornien), viele Details, mit denen er seine Gestalten umgibt, weisen auf eigene Erlebnisse und Erfahrungen hin: Er erzählt von Kriegsteilnehmern, von Heimkehrern in eine durch die Niederlage veränderte gesellschaftliche Realität, von Lehrern, Grabsteinverkäufern, ehemaligen Journalisten, Freunden schneller Autos und von

Emigranten, von Erlebnissen mit Frauen und Alkohol, vom Leben in der schillernden Atmosphäre Hollywoods. Seine weiblichen Figuren besitzen manche Ähnlichkeit mit seiner Frau Jutta Zambona, mit Marlene Dietrich, Natascha Paley und anderen Geliebten und Freundinnen. Aber das alles bildet nur das Gerüst für einen farbigen Erzählrahmen, um einen realitätsnahen, von ihm künstlerisch beherrschbaren Handlungsablauf zu schaffen, seine Figuren glaubwürdig und für den Leser nachvollziehbar zu gestalten. Wie jedoch Thomas Mann kein geborener Herr Buddenbrook war, Arnold Zweig nicht die Grischa-Tragödie während seiner Soldatenzeit an der Ostfront persönlich miterlebt hatte, Heinrich Mann sich zwar leidenschaftlich der Schauspielerin Trude Hesterberg hingab, aber die Tragödie des Professor Unrat nicht erlitt, so verlief das Leben des Erich Maria Remarque nicht so, wie das Schicksal der Menschen in seinen Romanen.

Das biographische Element in seinen Geschichten besitzt allerdings von einem ganz anderen Blickwinkel aus gesehen für seine Themen und seine Ästhetik einen hohen Stellenwert. Ohne das grauenhafte Geschehen an der Front gesehen zu haben, wäre er nicht fähig gewesen, seinen »Kriegsroman« so zu schreiben, wie er es dann zehn Jahre später tat. Remarque hat die Inflationsjahre Weimars, das Leben in der Emigration hautnah erlebt, und was er gesehen hatte, wurde zum literarischen Grundstoff seiner Romane. Autobiographisch interessant ist so auch das Denken und Empfinden seiner männlichen Protagonisten – Paul Bäumer, Ernst Birkholz, Robert Lohkamp, Josef Steiner, Ravic, Ludwig Bodmer oder Robert Ross. In ihnen spiegelt sich in der Tat die geistige Welt- und Menschendeutung ihres Schöpfers wider: die Verlorenheit des Individuums, der Kampf um die Erhaltung der eigenen Würde in einem Zeitalter, das den Menschen massenhaft entwürdigt, die unerfüllbare Sehnsucht nach Freundschaft und haltbarem Liebesglück, der resignative Rückzug in das Schweigen und in den Rausch, das Wissen um das Unabwendbare, denn »der Tod ist nicht zu verstehn«.

Hier – und nicht in den vielen hübschen Legenden, die er über sich zu verbreiten wußte, oder in den für seine Romane aus dem eigenen

Leben entnommenen, leicht austauschbaren Gestaltungshintergründen – kann der Leser ein Stück Innenwelt seines Autors entdecken. Künstlerisch überhöht und beispielhaft für den Teil seiner Generation, dem er sich verbunden fühlt, schreibt er über seine Antihelden, ihr Handeln, Empfinden und Denken. Sie – in Grenzsituationen geworfen – stehen für Remarques Humanismus, mit dem dieser lebensfrohe und übersensible Pessimist seinen Glauben an das Dennoch verkündet. »Ich habe gestern mein Lebens-Credo auf 3 Worte zusammengestellt: Unabhängigkeit – Toleranz u. Humor ...«[23] Der Mensch ist erst dann verloren, wenn er sich selbst aufgibt – »Solange man sich nicht ergibt, ist man mehr als das Schicksal«[24]–, lautet eine seiner zentralen Botschaften, und der steinerollende Sisyphos des Albert Camus hätte da gut in seinen Geschichten auftreten können. Es sind aber keine Tatsachenreportagen, die er geschrieben hat, sondern Romane, die literarische Beschreibung seiner Zeit und ihrer verlorenen Menschen. Weil er jedoch in seinen Figuren die eigene Innenwelt öffnet, wir uns wiedererkennen in seinen liebenden, trinkenden, hurenden, spottenden, reflektierenden, vertriebenen, leidenden, also in seinen um die Rettung ihrer Identität als Individuum kämpfenden und daran sterbenden Menschen, haben die Romane eine so überwältigend große Lesergemeinde gefunden.

Die wenigen Bücher, die angesichts seines weltweit gelesenen Werkes in ihrer Zahl recht bescheidenen Aufsätze, die über diesen Schriftsteller in den vergangenen Jahrzehnten veröffentlicht wurden, neigen jedoch dazu, die Romane zum Leitfaden seines Lebens werden zu lassen. Da er sich weigerte, über sich zu sprechen, er scheu abwehrte, über das rein Literarische hinaus Einblicke zu gewähren, ließen die Autoren sich verführen und schlossen vom Fiktiven auf die Wirklichkeit. Er selbst war ein Spurenvernichter. Immer wieder verbrannte er Briefe – und er war ein gewaltiger Korrespondent –, spielte in ihnen mit verschlüsselten Namen, sandte sie ohne Datum ab. Die Tagebücher blieben bis zu seinem Tod unter Verschluß und sind bis heute unveröffentlicht, und bei Anfragen hielt Remarque fest an den Geschichten, die er schon immer über sich erzählt hatte, und die verbargen nun einmal mehr, als sie erhellten.

Es dürfte ihn wenig interessiert haben, denn dieser so erfolgreiche, selbstquälerische und keineswegs uneitle Autor hielt zeitlebens eine sympathische Distanz zu sich selbst. Im April 1969 ließ er einen Jugendfreund, der um biographische Hinweise über seine Jugendjahre bat, wissen: »Zum Thema ›Remarque und Osnabrück‹ kann ich Dir wenig helfen, da ich eine Abneigung gegen alles Autobiographische und auch gegen Biographien habe. Sie erscheinen mir immer noch als eine Überbewertung der eigenen Wichtigkeit und somit als indirekter Egoismus, verbrämt mit einer Spur von Eitelkeit. Manche Schriftsteller wollen gerne über sich und ihr Leben sprechen, andere möchten lieber, daß nur ihre Arbeiten gewertet werden. Ich gehöre zu den letzteren ... Was ich in meinem Leben gelernt habe, habe ich ohnehin in meinen Büchern verwandt, und der Rest ist privat und ohne Belang für die Arbeit.«[25] Hinzu kam, daß er das, was er die wirklich große Kunst nannte, liebte und kannte. Nicht nur das eigene Metier, die Literatur, sondern auch die Musik, die ihn, der Klavier und Orgel spielte, zeitlebens begleitete und erfüllte, und die Malerei, mit deren Meisterwerken er sich, wo immer er wohnte, umgab, von ihrer zeitlosen Schönheit gebannt. So stand er dem eigenen Werk mit außerordentlicher und wohl auch kluger Bescheidenheit gegenüber. Er verachtete seine Verlage und fast alle seine Lektoren, Kritik machte ihn depressiv, die künstlerischen Selbstzweifel blieben bis zum Lebensende, keine noch so hohe Verkaufszahlen konnte sie endgültig vertreiben. »Schlechtere Kritiken angekommen. Nicht viel. Aber genug, um mich zu überzeugen.«[26]

Thomas Mann, der vielleicht berühmteste seiner schreibenden Zeitgenossen, hält am 28. Mai 1939 – nach einem abendlichen Gespräch im Familienkreis – in seinem Tagebuch fest: »Über die Schriftsteller Zweig, Ludwig, Feuchtwanger u. Remarque. Welchem die Palme der Minderwertigkeit zu reichen.«[27] Ein Urteil, das zwar gespeist ist von persönlichen Animositäten, ja Neidgefühlen gegen den so überaus erfolgreichen Berufskollegen (»Remarque und die Dietrich, minderwertig«, notiert der bürgerliche Repräsentant einmal nach einem Lunch in den Studios der Warner Brothers[28]), aber das sich ähnlich ablehnend und hochmütig in manchen Anmerkungen,

Erinnerungen oder Briefen seiner literarischen Weggefährten wiederfindet. Hermann Kesten spricht nicht ohne Ironie vom »Berliner Volksschriftsteller«[29], Klaus Mann nennt in einer privaten Aufzeichnung den Roman »Drei Kameraden« »ungebildet, charmelos, ordinär« und klagt über die »ewige Sauferei«.[30] Heinrich Mann erkennt in den frühen dreißiger Jahren im Erfolg eines solchen Autors, so jedenfalls zitiert ihn einer seiner Biographen, einen »dominierenden diffusen Publikumsgeschmack«[31], und in Brechts Arbeitsjournal taucht Remarques Name nur einmal und zwar ganz unliterarisch auf: »sylvesterabend bei bergner. granach, feuchtwangers. hereintropft remarque mit einem mexikanischen hollywoodstar, lupe vellesz. r(emarque) ist im Smoking, sieht aus wie hanns heinz ewers, und irgendetwas fehlt mir an seinem gesicht, wahrscheinlich ein monokel.«[32] Harry Graf Kessler berichtet amüsiert von einem Abendessen im August 1929, das in einem größerem Kreis stattfand und an dem auch Arnold Zweig teilnahm. Er war der Autor des 1927 erschienenen, seinen Schriftstellerruhm begründenden »Kriegsromans« über das Schicksal des Sergeanten Grischa, der allerdings zu seinem großen Mißvergnügen längst nicht die Auflagen von »Im Westen nichts Neues« erreicht hatte. »Zweig destillierte unter Rosen Gift gegen Remarque«, vertraut Kessler seinem Tagebuch an. »Als ob jemand Remarque angriffe, obwohl alle ihn lobten, meinte er: ›Nein, nein, das Buch ist gut (›gut‹ mit herablassender Färbung); Renn und Remarque sind zwei ›gute‹ Dilettanten-Romane. Remarque hätte aus seinem Buch sogar einen großen Roman machen können; aber das ist das Dilettantische daran, daß er den Punkt, von dem aus er ihn hätte komponieren sollen, nicht gesehen hat, obwohl er ihn gefunden hatte.‹«[33]

Nicht sehr viel souveräner erinnert sich sein späterer Nachbar in der Schweiz, Robert Neumann, an die Begegnungen mit Autor und Werk: »Da war immer wieder eine grobschlächtige aber stupende Erzählerbegabung, da war immer ein solider realistischer Hintergrund, aber immer wieder wurde diese Leistung kompromittiert durch Knalleffekte, die gar nicht für den Roman, die schon fürs Kintopp geschrieben waren – ein Verlust an literarischer Integrität...«[34] Ein Urteil, das zumindest auf seinen berühmtesten Roman nicht zutrifft. Denn als der völlig unbekannte Remarque »Im Westen nichts Neues« schrieb, konnte er auch im Traum nicht daran denken, sein Buch würde einmal die Vorlage für einen Film bieten.

Nach Remarques Tod schrieb Neumann in einer (kritischen) Rezension über den nachgelassenen Roman »Schatten im Paradies« allerdings die schönen treffenden Sätze: »Ein mutiger Mann und kompromißloser Charakter. Ein einsamer Mann. Kein glücklicher Mann. Aber daß er glücklich sei, habe ich nie geglaubt.«[35] Joseph Roth läßt seinen feuilletonistischen »Selbstverriss«, den er im November 1929 in »Die literarische Welt« veröffenlicht, mit dem spöttischen Satz enden: »Messe ich diese Zahlen (gemeint ist die zweite Auflage seines Romans ›Rechts und Links‹ – WS) an meinen schriftstellerischen Mängeln, so überkommt mich in stillen Stunden der törichte Wahn, ich sei der kleine Remarque von Deutschland.«[36] Carl Zuckmayer schließlich, der in der »Berliner Illustrirte« eine begeisterte Rezension über »Im Westen nichts Neues« veröffentlicht hatte, schrieb in seinem Lebensrückblick kaum etwas über das Werk, aber dafür um so ausführlicher von den langen amerikanischen Exil-Nächten, in denen sie »Rum oder Wodka (tranken) und taten, als säßen wir bei Herrn Waizenbluth im alten ›Neva Grill‹ am Berliner Wittenbergplatz oder in Henry Benders Künstler-Club«.[37]

Remarques Erfolg machte neidisch. Vor allem natürlich in den Jahren, in denen nahezu alle deutschschreibenden Exilanten ihre Leser verloren hatten, sie sich recht jämmerlich in der erzwungenen Fremde durchschlagen mußten, ihre Bücher – wenn überhaupt – nur in kleinen Auflagen in einem der Exilverlage erschienen. Man lese nur nach, wie manche von ihnen über die viel übersetzten Autoren Remarque, Lion Feuchtwanger und Stefan Zweig, aber auch über Thomas Mann lästerten, schimpften und diese »Großschriftsteller« hämisch kritisierten. Alfred Döblin, Bertolt Brecht, Robert Musil, Joseph Roth, Heinrich Mann – sie und viele andere saßen verloren, ohne Leser und Geld in der Fremde, der materielle Überlebenskampf machte sie von Spenden und Hilfeleistungen der Flüchtlingskomitees oder der wohlhabenden Kollegen abhängig. In Hollywoods Studios grübelten viele einst berühmte und nun frustrierte deutsche

Schriftsteller über Drehbüchern, die sie nie zu Ende schrieben. Remarque blieb auch in diesen Jahren reich, seine Bücher erschienen weiterhin mit hohen Verkaufszahlen, wurden verfilmt und in der internationalen Medienwelt besprochen. Da half es wenig, daß er – ebenso wie Lion Feuchtwanger, Stefan Zweig oder Thomas Mann – Hilferufe mit großzügigen Geldzahlungen beantwortete und sich für die Werke der nun so erfolglosen Kollegen einsetzte, die lebensrettenden Einreisevisa organisierte oder Flüchtlinge bei sich beherbergte. Den »Glücklichen« liebt man nicht, vor allem, wenn das Unglück im eigenen Leben Einzug gehalten hat.

Trivialliteratur, Unterhaltungsprosa, Kolportage, Kitsch gar, mit diesen Bewertungen wurde und wird sein Werk vielerorts abgefertigt und verdammt. So könne man sich nicht mit dem Krieg, dem wirtschaftlichen Elend der Weimarer Republik oder den Menschen im Konzentrationslager auseinandersetzen, echote es vielfach aus den deutschen Feuilletons. Sentimental schreibe er, Kunstfiguren füllten die Personengalerie seiner Romane, unglaubwürdig sei da vieles, wirklichkeitsfremd. Urteile, die ohne intensivere eigene Beschäftigung mit dem Werk übernommen, weitergetragen wurden und sich auch in den Literaturseminaren – insoweit sich die Germanistik überhaupt mit diesem Autor beschäftigt hat – niederschlugen. Wobei im Hintergrund zweifellos immer die politische Auseinandersetzung mit ihm, seinen Themen und seinem Pazifismus mitschwang. So kritisiert beispielsweise Ludwig Marcuse in seinen Memoiren, als der inzwischen amerikanischer Staatsbürger gewordene Bestsellerautor Remarque in einem Interview entschieden erklärt hatte, »I am no more German for I do not think German or feel German or talk German«: »Ein deutscher Schriftsteller sollte zu stolz sein, um sich vor dem besudelten deutschen Namen zu fürchten. Er sollte den Mut haben zu seiner lebenslänglichen Sprache.«[38]

Remarques Prosa ist einfach, seine Geschichten sind geradlinig und unterhaltsam. Es sind realistisch erzählte Romane, keine Experimentalliteratur. Die psychologische Differenziertheit und sprachliche Vielfalt ist gegenüber dem Werk eines Thomas Mann zweifellos begrenzt. Remarque hat sehr gute und nicht so herausragende Bücher geschrieben. Aber kann man von Trivialliteratur oder Kolportage sprechen, wenn ein Autor in präzisen, die Zeit schonungslos darstellenden Romanen vom Erleben junger Menschen im Krieg, von den um ihre individuelle Würde ringenden Insassen eines Konzentrationslagers oder den Verbrechen an der Ostfront des Zweiten Weltkrieges erzählt? Remarque braucht keine Verteidiger, seine Bücher sprechen für sich. Sie müssen nur auch von denen genau und unvoreingenommen gelesen werden, die darüber ihre öffentlichen Pauschalurteile fällen.

Dem Weltbild eines bürgerlichen Kritikers oder Hochschullehrers entspricht es zudem zweifellos ganz und gar nicht, daß einer ein ernstzunehmender Schriftsteller sein soll, der sich im Kreise von Filmstars zeigt, Autos liebt, über »Das Mixen kostbarer Schnäpse« räsoniert oder in seinen Anfangsjahren Werbetexte über Autoreifen reimt (»Warum in die Ferne schweifen, fahre lieber Conti-Reifen«) und als Sportjournalist die Berliner Arenen besucht. Wenn schon Weiber und Alkohol, dann bitte schön auch verkanntes Genie.

Solche Urteile und Vorurteile haben die Leser nie verschreckt, aber die Rezeption der »Berufskritik« entschieden mitgefärbt. Blättert man jedoch in den Rezensionen oder Briefen vielbeachteter Feuilletonisten oder Schriftsteller aus den Jahren, in denen seine Romane veröffentlicht wurden, zeigt sich doch auch ein sehr differenziertes, von Respekt für die Person und sein literarisches Werk getragenes Bild. »Remarque erzählt meisterlich«, schwärmt Alfred Polgar in seiner Rezension über den Roman »Drei Kameraden«, »in einer gedrängten, kleinplastischen, den Dingen ganz nah an den Leib rückenden, unmittelbaren Sprache. Der Atem des Augenblicks ist in sie eingefangen.«[39] Alfred Kerr schrieb 1929 nach einem Besuch des von Carl Zuckmayer übersetzten und am Broadway erfolgreich aufgeführten und leidenschaftlich diskutierten Anti-Kriegsdramas »What Price Glory?« (deutscher Titel: »Rivalen«) von Maxwell Anderson im Berliner Theater an der Königgrätzerstraße: »Ist wirklich das Drama stärkstes Ausdrucksmittel? Das epische Buch von Remarque ist stärker als dieses Drama.«[40] Kurt Tucholsky, keineswegs ohne skeptische Anmerkungen über die in den Weimarer Jahren erschienenen

Romane, schreibt nach der Veröffentlichung von »Der Weg zurück«: »Es ist saubere, einfache und klare Epik.«[41] Carl von Ossietzky, seit 1926 Leiter der berühmten »Weltbühne«, hatte nach dem Sturm der politischen Rechten auf den Autor von »Im Westen nichts Neues« in mehreren Artikeln zu den Auseinandersetzungen um das Buch und seine Verfilmung Stellung bezogen. Er verteidigte den Schriftsteller und sein Werk vehement und sah vor allem sehr genau, welche politische Bedeutung es besaß. Als Weimar seinem Untergang zuschritt, schrieb Ossietzky etwas wehmütig: »Ist es nicht ein Jahrhundert her, daß uns der Triumph des Kriegsbuches von Remarque als eine spontane Wandlung zum Friedensgeist gedeutet wurde? Wir haben dem damals bei aller Anerkennung der Qualitäten des gutmeinenden Autors widersprochen. Die Friedensgesinnung ist dahin wie der Schnee vom vorigen Jahr.«[42] Stefan Zweig ließ am 28. Juni 1929 seinen Briefpartner Romain Rolland wissen: »In Deutschland sind die Nationalisten am Verzweifeln. Das Buch von Remarque ›Im Westen nichts Neues‹ – Auflage 600.000 in 12 Wochen, und es geht auf die Million zu – hat sie umgeworfen. Dieses schlichte und wahre Buch hat mehr ausgerichtet als alle pazifistische Propaganda in zehn Jahren ...«[43] Rudolf Krämer-Badoni formulierte in seiner sehr positiven Kritik über den Roman »Der Funke Leben« im September 1952: »Erich Maria Remarque ist ein hochgescheiter Mann. Dabei geht ihm das Diplomatische oder Opportunistische, das gescheite Leute leicht an sich haben, gänzlich ab. Er wählt zum Beispiel zwischen Bolschewismus und Faschismus, zwischen Kommunismus und Nazismus auf keinen Fall das sogenannte kleinere Übel.«[44] Joachim Kaiser schreibt einmal die geradezu euphorischen Sätze: »Remarque kann erzählen. Mehr als das, er kann Szenen komponieren, Dialoge abrunden, Episoden so formen, daß sie eine Pointe haben und dem Ganzen ebenso entsprechen wie dem Stil des Details. Zudem hat Remarque selbst eine so unwiderlegbare psychologische Süffisanz, zudem weiß Remarque so haarsträubend genau Bescheid darüber, wie man sich fühlt, wenn die Abgründe ringsum gähnen.«[45]

Die junge amerikanische Literatur – Hemingway, Faulkner, Fitzgerald, Wolfe, Sinclair Lewis –, die begann, eine neue Sprache hinüberzutragen in das alte, einst als Vorbild empfundene Europa, bewunderte den neuen Stern am Himmel der Literatur. Ernest Hemingway, der selbst gerade einen Roman über den Ersten Weltkrieg – »In einem anderen Land« – veröffentlicht hatte und den überwältigenden Erfolg des deutschen Kollegen in den Vereinigten Staaten mit einigen Wettbewerbssorgen beobachtete, teilte seinem Briefpartner F. Scott Fitzgerald im September 1929 mit: »Es war komisch, daß ich zuerst nicht in ›Im Westen‹ usw. reinkommen konnte, aber als ich einmal drin war, fand ich es ungeheuer gut ...«[46] William Faulkner, dessen Bücher Remarque mit großer Bewunderung las, veröffentlichte 1929 seinen Roman »The Sound and the Fury« und blieb damit erfolglos. Er empfand es aber als sehr tröstlich, daß auf der Bestsellerliste der Saison »Im Westen nichts Neues« stand. Es war ihm ein ermutigender Beweis dafür, daß auch gute Romane kommerziell erfolgreich sein konnten.[47] Francis Scott Fitzgerald schrieb in Hollywood eine (nicht verwendete) Drehbuchfassung zu Remarques Roman »Drei Kameraden«, und er äußerte sich begeistert über die Vorlage und ihren Autor. Der englische Autor Herbert George Wells meinte, »it is a wonderful book«.[48]

Remarque stand immer zwischen den Fronten der Kritik, Verdammung und Lobpreisung begleiteten alle seine Romane. Es ist wohl so, wie es Tucholsky einmal sehr nüchtern und im Zusammenhang mit der Diskussion um »Im Westen nichts Neues« ausdrückte: »Literarische Erfolge beweisen zunächst nicht viel für den Wert eines Werkes. Überschreiten sie aber ein gewisses Maß, so zeigen sie etwas an: nämlich nicht so sehr die Qualität des Buches als den Geisteszustand einer Masse. Und es gibt – von Thomas Mann bis herunter auf die Courths-Mahler – keine unverdienten Erfolge.«[49] Der Verleger und Lektor Fritz Landshoff, der zwischen 1934 und dem Einmarsch der deutschen Wehrmacht in Holland die deutschsprachige Abteilung im Amsterdamer Querido-Verlag leitete und 1938 »Drei Kameraden« veröffentlichte, formuliert es ähnlich, wenn er in seinen Erinnerungen über seine Zusammenarbeit mit Remarque nachsinnt: »Es besteht zu oft die Neigung, die literarische Qualität eines erfolgreichen Autors zu unterschätzen und die Erfolglosigkeit eines Werkes bereits als

Zeichen des literarischen Wertes zu beurteilen. Ebenso ist es gerade unter deutschen Kritikern oft die Gewohnheit, einen schwer verständlichen Autor, der selbst einfache Gedanken kompliziert auszudrücken versteht, höher zu werten, als den Autor, der komplizierte Gedanken in verständlicher Form zu formulieren weiß.«[50] Kurt Weill, Komponist der weltberühmten »Dreigroschenoper« und der Geschichte über den »Aufstieg und Fall der Stadt Mahagonny« (beide Texte schrieb Bertolt Brecht), bemerkte einmal in den vierziger Jahren, als er am Broadway große Erfolge mit seinen Musicals feierte, einem Journalisten gegenüber: »Ich habe niemals den Unterschied zwischen ›ernster‹ und ›leichter‹ Musik anerkannt. Es gibt nur gute und schlechte Musik.«[51]

Wie nahezu jeder Autor, dessen Werk einen gewissen Umfang angenommen hat, hat auch Remarque stärkere und schwächere Romane geschrieben. Würde man, ohne den Namen des Verfassers zu kennen, Thomas Manns Roman »Königliche Hoheit« oder seine Erzählung »Die Betrogene« wirklich zu den Meisterwerken der deutschen Literatur zählen? Ist sein »Felix Krull« über das Heiter-Ironische hinaus nicht auch ein wenig belanglos (was sein Schöpfer selbst sehr genau sah)? Hat nicht Arnold Zweig nach seinen großen Romanen über den Krieg und seine gesellschaftlichen Wirkungen ein sehr schwaches Alterswerk hinterlassen? Wissen wir nicht, daß unter Heinrich Manns so herausragender Epik auch Titel zu finden sind, die das Niveau von »Die kleine Stadt«, von »Der Untertan« oder der »Henri Quatre«-Romane auch nicht annähernd halten können? Gibt es vom »Meister des historischen Romans«, von Lion Feuchtwanger, nicht auch literarische Nebenwerke? Sind die Prosatexte des Dramatikers Gerhart Hauptmann nicht längst mit Recht vergessen? Oder Alfred Döblins Gesamtwerk: sind in einigen seiner Romane nicht deutliche künstlerische Schwächen sichtbar?

In den ersten Jahrzehnten nach dem Zweiten Weltkrieg wurden viele der wichtigen deutschsprachigen Autoren, die im Exil das Ende des Dritten Reiches abwarteten, von den bundesdeutschen Verlagen und damit bald auch von den Lesern übersehen und vergessen. Zumal sie im anderen Deutschland, in der DDR, schon sehr früh gedruckt, geehrt (und auch ein Stück mißbraucht) wurden. Für Erich Maria Remarque galt dies nicht. Auch seine Bücher wurden zwar zunächst nur zögerlich in die westdeutschen Verlagsprogramme aufgenommen, aber der Name des Autors von »Im Westen nichts Neues«, der inzwischen auch mit seinen anderen Romanen längst zu einem international gelesenen Schriftsteller geworden war, besaß nach wie vor im Publikum einen hohen Stellenwert. Sein Werk – zumal nach dem Welterfolg von »Arc de Triomphe« (Erstveröffentlichung 1945) – mußte nicht »wiederentdeckt« werden.

Künstlerische Gerechtigkeit aber verweigerten ihm auch die Germanisten, Kritiker und sonstigen Beweger des Literaturbetriebes in der zweiten deutschen Demokratie. Im Verhältnis zu anderen berühmten und vielgelesenen Autoren seiner Zeit blieb die Zahl der wissenschaftlichen Arbeiten über sein Werk äußerst schmal. Einige Monographien aus der Feder angelsächsischer Germanisten, wenige Dissertationen, Magisterarbeiten oder literaturästhetische Texte – die sich fast ausschließlich mit »Im Westen nichts Neues« beschäftigen – aus dem deutschen Wissenschaftsbereich. Eine Biographie fehlt bis heute. Ein kleines Bändchen über ihn von Franz Baumer, sympathisch in der Absicht, aber voller Lücken und Fehlinformationen, gibt es, und eine Ende der siebziger Jahre in der DDR erschienene schmale Monographie in der ideologisch stramm ausgerichteten Reihe »Schriftsteller der Gegenwart« von Alfred Antkowiak. Im untergegangenen Arbeiter- und Bauernstaat wurde Remarques Werk in Auswahl gedruckt und gelesen, er zählte für die Kulturbürokraten zu den »bürgerlichen Sympathisanten« des realexistierenden Sozialismus. Wobei seine scharfe Kritik am Stalinismus, am kommunistischen Regime in Ostdeutschland und am Bau der Berliner Mauer geflissentlich unter den Tisch gekehrt wurde. »Remarque bewies stets seine humanistische Gesinnung. Seine subjektivistische Weltsicht hinderte ihn jedoch, die historischen Prozesse und die progressiven Kräfte unserer Zeit zu erkennen ... Remarque begnügt sich nach wie vor mit der Rolle eines kritischen Beobachters.«[52]

In den neunziger Jahren erschien eine Doppelbiographie Remarque/Paulette Goddard von der Amerikanerin Julie Gilbert, die zwar redlich zitiert, aber weder das Werk noch die Zeit, in der es entstand und die es so heftig beeinflußte, finden in ihrem auch ein wenig klatschsüchtigen Buch den notwendigen Raum.[53] Manches läßt sich finden über Remarque in den Erinnerungen von Menschen, die ihm begegnet waren, mehr oder weniger lange Strecken seines Lebens mit ihm durchschritten hatten. Ruth Martons schöner, sehr persönlicher Rückblick auf ihren »Freund Boni« gehört dazu. Auch in dem Buch von Maria Riva, in dem die Tochter das Leben von Marlene Dietrich schildert, finden sich viele Passagen, die Interessantes über Leben und Charakter Remarques bieten. Ebenso die Erinnerungen der Schauspielerin Brigitte Horney, deren Mutter, die Psychoanalytikerin Karen Horney, in seinen späteren Lebensjahren eine besondere Rolle spielte. Carl Zuckmayer, Alma Mahler-Werfel, Leni Riefenstahl, Ruth Liepman, Curt Riess und viele andere erzählen in ihren Memoiren von dem berühmten Mann, und nicht alles ist auf die Goldwaage zu legen, was sie über ihn zu berichten wissen.[54] Sein Name taucht in ungezählten Briefen und Tagebüchern seiner Zeitgenossen aus der Welt der Literatur auf. Es sind oftmals nur kleine Mosaiksteine, die hier knapp und verstreut zu finden sind, aber sie helfen, das Bild seines Lebens sichtbar zu machen. Und doch, die Remarque-Forschung steht im Grunde noch am Anfang.

Ein Meilenstein auf dem Weg zu einer breiteren, ernsthaften analytischen und biographischen Auseinandersetzung mit diesem Autor war 1989 die Gründung des Remarque-Archivs in seiner Geburtsstadt Osnabrück. Unter der Leitung von Tilman Westphalen und des Herausgebers der seit elf Jahren erscheinenden Remarque-Jahrbücher, Thomas Schneider, entstand eine Forschungsstätte, die für jeden, der sich mit dem Mann und seinen Büchern beschäftigt, unverzichtbar geworden ist. Inzwischen ist in Osnabrück die weltweit wichtigste Remarque-Archivsammlung entstanden. Tausende von Dokumenten – Originale oder Kopien – wurden gesammelt: Briefe, Manuskripte, Erstdrucke, wissenschaftliche Arbeiten, Bildmaterial. In den Jahrbüchern versammeln sich – zum Teil sehr informative – Texte aus der internationalen Remarque-Forschung, bibliographische Zusammenstellungen und biographische Neuentdeckungen. 1986 wurde die »Remarque Gesellschaft Osnabrück« gegründet, die die Herausgabe der Jahrbücher unterstützt, Vortragsreihen organisiert, sich ganz allgemein der Verbreitung und Erforschung des Werkes von Erich Maria Remarque verpflichtet fühlt.[55]

Auf den Arbeiten des Remarque-Archivs basieren auch die jüngsten Buchveröffentlichungen, die frühe Prosatexte, den bislang nie gedruckten zweiten Jugendroman »Gam« und eine Auswahl von Gedichten und Briefen enthalten. Die Korrespondenz mit Marlene Dietrich soll im Jahr 2001 erscheinen. Das zentrale Werk, die elf Romane – und das ist natürlich das Wichtigste –, sind schon seit Jahren in preiswerten Ausgaben auf dem deutschen Buchmarkt vorhanden.

Vieles aber ist verstreut, manches wohl unauffindbar. Remarques Witwe vermachte der »New York University« den gesamten Nachlaß. Die Tagebücher gingen über den Atlantik, das Wohnhaus in Porto Ronco wurde vom Kanton Tessin versteigert, da Paulette Goddard eine Steuerschuld in Millionenhöhe hinterlassen hatte. Unzählige Briefe sind verschwunden, einige werden den Archiven zu horrenden Preisen angeboten.

Es bleiben also immer noch viele Lücken, die auch diese Lebensbeschreibung nicht wird schließen können. Sie nimmt zwar für sich in Anspruch, mit Sorgfalt das erreichbare Material berücksichtigt zu haben, Zeitzeugen wurden befragt, und die geschichtlichen Hintergründe, vor allem die Exilliteratur, haben den Verfasser schon bei vielen früheren Arbeiten intensiv beschäftigt. Aber er ist sich bewußt, daß ein großer Rest des Ungesagten bleibt. Eine Biographie ist generell niemals die letzte Wahrheit über ein Leben, sondern stets nur der Versuch einer Annäherung. Die äußerlichen Fakten bieten einen wichtigen und interessanten Leitfaden, sie sind im Falle Remarque für viele, längere Abschnitte seines Lebens immerhin einigermaßen gesichert und nachvollziehbar. Das Werk läßt zudem vieles erspüren vom Denken und Empfinden seines Schöpfers. Aber schon die Berichte der Zeitgenossen, ihre Erinnerungen und Urteile sind nicht frei von subjektiven Deutungen. Persönliche Sympathie oder Antipathie fließen mit ein, ebenso eigene politische, moralische oder ästhetische Ansichten. Selbst Briefe oder Tagebuchaufzeichnungen des Porträtierten enthalten Verschleierungen oder sehr spontane, von Augenblicksstimmungen gelenkte Äußerungen. Die inneren Entwicklungen und Perspektiven der betrachteten Person sind also stets mit großer Zurückhaltung zu deuten. Auch der Biograph hat sein eigenes Bild über die Welt, die Geschichte, den Gegenstand seiner Betrachtung.

Was eine Biographie leisten kann, wird hier versucht: einen Menschen und sein Werk sichtbar zu machen, sein Leben nachzuerzählen und die Zeit in Erinnerung zu rufen, in der er wirkte. Geschrieben wird sie für den, der einen Roman Remarques zu Ende gelesen hat und nun gepackt, erschüttert, erregt, irritiert, nachdenklich fragt, wer dieser Schriftsteller war, wie einer gelebt hat, der solche Romane schrieb und dessen Name die Zeitgenossen empörte oder begeisterte. Wenn es gelungen ist, ihm Remarques aufregendes, unruhiges, reiches, erfolgreiches und vielfach von Zweifeln und Ängsten geplagtes Erdendasein sichtbar zu machen, dann hat dieser Bericht über einen der meistgelesenen Autoren unseres Jahrhunderts seinen Zweck erfüllt. Um einen Satz Remarques zu zitieren: »Ich will mich bemühen, die Wahrheit zu schreiben!«[56]

KAPITEL 2

»Man konnte sich keine andere Zukunft vorstellen ...«

(1898 – 1917)

Es war ein regnerischer, grauer Monat Juli, als im Sachsenwald der Mann starb, von dem seine Landsleute glaubten, er habe ihr Reich geschaffen. Verbittert war er in den Jahren nach seinem Sturz durch den jungen, forschen Kaiser, denn die Macht war ihm alles gewesen. Ein nervöser Charakter, von wirklichen oder eingebildeten Krankheiten geplagt, in extremen Situationen zu Weinkrämpfen neigend, sich täglich mit scharf gewürzten, gewaltigen Mahlzeiten und Champagner vollstopfend, herrschte dieser Menschenverächter ein Vierteljahrhundert über Deutschland. Otto von Bismarcks Tod am 30. Juli 1898 war nicht ohne Symbolkraft. Denn auch wenn der erste Kanzler des Reiches alles andere als ein friedlicher Politiker war, er im Inneren durch die Sozialistengesetze die organisierte Arbeiterbewegung und durch den Kulturkampf die Katholiken zu gesellschaftlichen Außenseitern abstempelte, außenpolitisch wußte er nur zu genau, wie gefährdet seine Schöpfung stets war. In seinen immer wiederkehrenden Alpträumen sah dieser hochbegabte politische Schachspieler das Reich eingekreist von feindlichen Nachbarn, die nur darauf warteten, der neuen Macht in der Mitte des Kontinents ihre Grenzen aufzuzeigen.

Seine Nachfolger in der Reichsführung hatten jedoch in den Monaten zuvor begonnen, den politischen Kurs entschieden zu verändern und forderten immer lauter und anmaßender einen deutschen »Platz an der Sonne«. Im Reichstag wurde in Bismarcks Todesjahr das Erste Flottengesetz angenommen und damit die Grundlage für den Bau einer deutschen Kriegsmarine gelegt, der die öffentlichen Haushalte in den nächsten Jahren erheblich überforderte und das mächtige Großbritannien immer mißtrauischer werden ließ. Im fernen China besetzte eine kaiserliche Truppe die Bucht von Kiautschou und erzwang mit diesem militärischen Coup einen 99 Jahre währenden Pachtvertrag. Im Spätherbst desselben Jahres reiste Wilhelm II. mit großem Pomp in den Orient und stellte – ohne von den Betroffenen darum gebeten worden zu sein – die muslimischen Völker unter die besondere Schirmherrschaft des Reiches. Am Ende des Jahres erhielt eine Bankengruppe unter Führung der Deutschen Bank die Konzession für den Bau der Bagdadbahn. »Weltpolitik« war jetzt im Berliner Regierungsviertel angesagt. Schon im Frühjahr hatte der vielredende und sich so gerne kostümierende Kaiser verkündet, wohin unter seiner Herrschaft nun die Reise gehen werde: »Ich habe dieselbe Aufgabe, welche nach Heinrich I. seiner Zeit Otto dem Großen zufiel, nämlich das Reich nach außen fertig, stark, glanzvoll erscheinen zu lassen. Die Deutschen müssen jetzt den Wechsel auf das Reich ziehen.« Der aber sollte zwanzig Jahre später auf ruinöse Weise platzen, und der Mann, der ihn so leichtfertig und pathetisch ausgestellt hatte, mußte im November 1918 bei Nacht und Nebel über die holländische Grenze fliehen. Sein Reich war nach einem langen und opferreichen Krieg untergegangen.

Aber damals, im Jahre 1898, ahnten das nicht viele. Der Kaiser stand mit seinen aggressiven, hochmütigen und die Kraft des Reiches gefährlich überschätzenden Plänen keineswegs allein. Seine Untertanen jubelten ihm ziemlich begeistert zu, wenn er von deutscher Größe schwärmte, das Mittelalter des Heiligen Römischen Reiches Deutscher Nation heraufbeschwor und seine Soldaten bei schmetternder Marschmusik durch die Straßen der Garnisonsstädte marschieren ließ. Die vaterländischen Vereine (Flottenverein, Kolonialverein, Alldeutsche, Bund der Landwirte) besaßen bald viele Millionen Mitglieder, deutsche Hochschulprofessoren, und Oberstudienräte forderten von ihren Schülern germanisches Denken, heldisches Fühlen und deutsches Wesen. Der Offizier wurde zum Idealbild der Klein- und Großbürger, der protestantischen Pfarrer und der mehr oder weniger hübschen Dienstmädchen. In den wilhelminischen Elternhäusern, in den Schulen und Betrieben sprachen die Väter, Lehrer oder Vorgesetzten, als wären sie auf einem Kasernenhof. Schneidig war der deutsche Mann, und dem welschen Erbfeind oder dem verschwörerischen Juden galt es den Garaus zu machen, wie dem Drachen Fafner, dem der blonde Siegfried mit Hilfe seines Schwertes Notung erfolgreich an Leib und Leben ging. Überhaupt, Richard Wagners Opern waren so recht nach dem Geschmack der Deutschen (und bald hatte er auch in den Nachbarländern, vor allem in Frankreich, seine gläubigen Gemeinden): Da wurde aufgeräumt mit den zwergischen Nattern Alberich und Mime oder dem stammelnden Beckmesser, die alle so redeten und handelten wie Wagner und die vielen anderen Antisemiten sich ihr verlogenes Bild vom Juden geformt hatten. Erlöst wurde ständig bei diesem Operntexter von all den Sünden der Lust und den unvaterländischen Verirrungen, was den zwar sehr erdnah nach Geld und Gut strebenden, aber doch immer das »Höhere« ehrfürchtig bewundernden Besuchern seiner musikalisch revolutionären Monumentalwerke äußerst behagte. Deutsches Land und deutsche Ehre, deutsche Kunst und deutsche Recken besangen die Tenöre und Bässe langatmig, und zum Bayreuther Weihetempel zog es die deutsche und europäische Bildungselite in jedem Sommer. Viel später erst sollte ein Mann namens Adolf Hitler die Schirmherrschaft über diese Institution übernehmen.

Aber nicht Götterdämmerungs-, sondern Aufbruchsstimmung herrschte 1898 im Land. Die Konjunktur war zu Beginn der neunziger Jahre so richtig in Schwung gekommen, und dabei blieb es, von kleinen Schwächemomenten abgesehen, bis zum Jahre 1913. Die Städte wuchsen in rasendem Tempo, die zweite Industrialisierungswelle überrollte Deutschland, überall entstanden neue Unternehmen, die Chemie-, Elektro- und Maschinenbauindustrien waren nicht nur Wachstumsbranchen, sondern sie veränderten die Alltagswelt. Eine mächtige Wanderungsbewegung vom ländlichen Osten in die sich herausbildenden industriellen Ballungszentren des Westens setzte ein. Die Deutschen wurden mobil, die herkömmlichen Familienstrukturen begannen sich aufzulösen, die Kirchen leerten sich, und der Gott der jungen Intellektuellengeneration hieß Friedrich Nietzsche.

Bald war Deutschland das mächtigste Reich in Europa, überspurtete im Welthandel die Franzosen und näherte sich in der Industrieproduktion der so neidvoll beäugten britischen Konkurrenz. Ein vergleichsweise moderner Staat wurde Deutschland, sein Sozial- und Bildungssystem rief bei den Nachbarn Bewunderung hervor, auf der Liste der Nobelpreisträger standen an herausragender Stelle deutsche Naturwissenschaftler, und seine Landarmee wurde in Zahl und

Ausrüstung von keiner anderen europäischen Nation übertroffen. Es stiegen nicht nur die Gewinne, sondern auch, allerdings wesentlich geringer, die Löhne. In der sozialistischen Internationale spielte die deutsche Sozialdemokratie eine führende Rolle, und im Reichstag stellte sie schließlich die stärkste Fraktion, was an den Machtverhältnissen im Land allerdings nichts änderte. Politisch blieb das Reich rückständig. Nach Demokratie sehnten sich nicht viele Bürger, Kaiser, Adel und der Generalstab erst recht nicht. Ein »Reich zwischen den Zeiten« war es, unruhig und nervös, sprunghaft in seiner Außenpolitik, blockiert gegenüber den notwendigen Reformen im Innern. Armut der Vielen stand neben dem Reichtum der Wenigen, wirtschaftliche und technologische Modernisierung neben verfassungspolitischer Rückwendung.

Die Künstler und die Intellektuellen sahen in der Politik ein häßliches Treiben, wandten sich ab vom Alltag, verloren sich in Ästhetizismus und spätromantischer Schwärmerei. Schopenhauers Melancholie und Nietzsches Umwertung aller Werte, Wagners Partituren und Anton von Werners »nationale« Gemälde waren ihre Welt. Nicht ganz unbemerkt, aber noch längst nicht in seiner Bedeutung erkannt, starb 1898 Theodor Fontane, sieben Monate zuvor, an einem kalten Februartag, wurde in Augsburg Bertolt Brecht geboren. Max Liebermann gründete im gleichen Jahr die Berliner Sezession, und sein Mitstreiter Paul Cassirer eröffnete in der Nikolaistraße seinen Kunstsalon, von dem aus der französische Impressionismus nach langen Kämpfen gegen des Kaisers Kunstpostulate seinen Siegeszug in Deutschland antrat. Gustav Freytag war zu diesem Zeitpunkt schon drei Jahre tot, aber sein antisemitischer Roman »Soll und Haben« lag immer noch auf den Nachttischen des Bürgertums.

Neue Klänge in der Musik und ein anderer Ton in der Literatur sind schon zu ahnen. Arnold Schönberg schafft in diesem Jahr Liedkompositionen, die er später als Opus 1 und 2 anerkennt, Gustav Mahler, gerade Operndirektor in Wien geworden, komponiert »Das klagende Lied«, und Richard Strauss erlebt in Köln die Uraufführung seiner sinfonischen Dichtung »Don Quixote«. In Berlin kommt am 15. Mai erstmals ein Schauspiel von Hugo von Hofmannsthal auf die

Bühne, drei Monate zuvor verblüfft Frank Wedekind das Leipziger Publikum in der Uraufführung von »Der Erdgeist«, Gerhart Hauptmann ist schon längst ein umstrittener und umjubelter Etablierter, als am 5. November im Deutschen Theater sein Stück »Fuhrmann Henschel« zum erstenmal gespielt wird. Thomas Mann arbeitet 1898 als Redakteur beim Münchner »Simplicissimus«, und es erscheint seine Novelle »Der kleine Herr Friedemann«, die bereits spüren läßt, welch ein Schriftsteller er vielleicht einmal werden kann. Franz Kafka ist noch Schüler im Altstätter Deutschen Staatsgymnasium zu Prag und Stefan Zweig im Wiener Maximiliangymnasium. Hermann Hesse leidet pubertierend und an seiner Zukunft verzweifelnd in Calw, Rainer Maria Rilke reist sonnen- und reimeselig durch Italien. Die später so leidenschaftlich diskutierten Abstrakten in der Malerei, Wassily Kandinsky und Paul Klee, arbeiten 1898 im Münchner Atelier von Franz Stuck, Kunstschüler noch und auf der Suche nach neuen Formen und Farben, die sie dann ab 1910 in ihren geometrischen Konstruktionen einer erstaunten Welt präsentieren. Friedrich Nietzsche aber, dessen Ruhm sich erst jetzt zu entfalten beginnt, lebt seit neun Jahren in der tosenden Welt seines Wahnsinns und wird zwei Jahre später in Weimar sterben. Der Naturalismus erlebt seine letzten Triumphe, es wartet schon das Neue, der Expressionismus. Grell und hart sprengt er die akademischen Kunstgrenzen.

Im kargen, landschaftlich so reizvollen Westfalen ging manches langsam voran, aber Stillstand gab es auch hier nicht. Die Modernisierungswelle schwappte in die Kleinstädte und Dörfer über. Noch beherrschte die Gasbeleuchtung Wohnungen, Straßen und Plätze. Aber Klein- und Mittelindustrie gründeten ihre Betriebe, häßliche Wohnsiedlungen für die massenhaft einwandernden Arbeiter wurden gebaut, Straßen erweitert, Warenhäuser entstanden, und die Repräsentanten des Bürgertums, die scheel und neidisch auf das bereits etwas schillernde Berlin blickten, wollten ihr Stadttheater und ein Bismarckdenkmal. Freudenhäuser gab es auch in der Provinz schon immer, jetzt aber wurde die Einrichtung erneuert, das Séparée gepolstert, die fuslig rote Petroleumslaterne durch glitzernde Glühbirnen ersetzt, und die Damen mußten sich einer regelmäßigen

Gesundheitskontrolle unterziehen. Auch die Lust brauchte ein neues Ambiente, denn man war generell anspruchsvoller geworden in diesem Reich, dessen begüterte Bewohner glaubten, der Fortschritt und Deutschlands Aufstieg seien grenzenlos.

Osnabrück ist 1898 schon seit 32 Jahren preußisch. Sein altes Herrscherhaus, das Königreich Hannover, hatte sich – und da stand es unter den deutschen Duodezfürstentümern keinesfalls allein – 1866 politisch verspekuliert und auf die falsche, die österreichische Seite gesetzt. Moltkes Armee aber schlug in der Nähe der böhmischen Stadt Königgrätz die Habsburger Bataillone, und Bismarck nutzte die Gunst der Stunde und veränderte das politische Kräfteverhältnis in Deutschland nachdrücklich. Österreich, bis dahin die Vormacht im Deutschen Bund, mußte vor den preußischen Machtansprüchen weichen, und über die Zukunft der Deutschen wurde nun in Berlin entschieden. Die Hannoveraner verloren Thron und Land, darunter auch Osnabrück.

Eine Stadt zwischen den Zeiten. Mittelalterlich muten die engen von vielen Fachwerkhäusern gesäumten Gassen an, der weite Marktplatz mit dem Renaissance-Rathaus und der gotischen Marienkirche. Überhaupt, Kirchtürme beherrschen das Stadtpanorama, Katholiken und Protestanten halten sich von alters her zahlenmäßig die Waage, einen richtigen Bischof gibt es wieder seit 1857, der Dom hat ohnehin alle politischen Wechselfälle überlebt. Hinter den letzten Häusern der Neustadt dehnen sich die weiten Wiesen- und Flußlandschaften, so wie die Romantiker sie einst malten und das Biedermeier sie genoß.

Fleißig sind die Einwohner, mancher wurde in den vergangenen Jahrhunderten sogar reich oder doch zumindest wohlhabend. Der Leinen- und Tuchhandel ist im 14. Jahrhundert für viele eine lukrative Einkommensquelle, Handwerk und Kleinindustrie und ab dem 16. Jahrhundert der Steinkohlenabbau auf dem Piesberg lassen die meisten Osnabrücker satt werden. Aber wie überall immer wieder Stadtbrände, die ganze Straßenzüge vernichten, Pestwellen, die die Einwohnerzahl gewaltig reduzieren, Hexenverbrennungen und Hinrichtungen, die öffentlich zur Schau stellen, wie es in Wirklichkeit um die vielbeschworene christliche Barmherzigkeit in der Welt steht.

Und natürlich der Krieg, der auch die Osnabrücker in allen Jahrhunderten heimsucht.

Friedrich Barbarossa verleiht 1171 den Bürgern der Stadt das Gerichtsprivileg, sein mächtiger Konkurrent, der Braunschweiger Heinrich der Löwe aber hat viele Anhänger in Osnabrück, was zu gewalttätigen Auseinandersetzungen unter den Einwohnern führt. Als die Reformation das Teutsche Land spaltet, kämpfen die Osnabrücker auf der Seite des protestantischen Schmalkaldischen Bundes, die Ermahnung Karl V., der alten Glaubenslehre treu zu bleiben, schlagen sie in den Wind. Im Dreißigjährigen Krieg wird die Stadt arg geschunden, Neutralität, wie die Ratsherren es erhofften, ist in dieser mörderischen europäischen Auseinandersetzung nicht durchzuhalten. Tillys Truppen marschieren ein, später die Schweden, das alles kostet viel Geld und manches Leben. Dann wird verhandelt, in Münster und in Osnabrück, lange und umständlich, macht- und geldgierig, die Glaubensfrage überlassen die Feldherrn und Diplomaten schmunzelnd den Autoren ihrer unzähligen Rechtfertigungsschriften, mit denen sie Gott und ihre Anhänger zu instrumentalisieren versuchen. Immerhin, am 6. August 1648 wird in Osnabrück ein protestantischer Teilfriede abgeschlossen, die Katholiken (unter Führung Frankreichs) unterschreiben einige Tage später im benachbarten Münster. Im 18. Jahrhundert – das Zeitalter des Absolutismus erreicht seine Blütezeit – geht es voran in der Stadt, 1720 wird Justus Möser geboren, und fünf Jahre zuvor wird einer aus dem Hause der Welfen zum Fürstbischof gewählt. Dieses jahrhundertealte und mächtige Braunschweiger Geschlecht hat sich immer schönere Titel zugelegt: erst Herzöge, dann Kurfürsten und schließlich Könige. Einer wird dann gar als Georg I. Herrscher in England, zwei weitere aus seinem Hause können sich dort noch halten, dann bleibt den Nachfolgern wieder nur der deutsche Norden. Georg I. hat nicht viel Glück mit Osnabrück, er stirbt dort 1727 auf der Durchreise. Und in London verspielt dann Georg III. die reiche neue Kolonie im fernen Amerika, weil er von den Siedlern und Farmern zuviel Steuern verlangt.

Schwere Zeiten sind es allemal. Im Siebenjährigen Krieg stellt sich die Stadt an die Seite Österreichs, denn der Bischof ist ein Wittelsbacher, und die hassen den preußischen Landräuber bekanntlich fast so, wie Maria Theresia es im fernen Wien tut. Dann kommen die Franzosen. Erst die aristokratischen Emigranten, 1803 die Soldaten Napoleons. Der setzt seinen Bruder Jérôme auf den Thron des Königreichs Westfalen, woran auch die Preußen, die bei Jena und Auerstädt schmählich vom korsischen Emporkömmling geschlagen werden, nichts ändern können. Die Stadtchronik vermeldet bald jedoch stolz: »Das Osnabrücker Landwehrbataillon zeichnet sich in der Schlacht bei Waterloo durch besondere Tapferkeit aus.« Napoleon ist aus der Geschichte verschwunden, Fürst Metternich tritt auf, und der König von Hannover ist auch wieder da. Die Stadtsparkasse wird eröffnet, und Albert Lortzing singt, dichtet, spielt, dirigiert und komponiert von 1827 bis 1833 in Osnabrück.

Als das Volk in der Revolution von 1847/48 aufbegehrt, wird Bürgermeister Johann Carl Stüve Innenminister. Der mutige Mann hatte schon 1832 gegen das konservativ-reaktionäre »Hannoversche Grundgesetz« protestiert, was den König maßlos empört, und es ist nicht schwer nachzuvollziehen, wie hochpeinlich er angesichts der revoltierenden Bürger seine Lage empfunden hat, daß er ausgerechnet Stüve zum ersten Mann in seinem Kabinett ernennen muß. Aber das ging ja bekanntlich alles ganz harmlos aus, und schließlich kommen die Preußen.

Nun hat man in Osnabrück bald eine Eisenbahnlinie, 1887 sogar 32 Telefonverbindungen, seit 1890 ein Wasserwerk, und Reichskanzler Caprivi besucht zur Feier der 25. Wiederkehr der Gründung des Infanterieregiments Nr. 78 die Stadt. Am Westerberg wird 1899 eine Kasernenanlage bezogen, die seinen Namen trägt und wo 17 Jahre später ein junger Rekrut unter dem Gebrüll seiner Ausbilder aus seinen Träumen und Versreimen erwacht, um bald in den Krieg zu ziehen. Ein städtisches Badehaus wird eröffnet, ebenso ein Schlachthof, der Hauptbahnhof in Betrieb genommen und am Hasetor eine Straßenbahnhaltestelle eingerichtet.

Es regt sich vieles, aber noch beherrschen die Pferdefuhrwerke das Stadtbild, Männer ziehen abend für abend durch die Straßen, um mit ihren langen Stangen die Petroleumlaternen anzuzünden, die Wächter über Sitte und Ordnung tragen preußische Pickelhauben, auf dem

Domplatz stehen die langen Budenreihen, und die schulpflichtige Jugend trägt ihre bunten Mützen, die deutlich ausweisen, welcher pädagogischen Anstalt sie die Ehre haben anzugehören. Die Hase fließt so ruhig zwischen den Häusern, wie sie es seit Jahrhunderten getan hat, und am Sonntag kommen die Menschen vom Land nach Osnabrück, Vergnügen und Kirchengebet suchend. Noch stehen die Festungswälle, einige mittelalterliche Tore und Teile der Stadtmauer. Der Pappelgraben am Stadtrand ist eine fast unberührt erscheinende Naturidylle, und mächtig liegt über allem der Schatten der Kirchen. Und davon gibt es einige: Der Dom, St. Marien und St. Katharinen in der Altstadt, St. Johann in der Neustadt.

Aber die Moderne hält sichtbar Einzug. Die Neustadt dehnt sich aus, neue Wohnviertel wachsen aus dem Boden, ein Elektrizitätswerk beginnt mit der Stromversorgung, das elektrische Licht und die Straßenbahn kommen, auch die ersten Automobile erschrecken die Bewohner, und nicht zu vergessen, 1909 wird am Domhof das neue Theater eröffnet. Die allgemeine Volkszählung von 1905 belegt, es wohnen jetzt 59580 Einwohner in der Stadt. Einer, der längere Zeit unter ihnen lebte, hat es zu nationalem Ruhm gebracht: Johannes Miquel, für zwei Amtsperioden Oberbürgermeister Osnabrücks, ist 1890 preußischer Finanzminister geworden. Seine Steuerreformen bilden die Grundlage der modernen Finanz- und Steuerpolitik in Deutschland. Einst Liberaler, dann Bismarckanhänger und schließlich ein Erzkonservativer, ist er während seiner Amtszeit in Osnabrück ein mächtiger Beweger für die Stadt, was den cleveren Frankfurtern nicht verborgen bleibt, und so holen sie ihn in den achtziger Jahren als Oberbürgermeister an den Main.

Es gab in Osnabrück um die Jahrhundertwende auch eine kleine jüdische Gemeinde. Sie umfaßte im Jahr 1900 397 Personen, das waren ganze 0,8 Prozent der damaligen Bevölkerung. Am Barfüßerkloster stand die alte Synagoge, 1906 wurde in der Rolandstraße die neue eingeweiht. Der alte jüdische Friedhof lag an der Magdalenenstraße, er wurde 1876 geschlossen. Im 14. Jahrhundert waren die ersten Juden in die Stadt gekommen, geholt vom Bischof, der wieder einmal Geld brauchte. Still und bescheiden lebten sie, bis sie nach der

Aufhebung des Zinsverbotes für Christen nicht mehr gebraucht wurden. Da vertrieb man sie. Es ging in Osnabrück zu wie allerorts im christlichen Abendland, die Stadt duldete bis zur napoleonischen Besatzung »keine Juden in ihren Mauern«. Dann kamen einige wieder, aber blieben verachtet. In einer 1862 veröffentlichten Geschichte der Juden in Osnabrück heißt es, »... noch bis auf den heutigen Tag zeichnet sich die Stadt Osnabrück durch die Abneigung gegen die Juden aus, so daß auch jetzt nur etwa fünf jüdische Familien daselbst wohnen.«[1] Kleine Händler waren sie und Arbeiter, im Zuge wachsender Assimilation und Berufsfreiheit kamen einige Ärzte und Rechtsanwälte aus ihren Reihen, der letzte Theaterintendant vor der Machtergreifung Hitlers war der deutsche Jude Fritz Berend, und das »Osnabrücker Tageblatt« schrieb noch zur Spielzeiteröffnung 1932/33 über ihn: »Daß hinsichtlich der Person des Intendanten keine Änderung erfolgt ist, wird allgemein begrüßt werden. Bewährte Kräfte erhält man gern.«[2] Das sollte nur noch für vier Monate wahr bleiben. 1933 machten die Deutschen den Antisemitismus zur offiziellen Staatspolitik, der geachtete Theaterleiter wurde entlassen, die Osnabrücker Juden entrechtet, ausgeplündert, vertrieben, in die Vernichtungslager transportiert. In der Nacht vom 9. auf den 10. November 1938 ging die Synagoge in der Rolandstraße in Flammen auf.

Die Hybris aber sollte sich furchtbar rächen: Osnabrück wurde in den Bombennächten des Zweiten Weltkrieges in Schutt und Asche gelegt. Nichts mehr blieb vom jahrhundertelangen Fleiß seiner Bürger, vom Bild der über Generationen entstandenen Stadt. Die herrlichen alten Fachwerkbauten, die mächtigen, Bürgerstolz verkündenden Häuserfassaden, das einst in den Himmel ragende Ensemble der vielformigen Kirchtürme – es war dahin für immer.

Als Osnabrücks berühmtester Bürger, der Schriftsteller Erich Maria Remarque, im Juli 1952 die Stadt seiner Jugend nach zwanzig Jahren für einige Stunden besucht, erkennt er sie nicht wieder. Erschüttert steht er vor den Löchern zerstörter Hauswände, vor der sich immer noch weit hinziehenden Kraterlandschaft. Zu Staub geworden sind die schattigen Winkel, die engen Gassen, die ihm einst so mächtig erscheinenden Plätze. Als er bereits in Berlin, am Lago

Maggiore und im fernen Amerika lebte, waren sie immer wieder in seinen Träumen aufgetaucht. Unverlorene, im Laufe der Jahre auch verklärte Erinnerung blieben die frühen Osnabrücker Jahre, in denen er das Leben entdeckte, die Kunst, die Freundschaft und die Liebe. Vielfach haben sie sich widergespiegelt in seinen Romanen. Nun verbrannt, niedergeworfen, ausgelöscht. Zwei Jahre vor seinem Tod schreibt er an den Jugendfreund Hanns-Gerd Rabe: »Es ist sonderbar, wie stark jedesmal das Bild unserer Heimat vor mir aufsteht, wenn Du mir Deine Artikel wie etwa über den Ledenhof oder das Kasino schickst ... eine rasche Sehnsucht, alles wiederzusehen, obschon wahrscheinlich vieles nur noch in meiner Erinnerung existiert. Dabei habe ich hier eine von Schwalben umflogene Terrasse mit einem Blick über ganz Rom ... Aber es sind nicht mehr dieselben Schwalben, die um die Domtürme flogen, wenn ich – voll von Wünschen, Träumen und Hoffnungen – dort im Kreuzgang stand ... Es sind nicht die Schwalben unserer Jugend.«[3]

Als er diese Sätze schreibt, hat er sich längst gelöst von seiner Geburtsstadt. Fern ist sie ihm geworden, ein Bild nur noch, die sentimentale Erinnerung eines alten, kranken Mannes an die verlorene Jugend. In den Büchern taucht sie immer wieder auf, als Mellern, Werden, Werdenbrück oder namenlos, zweimal gar (»Die Traumbude« und »Die Nacht von Lissabon«) als Osnabrück. Aber sie ist nur noch literarisches Material, sehr frei werden die Örtlichkeiten skizziert, die Straßennamen gewählt. Symbol ist sie geblieben für das Kleinstädtische, unter dem er so gelitten hatte und in dem der deutsche Faschismus schon früh und schrecklich seinen Massenanhang fand. Gegenpol zur Welt der pulsierenden, weltoffenen Metropolen, in denen er dann viele Jahre seines Lebens verbringen wird, das ist Osnabrück jetzt.

Persönliche Kontakte hat Remarque später fast keine mehr nach Osnabrück. Er bleibt nach dem Zweiten Weltkrieg freundlich, wenn sich die Ratsherren nach langem und peinlichem Zögern entschließen, den so ungeliebten und in den Nazi-Jahren verdammten und verleugneten Sohn der Stadt zu ehren, eine Straße nach seiner von Hitlers Richtern ermordeten Schwester Elfriede benennen. Aber er hält

Abstand, lehnt alle offiziellen und privaten Einladungen konsequent ab, kann und will nicht vergessen, was in dieser Stadt zwischen 1933 und 1945 geschehen ist.

Zumal die »Täter« und ihre Mitläufer auch in Osnabrück so taten, als sei nichts geschehen, und die eigene Rolle verdrängten. Bischof Wilhelm Berning beispielsweise hatte den »Führer« 1936 als den »Prinzen« begrüßt, der das Emsland aus dem »Dornröschenschlaf« geweckt habe. »Alles, was geschehen ist, entspringt dem Weitblick unseres Führers Adolf Hitler.« Der christliche Mann, der in seinem Bistum mit dieser Haltung wahrhaftig nicht allein stand, blieb bis 1955 im Amt, und der Papst verlieh ihm 1949 den Titel eines Erzbischofs, 1952 machten ihn die Stadtoberen zum Ehrenbürger, »in Würdigung seines langjährigen Wirkens in und für Osnabrück und seine Bevölkerung«.[4] Kein Einzelfall wird hier erwähnt, sondern so ging es generell zu in Sachen Vergangenheitsbewältigung in den ersten beiden Jahrzehnten der Bundesrepublik. In einem Interview macht Remarque 1962 deutlich, wie tief ihn diese deutsche Nachkriegsrealität getroffen hat: »Ich stehe heute zu Deutschland genauso positiv wie je und immer. Das bedeutet aber nicht, daß ich alles akzeptieren kann, was dort geschieht. Im Gegenteil: Ein Land, das man wirklich liebt, will man respektieren können. Man will kritisieren, reformieren, es verbessern. In diesem Sinn ist es mir unbegreiflich, daß alte nazistische Verbrecher heute noch und wieder in führenden Positionen in Wirtschaft, Politik, Justiz tätig sein dürfen. Das Zögern bei der grundsätzlichen Ausmerzung dieser Leute stört mich zutiefst. Man kann alten Dreck nicht vergraben – er fängt immer wieder an zu stinken.«[5] Mit Verachtung wird der in der Ferne lebende Schriftsteller also auch auf die Heimatstadt geblickt haben, die ebenfalls eifrig bemüht war, den alten Dreck zu vergraben.

Die Remarques kamen aus Frankreich. Was so aber auch wieder nicht stimmt, denn die Region, in der sich die ersten nachweisbaren Spuren der Vorfahren finden, wechselte im Laufe der Jahrhunderte ihre politischen Herren ständig. Der Niederrhein, die Provinz Limburg, Wallonien – das war Grenzland, von Franzosen, Deutschen, Holländern stets begehrt und umkämpft. Im 19. Jahrhundert fiel dann einiges davon an den neu gegründeten Staat Belgien. Der Name Remarque oder Remacle ist dort so selten nicht gewesen, und der »Saint Remacle« war ein prominenter Kirchenheiliger. Wo genau der landschaftliche Ursprung unserer Remarques jedoch zu orten ist, ist bislang nicht bekannt. Der erste Hinweis auf die Ahnen nennt das Jahr 1720. Da wurde Toussaint Remacle geboren, und er heiratete eine Maria Léjeune. Ihre Geburtsorte sind nicht erwähnt. Vom gleichnamigen Sohn, geboren 1757, ist immerhin überliefert, daß er in Aachen wohnhaft war, dort die Spinnerin Catharine Courteaux heiratete und dem Beruf eines Maurers nachging. Deren Nachkomme, Johann Adam Remarque, das Licht der Welt im Revolutionsjahr 1789 erblikkend, zog von Aachen nach Kaiserswerth, seit 1929 ein Stadtteil von Düsseldorf, heiratete dort Elisabeth Frenken und verdiente sich sein Brot als Nagelschmiedemeister. Ihr männlicher Erbe wurde am 13. März 1840 geboren. Er blieb in Kaiserswerth und ergriff den Beruf des Vaters. In seiner Geburtsurkunde findet sich der Hinweis: »Nach der Vorlesung erklärte der Vater des Kindes wegen Augenkrankheit nicht unterschreiben zu können, und haben die Zeugen unterschrieben.«

Der Name in dem Dokument aber lautet: Peter Aloys Remark. Vielleicht ist diese »Verdeutschung« eine Reaktion auf die in seinem Geburtsjahr aufwallende »Rheinbewegung«, die damals in ihren begeisterten, meist bierseligen Männerchören den Franzosen entgegenschmetterte: »Sie sollen ihn nicht haben, den freien deutschen Rhein.« Ein Jahr danach dichtete Hoffmann von Fallersleben sein »Deutschland, Deutschland über alles«, und dabei blieb es dann auch. Peter Aloys jedenfalls heiratete die Näherin Adelheid Bäumer, und am 12. Juni 1867 wurde ihr Sohn Peter Franz geboren, der Vater des Schriftstellers Erich Maria Remarque.

Französisch also der Namensursprung, und Aachen und Kaiserswerth die Lebensmittelpunkte zumindest seit den Tagen des Ururgroßvaters. Eine bodenständige Handwerksfamilie von bescheidenem Auskommen. Viel mehr weiß man nicht. Die Kirchenbücher sind lückenhaft, durch Kriege und Brände teilweise vernichtet, und die Remarques fallen über Generationen hinweg nicht auf unter ihren Mitbürgern. Ob es da noch weitere Familienverzweigungen gab etwa, oder was die saarländischen Remarques mit den niederrheinischen zu tun haben, wie kinderreich die Vorfahren waren, was sie dachten, empfanden, wie das Schicksal sie behandelte, ob sie zum Kreis der französischen Emigranten gehörten, die im 16. und 17. Jahrhundert ihr Land verlassen mußten, bleibt im dunkeln. Auch von irgendwelchen künstlerischen Begabungen und Interessen in der Familie kann nichts berichtet werden.

Peter Franz Remark zieht im Mai 1895 von Kaiserswerth nach Osnabrück, sein Name taucht im Adressbuch der Stadt erstmals 1895/96 auf, die Wohnung liegt in der Lindenstraße. Er ist Buchdrucker, ein wortkarger, zurückhaltender Mann. »Seine Mitarbeiter, Lehrlinge, Gesellen und Mädchen, hatten es mit ihm nicht leicht«, erinnert sich ein ehemaliger Arbeitskollege an ihn. »Seine knorrige, ja, man kann sagen unfreundliche Natur ließ in seinem Bereich für das, was man ein ›gutes Betriebsklima‹ nennt, wenig Spielraum. Wer aber, so wie ich damals, über ein Jahr mit ihm zusammengearbeitet hat, entdeckte zuletzt in P. R. den einsamen, aber im Grunde guten und feinfühlenden Menschen.«[6] Diese Beschreibung bezieht sich auf eine Zeit, in der Peter Remark Buchbindermeister bei der Osnabrücker Firma Prelle ist, wo er sich in vielen Jahren emporgearbeitet hat, schließlich Maschinen-Meister wird, fachlich kompetent, fleißig, verantwortungsbewußt. Er »befaßte sich gern mit okkulten Dingen. Ich sehe noch, wie er mit seiner Taschenuhr Dinge zu beschwören versuchte, die zwischen Himmel und Erde sind. Zeigte man ihm die Fotografie eines Menschen, den er nicht kannte, so ließ er seine Taschenuhr an der Kette über dieser Fotografie baumeln und sagte dann, für uns oft verblüffend richtig, wer tot oder noch nicht tot war.«[7]

Am 18. Mai 1895 heiratet er in Wanne-Eickel die am 21. November 1871 in Katernberg geborene Anna Maria Stallknecht. Viel über diese Ehe wissen wir nicht, auch darüber schweigt sich später der berühmte Sohn aus. Aber sie wird so gewesen sein, wie es ist, wenn man zusammenlebt unter nicht sehr üppigen materiellen Verhältnissen, die Familie sich innerhalb von acht Jahren durch die Geburt von vier Kindern vergrößert, der Ehemann wortkarg ist und die wilhelminische Welt noch ganz im Zeichen des Patriarchats steht. Hanns-Gerd Rabe, der Jugendbekannte des Schriftstellers und spätere Biograph seiner Osnabrücker Jahre, spricht von einer »harmonischen Familienatmosphäre«, was denn einmal so stehen bleiben soll, obwohl solche pauschalen Urteile in der Regel die Wirklichkeit mehr verklären als erhellen. Über Anna Maria finden sich in den Dokumenten fast keine Hinweise. Lebhaft soll sie gewesen sein, eine freundliche Frau. Ihre Liebe zur Musik übertrug sie auf den Zweitgeborenen, der dann auf ihren Wunsch Klavierunterricht nahm. Sie wurde von den Kindern zweifellos geliebt. Katholisch waren die Remarks, aber das sehr maßvoll. Immerhin, Meßdiener war der junge Erich Paul.

Der private Lebenskreis des Ehepaars war eng, Besuche bei Nachbarn oder dem einen oder anderen geschätzten Arbeitskollegen, Spaziergänge in der ländlichen Umgebung der Stadt (immer dabei der geliebte weiße Spitz) verbunden mit dem Aufenthalt in einem der vielen lauschigen Gartenlokale und der Vater – wie es nun einmal üblich war – Mitglied diverser Vereine, viel mehr wird da nicht gewesen sein. Getrunken wurde nicht in der Familie. Jedenfalls ist dies anzunehmen, denn Peter Remark war Angehöriger der »Guttempler-Loge« und damit so etwas wie ein bekennender Anti-Alkoholiker. »Ob Remarques Vater aus rein humanistischen Überzeugungen dort tätig war, oder ob er sicher sein wollte, nicht vom Alkohol übermannt zu werden, weiss' ich nicht«, schrieb Jahrzehnte später ein Logenmitglied.[8] Dies ist nur insofern bemerkenswert, als der Alkohol im Leben des Sohnes eine überragende Bedeutung gewinnen sollte, und möglicherweise tatsächlich schon der Vater die Versuchung verspürt und sich erfolgreich dagegen gewehrt hatte. Aber, zugegeben, das ist Spekulation. Immerhin war es ungewöhnlich, daß ein Katholik Aufnahme bei den Guttemplern fand, was nach den Ordensregeln nicht gestattet war. Peter Remark besuchte jedenfalls äußerst regelmäßig die Logensitzungen.

Mitglied des heimischen Marine-Vereins war er auch. Was weniger mit der aufflammenden Flotten-Begeisterung im wilhelminischen Deutschland zu tun hatte, als vielmehr mit biographischen

Hintergründen. »Er diente bei der Kriegsmarine in Wilhelmshaven und in Kiel«, berichtete im November 1929 das »Osnabrücker Tageblatt« über den Vater des gerade allerorts diskutierten Autors von »Im Westen nichts Neues«, »mit den damaligen Kreuzern machte er mehrere Auslandsreisen, so nach Skandinavien, England und in das gesamte Mittelmeer, er wurde bei der Marine ›Maat‹ und erzählte gern und viel von diesen Auslandsreisen und Reiseerlebnissen.«[9] Die Art, wie er es tat, war allerdings nicht immer nach dem Geschmack seiner Zuhörer. Er spann sein Seemannsgarn gelegentlich sehr deftig. »Er war ein etwas knorriger, kauziger Mann, der aus seinen Reisen interessant zu erzählen wußte«, erinnert sich einer aus dem Kreis der Guttempler, »allerdings manchmal in Ausdrücken, die uns jungen Menschen (rein bleiben und reif werden) nicht immer gefielen.«[10] Eine anderer Zuhörer meinte später: »Wenn er auch mal etwas zu dick auftrug, so hatten wir doch unsere Freude.«[11] Also auch ein geselliger Mann. Für den Gesangsverein »hatte er immer ein offenes Ohr und auch eine offene Hand«, und »ohne seine Hilfe wäre es mit unserem Theaterclub kaum etwas geworden«.[12]

Der familiäre Hintergrund ist kleinbürgerlich und ordentlich. Harte Arbeit und notwendige Sparsamkeit prägen den Alltag. Auffallend sind allein die vielen Umzüge, die die Familie innerhalb Osnabrücks vornimmt. Zwischen 1896 und 1917 sind es immerhin zwölf. Der Grund dafür ist wahrscheinlich im Materiellen zu suchen. Peter Remark und die Seinen bezogen in den vielen damals entstehenden Neubauten Zimmer und Etagen, um sie »trocken« zu wohnen. Da lebte man einigermaßen preiswert für ein, zwei oder drei Jahre, dann kam die unvermeidliche Mietpreissteigerung, und es wurden die Umzugskisten wieder gepackt. Die Adressbücher verzeichnen in diesen Jahren mehrfach Hausnummern in der Jahnstraße, weiter werden die Linden-, die Schinkeler-, die Herrenteich-, die Gertrudenstraße, der »Klingensberg« und schließlich die Luisenstraße genannt. Erst 1917 wird dann in der Hakenstraße 3 endlich eine Dauerwohnung bezogen. In der zweiten Etage des Hauses lebt der Vater bis 1935. Besitzer ist die Firma Prelle, die ihrem geschätzten Mitarbeiter wohl keinen wucherischen Mietzins abverlangt hat.

So ganz außergewöhnlich für die Zeit waren die vielfachen Umzüge im übrigen nicht. »Arbeiterfamilien wohnten nicht nur beengt, sie wechselten auch sehr häufig die Wohnung, manche zwei- oder dreimal im Jahr, die einen freiwillig, weil sie auf der Suche nach größerem und billigerem Wohnraum waren, die anderen gezwungenermaßen, weil sie mit ihrer Miete in Rückstand geraten waren und ihnen vom Hauswirt gekündigt wurde. In vielen Großstädten gehörte das Bild einer Arbeiterfamilie, die ihre Habseligkeiten auf einem Handkarren oder Leiterwagen transportierte, zum Alltag vor 1914. Allerdings verblieben die Umziehenden zumeist in dem angestammten Wohnquartier.«[13] Miete haben sie immer zahlen können, die Remarks, und ganz so erbärmlich werden ihre Umzüge nicht vonstatten gegangen sein. Aber sie gehörten zweifellos zu der Bevölkerungsschicht im Kaiserreich, die knapp rechnen mußte, und behäbiges, gar luxuriöses Wohnen blieb für die Familie unerreichbar.

Ein Jahr nach der Hochzeit kommt das erste Kind zur Welt, der besonders von der Mutter geliebte Theodor Arthur Remark. Bereits fünf Jahre später stirbt er. Will man den knappen Tagebuchnotizen vertrauen, die er später seiner Familie im Rückblick gewidmet hat, war der Tod des Bruders für den gerade dreijährigen Erich das erste, kaum zu verarbeitende Erlebnis in seinem Leben. Einer Journalistin berichtete er später, die Mutter habe ihn nach der Beerdigung des Bruders mit der Bemerkung schockiert: »Jetzt mußt du unser Bester sein!« Er habe ihr daraufhin ins Gesicht geschlagen. »Meine dumme Reaktion tut mir noch immer leid. Und ich habe wirklich fest zugeschlagen. Aber tief im Innern hatte ich wohl beschlossen, der Beste zu werden.«[14] Eine Anmerkung, die vielleicht weniger dem realen Geschehen entsprach, als der späten Erinnerung an einen in diesem Alter über das Bewußtsein nicht zu bewältigenden Verlust. Die Töchter Erna und Elfriede werden 1900 und 1903 geboren. Eine große, aber für die Zeit nicht auffallend kinderreiche Familie hatte Peter Remark zu versorgen.

Remarque wird später ein distanziertes Verhältnis zu den Eltern und Geschwistern einnehmen. Die Mutter hat er zweifellos geliebt, ihr Tod im Jahre 1917, die letzten Monate der krebskranken Sterbenden, haben ihn tief getroffen, stürzen ihn – verstärkt durch das Erlebnis des Krieges und das frühe Ende eines hochverehrten Mentors – in schwere Depressionen. Und doch berichtet er in diesen Tagen einem Kriegskameraden das Ereignis in einem auffallend lakonischen Ton: »Verzeih mein langes Schweigen. Meine Mutter ist gestorben, da war ich in Osnabrück auf Urlaub und dachte nicht ans Schreiben.«[15] Kein Wort mehr. Auch in den späteren Tagebuchaufzeichnungen erwähnt er die Mutter kaum.

Das Verhältnis zum Vater, der später, als der Sohn als Journalist arbeitet, dann als Schriftsteller berühmt wird, von Stolz erfüllt ist, hinterläßt keine tieferen Lebensspuren. Remarque wird 1922 endgültig Osnabrück den Rücken kehren, und nur noch selten kommt es zu Begegnungen mit dem Vater. Nach dem Zweiten Weltkrieg wird Peter Remark einige Monate bei dem Sohn in Ronco leben, aber fremd bleiben sie sich auch in diesen Wochen. Einige Besuche in Bad Rothenfelde, wo der Vater mit seiner zweiten Frau (die Remarque in seinen Tagebüchern und Briefen nicht erwähnt) seit 1935 lebt, dann die Beerdigung des 87jährigen im Juni 1954. Der Sohn wahrt die Form, aber das war es auch. In einem Zeitungsinterview porträtiert er den Vater 1932 mit verständnisvoll kühler Distanz: »Mein Vater zum Beispiel ist genau wie ich ein durch und durch nüchterner Mensch, ist viel gereist und hat also viel vom wirklichen Leben gesehen. ›Ich lese keine Romane‹, sagt er, ›denn was da drin steht, ist doch nicht wahr.‹ Das ist die Meinung eines Mannes, in einem Waisenhaus aufgewachsen, der sich durch das harte Leben hat schlagen müssen.«[16] In den eigenen Romanen schildert er übrigens fast nur die liebenden, ahnungslosen, warmherzigen Mütter, die die Soldatenurlauber und Kriegsheimkehrer umarmen. Von den Vätern ist da kaum die Rede.

Auch die Beziehung zu den Schwestern ist nicht eng. Später, als er reich geworden ist, fühlt er sich nicht selten von ihnen ausgenutzt. Der berühmte Bruder reagiert merkbar nervös und ablehnend, wenn ihn Botschaften und Wünsche erreichen. »Brief von Erna«, heißt es beispielsweise in Tagebucheintragungen vom November 1936. »Wollte kommen. Es sei ernstlich. Kopf zerbrochen, was los sein könnte... Wollte am Telefon nichts sagen. Geheimnisvoll... Erna abgeholt. Kam mit ihrem Mann. Alle Sorge umsonst. Wollten nur mein Sparmarkkonto haben, um Haus zu bauen. Tolle Gesellschaft.«[17] Als er später in Amerika von der Ermordung seiner Schwester Elfriede durch die Nazis erfährt, spiegelt sich dieses schreckliche Ereignis im Tagebuch lediglich in zwei Vermerken, obwohl er zweifellos tief von der Tragödie Elfriedes getroffen war. »Die Familie: Schutzvorrichtung der Natur gegen uferloses Dunkel. Abkapselung gegen die Probleme der Menschheit. Hort der Mittelmäßigkeit.«[18] Dies notiert er 1936 in seinem Tagebuch, und solche Sätze sagen viel aus über seine Empfindungen. Auf der anderen Seite häufen sich in den späteren Jahren auch die Selbstvorwürfe darüber, sich nicht genug um die Familie gekümmert zu haben. Wie in nahezu allen seinen Beziehungen schwankt er auch hier zwischen nervöser Ablehnung und der Klage über seine Unfähigkeit, sich ihm nahen Menschen öffnen zu können. Als seine Romanfigur Paul Bäumer von der Front für einige Urlaubstage zur Familie zurückkehrt, geht ihm bei der Begegnung mit der Mutter ein Gedanke durch den Kopf, der auch etwas von den in frühester Jugend gewonnenen, emotionalen Grunderfahrungen des Autors wiedergibt: »Wir sind nie sehr zärtlich in der Familie gewesen, das ist nicht üblich bei armen Leuten, die viel arbeiten müssen und Sorgen haben.«[19]

Die kleinbürgerliche Herkunft hat Remarque ein gut Stück geprägt, und er überwand sie eigentlich nie ganz. In dieser Gesellschaftsschicht – aber natürlich nicht nur dort – gibt es ausgeprägte (Vor)-Urteile, die Welt ist klar definiert, Oben und Unten, Ordnung und Unordnung werden relativ zweifelsfrei anerkannt. Fleiß und Sparsamkeit sind der Weg zum Aufstieg, und der ist das Ziel. Viele haben ihn geschafft, werden dann in den verschiedensten Berufen – auch in der Politik oder in der Literatur – zu öffentlicher Anerkennung und wachsendem Wohlstand gelangen. Der »Klassensprung« aber fordert seinen Preis. Remarques mangelndes Selbstbewußtsein, sein ihn ständig begleitender Zweifel an Werk und Lebenswandel, mögen hier eine ihrer Wurzeln haben. Der plötzliche Reichtum, der überwältigende Ruhm, das große Interesse, auf das seine Person seitens der gesellschaftlichen und intellektuellen Prominenz stieß, schleuderte ihn aus der Welt seines Herkommens. So fühlte er sich später in Intellektuellenkreisen oder im schillernden Hollywood nie besonders wohl. Er liebte dagegen die Begegnung mit »einfachen« Menschen, seine entspanntesten Nächte feierte und verplauderte er mit ihnen. Er schätzte es, wenn ihn bei seinen Einkaufs- und Kneipenbummeln in Ascona die Kellner, Buchhändler, Antiquitätenhändler oder andere unprominente Bekannte auf der Straße freundlich grüßten, er mit ihnen in den Kneipen »politisierte« und trank. In solchen Momenten blieb er unkompliziert, lachte aufgeräumt, war meist vergnügt. Wenn er Emil Ludwig besuchte, Thomas Mann bei einem Prominentenessen traf, mit Marlene Dietrich und ihrem Clan unter den sensationslüsternen Blicken der Tischnachbarn in einem berühmten Pariser Restaurant saß, suchten ihn dagegen Beklemmungen heim, empfand er sein Da-Sein als unpassend, litt er unter der Öffentlichkeit.

Pflicht ist im deutschen Kleinbürgertum ein zentrales Bekenntnis. Remarques Tagebuch ist voll von Selbstvorwürfen, weil er nicht genug arbeitet, sich vor dem Schreiben drückt. »Ich bin eigentlich viel zu müde für mein Alter. Ich weiß nicht, was ich will. Ich weiß nie, was ich möchte.«[20] – »Gemerkt, wie verbummelt ich bin. Faul, unschlüssig, nachlässig, passiv.«[21] – »Versäumtes Leben. Viel versäumt. Nie richtig gearbeitet. Wenig richtig gemacht.«[22] – »Ich bin zu belanglos geworden. Zu faul. Zu dick überall. Traurige, dicke Clowns wirken nicht viel anders, als daß man lacht oder die Achseln zuckt.«[23] Natürlich hatten solche depressiven Töne auch immer etwas mit seinen aktuellen Lebensumständen, seinen Liebeskrisen, seiner oft stockenden Arbeit zu tun. Aber die Grundmelodie der Zweifel und des Klagens über Pflichtversäumnisse, über das »verbummelte« Leben ist in den frühen Jahren geschrieben worden, in der Welt, die ihn nun einmal geformt hatte. Alkohol, die vielen sexuellen Beziehungen zu Frauen, der Hang zur schon erwähnten »Gegenwelt« der Schwulen, Lesben, Zuhälter und Huren, aber auch zur mondänen Oberflächlichkeit im Kreise der Kinostars – war das nicht der Versuch, sich zu befreien vom verabscheuten »Spießertum«, gegen das er sich schon früh empört hatte? »... im guten Zimmer hat man die Klassiker in schönen unaufgeschnittenen Bänden, im Wohnzimmer liegen moderne Romane in gelben Einbänden, um von den freien Ansichten der Bewohner zu zeugen... Ja, Ja, ehrsame Philister, holde Jungfrau, ihr seid nur an abgegriffenes Nickel- und Kupfergeld in Leben und Liebe gewöhnt, und wenn da einmal einer kommt, und wirft euch Goldstücke zu, da sperrt ihr Mund und Nase auf, da weist ihr sie zurück, weil ihr ihren Wert nicht kennt!«[24] Diese hochmütigen, gekränkten und Stolz vorspielenden Sätze vertraut er als 20jähriger Lazarettinsasse seinem Tagebuch an. Sie öffnen auf bezeichnende Weise den Blick in sein Inneres.

Im Gegensatz jedoch zu manchem, der ähnlich wie Remarque von seiner kleinbürgerlichen Herkunft geprägt worden ist, wird er ein zutiefst bescheidener Künstler werden, ein warmherziger, unaggressiver Freund, ein allen Entfremdungen zum Trotz immer hilfsbereiter Geliebter oder Ehemann, eine souverän auftretende öffentliche Figur. Die Einsamkeit bleibt, und sie ist nicht selten bei Menschen, die ihrer Umwelt entwachsen sind, zwischen den »Klassen« leben. Die Zerrissenheit auch, denn es ist ja nicht nur Empörung, sondern auch Suche nach Leben, Gefährten und der Erfüllung in frühen Jahren erträumter Ziele.

Geboren wird Erich Paul Remark am 22. Juni 1898 »nachmittags um 8 1/4 Uhr«. Ort seines Erdenauftritts ist die Provinzial-Entbindungsanstalt in Osnabrück. Der zweite Sohn, gesund und wohlproportioniert, kehrt mit der Mutter zurück in die Jahnstraße 15, wo die Familie allerdings nur noch zwei Jahre wohnt, dann zieht man schon wieder drei Häuser weiter. Hinter der Jahnstraße beginnt der »Pappelgraben«, ein damals noch beinahe unberührtes Stück Natur, geprägt von blühenden Sommerwiesen, tiefschattigen Bäumen und einem noch sauberen Flüßchen. Wenn die Herbst- und Winterregen kommen, schwillt es an, wird zum reißenden Strom und überflutet das Land. Hier entdeckt der Knabe die Welt, Schmetterlinge und Stichlinge, aufregende Vogelkolonien und die phantasieweckende Stille. »Die Wiesen sind naß, und von den Wegen rinnt glucksend das Wasser. Ich trage ein kleines Einmachglas in der Manteltasche und gehe den

Pappelgraben entlang. Hier habe ich als Junge Fische und Schmetterlinge gefangen und unter den Bäumen gelegen und geträumt. Im Frühjahr hing der Graben voll Froschlaich und Algen. Helle, grüne Stauden von Wasserpest schwankten in den kleinen, klaren Wellen, langbeinige Schlittschuhläufer zickzackten zwischen den Stengeln der Schilfrohre, und Schwärme von Stichlingen warfen in der Sonne ihre eiligen, schmalen Schatten auf den goldgefleckten Sand. Es ist kalt und feucht. In langer Reihe stehen die Pappeln neben dem Graben. Ihre Äste sind kahl, aber ein leichter, blauer Hauch hängt in ihnen. Eines Tages werden sie wieder grünen und rauschen, und die Sonne wird wieder warm und selig über diesem Stück Erde liegen, das so viele Erinnerungen meiner Jugend umfaßt.«[25]

Vielleicht eine geborgene Kinderzeit, erfüllt von den Spielen in der Natur und in dem noch in vielen Stadtteilen so ländlich-idyllischen Osnabrück, wo Feiertage noch Feiertage sind, die Jahreszeiten noch den Lebensrhythmus der Menschen stark bestimmen, die Budenverkäufer ihre Honigkuchen und Lebkuchenherzen auf dem Domplatz anpreisen, die Schausteller und Zirkusakrobaten vor allem die Jugend entzücken. Die ersten Lebensjahre setzen emotionale Fundamente, prägen das Unterbewußte, erklären das dem Erwachsenen oft Unerklärbare. Gehen wir also vorsichtig um mit den Hinweisen auf Geborgenheit und Familienharmonie. Denn Remarque wird in seinem späteren Leben oftmals unfähig bleiben, anhaltende Beziehungen zu einem anderen Menschen knüpfen zu können. Das Dasein ist ihm dann vielfach auch Schrecken, Bedrohung, die Unsicherheit verliert er nie, und er flieht in den Alkohol. Seine Romanfiguren erleben bei der Wiederbegegnung mit ihrer Familie das Gefühl der Leere, des Nichtverstehens, der Entfremdung. Die von dem Autor in vielen seiner Geschichten so intensiv beschworene »Kameradschaft«, sie wirkt in ihrer Aufgesetztheit wie eine unversiegbare Sehnsucht, wie die Suche nach dem Unerfüllbaren. Dies weist auf seelische Schatten hin, deren Ursprünge in der Kindheit liegen. Ein Träumer sei er gewesen, weiß sich später mancher seiner frühen Weggefährten zu erinnern. Was ja auf ein reges Innenleben hindeutet, auf die intensive Verarbeitung der Beziehung des zweifelnden Ich zum vielgestaltigen Du. Bei den Remarques mußte man zweifellos mit Fleiß und harter Arbeit den Alltag bestehen. Da wird nicht viel Zeit geblieben sein für Rücksicht auf die Psyche eines sensiblen, empfindsamen Knaben. Was zudem generell nicht den pädagogischen Postulaten der Epoche entsprach. Wir haben vom eigenwilligen, im Umgang mit seinen Mitarbeitern und Untergebenen nicht sehr feinfühligen Vater gehört. Es ist davon auszugehen, daß Peter Remark am Feierabend nicht ein völlig anderer Mensch gewesen sein wird. Das Urteil über Remarques Kindheit muß also zurückhaltend sein, seine spätere Lebenshaltung läßt da nur Vermutungen zu.

Die Schulzeit beginnt in der Domschule, vier Jahre später besucht Remarque die Johannisschule. Kein Gymnasium, sondern ebenfalls eine Volksschule. Ehrgeiz für ihren Sohn werden die Eltern gehabt haben, aber das Geld für eine »höhere Schule« fehlte. Der Blick in einige überlieferte Zeugnisse zeigt, daß er ein guter Schüler war. »Remarque machte es sich mit dem Lernen leicht. Er hatte eine sehr gute Auffassungsgabe und lernte darum zu Hause wenig. Nur sein Leib- und Magenfach Literaturgeschichte nahm ihn zu Hause gefangen. Trotzdem zählte Remarque in allen Fächern zu den besten der Klasse.«[26] Auch wenn diese Bemerkung eines ehemaligen Schulkameraden sich auf die Jahre 1912 bis 1915 bezieht, dürfte sie die Leistung des Schülers Remarque für alle Schuljahre treffend beschreiben. Eine Szene aus seinem Schülerleben ist überliefert, die, wenn auch vielleicht phantasievoll ausgeschmückt, als hübsche Anekdote ihren Wert haben mag: »Der Lehrer liest der Klasse aus einem Aufsatz vor, den die Schüler über die kurz zuvor verlebten Sommerferien schreiben mußten: ›Stolz und erhaben durchschneidet das weiße Segelschiff Albatros die strahlenden Fluten des weiten Meeres.‹ Der Lehrer schaut auf seine Schüler, das Heft in der zitternden Hand. Dann nähert er sich der Bank der Besten, holt Erich zu sich heran und schlägt ihm vor den Augen aller Mitschüler das Heft mehrere Male um die Ohren und fragt, vor Zorn hochrot im Gesicht, wo der Schlingel das abgeschrieben habe. Erich antwortet nicht sogleich, er ist verstockt, versteht nicht. Der Lehrer wütet, Erich läßt alles über sich ergehen, bleibt aber dabei, nichts abgeschrieben zu haben; so sei es an der See gewesen, so habe er seine Ferien verbracht, vier Wochen lang, und so müsse man zwölf Seiten damit füllen.«[27]

Neben der Schule der Turnerbund. Was Remarque später persönliche sportliche Aktivität nicht näherbrachte, auch wenn er, vor allem in seinen Berliner Jahren, Autorennen und Boxkämpfe schätzte, zeitweise als Sportberichterstatter sein Geld verdiente. Im Kirchenchor singt der junge Remarque häufig und offenbar gern. Seine Liebe zur Musik vertieft sich, sie wird ihn für Jahrzehnte begleiten und ihm viel bedeuten, als Hörer und Ausübender. »Ich selbst habe oft als Chorknabe in der Schule gesungen. Ich wollte auch Musiker werden, Pianist ... wenn ich nicht eine Verwundung an der einen Hand bekommen hätte.«[28] Das ist nun sicher eine seiner so geschätzten Legenden. Er spielte Klavier und Orgel, gern und ziemlich gut, verdiente sich als Orgelspieler und Klavierlehrer dringend benötigtes Geld. Aber nichts ist vor seiner Verwundung erkennbar, was auf ein außergewöhnliches musikalisches Talent hinweist, gar einen künftigen Konzertvirtuosen ahnen läßt. Auch die musikalische Ausbildung bleibt autodidaktisch, er ist kein Meisterschüler eines renommierteren Lehrers, kein Wunderkind, das sich einer rührend-begeisterten kleinstädtischen Öffentlichkeit präsentiert. Eine seiner Biographinnen spricht von Kompositionen, die der junge Remarque gefertigt habe, er selbst erwähnt diese Beschäftigung einmal in einem Brief und in den Tagebüchern. Wenn es da Ernsthaftes gegeben haben sollte, hat die Welt jedenfalls nichts davon erfahren. Und doch gilt, was der Zwanzigjährige im Tagebuch festhält: »Musik – die einzige Löserin und Trösterin!«[29]

»Später wollte ich Maler werden.«[30] Auch das allenfalls ein schwärmerischer Künstlertraum in jugendlichen Tagen. Er zeichnet ansprechend, ein paar Bilder sind überliefert, der Kopf der Mutter auf dem Totenbett etwa oder die Zeichnung mit den Türmen des Doms, kleine Karikaturen in seinen Liebesbriefen. Aber nie hat er diese Kunst ernsthaft betrieben, sie zu seinem Handwerk gemacht. Solche Anmerkungen, die er verschiedentlich äußerte, als ihn, den Berühmten, die Frager belästigten, waren nostalgisch, die eigene Künstlerpersönlichkeit hervorhebend. Schreiben, das war seine schon früh, wenn auch zunächst nur spielerisch verspürte Begabung. Zum Glück folgte er ihr. Zunächst als schwärmerischer Dichter, bald als lange scheiternder Romanautor, dann als Journalist und schließlich als meisterlicher Geschichtenerzähler und Zeitenbetrachter.

Er selbst wird im Rückblick auf seine Schuljahre sagen: »Weder zu Hause noch in der Schule fand ich Verständnis für meine Träume außerhalb meines Kreises oder Anleitung bei meinen Versuchen, mich unter den Büchern zurecht zu finden. Man konnte sich keine andere Zukunft vorstellen als vielleicht die eines Postmeisters, Lehrers oder Apothekers.«[31] Er beginnt zu lesen, viel und ohne Konzept. Die Klassiker vor allem, vielleicht auch schon einige zeitgenössische Autoren. Der Vater bringt Bücher nach Hause, die er einzubinden hat, er kauft sich die preiswerten »Gesamtausgaben« der Literaturheroen des Bildungsbürgertums von dem Geld, das er durch Nachhilfestunden verdient. Er träumt vom Dichterruhm. »Ich las viel und planlos. Bis ich Kellers ›Grünen Heinrich‹ entdeckte.«[32] Bücher haben sein Leben begleitet, wo immer er war. »Die gesamte klassische und romantische Periode Deutschlands z.B. war für mich etwas Wunderbares«, berichtet noch der 65jährige in einem Fernsehinterview. »Ich habe sie alle mitgeschleppt, über das Meer und überallhin, habe sie alle gelesen. Für mich z.B. war Eichendorff sonderbarerweise ein Schriftsteller, den man außerordentlich gut gebrauchen konnte, wenn man vor einem Drugstore saß mit seinem kahlen Licht, mit seinem traurigen Licht, und saß da und konnte nicht recht Englisch und war auf der Stufe eines jungen Menschen von ungefähr 7 Jahren angelangt, so viel verstand man. Dann nahm man einen Band Eichendorff, ›Aus dem Leben eines Taugenichts‹ oder sowas Ähnliches, nahm nur ein paar Gedichtbände. Ich habe übrigens, das muß ich sagen, sehr viele Gedichte immer mitgenommen. Das war der Extrakt, das war das Schönste von Deutschland, das man mitnehmen konnte.«[33] Kein Literaturtheoretiker, sondern ein Genuß-Leser ist er immer geblieben. Literatur war ihm das Brot der einsamen Stunden, und sie ließ ihn nicht mehr los, nachdem er ihr bereits in frühen Jahren erlegen war.

Lebhaft ist er, phantasievoll. »Er interessierte sich für alle möglichen Sachen«, merkt Jahrzehnte später ein Freund der Kindheit und

Jugend an, »mal waren es Zauberstücke, dann wieder Hypnose. Es kam ihm darauf an, bestaunt zu werden, Theater zu machen.«[34] Er produziert sich gerne. Bald legt er höchsten Wert auf elegantes Auftreten, kleidet sich modisch, und das wird in seinem Leben so bleiben. Ein Bild des Dreizehnjährigen zeigt ihn als manierierten Dandy mit Hut, Krawatte und Regenmantel, der Blick lässig-bedeutend, an der Seite der Schäferhund Wolf. Gut sieht Remarque aus, und wie er sich da in Pose gesetzt hat, läßt vermuten, daß er es weiß und genießt.

Aber dies war nur die Lichtseite. Harry Graf Kessler berichtet 17 Jahre später in seinem Tagebuch: »Er erzählte mir sehr ausführlich und fast in einem Zuge seine Entwicklung. Hat in Osnabrück als Junge unter Kleinbürgern darunter schwer gelitten, daß niemand ihm im Geistigen irgendeinen Rat oder Fingerzeig geben konnte. Hat mit fünfzehn Jahren die ›Kritik der reinen Vernunft‹ gebüffelt, ohne viel davon zu verstehen. Das größte Wunder sei schon immer für ihn gewesen, wie es komme, daß er überhaupt existiere. Schwermütige Jugend, Selbstmordgedanken. Dann der Krieg.«[35] Er las in diesen frühen Jahren auch Nietzsche und Schopenhauer, und es wird ihm mit diesen Büchern nicht anders gegangen sein als mit den Werken des Philosophen aus Königsberg. Ein Doppelleben also schon damals: gerne im Mittelpunkt stehend, humorvoll und sich mit Eleganz präsentierend und doch auch einsam, melancholisch, von depressiven Schüben heimgesucht. So ungewöhnlich ist das für Menschen in dieser Lebensphase nicht. Aber Remarque neigte zeitlebens zu einer gehörigen Portion Selbstmitleid. Sensibel reagierte er auf die eigene Biographie und litt unter seiner – wie er es empfand – mangelhaften Bildung. Solche Züge weisen auf ein getrübtes Selbstbewußtsein hin, und sie sind nicht untypisch für Angehörige des Kleinbürgertums. Die Wirklichkeit sah bei ihm jedoch anders aus. Sein ungewöhnliches Verständnis für die Kunst, seine gewaltige Belesenheit, sein sich später entwickelndes politisch-gesellschaftliches Weltbild zeugen von einem großen Verstand und viel Wissen. Und doch sind Remarques Klagen über die geistige Isolierung in seinen Jugendjahren nicht unberechtigt. Sie hat ihn geprägt, das Gefühl der Außenseiterposition, des »Alleinseins« mag hier eine seiner Wurzeln besitzen.

Die für ihn wichtigen Dinge – Lesen, Musik, Malerei –, das begann, als der Vierzehnjährige 1912 Schüler der »Katholischen Präparande« wurde. Sie nahm ihn in die dreiklassige Vorstufe auf, die nach erfolgreichem Abschluß zum Eintritt in das katholische Lehrerbildungsseminar für zukünftige Volksschullehrer berechtigte. Es war für den Handwerkerssohn der einzige Weg zu einer besseren Ausbildung, denn diese unter dem Dach der Kirche angesiedelte Institution kostete die Eltern kein Schulgeld.

Schule im Wilhelminismus war Kulturkampf. Zäh hielten die Kirchen, vorrangig die Papstkirche, an ihrem jahrhundertealten Erziehungsprivileg fest. Aus den Reihen der Absolventen ihrer Schulen rekrutierten sie den kirchlichen Nachwuchs, ihre Pfarrer und Priester, ihre konfessionell gebundenen Lehrer. Längst jedoch ging Deutschland den Weg der Säkularisierung, setzte in einem harten politischen Ringen seine Schulreformen durch. Der moderne Staat wurde in dieser Frage zum Feind Roms, das ahnte, wieviel Macht es verlor, wenn sein Einfluß auf die geistige Entwicklung der jungen Menschen entschieden beschnitten wurde. Bis in die Weimarer Republikjahre hinein zogen sich diese Kämpfe.

Dabei gab es in den wilhelminischen Jahren im Volksschulwesen ein deutliches Stadt-Land-Gefälle. Vor 1914 lagen mehr als 80 Prozent aller Volksschulen in ländlichen Gemeinden, 1911 waren noch knapp ein Drittel aller Schulen einklassig. In über 70 Prozent der Schulen mußte ein Lehrer 120 bis 200 Kinder unterrichten. Das sah in Osnabrück etwas besser aus, aber diese Zahlen deuten doch immerhin an, daß die schulische Ausbildung, die Remarque genoß, Grenzen aufwies.

1908 werden die kirchlich geleiteten Volksschulen Osnabrücks staatliche Schulen. Die 1903 gegründete Katholische Präparandenanstalt »lag damals in dem winkeligen Straßengewirr der Altstadt, hinter der Marienkirche, in einem alten unscheinbaren Gebäude ... Diese Anstalt hatte auch die Berechtigung, ihren Zöglingen nach bestandener Entlassungsprüfung ein Reifezeugnis für die Aufnahme ins Seminar zu erteilen, während sich die Zöglinge einer Seminar-Präparanden-Anstalt einer Aufnahmeprüfung am Seminar unterziehen mußten.«[36] Diese absolvierte Peter Remarks Sohn ohne große Schwierigkeiten, und er wurde am 2. Juli 1915 »Student« am Katholischen Lehrerseminar in Osnabrück. Das 1838 auf bischöfliche Anordnung gegründete Institut hatte seinen Sitz in der alten Domschule. 1907 übernahm der Staat die Leitung, und die Preußen ließen in der Brinkstraße ein neues Seminar-Gebäude bauen, das der Kriegsheimkehrer Remarque dann noch einmal besuchen mußte.

Die mehrjährige Ausbildung des Jünglings, die ihn zu einem ordentlichen Mitglied der Gesellschaft formen sollte, stand also unter dem Schatten des deutschen Katholizismus. Merkbar hat Remarque dies nicht beeinflußt. Von Glaubenszweifeln berichtete er später nie (was nicht ausschließt, daß sie ihn in Jugendjahren heimsuchten), in seinen Romanen spielen der Katholizismus oder religiöse Fragen praktisch keine Rolle. Allenfalls in Form lebensphilosophischer Dispute tauchen sie auf, etwa in »Der schwarze Obelisk«, wenn Vikar Bodendiek dem lebensneugierigen Romanhelden Ludwig Bodmer bei üppigen Mahlzeiten und genießerisch gekosteten Weinen seine bieder-selbstgewissen Glaubensgrundsätze präsentiert. Ziemlich unspektakulär wird Remarque Jahre später – am 1. Februar 1927 – aus der Kirche austreten (am gleichen Tag verläßt seine damalige Frau Jutta Zambona die evangelische Kirche).

Die Gymnasien der Stadt waren Remarque ohnehin aus finanziellen Gründen verschlossen, er besaß nicht einmal den Mittelschulabschluß, also blieb nur der Weg ins katholische Lehrerseminar. Denn der Ehrgeiz der Eltern ging zweifellos dahin, dem Sohn den Weg in den soliden Mittelstand zu ebnen. Lehrer sollte er werden, pensionsberechtigt und dem Arbeiterstand entronnen.

Er fügte sich, von einer Auflehnung dagegen ist nichts bekannt. Aber die Literatur, die Kunst, die Musik waren jetzt ins Zentrum seiner Lebenswelt gerückt. In Osnabrück lebte der Maler, Dichter und Liederfreund Fritz Hörstemeier. Die Kunstgeschichte hat ihn zwar (nicht ganz grundlos) mit Mißachtung gestraft, aber der damals 33jährige – mit großer Künstlerschleife und einem breiten Schlapphut als Bohemien durch die Stadt bummelnd – war für seine jugendlichen Bewunderer offenbar eine charismatische Persönlichkeit. Schwärmerisch, kunstvernarrt und von pubertären Idealen erfüllt, sammelten sie sich um den Maler, der einst durch Deutschland und Italien gewandert war und dessen Stilleben, Porträts oder Blumenbilder der Romantik verhaftet blieben. In der kleinen Dachstube der Liebigstraße 31 – in der »Traumbude« – trafen sie sich, lasen Verse, sangen Lieder, philosophierten über das Leben und die Kunst, fern des inzwischen ausgebrochenen Krieges und auch der neuen, aufregenden Entwicklungen der heraufdämmernden Moderne in der Literatur, der Musik oder der Malerei. »Wie heimelig und behaglich das immer war, der goldenbraune Ton des Zimmers, mild beglänzt vom Licht der rötlichen Lampe, Jugend, Schönheit und Frohsinn dazu, darüber wehmütig der Hauch des kommenden Abschieds – Wenn dann die rote Sonne im Winter hinter Schneewolken verglomm, die Nachtschneewinde lauter das Haus umsangen, langsam die Flocken in der dämmernden Winternacht sanken, und der Schnee dichter und dichter auf unserm Dachfensterchen … lag – dann hatte die goldene Lampe allein das Licht – in den Ecken webte die Dämmerung, man rückte näher zusammen, und die Seelen fingen an zu schwingen. Auf dem Ofen brutzelten die Bratäpfel, und ihr Duft zog lieblich durchs Zimmer und umwehte und verschönte … auch den ehernen Beethoven in seiner Ecke. Ja, die Beethovenecke. Fritzens Bild ›Frühlingssonate‹, die wundervolle Radierung, der braune Tänzer, die Totenmaske mit dem sie umwachsenden Immergrün, und die Blumen, das Opfer, – das war das wesentliche der Beethovenecke.«[37] So wie Remarque in dieser Tagebuchnotiz mit »dichterischem« Schmerz – und das war nun einmal damals der Stil, wenn sich ein Schreiber zur hohen Kunst berufen fühlte – der verlorenen Zeit in der Traumbude nachtrauert, ging es offenbar tatsächlich zu, wenn sich die jungen Leute bei Hörstemeier versammelten.

Remarque entdeckt in diesem Kreis, zu dem er im Frühjahr 1916 stieß, seine Lebensideale – Kunst, Schönheit, Erotik, das Heraustreten aus der kleinbürgerlichen Umgebung, in der er aufgewachsen ist. Hörstemeier ist ein Anhänger der Nacktkultur, die um die Jahrhundertwende ihre fast sektiererischen Blüten treibt. Freie Sexualität wird propagiert und vielleicht auch praktiziert. Ästhetik ist alles, und der Körper, dieses Tabu des nachmittelalterlichen christlichen Abendlandes, findet seine Wiederauferstehung. Hörstemeier ist mit seiner Schwärmerei für Natur und Freikörperkultur keineswegs besonders originell. Es zog damals eine jugendbewegte Zeit herauf, der »Wandervogel« wurde zur Ideologie, zur versuchten Befreiung vom spießbürgerlichen Muff des 19. Jahrhunderts. Den Rucksack auf dem Rükken, liedersingend, Schiller deklamierend und Nietzsche lesend, zog man in die Einsamkeit der Wälder und Auen. Es ist ein Aufstand gegen die angeblich so festgefügte Welt der Erwachsenen, die in engen Regeln leben, das Materielle feiern und von der »Weltpolitik« träumen. »In unserer geordneten Zeit«, notiert Remarque am Ende dieses für ihn so einprägsamen Lebensabschnittes im Tagebuch, »da man nur auf Befehl und vorschriftsmäßig liebt, wenn Staat, Kirche und Verwandte nichts dagegen haben, wo die Liebe sich in ihren Grenzen hält und praktisch ist, bist du ewig ein Fremder und Suchender gewesen.«[38]

Hörstemeier und sein Kreis gehören nicht der Wandervogel-Bewegung an, aber sie gehorchen dem Zeitgeist. Ihr Lieblingsblatt ist »Die Schönheit«, deren Seiten auch Nacktbilder zieren und von Sport und Körperhygiene erzählen. Aber es ist die Kunst, die sie fesselt, und nicht der etwas martialische Männlichkeitswahn, der bald in der Jugendbewegung die Oberhand zu gewinnen beginnt und nur wenige Jahre später so viele seiner Anhänger begeistert in den Krieg ziehen läßt. Ganz frei davon ist der Traumbuden-Kreis allerdings nicht. Denn die Kehrseite der Hymnen auf den Körper und die Natur ist der Rassismus. Im Programm des Dresdner »Verlag der Schönheit«, in dem die Zeitschrift erscheint und das einige Jahre später Remarques ersten Roman anzeigen wird, finden sich vielfach Begriffe wie »Rassenhygiene« oder »Züchtung edler Rassenmenschen aus arischem Geblüt und mit arischem Instinkt«. Auch der junge Remarque ist für dieses Denken offensichtlich nicht ganz unempfänglich.

Unter den Traumbuden-Besuchern sind neben dem späteren Schriftsteller nur noch zwei, die sich dann ganz der Kunst widmen: Fritz Erpenbeck, der Schauspieler, Dramaturg und Autor von Kriminalromanen wird, und der Maler und nach dem Zweiten Weltkrieg als Lehrer an der Kölner Werkschule für Kunst wirkende Friedrich Vordemberge. Dieser bleibt in lockerem Kontakt mit dem später vielgenannten Autor, in ferner, freundschaftlicher Erinnerung an gemeinsame Jugendtage. Über die Traumbuden-Zeit schreibt er: »Wir waren jung und begeistert für die Kunst und alles Schöne und Wunderbare ... wir trafen uns – wenn wir in Osnabrück waren – fast täglich.«[39]

Fritz Hörstemeier stirbt am 6. März 1918. Sein frühes Ende – er wird 35 Jahre alt – löst bei Remarque eine Lebenskrise aus. Zu diesem Zeitpunkt ist er im Duisburger Lazarett. Er hat das Massensterben an der Front miterlebt, und kurz zuvor, im September 1917, ist die Mutter gestorben. Der Tod ist in Remarques Leben getreten, und er wird sein Denken nie mehr verlassen, gräbt sich ein in sein Unterbewußtsein und wird die melancholische Grundstimmung vieler seiner Romanhelden prägen. Mit Hörstemeier verliert er die wichtigste Bezugsperson seiner Pubertätsjahre. Er hat ihn verehrt, geliebt, seinen Lebensstil, seine Gedankenwelt als Ideal empfunden, mit jugendlicher Naivität angebetet. Auf der Beerdigung in Bremen spielt er die Orgel, und in Tagebuchnotizen spiegelt sich dieser Verlust in vielen Wiederholungen wider. »Noch immer brennt der Schmerz um dich, Fritz, noch immer blutet die Wunde.«[40] – »Das unendliche Heimweh nach dir quillt wieder auf, Fritz. In den letzten zwei Jahren habe ich dich kaum fünf Tage gesehen – und da lastete noch der Druck des Todes meiner Mutter auf mir. Und wie wollte ich dir alle Liebe und Güte vergelten – nun ich reifer geworden bin –. Fritz!«[41]

Die Traumbude bleibt Remarque unvergeßlich. Er wird sie und die Menschen, denen er dort begegnet ist, in den Mittelpunkt seines ersten Romans stellen. Die Lebenshaltung, die sich ihm in diesem Kreis offenbarte, verläßt ihn nie mehr ganz. Freundschaft, Kunst, Liebe, Verlust – das sind die vielfach variierten Fixpunkte seines Werkes. Die späteren Romane sind thematisch weit von der Traumbuden-Stimmung entfernt, aber der romantische Grundzug des Autors, die resignierende, gelegentlich sentimental beschriebene Außenseiterposition ihrer Figuren, ihre Sehnsucht nach Kameradschaft und einem geliebten Partner weisen weit zurück auf die traumseligen Stunden in der Osnabrücker Liebigstraße. »Es ist den meisten Menschen eben nicht möglich, nach einer gewissen Verständigung sich frei und hoch im Geistigseelischen weiter aufzuschwingen.«[42] Dies notiert er, als er noch ganz im Banne Hörstemeiers steht. Und doch wird ihm die zwischen Schmerz, Hochmut und etwas strapaziöser Sprache angesiedelte Haltung nah bleiben. Wer so hoch träumt, dem gerät die Begegnung mit dem realen Leben nicht selten zum schwierigen Balanceakt.

Klavierstunden gibt er in dieser Zeit, er begegnet seiner »ersten Liebe« – sie hieß Erika Haase und war Besucherin der Traumbude –, vielleicht dichtet er auch schon. »Ich habe 1915/16 Klavierstunde bei Remarque gehabt«, berichtet ein ehemaliger Schüler. »Er hatte mehrere Schüler, auch Mädchen, die oft mit rotem Kopf das Zimmer verließen, wenn ich kam. R. nahm wenig Geld für den Unterricht, er gab einen frohen Unterricht und war selbst ein lebendiger und froher Mensch.«[43]

Die Schule scheint in diesem Lebensabschnitt zur Nebensache geworden zu sein. Der Lehrstoff ist weit entfernt von dem, was ihm wichtig erscheint. Remarque muß sich jedoch kaum darum kümmern, er lernt auch im Lehrerseminar weiterhin leicht. Es wird ihn nicht bekümmert haben, daß er und der Vater beim Eintritt einen »Revers« unterschreiben mußten, der ihn bei vorzeitigem Verlassen des Seminars verpflichtete, »je Dreissig Mark für jedes in der Anstalt zugebrachte Halbjahr zu zahlen«. Keine Gedanken dürfte er an einen anderen Passus dieser Verpflichtung verschwendet haben. Denn Geldbeträge wurden auch fällig, »wenn ich mich während der ersten fünf Jahre nach Ablegung der ersten Lehrerprüfung weigern sollte, die von der zuständigen Provinzial- oder Zentralbehörde mir zugewiesene Stelle im öffentlichen Schuldienste zu übernehmen«.[44] Ein gutes Jahr wird er sich nach abgelegter Prüfung in den frühen Weimarer Jahren als Lehrer plagen, dann hängt er den ungeliebten Beruf an den Nagel. Von Rückzahlungen an die Schulbehörden ist nichts bekannt.

Die Schilderungen über den Mitschüler oder Jugendfreund, die meist erst Jahrzehnte später erfolgten, sind recht unterschiedlich. Wir haben schon einiges zitiert: Träumerisch, lebensfroh oder zurückhaltend, das sind die häufigen Umschreibungen seines Auftretens in diesen Jahren. »Erich war, als er noch ins Seminar ging, ein stiller Mensch, der äußerlich nicht auffiel, aber geistig sehr rege, der schon selbständig dachte ... Er las viel ... Er verkehrte viel im künstlerischen und musikalischen Freundeskreis, den der Kunstmaler Hörstemeier um sich versammelt hatte.«[45] Er hatte von allem etwas, unterlag, wie das in solchen Entwicklungsjahren die Regel ist, vielen Stimmungswechseln, suchte seinen Weg, dessen Richtung für ihn im nebligen Ungefähren lag. So blieb es bis zum November 1916. Dann holte ihn das Leben ein.

Es war längst Krieg. Die Deutschen haben ihn bekanntlich mit blindem Hurra-Geschrei begrüßt. Aber schon bald kam das Erwachen, die Todesanzeigen benötigten einen immer umfangreicheren Platz in den Zeitungen, die Versorgung der Bevölkerung wurde schlechter. Wie der gerade 16jährige Remarque auf den 1. August 1914 reagierte, wissen wir nicht. Wahrscheinlich ohne überschäumende Emotionen. Die Politik war nicht seine Welt. Immerhin, er meldet sich nicht, wie drei Klassenkameraden es tun, freiwillig zum soldatischen Dienst fürs Vaterland. In einem 1930 gegebenen Interview spricht er allerdings ausdrücklich von seiner damaligen »Vaterlandsliebe« und seinen »enthusiastischen« Gefühlen, mit denen er in den Krieg gegangen sei.[46] Aber 1930 mußte er sich schon gegen die hämischen Angriffe seiner Gegner nach der kurz zuvor erfolgten Publikation von »Im Westen nichts Neues« zur Wehr setzen.

Im Juni 1916 erscheint seine erste Veröffentlichung. Sie handelt »Von den Freuden und Mühen der Jugendwehr« und steht im »Blatt für die Jugend Osnabrücks«, dem »Heimatfreund«. Remarque hat sie im Rahmen eines Wettbewerbs eingereicht, dessen Zielsetzung ganz offensichtlich war, den Wehrwillen und den Kriegspatriotismus der jungen Männer Osnabrücks nicht erlahmen zu lassen. Die Verluste an der Front nahmen schon 1916 so bedrohliche Formen an, daß der ausreichende menschliche Nachschub zu einer militärischen Überlebensfrage geworden war. Die einrückenden Jahrgänge wurden immer jünger oder immer älter. Wer noch nicht Soldat war, mußte sich in diversen Wehrübungen fit machen zum Töten und Getötetwerden. Die Jugendwehren waren für alle Pflicht, die nicht im »Wandervogel« oder bei einer Pfadfinderschaft organisiert waren. Mitglieder des Heimatheeres leiteten an den Wochenenden diese vormilitärischen Einsätze.

Remarques Erstling über ein »Manöver« der Jugendwehr ist insofern nicht ganz uninteressant, als der kleine Artikel trotz der durchschimmernden »Abenteuerlust« nichts vom in dieser Zeit üblichen Chauvinismus der Kriegsapologeten enthält. Lebhaft in der Sprache und »wertfrei« schildert der jugendliche Autor und Karl-May-Leser die Vorgänge. Da ist tatsächlich – in der Anlage, im Sprachduktus, in der Distanz des Erzählers zum Geschehen – schon etwas von der Atmosphäre seines 13 Jahre später geschriebenen Romans »Im Westen nichts Neues« zu verspüren. »Atemlos lauschend, mit geöffnetem Munde, stehen wir und suchen mit stieren Augen das Dunkel zu durchdringen. Schatten, lang und gespenstisch, huschen unheimlich dahin. Am Himmel ziehen Wolken auf. Da! – Krach! Krach! ›Sst!‹ ›Ruhig!‹ Melancholisch pfeift der Wind und küßt die Blätter einer einsamen Weide an einem schwarzen Teiche. ›Da! – wieder.‹ ›Sst!‹ Ich stehe in fiebernder Erregung an einem Eichenstamm, ich sauge mich mit den Augen im Dunkel fest; da wieder. Krach! Krach! Es kommt. Mein Gott, wo sind die andern? Bin ich ganz allein? Wo sind sie? Ich kann sie nicht mehr sehen, und da, da, ganz in der Nähe bricht wieder ein Ast, ein Zweig – Rasend tobt der Wind los und schüttelt die knarrenden Wipfel. Habe ich mich getäuscht? Nein, wieder, wieder. – Löst sich da nicht eine Gestalt von den dunkeln Bäumen? – Wahrhaftig! Näher und näher kommt der Schatten. Ich umklammere meine Korkpistole und drücke mich zitternd vor Aufregung an den Stamm. Näher und näher. – Ich muß doch etwas rufen, aber die Kehle ist mir wie zugeschnürt, der Schweiß steht mir vor der Stirne, ich springe vor und stoße einen rauhen Laut aus – Da stehe ich vor einem alten Mütterchen, das mich verwundert anschaut. Ein Gefühl namenloser Schwäche überkommt mich, ich muß mich an einen Baum lehnen.«[47]

Deutsche Helden zeigen nicht solche Schwächen, und wir werden noch mancher Szene in Remarques Romanen begegnen, die dem hier

Geschilderten ähnelt. Sprachlich ausgefeilter, sicher, aber dieser etwas mehr als zweiseitige Erstling ist, unabhängig von den romantischen Naturtönen, die ihn durchdringen, überraschend weit entfernt von dem schwülstigen Stil, den der junge Mann dann drei Jahre später in seinem Roman »Die Traumbude« verwendet.

Am 21. November 1916 wird Remarque Soldat. Der Krieg ist zu diesem Zeitpunkt längst verloren. Im Grunde war er es schon nach wenigen Wochen. Die große Zangenbewegung, die Frankreich in kurzer Zeit bezwingen sollte, scheiterte an der Marne. Die Schlacht blieb zwar unentschieden, aber die deutsche Offensive rannte sich am zähen Widerstand der Franzosen und Engländer fest. Damit wurde sie für Deutschland zu einer strategischen Niederlage. Da im Zuge dieses vom ehemaligen preußisch-deutschen Generalstabschef Alfred Graf von Schlieffen entworfenen Planes zuvor der Überfall auf das neutrale Belgien erfolgt war, entfiel eine weitere Hoffnung der politischen und militärischen Führung in Berlin: England trat als Verbündeter an die Seite Frankreichs. Bismarcks Alptraum war Wirklichkeit geworden, das Reich stand in einem Zweifrontenkrieg. Im Westen entwickelte sich ein zäher, für beide Seiten äußerst verlustreicher Stellungskrieg, dessen blutiges Symbol bald der Name Verdun werden sollte.

Vier Monate, nachdem Remarque eingezogen worden war, entschied sich die Reichsführung für die Aufnahme des unbeschränkten U-Boot-Krieges. Die deutschen U-Boote griffen nun auch ohne Warnung zivile Schiffe an, was am 6. April 1917 erwartungsgemäß den Kriegseintritt der Vereinigten Staaten provozierte. Damit konnten Deutschlands Gegner mit den nahezu unerschöpflichen Ressourcen Amerikas rechnen, während die Versorgungslage für die deutsche Bevölkerung sich dramatisch verschlechterte und die Rüstungsproduktion die gewaltigen Verluste an der Front kaum ausgleichen konnte. Spätestens angesichts dieser Kräfteverschiebung hätte es aus deutscher Sicht jeder Vernunft entsprochen, den Krieg zu beenden. Das Gegenteil war der Fall: Bis weit in das Jahr 1918 hinein tönten Militärs, Politiker und Industrielle vom »Siegfrieden« und stellten gigantische Gebietsforderungen, ohne deren Erfüllung sie zu keinerlei Friedensavancen bereit seien.

Angesichts des in immer weitere Ferne rückenden Kriegsendes, verschoben sich auch die innenpolitischen Machtverhältnisse. Kanzler Bethmann Hollweg wurde gestürzt, die Oberste Heeresleitung, an deren Spitze Hindenburg und Ludendorff standen, übernahm nun auch die politische Führung im Land. Der prahlerische Kaiser war ohnehin mit Kriegsbeginn machtpolitisch nahezu bedeutungslos geworden. Deutschlands Eliten, die entscheidend zur überheblichen und die Kräfte des Reiches überfordernden »Weltpolitik« beigetragen und die schließlich im Sommer 1914 leichtfertig den Kriegsausbruch provoziert hatten, schickten nun Division für Division in die Schützengräben und ließen sie verbluten, obwohl es nichts mehr zu gewinnen gab. Es war ein verantwortungsloses Handeln, ein folgenreiches Verbrechen.

Vor diesem Hintergrund beginnt Remarques Soldatendasein, und er wird die Stimmung an der Front, die der junge Rekrut dann für einige Wochen erlebt, entscheidend prägen. Während in der Heimat die von der Kriegspropaganda getäuschten und von der Nahrungsknappheit geplagten Stammtischstrategen immer noch vom Sieg träumen, machen sich in den Schützengräben Fatalismus und Resignation breit. Die Angehörigen des deutschen Heeres sehen mit wachsender Verbitterung, daß die Waffen-, Munitions- und Lebensmittelversorgung des Gegners der eigenen weit überlegen ist. Die Kampfkraft bleibt bis in den Sommer 1918 hinein ungebrochen, aber die Friedenssehnsucht im Heer wächst. Es ist in der Tat eine verlorene Generation, die da sinnlos und unbarmherzig in das Trommelfeuer der Geschütze geschickt wird. Remarque wird in seinen Romanen über die Menschen in diesem Krieg und das Leben der Davongekommenen in den Weimarer Jahren Zeugnis über die psychischen und mentalen Zerstörungen ablegen, die dann dazu beitrugen, daß Deutschland auf die nächste Katastrophe zusteuerte. Es gelingt ihm wie kaum einem anderen zeitgenössischen Autor, zu einer authentischen Stimme seiner mißbrauchten und getäuschten Altersgenossen zu werden. Vor allem der ungeheure Erfolg von »Im Westen nichts Neues« weist darauf hin, wie genau Remarque in seiner literarischen Verarbeitung der Zeit Wirkung und Folgen des Krieges zu erfassen verstanden hat. Stimmung und Ton des Romans haben den Nerv der Spät-Weimaraner getroffen, was ja auch den erbitterten Haß erklärt, auf den das Buch bei der nationalistischen Rechten stößt.

Persönlich erlebt hat Remarque wenig von dem, was er zehn Jahre später in seinem berühmtesten Roman schildert. Keine Grabenkämpfe, keine Sturmangriffe machte er mit, auch wenn seine Kompanie zweifellos mehrfach unter schweren Beschuß geriet. Er war an und hinter der Front als »Schipper« eingesetzt. Zerstörte Eisenbahnstrecken reparieren und Telephonleitungen legen mußten diese Kompanien, zu denen er geschickt wurde, Stacheldrahtzäune vor den Schützengräben ziehen und Munitionszüge entladen. Zeitweise war Remarque auch im Telephondienst eingesetzt. Das alles war weder ungefährlich noch leicht. Der Tod suchte seine Opfer in großer Zahl auch bei den Schanztruppen.

Das Soldatendasein beginnt mit der üblichen Rekrutenschinderei während der Ausbildungsmonate, die Remarque in der Osnabrücker Caprivi-Kaserne absolviert. Fortgesetzt werden die absurden Übungen im Töten und Überleben in der Lüneburger Heide, im Ausbildungslager Celle. Mehrfach erhält Remarque Urlaub, um seine schwer erkrankte Mutter in Osnabrück besuchen zu können. Am 12. Juni 1917 wurde er an die Westfront verlegt.

Die wenigen Berichte über den Soldaten Remarque, die überliefert sind, zeigen, daß er offenbar im Kameradenkreis geachtet wird, mit seinen Hypnotiseur-Kunststücken, seinem Klavierspiel und seiner kameradschaftlichen Haltung die Sympathien seiner Umgebung gewinnt. »Ich gehörte zur gleichen Korporalschaft beim Rekr.-Depot. Remarque war willig und freundlich, er lag mit mir einige Tage in der Revierstube, als ich erkrankte. Er quälte sich mit einem schmerzhaften Geschwür, das aber erfolgreich behandelt wurde.«[48] Ein anderer Mitsoldat berichtet: »Im Felde war R. mein bester Kamerad, er verlor nie die Ruhe, wir haben manche Rolle Stacheldraht gemeinsam verarbeitet. Auch die übrigen Kameraden schätzten ihn sehr.«[49]

Remarque hat zweifellos Glück gehabt. Sechs Wochen nach seiner Ankunft im flandrischen Ham-Lenglet wird er an der Ypern-Front verwundet, und damit ist sein Fronteinsatz zu Ende. In den vorangegangenen Wochen ist er in verschiedenen Schanzkompanien kommandiert worden, in denen auch einige Osnabrücker Schulkameraden eingesetzt sind. Manche Begebenheit, der der Leser in Remarques Roman über den Krieg begegnet, hat der Autor in dieser kurzen Zeit beobachtet und einiges auch tatsächlich erlebt, die Szene etwa, in der Paul Bäumer seinen verwundeten Kameraden Stanislaus Katczinsky (Kat) auf dem Rücken zum Verbandsplatz trägt. Hanns-Gerd Rabe weist in diesem Zusammenhang auf den Schulfreund Troske hin, der schwer verwundet von Remarque vom Schlachtfeld geschleppt wird und Wochen später seinen schweren Verletzungen erliegt. Der Schriftsteller wird dieses Erlebnis insofern dramatisieren, als er Kat schon auf dem Weg zum Verbandsplatz sterben läßt. Unbemerkt von Paul Bäumer hat Kat beim Transport ein Granatsplitter getroffen. Einige Personen aus Remarques Kameradenkreis regen zweifellos die Darstellung der Romanfiguren an, die zynische, von groteskem Humor gezeichnete Stimmung der Soldaten trifft der genau beobachtende Remarque später exzellent.

»Die Situationen in meinem Buche sind wahr und erlebt ...«, erklärt er 1929 in seinem ersten Interview nach dem Sensationserfolg von »Im Westen nichts Neues«.[50] Auf die eigene Person bezogen ist dies also sicher nicht richtig, auch wenn der Ullstein-Verlag in seiner massiven Werbeaktion für das »Kriegsbuch« des vor der Veröffentlichung völlig unbekannten Autors einen solchen Eindruck suggeriert und er dem nicht widerspricht. Warum Verlag und Autor diese Legenden schufen, wird in einem späteren Kapitel darzustellen sein. Remarque hat jedoch den Krieg und seine Schrecken gesehen, und das war die entscheidende Voraussetzung dafür, daß er ihn zehn Jahre später auf eine Weise künstlerisch darstellen konnte, die seine Leser in aller Welt überzeugte.

In den Briefen, die er nach seiner Verwundung aus dem Duisburger Lazarett schreibt, oder in den Tagebuchaufzeichnungen, die er im August 1918 beginnt, sind die Fronterlebnisse nahezu verdrängt. Remarque äußert sich gegenüber den Kriegskameraden in einem bewußt burschikosen Landserton, von Empörung und Protest ist da nichts zu verspüren. In den privaten Aufzeichnungen herrscht Traumbuden-Stimmung und Liebesgestammel. Er beginnt in dieser Zeit zwar mit der Niederschrift eines Romans über den Krieg, aber bricht diesen Versuch sehr bald wieder ab.

Es ist anzunehmen, daß der Tod Fritz Hörstemeiers Remarque auf eine Weise getroffen hat, die nun alles andere, also auch den Krieg, überlagert. Unmittelbar, nachdem er die wenigen Manuskriptseiten jenes Versuchs beiseite gelegt hat, beginnt er mit der Arbeit an seinem Roman »Die Traumbude«. Dieser wird zur Hymne auf eine endgültig verlorene Zeit und den so leidvoll betrauerten Mentor. Der Verlust dieses Menschen bedeutet einen tiefen Lebenseinschnitt, er ist Abschied von der Jugend und den idealistisch-romantischen Träumen, die sie begleiteten.

Kriege töten nicht nur Menschen und bringen nicht nur riesenhafte materielle Zerstörungen, sie hinterlassen bei den heimgekehrten Frontsoldaten auch schwere Psychosen. Die erlebten Schrecken werden jedoch oftmals eingekapselt und aus dem Bewußtsein verdrängt. Remarque erzählt 1929, nach der Veröffentlichung von »Im Westen nichts Neues«, einem Interviewpartner: »Nicht die Bilder, die Visionen des Erlebten bedrückten mich, sondern der allgemeine Zustand der Leere, der Skepsis, der Unrast. Ich hatte früher nie daran gedacht, einmal über den Krieg zu schreiben ... Ich litt unter ziemlich heftigen Anfällen von Verzweiflung. Bei dem Versuch, sie zu überwinden, suchte ich allmählich ganz bewußt und systematisch nach der Ursache meiner Depressionen. Durch diese absichtliche Analyse kam ich auf mein Kriegserleben zurück. Ich konnte ganz Ähnliches bei vielen Bekannten und Freunden beobachten. Wir alle waren – und sind oft noch – unruhig, ziellos, bald exaltiert, bald gleichgültig, im tiefsten Grund aber unfroh. Der Schatten des Krieges hing auch und gerade über uns, wenn wir gar nicht daran dachten. Am selben Tage, an dem ich diesen Gedanken hatte, begann ich zu schreiben, ohne lange Überlegung.«[51]

Das ist wieder ein Stück Selbststilisierung und liegt ganz auf der Linie der Ullstein-Kampagne für den neuen Roman. So spontan und geradlinig ging die Angelegenheit mit Sicherheit nicht vor sich.

Remarque hat »Im Westen nichts Neues« sehr genau konzipiert und ist keineswegs »ohne lange Überlegung« an die Niederschrift gegangen. Aber eine tiefere Wahrheit hat er in diesen Sätzen für sich und einen Teil seiner Generation wahrscheinlich doch getroffen. Auch jenseits des als persönliche Katastrophe empfundenen Todes von Hörstemeier war Remarque jedenfalls unmittelbar nach dem Krieg nicht fähig, sich diesem Thema literarisch zu nähern. Dies unterstreicht der nun begonnene Roman »Die Traumbude« besonders deutlich. Seine konzeptionellen und stilistischen Schwächen sind so offensichtlich, daß es kaum vorstellbar ist, Remarque wäre bereits zu diesem Zeitpunkt in der Lage gewesen, ein auch nur halbwegs akzeptables Buch über den Krieg zu schreiben.

Wie jedoch seine oben zitierten Sätze auch immer zu bewerten sein mögen, es ist in diesem Zusammenhang interessant, daß ein anderer berühmter Weimarer Autor sich sehr ähnlich geäußert hat. Arnold Zweig schrieb seinen Roman »Der Streit um den Sergeanten Grischa« ebenfalls erst Jahre nach dem Krieg. Er wurde nicht so erfolgreich wie Remarques später erschienenes Buch, aber er begründete doch Zweigs Ruhm. Der jüdische Autor war – wie Remarque – als »Schipper« an der Westfront eingesetzt, und er kehrte nach vier Jahren als Soldat mit langanhaltenden Depressionen in die Heimat zurück. Zweig hat mehrfach betont, daß er über den Krieg erst aus einer längeren Distanz und nach einer psychoanalytischen Behandlung habe schreiben können. Die Parallelen zu Remarques Äußerungen sind unübersehbar. Andererseits wird dieser in seinen Tagebuchaufzeichnungen, die er Ende der fünfziger Jahre während seiner Diskussionen mit der Psychoanalytikerin Karen Horney niederschreibt, viele längst verschüttet geglaubte Traumata aus den frühen Lebensjahren aufgreifen, aber dabei kein Wort über den Krieg verlieren. Dies mag ein Zeichen dafür sein, daß die Bilder vom Massentod an der Front erheblich weniger Einfluß auf ihn gehabt haben, als es hier angedeutet wird.

Im Sommer 1917 begann die Flandernoffensive der Engländer. Ihr war ein wochenlanges Trommelfeuer auf die Stellungen vorausgegangen, in denen Remarque sich befand. Am ersten Tag des Vormarsches – dem 31. Juli – wurde er bei einem Sperrfeuer englischer Artillerie verwundet. Mehrere Granatsplitter hatten ihn am linken Bein, am rechten Arm und am Hals getroffen. Sein Osnabrücker Kriegskamerad Georg Middendorf hielt das Ereignis in seinem Tagebuch fest: »Auf dem Weg zum beschossenen Handzaeme (einem flandrischen Ort an der Bahnstrecke Ypernbrügge – W S), wo wir arbeiten sollten, hatten wir 6 Verwundete, darunter auch mein lieber Remark ... Ich habe ihn verbunden und hielt seine Verletzungen nicht für schwer. Mit noch drei schwerverletzten Kameraden wurde er später auf einem Wagen nach dem Sammelplatz Sankt Josef gefahren ...«[52] Die erlittenen Verletzungen waren immerhin so erheblich, daß ein langwieriger Heilungsprozeß erforderlich war. Dem Soldatentod war der Neunzehnjährige entronnen, aber es war eine andere Welt geworden, in die er nun zurückkehrte.

KAPITEL 3

»Das Leben ist alles«

(1917 – 1924)

Äußerlich überspielt Remarque die zurückliegenden Monate mit flotten Sprüchen und Veteranenattitüden. Etwa drei Wochen bleibt er im Feldlazarett in Thorhut. Dann wird er in der zweiten Augusthälfte nach Duisburg verlegt und ist Patient im dortigen St. Vinzenz Hospital. Eine Wartezeit, ausgefüllt mit der Suche nach einer nun noch ungewisser gewordenen Lebensplanung. Die Verletzungen scheinen Remarque nicht sehr behindert zu haben. Kurz nach seiner Ankunft ist die Mutter gestorben, und der Rekonvaleszent kann zur Beerdigung nach Osnabrück reisen. Bereits am Tag nach der Verwundung hatte er dem Kriegskameraden Georg Middendorf optimistisch mitgeteilt: »Liege jetzt in Thorhut im Lazarett, komme aber heute weiter. Ich habe fast nichts abgekriegt, ganz leichte Verwundungen, keine Schmerzen, komme schon bald wieder.«[1]

Aber es kommt anders, das Glück ist ihm treu. Remarque bleibt für Monate im Hospital, muß nicht zurück zur Front. Er genießt die neugewonnene Freiheit und das oberflächliche Leben. In der Schreibstube ist er tätig, Klavier spielt er vor den Verwundeten, mit den Krankenschwestern wird geflirtet, bei der Tochter des Direktors und einigen anderen ist es mehr. »Mir gehts sehr gut. Ich laufe rum, kann ausgehen, wann ich will, bekomme gutes Essen, Herz, was willst Du mehr! Mein Ersatz-Bataillon ist I.R. 78 in Osnabrück. Dahin gehts später mal! Vorläufig habe ich hier auf der Schreibstube einen Posten als Schreiber bekommen. Den gedenke ich so bald nicht zu verlassen. Glück und etwas Geschick müssens machen.«[2]

Die Gedanken sind bei denen, die noch draußen sind. »Kloppt Ihr Griffe, oder was gibts? Haben sie euch schon im Graben gehabt? Wer ist noch mehr verwundet? Was macht sich Korporal geliebtes?«[3] Einen Monat später berichtet er dem Freund Middendorf vom Schicksal der Schwerverwundeten und Gestorbenen, die beide kannten. Die Sprache seiner Briefe ist burschikos und wirkt aufgesetzt, fast so, als wolle er die innere Spannung nicht ausbrechen lassen. Mit »Schmieren« unterzeichnet er sie, ein Spitzname im Kameradenkreis und auf seine damals bekannt liederliche Handschrift zurückzuführen. »Herzlichen Dank für Karte deiniges. Also mit Wunden meiniges ist sich noch nicht heil. Hab ich aber Vorsorge getroffen, daß sich noch länger hält Stellung in Hospital lazarettiges. Poussiert sich nämlich mit Tochter von Lazarettinspektor allgewaltiges, und hilft sich als Schreiber bei Polizeiutffz sehr schlaues. Denkt sich also, wenn sich nicht kriegt Dachziegel auf Kopf wunderbares, oder wird auf sonstige Weise infames k.v., Winter frieriges hier zu verleben. Kann sich ausspaziergehn, wann sich will, pimpert sich feste Mädel rheinisches, macht sich in Konzerten als Klavier virtuosiges, und tut sich leiden mögen Schwestern von Kreuz rotes mächtig und bringen nach Haus ihriges – Ist sich Mann geliebtiges bei alles. Hat sich Zimmer eigenes mit Bett faines. Komponiert sich, liest sich und denkt sich oft an Kamerad liebes Dopp! Soll sich auch so machen wie Kamerad schlaues mich. Kommt sich auch auf Schreibstube und poussiert mit Tochter inspektoriges, und gibt Kinder von Doktor Klavierstunde. Bleibt sich auch in Lazarett herrliches bei Fressen seliges. O wundervolles Braten schweinernes! Und hat sich immer noch Wunden eitriges!«[4]

Er gibt sich heiter, ist es auch, aber die Bilder des Krieges verlassen ihn nicht. »Beschissen, so bei der Kälte in den Trichtern herum zu krabbeln, mit erstarrten Beinen u. Händen Posten zu stehen, und überhaupt kein Mensch mehr zu sein. Wir haben hier vor kurzem einen Lazarettzug von Cambrai bekommen. Die Kerle klagten auch sehr über Kälte und Eis an der Front. Schreckliche Verwundungen waren dabei, Amputationen, Wunden wie Kindsköpfe so groß, Knochenschüsse u. Ähnliches – Es kommt mir manchmal wie ein Verbrechen vor, daß ich hier so hübsch im Trockenen sitze.«[5]

Weihnachten feiert er in Duisburg. »Ich war Weihnachten u. Neujahr nicht in Urlaub, wegen der Urlaubssperren. Aber das Weihnachtsfest war hier auch sehr schön. Die Hilfsschwestern fuhren mit Engelkindern u. einem brennenden Lichterbaum, vielen Gaben u. Geschenken in jedes Zimmer, wo die armen Kerle in den Betten lagen, und vor Ergriffenheit die alten Weihnachtslieder nicht zu singen vermochten. Mancher fuhr mit der Hand über die Augen, und alte Kerle habe ich gesehen, die wie Kinder weinten und ihr Herz- u. Heimweh in die weißen Kissen schluchzten – Ich mußte nämlich bei der Bescherung mittun, da ich jedem Verwundeten als Geschenk der Stadt 3 M geben mußte –.«[6]

Er beginnt in diesen ersten Duisburger Wochen zu schreiben. »Schreib sich doch mal vom Leben, wie sich ist jetzt. Hat sich großes Interesse, weil sich schreibt Roman«, meldet er Georg Middendorf kurz nach seiner Einlieferung in das Lazarett.[7] Diese Notiz scheint eindeutig darauf hinzuweisen, daß das Thema von »Im Westen nichts Neues« also bereits unmittelbar nach dem Fronterlebnis in seinem Inneren zu wachsen beginnt. In vielen Gesprächen mit Lazarettkameraden sammelt er Informationen, und die Fragen nach der militärischen Lage und der Stimmung in der kämpfenden Truppe in den Briefen an Middendorf häufen sich. Wir wissen es, er bricht diese Arbeit bald ab. Am 6. März 1918 ist Fritz Hörstemeier gestorben, und Remarque schreibt nun ganz andere Sachen: Gedichte und den Roman »Die Traumbude«, den er 1920 veröffentlicht. Diese ersten ernsthafteren poetischen und epischen Versuche zeigen ihn als romantischen Schwärmer und altklugen »Philosophen«. Der geliebte Verstorbene bleibt über das Grab hinaus einflußreich und unvergessen. Für einen Roman über den Krieg fehlen Remarque die Distanz und die künstlerische Reife.

Bis Ende Oktober 1918 ist er im Duisburger Lazarett. Im April wird sein erstes Gedicht veröffentlicht. Es erscheint in der Lieblingszeitschrift des Traumbuden-Kreises, in »Die Schönheit«. Er nennt es »Ich und Du« (womit der Poet seine Freundschaft mit Hörstemeier anspricht), und so ist es auch. Von Schmerz und Herz ist die Rede, der Tod, dem er doch gerade so hautnah gegenübergestanden hat, verklärt sich neuromantisch. Das Bild vom einsamen Wanderer durch die Nacht, der klaglos sein Schicksal hinnimmt, wird allerdings auch später in Remarques Werk vielfach auftauchen. Die neue aufregende Sprache der expressionistischen oder dadaistischen Lyrik, wie in den Gedichten von August Stramm, Else Lasker-Schüler, dem jungen Gottfried Benn oder dem Frühgenie Georg Heym, der 1912 als Vierundzwanzigjähriger beim Schlittschuhlaufen in der Havel ertrank, sucht der Leser in Remarques Gedichten vergebens. Nichts zu spüren ist von Stefan Georges elitär-gemeißelten Sprachhymnen oder Hugo von Hofmannsthals melancholisch-traurigen Gesängen. Auch die kühn-spöttische Lyrik der Bänkelsänger Wedekind oder Morgenstern ist Remarque fern.

Ich und Du

Ich schreite meinen stummen Weg
Durch dunkle Nacht, durch dunkle Nacht –
Ich klage nicht, ich frage nicht –
Ich wandle einsam durch die Nacht.

Wohl schmerzt der Weg, der dunkle Weg;
Mein Herz ist jung, mein Herz ist heiß –
Doch schweigend senke ich das Haupt
Und gehe weiter; – denn ich weiß:

Einmal ist auch mein Weg vollbracht
Einmal versinkt die tote Nacht.
Blüh'n Rosen unter meinem Fuß,
Begnadet mich dein goldner Gruß!
Einmal ist alle Sehnsucht still,
Und alles Wünschen findet Ruh –
Das Große Glück, der Tiefe Traum
Wird einmal wahr:
Eins Ich und Du!

Nicht einmal zwanzig ist er, als er diese Verse niederschreibt. Was dann in den nächsten Monaten folgt und vereinzelt in »Die Schönheit« und in seiner Heimatzeitung, dem »Osnabrücker Tageblatt« – einen Wiederabdruck gibt es sogar in der Zeitschrift »Jugend« – veröffentlicht wird, ist im gleichen Ton gehalten. »Abschied«, »Nocturne«, »Abendlied« – die Titel sind wie die Reime. Weltschmerz wird zelebriert: »Auf manche weiße, weiche Weiberhaut/Glomm seidengolden nachts Glanz meiner Kerzen/Doch hab ich niemals euch zutiefst vertraut./ Wohl saß mit Freunden, Frauen manche Nacht/Gelächterrot ich bei Geklirr und Wein,/Wohl hab ich oft mit euch getanzt, gelacht:/

Jedoch im letzten war ich stets allein.« Liebesgeraune füllt die Zeilen: »Nah ist sehr fern – und nur der/Horizont – geht mitten durch dein Herz/Wie weit sind deine Hände fort –/Dein Mund vergessen und dein Atem/nichts als Regenwind –«. Entsagungsbeschwörungen begegnen dem Leser: »Die Sterne locken mehr als Weiberhüften!/ Hoch steigt mein Fragen über alle Triebe!«

Was er später einmal mit Blick auf seinen ersten Roman – »Die Traumbude« – spöttisch anmerkte, gilt zweifellos auch für seine Gedichte: »Ein wirklich entsetzliches Buch ... Wenn ich nicht später etwas besseres geschrieben hätte, wäre das Buch Anlaß zum Selbstmord.«

Immerhin, er wählt einen Ton, der dem Geschmack des braven Bürgers entgegenkommt. Im »Osnabrücker Tageblatt« erfahren die Freunde rührend-naiver Verse beim Abdruck von »Abschied«: »Von diesem, der Feder eines vielversprechenden jungen Talents entstammenden Gedicht sagt Karl Henckell, der bekannte Lyriker: ›Es ist eines der tiefsten Liebeslieder, das ich je las.‹«[8] Der junge Poet wird dies mit Genugtuung registriert haben. Karl Henckell ist zu dieser Zeit ein vielbeachteter sozialrevolutionärer Dichter und einer der Vorkämpfer des Naturalismus. Neben dem 1918 gestorbenen »Arbeiterdichter« Gerrit Engelke zählt Henckell zu den literarischen Vorbildern des jungen Remarque. Später weist die Redaktion der Heimatzeitung anläßlich des Wiederabdrucks von »Ich und Du« außerdem daraufhin, dies geschehe, »um vielfachen Anfragen« der Leser nachzukommen.[9]

Den leicht entflammbaren, enthusiastischen und doch auch so verunsicherten Jungdichter wird solche öffentliche Zustimmung angespornt haben. Seine Briefe an die mehr oder weniger berühmten Kollegen, die er in diesen Monaten schreibt, sind zwar überspannt, aber sie zeigen doch, was ihm Lyrik ist und das Leben. »Das, was ich so liebe, finde ich bei Ihnen: Stimmung!« teilt er Ludwig Bäte mit. »Ich denke mir ein Gedicht immer wie ein Gemälde. Genau wie man bei einem Gemälde auf vollkommene Harmonie der Linien und Farben halten muß, keine störenden Farben anbringen darf, sehr sorgfältig wählen muß, so auch beim Gedicht. Die Farben, das sind die Worte, und die Linien die Klänge ... Ein Mensch ist soviel wert, als er Idealist

ist! Ich liebe Menschen, die ihr Sein einer Idee opfern. Die Hinwerfenden! Die Ungestümen! Wir sind jung, das ist schön!, sagt Goethe.«[10] Er verliert sich in jugendlicher Bewunderung: »Und in den Stunden der Armut komme ich so gerne zu Ihnen, um an Ihrem Quell zu trinken«, darf der schon erwähnte Münchner Lyriker Karl Henckell lesen.

Bemerkungen, die andeuten, daß hier einer auf der Suche ist, gerne zu anderen heraufschaut und die eigene Identität noch nicht gefunden hat. Hugo von Hofmannsthal, Georg Trakl oder Georg Heym waren Lyriker, die schon als knapp Zwanzigjährige hochbegabte Dichtungen veröffentlichten. Goethe verfaßte im Alter von 24 Jahren seinen »Urfaust«, mit 25 schrieb er den »Werther«, Georg Büchner starb mit 24 und hinterließ seinen »Danton« und den »Woyzeck«, Thomas Mann begann mit 21 die Niederschrift seines Romans über die »Buddenbrooks«, und Robert Musil war auch erst 25, als er »Die Verwirrungen des Zöglings Törleß« schrieb. Remarques frühe Gedichte, Kurzprosa oder Romane lassen dagegen kaum etwas ahnen von der Meisterschaft des späteren Schriftstellers. Melancholischer Weltschmerz, der Hang zu lebensphilosophischen Betrachtungen, der ins Romantisch-Idealistische abgleitende Grundton – das sind sicher Ansätze im Frühwerk, die später seine vielgelesenen Romane mitprägen. Aber Remarque war kein Frühvollendeter und brauchte noch Jahre, bis er seine Sprache und seine Themen fand.

Das zeigen auch die Tagebuchaufzeichnungen, die er noch im Lazarett im Herbst 1918 begann und – mit langen Unterbrechungen – bis 1955 hinein fortsetzte. Liebesleid und Liebeslust werden auf diesen ersten, sehr privaten Seiten zelebriert, Verzweiflung über das eigene Werden vermischt sich mit spätpubertären Lebensreflexionen. Die Hospitaldirektor-Tochter Martha, die Schauspielerin Lucia oder ein Wesen namens Hedwig, in diesen Monaten offenbar die Favoritinnen des Jünglings, werden angebetet, mit weitschweifigen, wahrscheinlich nie abgeschickten Briefen bedacht, die Erinnerung an den verstorbenen Fritz Hörstemeier wird immer wieder beschworen. Wo Remarque in seiner Korrespondenz mit den Kriegskameraden lässig-ironisch formuliert, zeigt sich der Tagebuchschreiber als ziemlich verwirrter, entschlußlos wirkender und die Alltagsrealität des noch nicht beendeten Krieges ausblendender Zeitgenosse.

Einiges klingt jedoch schon in dieser Zeit an, was später ständig wiederkehrt und – wenn auch noch etwas unbedarft formuliert – sein Denken, sein Empfinden gegenüber den vielen Frauen, denen er begegnen wird, geprägt hat. So notiert er am 15. August: »Ich verlange keine platonische Liebe! Aber ich will auch nicht nur sinnliche Liebe! ... Untreue gibt es garnicht, ebensowenig wie Sünde und Gut und Böse ... Und du, Lucia, hast mir diese Gedanken heute gebracht: Weil du einem anderen verlobt bist, und mir doch an drei Seelenstunden Geliebte warst ... Wenn diese Stunden, die wir gemeinsam lebten, nur Taumel und Körperrausch gewesen wären, die Rückwirkung wäre nicht ausgeblieben: Ekel und gegenseitige Verachtung! ... Liebe ist geistigseelischer, höchster Zusammenklang, körperlich ausgelöst. Was für eine Ehe notwendig ist, möchte ich Freundschaft nennen; oder vielleicht Liebesfreundschaft; wenn der Ausdruck zu fremd ist. Liebe ist Rausch! ... Und jetzt kommt das, was ich beweisen will: Daß eine Frau nicht untreu ist, wenn sie einen andern liebt!«[11]

Schuldgefühle plagen den intensiven Liebhaber, und so ganz werden sie ihn auch später als reifen Mann nicht verlassen: »O, daß ich nicht zum zweitenmal an einer Frau zum Verbrecher würde. Hedwig habe ich aus ihrem mühsam erkämpften Wunschfrieden in mein unruhiges Leben gerissen und sie elend gemacht. Soll ich nun wieder einer Frau nach kurzem Rausch eine lange Enttäuschung bereiten? Mir graut manchmal vor mir selbst, vor diesen Gewalten, die mich hin und herreißen, und mich aus Dunkelheit heraus regieren.«[12] Und es geht auf diesen Seiten auch so zu, wie in den Texten des Tonkünstlers Richard Wagner: »Trotz aller Sehnsucht und allen Wollens. Am Ende steht immer und überall das Wort: Entsagen.«[13]

Menschen in seinem Alter schreiben oft so, und während er über seinen Tagebuchseiten sitzt, denkt Remarque auch nicht im entferntesten daran, das jemals zu veröffentlichen. Es sind Versuche der Selbstvergewisserung, die Abarbeitung von Ängsten und Bedrängnissen. Diese Seiten dürfen also nicht überbewertet werden, sondern die Hinweise auf Sprache und Inhalt dieser Blätter und ersten literarischen Veröffentlichungen werfen lediglich ein Licht auf Remarques damaliges Lebensgefühl.

Die frühen Tagebuchnotizen, die ersten Gedichte, dann bald der erste Roman zeugen in ihrer Summe unüberhörbar von persönlicher Krise, wirklichen oder stilisierten Leidenschaften, unruhiger Phantasie, es sind erste tastende Schritte in die erträumte Welt eines Schriftstellerdaseins. Er ist nicht glücklich, auch wenn er das Glück immer wieder so euphorisch anpreist. Die Monate an der Front haben ihn aus der als Idylle empfundenen Vorkriegszeit verstoßen. Daß er damit kein individuelles Schicksal durchlebt, bleibt ihm noch verschlossen. Aber die »verlorene Generation«, der er angehört, wird zu einem zentralen Thema seiner Romane werden. Womit er ebenfalls nicht allein steht. Vor allem die amerikanische Nachkriegsliteratur mit Ernest Hemingway und F. Scott Fitzgerald greift in der zweiten Hälfte der zwanziger Jahre das Drama der von den Schlachtfeldern in eine sinnentleerte Welt zurückgekehrten »lost generation« (ein Begriff, den Gertrude Stein prägte) auf. Die Zeit ist aus den Fugen geraten, nach dem Krieg wird vieles nicht mehr so sein wie vorher.

Politisch vollendet sich in diesen Wochen das Schicksal des Kaiserreiches. Diese Ereignisse werden die kommenden Jahre einschneidend beeinflussen und den Hintergrund mehrerer Remarque-Romane bilden. Die deutsche Front befindet sich im Sommer 1918 vor dem Zusammenbruch. Das Duo Hindenburg und Ludendorff hatte mit einer letzten verzweifelten Offensive versucht, die unausweichliche Niederlage abzuwenden. Aber zu diesem Zeitpunkt standen bereits die ersten amerikanischen Kampfeinheiten in Frankreich, und ein Strom von Rüstungsgütern war in den Monaten zuvor über den Atlantik gekommen und füllte die Waffenarsenale der Gegner des Reiches. Am 28. September wird Reichskanzler Graf Hertling ins Hauptquartier beordert, und die Herren in der Obersten Heeresleitung verlangen von dem entsetzten Mann die unverzügliche Aufnahme von Waffenstillstandsverhandlungen. Was die Sozialdemokraten und einige Liberale jahrzehntelang vergeblich gefordert haben, soll nun ad hoc realisiert werden: Ludendorff fordert die parlamentarische Demokratie. Dieser Erzreaktionär ist jedoch nicht vom autoritären Saulus zum demokratischen Paulus geworden. Seine infame Strategie zielt auf etwas ganz anderes: Die verhaßte SPD soll die Niederlage abwickeln. Die so penetrant von Pflicht und preußischen Tugenden redenden Herren aus der wilhelminischen Elite drücken sich auf erbärmliche und für die Weimarer Republik so folgenreiche Weise vor der Verantwortung für ihr leichtfertiges Handeln. Ludendorff (»Sollen sie doch die Suppe auslöffeln, die sie Deutschland eingebrockt haben.«) und der Kaiser (»Das deutsche Volk ist eine Schweinebande, möge am Tag der Vergeltung kein Schuß fehlgehen.«) flüchten ins Ausland, Hindenburg wird vor einem parlamentarischen Untersuchungsausschuß zum Urheber der »Dolchstoßlegende«, und selbst Friedrich Ebert trägt zur Wahrheitsverschleierung bei, als er den heimkehrenden Truppen zuruft: »Im Felde unbesiegt.« Die »Novemberverbrecher« sind bereits ausgemacht, und kaum etwas wird die Massen in den schwierigen Republikjahren mental stärker bewegen, als der angebliche Verrat von Sozial- und sonstigen Demokraten in den Monaten der Niederlage und die von ihren Vertretern vollzogene Unterschrift unter den Versailler Friedensvertrag. Das konservative Deutschland, das durch sein illusionäres und stets gewaltbereites Handeln Krieg und Niederlage heraufbeschworen hatte, wird mit Verleugnung und Lüge die erste deutsche Demokratie zermürben.

Dem Waffenstillstandsangebot folgt unmittelbar die Revolution der Kieler Marineeinheiten, und sie verbreitet sich wie ein Flächenbrand über das Land. Soldaten- und Arbeiterräte werden gebildet, Straßenkämpfe beginnen, die Spaltung der Arbeiterbewegung zeichnet sich ab, die Mehrheitssozialdemokraten stehen vor der nahezu unlösbaren Aufgabe, Ordnung in das Chaos zu bringen. Bis Ende 1923 hält es an: Die rechten Freikorpsverbände wüten, kommunistische Aufstände in Bayern, Hamburg und an anderen Ecken der Republik werden niedergeschlagen, allerorts – vor allem im Ruhrgebiet – wird gestreikt, der Kapp-Putsch wird durch einen Generalstreik niedergeschlagen, in Bayern, im Rheinland oder in Sachsen versuchen Separatisten, die Reichseinheit zu zerstören, in Oberschlesien gibt es blutige Kämpfe mit der polnischen Bevölkerung, und in München scheitert im November 1923 an der Feldherrnhalle ein dilettantischer Putschversuch im Gewehrfeuer des Militärs. An der Spitze marschierten die Herren Hitler und Ludendorff.

Remarque notiert über die Entwicklungen an den Fronten nahezu nichts in seinem Tagebuch. Aber er scheint allen dichterischen und liebesverzückten Anwandlungen zum Trotz während seines Lazarettaufenthaltes die Lage doch mit wachsender Empörung zu beobachten. Seine Gedanken über den Krieg und die Zukunft Deutschlands werden nur in einer Notiz seines Diariums von 1918 nach einem »langen Gespräch mit einem Kameraden, dem Vzfw. Leigl« festgehalten, aber sie lassen an Deutlichkeit nichts zu wünschen übrig. Denn wenn es Remarque dabei auch in erster Linie um den »Kampf gegen das Morsche und Faule und Oberflächliche in Kunst und Leben« geht, er gegen »seichte Operetten und Lustspiele« wettert, es finden sich darin auch politisch aufrührerische Sätze: »Sturm gegen die veralteten Erziehungsmethoden, evt. Boykottierung der Schulen, Kampf für bessere Lebensbedingungen des Volkes, Bodenreform, vor allem Kampf gegen die drohende Militarisierung der Jugend, gegen den Militarismus in jeder Form seiner Auswüchse. Geschlossenes Auflehnen gegen das Gesetz, wenn es Auswüchse und Bedrückungen begünstigt ... Bildet euch nicht ein, daß Deutschlands Jugend aus Patriotismus ›für Kaiser und Reich‹ stirbt und leidet! Das fegt nur aus euren Gehirnen heraus! Patriotismus haben nur Kriegsgewinnler und Reklamierte!«[14]

Die Rückkehr an die Front steht unmittelbar bevor. Er erwartet sie mit Fatalismus und in resignativer Stimmung. »Ich werde bald aus dem Lazarett entlassen werden«, heißt es am 4. Oktober im Tagebuch, »wieder ins Feld. Ich hatte mich schon sehr auf das Theater, die Konzerte und die schöne Arbeit an den lampenhellen Winterabenden gefreut. Nun werde ich dafür im Schützengraben auf eisigen Posten stehen müssen. So oder so! Es ist nur ein Spaziergang! Man geht ihn so oft, bis daß man einmal nicht wiederkommt. Dann spricht irgendein Pastor einen Gesangbuchvers, und zu Hause ziehen sie schwarze Kleider an, ein wenig Weinen, ein wenig Bedauern – und der ewige, rastlose Lebensstrom rauscht brausend weiter, als ob dieses Herz und diese Sehnsucht nie gewesen wären – Was liegt daran –.«[15] Neun Tage später: »Es gibt jetzt Frieden! Eine große Freude herrscht darüber gerade nicht. Man hatte sich wohl schon an den Krieg gewöhnt ... Ich habe auch keine rechte Freude – Warum, weiß ich nicht. Ich hatte mich schon mit dem Gedanken vertraut gemacht, wieder ins Feld zu kommen.«[16]

Am 31. Oktober wird er aus dem Lazarett entlassen und zum 1. Ersatz-Bataillon im Infanterie-Regiment 78 nach Osnabrück überstellt. Gut eine Woche später jedoch ist der Krieg zu Ende, und am 5. Januar 1919 wird Remarque aus der Armee entlassen. Am 15. November soll ihm vom Arbeiter- und Soldatenrat Osnabrück das noch in Duisburg verliehene EK I bestätigt worden sein – jedenfalls meldet dies am 26. November das »Osnabrücker Tageblatt« –, was später Anlaß zu manch hämischer Bemerkung seiner Gegner sein wird. Es war wohl tatsächlich so, denn auch die neuen Vertreter der Ordnung dekorierten noch manch stolze Soldatenbrust. Vaterländischer Verdienst ist zu allen Zeiten ein weites Feld, und ob der junge Remarque nun Ordensträger war oder nicht, dürfte für sein Leben nicht sehr folgenreich gewesen sein.

Er ist wieder zu Hause, aber die private und die gesellschaftliche Situation hat sich radikal gewandelt. In der Hakenstraße Nr. 3 hat eine andere Frau die Stelle der Mutter eingenommen. Der Witwer Peter Remark heiratet im Februar Maria Henrika Ballmann, und der zurückgekehrte Sohn bleibt auf Distanz zur Stiefmutter. Draußen auf den Plätzen und Straßen Osnabrücks geht es zu wie allerorts in Deutschland: Bürgerkrieg liegt in der Luft, es wird geschossen, es gibt Tote, erregte Menschenmassen fordern Demokratie und Sozialismus, in vielen Fabriken wird gestreikt, vor den Geschäften stehen lange Schlangen, in den Zügen drängeln sich die Städter auf der Hamsterfahrt in die ländliche Umgebung, und das Geld verliert bald an Wert. Krisenzeiten, und sie bleiben. Remarque vermerkt bereits am 13. Oktober im Tagebuch: »Alles so anders, Fritz tot, zu keinem

Menschen ein rechtes Verhältnis –, alles schief, verschoben, zerbrochen – so fängt man jetzt ein Leben wieder an, daß man einst so heiter und glückesvoll verlassen hat. Einsam und zerrissen. Alles grau und trübe.«[17]

Unmittelbar nach seiner Rückkehr nimmt Remarque sein Lehrerstudium wieder auf. Es bleibt keine andere Wahl, vom Schreiben kann er nicht leben. Eine seltsame Situation: In den Räumen des katholischen Lehrerseminars sitzen jetzt viele Offiziere oder »gemeine« Exsoldaten, Studenten, die Tod und Verderben erlebt haben und deren Schulkameraden von einst längst in den Massengräbern vermodert sind. Und vor den Stuhlreihen treten die alten Pauker auf, fordern Pünktlichkeit, Disziplin und Konzentration auf einen nun fast absurd erscheinenden Lehrstoff, als ob da im Leben ihrer älteren Schüler in den letzten vier Jahren nichts geschehen wäre. Die empören sich, erheben Widerspruch, fordern Veränderungen.

Remarque wird auf einer Versammlung zum Sprecher der katholischen Seminaristen gewählt. Gemeinsam mit einem Vertreter der evangelischen Seite – es ist sein Jugendfreund und späterer Biograph Hanns-Gerd Rabe – reist er nach Hannover und verhandelt dort mit dem zuständigen Provinzial-Schulkollegium. »Soeben habe ich erfahren, wie unsere Sache weiterläuft«, schreibt einer der Seminaristen anschließend, »der Verlauf der Verhandlungen mit Geheimrat Oeltjen war glänzend, es wurden vier Punkte bewilligt: a) der Kriegsausschuß wird anerkannt, b) Direktor Weß hat uns sofort wieder aufzunehmen, c) zwei Nachmittage in der Woche sind unbedingt frei, d) die Schule beginnt am nächsten Mittwoch. Über die Dauer der Kurse wurde keine Einigung erzielt ...«[18]

Ganz so glänzend war das Ergebnis allerdings doch nicht. Remarque und sein protestantischer Mitstreiter jedenfalls reisen zum Erstaunen ihrer Mitstudenten und des Osnabrücker Lehrpersonals nach Berlin und tragen Kultusminister Hoffmann ihre Anliegen vor. Der verspricht seinen Besuchern eine Änderung der verzopften Richtlinien, worauf sie zufrieden mit dem Erreichten zurück in die preußisch-westfälische Provinz fahren.

Verträumt, liebesverschwärmt und ohne viel Zukunftshoffnung lebt der Zwanzigjährige jetzt. Aber er muß in diesen Monaten doch auch sehr aktiv und wirklichkeitszugewandt aufgetreten sein. Zum Sprecher der Studienkollegen in wirren Zeiten wird nicht gewählt, wer still die Schulbank drückt, nicht auffällt, sich nicht engagiert. Wieder also – wie immer in seinem Leben – das Doppelbild. Über Hölderlin und Hofmannsthal-Bändchen gebeugt sitzt er in dem kleinen, schrägwandigen Dachzimmer der elterlichen Wohnung, schreibt selbst Verse, Liebesbriefe und den ersten Roman, spielt Klavier, malt, besucht von dem Geld, das er mit Musik- und Nachhilfestunden verdient, Theateraufführungen und Konzerte. Er liest ungeheuer viel und ist Gast an der Volkshochschule. Gleichzeitig aber vom Teufel der Unruhe und der Eitelkeit geritten, flaniert er, begleitet von seinem Hund, in Leutnantsuniform, mit diversen Orden an der Brust und einer Reitpeitsche in der Hand, durch die Straßen Osnabrücks, sitzt in Cafés und Biergärten, trinkt, lacht, redet, schneidet auf. Bald wird sein zusammengewürfelter Soldatenrock von der zivilen Eleganz zeitgemäßer Kleidermode abgelöst. »Er kleidete sich auffallend gut, trug beim Spazierengehen einen echten Panama und erregte mit seinem schönen Schäferhund Aufsehen«, berichtet Hanns-Gerd Rabe. »Ich traf Remarque oft im Konzertgarten des bekannten Cafés Germania. Er sagte mir einmal, als ich sein Auftreten und seine Eleganz bewunderte: ›Wenn Du im Leben weiterkommen willst, mußt Du größten Wert auf die Kleidung legen.‹ Gelegentlich trug er große, flatternde Künstlerschlipse.«[19]

Die Anforderungen, die der Seminarstoff und die bevorstehende Abschlußprüfung stellen, werden nebenbei erledigt. Dafür lieber die stillen Lesestunden und das »tolle« Leben in der kleinen Welt von Osnabrück. Ball-Arrangeur ist er im Juni, beim Rosenfest vor den Toren der Stadt, im »Piesberger Gesellschaftshaus«. Er dekoriert den Saal mit einem Meer von Blumensträußen, huldigt in einer umjubelten Festrede charmant den geladenen Damen und betrinkt sich wahrscheinlich danach gewaltig, um die Nacht in den Armen einer Schönen zu beenden. Spiel, Betäubung, Übermut, Lust treiben ihn in diesen Monaten. Viel von dieser Stimmung findet der Leser in seinem

Roman »Der Weg zurück«, dessen Handlung er in ein fiktives Osnabrück und die Weimarer Frühzeit verlegt hat. Das Buch, Anfang der dreißiger Jahre geschrieben, weist aber auch deutlich auf die sozialen, politischen und psychologischen Schattenseiten der Nachkriegsmonate hin. Er hat sie schon damals im wirklichen Leben nicht übersehen.

Die Traumbude

1919 jedoch hat Remarque einen ganz anderen Roman geschrieben, und er wird 1920 im Dresdner Verlag »Die Schönheit« erscheinen, in dem Haus also, das auch einige seiner Gedichte und kürzeren Prosatexte veröffentlicht hat. Ein erstaunliches Werk. Während der junge Autor über dem Manuskript sitzt, wird Deutschland von Unruhen in Berlin, im Ruhrgebiet und in Bayern heimgesucht, erschüttern die Morde an Karl Liebknecht und Rosa Luxemburg das Land, wird die Münchener Räterepublik blutig niedergeschlagen, tritt die erste Weimarer Regierung – das Kabinett Scheidemann – Mitte des Jahres wegen des die Gesellschaft spaltenden Streits um die Unterzeichnung des Versailler Vertrages zurück, zeigt der Kapp-Putsch im März 1920 ein weiteres Mal, daß Reichswehr und Republikgegner keinesfalls gewillt sind, die neue Verfassung zu akzeptieren, verliert im Juni die »Weimarer Koalition« bei den Reichstagswahlen ihre Mehrheit und läßt damit die bis zur Machtübernahme Hitlers anhaltende Instabilität der Regierungen zum Mühlstein am Halse der jungen Demokratie werden, stilisieren die nationalistischen Chauvinisten den Streit mit Polen um die Ostgebiete zur Überlebensfrage des geschlagenen Landes hoch. In solch politisch dramatischen Zeiten, schreibt Remarque einen Roman, als wären die Uhrzeiger vor 1914 stehengeblieben. Dazu noch einen schlechten. Es ist eine sentimentale, weit in die Regionen des Gefühlskitsches hineinragende Geschichte, ästhetisch von der Schlichtheit eines Courths-Mahler-Romans.

Nichts deutet in diesem Erstlingswerk darauf hin, daß hier ein Autor die Bühne der Literatur betritt, der später seine Zeit und ihre

Schrecken ins Zentrum seines Werkes stellt. Nichts vom eindringlich kühlen Reportagecharakter der späteren Romane, nichts von seiner nüchternen, distanzierten und für ein riesiges Leserpublikum dann so lebensnah gestalteten Charakterisierung der Helden (oder Antihelden) ist in diesem »Künstlerroman« zu entdecken. Kunstfiguren agieren in der »Traumbude«, schwadronierende Laienphilosophen, und herzlich gute Menschen (»Der Mensch ist gut, das Leben ist gut, die Welt ist gut.«[20]) aus der Traumwelt des Groschenromans.

Fritz Schramm, Maler, Dichter und wilhelminischer Bohemien in einem deutschen Provinzstädtchen (Remarque wählt schon in seinem Erstling als Handlungsort seine Heimatstadt Osnabrück), ist für seine jugendlichen Bewunderer Ersatzvater, Ratgeber und Führer in das so verwirrende Leben. Sein Lieblingsjüngling, der Pianist und Liederkomponist Ernst Winter, verfällt während seines Studiums in Leipzig der schönen Opernsängerin Lanna Reiner, mit der er leidenschaftliche Liebesnächte und Theaterbesuche erlebt. Zu Hause wartet auf ihn Elisabeth, rein, unschuldig, »beseelt«. Irrungen und Wirrungen in den Armen der Verführerin enden, als der geliebte und bewunderte Mentor stirbt. Winter kehrt reumütig und schuldbewußt in die Arme der Wartenden zurück. Man träumt, liebt, trauert, pubertiert in diesem Roman und bemüht sich in der dämmerigen Dachstube redlich, die Rätsel des Lebens zu lösen. Nebenbei rettet Fritz Schramm durch viel gutes Zureden auch noch ein »gefallenes« Mädchen.

In nahezu jedem Kapitel tritt »der Mond hinter Wolkensäumen hervor«, die Sterne blitzen, die Linden und der Flieder blühen, Kerzen flackern bei allen passenden und unpassenden Gelegenheiten, die Damen singen rührselige Lieder, der »Held« traktiert bei seinen Auftritten das Klavier, der sterbende Fritz Schramm sieht in seiner letzten Stunde natürlich »den Schwarzen Vogel«, und die Verführerin des komponierenden Junggenies liegt »auf der Ottomane. Ihr nackter Leib war von mit einem grünseidenen Umhang nur teilweise bedeckt« und sie »lächelte ... seltsam – süß –; ein Lächeln – aus Sünde, Sehnsucht und Trauer«.[21] Da wallen die Gefühle und das Blut der Protagonisten, da fragt man tiefsinnig, ob »das Leben denn ein Schauspiel« sei, und

»auf den Straßen der Stadt lag der Abendschein. Der grüne Turm des altersgrauen Domes stand still und ewigkeitsverheißend über dem Getriebe. Unter der Brücke murmelte der Fluß. Wovon? Von Menschen – Menschen –.«[22] Remarques Traumbuden-Bewohner reflektieren die Liebe (»Beim Manne ist sie mehr Begehren, bei der Frau mehr Opfer. Beim Manne ist viel Eitelkeit dabei, bei der Frau Schutzbedürfnis. Ich meine Frau, nicht Weibchen.«[23]) und wägen das Leben überhaupt (»Jugend muß in Frauenherzen ruhen – ... Zur Menschwerdung – Daß aus Menschen die Menschheit werde. Es gibt viele Leute, aber wenig Menschen.«[24]). Die Leser der »Traumbude« – es waren nicht viele – dürften zudem mit dem wilhelminischen Weltbild des Autors höchst zufrieden gewesen sein. Etwa wenn Ernst Winter seine Haltung zur gesellschaftlichen Stellung der Frau zum besten gibt: »Fritz, eine ›gebildete‹ Frau ist grauenvoll. Wir haben alle möglichen Gesetze, aber nicht eines, das sich langweilende Weiber, wenn sie anfangen zu politisieren, Bücher zu schreiben usw., kurz entschlossen unter die Haube steckte.«[25] Es ist anzunehmen, daß der junge Erich Remark (er veröffentlichte das Buch noch unter seinem Geburtsnamen) dies in den Monaten, als in der Republik endlich das Frauenwahlrecht durchgesetzt worden war, nicht einmal ironisch gemeint hat.

Bei der Grundkonstellation des Romans läßt im übrigen erneut Richard Wagner grüßen. Der Kreis, den Fritz Schramm in seinem Dachkammerdomizil, der Traumbude, um sich sammelt, ist von der elitären, schwülstigen Weltenferne der Gralsritterrunde (und trägt im Verhältnis von Schramm zu Ernst Winter homoerotische Züge), und die beiden Frauen, die um Seele und Liebe von Ernst ringen, entsprechen unübersehbar der Figurenkonstellation des »Tannhäuser«: die Venusberg-Verführerin (Lanna Reiner) auf der einen und die überirdisch verständnisvolle und »erlösende« Landgrafentochter Elisabeth (gleichnamig bei Remarque). Während der aufmüpfige und dann reuige Minnesänger bei Wagner allerdings – »der Gnade Heil ward dem Büßer beschieden« – eingeht in den »Seligen Frieden« und des Komponisten entsagendes Adelstöchterchen irgendwie entseelt auf der Bühne stirbt, mündet Ernst Winters lange Reise durch das Bett der Sängerin in eine Ehe mit Elisabeth ein: »Sag mir, Liebste, wie konntest du mich so begnaden, mich Bettler und Sündigen? – Nicht Sünde war dein Tun – nur Irren. Nicht einmal Irren, nur Weg, den du gehen mußtest – Weg durch Nacht – du hast dich wiedergefunden. – In dir, Liebste. – Vom Ich zum Du, sagte Elisabeth verträumt.«[26] Am Sarg des toten Fritz Schramm stammelt Winter in Prosazeilen, als läse er aus dem »Tristan«-Libretto vor: »Treugesell – hast das einzige Mal die Treue nicht gehalten, daß du mich nicht mitnahmst. Höre mich noch ein letztes Mal: Treue gelob ich dir – Treue zu mir selbst, wie du fordertest – – Ach Trautgesell – nein – du sollst nicht einsam schlummern –.«[27]

Nicht zu übersehen ist, daß in diesem romantisierenden Prosawerk an einer Stelle ein politischer Moment aufblitzt, der – da hier der positive Romanheld Fritz Schramm argumentiert – auch ein Licht auf die damalige konservative Haltung des Autors wirft. Es ist in dieser Passage die Rede vom deutschen Heimatgefühl, »das jedem echten Deutschen, ich meine keinen verjudeten oder slawischen, im Blut sitzt«.[28] Dieser Satz wird niedergeschrieben, als der Antisemitismus mit neuer Macht in Deutschland populär zu werden droht, als die russische Revolution und die polnische Frage von den Nationalisten und Rechtsradikalen mit dem bald so massenwirksamen Etikett »bolschewistisch-jüdische Gefahr« belegt wird. Allerdings übernimmt der junge Autor hier wohl nur etwas unüberlegt eine leider sehr zeitgeistige Phrase. Antisemit ist er nicht. In einer im Herbst 1921 veröffentlichten Konzertkritik finden wir anläßlich der Aufführung von Gustav Mahlers 4. Symphonie die Bemerkung: »Und dieser gütige Mensch lächelt dann im Schlußteile so herzbezwingend guttraurig, wie es fast nur ein Jude kann, aus der Rastlosigkeit und dem Erdleid seines Volkes heraus, (freßt mich nicht auf, ihr Hakenkreuzer!) und gibt das wunderbehagliche Sopransolo. Gustav Mahler, du Zerrissener: Du Sinnbild unserer Zeit!«[29]

»Die Traumbude« ist ein literarisches Produkt fern aller Zeitwirklichkeit, in einem Duktus geschrieben, der für die wilhelminischen Jahre der intellektuellen Realitätsverweigerung nicht untypisch gewesen war. Lion Feuchtwanger veröffentlichte 1908 seinen ersten Roman »Der tönerne Gott« und Arnold Zweig 1912 »Die Novellen um

Claudia«. Beide Autoren waren zu diesem Zeitpunkt nur zwei bzw. drei Jahre älter als Remarque bei der Niederschrift seines Buches, und ihre Werke ähneln in ihrer geistigen Grundhaltung, ihrem künstlerischen Wollen, ihrer Sprachästhetik dessen Debüt. Aber sie lassen im deutlichen Gegensatz zur »Traumbude« schon etwas ahnen von der hohen Begabung ihrer Autoren. Sie wurden vor allem jedoch geschrieben, als der Krieg noch etwas nahezu Undenkbares war, die Mehrzahl der Schriftsteller, Musiker oder Maler glaubte, Politik sei ein widerliches Geschäft, das sie nichts angehe. Die Kunst und nicht das Leben war ihr Thema.

Das gilt ganz offensichtlich auch für den – allerdings zum Zeitpunkt der Niederschrift erst einundzwanzigjährigen – Kriegsteilnehmer und Bewohner der Republik von Weimar. Er schreibt einen Roman von gestern. Verständlich vielleicht als Abschied von der Welt der Jugend. Die »Traumbude« ist das in der verklärenden Erinnerung hymnisch besungene Leben für die Kunst und ein hohes Lied auf die Freundschaft. Das waren die im Grunde noch ungemein kleinbürgerlichen Ideale des pubertierenden Jünglings im Osnabrücker »Boheme«-Kreis um Fritz Hörstemeier, und er trauert ihnen noch immer nach. Der Tod des geliebten und verehrten Übervaters seiner frühen Jahre, dem er mit seinem Buch ein Denkmal setzen will, wird seelisch verarbeitet (vier Gedichte von ihm hat er wörtlich in den Roman aufgenommen), die Identitätssuche des bald am kümmerlichen Dorflehrerdasein und den eigenen künstlerischen Fähigkeiten leidenden Autors spiegelt sich in dem Buch wider.

Später wird Remarque selbst mit gelindem Schrecken auf diesen ersten umfangreicheren literarischen Versuch zurückblicken, dessen Druck er immerhin mit dem Verkauf seines geliebten und viel gebrauchten Klaviers mitfinanziert hatte. Als der Weltruhm ihn nach der Veröffentlichung seines Kriegsromans dann zu überwältigen beginnt, er zu einer der umstrittensten Figuren der Weimarer Literaturszene geworden ist, soll der Ullstein-Verlag mit seiner nachdrücklichen Zustimmung alle erreichbaren Exemplare der »Traumbude« aufgekauft haben. Aber vielleicht ist auch das unter der Rubrik Legendenbildung abzulegen.

Kleines literaturgeschichtliches Kuriosum am Rande: Als Remarque 1929/30 weltberühmt wurde, erlebte »Die Traumbude« eine außerdeutsche Mini-Renaissance. Es erschienen eine russische, eine lettische und eine niederländische Übersetzung. Wahrscheinlich glaubten die Verleger, mit dem Namen Remarque ließe sich nun automatisch ein gutes Geschäft machen. Noch erstaunlicher ist, daß 1991 eine bulgarische Ausgabe erschien.[30]

Der Roman, die frühen Gedichte und erste kleine Prosatexte entstehen in persönlich schwierigen Zeiten. Geistig ist Remarque isoliert, die westfälische Kleinstadt und auch der Freundeskreis dürften kaum intellektuelle Anregungen geboten haben. Teile des »Traumbuden«-Textes schreibt der Autor in ländlicher Einöde, wo er als Aushilfelehrer hinbeordert worden ist. Er liest nach wie vor viel, Triviales und Unterhaltendes, schätzt aber auch Wedekind, Hofmannsthal und die Gedichte Franz Werfels, außerdem die Bücher eines französischen Autors, dessen Sprache ihn in seinen ersten Schriftstellerjahren mitprägen sollte. Joris-Karl Huysmans, ein Freund Emile Zolas, war zunächst überzeugter Naturalist, wurde in den 1880er Jahren jedoch ein führender und vielfach nachgeahmter Vertreter des Dekadenz-Stils. »Die Natur hat ihre Zeit gehabt«, lautete das herrische Credo, und Huysmans' Buch »A rebours« (1884) wurde zur Glaubensfibel der müden, mystisch-prunkvollen Symbolisten und Dekadenz-Literaten des Fin de siècle. Émile Verhaeren, Max Elskamp, Georges Rodenbach oder Maurice Maerterlinck hießen seine Dichter, Faurés oder Debussy die Komponisten, Maurice Denis oder Bonnard die Maler. Fernes Vorbild war ihnen Bayerns König und Schlößererbauer Ludwig II., ihr Gralstempel lag in Bayreuth, und Oscar Wilde gab die spöttische Losung aus: »Des Lebens erste Pflicht besteht darin, so künstlich wie möglich zu leben. Die zweite Pflicht ist noch nicht entdeckt.« Remarque gehörte, wie seine frühen Texte zeigen, zur großen Schar der Dekadenz-Liebhaber.

Deren hohe Zeit ist schon längst vorbei. Remarque jedoch lebt fern von Berlin, München, Wien, Hamburg, Köln, Frankfurt am Main, Dresden oder Leipzig, wo bereits die neuen Kunstströmungen

1919/20 zu erbitterten Debatten führen, ein hektischer, neureicher Lebensstil die Szene zu beherrschen beginnt und in endlosen trüben Mietshauskolonien die Armut ihren festen Sitz eingenommen hat. Brechts »Trommeln in der Nacht« wird in München eine Theatersensation und zum Anfang einer großen Dramatikerkarriere, Ernst Tollers »Die Wandlung« bringt es in Berlin zu 114 Aufführungen (der Autor sitzt da schon in Festungshaft und schreibt sein zweites Stück »Masse – Mensch«), Wien hat gerade die Uraufführung von Arthur Schnitzlers »Professor Bernhardi« hinter sich. Ein Stück, das sich mit einem bald hochaktuell werdenden Thema beschäftigt, dem Antisemitismus. In Frankfurt erlebt Franz Schrekers Oper »Die Schatzgräber« ihre Uraufführung, an den Opernhäusern von Hamburg und Köln erklingt erstmals Erich Wolfgang Korngolds »Die tote Stadt«, in Wien legt Arnold Schönberg seine »Harmonielehre« neu auf, und in den Bars und Ballsälen fasziniert ebenfalls ein unbekannter Klang die dem Krieg entronnenen, lebenssüchigen Besucher: der Jazz, der Rag kommt mit fremden, dunklen Rhythmen und verblüffenden Instrumentierungen über den Atlantik. Tango, Quickstep und Bubifrisuren lösen Walzerseligkeit und weibliche Lockenpracht ab. Die deutsche Frau raucht und behütet nicht mehr unbedingt bis zum Trauschein ihre sexuelle Unschuld. »Amerikanismus« wird bald zum allumfassenden Schlagwort, und später erlebt die »Neue Sachlichkeit« ihren kurzlebigen Triumph.

Von alledem bekommt der Seminarist und Junglehrer kaum etwas mit. Im Osnabrücker Theater geht es ordentlich zu, von Schiller bis Goethe reicht der Spielplan, und auch die Operette hat dort ihren sicheren Hort. Den »Freischütz« liebt das westfälische Opernpublikum immer noch, und wenn ein Sudermann-Stück zur Aufführung kommt, fühlt man sich an der Hase schon beinahe mit der Bühnenmoderne konfrontiert. Mozart, Beethoven, Schubert und gerade noch Mahler –, die Konzertabende sind überaus behaglich. Nicht spottsüchtig wird dies erwähnt, denn »Osnabrück« war damals (und ist ja in den Theater- und Konzertsälen noch heute) fast überall in den deutschen Provinzen. Wichtig sind diese Anmerkungen nur, weil sie vielleicht erklären, warum Remarques erste literarischen Versuche ästhetisch und »weltanschaulich« noch nichts spüren lassen von den Gärungen der Zeit, der Autor in diesen Jahren noch gefangen ist in den Einflüssen seiner durch die Werke der Weimarer Klassik, der Spätromantik und des wilhelminischen Klassizismus' erworbenen Bildung und den idealistischen, weltfernen Stunden in Fritz Hörstemeiers Dachstube. Erst wenn Remarque dann Jahre später nach Berlin geht, wird er die neue, nicht nur politisch aufregende Zeit verarbeiten, sie seinen literarischen Stil und seine Themen mitprägen.

Jetzt ist das alles noch fern und die Zukunft ohne Perspektive. Er weiß nicht, wo er hingehört, zwischen seiner kleinbürgerlichen Existenz und der ästhetizistischen Dekadenz-Literatur, die er liest und in seinen eigenen Texten nachzuahmen bemüht ist. Im Juni 1919 macht er seine Lehramtsprüfung. Als Spezialgebiet im Fach Deutsch wählt Remarque das Thema »Lyrik«, spricht über Texte von Goethe und Herder, und seine Prüfer urteilen über die Thesen des bereits selbst Gedichte schreibenden jungen Mannes: »Leider ganz ohne Gefühl.« Er schafft das Ganze schließlich mit der nicht allzu schmeichelhaften Note »Genügend«.[31] Er wird sich seinen Teil gedacht haben über die beamteten Beurteiler seiner Auffassung über deutsche Lyrik und andere Aspekte des abgefragten Lehrstoffes.

Am 1. August tritt er in Lohne, einem Dorfflecken in der Nähe von Lingen, seine erste Stelle an. Er wird dort acht Monate bleiben, dann für knapp vier Monate in Klein-Berssen und anschließend noch einmal für drei Monate in Nahne bei Osnabrück vor überfüllten Schulklassen unterrichten, eine deprimierende Zeit zweifellos. Er hat keine feste Anstellung, sondern wird immer nur als Aushilfe für noch nicht aus der Gefangenschaft zurückgekehrte oder kranke Kollegen eingesetzt. Er wohnt zur Untermiete bei Mitlehrern oder älteren Ehepaaren. In eine muffige Welt ist er geraten, in der die Schulbürokraten ihr Unwesen treiben oder die kirchlichen Hüter der noch stark konfessionell geprägten pädagogischen Anstalten dem sich in seinem Auftreten und Gehabe als Außenseiter präsentierenden jungen Mann Sitte, Anstand und vorbildliches Auftreten beibringen wollen. Wir wissen nicht viel über diese Zeit. Die überlieferten Dokumente geben keine ausführliche Auskunft. Aber sehr euphorisch wird er sich in der ländlichen »Diaspora« nicht gefühlt haben. Es ging ärmlich zu im Ems- und Papenburger Land, es war oft feucht und grau. Zu essen gab es, anders als in der Stadt, dagegen genug, und der Reiz der Heide- und Moorlandschaft mag Remarque etwas getröstet haben.

Seiner neuen Umgebung gegenüber gab er sich erstaunlich freundlich und gelassen. »R. verkehrte sozusagen täglich in unserem Haus«, erinnert sich der Sohn eines seiner Kollegen Jahrzehnte später, »kam mitunter mehrmals zu meiner und meiner Geschwister großen Freude; denn er brachte Leben. Uns begeisterte in besonderem Maße sein Klavierspiel, wobei die damals neuen, so reizvollen Operettenschlager dominierten. Ich habe noch in bester Erinnerung, wie wir auf einer Bauerndiele zusammen eine ... Hochzeit stimmungsvoll feierten ... Auf Jagd ging Remarque hier noch nicht, jedoch hatte er schon bei Antritt der Stelle einen schönen Schäferhund mitgebracht, der ihn in der Freizeit fast immer begleitete ... In der Schule hatte R. offenbar keine Schwierigkeiten, weder mit den Kollegen noch mit den Kindern ... Zwar war R. bei seiner Versetzung nach Lohne meinem Vater gegenüber so kommentiert worden, daß er ›freigeistiger‹ wäre als der normale Junglehrer ... In seinem Dienst war R. durchaus korrekt. So beaufsichtigte er in der Kirche mit Gewissenhaftigkeit die Schulkinder ... Mir sagte R. bei Gelegenheit, daß er sich stärker mit Nietzsche beschäftigt habe, dem er anhinge.«[32]

Ganz so idyllisch heiter war das sicher nicht. Jenseits der als bedrängend empfundenen persönlichen Einsamkeit, der Ferne von Theatern, Konzerten, den Osnabrücker Trinkkumpanen und den gerade aktuellen Herzensdamen Lolott (das war die Schauspielerin Lotte Preuß), einem »Fräulein Mimi« und anderen, gab es auch handfesten Ärger. Schon zu Beginn seiner Lehrertätigkeit, im Dezember 1919, erreichte die Osnabrücker Regierung eine Anzeige, nach der »der Schulbewerber R. in Lohne sich seiner Zeit als Seminarist an spartakistischen Umtrieben beteiligt habe« und »daß das Lehrerkollegium (des Osnabrücker Lehrerbildungsseminars – WS) auf Grund von Äußerungen Remarks letzteren für einen Spartakisten halte«.[33] Auch daß er unberechtigterweise eine Offiziersuniform und nicht verliehene Orden getragen habe, wird aufgeführt. Es war die späte Rache des Direktors Weß. Er konnte offenbar nicht vergessen, daß der von ihm nun Denunzierte als Schulsprecher gegen die Schulleitung bei den vorgesetzten Behörden protestiert hatte.

Solche politischen Vorwürfe nahmen die vom reaktionären wilhelminischen Geist beherrschten Weimarer Staatsbeamten bitterernst. Manchen hat solch eine Anschuldigung damals das Leben, die Freiheit oder doch zumindest den Arbeitsplatz gekostet. Remarque kam glimpflich davon und ließ sich nicht einschüchtern. »Ich habe mich an keinerlei spartakistischen Umtrieben beteiligt«, läßt er die von Revolutions-Alpträumen heimgesuchte Behörde wissen, »und muß um Beweise für diese Beteiligung bitten.«[34] Die gab es natürlich nicht, was aber dem Beschuldigten nichts half. Die Behörde ließ den mißtrauisch beobachteten »Junglehrer« wissen, »daß während der Seminarzeit nach der Rückkehr aus dem Heeresdienst sein bewiesenes Verhalten aufs äußerste zu mißbilligen sei«.[35] Und der räumte auch bei einer Vernehmung ein: »Ich habe Offiziersuniform getragen ohne Offizier zu sein.«[36] Es ist nicht schwer nachzuvollziehen, wie solche Amtsschikanen und -frechheiten auf den jungen Mann gewirkt haben.

Klein-Berssen liegt irgendwo in der Nähe von Meppen. In dieses Dorf wurde er dann, nach einem Monat der Arbeitslosigkeit, im Mai 1920 geschickt. Hier war die Welt nun wirklich zu Ende. Abgeschnitten von allen Verkehrsverbindungen lebte er in einem kleinen Zimmer des Schulhauses, um ihn herum herrschte bittere Armut, es war trostlos. Kein Wunder, daß ein späterer Bürgermeister des Ortes schrieb: »Zu bemerken wäre noch, daß Lehrer Remark sich schwer in die damaligen ländlichen Verhältnisse einfügen konnte.«[37] Was wohl eine freundliche Untertreibung war.

Und es gab in Klein-Berssen den Dechanten Brand. Der hatte – in diesem Landstrich klammerte sich der katholische Klerus noch erfolgreich an seine Machtprivilegien – so etwas wie die Oberaufsicht über die Ortsschule. Der freundliche junge Städter behagte ihm offenbar gar nicht. Zu leger im Umgang mit den Kindern, vielleicht zu vorlaut und vor allem erheblich zu liberal in seinen Ansichten. Der Dechant war es offenbar gewohnt, in seinem Sprengel für Zucht und Ordnung zu sorgen. Also kam ein lebhafter Briefwechsel in Gang, ausgelöst von dem Mann der Kirche. Remarque zeigte bei dieser kleinen Provinzposse – wie schon bei der Diskussion mit der Osnabrücker Behörde um seine angeblichen spartakistischen Ambitionen – einen Charakterzug, der ansonsten seine deutschen Landsleute gegenüber ihrer Obrigkeit bekanntlich nicht gerade auszeichnet: Zivilcourage. Seine Antworten waren geharnischt und deutlich: »Sie haben Ihre Kirche, ich meine Schule. Ich greife nicht in Ihre Aufgaben ein, also darf ich erwarten, daß Sie mich auch nicht stören.«[38] Dechant Brand dachte nicht daran. Der Briefwechsel wurde immer reger und angestrengter, schließlich mußte sogar der zuständige Landrat eingreifen. Er tat das, was Beamte immer gerne tun, er setzte eine Kommission zur Untersuchung des Falles ein, und die fand auch nicht so richtig heraus, um was da gestritten wurde. Dabei war es ganz einfach: Es ging allein um die Reputation des Kirchenvertreters, der den allzu weltlichen Junglehrer katholischen Gehorsam lehren wollte. Regelmäßig in die Kirche zu gehen habe er, er leiste in der Religion nichts, sei ein rabenschwarzes Vorbild für die Jugend. Um Gehaltszahlungen ging es leider auch, und das war wirklich ärgerlich für den darauf angewiesenen Empfänger. Remarque erhielt monatlich 1120 Reichsmark, was nur gut klingt, denn die Inflation fraß das Einkommen bereits in erheblichem Umfang weg. »Bei der von Ihnen mitgeteilten Summe haben Sie das Wohngeld vergessen«, beschwert der sich, als Brand angeblich zuviel gezahltes Geld zurückverlangt. »Habe ich das Geld bereits verausgabt und kann es nicht zurückzahlen ... Im übrigen möchte ich nochmals bemerken, daß Sie, als Vorsitz. der Schulvorst. wissen müssen, was Sie zu zahlen hatten und daß ich nicht zuviel Gehalt bekommen habe, sondern nur den gesetzl. Höchstsatz, der gezahlt werden kann, dessen Zahlung sogar behördl. gewünscht wird.« Und der Brief endet mit Hohn und Spott über den Kleingeist, der ihm das Leben zu vergällen bemüht ist: »Auf Ihre Bemerkung, ob ich Ihre Handschrift jetzt lesen könne, muß ich Ihnen lobend mitteilen, daß Sie sich sehr gebessert haben, wenn Sie fleißig weiterüben, können Sie noch ganz Schönes erreichen. Erich Remark Lehrer.«[39]

Auch den Kreisschulrat erreicht ein bitterböser Brief. »Da der Herr Dechant auch diese Privatsachen der Regierung zu unterbreiten beliebt, eine Sache, die mir garnicht liegt, da ich meine, daß man Mannes genug sein muß, Privatsachen selbst zu erledigen, anstatt sich hinter Behörden zu verstecken und hinterhältig zu verleumden, (der Ausdruck ist in aller Ruhe mit Überlegung geschrieben) zur Erläuterung kurz folgendes: ... Ich möchte die Glaubwürdigkeit des Herrn Dechant Brand stark in Zweifel ziehen ... Ich bitte nachdrücklich sehr dringend, die Angelegenheit weiter zu verfolgen ... Ich halte jeden Buchstaben meines Briefes aufrecht.«[40] Der forsche Ton seines Schreibens bringt ihm allerdings lediglich einen amtlichen Verweis ein. Dem Kontrahenten – er gerät später auch mit den Behörden und dem Elternbeirat in massive Auseinandersetzungen, die zu seiner Ablösung führen – wird in diesem Duell laut deutlich gemacht, mit wem er es hier zu tun hat: »Angst machen können Sie mir nicht; ich habe schon andere Gegner besiegt.«[41] Gekuscht hat er nicht, weder in dieser Auseinandersetzung noch später, wenn die Angriffe auf seine Person von ganz anderer Qualität waren.

Auch diese Monate spiegeln sich in seinem zehn Jahre später geschriebenen Roman »Der Weg zurück« wider. Sein Alter ego Ernst Birkholz besucht ebenso wie sein Schöpfer das kleinstädtische Lehrerseminar und geht anschließend als Junglehrer in die ländliche Einsamkeit. Manches von dem damals Erlebten und von den Menschen, denen er dort begegnete, läßt Remarque in die Darstellung einfließen. Intellektueller reflektiert er jetzt die Situation, auch nostalgischer. Scheitern am Lehrerdasein aber wird auch Ernst Birkholz.

Dem Dechanten entronnen, bittet Remarque die Schulbehörde, ihn in die unmittelbare Nähe von Osnabrück zu versetzen, was diese auch tut. Noch einmal ist er knapp drei Monate Lehrer in Nahne, dann ist dieser Lebensabschnitt vorbei. Am 20. November 1920 wünscht er, vom Schuldienst beurlaubt zu werden, und wahrscheinlich ist es der Kultusbürokratie nicht sehr schwergefallen, dem nachzukommen. Aus der Sicht einer stramm konservativen Behörde war er wahrhaftig nicht das Idealbild eines Volksschullehrers.

Knapp zwei Jahre später, er hat Osnabrück dann schon endgültig den Rücken gekehrt und lebt in Hannover, faßt er in einem Brief an den Freund Karl Vogt, einen Verwandten seines zeitweiligen

Arbeitgebers, dem Steinmetz Vogt, seine Haltung gegenüber dem Beamtentum und seinen beruflichen Lebensvorstellungen noch einmal zusammen: »Der Beamte ist ein Sklave seines Berufes. Er ist eingepfercht in seine Gehaltssätze und in seine Tätigkeit, er konnte sich immer schon ausrechnen, was er in 10 Jahren verdiente, und was er in 10 Jahren war. Der freie Beruf ist immer noch das Angenehmste. Unter diesem Beruf verstehe ich einen Beruf, der unbeschränkte Entwicklungsmöglichkeiten bietet ... Und letzten Endes ist wieder jeder Beruf, und sei er noch so frei, eine Fessel ... Du hast recht, gerade das Unbestimmte im Leben hat einen besonderen Reiz.«[42]

Zwei Jahre des Wartens und Suchens liegen Ende 1920 vor ihm. Er ist nicht der einzige, der in dieser Zeit verzweifelt ums materielle Überleben kämpfen muß. Die Republik droht zu zerbrechen. Französische und englische Truppeneinheiten besetzen im März 1921 Düsseldorf und Duisburg. In Mitteldeutschland und Hamburg kommt es zu gewalttätigen kommunistischen Unruhen, und in Oberschlesien wird gekämpft. Im Mai 1921 tritt die Regierung Fehrenbach zurück, der neue Reichskanzler heißt Joseph Wirth. Am 26. August wird Matthias Erzberger ermordet und daraufhin der Ausnahmezustand verhängt, was zu einem lang anhaltenden Konflikt zwischen dem Reich und dem Land Bayern führt. Rechtsradikale Attentäter erschießen am 22. Juni 1922 den jüdischen Außenminister Walther Rathenau. Die Geldentwertung beginnt sich ab August zu beschleunigen, im Mittelstand setzt ein unübersehbarer sozialer Verfall ein. Auch die Beamtengehälter können nicht mehr mit den inflationären Entwicklungen Schritt halten. In der Bauernschaft gärt es, denn die Preisentwicklung bedroht ihre Existenz, Pfändungen und Versteigerungen ihrer Höfe lösen Gewaltaktionen aus. 1921/22 ist der Höhepunkt noch nicht erreicht. Erst mit der Ruhrbesetzung im Januar 1923 beginnt die Hyperinflation und vernichtet die Vermögen unzähliger Menschen, stürzt sie in Armut und Arbeitslosigkeit. In diesen Jahren verspielt die Republik ihre Chance. Immer mehr Deutsche verlieren den Glauben an die Demokratie und ihre Institutionen. Die republikfeindlichen, radikalen Parteien von links und rechts finden Zuspruch in der Wählerschaft. Eine demagogisch-ideologische Saat, deren Frucht in den Jahren nach 1930 geerntet wird.

Mit dem Entschluß, den Lehrerberuf an den Nagel zu hängen, verliert Remarque sein schmales, aber immerhin geregeltes Einkommen. Er hält sich in den nächsten 22 Monaten mit Gelegenheitsjobs über Wasser, lebt wieder im Elternhaus. »Ich war auch Volksschullehrer, das Examen habe ich ja. Das war eine glückliche Zeit; mit den Kindern stand ich sehr gut, aber auf die Dauer war es mir damals mit meinen 21 Jahren doch zu eng. Ich bin dann alles mögliche gewesen: eine Zeitlang zog ich mit einem Koffer herum und verkaufte Tücher und Stoffe ... später war ich Agent für Grabsteine, Kaufmann und vieles andere, und dann auch Organist, das sogar in einem Irrenhaus.«[43] Er macht diese Äußerung im November 1929, als »Im Westen nichts Neues« bereits seit zehn Monaten auf dem Markt ist und über das Buch und die Person des Autors lebhaft und kontrovers diskutiert wird. Insofern muß sein Hinweis auf die »glückliche Zeit« in den Dorfschulen sicher relativiert werden. Ganz leichtfertig wird er in solchen Zeiten ein sicheres Auskommen nicht aufgegeben haben.

Die anderen Angaben treffen zu. Er schlägt sich wirklich nur so durch. Und er schreibt. Der Erstling, »Die Traumbude«, ist ein Flop. Der Roman bringt ihm keinen Pfennig ein. Nicht einmal der Zuschuß zu den Druckkosten, den er zahlen mußte, kann durch den minimalen Absatz gedeckt werden. Es wird ihn gekränkt und deprimiert haben. Den Traum vom Schriftstellerleben zerstört dieser Mißerfolg nicht.

Remarque wird Theater- und Konzertkritiker bei der »Osnabrücker Tages-Zeitung« und veröffentlicht weiterhin in »Die Schönheit« einige kleine Prosatexte und Gedichte. Kein von einer oberflächlichen Leserwelt übersehener Alfred Polgar oder Alfred Kerr ist in Osnabrück zu entdecken. Als Kritiker schreibt Remarque solide, brav, manchmal enthusiastisch über die Kunstereignisse in seiner Heimatstadt. Über Operetten und Opern, Tanzgastspiele und Kammermusikabende, Dichterlesungen und auch eine kleine Serie über besondere Osnabrücker Häuser und Plätze. Journalistische Hausmannskost, nicht feuilletonistisches Florett, nicht polemischer Säbel. »So ist das Leben: Man wächst im goldenen Morgen der Jugend auf, macht zaghaft einige Schritte auf der Lebensbahn, wird mutiger, läuft und stürmt bald im farbigen Ringe mit dahin, bis man allmählich zurückbleibt im sinkenden Tag und schließlich auf sich selbst wenig mehr gibt und aufgeht in der Sorge um andere junge Menschen.«[44]

Es soll dem Autor dieser und vieler ähnlich bewegender Sätze, die er in jenen Monaten zu Papier gebracht hat, jedoch keineswegs übelgenommen werden, daß er so bürgerlich stimmungsvoll den Wünschen seiner Leser entgegengekommen ist. Zeilenschreiben im Journalismus war und ist ein bitteres Brot, miserabel bezahlt, und der nächste Auftrag hängt leider immer vom allmächtigen Herrn Redaktor ab, der nicht immer guter Laune ist. Und was Remarque über literarische Abende, eine Faust-Aufführung, ein Beethoven-Konzert, den »Walzertraum« des allseits geschätzten Johann Strauß oder den Lieder- und Balladenabend der Osnabrücker Gesangsschule von Marie-Anne Bürger zu sagen weiß, ist nicht schlechter als das, was die Kollegen in Bochum, Augsburg oder Schwerin schreiben. Als Kritiker jedenfalls ist er sachbezogen und uneitel, im Gegensatz zu manchem der Vielbeachteten, die im »Berliner Tageblatt«, in der »Vossischen Zeitung«, in der »Frankfurter Zeitung« oder in der Wiener »Neuen Presse« über Naturalismus und Expressionismus auf der Bühne, über das proletarische Theater oder Brecht oder Hauptmann, über die Regisseure Erwin Piscator und Max Reinhardt, die vielen hübschen Intrigen an den Opernhäusern, wo Otto Klemperer die Moderne und Bruno Walter die Klassik pflegen, in wilde, von persönlichen Ressentiments keineswegs freie Fehden verfallen.

Wie fast immer, wenn er später auf einzelne Lebensphasen öffentlich zurückblickt, sieht er sein Leben nicht ohne Verklärung und melancholische Erinnerung. Das gilt auch für seine Kritikerzeit. Hanns-Gerd Rabe erreichen im Januar 1966 aus Rom die Zeilen: »Deine Theaterkritik erinnert mich an meine ersten Versuche auf diesem Gebiet ... Und ich muß sagen, daß ich diese Zeit um 1920 in zärtlicher Erinnerung halte, obschon ich natürlich völlig unreif für wirkliche Kritik war ... Es war unsere Jugend; das ist es wohl, warum ich es nicht vergessen habe.«[45]

Die literarischen Skizzen und Gedichte, die er schreibt und von denen einige zwischen 1919 und Herbst 1922 in der Zeitschrift »Die Schönheit« oder in der »Osnabrücker Tages-Zeitung« erscheinen, liegen stilistisch auf der »Traumbuden«-Ebene. Da kommt die »Stunde der Erlösung«, und im Traum erscheint die »Frau mit den goldenen Augen« und »der Flieder duftete schwer und süß – im Garten sang irgendwo die Nachtigall«.[46] Diese kleinen Erzählungen zeigen, wie sehr Remarque in dieser Zeit als »Künstler« Ersatzhandlungen vollzieht. Er selbst lebt in materieller Armut und Provinzialität, seine Figuren aber oftmals in Luxus und vom Flair der großen weiten Welt umgeben, von der »Allnatur« und den »Lebensströmen« gepackt. Szenen entwirft er, die Beardsley und Franz von Stuck hätten malen können, der Jugendstil steht dem Autor unübersehbar noch Pate, als er längst seinen Höhepunkt überschritten hat: »In bronzenen Kandelabern brannten Kerzen. Teppiche fingen den Hall der Schritte. Stufen glänzten, ein Geländer winkte. Eine Tür öffnete sich, ich ging ein paar Schritte und fand mich allein in einem Raume, der offenbar ein Musikzimmer war. Blaue Schatten woben in den Winkeln, durch die großen Fenster dämmerte die Sternennacht ... geisterte silbernes Geriesel des Sternengeglitzers, huschte durch das Zimmer und ließ die weißen Tasten eines Flügels aufleuchten.«[47] Monistisch kommen die Texte daher, gefangen im mühsamen Versuch, die so bewunderten Dichter seiner Jugend nachzuahmen: »Natur! Mutter und Schwester! Sehnsucht und Erfüllung! Leben! Glanz mitternächtlicher Sonnen, Strahl tagfroher Gestirne! Tod! Du Blau! O, tief! Dunkler Samt an hellen Gewändern! Du Leben bist Tod! Du Tod bist Leben! All ist Natur! Ich bin nicht Ich! Bin Busch und Baum! Wind und Woge! Sturm und Stille! Weltenblut kreist auch in mir! Diese Sterne sind in mir! Ein Teil von mir! Ich bin in Sternen! Bin Teil von Sternen!«[48] Auch wenn er gegenüber den Behörden, Freunden und den Geliebten nonchalant betont, er sei »Schriftsteller«, innerlich ist er verunsichert und unbefriedigt, künstlerisch ein Epigone.

Der Brief, den er Ende Juni 1921 an den schon berühmten Stefan Zweig auf den Kapuzinerberg in Salzburg schickt, ist ein wesentlich realistischeres Zeugnis seiner damaligen Verfassung, als die späteren Rückblicke, die er seinen Interviewern oder Briefpartnern präsentiert: »Herr Stefan Zweig, ich schreibe Ihnen mit der Selbstverständlichkeit eines Menschen, für den es immer nur Entweder-Oder gab, und mit dem Rechte, das jedem Schaffenden zusteht! Ich bin 23 Jahre, war Prügeljunge meiner Eltern, Wandervogel, Schafhirt, Arbeiter, Soldat, Autodidakt, Lehrer, Schriftsteller. Ich befinde mich augenblicklich an einer solchen Verknäulung des Schicksals, in einem solch furchtbaren Kampfe des Werkes, (denn für mich ist Schaffen keine literarische und akademische Angelegenheit, sondern eine blutige Sache, die immer um Tod und Leben geht) daß ich Menschen brauche, die mir helfen. Es ist mir schwer, in meinem maßlosen Stolz, das zu sagen; aber es gibt Stunden, wo man Menschen haben muß, und Wegstrecken, die man nicht allein gehen kann. Ich muß jetzt einen Menschen haben, der mir etwas sagen kann zu mir, zu dem ich unbedingtes Vertrauen habe, dem ich glauben und *folgen* kann! Ich weiß keinen anderen als Sie! Denn Sie haben das feinste Gefühl, Einfühlen, Verstehen anderer, das ich bis jetzt gefunden habe. Es handelt sich bei mir um dieses: Sie sollen mir sagen, ob der Weg, den ich jetzt gehe, recht ist! Ich möchte Ihnen einige Bruchstücke schicken, die beim Ringen um das Werk absprangen, und möchte Ihr Urteil ... Es geht bei mir um Tod und Leben. Entweder ich zerbreche oder ich komme durch. So ungeheuer fest sind bei mir Leben und Werk verschwistert, daß ich noch nicht sie trennen konnte, sondern maßlos in einem unter dem anderen leide. Gehetzt jage ich dahin unter der Wucht der Fragen und der furchtbaren Qual meiner Mission und stehe jetzt am Abgrund: Ist es wirklich Mission oder ist es nur grinsend zusammengeschmissenes Entgegengesetztes, das unter tollen Krämpfen und Missionshalluzinationen sich auffrißt? Dann lieber in den Abgrund hinab – in das daunenweiche Nichts – Ich komme zu Ihnen, Herr Zweig, und bitte Sie als Mensch zu Mensch: Schreiben Sie mir, ob ich Ihnen die paar Gedichte, die bis jetzt aus dem wilden Ringen um das Große Werk absplitterten, schicken darf zur Prüfung. Ich kann es nicht unterlassen, Ihnen einige beizulegen.«[49]

Ein Schlüsseldokument für diese Lebensphase. Biographisch der Wahrheit erheblich näher als Remarques fiktive Rückblenden auf diese Jahre in den Romanen »Der Weg zurück« und »Der schwarze Obelisk«. Ein Verzweifelter schreibt hier, ein Suchender. Nicht der pathetische Ton, nicht die nietzscheanische Selbststilisierung, sondern der Notruf, dem wir in diesem Brief begegnen, reißt den Schleier weg, zeigt die innere Wahrheit, in der Remarque lebt: Künstlerisch in einer Sackgasse, in seinem Selbstwertgefühl getroffen, in der provinziellen Enge verkümmernd – das ist die entscheidende Lebenswahrheit in diesen Monaten. Sicher, es gibt die angebetete und ihn erhörende Schauspielerin Lotte Preuß, es gibt die langen Trinkgelage und lauten Freundesabende, es gibt die »beruflichen« Kunstgenüsse und sogar einige freundliche Hinweise in der Heimatzeitung auf den talentierten Jungautor. Aber das alles überlagert nur die schwermütigen Stimmungen, die ihn angesichts einer persönlich und künstlerisch erfolglosen Existenz heimsuchen.

Zweig hat ihm im übrigen offenbar sehr wohlwollend und ermutigend geantwortet. Darauf weist ein Brief hin, den Remarque dem österreichischen Kollegen im Juni 1929 mit einem Exemplar von »Im Westen nichts Neues« schickte: »Sie haben mir damals, als ich kaum daran glaubte, daß ein Mensch freundlich aus Güte zu einem andern sein könnte, einen warmherzigen Brief geschrieben, den ich all die Jahre bis heute unter den wenigen Dingen, von denen ich mich nicht trennen konnte, aufgehoben habe. Er war mir Trost in den vielen Tagen der Depressionen.«[50] Der bis heute viel gelesene Novellist und Autor historischer Roman-Biographien hat im übrigen vielen jungen Talenten, die sich an ihn wandten, großzügig mit Rat und Zuspruch geholfen, sich bei Verlagen für sie eingesetzt und später im Exil manchem nun brotlos gewordenen Kollegen finanziell geholfen. Ein Menschenfreund war es also, den 1921 der Brief aus Osnabrück erreichte.

Dort verkauft Remarque jetzt Grabsteine für den Steinmetzbetrieb Gebrüder Vogt in der Süsterstraße 2. Jahrzehnte später wußte er seine kurzzeitige Karriere als Handelsvertreter leichthändig zu präsentieren:

»Ich war mein Geld wert. Mit der berühmten Kinderhand verkaufte ich die ältesten Ladenhüter, sogar Überbleibsel vom Jugendstil. Ich half mit, die Gegend durch Kriegerdenkmäler zu verschandeln. Wir entwarfen und vertrieben die üblichen Scheußlichkeiten mit zahnwehkranken Löwen oder bronzenen, flügellahmen Aaren, möglichst mit Goldkronen.«[51]

Orgel spielte Remarque in der Michaelis-Kapelle des Osnabrücker Landeskrankenhauses. Jeden Sonntag marschierte er den am Stadtrand gelegenen Hügel hinauf, auf dem die psychiatrische Klinik lag und noch heute liegt. Der Lohn war ein kostenloses Mittagessen und der Einblick in eine ansonsten verborgene Welt der von ihren Zwängen und Ängsten heimgesuchten Patienten.

All diese Tätigkeiten bringen gerade soviel ein, daß er überleben kann. Befriedigt hat ihn dieses Leben zweifellos nicht. Drei Jahrzehnte später schreibt er seinen Roman »Der schwarze Obelisk«, und in ihm verarbeitet er die Erlebnisse und Erfahrungen dieser beiden letzten Osnabrücker Jahre. Manche Gestalt, der er damals begegnet war – der Klinikpfarrer Biedensiek etwa (der auch in »Zeit zu leben und Zeit zu sterben« auftaucht) –, manche Begebenheit aus seinem Leben als Grabsteinverkäufer und »Irrenhaus«-Organist fließen in die Darstellung ein. Die Grundstimmung allerdings – die distanziert-spöttische, ironische Haltung des Protagonisten Ludwig Bodmer beispielsweise –, die den Text durchzieht, unterscheidet sich nicht wenig von der bitteren Realität seiner damaligen Existenz. Es wird ein Buch über die Weimarer Inflationsjahre werden, an der Oberfläche fast heiter, wenn man genau liest, erzählt es aber von den Zerstörungen der Zeit.

Anläßlich des Abdrucks eines seiner Gedichte finden die Leser des »Osnabrücker Tageblatts« in diesen Monaten übrigens den Hinweis, der »talentierte junge Dichter« arbeite derzeit an einem Bühnenstück. In der Bibliographie seines Frühwerkes wird es unter dem Titel »Bubi« aufgeführt.[52] Es gibt davon nur kleine Bruchstücke und Skizzen. Remarque selbst hat später keinerlei Hinweise auf dieses Vorhaben gegeben. Paul Bäumer, der Ich-Erzähler von »Im Westen nichts Neues«, findet immerhin während eines Heimaturlaubes in seinen persönlichen Papieren ein unvollendetes Stück über den biblischen König Saul, was möglicherweise eine biographische Anspielung darstellt.

Im Jahr 1921 hatte Remarque Kontakt zu den Continental-Gummiwerken in Hannover – genau »Continental-Caoutschuk und Gutta-Percha-Compagnie« – aufgenommen und schrieb für deren Betriebszeitung »Echo Continental« einige Werbeartikel. Aus dieser zunächst noch sehr sporadischen Mitarbeit sollte sich dann rasch eine engere Zusammenarbeit ergeben. Im März 1921 unterzeichnete er einen Brief an »Echo Continental« wahrscheinlich zum ersten Mal mit »Erich Maria Remarque«. Warum nun auf einmal der Zusatz »Maria«? Darüber hat er sich nie geäußert. Vielleicht in Erinnerung an die Mutter, vielleicht auch als Verbeugung des von einer Zukunft als geachteter Lyriker Träumenden vor einem der damaligen Götter dieser Literaturgattung, dem Dichter Rainer Maria Rilke? Die »Weise von Liebe und Tod des Cornets Christoph Rilke« hatte Remarques Generation begeistert, und 1921 lebt der übersensible, kränkelnde Poet im Schloß Muzot und vollendet seine »Duineser Elegien«. Die Ersetzung des »k« durch »que« am Ende des Nachnamens gehört zum Thema Selbststilisierung und ist angesichts des Ursprungsnamens seiner Familie aber auch legitim.

Im April 1922 verläßt Remarque Osnabrück und zieht nach Hannover in die Nikolaistraße 11. Er wird fester Mitarbeiter bei der Werkszeitschrift des Reifenherstellers, als Redakteur und Werbetexter. Es ist ein finanziell einigermaßen einträglicher Job, und die journalistische Marketingarbeit dürfte Remarque sogar einen gewissen Spaß gemacht haben, zumal er weiterhin kleine literarische Texte veröffentlichen kann. Die Osnabrücker Schulbürokratie, die inzwischen bei dem beurlaubten Junglehrer angefragt hat, wie er es mit dem Antritt einer neuen Stelle denn nun halte, erreichen jedenfalls bereits im November die stolzen Zeilen: »Ich bin zur Zt. Werbeleiter und Chefredakteur der Continental C. & G.P. Co. Hannover. *Kündigungsfrist vierteljährlich* zum Quartalsersten. – Auf *vorübergehende Vertretungen* reflektiere ich *nicht*. In Frage käme *nur eine Dauernde*; jedoch bin ich nicht zu eilig damit, da ich hier ein recht anständiges Auskommen habe, und ich trete deshalb gern vor einem in Not befindlichen Kollegen zurück.«[53] Er hält sich also noch ein Türchen offen, genießt es aber ganz offensichtlich, gegenüber der Behörde, mit der es so ärgerliche Auseinandersetzungen gegeben hat, auf die neuerworbene Unabhängigkeit und Position hinweisen zu können, wobei er es mit der Wahrheit nicht allzu genau nimmt. Werbeleiter ist er gewiß nicht. Auch die Bezeichnung Chefredakteur ist wohl übertrieben. Immerhin, Mitte 1923 wächst sein Tätigkeitsbereich, er ist dann »verantwortlich für den gesamten Inhalt«.

Werkszeitschriften, das wissen wir, sind nicht Literatur, und sie deuten das Leben mit freundlichem Optimismus. Keine altruistische Unternehmung haben die Geldgeber im Sinn, sondern um Produktverkauf und Imagepflege geht es ihnen. Das ist natürlich auch damals schon so, als der Begriff Public Relations noch kein Modewort ist. Und da man im Fabrikgebäude von Continental vorrangig Gummi und im besonderen Reifen produziert, dreht sich im Werbebereich des Unternehmens vieles um das Auto und entsprechendes Zubehör. Anfang der zwanziger Jahre ist ein Auto noch ein Luxusartikel, wer eins erwirbt, mußte schon einigermaßen wohlhabend sein. Ein bißchen Snobismus spielt bei den stolzen Kraftwagenbesitzern auch mit, und mit dem Auto verbinden sich Freiheit und Sport, ferne Länder und exotische Reisen. Für den neuen Werbetexter im Hause des Reifenherstellers rückt also die Traumbudenatmosphäre in den Hintergrund, und er findet zunehmend Spaß an Technik und Geschwindigkeit, lockeren Sprüchen und einem mondänen Ambiente. Was da neu auf ihn eindringt, schlägt sich auch im Stil seiner literarischen Arbeiten nieder, die er in diesen Jahren schreibt und teilweise veröffentlicht.

Für sein Gehalt verfaßt und redigiert er Texte über Themen, die potentielle Auto- oder Fahrradreifenkäufer animieren sollen. Auch dichten mußte er, aber nicht über Blumen und Felder, den Tod und die Mädchen, sondern um die vielfältigen Streiche der »Contibuben« zu erzählen. In jedem Heft der Werkszeitschrift war ihnen eine Seite gewidmet, lustige Zeichnungen, unter denen Remarques Vierzeiler stand. Cartoons nennt man das heute, und sie sind damals schon beliebt. Eine der kleinen, harmlosen Geschichten beginnt so: »Komprimierte Atmosphären/Aus den großen Conti-Werken/Sollten kürzlich sich bewähren/Und zwei müde Reifen stärken. Deshalb trabten flott die kecken/Contibuben Fritz und Franz/Durch die Stadt, bis an der Ecken/Lockend winkt ein Hundeschwanz.«[54] Es geht ums Geldverdienen und um nicht mehr.

Remarque schreibt auch zahlreiche kleine Artikel für die Reifenzeitschrift, über Freizeit und Sport, Paddelboote und Ballspiele, Gesundheitspflege und Frauenthemen, Autos und Mode. Der Dichter als Werbetreibender: Er preist das von dem Architekten Peter Behrens erbaute Verwaltungsgebäude der Firma, »ruhige Flächen in edler Architektonik«, und weiß Wunderbares über die so unvergleichlichen Produkte seines Arbeitgebers zu berichten. ». . . aber unbedingt gehören zu dem wirklich eleganten, stilgemäßen Wagen die schwarzweißen Continental-Cordreifen, die, ebenfalls auf höchste Zweckmäßigkeit und Dauer gearbeitet, dem Wagen erst den letzten Schmiß geben. Es ist außerordentlich, wie sehr ein Auto dadurch im Aussehen gewinnt.«[55] Auch die »Continental-Riesenluftreifen« oder die »Continental-Elastic-Vollreifen« bringt er seinen Lesern beredt nah. Und nicht zu vergessen: »Als Anzug noch einen Straßenanzug zu tragen, ist allein schon aus Gründen der Zweckmäßigkeit verpönt; abgesehen davon sieht es wirklich nicht gut aus, jemand im Cutaway mit fliegenden Rockschößen auf seinem Benzinroß dahinbrausen zu sehen. In Frage kommt die Continental-Bekleidung, die für alle Zwecke vom dünnsten Staubfänger bis zur dicksten Lederjacke hergestellt wird.«[56] Mit dialektischer Beweisführung macht er auch allen Werbemuffeln klar, wie sehr sie sich irren: »Es ist schon wiederholt der Beweis dafür erbracht worden, daß ein Artikel durch Reklame nicht verteuert, sondern im Gegenteil verbilligt wird. Die Laienmeinung, daß die Werbungskosten zu den Gestehungskosten geschlagen werden und so den Artikel teurer machen, ist nur in der Voraussetzung, nicht in der Schlußfolgerung richtig. Zielbewußte Werbung hat stets erhöhte Nachfrage und dadurch erhöhten Umsatz zur Folge. Dadurch werden die Handlungs- und Geschäftsunkosten auf eine höhere Zahl verteilt und die Herstellungskosten geringer.«[57] Den

Händlern, die eine wichtige Zielgruppe von »Echo Continental« sind, erklärt er, was sie an dem von ihm vertretenen Produkt haben: »Andererseits hebt ein gutrenommiertes Fabrikat das Vertrauen des Publikums zum Händler.«[58] Der Herr Redakteur ist sein Geld offensichtlich wert.

Er beginnt zu reisen – seine Firma schickt ihn nach Italien, England und Belgien, auf den Balkan, in die Türkei und in die Schweiz –, und der Ausbruch aus der westfälischen Provinz hat eine fatale Nebenwirkung: Remarque beginnt verstärkt zu trinken. Vielleicht, um in der für ihn jetzt so groß gewordenen Welt Unsicherheit und Anpassungsschwierigkeiten zu überspielen. Seine amerikanische Biographin Julie Gilbert schreibt über diese Dienstfahrten: »Auch in gewissen Straßen, Häusern und Amüsierlokalen vieler europäischer Städte verbreitet sich allmählich sein Ruf. Den ›Damen der Nacht‹ war er zärtlich zugetan.«[59] So etwas liest sich hübsch und paßt in das später so gerne gezeichnete Bild vom Lebemann Remarque. Aber daß seine nächtlichen Bordellausflüge im einschlägigen Milieu ein kontinentales Echo ausgelöst haben sollen, ist denn doch zuviel der Ehre für die erotischen Eskapaden des Werbereisenden in Sachen Autoreifen.

Wichtiger ist sicher, daß er in diesen Monaten einige kürzere Prosatexte in verschiedenen Zeitungen und Zeitschriften veröffentlicht. Eine Reihe von Kurzgeschichten erscheinen in dem ambitionierten Literaturperiodikum »Jugend«, das »Berliner Leben« druckt Remarque ab, auch die Avantgarde-Zeitschrift »Störtebeker«, der »Hannoversche Kurier«, die »Thüringer Allgemeine Zeitung«, das »Hamburger Fremdenblatt« und einige andere Tages- und Wochenzeitungen. Selbst das »Berliner Tageblatt« nimmt etwas von ihm ins Blatt. Das wird sein Selbstbewußtsein gestärkt haben. Eine journalistische oder gar schriftstellerische Karriere aber wird es nur in Ansätzen. Auch später in Berlin ändert sich das zunächst kaum. Er kann in diesen Jahren mit dem Schreiben Geld verdienen, aber zu den bekannten Namen der Weimarer Publizistik zählt er nicht.

Es sind etwa 100 literarisch-feuilletonistische Prosaarbeiten aus der Zeit in Hannover überliefert. Interessant ist, daß sie den Autor Remarque in einer künstlerischen Umbruchphase zeigen. Die neuromantischen Schwärmereien, die sentimentale, »wilde Wünsche« oder »stürmische Gefühle« in mühsamen Wortfolgen beschreibende Sprache, die dem Leser noch in der »Traumbude« begegnet war, weichen einer handfesteren Thematik. Es blitzt schon so etwas wie nüchterner Zynismus auf, es wird nicht mehr schön, sondern sachlich gestorben. »Der Hagere konnte nicht sehen, ob es Ironie war oder schon das Andere. Er schoß und Clerfayt fiel langsam vorn über. Mit dem Gesicht in den Sand. Da blieb er liegen.«[60] Seine Sätze verlieren ihre konstruierte Umständlichkeit, ihren oft falschen, künstlichen Ton. Remarque findet neue, damals modische Themen, die Handlung spielt auffällig oft in fernen Ländern, er erzählt vom Eifersuchtsdrama in der Wüste und opiumrauchenden Reisenden in China, betrügerischen Kassierern und selbstmörderischen Arktisforschern, seine Gestalten leben in Beirut oder Rio de Janeiro. Keine Klischeefiguren bevölkern jetzt seine Geschichten, sondern Individuen auf der Suche nach ihrer Identität, ihrem Platz in einer feindlichen Welt. Der in der Enge einer Kleinstadt aufgewachsene Autor kompensiert schreibend seine Sehnsucht nach Ferne und Abenteuer. Einige der kleinen Geschichten haben Novellencharakter, und es gelingt ihm – was seine großen Romane dann so auszeichnen und mitentscheidend für ihren Erfolg sein wird – auf einigen Seiten sogar Spannung zu erzeugen. In Hannover versucht er, an die aktuellen literarischen Strömungen der Nachkriegsjahre Anschluß zu finden, es ist in seiner Prosa jetzt ein Hauch von der »Neuen Sachlichkeit« zu spüren, die bald zum Schlagwort wird. Der »Amerikanismus«, der die »Golden Twenties« prägt, hinterläßt auch in den Texten des ehrgeizigen jungen Autoren an der Leine seine Spuren, die philosophischen Dialoge und Anmerkungen werden vitalistischer.

»Die Romantik ist tot«, verkündet Remarque etwas nostalgisch in einem kurzen Text für das »Echo Continental«. »Wir lieben noch mit leicht wehmütiger Erinnerung an goldene Jugendtage und frühere Schwärmerzeit den altvertrauten Klang des Posthorns; wir können mit Eichendorff immer noch den Zauber der stillen Mondnacht, der plätschernden Brunnen, der geflüsterten Liebesworte in Busketts und Rabatten empfinden; wir versetzen uns mit Storm und Raabe zurück in die kleine Stadt, in der das Leben geruhsam und gemächlich dahingeht, – es gibt immer noch Dichter in Dachzimmern und Spitzweg-Orginale, die friedlich im geblümten Schlafrock ihren Tobak rauchen, Fuchsien begießen und Kakteen pflegen, es gibt immer noch malerische Winkel in Höfen und alten Häusern, die überglänzt sind von Frieden und Klarheit: Aber dies alles ist doch von einer vergangenen Zeit geschaffen, es ist Nachklang, nicht Gegenwart, es kennzeichnet nicht mehr den Stil unserer Zeit.«[61]

Der einstige Besucher der Traumbude von Osnabrück ist im Kreis der Spät-Dadaisten gelandet, die sich regelmäßig und etwas chaotisch in Hannover treffen. Für den Katalog der »Gruppe K«, die in den Räumen der Kestner-Gesellschaft ausstellt, schreibt er das Vorwort. Paul Stegemann, ein avantgardistischer Verleger, schätzt seine feuilletonistischen Arbeiten, druckt einige im von ihm herausgegebenen »Störtebeker«. Hannover ist in den Zwanzigern nicht Kunstprovinz.

In einer Geschichte Remarques aus dieser Zeit tritt der Buchhalter Josef Detering auf und entdeckt auf dem Weg, den er 28 Jahre pflichtgetreu in sein Büro gegangen ist, urplötzlich, daß er nie gelebt hat, und stürzt sich für einige Stunden in Natur, Tanz und Frauenarme, um sich anschließend zu ertränken. Remarque schreibt eine (literarische) Alltagsgeschichte, und sie ist nicht mehr verklärend und von weltferner Romantik, sondern gerät zur bösen Anklage gegen eine seelenlose Wirklichkeit, die uns zerstört. »Josef Detering besann sich, daß er nur Sonntags die Welt am Morgen sah. Nie hatte er sie am Montag um 9 Uhr oder am Donnerstag um 11 Uhr gesehen. Er hatte das Gefühl, sehr Wichtiges versäumt zu haben.«[62] Die nur halbseitige Skizze »Still-Leben«, die am 2. Juni 1923 im »Berliner Tageblatt« veröffentlicht wird, beginnt mit dem Satz: »Auf meinem Schreibtisch steht ein Totenschädel. Braun, vergilbt, ein paar Zähne fehlen, der Unterkiefer ist schlecht. Also kein gepflegter Salontotenkopf, poliert, mit tadellosem Gebiß, sondern sozusagen ein ganz gemeiner Schädel.«[63] Nicht ganz ohne Ironie läßt er sich über die »Decadence« aus, der er vor noch nicht allzulanger Zeit selbst verfallen war, und spöttelt: »Vernunft ist mißratener Instinkt ... Nur gänzliche Verantwortungslosigkeit läßt hohen Wuchs zu ... Lust sei dir Weltbeute ... Zur Ekstase steigert sich das Erlebnis in der Manifestation des Triebes: Im Weibe.«[64]

Diese Zitate sollen nicht etwa große Literatur für den jungen Verfasser reklamieren, sondern lediglich auf eine künstlerische Entwicklung hinweisen. Andere Geschichten, die er zu diesem Zeitpunkt schreibt, neigen dagegen immer noch zum alten Stil, zur unechten Idylle. Da wird er rückfällig und betritt wieder die kleinstädtische Boheme-Dachstube des Fritz Hörstemeier. »Sinnlos ist das Leben und voll Trug, Darling – und der einzige Sinn liegt in diesem funkelnden Wein – diesem blauen Rauch – deinen noch blaueren Augen – und deinem seidenen Mädchenleib.«[65] Immerhin, die Zeitschrift »Berliner Leben« mutet solche tiefsinnigen Gedanken ihren Lesern noch im Jahre 1923 zu.

In dieser Zeit schreibt er auch ein kleines Prosastück, das später immer wieder herhalten muß, wenn seine Gegner ihn als ernsthaften Schriftsteller diffamieren und verteufeln wollen. Bis heute wird der Titel – »Über das Mixen kostbarer Schnäpse« – hervorgekramt, um Remarque verächtlich zu machen. Keine Tirade auf diesen Autor, die nicht hämisch darauf hinweist. Ein durchsichtiges Manöver. Denn es handelt sich um ein kleines, funkelndes – wiederum von der snobistischen Dekadenz-Literatur beeinflußtes – Feuilleton, leicht, verspielt, ironisch – nicht mehr. Paul Stegemann veröffentlicht es 1924 in seiner kurzlebigen Zeitschrift »Störtebeker«, in der immerhin auch Franz Blei und Theodor Lessing vertreten sind, und die Berliner Zeitschrift »Der Junggeselle« druckt den Text leicht verändert unter einem anderen Titel im selben Jahr nach. »Man hat sich an die Barbarei gewöhnt, Schnaps zu trinken, ohne ihn zu mixen«, ermahnt der trinkerfahrene Autor seine Leser und empfiehlt eine »Symphonie« von Mixgetränken, denn »die trübe Pantscherei in den Bars hat mit Mixen nichts zu tun«. Höchsteinsatz fordert er von seinen Schülern: »Man sollte nicht mit weniger als dreißig verschiedenen Schnapseinheiten beginnen. Training ist erforderlich. Eine ungeschickte Handbewegung kann alles zerstören. Der Schnaps will behandelt werden. Dem Meister aber ordnet er sich willig unter, wenn er in spielerischer

Balance aus gesetzmäßiger Gebundenheit heraus, jonglierend mit den Endergebnissen tändelt, in schöpferischer Grazie sich kosmosverschwistert.«[66] Es bedarf schon viel Humorlosigkeit und verbissenen deutschen »Bildungsdünkel«, einen solchen Text zum Kronzeugen gegen einen Weltautor aufzurufen, der nun einmal gern in schwachen Stunden den Weltmann spielt. »Ich könnte den Leuten in dieser Richtung noch ganz anderes ›Material‹ gegen mich geben«, erklärt er 1929 nicht ohne Zorn, als die Medien und Parteien über ihn herfallen, »denn ich habe viele Artikel über Gummireifen, Autos, Faltboote, Motoren und was weiß ich alles geschrieben, ganz einfach, weil ich davon leben mußte.«[67] Übersehen haben seine Kritiker zudem, daß ein Journalist auch dadurch seine Qualität beweist, daß er sich inhaltlich und stilistisch mit seinen Arbeiten auf die Zeitung oder Zeitschrift einstellt, für die er seine Texte schreibt. Literatur gehörte in die »Jugend«, und das Nachdenken über Cocktails in den »Störtebeker«. Remarque beginnt sein Metier zu beherrschen, weil er weiß, wem er was anbietet.

Gam

In Hannover schreibt er seinen zweiten Roman. Aus künstlerischer Sicht zweifellos das zentrale biographische Ereignis seines dortigen Aufenthaltes. Über Hintergrund und Umstände der Entstehung wissen wir fast nichts. Der Text wird zu seinen Lebzeiten nicht veröffentlicht, und er selbst hat sich nie über dieses Werk geäußert. Ob er sich um einen Verlag bemüht hat, es abgelehnt wurde, das alles bleibt im dunkeln. Das Manuskript fand sich im Nachlaß, und so ist allenfalls bemerkenswert, daß Remarque es nicht – wie er es mit vielen seiner literarischen und privaten Aufzeichnungen und Korrespondenzen tat – vernichtet hat.

Thomas Schneider, der die 1998 erfolgte Erstveröffentlichung von »Gam« betreut hat,[68] datiert die Entstehung des Romans in den Zeitraum Frühjahr/Sommer 1923 bis Frühjahr/Sommer 1924. Remarque schrieb seinen Text auf der Rückseite von Fahnenabzügen der Zeitschrift »Echo Continental«, was Schneider die zeitliche Bestimmung ermöglicht hat. »Ein weiterer Hinweis auf den Entstehungszeitraum des Romans *Gam* gibt die Publikation einer mit einer Passage des Romans nahezu wortgetreuen Kurzgeschichte unter dem Titel *Steppengewitter* in der Zeitschrift *Jugend* (München) ... Diese Kurzgeschichte ist – mit Ausnahme der Namen und der Exposition – weitgehend identisch mit dem in Kapitel III, Abschnitt 4 geschilderten Gewitter. Entweder stellt die Kurzgeschichte einen Auszug aus dem Roman dar, oder Remarque hat diese in der Kurzgeschichte geschilderte Episode zu einem späteren Zeitpunkt in den Roman integriert.«[69]

Die Entstehungszeit des Romans ist insofern tatsächlich von Belang, weil diese einzige umfangreiche Prosaarbeit aus den beiden Hannover-Jahren am nachdrücklichsten zeigt, welchen künstlerischen Umbruch Remarque zu vollziehen im Begriff ist. »Gam« ist literarisch belanglos, aber biographisch bedeutsam. Ein Autor beginnt, seine Themen und seinen Stil zu finden. Die Titelheldin Gam ist den zwanziger Jahren unseres Jahrhunderts entsprungen, die Handlungsorte sind exotisch, weltweit – wie in mehreren seiner im gleichen Zeitraum geschriebenen Kurzgeschichten –, in Kairo und Paris, Colombo, Singapur und Hongkong kämpfen, lieben, suchen die Figuren nach dem Grund ihrer Existenz. Wie in allen großen Romanen Remarques wird schon in »Gam« über das Leben, die Liebe, den Tod gerätselt, ist der Grundton melancholisch, wechseln die ekstatischen Glücksaufwallungen mit schwermütigen Ahnungen über die Abgründe des Seins. Dies aber in einer veränderten Sprache, wie wir es schon in einigen veröffentlichten kleinen Prosatexten aus dieser Zeit beobachten konnten. Nicht die psychologische Personenführung ist es, die die Geschichte von Gam charakterisiert, sondern breite Landschaftsbeschreibungen, »theoretische« Lebensbetrachtungen oder alltagsphilosophische Reflexionen. Das wird auch in den späteren Romanen ein Stück weit so bleiben.

In »Gam« – und das unterscheidet dieses Frühwerk dann doch sehr deutlich von den großen Epen Remarques, die er ab 1927 zu schreiben beginnt – sucht der Leser jedoch vergeblich nach einer thematisch durchkomponierten, in sich schlüssigen Geschichte. Die

Fabel bleibt flach, zum Teil Kolportage. Was als Entwicklungsroman einer jungen, das eigene Ich suchenden Frau gedacht sein mag, verliert sich in unglaubwürdigen erotischen Erlebnissen. Es fehlt dem Roman an Gewicht, noch weigert sich sein Schöpfer, die radikalen Umbrüche seiner Zeit literarisch zu verwerten, die Blockade gegenüber den Erlebnissen im Krieg und in den spektakulären ersten Weimarer Jahren aufzubrechen. So sind die strukturellen Unsicherheiten offensichtlich, das verklärte Ende ist – wie manches andere – etwas zu schön, um lebenswahr zu sein.

Reizvoll ist sicher die exotische Welt, in die der Erzähler seine Leser führen wollte. Das lag in der Luft, damals in den Zwanzigern. Sven Hedin reiste 1923 durch Nordamerika, Japan, die Mongolei und Sibirien, was eine lebhafte und umfangreiche Berichterstattung in den Weimarer Zeitungen auslöste. Die Forschungs- und Entdeckungsreisen von Nansen, Amundsen oder dem Italiener Nobile in die arktischen Eiswüsten hatten Aufsehen erregt, Afrika, das ferne, so fremde Asien bewegten die Phantasie der Europäer. Remarque wird all diese Ereignisse mit Spannung verfolgt haben. Somerset Maugham oder Joseph Conrad hatten mit ihren in fernen Ländern spielenden Romanen schon die angelsächsischen Leser fasziniert, und einige deutsche Übersetzungen ihrer Werke lagen bereits vor. Alfred Döblin (»Die drei Sprünge des Wang-lun«, 1915), Hermann Hesse (»Demian«, 1919, »Siddhartha«, 1922), Lion Feuchtwanger (»Jud Süß«, 1924) oder Klabund (»Der Kreidekreis«, 1925) schreiben Erzählungen und Romane, in denen sie das durch den Weltkrieg in eine Identitätskrise gestürzte intellektuelle Abendland mit dem moralischen und philosophischen Wertekodex Asiens konfrontierten. Natürlich sind dies im Gegensatz zu »Gam« Meisterwerke der Literatur, aber Remarque hatte zweifellos einige dieser Bücher gelesen. Den modischen europäischen Kulturpessimismus, der hinter dieser geistigen Abwendung vom eigenen Kontinent steckt, konnte man ohnehin seit geraumer Zeit in Remarques Texten entdecken.

Ein Nebenaspekt dieser Hinwendung zum Leben und Denken anderer Völker und Kulturen ist die rassistische Komponente. Neger, Chinesen, Inder oder Araber werden zwar in bezug auf ihre sehr theoretisch aufgenommene philosophische Weltauffassung bewundernd dargestellt, aber in der Beschreibung der Massen, des Alltags in den Häfen und Städten ferner Kontinente sind die hochmütigen Töne der abendländischen Schriftsteller selten zu überhören. Auch in »Gam« finden sich solche Hinweise auf Blut, Rache und Triebe, die die »Einheimischen« beherrschen. Europa löst sich in den zwanziger Jahren noch keineswegs von seiner kolonialen Vergangenheit. In vielen Staaten unseres Kontinents finden die absurden Gedanken der »Völkischen« – in Form des Antisemitismus, der pseudowissenschaftlichen Belege für »triebhafte« sexuelle Verhaltensweisen, der Pauschalisierung von angeblichen Rasseneigenheiten, die nicht kulturell, sondern biologisch interpretiert werden – breite Zustimmung.

Der Inhalt von Remarques Roman ist schnell erzählt: Eine junge Frau namens Gam reist von Kontinent zu Kontinent, zwischen drei (und mehr) Männern schwankend, auf der Suche nach weiblicher Identität und Erfüllung. Von ihrer Herkunft und ihrem sozialen Umfeld erfahren wir nichts, um so mehr von ihren Gedanken über das Frausein, die Liebe und das Leben überhaupt. Sie reitet durch Wüsten, überquert die Meere, durchstreift Basare und chinesische Hafenstädte, diskutiert mit Indern, Arabern und Halbchinesen, besteht einige Abenteuer und wird von allen in diesem Roman auftauchenden männlichen Wesen heftigst begehrt, denn allerorts »rebelliert das Blut«. Schön ist Gam und erotisch, unruhig und von der Sucht nach Leben getrieben. Es fliegen Pistolenkugeln, und eine kleine Geheimagentenstory entwickelt sich auch. Der letzte, geliebte Mann wird auf einer wilden, kinoreifen Verfolgungsjagd erschossen. Wir finden Gam am Ende in einem Schweizer Kloster, allein und doch voller innerem Frieden: »›Das Leben ist alles‹, ging Gam: sie dachte es nicht, sie ging es – ›Leben ist alles‹ – *Ich* empfinde – göttlichstes Gefühl – die Welt ist jung wie ich – solange ich *mich* empfinde –, steht die Welt – ›Solange ich mich lebe, lebe ich Alle –‹«[70]

Ein ziemlich wilder Romanplot ist das zweifellos, aber es finden sich schon manch gelungene Sätze, die Beschreibungen von

Landschaften und Episoden sind mit den entsprechenden Schilderungen im Vorgängerroman nicht mehr zu vergleichen. »Beduinen in kaffeefarbenen Mänteln kamen eilig vorüber. Sie rochen nach Kamelmist und Wüste. Hinter den Mamelukengräbern zogen sie sich zu einer langen Linie auseinander und ritten gegen den maßlos hellen Himmel an, als wollten sie ihn stürmen.«[71] Auffallend jetzt die expressionistische Aneinanderreihung von ungewöhnlich zusammengesetzten Verben und Adjektiven, die der Geschichte streckenweise einen dynamischen Rhythmus geben: »... Wind flog herein, raunte, sang, atmete schnell, der Himmel war eine schmale, harte Hand ...«[72] Die in Remarques späteren Romanen benutzten Bildervergleiche verwendet er bereits in »Gam« – »Reisfelder und Teepflanzungen wirbelten hinein, dann kam mit einem Ruck dunkel der unterirdische Tunnel des Waldes heran, sprang hoch wie ein trächtiges Tier...«[73]; »Die Lichter schossen wie helle Hetzhunde vor dem Wagen her...«.[74]

Im übrigen lassen sich auch einige Reflexionen über die gesellschaftliche Wirklichkeit entdecken: »Ohne Einbildung zerbrach das Gefüge der Gesellschaft; denn daß alle die Räder und Rädchen surrten und unverdrossen schnurrten, lag nur an der allgemeinen Suggestion: Daß es doch auch etwas sei – und daß es ohne die Rädchen nicht ging. So waren diese Wesen, Direktoren, Beamte, Arbeiter und Verkäufer, in das Netz des tätigen Lebens verstrickt. Die Tüchtigkeit war ihr Wertmesser – und was ist belangloser als Tüchtigkeit.«[75]

Vor allem aber tauchen in diesem Roman Grundkonstellationen im Denken und Empfinden seiner Figuren auf, die Remarque dann in seinen Büchern immer wieder variieren wird: Einsamkeit (»So ist alle Begegnung ... ein Gruß von Dunkel zu Dunkel – ein Aneinander-Vorübergleiten...«[76]), die Vergeblichkeit der Liebe (»Nichts war unbarmherziger als die Liebe; wer die Freiheit seiner Gefühle verlor, verlor auch den, dem er sie opferte«[77]) und der Fatalismus des Humanisten (»Die einfachste aller Wahrheiten brach auf: Es war immer alles gut und recht. Wer sich folgte, ging nicht fehl. Wer sich verlor, fand die Welt. Wer die Welt fand, fand sich.«[78])

Remarque blieb dieses unveröffentlichte Frühwerk in den kommenden Jahrzehnten präsent. Das zeigen die Namen, mit denen er seine Männerfiguren belegt: Clerfayt wird er später die Hauptfigur seines Romans »Der Himmel kennt keine Günstlinge« nennen, Ravic ist nicht nur der männliche Protagonist in »Arc de Triomphe«, sondern in vielen Briefen aus den dreißiger und vierziger Jahren an Marlene Dietrich gibt Remarque sich selbst diesen Namen. Lavalette schließlich, den Namen des dritten Geliebten von Gam, wählt er für einige kleine Feuilletons als Pseudonym oder ebenfalls in seinen Briefen. Remarque liebte nicht nur in seiner Privatkorrespondenz das Spiel mit vielen Namen, sondern sie wurden natürlich auch für die Romane mit großer Sorgfalt ausgewählt. Es ist also sicher kein Zufall, daß in »Gam« Namen auftauchen, die er dann im Werk und in seinen sehr persönlichen Briefen weiterhin gebraucht. Mit »Gam« betritt er den Weg, den er als Künstler nicht mehr verlassen sollte.

Warum als Titelheldin eine Frau? In allen folgenden Romanen werden es Männer sein, die im Zentrum seiner Geschichten stehen. In den beiden ersten seiner großen Romane – »Im Westen nichts Neues« und »Der Weg zurück« – finden sich neben den nur sporadisch auftretenden Mutterfiguren wenige Frauengestalten, die der Autor lediglich einführt, um von den erotischen Sehnsüchten der Soldaten oder der Kriegsheimkehrer zu berichten. In den folgenden Romanen sind die weiblichen Figuren zwar wichtig für die Handlungen, aber Ruth Holland (»Liebe Deinen Nächsten«), Patricia Hollmann (»Drei Kameraden«), Joan Madou (»Arc de Triomphe«), Elisabeth Kruse (»Zeit zu leben und Zeit zu sterben«), Lillian Dunkerque (»Der Himmel kennt keine Günstlinge«) oder die krebskranke Helen (»Die Nacht von Lissabon«) erscheinen doch letztlich nur als das große Echo der Liebespassionen von Remarques männlichen Helden. »Gam« aber erzählt der Autor fast vollständig aus dem Blickwinkel der Frau.

Vielleicht – aber das ist Spekulation – hat diese für ihn ungewöhnliche Erzählperspektive mit einer Begegnung zu tun, die in die Hannoverschen Jahre fällt. Remarque lernt hier eine seiner großen Lebenslieben kennen: Ilse Jutta Zambona. In seinen Briefen und

Tagebüchern nennt er sie *Johannes* oder *Peter*, *Jeanne* heißt sie bei den Freunden. Sie war eine bildschöne, elegant gekleidete, kühl und erotisch wirkende Frau, in ihrem Äußeren so, wie Remarque viele seiner weiblichen Romanfiguren – beispielsweise Patricia Hollmann in »Drei Kameraden«, die am deutlichsten die Züge von Jutta Zambona trägt, – beschreibt: schmalgesichtig, großäugig, schlank und hochgewachsen. Ein Frauentyp, dem er stets mit großer Hingabe zugetan war. Als Remarque sie kennenlernte, war die damals zweiundzwanzigjährige Tänzerin und Schauspielerin bereits geschieden.

Die erste Begegnung ist nicht belegt, aber sie hat 1923 stattgefunden, also im Umfeld der Niederschrift von »Gam«. Am 14. Oktober 1925 heiraten sie in Berlin. Eine zunächst zweifellos von beiden Seiten sehr enge Beziehung, aber kein bürgerliches Eheidyll. Remarque hat weiterhin Kontakte zu anderen Frauen, und Jutta Zambona hält es mit den Männern nicht anders. Drei Wochen nach der Eheschließung schreibt er an Edith Doerry, Freundin und Tochter seines Chefs bei »Sport im Bild«, einen Brief, der seine zwiespältigen Beweggründe für diesen Schritt beleuchtet: »... es ist eine sonderbare Sache um diesen Schritt gewesen – und ich habe wieder einmal gesehen, daß alle Schriftsteller lügen – Es war für mich soviel mehr Menschliches als egoistisches Glücksbegehren dabei ... Der Begriff Glück hat sich für mich im Laufe der Jahre so aus den Jugendanschauungen von Erfüllung etc. in einen fröhlichen Trotz dem irrsinnigen Dasein gegenüber gewandelt, daß er für mich illusionär geworden ist –/ Und selbst diese Kulmination für den normalen Menschen, die Ehe, hat nichts geändert –. Ich habe einen Menschen, für den ich vieles, vielleicht sogar alles bedeute, nun bei mir und will ihm aus dem Wege räumen an Häßlichem, soviel ich kann ...«[79] Er wird sich an diesen Vorsatz in den kommenden Jahrzehnten halten, auch dann noch, als die Ehe längst in die Brüche gegangen ist.

Szenen dieser Ehe, noch bevor der lebensverändernde Ruhm den männlichen Teil dieser Partnerschaft erreicht, lassen sich in Leni Riefenstahls Memoiren nachlesen. Mit einem Unterton tugendhafter Empörung über eine Begegnung mit dem jungen Ehepaar in den Berliner Jahren wird da berichtet, und was dort geschah, wirft kein sehr harmonisches Licht auf diese Partnerschaft. Der Schriftsteller und seine Frau besuchen die später von Hitler verehrte und dem Regime als Filmemacherin willig dienende Riefenstahl, um bei ihr den Filmregisseur Walter Ruttmann kennenzulernen. »Zuerst ging alles sehr lebhaft und fröhlich zu. Wir tranken Wein und Champagner. Frau Remarque benahm sich so verführerisch, daß sie Ruttmann völlig den Kopf verdrehte. Zuerst glaubte ich, dies sei alles nur ein Spiel, aber bei fortgeschrittener Stimmung erhoben sich Ruttmann und Frau Remarque und ließen mich mit ihrem Mann allein. Sie zogen sich in eine andere, wenig beleuchtete Sitzecke zurück. Ich blieb bei Remarque, der seine Eifersucht im Trinken zu betäuben suchte ... Auf einmal stand Frau Remarque mit Ruttmann vor uns und sagte zu ihrem Mann: ›Du hast zuviel getrunken, ich lasse mich von Herrn Ruttmann nach Hause bringen. Wir sehen uns später.‹ ... Als ich wieder ins Zimmer kam, fand ich dort einen schluchzenden Mann. Ich versuchte, Remarque zu trösten – er war völlig mit den Nerven fertig. ›Ich liebe meine Frau, ich liebe sie wahnsinnig. Ich darf sie nicht verlieren, ohne sie kann ich nicht leben‹ ... Im Morgenlicht sah er wie ein menschliches Wrack aus.«[80] Immer wieder in den nächsten Wochen sei er bei ihr aufgetaucht, erzählt Leni Riefenstahl weiter, auf der Suche nach seiner Frau und sich mit Cognac betrinkend.

Axel Eggebrecht, damals junger Mitarbeiter der »Weltbühne« berichtet Ähnliches aus der Zeit vor der Veröffentlichung von »Im Westen nichts Neues«. Er traf irgendwann im Jahr 1928 das Ehepaar in einem Lokal in der Schweriner Straße und wurde spät in der Nacht aufgefordert, in der Wohnung der Remarques weiterzutrinken. »Zu Hause mixte er zeremoniell vorzügliche Drinks, wir saßen vor einem großen Aquarium, alle seine Fische nannte er stolz mit ihren zoologischen Namen ... Als ich gegen Morgen ging, brachte sie allein mich an die Tür. So begann die monatelange Liaison mit Jeanne, der Frau von Erich Maria Remarque. Er war, wie ich bald begriff, an eine andere gebunden. Uns gegenüber verhielt er sich unglaublich tolerant.«[81]

Was immer an solchen verkürzten, ins Melodramatische abgleitenden Darstellungen, Jahrzehnte nach dem Ereignis und nicht ohne

Selbstbespiegelung des Memoirenschreibers rekonstruiert, auch wahr sein mag, es war keine monogame Ehe, und der ohnehin sensible und zur Eifersucht neigende Remarque wird beträchtlich gelitten haben. Julie Gilbert kolportiert in ihrer Biographie auch noch die welterschütternde Bemerkung von Jutta Zambona, »daß Remarque in ihrer Ehe zumeist impotent war«.[82] Nun, bei seinem hohen Alkoholkonsum ist es sicher nicht sehr verwunderlich, daß seine Männlichkeit gelegentlich versagte. Die Ehe aber ist – wenn es denn überhaupt ein ernsthafteres Problem war – nicht daran gescheitert.

Vor und während seiner Ehe taucht eine weitere Frau auf, von der wir aus den überlieferten Briefen wissen: Brigitte Neuner. Remarque hat sie in Berlin kennengelernt. Die Briefe, die er ihr schreibt, zeigen einen fröhlichen, unsentimentalen, witzigen Freund. Fern von einer selbstquälerischen und selbstzerstörerischen Leidenschaft hat sich dieses Verhältnis offenbar entwickelt. Wohltuend und erotisch verspielt sind solche Beziehungen für ihn. Die andere Seite der Liebe und der Zuneigung, offener und unkomplizierter, als das Leben an der Seite der schwierigen Mondänen.

Hannover bringt Remarque beruflichen Erfolg. 1924 knüpft er einen zukunftsträchtigen Kontakt nach Berlin. Dort erscheint die elegante und angesehene Gesellschaftszeitschrift »Sport im Bild«. Der Chef des Blattes heißt Kurt Doerry, 1896 Olympiateilnehmer und um die Jahrhundertwende Gründer dieser ersten deutschen Sportzeitschrift. Auch nach dem Verkauf an den Scherl-Verlag bleibt er an der Redaktionsspitze und wird in den Weimarer Jahren einer der bekannteren Sportjournalisten der Republik. Thomas Schneider berichtet, daß Doerry bei einer Begegnung auf dem Berliner Presseball am Silvesterabend 1923 mit einem Vertreter der Conti-Werke über die journalistische Zukunft seiner Tochter Edith plauderte. Dieser habe eine Mitarbeit bei »Echo Continental« vorgeschlagen.[83] Damit kam Erich Maria Remarque ins Spiel.

»Sehr geehrtes gnädiges Fräulein, einer Rücksprache mit unserem Herrn Holtzheuer verdanke ich Ihre Adresse und möchte Sie bitten, mir doch einen Artikel über Tennis, Hockey, vielleicht auch

Schwimmsport aus Ihrer Feder zu übersenden, da ich für das ›Echo Continental‹ augenblicklich Mangel an solchen Arbeiten habe.«[84] In schönstem Redakteursdeutsch beginnt der Briefwechsel mit der wohlbehüteten Tochter aus gutem Hause. Es kommen dann auch die gewünschten Artikel, die Korrespondenz geht weiter, und Remarque erweist sich als ebenso geschäftstüchtig wie sein künftiger Arbeitgeber: »Ich danke Ihnen verbindlichst für den übersandten Beitrag über den Hockeysport, den ich sowohl im Thema als auch in der Fassung ausgezeichnet gebrauchen kann ... Darf ich Sie bitten, so liebenswürdig zu sein und den anliegenden Aufsatz Ihrem Herrn Vater zur Prüfung für ›Sport im Bild‹ zu übermitteln?«[85] Schneider vermutet, daß es sich bei dem übersandten Text um die kleine Geschichte »Das Rennen Vanderfeldes« gehandelt hat.

Das Tor nach Berlin ist geöffnet. Wohl nicht ohne Hilfe der von ihrem Kollegen in Hannover zunehmend eingenommenen Edith Doerry veröffentlicht das Berliner Blatt mehrere Artikel Remarques, und schließlich macht Kurt Doerry ihm bei einem Vorstellungsgespräch im Oktober ein Angebot. Zweiter Redakteur bei »Sport im Bild« soll er werden, und ab Jahresbeginn 1925 ist er es auch.

Die Beziehung zur Tochter des Chefs wird enger, was im Kollegenkreis wahrscheinlich manch spitze Bemerkung auslöst, aus dem »sehr verehrten Fräulein« wird »liebe Edith«, und wenn Remarque dann in Berlin ist, sieht man sich viel. Wie intim das Verhältnis wurde, ist nicht mehr nachzuvollziehen. Der Mutter der jungen Edith Doerry geht es jedenfalls entschieden zu weit. Sie ahnt erotische Verwicklungen und hat wohl für ihr Kind Reputierlicheres im Sinn. Der neue Redakteur bei der Zeitung ihres Mannes sah zweifellos präsentabel aus, aber was seine berufliche und gesellschaftliche Zukunft anging, da hatte die Mutter in bezug auf einen künftigen Schwiegersohn wohl höheren Ehrgeiz. Sie schickte Edith nach Capri, weg von dem attraktiven Kollegen.

Die Briefe eilen von Norden nach Süden – und umgekehrt. Aber – das Leben ist kurios – Edith heiratet unter der Sonne des Mittelmeers ziemlich plötzlich einen braven Engländer, der Briefpartner in Berlin ist verschnupft und ehelicht nur einen Monat später Jutta Zambona.

Nach Ediths Rückkehr korrespondieren sie sporadisch miteinander, man trifft sich noch einmal Ende 1928 in Berlin, dann geht Edith nach Großbritannien. Als sie Jahrzehnte später an ihn schreibt, antwortet Remarque freundlich-zurückhaltend. Privat keine große Affäre in seinem Leben, aber beruflich von Bedeutung.

Das Interessanteste an der überlieferten Korrespondenz mit Edith Doerry sind die Einblicke, die die Briefe in Remarques Redakteursarbeit bei »Echo Continental« bieten. Da erweist sich Remarque als fachkompetenter, nüchterner Vertreter seines Mediums und als ein Mitarbeiter, der die Interessen seines Unternehmens sehr realistisch vertritt. »Die Arbeit flaut hier nicht ab, au contraire, sie steigert sich in dem Maße, wie die Reifen billiger werden ...«[86] – »Wenn Ihnen Fußball, Handball oder Wasserball liegt – irgendetwas darüber vielleicht. Oder: Erziehlicher Wert der Leichtathletik, bezw. des Sports – oder: Einfluß der Leibesübungen auf moderne Krankheiten ... oder: Weiblicher und unweiblicher Sport (Auswüchse etc. Fußball f. Frauen (England, Amerika) Hockey, die Frau und der Wettkampf, soll die Frau den Sport mehr als Leibesübung (ja!) oder als Wettstreit auffassen ... Die Dame als Selbstfahrerin (Anzug, was braucht sie unterwegs, Proviant, Schutzwaffen, was muß sie wenigstens vom Kraftfahrzeug wissen, wie soll sie fahren, –«[87] – »Ich darf sicherlich bitten, darauf Rücksicht zu nehmen, daß wir keine Reklame unbewußt darin für andere Firmen machen ...«[88] Da wird nicht mehr in Versen geträumt, sondern eine Firmenzeitung gemacht.

Hannover ist eine Zwischenstation, die Loslösung vom enggewordenen Osnabrück, künstlerische Suche, die Chance, Geld zu verdienen. Der Lehrerberuf, die Gedichte, der erfolglose Roman, die Hörstemeier-Katastrophe, die verdrängten, aber nicht verarbeiteten Bilder des Krieges – einiges hat Remarque abgeworfen. Die beiden Jahre in der Stadt an der Leine eröffnen neue künstlerische, berufliche und private Perspektiven. Als Journalist ist er erfolgreich, als Schriftsteller hat er sich der Avantgarde genähert, lebt teilweise in ihrem Kreis. Er steht auf eigenen Beinen, die Drohung, im Schuldienst zu verkümmern, fällt weg, und Jutta Zambona ist da. Mehr noch: das verlockende Berlin steht ihm offen.

KAPITEL 4

»Ich habe keine Lehre zu verkünden«

(1925 – 1928)

Hannover ist größer und lebendiger als Osnabrück, aber die wichtigen Städte der Republik sind andere. Berlin vor allem wird in den zwanziger Jahren zum Eldorado der Weimarer Intellektuellen. Hier schreiben und befehden sich die großen Theaterkritiker Alfred Kerr und Herbert Ihering, hier gibt es die sensationellen Schauspiel- und Musikpremieren in den Häusern, an denen Max Reinhardt und Erwin Piscator inszenieren, hier wirken die bedeutenden Schauspieler und Sänger, im nahen Babelsberg liegen die Filmstudios der Ufa. Und hier leben immer mehr Schriftsteller. Heinrich Mann zieht es dorthin, bald auch Arnold Zweig, Lion Feuchtwanger und Bruno Frank, Bertolt Brecht ist immer wieder da, auch Carl Zuckmayer pendelt ab 1926 zwischen der Stadt an der Spree und seinem Landhaus im österreichischen Hendorf. Alfred Döblin hat seine Arztpraxis im Osten der Metropole und schreibt den großen Roman über die Stadt, »Berlin Alexanderplatz«, und die Mann-Kinder Klaus und Erika wirbeln durch die Homosexuellen- und Transvestitenlokale. Otto Klemperer dirigiert an der Kroll-Oper, Kurt Weill komponiert in Berlin die Geschichte von Mackie Messer und »Aufstieg und Fall der Stadt Mahagonny«, der Zwölftöner Arnold Schönberg wird Leiter einer Meisterklasse für Komposition an der Preußischen Akademie der Künste, und Franz Schreker ist Direktor der Musikhochschule. Die bedeutenden Kunstgalerien sind in der Hauptstadt, Paul Cassirer wird zum Förderer der Moderne, George Grosz entlarvt in seinen grotesken Bildern die Berliner Bonzen- und Neureichengesellschaft, und Oskar Kokoschka macht in den Zwanzigern zwischen seinen ausgedehnten Reisen hier immer wieder Station. Mancher allerdings wendet sich auch vom lauten, etwas hysterischen, überaus eitlen Leben des Berliner Künstlerzirkels ab: Max Beckmann geht als Lehrer ans Frankfurter Städel, Gerhart Hauptmann kommt schon seit längerem nur noch zu Uraufführungen seiner Stücke an die Spree, Bruno Walter ist an der Münchner Oper, auch Thomas Mann bleibt lieber in seiner Villa am Münchner Herzogpark. Das kulturelle Klima an der Isar ist allerdings längst nicht mehr von der gemütlichen, südlich-katholischen Liberalität der Vorkriegsjahre geprägt, sondern rauh und intolerant geworden. Die Rechte weiß in München nach der blutigen Niederschlagung der Räterepublik und dem gescheiterten Putsch des Herrn Hitler schon sehr genau, was entartete Kunst ist, und predigt davon dumm und vollmundig im Stadtrat. Nicht ohne Folgen für die Theater und die Zeitungen in der Metropole des Freistaates Bayern. Berlin aber profitiert davon.

Dort ist der Sitz der großen Verlagshäuser Ullstein, Mosse und Scherl, hier erscheinen die bedeutenden Blätter der Republik: das »Berliner Tageblatt«, geleitet von Theodor Wolff, die alte »Vossische Zeitung«, deren Chefredakteur Georg Bernhard ist, der »Börsencourier« oder die vielen Morgen-, Mittag- und Abendzeitungen mit den dicken Balkenschlagzeilen, die Sport- und Gemütsillustrierten. Die »Weltbühne« hat im Königsweg ihre Redaktion und wird Woche für Woche in Potsdam gedruckt. Carl von Ossietzky und Kurt Tucholsky haben nach dem Tode des Gründers Siegfried Jacobsohn die linke Literatenelite Weimars im Autorenkreis des kleinen, ziegelroten Heftes versammelt. Ihre scharfen Artikel und Kommentare führen im rechten Lager zu wilden Wutausbrüchen, die einäugige Weimarer Justiz zerrt Herausgeber und Autoren immer wieder vor die Gerichtsschranken. Carl von Ossietzky wird 1932 nach einem spektakulären politischen Unrechtsurteil Insasse der Tegler Haftanstalt. Da aber ist die Republik schon fast am Ende. Lion Feuchtwanger schreibt bereits im Januar 1931 die prophetischen Sätze: »Man hat, wenn man unter den Intellektuellen Berlins herumgeht, den Eindruck, Berlin sei eine Stadt von lauter zukünftigen Emigranten.«[1]

Mitte der zwanziger Jahre will davon noch kaum jemand etwas wissen. Im Gegenteil: die Republik scheint das Schlimmste überwunden zu haben, die Straßenkämpfe und Streiks lassen nach, die Inflation ist durch die Rentenmark zunächst besiegt, der Arbeitsmarkt kann fast alle aufnehmen, die Löhne steigen leicht, die Gewinne sehr viel stärker, die amerikanischen Kredite fließen, das rechte Bürgertum beginnt sich unlustig und nur vorübergehend mit der Demokratie abzufinden, und ihr politisches Sprachrohr, die Deutschnationale Volkspartei, tritt Anfang 1925 in die Regierung ein. Von Hitler und seinen randalierenden Horden ist in dieser Zwischenphase fast nichts zu merken, die Kommunisten bleiben moskauhörig und spielen ebenfalls kaum eine Rolle. Am 1. März 1924 wird der Ausnahmezustand aufgehoben, Gustav Stresemann setzt seine gemäßigte Außenpolitik durch, zwischen 1924 und 1930 heißen die Kanzler Marx, Luther und Müller. Die Nachdenklichen mit einem guten Gedächtnis stört es allerdings erheblich, daß Wilhelms einstiger General, Paul von Hindenburg, im April 1925 bei den Reichspräsidentenwahlen gewinnt, und damit ein ausgewiesener Konservativer mit unverhohlen antidemokratischer Gesinnung der politisch erste Mann im Staate wird. Nur die ewigen intellektuellen Ruhestörer, Miesmacher und »Nestbeschmutzer« – sie sitzen und schreiben zuhauf in der »Weltbühne« – wollen anläßlich des Wahlergebnisses, das ja schließlich auch die Sozialdemokraten mitgetragen haben, die allgemeine Stimmung verderben. Die große Mehrheit in Deutschland und natürlich auch im grell erleuchteten Berlin aber will das Leben jetzt endlich wieder richtig genießen, den Krieg und die ihm folgenden chaotischen Jahre möglichst vergessen.

In diese oberflächliche, turbulente, harte Metropole also kommt Remarque. Dort winken neue Chancen, es locken viele Medien und Verlage. Auch Autorennen und Boxkämpfe, Dichtercafés und ein Nachtleben, das diesen Namen verdient. Ab 1. Januar 1925 ist Remarque Redakteur bei »Sport im Bild. Das Blatt für die gute Gesellschaft«. Es stört ihn offensichtlich nicht, daß er nun für den Scherl-Verlag arbeitet, an dessen Spitze ein berüchtigter Anti-Demokrat steht: Alfred Hugenberg. Der setzt sein Presseimperium rücksichtslos gegen die Republik ein. Bald wird er zu ihren Totengräbern gehören, zum Steigbügelhalter Hitlers. Aber Remarque ist kein politischer Journalist, sein Feld ist der Sport, die Gesellschaft und der Versuch, die Welt feuilletonistisch darzustellen. Hugenberg bekümmert ihn nicht, und, zugegeben, der wird sich nicht gerade mit diesem Blatt seines Konzerns besonders beschäftigt haben.

Beruflich ist der Eintritt in »Sport im Bild« ein Aufstieg. Vom engen Themenkorsett einer Industriebroschüre befreit, kommt Remarque zu einer vielbeachteten, üppig aufgemachten Zeitschrift für Gesellschaftsinteressierte, die sich auch in jeder Nummer in einigen Artikeln mit dem Thema Sport beschäftigt. Das ist nun nicht mehr Lobbyisten-, sondern Zeitschriftenjournalismus. Aber auch privat verändert sich Remarques Leben beträchtlich. Er ist verheiratet, und Berlin ist eine andere Welt als Osnabrück oder Hannover. Er wohnt zunächst am Kaiserdamm, zieht kurz vor der Hochzeit in eine Wohnung am Hohenzollerndamm, trifft bald viele interessante Menschen aus Gesellschaft, Sport und Kultur, besucht offenbar sehr intensiv mondäne Restaurants und schillernde Nachtbars, wird Stammgast im »Romanischen Café«, dem Treffpunkt vieler schon berühmter Dichter, wundervolle und oft aufregende Theater-, Opern- und Konzertaufführungen warten auf ihn. An der Seite einer höchst attraktiven Frau tritt er auf, was seiner Eitelkeit geschmeichelt haben wird. »Das Schiedsgericht verlieh den 1. Preis im nächtlichen Schönheitswettbewerb an die charmante Frau Remarque«, berichtet das Feuilleton der »Literatur«, als Remarque dann schon berühmt ist, »die in einem besonders raffinierten, rückenfreien Kleid im Mittelpunkt stand.«[2]

Wir wissen nicht allzuviel über seine Berliner Jahre, einige Bemerkungen in den Erinnerungen von Menschen, denen er begegnete, oder verstreute Sätze in Briefen zeigen ihn nicht gerade als vom Leben abgekehrten Asketen. Wenn die Redaktionsarbeit beendet ist, keine Berichtstermine wahrzunehmen sind und er dem heimischen Schreibtisch entfliehen will, warten der Genuß und die Auftritte in der anregenden Hauptstadtwelt. Remarque hat Erfolg. Betty Stern, die in ihrer kleinen Wohnung in der Barbarossastraße einen Salon führt, lädt ihn häufig ein, macht ihn zu einem ihrer Vertrauten. Keine erste Adresse in Berlin ist das, denn die ganz Großen aus dem Kreise der Intellektuellen und Künstler gehen zum Revue-Impresario Rudolf Nelson oder treffen sich in den Industriellenvillen von Dahlem oder Grunewald. Bei Betty Stern erscheinen die, die bislang noch auf der Bühne in der zweiten Reihe singen, tanzen oder spielen. Zeitweise soll auch eine junge Schauspielerin dort Gast gewesen sein, die in Remarques Leben einige Jahre später eine so bedeutende Rolle spielen sollte: Marlene Dietrich.

Remarque fühlt sich vordergründig wohl in seiner neuen Umgebung. Die Kleidung nimmt an Eleganz zu, Melone und Stock gehören dazu, das Monokel wird zum etwas albernen Markenzeichen, und der Freiherrntitel, der seine Visitenkarte ziert und für einige hundert Mark von einem verarmten Herrn von Buchwald erworben wurde, soll den gesellschaftlichen Status erhöhen. Auffallen will Remarque immer noch, irgendwie außergewöhnlich wirken. Das erinnert an die Osnabrücker Auftritte, und offenbar hat der Handwerkerssohn immer noch eine etwas schlichte Vorstellung davon, was den wahren Gentleman auszeichnet, oder die Geschichten des Oscar Wilde zu intensiv gelesen. »Ihr wißt«, schreibt er 1924 in einem seiner Feuilletons, »daß es auf Frauen stets Eindruck macht, wenn man eine ungewöhnliche Situation als selbstverständlich und fast alltäglich beherrscht; denn dem wahrhaften Mann von Welt liegt nichts daran, bei normalen Gelegenheiten als Meister zu gelten.«[3] Für die Kreise, in denen er jetzt verkehrt, wird das alles jedoch seinen Zweck erfüllt haben. Der Schein zählt auch im Berlin der zwanziger Jahre noch allemal mehr als das Sein.

Das ist alles nicht sehr geistvoll und auch etwas peinlich, was der überaus snobistische junge Mann aus der Provinz da aufführt. Mancher hat ihn durchschaut. So schreibt der damalige Kollege Curt Riess: »Als er noch nicht berühmt war, im Berlin der späten zwanziger Jahre, mochten wir ihn nicht. Wir, die Sportjournalisten, zu denen ich gehörte und er in gewissem Sinne auch. Wie hielten ihn für einen ›Fatzke‹, einen Angeber, immer geschniegelt, sich immer so gebend, als sei er etwas Besseres, und zu alledem trug er noch ein Monokel. Er sah blendend aus. Aber das zu konstatieren, war eher Sache der Frauen ...«[4] Da spürt der Leser förmlich, wie einige männliche Konkurrenten, zwischen Neid und ehrlicher Antipathie schwankend, die Auftritte des »Herrn von Buchwald« mit wachsender Skepsis beobachten. Aber die Zeitschrift, für die er arbeitet, hat immerhin den Untertitel »Das Blatt für die gute Gesellschaft«, und sie stellt diese auch so dar, wie Remarque glaubt, in ihr auftreten zu müssen.

Es gibt aber auch die andere Seite. Remarque arbeitet ungemein fleißig. In den Berliner Journalistenkreisen herrscht harte Konkurrenz, wer nicht dabei ist, ist draußen. Seine Zeitung und er selbst müssen sich bei der Suche nach Storys und Nachrichten durchsetzen.

In Berlin erscheinen 1928 147 Tages- oder Wochenzeitungen, der Kampf um Abonnenten und Kioskkäufer setzt die Redaktionen und ihre Schreiber unter einen ständigen Produktionsdruck. Dazu ist Remarques schriftstellerischer Ehrgeiz ungebremst. Er veröffentlicht weiterhin kleinere, meist unterhaltende und von Illustrationen eingerahmte Prosatexte und dann 1927 einen Zeitungsroman. Die journalistischen oder feuilletonistischen Arbeiten erscheinen überwiegend in »Sport im Bild« und anderen Zeitungen des Scherl-Verlages. Der Roman – es ist sein dritter – wird ebenfalls in dem Blatt veröffentlicht, dem er als Redakteur dient. Keine kleine Sache, denn in dieser Zeitschrift erschien bereits ein Fortsetzungsroman von Ernst Weiss. Die Herausgeber legen bei der Auswahl also Wert auf Qualität, die auch auf dem Feld des Unterhaltungsromans bekanntlich sehr unterschiedlich sein kann. »Sport im Bild« hat überhaupt für einige Zeit großen Ehrgeiz gezeigt. In dem Blatt sind Texte von Robert Walser, Franz Blei, Gustav Meyrink, Kasimir Edschmid, Robert Musil, Robert Neumann, Jean Giraudoux und Frank Thiess veröffentlicht worden. Als Remarque Redaktionsmitglied wurde, erlebte er die Zeit solcher bemerkenswerten literarischen Ambitionen noch mit. Daß ein Roman von ihm in dem Blatt veröffentlicht wurde, weist auf das Ansehen hin, das der Autor in seinem Hause inzwischen gewonnen hatte.

Station am Horizont

Die Leser von »Sport im Bild« finden die erste Folge in der Ausgabe vom 25. November 1927. In sieben Fortsetzungen – bis zum 17. Februar 1928 – können sie sich am Dandyleben des Rennfahrers und finanziell unabhängigen Gutsbesitzers Kai erfreuen. Ein modischer Roman ist es geworden, ganz dem Interesse des Autors und seiner Leser gewidmet: Frauen, Autorennen, Spielcasinos, die sonnigen Küsten des Mittelmeers – Monte Carlo, Cannes, Nizza, Sizilien, Cafés und Nachtbars. Kai verläßt auf den ersten Seiten sein Gut, nicht ohne einen letzten, schwermütigen Blick auf die junge, unverdorbene Barbara zu werfen. Am Ende wählt er – zwischen drei Frauen gestellt – die »Mittlere«, denn : »Nur wer das Mittlere als das Dauernde ansah und sich stets wieder darauf zurückzog, blieb bereit zum Elementaren.«[5] Auf den vielen Seiten dazwischen läßt ihn Remarque packende Autorennen bestehen, führt er ihn auf die Yacht der bestrickend schönen und kühlen Lilian Dunquerke (die schon in der Geschichte »Das Rennen Vanderveldes« aufgetaucht war), schildert er die kleinen Liebesintrigen um die Amerikanerin Maud Philby (für die Kai sich dann entscheidet), rollt die Roulettekugel und fließt der Alkohol in Maßen. Der Konkurrenzkampf um Sieg und Frauen treibt Kai und den amerikanischen Rennfahrer Murphy in lebensgefährliche Wettrennen. Ein Männerroman also, zweifellos ganz nach dem Herzen seiner sportbegeisterten und wohl auch kulturbeflissenen Leser, die von schnittigen Autos, schönen Frauen und einem ungebundenen Leben in den warmen Spieler- und Liebesnächten des Südens träumen.

Kein Fall für die Literaturgeschichte, weder zum Zeitpunkt des Erscheinens noch heute. Aber was sich schon im zweiten Romanversuch, in »Gam«, andeutete, findet in der Rennfahrerstory seine Fortsetzung. Auch hier ist nichts mehr von der schwülen Atmosphäre des Lebens in der »Traumbude« zu spüren. Bei aller Leichtigkeit des Sujets und seiner bewußt populären Darstellung ist nicht zu übersehen, daß Remarque seinen Sprachstil verändert, sein Blick auf die Welt sich wandelt. Seine Helden werden einsam, das Leben ist eine wacklige Sache, Liebe endet im Verzicht, der Rausch des Spiels, der Geschwindigkeit, der Begegnung mit Frauen verdeckt für Momente die Abgründe des Ichs. In »Station am Horizont« ist dies alles noch oberflächlich und reichlich naiv formuliert. Es überwiegt die Lebenszugewandtheit, noch fehlen die zentralen Themen, die Remarques Romane bald prägen werden: der Tod und die Zeitgeschichte. Für die »Sport im Bild«-Leser wird nicht gestorben, und die Politik bleibt ausgeblendet. Mit Frauen wird nicht geschlafen (da ging es in »Gam« schon sinnlicher zu), und im Bordell landet man nach durchzechter Nacht schon gar nicht. Der permanente Begleiter vieler seiner späteren Figuren und seines eigenen Lebens, der Alkohol, spielt nur eine

Nebenrolle. Remarque weiß, für welches Publikum und in welcher Zeitschrift er schreibt. Aufregend muß die Fabel sein, sentimental, und der tragische Moment darf sich allemal nur in der männlichen Entscheidung für das »Mittlere« andeuten. Kein regelrechtes Gartenlauben-Happy-End, aber daß der Protagonist auf das gemütvolle Land- und Eheleben mit Barbara allzu verzweifelt verzichtet, dürften zumindest die Herren, die diesen Roman lesen, nicht empfunden haben.

Fortsetzungsromane besitzen für die damaligen Printmedien nicht zuletzt aus kaufmännischen Gründen ein erhebliches Gewicht. Auch die bedeutenden politischen Zeitungen der Weimarer Republik lassen es sich einiges kosten, ihre Leser durch spannende Serien bei der Stange zu halten. Sie sind beliebt und binden den Kunden an das Blatt. Als Remarques »Im Westen nichts Neues« bald in der »Vossischen Zeitung« erscheint, führt dies für das hart um Marktanteile kämpfende Tagesjournal zu einem gewaltigen Auflagenzuwachs, der das Blatt aus den roten Zahlen bringt. Insofern hat Remarque schon ein Jahr vorher einen diesen Zweck erfüllenden Roman für den Scherl-Verlag geschrieben. Er enthält all die Elemente, die für eine solche Geschichte in einem solchen Blatt notwendig sind. Sport, Konkurrenzkampf, Männlichkeit, Liebe, eine bescheidene Portion »Lebensweisheit« und die Sehnsuchtswelt des Südens – das Milieu dieses Romans stimmt. Nicht nur in der deutschen Provinz, auch und vor allem in Berlin möchte der Mann leben wie Kai: »Er schätzte es, nach einem nuancierten Bade in den dicken Frottés eines Bademantels zu liegen, – diese Stunde der gedehnten Glieder, der halben Gedanken, der hellen Virginiazigaretten, zugebracht auf einer Chaiselongue, in einem Sessel, am Fenster, zwischen Zeitungen, Büchern, von denen nur vier Seiten aufgeschnitten sind, kleinen Träumereien und Nagelfeilen. Dann langsam anziehen. Verweilen dabei. Bei der Krawatte plötzlich einen Einfall bekommen. Ihm folgen, interessiert – im Spiegel vor sich plötzlich das eigene, forschende Lächeln im schräg gesenkten Gesicht sehen, überrascht, daß man sich soweit vergaß. Die Schleife schließen, die Frisierhaube wegnehmen. Da hupte unten schon der Wagen ...«.[6]

Damit hat sich sicher kein Arbeiter der Weimarer Jahre identifiziert. Der Snob im »Sport im Bild«-Leser las jedoch solche Sätze mit großem Wohlbehagen.

Die Jahre als Journalist, jetzt das Leben in der Metropole Berlin, die Reisen über Deutschlands Grenzen hinaus, seine Beziehung zu Jutta Zambona haben auch Remarques Ästhetik »modernisiert«. Der Reportagecharakter tritt jetzt deutlich hervor. Nicht Mondnächte und blühende deutsche Linden oder exotische, opiumgeschwängerte Straßen und Häuser, in denen Araber, Tamilen, Kreolen oder Chinesen geheimnisvoll agieren, füllen die Seiten, sondern donnernde Motoren und eine mit den Gefühlen und der Liebe zynisch-spöttisch spielende Generation. Nicht selten allerdings bietet der Autor gewagt-mißlungene Bilder wie dieses: »Der Motor knurrte und fauchte; dann brach er mit einem Satz auf den Horizont ein, ein gefährlicher Wolf, der unbeirrbar Amok lief.«[7] Sein Held aber reflektiert – und bald wird er viele Nachfolger in Remarques Werk finden – das Leben und die Welt nüchtern: »Das Dasein gab große Erlebnisse und Erschütterungen immer nur im Vorübergehen ...«.[8] Oder: »Man lebt und lebt, es ist beängstigend. Weshalb kann man nicht aufhören, verschwinden auf eine Spanne und dann wiederkommen?«[9] Auch die Frauenfiguren beginnen – wie bereits die Dame Gam –, Remarquesche Konturen zu gewinnen, schön, von intellektueller Distanz oder burschikoser Lebensnähe geprägt.

Nach der Niederschrift wird der Roman nicht als Buch gedruckt. Sehr leichte Kost, populäre Unterhaltung, dem Leser wird nichts abgefordert. »Station am Horizont« ist von dem Stoff, aus dem noch heute Massenliteratur gemacht ist, auch wenn der Roman in einer Zeitschrift für die gehobenen Stände erscheint. Interessant bleibt er jedoch für die literarische Entwicklung des Schriftstellers Erich Maria Remarque. Und das Thema – Autorennen, Frauen und Glamour-Welt – vergißt er nicht. 30 Jahre später wendet er sich ihm erneut zu, schreibt seinen Roman »Der Himmel kennt keine Günstlinge«. Kai heißt dann Clerfayt, und Lillian Dunquerke ist mit leicht verändertem Namen wiederauferstanden. Jetzt aber, im Jahre 1927, ahnt wohl niemand, daß der Autor eines gefälligen, recht nichtssagenden

Zeitungsromans während des Erscheinungszeitraums bereits an einem ganz anderen Manuskript sitzt, das nichts mehr von der mondänen, verspielten und leicht versnobten Gesellschaft widerspiegelt, in der er gerade Kai und Lilian hat leben und lieben lassen.

Auch die kurzen Prosatexte, die er in den Monaten vorher geschrieben hat, lassen nicht vermuten, welcher künstlerische Ausbruch kurz bevorsteht. Er schreibt natürlich in erster Linie für das Haus, von dem er sein Gehalt bezieht. Kleine Prosa-Mosaiksteine sind es, schlicht formuliert und für einen breiten und in erster Linie autobegeisterten Leserkreis gedacht. Den läßt der Redakteur von »Sport im Bild« wissen, daß »der Kraftwagen ... die moderne Folie der Dame« ist, er fordert – moderne Umweltschützer werden erschauern – »Platz für das Auto«, ermahnt die Schnellfahrer, daß »die ominöse Ziffer ›100‹ auf dem Tachometer ... einen verhängnisvollen Zauber« birgt und empört sich nach schweren Unfällen beim beliebten Berliner Avus-Rennen über die Verantwortlichen: »Dieses Rennen hätte nie stattfinden dürfen. Die Avus ist in einem recht verlotterten Zustand ...« Kleine Buchbesprechungen schreibt er, denkt über »Frauenzeitschriften in früheren Jahren« nach oder äußert sich über Reiseschriftstellerinnen. In der kleinen Geschichte »Josefs Moment« schildert er die rasende Autofahrt eines Ehemannes, der den Arzt an das Krankenbett seiner Frau bringt, und diese Szene wird der Leser dann Jahre später in dem Roman »Drei Kameraden« wiederentdecken.

Remarques Ehrgeiz ist nach der Veröffentlichung seines Fortsetzungsromans gewachsen. Er scheut sich auch nicht, Kontakte zur Konkurrenz aufzunehmen. Für den Ullstein-Verlag entwirft er ein umfangreiches Exposé zur Entwicklung einer »Illustrierten Autozeitschrift«: »Der ungeheure Aufschwung des Verkehrs hat zehntausende von Herrenfahrern erzeugt, von Motorfahrern, Interessenten, Begeisterten etc. ganz zu schweigen ... 75 % aller Fahrer sind über ihr Fahrzeug nur oberflächlich orientiert – um auf dem Laufenden zu sein, brauchen aber *alle* eine Zeitschrift ...«[10] Er ist also äußerst aktiv, als Journalist erfolgreich und verdient ordentlich. Seit der Nr. 16 vom

3. August 1928 ist er »Verantwortlich für den redaktionellen Inhalt« von »Sport im Bild«. Wieder ein Aufstieg.

Befriedigt aber hat ihn seine Redaktionsarbeit in diesen Monaten offenbar nicht. Er trifft zwar jetzt mit vielen prominenten Künstlern zusammen, mit denen er über Texte verhandelt und redet, aber im November 1928 beklagt er gegenüber Friedrich Vordemberge-Gildewart, dem Konstruktivisten und Freund aus Hannoverschen Zeiten, der ihm Photos zugesandt hatte, »der gesamte Charakter der Zeitschrift [hat sich] im Laufe der letzten Zeit so gewendet, dass wir so extreme Arbeiten nicht mehr bringen«.[11] Vor allem jedoch sind seine literarischen Ambitionen ungebrochen, und er will mehr, als einer von vielen schriftstellernden Journalisten sein. Es gibt aus dieser Zeit keine Tagebuchaufzeichnungen, nur wenige Briefe, und seine späteren Äußerungen sind stets von Nostalgie geprägt. Ein Autor jedoch, der beruflich stark beansprucht ist, der drei Romane ohne jeden Erfolg geschrieben hat und sich erneut ohne Auftrag und Verlag an einen umfangreichen Prosatext setzt, der muß ein Ziel, einen Wunsch, einen starken Willen haben, sonst würde er die Qual mühsamer Nachtarbeit nicht auf sich nehmen, die Zweifel, ob nicht wieder alles umsonst sei, kaum überwinden können. Remarque ist ehrgeizig und setzt auf einen Erfolg, als er im Spätsommer oder Herbst 1927 beginnt, seinen vierten Roman zu schreiben.

Im Westen nichts Neues

»Im Westen nichts Neues« ist das erfolgreichste deutschsprachige Buch unseres Jahrhunderts. Abgesehen von den großen Religionsschriften haben nur ganz selten literarische Werke in der Kulturgeschichte der Menschheit eine solche Auflagenzahl erreicht. Genau ist sie nicht festzustellen, aber die Schätzungen liegen zwischen 15 und 20 Millionen verkauften Exemplaren.[12] Das Buch wurde in 49 Sprachen übersetzt. Natürlich in die klassischen Weltsprachen, aber auch in Afrikaans, Birmanisch, Kasachisch oder Zulu.[13] Bis heute erscheinen in verschiedenen Ländern Neuübersetzungen, und in

Deutschland werden fast siebzig Jahre nach der Erstveröffentlichung immer noch jährlich zwischen 40- und 50.000 Exemplare verkauft. Auf welches Interesse der Roman bereits unmittelbar nach seiner Auslieferung stieß, zeigen die ersten Zahlen: Innerhalb von nur fünf Wochen setzte Ullstein 200000 Exemplare ab, im Juni 1930 wurde die Millionengrenze überschritten. »Ende 1930 war der Ullstein-Konzern schließlich davon überzeugt, daß nunmehr jeder Deutsche, der potentiell als Leser von *Im Westen nichts Neues* in Frage gekommen wäre, das Buch auch gekauft oder gelesen hatte.«[14]

Kein je in Deutschland veröffentlichter Roman hat zudem ein solches politisches Echo ausgelöst. Kaum war er auf dem Markt, entfachte er bei Lesern, Kritikern, politischen Parteien, staatlichen Institutionen, diversen nationalen, kulturellen oder militärischen Organisationen eine uferlose Auseinandersetzung. Keine Zeitung, die nicht eine Rezension veröffentlichte, kaum ein politischer Kommentator, der nicht Stellung bezog, unzählige Diskussionen in Versammlungen, im Reichstag, Verbandszeitschriften oder Leserbriefspalten. Nicht nur Politiker, Militärs oder Literaturkritiker meldeten sich zu Wort, sondern auch Rechtsanwälte, Ärzte, Pfarrer, Angestellte, Handwerksmeister oder (allerdings erheblich zurückhaltender) Arbeiter. Das österreichische Heeresministerium untersagte die Aufnahme des Buches in die Soldaten-Bibliotheken, Mussolini unterband den Vertrieb in Italien, der Thüringer Landtag verbot den Roman für alle Lehrer- und Schülerbüchereien, in Preußen, wo die Weimarer Koalition unter Führung des Sozialdemokraten Otto Braun regierte, konnte eine solche Entscheidung erst im letzten Augenblick verhindert werden, weil einige Zentrums-Abgeordnete absprangen. Eine beispiellose Hetze gegen das Buch und seinen Autor steht neben begeisterter Zustimmung.

Nach der Veröffentlichung wird der Buchmarkt mit einer Fülle von Anti-Schriften überflutet, die sich mit dem Wahrheitsgehalt, dem Leben des Verfassers, seinem politischen Wollen, mit der Entstehung des Manuskripts oder der beschmutzten Ehre des deutschen Frontsoldaten beschäftigen. Üble Machwerke in der Regel, die es mit den Tatsachen nicht sehr genau nehmen und versuchen, den Autor zu diffamieren oder doch lächerlich zu machen. Schon die Titel sprechen für sich. Der Schriftsteller Salomo Friedlaender geht auf 250 Seiten der Frage nach: »Hat Erich Maria Remarque wirklich gelebt? Eine Denkmalsenthüllung von Mynona.«[15] Eine mühsame Satire wider den Zeitgeist, deren wichtigste Folge es ist, daß sie den Nationalsozialisten einigen zusätzlichen Stoff für ihre bald alle Grenzen sprengende Agitation bietet. Ein Buch mit dem so gequält witzigen Titel und Verfassernamen »Vor Troja nichts Neues« von Emil Marius Requark wird gedruckt.[16] Der Nazi-Parteigänger Gottfried Nickl schreibt die Broschüre »Im Westen nicht Neues und sein wahrer Sinn« und nennt diese verquollen nationalistische, deutlich antisemitische und weit verbreitete Schrift eine »Antwort an Remarque«.[17] Auf dem Umschlagtext zeigt der Verlag unverhüllt, wie sehr es Verlegern und Schmähautoren auch darum geht, die unerwartete Buchsensation kommerziell für sich auszubeuten: »Das Schanddenkmal, welches in dem Buche von Remarque ›Im Westen nichts Neues‹ unseren feldgrauen Helden des Weltkrieges errichtet wurde, gestürzt! Beginnende neue Weltverleumdung aufgedeckt! Jeder Leser des Buches von Remarque muß auch die Enthüllung ›dieser‹ Schrift kennen.«

All diese Pamphlete erreichten im Grunde nur eines: Remarque und sein ohnehin erfolgreiches Buch wurden dadurch noch populärer. Den Roman konnte bald niemand in Deutschland übersehen, der des Lesens mächtig war. Kaum wurde es um das Buch etwas ruhiger, kam im Dezember 1930 seine amerikanische Verfilmung in die deutschen Kinos. Der Berliner Nazi-Gauleiter Joseph Goebbels und die nationale Rechte sahen ihre Chance, das neue Massenmedium für die eigenen Zwecke zu instrumentalisieren. Sie entfachten eine wilde, teilweise gewalttätige Kampagne gegen den Film. Kinoaufführungen wurden gesprengt, Massendemonstrationen inszeniert, und die Republik ging in die Knie. Der Film wurde zeitweise verboten, das Lichtspielgesetz geändert. Auch diese Auseinandersetzung wurde von einer breiten Berichterstattung in den Medien begleitet. Remarque und »Im Westen nichts Neues« waren erneut in aller Munde, und die Auflage stieg und stieg.

Angesichts dieser Entwicklungen ist es alles andere als verwunderlich, daß sich sehr rasch Legenden um den Verfasser und sein Werk bildeten. Ein solches Ereignis, die Emotionen, die es auslöste, waren kaum geeignet, nüchtern und vernünftig Quellen und Hintergründe zu recherchieren. Die Nachwirkungen sind bis heute spürbar. Abgesehen von einigen wissenschaftlichen Arbeiten, die sich intensiver mit Remarque beschäftigt haben, blieben die Halbwahrheiten und Lügen, die damals in die Welt gesetzt worden sind, aber auch die Selbststilisierungen des Autors für viele Leser, Journalisten oder Rezensenten Fakten und wurden immer weitergetragen.

Schon bald nach der Veröffentlichung hieß es – in Verdrehung des Namens Remark –, der Name des Autors sei eigentlich Kramer. In manchem Lexikon und Zeitungsartikel steht das noch heute. Er habe keinen Roman geschrieben, sondern ein Tagebuch veröffentlicht, wurde behauptet. Andere kolportierten, der Text stamme gar nicht von dem auf dem Titelblatt genannten Verfasser. Ein Tatsachenbericht sei es, schrieben die einen, alles Erfindung eines Stubenhockers die anderen. Ein alter Mann sei er und reich oder umgekehrt ein junger, armer Bursche. Als Kriegsfreiwilliger habe er sich sofort im August 1914 gemeldet, nie sei er an der Front gewesen, tönte es zurück. Viel Druckerschwärze wurde verbraucht, um sich der literarisch-politischen Situation gewachsen zu zeigen. Sensationserfolge sind immer auch ein Medienereignis, und die Wahrheit geht dabei in der Regel zum Teufel. So war es auch in diesem Fall.

Kurt Tucholsky alias Kaspar Hauser spöttelte schon im Juni 1929 in der »Weltbühne« über die Legendenbastler: »Erich Salomon Markus – so ist der Name dieses Judenknäbleins – war lange Zeit hindurch kleiner Synagogendiener der jüdischen Synagoge in der Oranienstraße zu Berlin (sogenannter ›Salatschammes‹). Geboren ist dieser Sproß Judas in Zinnentzitz in Schlesien, wo sein Vater, Abraham Markus, eine – koschere Schlächterei hatte (Merkst du was?) ... Nach dem Krieg hat er sich in Osnabrück als Damenschneider niedergelassen, dann war er Hilfsbremser am jüdischen Leichenwagen in Breslau und ist später nach Hannover gegangen; Professor Coßmann läßt die Frage offen, ob Markus etwa Haarmann gekannt und vielleicht auch unterstützt hat ... Und dieser miese Baldower wagt es, für die Asphaltpresse einen Bericht zu verfassen, dem die Lüge an der Stirn geschrieben steht!«[18] Es gab in diesen Monaten auch noch Autoren, die den Überblick behalten hatten.

Im Kern ging es in der Öffentlichkeit um zwei Komplexe. Ist in »Im Westen nichts Neues« die Wirklichkeit an der Front dargestellt worden, ist es also ein »Erlebnisbericht«, ein autobiographischer Text, oder hat hier ein Pazifist und politischer Demagoge einen frei erfundenen Antikriegsroman geschrieben, der den deutschen Soldaten und den Weltkrieg als gesellschaftsumfassendes und – einigendes Geschehen in den Dreck zieht? Eng damit verknüpft war die Frage, wer dieser literarische Nobody denn sei, dem ein solcher Wurf gelungen war. Ihren ersten Höhepunkt erreichte die Debatte in den Monaten März bis Juni 1929, nachdem sich der Massenabsatz des Buches herauskristallisiert hatte, dann ebbte sie ab, um Ende 1930 mit dem von den Nationalsozialisten inszenierten Skandal um den Film erneut vehement aufzuflammen.[19]

Es war ein Stellvertreterkrieg, der da ausgelöst wurde. Die Republik stand 1928/29 am Scheideweg. Die Reichstagsmehrheit (und die großen Wirtschafts- und nationalen Massenverbände) begannen sich von dem 1918/19 mühsam gefundenen sozialen und demokratischen Konsens abzuwenden. Der Ruf nach dem autoritären Staat, einer straffen, von parlamentarischen Einflüssen unabhängigen Führung gewann immer mehr Anhänger. Der Erste Weltkrieg wurde zum Symbol dieser Auseinandersetzung. Während das rechte, antidemokratische Lager in ihm eine große Bewährungsprobe Deutschlands sah, die von der Armee »heroisch« bestanden worden war, verurteilte die Mehrheit der Linken und der bürgerlichen Liberalen ihn als einen sinnlosen Opfergang. Im Streit um Remarques Werk ging es daher in seinem zentralen Punkt um die Frage der »Wahrheit« (ein Kriterium, das allerdings generell bei der Beurteilung der Kriegsliteratur in den Weimarer Jahren eine hohe Bedeutung besaß). Vordergründig äußerte sich das in den empörten Zurückweisungen über die Art und Weise, wie in dem Buch der einfache deutsche Soldat dargestellt wird. Hinter diesen Polemiken aber steckte ein wesentlich weitergehendes Anliegen: Die militanten Befürworter der Aufrüstung der Wehrmacht und einer außenpolitischen Revisionspolitik sahen ihre Ziele durch die überraschend große Verbreitung von Remarques Roman »beschmutzt« und politisch gefährdet. Deutschland sollte aus der Sicht der Nationalisten jedoch das Ergebnis des Krieges umkehren, wie 1914 erneut alle Anstrengungen darauf richten, zur europäischen Hegemonialmacht aufzusteigen. Wenn es sein mußte, auch mit militärischen Mitteln. Am 30. März 1930 war diese Auseinandersetzung entschieden, auch wenn dies noch nicht allen bewußt wurde: Der ehemalige Frontoffizier Heinrich Brüning wurde Reichskanzler, und die nun einsetzende Periode der »Präsidialregierungen« hebelte die parlamentarische Demokratie systematisch aus. Dann kam Hitler, und sechs Jahre später stürzte Deutschland einen großen Teil der Welt in einen neuen Krieg.

»Im Westen nichts Neues« bedrohte aus der Sicht der militanten Antidemokraten den »Wehrwillen« der Deutschen, und das Buch erschien zu einem Zeitpunkt, als der tagesaktuelle Kampf um das Überleben der Republik eine neue Qualität erreichte. Im August 1928 wurde der Briand-Kellog-Vertrag abgeschlossen, der den Krieg als Mittel der Politik ächtete. Mit den Verhandlungen über den Young-Plan, der die deutschen Reparationszahlungen unter wesentlich günstigeren Bedingungen als in den vorangegangenen Jahren regeln sollte, stand die gemäßigte Außenpolitik Gustav Stresemanns vor einem bedeutenden Erfolg. Im Juni 1928 trat die SPD nach fast fünfjähriger Regierungsabstinenz wieder in ein von ihr geführtes Kabinett ein. Kein Mitglied aus Hugenbergs Deutschnationaler Volkspartei erhielt in der neuen Koalition einen Ministerposten. Die nationalistische Rechte sah angesichts dieser politischen (Schein-)Stabilisierung ihre Felle davonschwimmen und löste mit ihrer Kampagne gegen den Young-Plan eine bewußt geschürte Radikalisierung der öffentlichen Debatte aus. Sie griff auch zu jedem anderen Mittel, um die Republik zu diffamieren und lächerlich zu machen. Das weit hörbare Echo, das der neue Kriegsroman auslöste, mußte ihr wie ein Geschenk des Himmels erscheinen.

So schrieb der »Völkische Beobachter« am 16. Februar 1929 zwar in einer für die Rechtsradikalen üblichen Wortwahl, aber er drückte damit nur schärfer aus, was die gesamte bürgerliche Rechte angesichts des Buches empfand: »... für alle wahren Frontsoldaten, die die Erinnerung an den großen Krieg wie ein heiliges Vermächtnis in sich tragen, (ist das) ein Faustschlag ins Gesicht. Denn sie fühlen sich durch den Krieg nicht zerstört – sondern geläutert.«[20] In der offiziellen Zeitschrift für Heer und Flotte findet sich der bezeichnende Satz: »›Im Westen nichts Neues‹ ist eine einzige ungeheuerliche Beleidigung des deutschen Heeres.«[21]

Aber auch die Linke, ebenfalls im Netz ihrer Ideologien verfangen, griff das Buch teilweise lautstark an. Das kommunistische Parteiblatt »Die Rote Fahne« gestand zu, der Roman sei zwar »glänzend und hinreissend geschrieben«, aber er »schweige« über die Ursachen des Krieges.[22] Ein Jahr später lesen die kommunistischen Parteigänger in ihrem moskauabhängigen Hausblatt: »Es ist nur konsequent, daß der Aufrüstungsdichter Remarque sich weigert, offen zu erklären, wie er zu einem Kriege der imperialistischen Staaten gegen die Sowjetunion steht ... Remarque ist mit allem Recht Lieblingsdichter der imperialistischen Bourgeoisie und ihrer kleinbürgerlichen Mitläufer geworden.«[23] Die Zeitschrift »Sozialistische Bildung« kommt in ihrer Besprechung zu dem Schluß, daß das den Kapitalismus entlarvende Kriegsbuch auch mit Remarques Roman noch nicht geschrieben sei.[24]

Remarque fand ebenso bei den dogmatischen Pazifisten keine Freunde. Sie beklagten sein mangelndes Bekennertum. Das Buch sei »sicher nicht notwendigerweise pazifistisch, und vor allem nicht absichtlich so«, meinte eine Kritikerin in »Die Friedenswarte«, dem Verbandsblatt des organisierten Pazifismus in Deutschland. Aber: »... wir warten darauf, daß Remarque sich in die Front der Friedenskämpfer offiziell und ausdrücklich einreiht, daß er seinen literarischen Ruhm und Erfolg jener Sache dienstbar macht, die es verhindern will, daß weitere Generationen zerstört werden.«[25]

Selbst in der »Weltbühne«, in der Remarque und sein Buch im Laufe der politischen Auseinandersetzung in verschiedenen Artikeln energisch verteidigt wird und die später vehement gegen das Filmverbot anschreibt, gab es kritische Anmerkungen. In einer Betrachtung über Kriegsbücher in Frankreich ärgerte sich der Verfasser, daß Remarques Buch höher bewertet werde als der Roman »Das Feuer« von Henri Barbusse: »Und doch gefällt man sich heute darin, ein Buch zu verherrlichen, das sich passiv zum Krieg verhält, und stellt es demjenigen gegenüber, das gegen ihn revoltiert.«[26] Und Kurt Tucholsky hält wenige Ausgaben später im Heft der linksliberalen Intelligenz fest: »Gegen das Buch läßt sich vielerlei sagen.«[27] Eine literarische Rezension über den Roman ist bezeichnenderweise in der »Weltbühne« nie erschienen.

Es war zunächst keineswegs so, daß der Roman von allen Lesern und Kritikern sofort nach dem Erscheinen als ein pazifistisches Buch empfunden wurde. Gerade weil Remarque keine direkten Urteile und Bewertungen in seinem Text ausspricht, sahen viele in den Kampfszenen des Buches und in der stoisch-resignierenden und damit als menschlich tapfer empfundenen Haltung seiner Figuren keine Anti-Kriegspropaganda. Erst im Zuge der sich so lautstark erhebenden Debatte änderte sich das. »Im Westen nichts Neues« fand zunehmend politische Zustimmung im Lager des links-intellektuellen (und linksliberalen) Weimar. Im gleichen Maße nahm die Ablehnung der bürgerlichen Nationalisten und der Rechtsradikalen zu. So geriet das Werk jenseits seiner literarischen Intention in das ideologische Rasterwerk der Zeit, und das beeinflußte zunehmend die Haltung vieler Rezensenten und Leser. Wer für das Buch war, galt als Pazifist und Kritiker des Ersten Weltkriegs, wer es ablehnte, wurde zum Kriegsapologeten.

Die wenigsten interessierte damals der literarische Wert des Romans. Auch die Schriftstellerkollegen, die sich öffentlich über ihn äußerten, konnten ihren eigenen politischen Standort dabei nicht verleugnen, wobei alle zu großen Worten griffen. Bruno Frank meinte, »seine Kunst zu rühmen, erscheint beinahe als Blasphemie«, es sei eine »unzerstörbare Dichtung«[28]; Carl Zuckmayer forderte, das Buch »gehört in die Schulstuben, die Lesehallen, die Universitäten, in alle Zeitungen, in alle Funksender, und das ist alles noch nicht genug«[29]; Walter von Molo, zu diesem Zeitpunkt Präsident der Preußischen Dichterakademie, prägte das bald vielzitierte Wort vom »Denkmal des unbekannten deutschen Soldaten« (Ullstein druckte dieses Urteil auf der Vorderseite des Buchumschlages ab); Axel Eggebrecht nennt den Autor einen »Schriftsteller von hinreißender Einfachheit«,[30] und Ernst Toller sieht in dem Roman »das stärkste Dokument der ›großen Zeit‹«.[31]

Rudolf G. Binding dagegen entsetzt sich mit dem Ausruf: »Damit, Herr Remarque, entheiligen sie die Wahrheit!«[32], und Heinz Zögerlein spricht von einer »Betrachtung des Krieges durch die Abortbrille«. Der preußische Adel meldet sich ebenfalls in bekannter Schlichtheit zu Wort: »Der Frontsoldat wird als ein in seinen Gewohnheiten fast zum Tier gewordenes, stumpfsinniges Wesen dargestellt, dem jeder Zug heldischen Geistes und vaterländischer Gesinnung vollständig abgeht.«[33] Die Palette der (Vor-)Urteile ist breit, und die hier aufgeführten Zitate zeigen, daß es beim Streit um diesen Roman selten um Literatur, sondern meist um Politik ging.[34] Kurt Tucholsky brachte es Anfang 1930 in der »Weltbühne« auf den richtigen Nenner. »Nicht als Kunstwerk« habe das Buch »die Millionen erregt, sondern wegen seines Stoffes und wegen der Behandlung dieses Stoffes«, und dies erkläre seine so ungeheure Breitenwirkung.[35]

Der Ullstein-Konzern und Remarque selbst sind an den vielen Legendenbildungen nicht unschuldig, die sich bald um das Buch rankten. Tatsache ist, daß der Autor das Manuskript nicht lange zurückgehalten hat – wie er es dann, nachdem sich der unerwartete Erfolg eingestellt hatte, zu suggerieren versuchte –, sondern nach der Fertigstellung mit großer Energie daranging, es in einem Verlag unterzubringen. Dabei griff er hoch und bot es dem Fischer Verlag an. Der alte Samuel Fischer hatte in seinem Programm die besten deutschsprachigen Autoren der Zeit versammelt und die Rechte an den Romanen vieler prominenter ausländischer Schriftsteller erworben. Thomas Mann, Gerhart Hauptmann, Alfred Döblin, Jacob Wassermann, Hugo von Hofmannsthal, Arthur Schnitzler und die Übersetzungen der Werke von Joseph Conrad, Dos Passos, Jules Romains oder Knut Hamsun wurden bei Fischer veröffentlicht. Es war eine erste Adresse, an die sich Remarque wandte. Ein Hinweis darauf, wie überzeugt er von seinem Manuskript war, und seine vielfach wiederholte Bemerkung, er habe zu seiner »Arbeit als literarische Leistung zunächst gar kein Vertrauen« gehabt, schlichtweg nicht stimmt. Warum er in dieser und anderen Fragen so argumentierte, darüber wird noch zu reden sein.

Fischer lehnte ab. Auch darüber ist viel gerätselt und spekuliert worden. Peter de Mendelssohn, der die Geschichte des Verlages geschrieben hat, erreichte fast vierzig Jahre später ein Brief Remarques, der auf diese Frage einging: »›Im Westen nichts Neues‹ wurde im Frühjahr 1928 durch den Chefredakteur von Sport im Bild, Konrad Elert, mit dem ich befreundet war und in Sport im Bild zusammen arbeitete, über Paul Eipper, der einer unserer Mitarbeiter war, dem S. Fischer Verlag eingereicht ... Samuel Fischer ließ mich dann später kommen und sagte mir, er glaube nicht, daß das Buch ein Geschäft sei – niemand wolle mehr etwas vom Krieg wissen ... Ich schrieb ihm noch einen Brief, ein paar Tage später, mit Daten über bereits erschienene Kriegsbücher und ihre Auflagen ... Ich hoffte und bat ihn, seinen Entschluß noch einmal zu überlegen ... Darauf bekam ich keine Antwort.«[36] Der hier genannte Vermittler Paul Eipper war Tierbuchautor und eng befreundet mit dem Cheflektor des Fischer Verlages, Oskar Loerke. Das spricht dafür, daß Remarque in diesem Brief die Wahrheit in etwa getroffen hat. Zumindest zeigt die Zeitangabe – »im Frühjahr 1928« –, daß er sofort und sehr aktiv für die Vermarktung seines Romans tätig geworden ist, er keineswegs ein an sich zweifelnder Anfänger war, der schüchtern einigen Freunden sein Manuskript zeigte und überrascht war, daß es dann tatsächlich jemand druckte. 1929 klang das noch ganz anders. »Das Manuskript lag fast ein halbes Jahr in meinem Schreibtisch«, erklärte er in seinem ersten Interview nach der Veröffentlichung, »ohne daß ich den Versuch machte, es irgendwo anzubieten.«[37]

Warum hat der so erfahrene und erfolgreiche Talentsucher Samuel Fischer das Buch abgelehnt? Später, als der Roman sich als ein riesiges Geschäft erwies, meinte er, es habe nicht in sein Verlagsprogramm gepaßt. Zwar weist die Bibliographie des Fischer Verlages in diesen Jahren tatsächlich eine Fülle literarisch höchst ambitionierter Titel auf. Aber es waren darunter auch Veröffentlichungen wie Willy Hellpachs »Politische Prognose für Deutschland« oder die Wiederauflage des utopischen Romans »Der Tunnel« von Bernhard Kellermann – also wurde keineswegs ausschließlich »Hochliteratur« vom Berliner Nobelverlag veröffentlicht, und in Sachen Politik war Fischer auch nicht abstinent. Schon während des Weltkrieges erschienen in seinem Haus die patriotische »Sammlung zu Schriften der Zeitgeschichte« (1915-1918) und die »Ostpreußischen Kriegshefte. Auf Grund amtlicher und privater Berichte« (1915-1917). Nicht zu vergessen: 1919 druckte er Thomas Manns »Betrachtungen eines Unpolitischen«. Der alte Mann hat tatsächlich Remarques Buch für chancenlos gehalten. Das und nichts anderes war der Grund für seine finanziell zweifellos folgenreichste Fehlentscheidung als Verleger. Gottfried Bermann Fischer behauptet in seinen Erinnerungen im übrigen, er habe das Manuskript in einer Nacht begeistert gelesen und seinem Schwiegervater die Annahme dringend empfohlen.[38]

Ob Remarque nach der Absage von Fischer verschiedene andere Verlage angesprochen hat, ist nicht zu belegen. Carl von Ossietzky schreibt zwar in der »Weltbühne«, der Autor habe »von drei großen und notablen Verlagen abschlägigen Bescheid erhalten«,[39] aber er setzt dieser Bemerkung selbst ein vorsichtiges »es wird erzählt« voran. Auch Erich Kästner spricht im April 1929 in der »Neuen Leipziger Zeitung« von »drei bedeutenden Verlagen«, die den Roman abgelehnt hätten, nennt aber keine Namen.[40] Der Kontakt zu Ullstein jedenfalls muß ziemlich unmittelbar nach Fischers Ablehnung erfolgt sein. Hans Schwab-Felisch berichtet in seiner Verlagsgeschichte, Fritz Meyer, ein Freund Remarques und Verwandter der Verlegerfamilie, habe das Manuskript an Fritz Ross, den Schwiegersohn von Hans Ullstein, weitergeleitet. Er las es Pfingsten 1928, und dabei blieb es zunächst. Im August gab Max Krell, Lektor des zu Ullstein gehörenden Propyläen-Verlages, den Text mit skeptischen Worten (»Niemand interessiert sich dafür. Sie waren ja auch Frontsoldat«) weiter an den Leiter der Herstellungsabteilung, und der war begeistert. Am 6. August kam es zu einem Gespräch zwischen Ross und Remarque, Ende August wurde der Vertrag abgeschlossen. Der

Verlag entschloß sich, den Text – nach einigen Umarbeitungen – als Fortsetzungsgeschichte im Unterhaltungsteil der »alten Tante Voss« abzudrucken.[41]

Der mit Remarque abgeschlossene Autorenvertrag enthält eine Bedingung, die darauf hinweist, daß Ullstein von dem Erfolg des Unternehmens noch keineswegs überzeugt war. »Der Vertrag mit Remarque enthielt eine Klausel, nach der der Autor im Falle des Mißerfolges den vereinbarten und bezahlten Vorschuß als Journalist für die Ullstein-Blätter abzuarbeiten hatte.«[42] Die Verlagsleute bleiben mißtrauisch, und in der Roman-Redaktion der »Vossischen« hält man einen Ersatztitel bereit, falls die Kriegsgeschichte beim Leser durchfallen sollte. Wir wissen, es kam ganz anders. Der Zeitungsabdruck – vom 10. November bis 9. Dezember 1928 – erwies sich schon nach kurzer Zeit als riesiger Erfolg. Die revidierte Buchausgabe wurde am 29. Januar 1929 vom Propyläen-Verlag auf den Markt gebracht.

Die Veränderungen betrafen vor allem auch die politischen Passagen. Die Ullstein-Redakteure hatten für die Zeitungsfassung allzu rüde Landservokabeln oder einige grausame, sehr detaillierte Kampfschilderungen gestrichen. Der Bezieherkreis war breit und die von Remarque benutzte, »unliterarische« Sprache für das bürgerliche Publikum Weimars ungewohnt, wenn nicht sogar schockierend. Ein Buch konnte solche Risiken eingehen, eine Abonnentenzeitung traute sich das nicht.

Remarque selbst setzte seine berufliche Karriere, die erfolgreich und gesichert war, aufs Spiel. Es war ihm klar, daß der Abschluß beim Konkurrenten Ullstein die Kündigung bei Scherl nach sich ziehen mußte. Er wäre bei einem Mißerfolg sicherlich nicht ins Bodenlose gefallen, Ullstein besaß genug attraktive Blätter, bei denen er in einem solchen Fall hätte Unterschlupf finden können, und der Vertrag sicherte ihn in dieser Hinsicht auch etwas ab. Aber erneut eine Redaktionsleitung für einen literarischen Flop, den Tausch wäre die Verlagsleitung wohl doch nicht eingegangen. Daß Remarque trotzdem diesen Schritt wagte, mag als Hinweis dafür dienen, daß er an seinen Erfolg glaubte.

Was macht ein Buch, insbesondere wenn der Autor völlig unbekannt ist, erfolgreich? Das wird letztlich immer ein Geheimnis bleiben, der Markt ist nur beschränkt steuerbar und der Leser ein eigenwilliges Wesen. Immerhin unterliegt er wie alle Käufer massenpsychologischen Gesetzen. Und ein gutes Marketing kann auch bei künstlerischen Produkten folgenreich sein. Vieles muß sich jedoch zusammenfügen, wenn ein Niemand Literatur vorlegt, die zum Bestseller wird. Im Falle von »Im Westen nichts Neues« kam alles auf überaus glückliche, aber teilweise auch bewußt gelenkte Weise zusammen. Remarque traf mit der Art, wie er die Fronterlebnisse des »einfachen Soldaten« schildert, das Herz unzähliger Spätweimaraner, die größtenteils noch selbst im Krieg gewesen waren. Im Gegensatz zur üblichen nationalistischen Kriegsliteratur hat er Kampf, Leiden und Tod entheroisiert. Da er sich im Vorwort ausdrücklich jeder politischen Stellungnahme entzog, überließ er seinen in diesen Jahren von allen Seiten mit Ideologien und politischen Kampfschriften konfrontierten Lesern, ihr eigenes Urteil über den Krieg zu fällen. Der bewußte Verzicht, einen »literarischen« Roman zu schreiben und – was damals neu und überraschend war – seine Figuren in einer sehr einfachen, umgangssprachlichen Diktion reden und denken zu lassen, machte das Buch auch für literaturungewohnte Käufer attraktiv.

Das gilt nicht nur für Remarques Roman, aber Ullstein verstärkte dies alles durch eine mit Halbwahrheiten und enormen finanziellen Mitteln versehene Werbekampagne. Der Autor ließ sich auf dieses Spiel ein. Die bald einsetzende politische Agitation machte den Roman dann in den Buchhandlungen zum Selbstläufer. Nichts ist für den Erfolg wichtiger als der Erfolg.

Zwei Tage vor dem Beginn des Abdrucks, in der Ausgabe vom 8. November 1928, stimmt die Redaktion der »Vossischen Zeitung« ihre Leser auf der Seite 1 der Ausgabe mit viel Pathos auf die Fortsetzungsgeschichte ein. Mit einem für einen solchen Anlaß ungewöhnlich langen Text wendet sich die Redaktion an ihre Käufer, was nicht zuletzt von der Unsicherheit und den politischen Skrupeln der Ullstein-Macher zeugt. Sie appellieren an Gefühle, wollen Emotionen wecken, sprechen die ehemaligen Frontsoldaten direkt an, preisen den Text nicht als literarische Neuheit eines Schriftstellers, sondern als »erlebtes Leben«, als »das erste wirkliche Denkmal des ›Unbekannten Soldaten‹«, als »Werk, das Blatt für Blatt den Eindruck ergreifender Wahrheitstreue erweckt«, als »ein Buch ohne Tendenz«.

Der Autor wird in diesem Text als naiver, unprofessioneller Vertreter einer Generation geschildert, die zehn Jahre zuvor in den Schützengräben verblutete, als ein Überlebender, der endlich das Schweigen bricht. Da wird eine Person vorgestellt, der man einfach glauben muß, die geradlinig, unbescholten und jenseits aller intellektuellen Gedankenfuchserei, überwältigt von dem einst Erlebten und nicht Vergessenen sich etwas von der Seele schreibt. »*Erich Maria Remarque*, kein Schriftsteller von Beruf, ein junger Mensch in den ersten Dreißigern (!), hat zugegriffen, hat plötzlich vor einigen Monaten den Drang und Zwang empfunden, das in Worte zu fassen, zu gestalten und innerlich zu überwinden, was ihm und seinen Schulkameraden, einer ganzen Klasse von jungen, lebenshungrigen Menschen, von denen keiner wiederkehrte, geschehen war.«[43]

Geschickt wird der potentielle Leser umarmt und ein hehres Bild vom vergessenen, mit seinen unverarbeiteten Erlebnissen alleingelassenen Frontsoldaten gemalt. Denn sie »haben die Zähne zusammengebissen und geschwiegen. Während das Entsetzliche geschah, konnten sie nicht reden. Man hätte sie nicht gehört und nicht verstanden. Und als alles zu Ende war, waren sie müde, mürbe, ausgelöscht, hatten sie nur den einen Wunsch, zu vergessen.« Und nun kommt in der »Vossischen Zeitung« einer von ihnen und schreibt über seine und ihre Erlebnisse und Schicksale. Die Redaktion greift kräftig in die Gefühlskiste, rührend und mit Sinn für den Zeitgeist.

Es ist natürlich leicht durchschaubar, was die Ullstein-Leute mit solchen Sprüchen bezweckten. Vor allem wollten sie zunächst vermeiden, daß in dem Text eine politische Richtungsaussage entdeckt werden könnte. Das Land war gespalten, und keineswegs wollte man auf die dringlich erhofften Leser aus dem bürgerlich-rechten Lager verzichten. Gewiefte Marketingleute wissen, daß bestimmte Produkte ihr Image nicht über den Preis oder das Design, sondern über eine aktiv hergestellte Komplizenschaft zwischen Verkäufer

Der Vater: Peter Franz Remark und Sohn Erich um 1900

Die Familie: Remarques Mutter mit seinen Schwestern Erna und Elfriede um 1915

Der Selbstdarsteller:
Remarque in
»Leutnantsuniform«, 1919

er Krieg: Remarque
.v.r.) mit Kameraden, 1918

Der plötzliche Ruhm: Ullstein-PR-Photo des Autors von »Im Westen nichts Neues«, 1929

Erich Maria Remarque

der Verfasser des Kriegsbuches „Im Westen nichts Neues", stammt aus Niedersachsen. Als er aus dem Felde zurückkam, wurde er zuerst Volksschullehrer in einem kleinen Heidedorf. Später ging er in kaufmännische, autotechnische und andere Berufe über, lebte dann auf Reisen und im Ausland und war schließlich in Berlin als Redakteur tätig.

Auf den folgenden Seiten finden Sie eine kleine Auswahl aus Hunderten von Zuschriften und Presseurteilen aus allen Kreisen.

Der Sensationserfolg: Aus dem Prospekt des Propyläen-Verlags Berlin zum Erscheinen des 550. Tausend von »Im Westen nichts Neues«, 1929

Der »New Yorker«:
Remarque nach der
Veröffentlichung von
»Arc de Triomphe«, 1945

Der Liebling der Frauen:
Remarque mit
Brigitte Neuner
in Nordwijk aan Zee
um 1930

Der Liebhaber: Marlene Dietrich, eingerahmt von Remarque und Josef von Sternberg, 1938

Nach der Trennung vom »Puma«: Remarque mit der Schauspielerin Lupe Velez um 1941

Der Emigrant: Remarque beim Verlassen der »Queen Mary«, 1939

und Käufer gewinnen. Für den Vertrieb von »Im Westen nichts Neues« hießen die Zauberworte: Vertrauen und Solidarität zwischen Autor und Leser. Geldverdienen ist in solchen Beziehungen etwas, das mit allen Zeichen des Abscheus zurückgewiesen werden muß: »Die ›Vossische Zeitung‹ hält es für ihre Pflicht, der Öffentlichkeit dieses starke und wahre Werk ... vorzulegen, in diesen Novembertagen (der Vorabdruck beginnt fast auf den Tag genau am 10. Jahrestag des deutschen Waffenstillstandsangebots und des »Tages von Langemarck« – WS), in denen alte Formen zerbrachen und neues Leben unter Wehen ward.«

Aber es ging dem sich so altruistisch gebärdenden Verlag auch um die Tagespolitik. Ullstein wollte alles außen vor lassen, was ihm als Förderung einer bestimmten politischen Denkrichtung ausgelegt werden konnte. Im Herbst 1928 tobte im Reichstag gerade der Streit um den Bau des Panzerkreuzers vom Typ A. Das von der KPD erwirkte Volksbegehren hatte dieses Thema popularisiert und das politische Klima vergiftet. Vor allem die Sozialdemokraten verloren in der Auseinandersetzung an Ansehen, weil ihre Minister und die Reichstagsfraktion keine einheitliche Position einnahmen. Hinzu kam, daß die nationale bürgerliche Rechte 1928 mit der Wahl von Alfred Hugenberg zum DNVP-Vorsitzenden eine deutliche Radikalisierung erfuhren. Am Horizont zeichnete sich bereits ab, wohin der Weg der Republik ging.

Die leitenden Herren bei Ullstein und Mosse waren in diesen hektischen Monaten hellhörig geworden. Bald wurde sichtbar, daß sich die großen Verlagshäuser in Berlin in der Weimarer Spätphase ängstlich und mutlos aus den Auseinandersetzungen herauszuhalten versuchten. Der Druck der Verlagsspitzen auf die Redaktionen der Ullstein- und Mosse-Zeitungen wuchs, pointierte politische Stellungnahmen wollte die Geschäftsleitung dort nicht mehr lesen. Das ging nach 1930 soweit, daß die jüdischen Mitarbeiter nur noch sehr ungern von den jüdischen Besitzern geduldet wurden. Georg Bernhard, bis 1930 Chefredakteur der »Vossischen Zeitung«, schreibt später im Exil: »Diese immer sichtbarer werdende Haltung der bürgerlichen Zeitungen hat dazu beigetragen, den inneren Auflösungsprozeß der republikanischen Parteien noch zu beschleunigen ... Diese Schuld wird dadurch nicht vermindert, daß sie, ohne es zu wollen, schließlich ihre eigenen Totengräber geworden sind.«[44] Es ist zumindest nicht auszuschließen, daß diese Haltung bei Ullstein tendenziell bereits spürbar war, als »Im Westen nichts Neues« in einer der Verlags-Zeitungen abgedruckt wurde. Jedenfalls mußte Remarque für den veröffentlichten Text auf Wunsch des Verlages Korrekturen vornehmen, die allzu kriegsanklagende Passagen betrafen.

Um die eingeschlagene Strategie glaubwürdiger erscheinen zu lassen, wurde, wie bereits erwähnt, auch das Lebensbild des Autors zurechtfrisiert. Es hätte der Geschichte die suggerierte Naivität genommen, wenn in der Ankündigung deutlich geworden wäre, daß es sich keineswegs um den Text eines Anfängers handelte, sondern um die literarische Prosa eines Schriftstellers, der immerhin – wenn auch erfolglos – bereits drei Romane verfaßt hatte. Spontaneität, seelische Befreiung, »Wahrheitstreue« – das ist der Stoff, aus dem sich verkaufsfördernde Legenden stricken lassen. Nicht nur in diesem Fall.

Remarque hat das Kriegsthema lange mit sich herumgetragen, die ersten Versuche schrieb er bereits unmittelbar nach der Rückkehr von der Front. Dieser im Nachlaß aufgefundene Entwurf umfaßt vier Seiten. Im Herbst 1995 tauchte das handgeschriebene Manuskript des 1929 erschienenen Buches wieder auf und wurde für seine Geburtsstadt Osnabrück zu einem Preis von 250 000 Pfund erworben. Genaugenommen sind es zwei Manuskriptfassungen. Im New Yorker Nachlaß, so berichtet Thomas Schneider, befinden sich weitere Manu- und Typoskripte, die umfangreiche Korrekturen Remarques während der Niederschrift belegen.[45] Das Originalmaterial zeigt zweifelsfrei, daß der Text mehrfach umgearbeitet worden ist und ihm eine ausgefeilte Konzeption zugrunde gelegen hat. Remarque produzierte das Buch als professioneller Schriftsteller, der seine Erzählstrategie sehr bewußt wählte.

Wie sehr er an dem Erfolg des Buches interessiert war, erklärt möglicherweise, warum er sich auf die Version des Verlages einließ, sie in nahezu allen Interviews penetrant und wortgleich wiederholte. Das klang dann so: Sechs Wochen habe er daran geschrieben, »jeden

Abend, wenn ich aus dem Büro kam. Dann war das Buch fertig« – »Das Manuskript lag fast ein halbes Jahr in meinem Schreibtisch.« – »Der Erfolg kam für mich ganz überraschend« – »Mein Buch beruht nicht auf der Phantasie, der Erfindung.« – »Ich war an der Front – lange genug, um selbst fast alles erlebt zu haben, was ich geschildert habe.« – »Ich habe keine Lehre zu verkünden.« – »Ich verstehe nichts von Politik.«[46] Schließlich überzeugte besonders das »Vorwort« die Leser, denn es lag ganz auf dieser Ebene der abwehrenden Strategie. Niemand sollte auf den Gedanken kommen, es ginge hier etwa um mehr als einen wahrheitsgetreuen Erlebnisbericht. Er erfüllte damit Konventionen der Kriegsliteratur, ohne die ein Erfolg kaum denkbar war.

Vielleicht wäre der so rasche Verkaufsanstieg ohne die Finanzkraft des Ullstein-Verlages nicht möglich gewesen. Die Werbeabteilung des Hauses nutzte nicht nur die teilweise sehr auflagenstarken Zeitungen des Konzerns für Anzeigen, sondern setzte die Besprechungen in deren Feuilletons und Beilagen auch terminlich zielgerichtet ein. Im »Börsenblatt des deutschen Buchhandels«, dem wichtigsten Werbeträger für die Sortimenter, erschienen zwischen Februar und Juni 1929 in jeder Ausgabe ganzseitige Anzeigen. »Am 21. 5. 1929 reserviert der Verlag gleich 24 (!) Seiten des Börsenblatts für den Roman, auf denen positive und negative Stellungnahmen der in- und ausländischen Presse zu Remarque vorgelegt werden.«[47] Die Herstellung, die durch die weit über das normale hinausgehende und sich rasch entwikkelnde Auflagenhöhe in erhebliche Produktionsschwierigkeiten geriet, mußte betriebsfremde Druckereien und Bindereien benutzen, um die Nachfrage befriedigen zu können. Für einen Verlag ohne diesen Hintergrund wären solche betriebswirtschaftlichen Anstrengungen kaum realisierbar gewesen.

Die Publikationsgeschichte von »Im Westen nichts Neues« und die besonderen politischen Zeitumstände haben also zweifellos einen wichtigen Beitrag zum überragenden Erfolg des Buches geliefert. Erich Kästner stellte sogar zwei Monate nach der Veröffentlichung der Buchausgabe kategorisch fest: »Es ist außer Frage, daß dieses Buch, von einem weniger einflußreichen und geschickten Verlage lanciert, nicht den zehnten Teil der Auflageziffer erreicht hätte, den es schon jetzt, wenige Wochen nach dem Erscheinen, erreicht hat.«[48] Aber wäre es das allein gewesen, hätte Remarques Kriegsroman das Schicksal vieler hochgepuschter Bestseller erfahren: Er wäre bald wieder vom Markt verschwunden, allenfalls in kleinen Auflagen einmal nachgedruckt worden. All diese Strategien galten zudem in den Ländern nicht, in denen der Roman sehr bald und ebenfalls in hohen Auflagen erschien. Die USA (der »Book of the Month«-Club bestellte sofort 60000 Exemplare) und England (der Verlag Putnam's Sons vermeldete unmittelbar nach der Veröffentlichung der englischen Ausgabe ein »glänzendes Geschäft«) waren nicht von den innenpolitischen Entwicklungen in Deutschland betroffen. Die deutsche Debatte um das Buch und seinen Erfolg hatte allerdings auch in der ausländischen Presse ein großes Echo, was zweifellos das Interesse an dem Roman verstärkte.

Bei allem Respekt vor Ullsteins Werbeabteilung: Es ist ein überragender Roman, und deswegen hat er die Zeiten überlebt, ist er bis heute schlechthin *das* Buch über den Krieg geblieben. Auch nach dem Untergang Weimars und der Niederschlagung des europäischen Faschismus hat die Geschichte von Paul Bäumer und seinen Kameraden jede heranwachsende Generation bewegt und gefesselt. Was immer Ullstein und Remarque geschrieben und geredet hatten, es ist ein Buch *gegen* den Irrsinn des Krieges, *gegen* die große Lüge der Rechtfertiger und falschen Patrioten. Der lapidare Berichterstatterton des Ich-Erzählers, die einfache Sprache, mit der der Autor seine Protagonisten reden läßt, die scheinbare Fatalität, mit der er das Kriegsgeschehen, den Tod, das Leiden der Verwundeten schildert, kann nicht darüber hinwegtäuschen. Gerade weil Remarque die Dialoge nicht ideologisch überhöht hat – wie beispielsweise Arnold Zweig in den späteren Teilen seines »Zyklus über den Großen Krieg der weißen Männer« –, gerade weil er sich der Ästhetisierung verlogener Heldenmännlichkeit, der Beschwörung der Schicksalhaftigkeit des Krieges eines Ernst Jünger (»In Stahlgewittern«) verweigerte, hat sein Roman auch nach dem Zweiten Weltkrieg seine Aktualität und seine Bedeutung in einem Ausmaß behalten wie kein anderer Kriegsroman. Bernhard Wickis Film »Die Brücke« und Remarques »Im Westen nichts Neues« wurden für viele junge Menschen in der Bundesrepublik zu einem prägenden Erlebnis. Diese Kunstwerke haben die Verharmlosungen der amtlichen Kriegsberichterstatter, der allzu vergeßlichen Wiederaufrüster und Anekdotenerzähler zwar nicht verhindern, aber doch entlarven können, mehr als Feiertagsbeschwörungen oder Seminare, mehr auch als der theoretisierende Pazifismus. Remarques Roman über den Krieg ist von einem Humanismus getragen, wie wir ihn nur in den großen Werken der Literatur finden. Das hat ihm seine ungebrochene Wirkung erhalten.

Der Krieg ist für den Autor vor allem eine literarische und erst in zweiter Linie eine politische oder autobiographisch zu verarbeitende Vorlage (»Ich habe den Krieg für eine literarische Arbeit gebraucht«[49]). Er will ein Buch schreiben, das möglichst viele Leser findet, und deswegen bemüht er sich unter Heranziehung seiner bisher erworbenen künstlerischen Erfahrung als Schriftsteller, einfach, klar und überzeugend zu schreiben. Harry Graf Kessler berichtet in seinem Tagebuch von einem Gespräch mit Remarque im August 1929, in dem dieser seinem Gastgeber eine anschauliche, visionäre Skizze vortrug, die auch einiges über die Darstellungsform von »Im Westen nichts Neues« aussagt: »Überhaupt sei das Schreiben etwas ganz Leichtes, wenn man erst den Stoff fest gepackt hätte. Wenn man auf der Eisenbahn fahre, sehe man manchmal gegen Abend irgendwo, zwischen Sowieso und Sowieso, einen einsamen Menschen über ein Feld gehen, und gegen den Himmel erscheine er unendlich groß. Das sei es! Man müsse seine Menschen gegen den Himmel stellen, den Hintergrund hinter ihnen aufbauen, dann seien sie ohne jede Ausschmückung und jedes Pathos groß. Das versuche er, seinen Menschen den Hintergrund des Unendlichen zu geben. Wenn man das erst erfaßt habe, dann sei das Schreiben ganz leicht.«[50]

Anfang 1946 äußert sich Remarque noch einmal zu dem Buch und seiner Entstehung. Er wird dann völlig anders als 1929/30 argumentieren und mit einem spöttischen understatement erklären: »It was really simply a collection of the best stories that I told and that my friends told as we sat over drinks and relived the war.«[51] Wieder ein

Fünkchen Wahrheit, denn er hatte ja tatsächlich schon in der Zeit im Duisburger Lazarett Erkundigungen bei ehemaligen Kriegskameraden über deren Erlebnisse an der Front eingezogen. Aber so bewußt er in den ersten Jahren nach der Veröffentlichung mit verkaufsfördernden Bemerkungen von seiner Person ablenkte, spielte er mit diesem Satz den augenzwinkernden Autor, der jetzt alles sehr gelassen sehen wollte.

Warum schreibt ein Autor einen Roman, so wie er ihn schreibt? Vieles kommt da in der Regel zusammen: künstlerische, biographische, psychologische und zeitbedingte Motive. Das gilt auch für dieses Buch. Es gibt verschiedene Hinweise darauf, daß Remarque in den zwanziger Jahren (und später) immer wieder von starken depressiven Schüben heimgesucht wurde. Der Krieg und das, was er dort gesehen hat, das Schicksal der Menschen, denen er an der Front und im Lazarett begegnet war, haben zweifellos ihren Anteil an seinen Stimmungswechseln, seinen resignativen Lebensdeutungen, seiner Sehnsucht nach Kameradschaft, seinen tiefsitzenden Todesängsten. Insofern leistete er mit der Niederschrift dieses Romans auch ein Stück pychologischer Verarbeitung, wenngleich nicht in der Ausschließlichkeit, wie er es dann behauptete. Seine Selbstzweifel wuchsen durch die künstlerischen Mißerfolge, die hinter ihm lagen. Als Journalist in Berlin etabliert, war er als Schriftsteller gescheitert. Die drei Romane, die er geschrieben hat, wurden von der Welt nicht zur Kenntnis genommen. Er wandte sich also auch der fiktiven Bearbeitung des Krieges zu, weil er glaubte, daß es »sein« Thema ist, und er es für geeignet hielt, ihm den ersehnten Durchbruch als Schriftsteller zu ermöglichen. Insofern ist der Krieg tatsächlich eine künstlerische Vorlage, die er nutzte, um Erfolg zu haben.

So unpolitisch er sich gab und wahrscheinlich im vordergründigen Sinn zu diesem Zeitpunkt auch war, er erfaßte sehr genau die Stimmung, die in weiten Teilen der Republik in diesen Monaten um sich griff. Angesichts der selbstzerstörerischen Reichstagsdebatten, dem neuerlichen Anschwellen der Agitation auf der Straße und den wachsenden Zweifeln an der Wirksamkeit des demokratischen Systems, begannen immer mehr Menschen im Land, nach dem Sinn der Opfer in einem vierjährigen Krieg zu fragen, dessen unmittelbare Folge die Errichtung der Demokratie war. Remarque berührte in seinem Roman das Selbstverständnis der Weimarer Gesellschaft. »Remarques Roman«, so urteilt Hans-Harald Müller, »ist in der Reihe der epischen Verarbeitungen des Ersten Weltkriegs in der Weimarer Republik zweifellos die ›revolutionäre‹ poetische Matrix.«[52]

Es ist also ein ganzes Motivbündel, das den dreißigjährigen Remarque bei der Wahl des Stoffes und seiner literarischen Ausarbeitung bewegt haben dürfte. Jede eindimensionale Deutung wird dem Weltbestseller des Jahres 1929 so wenig gerecht, wie die vielen Äußerungen des Autors oder seines Verlages. Nicht nur seelische Verarbeitung, nicht nur Abreaktion des bisherigen künstlerischen Mißerfolgs, nicht nur pragmatische Erzwingung einer literarischen Sensation, schon gar nicht pazifistisches Bekennertum haben den Roman und die künstlerische Verarbeitung des Kriegsthemas begründet, sondern all dies spielte mit, als Remarque begann, sich in den Weltruhm hineinzuschreiben.

»Im Westen nichts Neues« ist bekanntlich nicht der einzige Kriegsroman, der in den Weimarer Jahren geschrieben und veröffentlicht wurde. Im Gegenteil, eine Flut von Kriegsliteratur überschwemmte in der Zeit der Weimarer Republik den Buchmarkt. Fast alle Titel sind vergessen. Neben Remarques Roman – und jenseits der Universitätsseminare – sind heute nur noch wenige Werke im Buchhandel oder im Gedächtnis der Leser präsent, deren Handlung im Ersten Weltkrieg angesiedelt ist oder in denen der Krieg unmittelbar Bezug auf die Entwicklung der auftretenden Figuren nimmt. Ludwig Renns »Krieg«, Arnold Zweigs Romane »Der Streit um den Sergeanten Grischa« und »Junge Frau vor 1914«, Ernst Glasers »1902«, Ernst Jüngers »In Stahlgewittern« oder die pazifistischen Novellen »Der Mensch ist gut« von Leonhard Frank, einige Bücher ausländischer Autoren, wie »Das Feuer« von Henri Barbusse oder »In einem anderen Land« von Ernest Hemingway – das ist es fast schon. Viele der heute nur noch in den Literaturgeschichten aufgeführten Titel jedoch waren zum Zeitpunkt ihres Erscheinens sehr erfolgreich und erlebten kurz hintereinander mehrere Auflagen. Die Kriegsromane von Franz Schauwecker,

Werner Beumelburg, Josef Magnus Wehner, Walter Flex, Hans Zöberlein, Georg von der Vring oder Alexander Moritz Frey beispielsweise fanden in den Weimarer Jahren viele begeisterte Leser.

Die Kriegsliteratur erlebte zwischen 1918 und 1933 viele Wellenbewegungen. Zunächst waren es vor allem die Rechtfertigungstexte der Generäle, Regimentsoffiziere und Politiker, die unmittelbar nach dem Waffenstillstand den Buchmarkt beherrschten. Hindenburg, Ludendorff oder der Planer und Organisator der wilhelminischen Flottenpolitik, Admiral Tirpitz, legten ihre Erinnerungen vor, unbelehrbar und die geschichtlichen Lügen verbreitend, die dann das politische Klima in Weimar vergiften sollten. Viele triviale Landserromane erschienen, den Krieg und das Heldentum des deutschen Soldaten preisend. Besonders populär wurden die »Erlebnisberichte« von Autoren wie Manfred von Richthofen oder Graf Luckner.[53] Kurt Tucholsky schrieb Anfang 1926 zornig in der »Weltbühne«: »Wer, wie wir, vom ersten Tag nach dem Waffenstillstand an für Aufklärung über das Verbrechen der deutschen Militärs und ihrer Helfer gesorgt hat, ist wohl berechtigt, vor den lawinenhaften Publikationen, ... Broschüren und Streitschriften über den Krieg ein Wort zu sagen, das erklärt werden muß, wenn man uns recht verstehen soll. Dieses Wort heißt: Genug! So, wie die deutsche Linke den psychologischen Moment im Jahre 1918 verpaßt hat ... so hat der deutsche Pazifismus den Augenblick verpaßt, wo ein Volk bereit war, auf ihn zu hören.«[54]

Mit Arnold Zweigs »Grischa«-Roman und Ludwig Renns »Krieg« erschienen vor Remarques Veröffentlichung zwei Romane, die sich – bei allen Unterschieden in der literarischen Bewertung von Zweig und Renn – dem Thema künstlerisch auf einem Niveau näherten, das nichts mehr mit den vorangegangenen Traktaten gemein hatte. In beiden Texten ist die antimilitaristische Haltung der Autoren unverkennbar, wie immer sie auch zum Zeitpunkt ihrer Veröffentlichung bewertet wurden. Dann kam »Im Westen nichts Neues« und löste eine Flut von Nachfolgeromanen aus. Remarque hatte einen Maßstab gesetzt, an dem die Weimarer Kriegsliteratur jetzt gemessen wurde.

»Der Kriegsroman ist ein typisches und epochenspezifisches Genus der Literatur der Weimarer Republik«, schreibt Hans-Harald

Müller, »– kein anderer Stoff ist zwischen 1918 und 1933 literarisch so häufig behandelt worden wie der Erste Weltkrieg, kein anderes Genus erreichte Auflagenziffern wie die Romane über den Krieg.«[55] Ähnlich argumentiert Walter Laqueur in seiner Arbeit über die Weimarer Kulturgeschichte: »Man kann den Geist der zwanziger Jahre ohne George, Hesse und den ›Zauberberg‹ verstehen; er kann aber nicht verstanden werden ohne die Geistesverfassung der Überlebenden von Langemarck, Verdun oder der Somme einzubeziehen.«[56] Weil Remarque mit seinem Roman diese »Geistesverfassung« in einer Weise getroffen hat, wie kein anderes episches Werk dieser Literaturepoche, löste er ein solch weithallendes Echo aus.

Inwieweit die zeitgenössische Kriegsliteratur ihn bei der Niederschrift beeinflußt hat, ist nicht exakt zu sagen. Gekannt hat er viele entsprechende Veröffentlichungen. Das belegt auch eine Rezension von fünf Kriegsbüchern (es sind Romane von Georg von der Vring, Otto Riebicke, Ernst Jünger und Franz Schauwecker), die er im Frühjahr 1928, also nach der Fertigstellung des eigenen Manuskripts, für »Sport im Bild« schreibt. Nichts deutet in diesem kleinen Text darauf hin, daß er die besprochenen Werke ablehnt. Jüngers »In Stahlgewittern« belegt er mit viel Lob, »von einer wohltuenden Sachlichkeit, präzise, ernst, stark und gewaltig« ist die Rede, »ohne jedes Pathos« gebe es »das verbissene Heldentum des Soldaten wieder«.[57] Für von der Vrings »Soldat Suhren« findet er Worte, die einige Begriffe enthalten, die uns auch in »Im Westen nichts Neues« begegnen: Das Buch »erschöpft ... das Leben in der Garnison und hinter der Front in außerordentlich gut gesehenen und geschilderten Kapiteln, die künstlerisch hohen Rang haben und im Dasein einer Korporalschaft ein Stück Menschentum, Kameradschaft, Humor, Ironie, Landschaft entrollen ...«[58] Ein freundlicher Kritiker hat da im Hugenberg-Konzern über Kriegsbücher geschrieben.

Der Roman ist eine Ich-Erzählung, die immer wieder in das »Wir« übergeht. Remarque unterstreicht mit diesem Vorgehen die doppelte Absicht, die er verfolgt: Er will ein Buch schreiben, daß den Krieg nicht historisch, sondern aus dem Blickwinkel eines Miterlebenden beschreibt und das gleichzeitig exemplarisch für das Schicksal der Generation steht, deren Untergang er heraufbeschwört. Das biographische Element wird bereits durch die Namensschöpfung des Protagonisten hervorgehoben: Paul ist Remarques zweiter Vorname, und Bäumer hieß seine Großmutter. In einigen Figuren, in mancher Örtlichkeit und in verschiedenen Episoden verarbeitet Remarque ebenfalls reale Erinnerungen an Menschen, denen er begegnet ist, oder an Ereignisse, die zur Vorlage fiktiver Umschmelzung dienen. Der Rekrutenschinder und Briefträger Himmelstoß, der kriegsbegeisterte Lehrer Kantorek, mehrere Jugendfreunde und Kriegskameraden, die Monate im Duisburger Lazarett, das während Pauls Heimaturlaub schemenhaft auftauchende Osnabrück, die kranke Mutter oder seine Reflexionen über die verträumten, »unschuldigen« Jugendjahre, in denen er ein Schauspiel schrieb und im »Pappelgraben« die Natur entdeckte – das ist biographischer Stoff. Aber wie er ihn einsetzt, umformt und nutzt, das macht, wie gesagt, den Schriftsteller aus.

Remarque beschränkt sich auf einen eng umrissenen Ausschnitt des Krieges, auf die Erlebnisse acht junger Männer. Der politisch-geschichtliche Hintergrund, Zeit- oder Ortsangaben tauchen nur in beiläufigen, ungenauen Hinweisen auf. »Zwischen Langemark und Bixschoote«[59] erleben seine Figuren den Krieg, das Geschehen spielt im Zeitraum September 1917 bis Oktober 1918. Wenn die Soldaten über soziale, gesellschaftliche oder politische Ursachen des Krieges diskutieren, dann werden keine historischen Namen genannt, die Schuldfrage wird nicht an Ideologien, Parteien oder Klassen festgemacht, sondern im allgemein Menschlichen belassen. Auch die Haltung der Heeresführung oder kriegsstrategische Erörterungen bleiben unerwähnt. Remarque setzt den Krieg als Tatsache voraus, und seine kritisch-politischen Thesen werden überwiegend in fatalistischen und resignierten Worten vorgetragen. »Besser ist, über den ganzen Kram nicht zu reden.« Aber gerade weil er auf jede Art von Geschichtsunterricht verzichtet, allein die humanistische Perspektive gelten lassen will, überzeugt er seine politikmüden Leser, und die vom »gesunden Menschenverstand« getragenen Reflexionen über das Grauen entlarven den Krieg und seine Auslöser in einer Schärfe, die dann wiederum hochpolitisch ist.

Remarques Soldaten verlassen den Bezirk der mühsam errichteten Zivilisation, entwürdigt zum Töten, um selbst zu überleben. Sie werden zu menschlichen Maschinen degradiert. »Aus uns sind gefährliche Tiere geworden. Wir kämpfen nicht, wir verteidigen uns vor der Vernichtung. Wir schleudern die Granaten nicht gegen Menschen, was wissen wir im Augenblick davon, dort hetzt mit Händen und Helmen der Tod hinter uns her, wir können ihm seit drei Tagen zum ersten Male ins Gesicht sehen, wir können uns seit drei Tagen zum ersten Male wehren gegen ihn, wir haben eine wahnsinnige Wut, wir liegen nicht mehr ohnmächtig wartend auf dem Schafott, wir können zerstören und töten, um uns zu retten und zu rächen ... Wären wir keine Automaten in diesem Augenblick, wir blieben liegen, erschöpft, willen- los.«[60]

Weil Remarque den Krieg aus der Perspektive des kleinen Mannes, der Opfer und nicht der politischen Täter schildert, er nicht Zeithistorie schreibt, sondern die Geschichte von Menschen, bleibt zumindest aus heutiger Sicht der als Vorlage dienende Erste Weltkrieg sekundär. Paul Bäumer und seine Kameraden starben auch in Stalingrad, in Korea, in Vietnam oder in Bosnien. Darin liegt die Zeitlosigkeit des Romans, und dies ist ein entscheidender Grund dafür, daß »Im Westen nichts Neues« im Gegensatz zu vielen anderen Kriegsromanen die Jahrzehnte überlebt hat. Ernst Jünger preist den Krieg als »den Vater aller Dinge« (»In Stahlgewittern«), als schicksalshafte Bewährungsprobe des »heldischen« Menschen. Die nationalistischen Chauvinisten verherrlichen ihn in ihren Romanen als Überlebenskampf der Kulturen und höchste Stufe patriotischen Pflichtbewußtseins. Sie schildern das Entsetzliche, aber sie verleugnen es gleichzeitig mit einem Pathos, in dem die Frage nach Schuld und Verbrechen des Krieges ausgeblendet wird. Remarque läßt dem »Erhebenden« des Abschlachtens, des Schmerzes und des Todes keinen Raum, er klagt an und beschreibt es so, wie es immer war und ist: als zynische Verachtung des Lebens.

Keine Geschichte ist es, die im Verlaufe der Erzählung auf ein Ziel zuläuft, sondern ein Episodenroman. Remarque reiht Kapitel für

Kapitel das Erleben an der Front, in der Etappe, in der Heimat, im Lazarett aneinander. Scheinbar zusammenhanglos entsteht ein eindringliches Bild vom Krieg und seiner Wirkung auf die Menschen, die in ihn hineingeschleudert worden sind. Dramatische Momente – Sturmangriffe, Grabenkämpfe, Feuerüberfälle, das Sterben auf den Verbandsplätzen oder im Lazarett, Paul Bäumer mit dem sterbenden Franzosen Duval in einem Granattrichter – werden von idyllisch geschilderten Episoden abgelöst. Der sich über Stunden hinziehende Verzehr eines »organisierten« Gänsebratens, die ruhig und »lebensphilosophisch« dahinplätschernden Gespräche auf der Latrine, der nächtliche Besuch bei französischen Frauen, der zwiespältig empfundene, aber die verlorene Welt der Jugend wieder heraufbeschwörende Heimaturlaub. Die Personen werden kaum individualisiert, Remarque verleiht ihnen lediglich typisierende Attribute: »Müller V, der noch Schulbücher mit sich herumschleppt und vom Notexamen träumt«[61]; – »Leer, der einen Vollbart trägt und große Vorliebe für Mädchen aus den Offizierspuffs hat«[62]; – »Stanislaus Katczinsky, das Haupt unserer Gruppe, zäh, schlau, gerissen, vierzig Jahre alt, mit einem Gesicht aus Erde, mit blauen Augen, hängenden Schultern und einer wunderbaren Witterung für dicke Luft, gutes Essen und schöne Druckposten«[63]; – »Kropp dagegen ist ein Denker« –[64] »Detering, ein Bauer, der nur an seinen Hof und an seine Frau denkt«[65]; – »Tjaden, ein magerer Schlosser, so alt wie wir, der größte Fresser der Kompanie«.[66] Die Kampfszenen werden in den sich sehr ähnelnden Stereotypen der Kriegsliteratur geschildert.

Zwei Welten – Proletarier und Gymnasiasten –, eine Gruppe von acht Männern und eine Handvoll Nebenrollen, das ist das Personal des Romans. Von der Schulbank in den Krieg gekommen sind Bäumer, Albert Kropp, Müller V und Leer (»Alle vier neunzehn Jahre alt, alle vier aus derselben Klasse in den Krieg gegangen«[67]), aus dem Arbeitermilieu stammen Haie Westhus, Detering, Tjaden und Stanislaus Katczinsky (»Die älteren Leute sind alle fest mit dem Früheren verbunden, sie haben ... Frauen, Kinder, Berufe und Interessen, die schon so stark sind, daß der Krieg sie nicht zerreißen kann«[68]). Offiziere tauchen kaum auf, der Kaiser einmal. Der Krieg wird von

»unten« erzählt, das ist der vielleicht entscheidende Punkt, der Remarques Buch – mit Ausnahme des berühmten Romans von Henri Barbusse, »Das Feuer« – von seinen Vorgängern unterscheidet.

Es will die Zerstörung einer Generation darstellen, von einer betrogenen Jugend berichten, von Schuld, Gewalt und Tod. Remarque fordert die »Väter« heraus, weil sie ihre Söhne verraten haben. Es gibt kaum Zukunft für die Figuren in seinem Buch, fast nur die Erinnerung an eine idyllisch eingeblendete Vergangenheit und den nackten Überlebenskampf der Gegenwart. »Wir waren achtzehn Jahre alt und begannen die Welt und das Dasein zu lieben; wir mußten darauf schießen. Die erste Granate, die einschlug, traf in unser Herz. Wir sind abgeschlossen vom Tätigen, vom Streben, vom Fortschritt. Wir glauben nicht mehr daran; wir glauben an den Krieg.«[69]

Der humane Anspruch des Romans erfüllt sich auch, weil Remarque keine Feindbilder schafft. Das Elend und der Tod sind nicht an nationale Grenzen gebunden. »Ein Befehl hat diese stillen Gestalten zu unsern Feinden gemacht«, geht Paul Bäumer beim Anblick russischer Kriegsgefangener durch den Kopf, »ein Befehl könnte sie in unsere Freunde verwandeln. An irgendeinem Tisch wird ein Schriftstück von einigen Leuten unterzeichnet, die keiner von uns kennt, und jahrelang ist unser höchstes Ziel das, worauf sonst die Verachtung der Welt und ihre höchste Strafe ruht.«[70] Einige Zeilen weiter steht erneut mit Blick auf die russischen Häftlinge der Satz: »Jeder Unteroffizier ist dem Rekruten, jeder Oberlehrer dem Schüler ein schlimmerer Feind als sie uns.«[71] Im Granattrichter, in dem neben Bäumer der von ihm im Nahkampf tödlich verwundete Franzose qualvoll stirbt, denkt der verzweifelte, schuldlos-schuldige Mörder: »Warum sagt man uns nicht immer wieder, daß ihr ebenso arme Hunde seid wie wir, daß eure Mütter sich ebenso ängstigen wie unsere und daß wir die gleiche Furcht vor dem Tode haben und das gleiche Sterben und den gleichen Schmerz ...«[72]

Kaum dem Kindesalter entwachsene, optimistische, zukunftsfrohe Jünglinge waren sie einst, aber nach einigen Monaten wissen sie: »Wir sind Flüchtende. Wir flüchten vor uns.«[73] Paul Bäumer ahnt gegen Ende des Romans: »Wenn wir jetzt zurückkehren, sind wir müde, zerfallen, ausgebrannt, wurzellos und ohne Hoffnung. Wir werden uns nicht mehr zurechtfinden können.«[74] Das Leitmotiv des Romans ist nicht die äußere Zerstörungswut des Krieges, das entscheidende Gewicht legt der Autor auf die inneren Prozesse, die der Krieg bei den Menschen auslöst. Die »eiserne Jugend« wird von ihren blind fanatisierten Lehrern und patriotischen Elternhäusern (Bäumers Klassenlehrer Kantorek steht hier stellvertretend für die verführende Erwachsenenwelt) in die Hölle der Schützengräben geschickt. »Ja, so denken sie, so denken sie, die hunderttausend Kantoreks! Eiserne Jugend. Jugend! Wir sind alle nicht mehr als zwanzig Jahre. Aber jung? Jugend? Das ist lange her. Wir sind alte Leute.«[75] – »Heute würden wir in der Landschaft unserer Jugend umhergehen wie Reisende. Wir sind verbrannt von Tatsachen, wir kennen Unterschiede wie Händler und Notwendigkeiten wie Schlächter. Wir sind nicht mehr unbekümmert – wir sind fürchterlich gleichgültig.«[76]

Das ist sie, die »verlorene Generation«, schändlich um ihr Leben oder doch zumindest um die Unschuld ihrer Jugend betrogen, Opfer einer zynischen Welt. Als in einer Feuerpause die Frage aufkommt, was man denn tun würde, wenn jetzt plötzlich Friede wäre, sperrt sich die Phantasie, keiner im Kreis von Paul Bäumer kann sich noch ernsthaft ein Leben jenseits des Krieges ausmalen. Beim Anblick der zerschossenen und zerrissenen Menschen, denen er im Lazarett begegnet, wird Bäumer bewußt: »Ich bin jung, ich bin zwanzig Jahre alt; aber ich kenne vom Leben nichts anderes als die Verzweiflung, den Tod, die Angst und die Verkettung sinnlosester Oberflächlichkeit mit einem Abgrund des Leidens.«[77] Zukunft können sich die nicht mehr vorstellen, die das Tor zur Hölle des Tötens und der Schmerzen durchschritten haben: »Der Krieg hat uns für alles verdorben.«[78] Der Mensch ist zurückgeworfen in die Barbarei. Nicht mehr im Gegenbild, nur noch in der archaischen Natur gibt es Schutz und Fluchtmöglichkeit. Mehrfach beschwört Remarque Bilder herauf, die diesen Zustand der absoluten Verlorenheit verdeutlichen, die Erde, der Himmel, der Wald werden zum letzten Zeichen der Wärme und des sinnlichen Seins: »Aus der Erde, aus der Luft aber strömen uns Abwehrkräfte zu, – am meisten von der Erde. Für niemand ist die

Erde so viel wie für den Soldaten. Wenn er sich an sie preßt, lange, heftig, wenn er sich tief mit dem Gesicht und den Gliedern in sie hineinwühlt in der Todesangst des Feuers, dann ist sie sein einziger Freund, sein Bruder, seine Mutter, er stöhnt seine Furcht und seine Schreie in ihr Schweigen und in ihre Geborgenheit, sie nimmt sie auf und entläßt ihn wieder zu neuen zehn Sekunden Lauf und Leben, faßt ihn wieder, und manchmal für immer.«[79]

Der Tod kommt beiläufig. Langsam und unter Qualen, oder schnell und wie eine fast nicht mehr zu kommentierende Nebensache. Fast alle werden sterben in diesem Buch. In den Anfangskapiteln, als Bäumer den Tod des verwundeten und beinamputierten Schulkameraden Kemmerich erlebt, geschieht dies noch als erschütterndes, unfaßbares Ereignis, gegen Ende des Buches wird der Tod nur noch registriert. Auch Paul Bäumer kehrt nicht zurück, was einige Rezensenten als inkonsequentes und wenig schlüssig entwickeltes Ende mißbilligen, da der Autor in seinem knappen Vorwort verspricht, »von einer Generation zu berichten, die vom Krieg zerstört wurde, – auch wenn sie seinen Granaten entkam«. Im Krieg gibt es jedoch kein Happy-End, sondern nur in den apologetischen Heldenschriften. Die Logik des Romans läßt gar keine andere Lösung zu, als die, die der Autor gewählt hat. Gerade die emotionslose Knappheit, mit der Remarque den Tod seines Ich-Erzählers mitteilt, unterstreicht er seine künstlerische Intention: Nichts rechtfertigt den Krieg, denn er zerstört, oft zufällig und ohne Schicksalspathos das Wertvollste, das Leben. »Er fiel im Oktober 1918, an einem Tage, der so ruhig und still war an der ganzen Front, daß der Heeresbericht sich nur auf den Satz beschränkte, im Westen sei nichts Neues zu melden. Er war vornübergesunken und lag wie schlafend an der Erde. Als man ihn umdrehte, sah man, daß er sich nicht lange gequält haben konnte; – sein Gesicht hatte einen so gefaßten Ausdruck, als wäre er beinahe zufrieden damit, daß es so gekommen war.«[80] Wohin muß eine Gesellschaft gekommen sein, deren Jugend »beinahe zufrieden damit« ist, nicht mehr leben zu müssen?

Der angeblich so unpolitische Autor hat also ein hochpolitisches Buch vorgelegt. Alles, was in »Im Westen nichts Neues« geschieht, hat seinen Ursprung in der politischen Entscheidung für den Krieg als Fortsetzung der Politik mit anderen Mitteln. Keinem Leser kann eigentlich entgehen, daß Remarque im Jahre 1928 über den Krieg nicht nur als kühler »Berichterstatter« des physischen und seelischen Leidens geschrieben hat, sondern in sehr subtiler Weise auf die Verursacher und die gesellschaftlichen Hintergründe des vierjährigen Massensterbens hinweist. Er wählt dabei nicht die Form der politischen Debatte, läßt seine Figuren nicht unterschiedliche ideologische Positionen einnehmen, aus deren dialogischer Konfrontation sich dann ein Lehrstück entwickelt, an dessen Ende eine Geschichtswahrheit steht. Seine Protagonisten argumentieren mit der Vernunft des Lebens und nicht mit dem Vokabular der Partei- oder Klassentheoretiker.

In verschiedenen Passagen allerdings weist der Autor direkt auf die politischen Zusammenhänge hin: auf die Lüge vom Verteidigungskrieg, den Mißbrauch der patriotischen Gefühle, die autoritäre Mentalität des Wilhelminismus, die ökonomischen Interessen der deutschen Wirtschaftseliten oder den Siegfrieden-Chauvinismus des Bürgertums. »›Es ist komisch, wenn man sich das überlegt‹, fährt Kropp fort, ›wir sind doch hier, um unser Vaterland zu verteidigen. Aber die Franzosen sind doch auch da, um ihr Vaterland zu verteidigen. Wer hat nun recht?‹«[81] – »›Feldgendarmen, Polizei, Steuer, das ist euer Staat. Wenn du damit zu tun hast, danke schön.‹ ›Das stimmt‹, sagt Kat, ›da hast du zum ersten Male etwas Richtiges gesagt, Tjaden, Staat und Heimat, da ist wahrhaftig ein Unterschied.‹«[82] – »Die Fabrikbesitzer in Deutschland sind reiche Leute geworden – uns zerschrinnt die Ruhr die Därme.«[83] – »Nun frage ich euch: Mag der Mann in Zivil sein, was er will, in welchem Beruf kann er sich so etwas leisten, ohne daß ihm die Schnauze eingeschlagen wird? Das kann er nur beim Kommiß! Seht ihr, und das steigt jedem zu Kopf!«[84] – »Ich sehe, daß Völker gegeneinandergetrieben werden und sich schweigend, unwissend, töricht, gehorsam, unschuldig töten. Ich sehe, daß die klügsten Gehirne der Welt Waffen und Worte erfinden, um das alles noch raffinierter und längerdauernd zu machen.«[85] – »Sie disputieren darüber, was wir annektieren sollen. Der Direktor mit der eisernen Uhrkette will am meisten haben: ganz Belgien, die Kohlengebiete Frankreichs und große Stücke von Rußland.«[86] Remarques Frontsoldaten stellen diesen wahnwitzigen Forderungen illusionslos entgegen: »Jeder hier weiß, daß wir den Krieg verlieren.«[87]

Remarque schreibt seinen Roman 1927, also als allwissender Erzähler. Er kennt das Ergebnis des Krieges, weiß um die Debatten von 1918/19 und die Entwicklung der Republik, er hat mitangesehen, wie die wilhelminischen Eliten sich sehr rasch ihre alten Positionen im Staat zurückerobern konnten. Der fatalistische Unterton, die tiefe Resignation, die die Atmosphäre des Buches bestimmen, das ist »Spätweimaranisch«. Nur ganz gelegentlich blitzt in seinem Buch der Zorn darüber auf, daß dies alles geschehen konnte und das Leiden, der Massentod womöglich umsonst waren. Die, die das in dem Roman aussprechen, glauben selbst kaum daran, argumentieren ohne Hoffnung. Der Autor führt solche Gedanken auch nicht konkret weiter, weist nicht auf eine aktivistische Perspektive für die Zeit danach hin, schon gar nicht rufen seine Figuren zur Revolution gegen die Mächte auf, die die Verantwortung für den Krieg tragen. »Die Tage, die Wochen, die Jahre hier vorn werden noch einmal zurückkommen, und unsere toten Kameraden werden dann aufstehen und mit uns marschieren, unsere Köpfe werden klar sein, wir werden ein Ziel haben, und so werden wir marschieren, unsere toten Kameraden neben uns, die Jahre der Front hinter uns: – gegen wen, gegen wen?«[88] – »... wenn ich davonkomme, Kamerad, will ich kämpfen gegen dieses, das uns beide zerschlug: dir das Leben – und mir –? Auch das Leben. Ich verspreche es dir, Kamerad. Es darf nie wieder geschehen.«[89] – »... so möchte ich, wenn ich das Wort Friede höre, und es wäre wirklich so, irgend etwas Unausdenkbares tun ... Etwas, weißt du, was wert ist, daß man hier im Schlamassel gelegen hat. Ich kann mir bloß nichts vorstellen.«[90] Wobei Paul Bäumer diesen Gedanken keineswegs mit Blick auf die Politik formuliert, sondern das »Unausdenkbare« bezieht sich auf »diesen ganzen Betrieb mit Beruf und Studium und Gehalt und so weiter ...«. Remarque – und das störte die Linke während und nach den Weimarer Jahren erheblich – bietet weder politische Rezepte an, noch bekennt er sich zu einem »System«. Nicht in der Tendenz, aber im Konkreten bleiben die politischen Perspektiven des Autors undeutlich und unbestimmt.

Kein Kriegs- sondern ein Nachkriegsroman ist es geworden. Es schreibt zwar der wissende Autor Remarque, aber es erzählt der fiktive Paul Bäumer. Ein sympathischer, aber naiver junger Mann, geistig aufgewachsen in der Welt des Wilhelminismus, wo man die Augen verschloß vor den Folgen der pathetischen Auftritte Deutschlands in der internationalen Politik. Wie Remarque seinen Ich-Erzähler argumentieren und sich entwickeln läßt, das ist seine Warnung an die Deutschen, die Ende der zwanziger Jahre schon wieder gedankenlos den Rufern nach Rüstung und Macht zu folgen bereit sind.

Der Roman enthält eine Fülle von Szenen, die mit derbem Landserhumor geschrieben sind, die Prügel, die Himmelstoß von seinen ehemaligen Rekruten bezieht, oder die Rache an Schuldirektor Kantorek durch seine Exschüler, die ihm nun in der Militärhierarchie vorgesetzt sind und den armen Mann über den Kasernenhof hetzen. Solche Abschnitte kontrastieren mit den Schrecken des Grabenkrieges, sie beschreiben sicher auch eine der vielen Wirklichkeiten im Zusammenleben von Zwangsgemeinschaften. Hubert Rüter weist in seiner Analyse des Textes in diesem Zusammenhang auf die Tradition des Schelmenromans hin und trifft damit einen interessanten Aspekt des Buches.[91]

Wenn »Im Westen nichts Neues« zunächst auch von einigen Kriegs- und Militärapologeten positiv aufgenommen wurde, dann vor allem, weil Remarque immer wieder die »Kameradschaft« feiert, die seine Protagonisten während des Kriegseinsatzes finden. In der Frontgemeinschaft sahen auch die nationalistischen Autoren eines der großen Erlebnisse der Kriegsgeneration. »Das Wichtigste aber war, daß in uns ein festes, praktisches Zusammengehörigkeitsgefühl erwachte, das sich im Feld dann zum Besten steigerte, was der Krieg hervorbrachte: zur Kameradschaft!«[92] Einsamkeit ist ein biographischer Schlüsselbegriff für Remarques Leben und Werk. Vor und in den Jahren nach dem Krieg klagt er immer wieder über die innere Isolation, die Unmöglichkeit enger Beziehungen zwischen zwei oder mehreren Menschen. Nur im Krieg sei er nicht »einsam« gewesen, betont er mehrfach. In den folgenden Romanen wird er diese »Kameradschaft« ebenfalls in melancholischen Hymnen thematisieren, und sie nimmt auch eine zentrale Funktion in den fiktiven Frau-Mann-Beziehungen ein, die er in seinen späteren Büchern gestaltet. Er verarbeitet damit zweifellos künstlerisch ein persönliches Urerlebnis, das ihm während seiner Soldatenmonate begegnete und das auch erklärt, warum die Stunden im »Traumbuden-Kreis« lebenslang nachwirkten. Es wird darüber noch eingehender in dem Kapitel zu sprechen sein, in dem der Roman »Drei Kameraden« vorgestellt wird, also das epische Werk, dessen Titel schon auf die Bedeutung dieses Begriffes für Remarque hinweist. Für »Im Westen nichts Neues« gilt, daß die Leser der Weimarer Jahre sich auch durch diese hohe Bewertung des Gemeinschaftsgefühls an der Front angesprochen und verstanden fühlten.

Eine Anmerkung schließlich noch zum Buchtitel. Er wurde in Deutschland sehr rasch zu einem geflügelten Wort. Entnommen ist er den offiziellen Heeresberichten, die ihn gelegentlich verwandten. Ob Remarque ihn gewählt hat oder der Verlag, bleibt dabei zweitrangig. Die »Vossische Zeitung« betitelte noch unmittelbar vor dem Abdruck den Text mit »Nichts Neues im Westen«. Entscheidend ist die Bedeutung, die er durch die Aufnahme in den Schlußabsatz des Buches gewinnt. An dem Tag, an dem Paul Bäumer stirbt, heißt es im Heeresbericht, »im Westen sei nichts Neues zu melden«. Der Tod des Individuums ist in der Welt des Militärs und des Krieges belanglos geworden.

KAPITEL 5

»Ich flüchte vor den Menschen«

(1929 – 1931)

Der Lebensbruch war radikal. Innerhalb von wenigen Wochen wurde aus dem über die Grenzen des Leserkreises von »Sport im Bild« und den eigenen Berliner Gesellschaftskreisen hinaus völlig unbekannten Journalisten eine Berühmtheit. Buchtitel und Autorenname waren in keiner Zeitung zu überlesen, und mit jeder neuen Auflage wurde die Auseinandersetzung um den Roman und seinen Verfasser heftiger. Verbunden damit war eine für ihn völlig veränderte finanzielle Situation. Von Ullstein kamen die steil anwachsenden Autorenhonorare, bald flossen die Tantiemen für die ebenfalls hohen Buchverkäufe in den USA und in England und dann schließlich die Einnahmen für die Vergabe der Filmrechte, die ihm die für die damalige Zeit enorme Summe von 100000 Dollar einbrachten. Der Sohn des Osnabrücker Handwerkermeisters war über Nacht ein sehr wohlhabender Mann geworden. Er blieb es bis zum Lebensende.

Remarque ist geschockt von der öffentlichen Reaktion und kokettiert mit seinem Ruhm. Er hält an den von Ullstein verbreiteten biographischen Hintergründen auch in den nächsten Jahren fest: Unpolitisch seien er und sein Buch, erlebt habe er das fast alles, vom Status des Berufsschriftstellers könne bei ihm keine Rede sein, einem unerträglichen psychischen Druck habe er mit der Niederschrift nachkommen müssen. Geradezu manisch wiederholt er immer wieder, sein Buch habe keine Tendenz, »denn es ist unpolitisch«[1]. In einem Briefwechsel mit dem britischen General Ian Hamilton betont er mit kaum noch nachvollziehbarer Naivität im Juni 1929: »Ich habe mich nicht berufen gefühlt, über den Krieg selbst zu argumentieren. Das muß den Führern vorbehalten bleiben, die allein alles wissen, was zu wissen notwendig ist.«[2]

Remarque ist kein Nationalist, aber nationale Empfindungen sind ihm in den Jahren bis 1933 keineswegs fremd. Die Attacken auf seine »unpatriotische Schrift«, die persönlichen Diffamierungen, die in den Rezensionen teilweise groteske Züge annehmen, treffen ihn. Wenn er seine unpolitische Haltung ständig betont, dann ist dies nicht nur Verkaufsstrategie und Flucht vor ideologischen Auseinandersetzungen, sondern auch ein gut Stück persönlicher Überzeugung. Gegenüber seinem englischen Briefpartner argumentiert er: »Ein Buch über den Krieg wird ohne Zögern einer Kritik mit politischem Charakter ausgesetzt, aber mein Werk sollte anders beurteilt werden, denn seine Intention war nicht politisch, weder pazifistisch noch militaristisch, sondern schlicht menschlich.«[3]

Auch die Weimarer Linke ist und wird nicht seine politische Heimat. Er geht auf keine ihrer Versammlungen und unterschreibt keine pazifistischen, antimilitaristischen Aufrufe, obwohl die Stunde der Ideologen längst geschlagen hat. Weil der Mann, der nun in aller Munde ist, sich jedoch konsequent weigert, parteiische Bekenntnisse zu äußern, trifft der Bannstrahl der Parteien ihn mit doppelter Wucht. Remarque sitzt zwischen allen Stühlen, und auf diesem unbequemen Platz bleibt er auch. Wenige nur haben dies damals respektiert, jedenfalls wird er dafür in der Öffentlichkeit nur selten gelobt. Tucholsky, selbst mit seinen glänzenden Polemiken ein ungebundener Kopf, tut es in einer Erwiderung auf den Satireversuch von Salomo Friedlaender (Mynona) und schreibt mit großer Sympathie: »Man darf nicht den Kampf verschieben und sich die bürgerliche Person des Autors vornehmen, dessen Haltung nach einem in der Geschichte des deutschen Buchhandels beispiellosen Erfolg mustergültig ist. Der Mann erzählt uns keine dicken Töne, er hält sich zurück; er spielt nicht den Ehrenvorsitzenden und nicht den Edelsten der Nation – er läßt sich nicht mehr photographieren als nötig ist, und man könnte manchem engeren Berufsgenossen soviel Takt und Reserve wünschen, wie jener Remarque sie zeigt.«[4]

Tatsächlich trifft diese Bemerkung den Kern von Remarques Verhalten. Er begegnet dem Getöse um seine Person mit Scheu und Zurückhaltung. »Ich erzähle nicht gern Dinge über mich selbst und halte dann auch keine Vorträge oder Lesungen, weil ich finde, daß dies alles meine persönlichen Angelegenheiten sind. Am liebsten lasse ich meine Person aus dem Spiel.«[5] Und er ist kein politischer Analytiker, sondern ein Schriftsteller. Bis zu Hitlers Machtübernahme und im Grunde bis zum Ausbruch des Zweiten Weltkriegs wird er sich nicht festlegen lassen, präzise Äußerungen zur politischen Lage meiden. Das Mißverständnis, dem auch »Sympathisanten« wie Carl von Ossietzky erliegen (er mißbilligt das Schweigen des Autors ausdrücklich), ist offensichtlich: Remarque reagiert in seinem Roman und in seinen öffentlichen Bemerkungen auf den vergangenen Krieg oder die aktuellen politischen Ereignisse mit künstlerischem Humanismus und nicht mit politischen Thesen. Pazifismusbekenntnisse, Klassentheorien oder bürgerliche Kapitalismus-Konzepte sind ihm fremd. Das hat in seinem Fall nichts mit mangelnder Zivilcourage zu tun. Es ist die Grundhaltung eines Autors, dem Politik im engeren Sinn erst zum Lebensthema wird, als Europa von Hitlers Wehrmacht in Flammen gesetzt wird, die Wahrheiten der Judenverfolgung und -ermordung und der Verbrechen hinter den Frontlinien offenbar werden.

Insofern argumentiert er in diesen Monaten ehrlich. Und nur so lassen sich einige Bemerkungen erklären, die der nun vielgefragte Schriftsteller über die politische Lage in Deutschland macht. Etwa, daß er zu Hitler keine Meinung habe, da er nichts von ihm wisse. Oder sein Hinweis, daß es im deutschen Volk keine Sehnsucht mehr nach Krieg gebe.[6] Zumindest für die Nationalisten und die Männer in der Reichswehrführung trifft dies nicht zu, und das ist auch schon vor 1933 für diejenigen erkennbar, die die Entwicklungen im späten Weimar etwas genauer beobachten als Remarque. Und über Hitler im Herbst 1929 noch keine Meinung zu haben, ist schon verwunderlich, selbst wenn der Durchbruch der Nationalsozialisten erst bei den Reichstagswahlen vom September 1930 erfolgt. Immerhin kann jeder in Deutschland schon vorher lesen, in welcher Sprache die Nazis über Remarques Buch und ihre Zukunftspläne reden und schreiben. Er spielt nicht den Unpolitischen, er ist es. Was nicht verhindert, daß sein Buch ein völlig anderes Echo hatte, als er zugeben will. Axel Eggebrecht schreibt später völlig richtig: »... Remarque war, ob er's wollte oder nicht, nun doch ein Politikum geworden, ein populärer Verkünder demokratisch-humaner Anschauungen.«[7]

Im Nachlaß Remarques fand sich ein kleiner Aufsatz, den er 1931/32 geschrieben hat und der wahrscheinlich nie veröffentlicht wurde. Sein Titel lautet: »Haben meine Bücher eine Tendenz?«. Der Text zeigt die politisch-nationale Haltung des Schriftstellers in diesen

Jahren auf anschauliche Weise. Es ist eine Bekenntnisschrift, in Verteidigungshaltung formuliert. Er wollte damit dem Vorwurf begegnen, daß sein Roman »einen verhängnisvollen Einfluß auf die junge Generation« ausübe und daß er »das edle Gefühl des Patriotismus, den Sinn für das Heldenhafte töte[t], diese seit undenklichen Zeiten höchsten Tugenden der teutonischen Rassen«. Seine Antwort ist auch am Ende des 20. Jahrhunderts aktuell geblieben: »Wenn überhaupt irgendeine grundlegende Idee mich erfüllte, so war es Vaterlandsliebe, im wahren und edlen, nicht im engen und chauvinistischen Sinn des Wortes, und Huldigung an Heldentum. Das bedeutet jedoch nicht blinde Begeisterung für Blutbad auf den Schlachtfeldern noch Billigung moderner Kriegsführung mit all ihrem Aufwand von Maschinen und mechanischen Kräften. Krieg ist zu allen Zeiten ein brutales Werkzeug der Ruhmgier und der Machtlust gewesen, immer in Widerspruch mit den Grundprinzipien der Gerechtigkeit, die allen moralisch gesunden Menschen innewohnen. Nicht einmal eine ernsthafte Beleidigung der Gerechtigkeit selbst kann dem Krieg Rechtmäßigkeit verleihen ... Patriotismus ist ein hoher und edler Begriff, aber Chauvinismus ist eine gefährliche Drohung geworden, seit eine Welle von Nationalismus die moderne Welt überflutet und das Evangelium des Hasses verbreitet und rohe Gewalt predigt. Dieser Chauvinismus ist in allen europäischen Ländern zu finden, in Italien sowohl wie in Deutschland.«[8]

Wenn er ausdrücklich diese beiden Staaten heraushebt, in denen der Faschismus regiert bzw. zur stärksten politischen Kraft herangewachsen ist, dann zeigt dies, daß er sehr wohl sieht, von welcher Seite die Gefahr droht. Insofern wird die Intention von »Im Westen nichts Neues« entgegen vielen anderen öffentlichen Äußerungen in diesem kleinen Artikel auf sehr direkte Weise angesprochen. Zumal Remarque ausdrücklich betont, »daß in der gegenwärtigen ruhelosen Zeit der Kämpfer weniger Mut beweist als der, der es wagt, sich als Pazifist zu bekennen«.[9]

Jenseits der politischen Auseinandersetzung äußerte sich Remarque das eine oder andere Mal auch verbittert über die Nicht-Reaktion der großen Schriftstellerkollegen. Die nämlich hüllten sich überwiegend immer noch in Schweigen, als der Roman nicht mehr Gegenstand der aktuellen Debatte war und sein Welterfolg längst feststand. »Man muß doch zufrieden sein, wenn jene sich überhaupt um solche Bücher kümmern.«[10] Besonders bestürzt hat ihn offensichtlich die Haltung von Thomas Mann, dessen Roman »Der Zauberberg« er sehr schätzte. Noch 1952 erklärte er in einem »Spiegel«-Interview: »1933 wollte er sich nicht mit mir in Ascona auf der Straße zeigen, da er in Deutschland sein Publikum zu verlieren habe. Mann ist auch nie verboten worden. Ihm wurde es erst zuviel, als man ihm, dem Nichtabiturienten, in Bonn den Ehrendoktor aberkannte.«[11] Sie konnten sich tatsächlich nicht leiden, diese beiden Großschriftsteller, und Remarques Sätze lassen erkennen, wie tief der Stachel auch nach Jahrzehnten noch saß. Der Seitenhieb auf den »Nichtabiturienten« ist von Freudscher Qualität, und der Hinweis auf Manns Zögern in den Frühjahren der Hitler-Herrschaft – das damals in Exil-Kreisen eine lebhafte und kontroverse Diskussion ausgelöst hatte – klingt auch nicht sehr souverän. Aber der andere war ihm gegenüber kaum weniger zimperlich. Darauf deuten nicht nur die bereits angeführten Tagebuchnotizen hin. Bei ihren gesellschaftlichen Begegnungen in der Schweiz, dann später in Kalifornien ertrugen sie sich nur schwer. Zu den regelmäßigen Lesungen im Hause Mann an der Pazifikküste wurde die intellektuelle Exil-Prominenz geladen, Remarque war nie dabei. Es lagen nicht nur künstlerische Welten zwischen beiden. Es haperte auch im Menschlichen. Remarque lebte sein Nacht- und Liebesleben für alle sichtbar aus. Thomas Mann, der seine sinnlichen Wünsche mit dem Habitus des bürgerlichen Repräsentanten disziplinierte, ließ sich nur in seinen Tagebüchern gehen. Der Dandy an der Seite der Hollywood-Schönen mußte ihm ein – möglicherweise im Unterbewußten mit Neid konstatiertes – Ärgernis sein. Selbst sehr genau die Verkaufszahlen seiner Bücher verfolgend, sah er zudem mit Zorn, manche meinen sogar mit Haß, die Auflagen und mit prominenter Besetzung erfolgenden Verfilmungen der Romane dieses »minderwertigen« Schriftstellers. Allerdings ganz so negativ, wie Remarque das Verhalten des Kollegen schildert, war es denn doch nicht. Thomas Mann beschwerte sich im Zusammenhang mit den politischen Angriffen auf den Film »Im Westen nichts Neues« 1930 in harschen Worten bei der Preußischen Dichterakademie über deren aus seiner Sicht zu lasche Haltung in diesem Konflikt.

Auch von Bertolt Brecht, Heinrich Mann, Franz Werfel, Alfred Döblin, Lion Feuchtwanger oder Robert Musil, die sich doch vielfach über die Werke ihrer Zeitgenossen in Artikeln, Briefen oder Tagebuchnotizen äußerten, gibt es keine oder doch nur sehr beiläufige Urteile über das schriftstellerische Vermögen des erfolgreichsten Autors in ihren Reihen. Das hat seine Gründe. Die Verkaufszahlen seines Romans sprengten alle Dimensionen, und sie verschlugen vielen mit Blick auf die Auflagen ihrer eigenen, hochgeschätzten Werke schlichtweg die Sprache. Mit Remarque setzte sich die intellektuelle Elite im Grunde nur moralisch-politisch auseinander, kaum literarisch. Je nach dem eigenen Standort fiel die Bewertung dann aus. Bei Brecht und anderen trat eine gute Portion Unverständnis für die Lebensweise Remarques hinzu. In den schweren Jahren des Exils, als in Europa Krieg, Mord und Zerstörung herrschten, wollten sie die Lebemann-Attitüden des in ihrer kalifornischen Nachbarschaft wohnenden Begleiters von Hollywoodgrößen nicht akzeptieren. Wenn Brecht in seinem »Arbeitsjournal« den in eine von beiden besuchte Gesellschaft »hereintropfenden« Remarque ausgerechnet mit Hanns-Heinz Ewers vergleicht, zeugt dies von besonderer Häme.[12] Der bekannte Nazi-Schriftsteller war der Verfasser eines schrecklichen Horst-Wessel-Romans. Aber Brecht stand mit solchen Bemerkungen nicht allein.

Seinem Jugendfreund Hanns-Gerd Rabe schreibt Remarque bereits kurz nach der Veröffentlichung des Buches, im Februar 1929, über seine Haltung zum Berliner Intellektuellenzirkel: »Ich lehne augenblicklich alles ab, denn ich hasse den Literaturklüngel, und Du würdest ihn ebenso hassen, wenn Du ihn hier sähest. Das spreizt sich und tanzt vor Eitelkeit und bespiegelt sich und gibt Interviews schon beim kleinsten Erfolge, daß es einen ankotzt und man sich hoch und heilig verspricht, nichts dergleichen zu tun.« Wobei er allerdings gleich augenzwinkernd und nicht ohne eigene Eitelkeit hinzufügt: »Es ist übrigens auch klüger, weil man dadurch eine Sonderstellung bekommt.«[13]

Was werden sie alle wohl gedacht haben, als Björnstjerne Björnson, ein Verwandter des gleichnamigen und bekannten norwegischen Schriftstellers, ihn im September 1929 beim zuständigen Komitee für den Friedensnobelpreis vorschlug und dafür in diesem honorigen Kreis auch zwei Antragsteller fand? Sie hatten keine Zeit darüber zu höhnen, denn politische Kreise aus Deutschland machten den alten Herren in Oslo rasch deutlich, daß eine solche Ehrung ein äußerst unerwünschtes Politikum wäre, das nicht ohne bedenkliche Folgen bleiben könne. Im Report des Nobel-Komitees im norwegischen Parlament wurde 1931 der Vorschlag mit der Anmerkung »Negative pacifism is not enough« abgeschmettert. Der Berichterstatter wies auf »the active spirit of peace« in den Werken von Tolstoi und Bertha von Suttner hin: »In my opinion, Remarque's book does not do this in spite of all its great qualities.«[14]

Es waren nicht nur das politische Spektakel und die Reaktionen der Dichterkollegen, die Remarque nervös und abwehrend reagieren ließen. Schlimmer war die bedrückende Ahnung, daß sich ein solcher Erfolg nicht wiederholen lassen würde und von nun an jedes neue Werk an »Im Westen nichts Neues« gemessen würde. Nicht nur seine Gegner, sondern auch viele aus dem Kreis seiner intellektuellen Verteidiger warteten nur darauf, daß das in ihren Augen literarische Leichtgewicht mit seinem nächsten Roman scheitern würde.

Der Ruhm ist janusköpfig. Remarque hat sich als Schriftsteller innerhalb weniger Monate etabliert, finanziell ist er unabhängig. Aber gerade weil der Erfolg so unvergleichlich ist, setzt er ihn unter einen Druck, den er kaum aushalten kann. Schon im Juni 1929 macht er in einem Interview deutlich, wie schwer diese Hypothek auf ihm lastet: »Wenn die Vorwürfe alle richtig wären, die man mir macht, – wenn alle diese Menschen und Ereignisse erfunden wären, dann könnte ich jetzt viel froher und selbstsicherer sein. Dann wüßte ich nämlich genau, daß ich ein guter Schriftsteller bin. So aber ist mir das für später zuweilen sehr zweifelhaft. Daran laboriere ich jetzt gerade. Ich muß dabei noch einmal ganz von vorn anfangen.«[15] Gegenüber einer Amsterdamer Zeitung betont er im Frühjahr 1930, »daß ich nicht geschrieben habe, um ein Kunstwerk zu schaffen ... Mein größtes

Ideal ist es, Kunst für alle schreiben zu können.«[16] Der Leser spürt in diesen Interviews den schon beinahe panischen Schrecken, den der Erfolg bei ihm auslöst: »Ich will lieber kein hochstehender Künstler sein, sondern einfach Mensch bleiben ...«[17] Gleichzeitig aber werden die »hochmütigen« Dichter mit einer gezielten Nebenbemerkung attackiert: »Viele Bücher sind groß als Kunstwerk, aber zu sehr Kunstwerk, um die Massen ansprechen zu können.«[18] Was im Umkehrschluß nur heißen kann, daß ihm dies nach eigener Einschätzung unbezweifelbar gelungen ist.

Erika und Klaus Mann haben in ihrem 1939 erschienenen Exil-Bericht »Escape To Life« die Situation, in der sich Remarque befand, anschaulich beschrieben. »Was würde jetzt kommen, – wie würde der neue Stern die Hoffnungen erfüllen, die man in ihn setzte? Man beriet in allen literarisch interessierten Kreisen: ›Was nun? – Was wird Remarque uns als nächstes liefern?‹ ›Am besten nichts Neues‹, sagte ein Scherzbold und charakterisierte damit grausam die Lage eines Künstlers, der fürchten muß, die schwindelnde Höhe, in die ein jäher Erfolg ihn getragen, nicht halten zu können, – abzustürzen, bei allernächster Gelegenheit.«[19] Genau das ist die Lage.

Remarque reagiert darauf bald mit – auch verbalen – Fluchtaktionen. Vom Scherl-Verlag wird ihm wenige Tage nach dem Beginn des Vorabdrucks in der »Vossischen Zeitung« Ende November 1928 fristlos gekündigt. Ein Roman des eigenen Redakteurs beim schärfsten Konkurrenten, das konnte verständlicherweise nicht akzeptiert werden. Im nachhinein erst recht nicht, denn bald wird auch der Mann an der Scherl-Spitze, Alfred Hugenberg, den Namen Erich Maria Remarque zur Kenntnis genommen haben und mit Sicherheit nicht wohlwollend. Für die Deutschnationalen und ihren radikalen Vorsitzenden ist »Im Westen nichts Neues« selbstverständlich ein infames Machwerk.

Der Geldsegen, der auf den Autor niederregnet, läßt die ausbleibenden Gehaltszahlungen verschmerzen. Und unabhängig von Bürozeiten und Vorgesetzten, fern vom bürgerlichen Beruf zu sein –, davon hat er schon in Osnabrück geträumt. Er zieht in eine größere Wohnung – Wittelsbacherstraße 5 –, richtet sich gemeinsam mit Jutta neu ein, kleidet sich noch eleganter, und vielleicht leistet er sich jetzt auch kostspieligere Cocktails. Der beglückte Ullstein-Verlag schenkt seinem gewinnträchtigsten Autor einen »Lancia«-Wagen in Luxusausführung. Öffentliche Auftritte lehnt Remarque ab. Sorgsam dagegen bemüht er sich, die unzähligen Briefe, die ihn nun erreichen, zu beantworten. »Ich bekam Ihren Brief, der von Ausdrücken wie tierisch, gemein, eklig, verleumderisch etc. strotzt«, schreibt er einem sich offenbar sehr unchristlich erregenden Kaplan in Beckum, »und muß Ihnen offen sagen, daß ich etwas verwundert (bin), daß Sie auf eine Antwort drängen. Was soll ich Ihnen denn nur antworten?«[20] Den Literaturredakteur des Londoner »Daily Herald« erreichen die dankbaren Zeilen: »Sie können sich vorstellen, wie es mich gefreut hat, daß mein Buch auf so viel Verständnis in England gestoßen ist. Glauben Sie mir, diese Freude reicht weit über ein persönliches Gefühl hinaus, denn es gibt mir Hoffnung zu glauben, daß es mir vielleicht gelungen ist, einen kleinen Beitrag zu leisten zum Erreichen des großen Zieles Menschlichkeit.«[21]

Er engagiert einen Literaturagenten. Die weltweiten Verhandlungen über Buch- und Filmrechte überfordern ihn. Der Mann seines Vertrauens heißt Otto Klement und ist ein vielseitiger Kenner des Geschäfts: Produzent, Verleger und Literaturvermittler. Der über Nacht mit Verträgen und Angeboten überschüttete Autor ist nicht nur glücklich, jemanden an der Seite zu haben, der ihm lästige Geschäftspflichten abnimmt, sondern er hat in seinem Agenten auch einen äußerst trinkfesten Kumpanen gefunden. Im Gegensatz zu Remarque spricht Klement perfekt Englisch, kann vor allem in Hollywood und in den angelsächsischen Verlagen die Finanzgespräche führen. Schlecht hat der Agent seine Sache nicht gemacht, Remarques Rechte werden gut vermarktet. Otto Klement geht später nach England und in die USA, und das Verhältnis kühlt sich ab. Im Tagebuch notiert Remarque dann einigemale empört, sein Agent habe ihn betrogen. Einmal wird er ganz konkret und weist Klement auf einen fehlenden Betrag von 5000 Dollar hin. Daraufhin wird der Agent nur noch in den USA seine Interessen vertreten. Jetzt aber, in den ihn überrollenden Zeiten des Anfangs, ist er ihm unentbehrlich.

Remarque geht in den beiden Jahren nach der Veröffentlichung von »Im Westen nichts Neues« viel auf Reisen, weg von der giftigen Atmosphäre, die sein Roman in Deutschland erzeugt. Schon im Februar 1929 ist er in Davos, im Frühjahr reist er nach Frankreich, Belgien und in die Niederlande (teilweise in Begleitung von Jutta), im Herbst dann mit dem alten Schul- und Kriegskameraden Georg Middendorf nach Paris. Im Januar 1930 ist er in Arosa und erneut in Davos, die angeschlagenen Nerven zu beruhigen und die gerade von ihm geschiedene Jutta dort zu besuchen. Aus dem winterlichen Kurort schreibt er an Brigitte Neuner: »Ich sitze hier mit einem etwas dicken Kopf, weil ich sehe, daß ein Roman (gemeint ist ›Der Weg zurück‹, an dem er so mühsam arbeitet – WS) doch nicht ganz ein Feuilleton ist, und ich schwöre täglich, daß es meine letzte Arbeit sein soll ... Ich lebe hier ein braves Dasein, nur habe ich mir das Trinken etwas angewöhnt, als ich im Bett lag – Grippe ist nur durch Alkohol zu bekämpfen, wie Du weißt, und die Schnäpse hier sind gut. Ebenso die Zigaretten.«[22]

Viele neue Menschen lernt er kennen, Rudolf Herzog und Kasimir Edschmid in Davos, den schöngeistigen Rathenau-Freund Harry Graf Kessler, Lion Feuchtwanger und Arnold Zweig in Berlin. Und Rudolf Caracciola, den berühmten Rennfahrer. Zweimal für jeweils mehrere Wochen ist er in Osnabrück, um endlich in Ruhe arbeiten zu können. Ein nervöses Leben, im Hintergrund droht und drängt immer der begonnene neue Roman, für den Remarque bei Ullstein bereits einen lukrativen Vertrag abgeschlossen hat. Der Verlag erwirbt für die nächsten Jahre gleich alle Rechte an neuen Werken, baut also auf eine Fortsetzung des Erfolges seines Autors.

Remarques Ehe geht in diesen hektischen Monaten in die Brüche. Der Erfolg hat seine Selbstzweifel nicht besiegen können. Juttas Verhältnisse mit anderen Männern treffen ihn. Er selbst verschwindet häufig am Abend in seine Clubs und Bars, bleibt übernervös, schwermütig und eifersüchtig. Wir kennen die Erzählungen von Leni Riefenstahl und Axel Eggebrecht aus der Zeit vor der Romanveröffentlichung. Auch wenn sie mit aller Vorsicht zu bewerten sind, so ganz aus der Luft gegriffen sind sie nicht. Jedenfalls wird die Ehe am

4. Januar 1930 geschieden. Aber lösen kann er sich von Jutta Zambona nicht. Und auch sie wird an dem Mann hängen bis zu seinem Tode.

Zum privaten Drama seines Lebens gehört es, daß seine wirklich großen Leidenschaften so verlaufen wie diese Beziehung. Jutta Zambona, Marlene Dietrich oder Natascha Paley sind schön, intelligent und sinnlich. Aber Treue ist ihnen so fremd wie Rücksicht auf die Gefühle ihrer zahlreichen Partner. Sie leben in der Künstlerwelt des Berlins der zwanziger Jahre, treffen sich in Europas mondänen Hauptstädten und Kurorten oder im falschen Glanz kalifornischer Film- oder New Yorker Gesellschaftskreise, verführt und selbst Verführende. Remarque fühlt sich häufig in diesen Beziehungen gedemütigt und kann doch nicht loslassen, bleibt Jahre an seine Partnerinnen gefesselt. Es ist im wirklichen Leben des Schriftstellers so, wie in den Liebesgeschichten seiner Romane: Dem Sturm der Gefühle folgt die Resignation der Einsicht, daß es keine Bindungen geben kann, der Mensch auch in der Liebe einsam bleibt. Als Autor verklärt Remarque dies nicht selten damit, daß er den Tod ins Spiel bringt. Im Leben ist er treulos treu, ein Romantiker, und nach dem Ende seiner intensiven Affären bleiben zu fast allen Geliebten die freundlich-vertraulichen Briefe, Hilfsbereitschaft und ironische Rückblicke. Während dieser Beziehungen geht es manchmal laut und aggressiv zu, der Alkohol trägt zu unerquicklichen Szenen bei, die Eifersucht bleibt ein Stachel, es gibt unwürdige Auftritte, denen dann Entschuldigungs-Blumen und kurze Selbstkasteiungs-Botschaften folgen. Danach, wenn alles zu Ende ist, tritt er als Gentleman auf, großzügig, verständnisvoll und nicht ohne Güte. Keine Maske ist das, sondern einer der schönen Züge seines Charakters.

Nach der Scheidung wird Jutta Zambona die Drängende, versucht sie, Remarque weiter an sich zu binden. Sie spielt auch ein wenig ihre Krankheit aus, fordert ihn auf, gemeinsam zu einem Kuraufenthalt nach Davos zu gehen, was er auch tut. Sie wird auch später oft bei ihm oder in seiner Nähe leben, für Monate beispielsweise in seinem Haus in Porto Ronco. Sie ist dann eifersüchtig auf seine weibliche Umgebung, fühlt sich vernachlässigt, fordert materielle und seelische Hilfe in all den folgenden Jahrzehnten. Ihre Anwesenheit erfüllt ihn dann häufig mit Bitterkeit. *Peter* kommt im Tagebuch nicht sehr gut weg, sie klagt und verlangt offenbar viel; sie geht ihm schlicht auf die Nerven. »Krach mit Peter vormittags«, notiert er beispielsweise am 1. August 1936. »Nicht meine Schuld. Ein verzogenes Kind, das nie nachgeben mußte, sehr empfindlich ist, und manchmal launisch. Und sich stets unerschütterlich im Recht glaubt.«[23] Aber er hilft immer, bleibt ein stilvoller Ehemann (»Peter zum Friseur gebracht und wieder geholt«[24]), großzügig (»Schmuck für Peter gekauft«[25]) und die Eskapaden der schönen und egozentrischen Frau mit Nachsicht betrachtend. Die eigenen natürlich auch.

Axel Eggebrecht hat in seinen Erinnerungen eine weitere Szene festgehalten, die vielleicht ein wenig den Vorhang vor Remarques komplizierter Beziehung zu Jutta lüftet, auch wenn da ein schließlich von Jutta abservierter Liebhaber noch nach Jahrzehnten anklingen läßt, wie wenig er den Hauptdarsteller der Tragikomödie schätzt. Die Ereignisse fielen in die schwierige Zeit des ersten Ruhms. »Der so plötzlich Reichgewordene frönte nicht nur seinem naiven Hang zum Snobismus, er legte sich auch unerwartet konventionelle Moralbegriffe zu. Selbst alles andere als ein vorbildlicher Ehemann forderte er von Jeanne auf einmal die Treue einer braven bürgerlichen Gattin, ließ sie durch Detektive überwachen und erfuhr alsbald, daß sie nach wie vor mit Franz Schulz zusammentraf. Nun geschah etwas Abscheuliches. Mit einem angeheuerten Rollkommando drang er eines Nachts in die Wohnung des Nebenbuhlers ein, ließ ihn zusammenschlagen, griff auch selbst brachial ein. Jeanne hatte sich in Todesangst versteckt, wurde aufgespürt und abgeführt, die wüste Szene war reine Kolportage, geplant nicht von einem Eifersüchtigen, sondern aus gekränkter Eitelkeit. Denn was folgte, war noch absurder: Die Ehebrecherin wurde gnädig wieder aufgenommen, unter einer strikten Bedingung, sie müsse jeden Verkehr mit allen früheren Bekannten abbrechen. Sie unterwarf sich, durfte scheinbar allen mondänen Glanz mit ihm teilen ... Ich sah beide nur noch einmal von ferne, im Herbst 1932 in Ascona. Da ging sie, eine wunderschöne, demütige Sklavin, an der Seite ihres Herrn.«[26] Das mit dem »Rollkommando« ist dem leicht zu kränkenden und aufbrausenden Ehemann vielleicht noch zuzutrauen. Auch Billy Wilder berichtet, er habe in jenen Tagen in Berlin den Ufa-Drehbuchautor (»Die Drei von der Tankstelle«) Franz Schulz »mit blauem Auge und einem Arm in der Schlinge« gesehen. »Erich Maria Remarque hatte Schulz bei seiner Frau erwischt und ihn furchtbar vermöbelt.«[27]

Es wird in Erinnerungsbüchern stets gerne geklatscht, Gehörtes kolportiert, Geschehenes ausgeschmückt. Es stimmt auch hier, was für viele spätere Berichte über den berühmten Mann gilt: Sein Erfolg, sein Reichtum, seine »unbürgerliche« Lebensweise haben im Rückblick stereotype Bilder erzeugt, die die Wirklichkeit überdecken. Sie passen nur so schön zu den Klischees, die ohnehin schon über den Lebemann, Frauenheld und Trinker kursieren. Da vermischen sich in der Erinnerung allzuhäufig Fiktionen und Fakten.

Von Gewicht ist allein, daß der Erfolg und der Reichtum Remarque in den folgenden Monaten und Jahren nicht haben ruhiger werden lassen. Das Zerbrechen der Ehe ist auch eine Folge des psychischen Drucks, den er verspürt und auf den er mit Schwermut, Abwehr und innerer Verkapselung reagiert. Die komplizierte Beziehung zu Jutta wird er bald künstlerisch in »Drei Kameraden« aufarbeiten (wie in den vierziger Jahren die Marlene Dietrich-Affäre in »Arc de Triomphe«). Was für jede Biographie gilt, trifft ebenso auf die von Remarque zu, insbesondere auf seine Verhaltensweisen gegenüber den Frauen, die sein Leben entscheidend beeinflußt haben: ein Rest des Unerklärbaren bleibt.

In Berlin taucht eine alte Bekannte auf, Brigitte Neuner. Selbst verheiratet, wird sie für die nächsten Monate Helferin im turbulenten Alltag. »Tapferer Heinrich«, »mein Entzückender« nennt er sie in seinen Briefen, plaudert darin vom Alltag und den Menschen, denen er begegnet, gibt der Geliebten während seiner Reisen aus der Ferne verschiedene Aufträge, will Schallplatten haben (wenn er in der Osnabrücker Isolation am neuen Roman schreibt) und berät schriftlich, welches Auto denn am genehmsten wäre. »Tapferer Heinrich, bezahl du nur die Miete.«[28]

Dann Anfang 1930 wieder eine neue Frau (die anderen bleiben in seinem Leben). Attraktiv, 19jährig, »wahnsinnig verliebt« in den so bekannten und gutaussehenden Mann. Ruth Albu ist zu diesem Zeitpunkt noch mit Heinrich Schnitzler, dem Sohn des großen Wiener Dramatikers, verheiratet. Sie stammt aus einem kunstliebenden und wohlhabenden jüdischen Elternhaus, die Mutter ist Pianistin, und der Vater schreibt. Die Tochter ist ein aufgehender Stern an Berlins Theaterhimmel. Sie spielt in Zuckmayer-Stücken, wird in den beliebten Revuen von Friedrich Hollaender gefeiert und hat zeitweise in Breslau ein Engagement. Remarque lernt sie auf einer Gesellschaft des Anwalts Max Lion kennen, der ihn seit einiger Zeit juristisch vertritt. »Und anderntags rief mich Erich an. Es sollte nicht lange dauern, bis ich für ihn meinen Gatten verließ. Boni sah umwerfend gut aus, für einen Mann vielleicht ein bißchen zu kurz – jedenfalls nach heutigen Maßstäben –, und war auf der Hut, hatte Augen wie ein Luchs ... Damals war er die Liebe meines Lebens; ich glaubte, nie wieder jemand anderen lieben zu können.«[29] Eine enge Beziehung, die auf den Autor im guten Sinne formend wirkt. Ruth Albu, belesen und kunstinteressiert, bildet seinen Geschmack. Sie führt ihn mit dem Kunsthändler Walter Feilchenfeldt zusammen, der Verlag und Kunsthandel von Paul Cassirer nach dessen Selbstmord weiterführt. Es ist der Beginn einer der wenigen großen Männer- und Geistesfreundschaften im Leben Remarques. Feilchenfeldt verkauft ihm die ersten bedeutenden Bilder seiner Sammlung. Während die Inflation die großen deutschen Vermögen wegrafft, hat der bald in der Schweiz lebende Schriftsteller stabiles Geld, das er anlegen will. Er erwirbt einen Van Gogh (»Bahnunterführung«), den Tilla Turieux, die in Berlin umjubelte Schauspielerin und Witwe von Paul Cassirer, für 80 000 Reichsmark verkaufen muß. Es folgen Werke von Degas, Cézanne, Toulouse-Lautrec und Renoir, Gemälde und Graphiken des französischen 19. Jahrhunderts, ägyptische, griechische und römische Skulpturen. Auch die geschätzten Teppiche werden unter der klugen Beratung von Ruth Albu jetzt mit Kunstverstand gekauft. Sie vermittelt ihm seriöse Händler und kauft die notwendige Fachliteratur, die Remarque mit Begeisterung liest. Zeitlebens wird er sich mit kostbaren Gegenständen umgeben, sie werden sein Haus in Porto Ronco schmücken, aber auch seine Hotelappartements in New York. Er wird im Laufe der Zeit ein kenntnisreicher und geschmackvoller Sammler und ist weniger dem materiellen Wert, als vielmehr der »Schönheit« seines Besitzes verfallen.

Walter Feilchenfeldt mußte als Jude Deutschland 1933 verlassen und ging nach Amsterdam, dann in die Schweiz, wo er bis zum Kriegsende beruflich schwere Jahre durchlebte. Dieser hochbegabte Kunst- und Literaturfreund wurde in Ascona Remarques Nachbar und wohnte in den letzten Lebensjahren in Zürich. Seine Frau Marianne Breslauer, in den Weimarer Jahren eine bekannte Photographin, schätzte Remarque ebenfalls sehr, ein Kind des Ehepaares wurde sein Patensohn. Nach Feilchenfeldts frühem Tod hieß es 1950 in einem Nachruf: »Er war der glücklichste Gatte, und er zählte die Besten zu treuen Freunden.«[30] Remarque gehörte dazu. Feilchenfeldt hatte als Verleger auch Else Lasker-Schüler und Robert Musil verehrt und gefördert, sein Name taucht in der Korrespondenz zwischen Brecht und Bronnen auf. Er zählte zu den Menschen im Leben Remarques – und das waren so viele nicht –, die ihm wirklich Freund und Ratgeber waren, seine Liebe für Bücher und Kunstwerke teilten, sein nie ganz erlöschendes Mißtrauen mit heiterer Klugheit überwanden, nicht forderten, sondern gaben. Ein Weggefährte, der viel Licht in sein so leicht zu verschattendes Leben gebracht hat. Bis zu seinem Tod hielt Remarque freundschaftlichen Kontakt zu Feilchenfeldts Witwe.

Als sich Remarque und Ruth Albu zum erstenmal begegnen, hat dieser schon die gemeinsame Wohnung mit Jutta verlassen, logiert, wenn er in Berlin ist, im Hotel Majestic. »... er verbrachte sein Leben, sich klein zu machen«, schildert Ruth Albu Jahrzehnte später seine Situation, »ließ keinen an sich heran, solange nicht alles unter seiner Kontrolle war. Er war zutiefst vernarrt in seine Einsamkeit. In sie wikkelte er sich ein wie in seine eleganten Kaschmirpullover.«[31] Das mag damals so gewirkt haben, aber die Sache war schwieriger. Der neue Roman steht wie ein Gebirge vor ihm. Er muß mit ausländischen Verlagen verhandeln, und bald soll auch ein Film in die deutschen Kinos kommen, der seinen Namen erneut in die Schlagzeilen bringen könnte. »Wenn ich sehe, was die Schmieren-Presse und die Ewiggestrigen aus mir machen, könnte ich mich mir manchmal als Monster vorstellen«, schreibt er im September 1929 seinem englischen Verleger.[32]

Die in ebenfalls riesigen Zahlen erscheinenden Übersetzungen sind im übrigen oftmals miserabel. C. R. Owen hat in einem Textvergleich festgestellt, daß die englische Ausgabe über Jahre hinweg zahlreiche Verharmlosungen enthält. In Amerika läßt der Verlag »Little, Brown and Company« ganze Passagen streichen, die er seinen puritanischen Landsleuten nicht zumuten will. Die amerikanischen Pornographie-Gesetze sind bigott und streng. Der »Book of the Month«-Club, der seinen Mitgliedern den Roman per Post zusendet, hatte die beanstandeten Stellen entsprechend als »Pornographie« eingestuft. Latrinenszenen oder Landserausdrücke wurden getilgt, ebenso die kleine Episode im Lazarett, wo die Kameraden im Krankenrevier ihrem verwundeten Stubengenossen ein Schäferstündchen mit seiner Ehefrau ermöglichen.[33] Remarque, der kein Englisch kann, wird das wohl kaum registriert haben, was die Sache nicht besser macht. Seinem französischen Verleger schreibt er jedoch überaus freundlich: »Ich schicke Ihnen die Übersetzung zurück. Ich bin von dieser guten Arbeit begeistert und möchte Ihnen meinen Glückwunsch aussprechen, daß sie so gut gelungen ist, selbst in den schwierigen Frontausdrücken.«[34]

Im November 1929 zieht sich Remarque nach Osnabrück zurück, erschöpft, kränkelnd und unter dem Drängen seiner Verleger, die rasch einen neuen Roman von ihm wollen. Mit einer Zeitungsanzeige hat er nach einem Quartier gesucht und es bei der Weinhändlerswitwe Maria Hoberg in der Johannisstraße gefunden. Er wird zunächst vier Wochen bleiben, dann noch einmal im Juli 1930 zurückkehren. In diesen Osnabrücker Wochen schreibt er die Hauptteile seines Romans »Der Weg zurück«. Es begleiten ihn Hund, Bleistifte und Papier, aber nicht Jutta.

Die Zeit in Osnabrück bringt immerhin die ersehnte und notwendige Ruhe. Es ist eine nostalgische Rückkehr in die Atmosphäre seiner Jugend, die er in dem Buch, das er hier schreibt, teilweise wiederauferstehen läßt. Er lebt zurückgezogen im Hause der Witwe

Hoberg, trifft sich nur selten mit den Freunden aus der Jugendzeit, arbeitet konzentriert. »Im November kamen Herr Remarque und Herr Rudolf Vogt (von dem Steinmetzbetrieb in der Süsterstraße, wo Herr R. nach seiner Lehrerzeit gearbeitet hatte) zu meiner Mutter, um nach dem Zimmer zu fragen«, erinnert sich Jahrzehnte später die Tochter der Vermieterin. »Er war begeistert von unserm Esszimmer, da es einen wunderschönen Anblick auf den großen Garten bot, in den er 1922 von seinem Schreibtisch bei Vogts aus hatte blicken können ... Remarque arbeitete ausdauernd und konzentriert. Nach dem Frühstück, das er mit meiner Mutter gemeinsam einnahm und bei dem er Berge von Post durchsah und auch gelegentlich über sich selbst und seine Ansichten sprach, setzte er sich an den Tisch, den er vor das Gartenfenster gerückt hatte und auf dem Papier und spitze Bleistifte bereitlagen, und war für die Umwelt nicht mehr zu sprechen. Außer zu den Mahlzeiten unterbrach er seine Arbeit kaum. Zum Mittag- und Abendessen ging er wohl meistens zu Vogts, wo er sich nach den Großstadtzeiten offenbar wohl fühlte. Trotz allem kam er mit seiner Arbeit nicht weiter, wie er es wünschte. Er war häufig bedrückt. Mit seinem Buch war er nicht zufrieden, fühlte sich gedrängt, während er es innerlich noch nicht verarbeitet hatte.«[35]

Die Ehekrise überschattet die Arbeit. »Dazu kam, daß ihm das Fernsein von seiner Frau schwer wurde. Er fühlte, daß sie ihm durch all den Wirbel nach seinem Erfolg langsam entglitt. Er sprach einmal davon, daß er nun soviel Geld und Erfolg hätte, aber das einzige, woran ihm wirklich läge, seine Frau, entferne sich immer mehr von ihm.«[36] Frau Hoberg macht während seines Aufenthaltes in ihrem Haus im Süden Urlaub, und der Briefbericht ihres kurzzeitigen Untermieters zeugt von Schaffenskrise und Nervosität: »Liebe gnädige Frau, die Tage verfliegen hier zwischen Arbeit, Regen, Depressionen ... es ist mir zwischen diesen vollgepackten Wochen Hören und Sehen vergangen und ich konnte an nichts anderes denken als an die Arbeit. Außerdem war ich etwa zehn Tage körperlich in schlechter Verfassung, so, als ob der berühmte Nervenzusammenbruch nun tatsächlich noch käme ... Einen Tag lang war meine Frau hier, aber nur einen Tag – die Arbeit drängt zu sehr.«[37]

Wie sehr jedoch die Stimmung in diesen Monaten schwankt, zeigen andere Briefe. Da ist nichts zu spüren von Trauer und Verlust. Brigitte Neuner erreichen Botschaften, in denen über viel Belangloses geplaudert wird, heiter-lässige Liebesbriefe, kleine Alltagsprobleme streifend. Welche Farbe soll das neue Auto haben? Die Steuerkarte möge doch bitte beantragt werden! Schallplatten braucht er, möglichst »Schmalz«: »Wo ist die Platte? Das alte Lied – Richard Tauber – Odeon? Vergessen? Heinrich ich muß dich tadeln – Du bist zerstreut, du hast zu viele Autos! ... Grammophon ist meine geistige Nahrung hier, jede Woche muß ich ein paar neue Platten haben ... Sonst führe ich das idiotische Leben eines Hornochsen, wobei es gut ist, daß ich das Haus hier beinahe allein habe. Die Familie ist in den Ferien, ich herrsche mit Billy (sein irischer Terrier – WS) über Wohnung, Garten und Katzen.«[38] Gelegentlich auch ein paar Hinweise auf die Arbeit: »Mit dem Roman scheint es langsam vorwärts zu gehen und den ersten Teil habe ich fertig ...«[39]

Nach einigen Wochen kleinstädtischer Zurückgezogenheit ist er im Dezember 1929 nach Berlin zurückgekehrt, um dann im Juli 1930 erneut in seiner Heimatstadt am Roman zu arbeiten. Zwischen den beiden Osnabrücker Aufenthalten bleibt er aber nicht in Berlin. Er reist, nach Davos und Arosa, Paris und London, auf der Berliner Avus-Strecke baut der stets rasante Autofahrer einen Unfall (»Meine Nase war richtig gebrochen, ich war bei Prof. Joseph. Der hat sie mir wieder eingesetzt. Jetzt soll sie richtig anheilen, vor allem ist sie wieder gerade«).[40] Der Alkoholkonsum ist in diesen Monaten beachtlich. Aus Paris meldet er: »Es ist hübsch, Lokale so vorüberfliessen zu lassen, elegante, schmutzige, russische, französische und sehr französische. Der kleine Apache aus Belladonna, Marcel, war mit uns, und es war schwer, seine Bräute abzulehnen, die er uns anbot, wie andere Zigaretten. Ich habe entsetzlich viel getrunken, bin einmal in einem Taxi mitverunglückt, ohne Folgen, nicht einmal ein Ritz, – habe eine Prügelei mitgemacht, etwa hundert Lokale gesehen, darunter wirklich recht hübsche mit allerlei Halbblut ...« Immerhin, er macht auch Geschäfte: »Außerdem habe ich meine französischen Rechte verkauft an einen anderen Verleger und rechne jetzt noch mit einer Konferenz bei Metro-Goldwin-Meyer (!), um dort eine schon geschriebene Sache unterzubringen.«[41]

In London ist er nur wenige Tage, und es interessiert ihn so wenig, daß er rasch nach Paris zurückkehrt: »Heinrich, Entzückender – ich bin heute eigentlich zum erstenmale nüchtern – es ist sonderbar, – die erste Woche in Paris verrutscht einem so unter den Fingern, besonders, wenn man tags schläft und nachts herumsaust. In London war ich bis Montag – nett und langweilig. Das Nachtleben beschränkt sich auf ein paar Cafés, ein paar Nachtclubs, ähnlich der Femina – aus! Und auf eine Fülle Huren, natürlich, die allerdings die vom Kurfürstendamm nicht erreichen. Eine solide, langweilig-hübsche Stadt, in der ich zwei Hüte gekauft habe, die gut sind.«[42] Flucht vor der Arbeit ins laute Leben.

Der Weg zurück

»Haben Sie die Absicht, noch mehr zu schreiben?« fragt ihn ein holländischer Interviewer im März 1930, der offensichtlich die Legende vom »Zufallsschriftsteller« übernommen hatte. »Versuchen werde ich es zweifellos, aber es wird schwierig sein. Es muß etwas Gutes werden und kann also noch lange dauern. Schreiben, nur weil es wieder mal Zeit wird, etwas zu publizieren, werde ich bestimmt nicht. Es muß ein Problem sein, das mich völlig beherrscht, und das habe ich im Augenblick, so daß ich Ihnen nun wohl sagen kann, daß noch ein Buch sehr wahrscheinlich ist.«[43]

Als er dies sagt, ist er längst bei der Arbeit. »Der Weg zurück« ist als literarische Idee schon lange geboren. Bereits in den Tagen, als die Buchausgabe von »Im Westen nichts Neues« erscheint, also Ende Januar 1929, teilt er dem Ullstein-Lektor Max Krell mit: »Ich bin auf einen Tag in Berlin – in einem scheußlichen Zustand zwischen Hoffnung und Verzweiflung; denn ich habe das neue Buch angefangen ... ich bin augenblicklich nur ein Wesen, das abgestoßen und angezogen verzweifelt um einen Mittelpunkt kreist: den Versuch, das neue Buch zu machen.«[44]

Ein Roman über die Weimarer Jahre wird es, über die Überlebenden des Krieges in der Scheinwelt des Friedens. Es hätte die weitere Lebensgeschichte des aus dem Krieg zurückkehrenden Paul Bäumer sein können. Aber ihn hat sein Schöpfer im letzten Absatz von »Im Westen nicht Neues« sterben lassen. Und doch ist es eine unmittelbar an die letzten Ereignisse dieses Buches anknüpfende Fortsetzungsgeschichte, sozusagen die Erfüllung seines Vorwortes in dem Kriegsbuch, das Schicksal derjenigen darzustellen, die überlebt haben. Wahrscheinlich hat Remarque schon sehr früh eine Roman-Trilogie über Kriegs- und Nachkriegszeit geplant. Auf die Geschichte von Paul Bäumer (Kriegszeit) und das gerade entstehende Epos »Der Weg zurück« (Revolutionsjahre 1918/19) folgt in den dreißiger Jahren der Roman »Drei Kameraden« (Zeit der Weltwirtschaftskrise nach 1929).

Im ersten Kapitel des zweiten Buches dieser Zeitchronik lebt noch einmal die Welt des Vorromans auf, das Sterben und Kämpfen in den Schützengräben, Todesangst, Sturmangriffe – und die Hoffnung auf Frieden. Der Ich-Erzähler Ernst Birkholz ist in seinem Fühlen und Denken, und mit seinem biographischen Hintergrund nahezu dekkungsgleich mit seinem gefallenen Vorgänger.

Das Kriegsende kommt. Der lange Rückmarsch in die Heimat und die Konfrontation mit der Friedenswelt beginnen, die auf der Basis der massenpsychologischen Verdrängung der vergangenen vier Jahre so weitermacht, als sei nichts geschehen. Die Heimkehrer erkennen, daß es keinen Weg zurück für sie gibt. »Wir haben uns alles anders vorgestellt.«[45]

Schon die Begegnung mit einer Gruppe amerikanischer Soldaten läßt sie ahnen, wie skrupellos die Führung ihre toten Kameraden durch die Verlängerung des Krieges geopfert hat: »Jetzt aber, unter den mitleidigen Augen der Amerikaner, begreifen wir, wie sinnlos das alles zuletzt noch gewesen ist. Der Anblick ihrer endlosen, reichlich ausgerüsteten Kolonnen zeigt uns, gegen welch eine hoffnungslose Übermacht an Menschen und Material wir standgehalten haben.«[46] Einer der Amerikaner ist ein Auswanderer aus Dresden und unterhält sich mit den geschlagenen Heimkehrern in ihrer Sprache: »Mensch,

Mensch – quatscht deutsch wie ein Alter und ist in Dresden gewesen! Mann, wozu haben wir beide eigentlich Krieg geführt?«[47]

Bereits auf den ersten Seiten weist Remarque auf die Intention seines Buches hin. Der Krieg war sinnlos und somit auch die Opfer, die er gefordert hat. Die, die überlebten, aber sind Gezeichnete, ihrer Jugend beraubte, illusionslose Skeptiker. Was sie mitgebracht haben aus der Hölle der Schlachten ist der Glaube an die Kameradschaft. Aber auch er erweist sich als unerfüllbarer Traum. »Alles andere ist kaputtgegangen im Kriege, aber an die Kameradschaft hatten wir geglaubt. Und jetzt sehen wir: Was der Tod nicht fertig gebracht hat, das gelingt dem Leben: es trennt uns.«[48]

Elternhaus, Lehrerseminar, Pädagogendienst in einer Landschule – Ernst Birkholz und seine Mitheimkehrer bleiben Fremde, gehören nicht mehr dazu, das Trauma des Krieges bestimmt ihre Reflexionen über das, was sie in der Heimat beobachten: »In meine Beschämung mischt sich plötzlich Wut. Wut auf diesen Onkel Karl, der betont laut anfängt, über Kriegsanleihe zu reden; Wut auf alle diese Leute, die sich so wichtig gebärden mit ihren klugen Worten; Wut auf diese ganze Welt hier, die so selbstverständlich mit ihrem Kleinkram dahinlebt, als wären die ungeheuren Jahre niemals gewesen, in denen es doch nur eins gab: Tod oder Leben und nichts sonst.«[49]

Es ist die Zeit der Revolution, der wirtschaftlichen Not und der »Hamsterei«. Die Anständigen drohen zu zerbrechen, die »Nachkriegsgewinnler« machen ihre Geschäfte. Nichts mehr von den mißbrauchten Idealen des Herbstes 1914 ist geblieben, auch im Frieden herrscht Krieg, »ja, jetzt kommt der Dreck«.[50] Als Birkholz vor den Zehnjährigen seiner Landschulklasse steht, wird ihm seine Unfähigkeit bewußt, innerlich zurückzukehren. »Hier stehe ich vor euch, einer der hunderttausend Bankrotteure, denen der Krieg jeden Glauben und fast alle Kraft zerschlug. – Hier stehe ich vor euch und empfinde, wieviel lebendiger und daseinsverbundener ihr seid als ich – hier stehe ich nun vor euch und soll euch nun Lehrer und Führer sein. Was soll ich euch denn lehren? Soll ich euch sagen, daß ihr in zwanzig Jahren ausgetrocknet und verkrüppelt seid, verkümmert in euren freiesten Trieben und unbarmherzig zu Dutzendware gepreßt? Soll ich euch erzählen, daß alle Bildung, alle Kultur und alle Wissenschaft nichts ist als grauenhafter Hohn, solange sich Menschen noch mit Gas, Eisen, Pulver und Feuer im Namen Gottes und der Menschheit bekriegen? ... Soll ich euch sagen, wie man Handgranaten abreißt und gegen Menschen wirft? Soll ich euch zeigen, wie man jemand mit einem Seitengewehr ersticht, mit einem Kolben erschlägt, mit einem Spaten abschlachtet? ... Mehr weiß ich nicht! Mehr habe ich nicht gelernt!«[51]

Sie fühlen sich betrogen und getäuscht. »Man sagte uns Vaterland und meinte die Okkupationspläne einer habgierigen Industrie – man sagte uns Ehre und meinte das Gezänk und die Machtwünsche einer Handvoll ehrgeiziger Diplomaten und Fürsten – man sagte uns Nation und meinte den Tätigkeitsdrang beschäftigungsloser Generale! ... Die Jugend der Welt ist aufgebrochen, und in jedem Lande ist sie belogen und mißbraucht worden, in jedem Lande hat sie für Interessen gefochten statt für Ideale, in jedem Lande ist sie zusammengeschossen worden und hat sich gegenseitig ausgerottet!«[52] Solche Sätze hat die Geschichtsschreibung bis in die sechziger Jahre hinein bei der Analyse der Hintergründe des Ersten Weltkrieges nicht formuliert. Sie mögen uns heute als selbstverständlich erscheinen, zum Zeitpunkt der Niederschrift des Romans waren sie für die Mehrheit der Deutschen ein Akt der »Nestbeschmutzung« und eines verächtlichen Pazifismus'.

Albert Troßke begeht einen Eifersuchtsmord (»Und als alles zerbrach, wußte er nichts anderes, als zu schießen – denn sonst hatte er nichts gelernt«[53]), Ludwig Breyer schneidet sich die Pulsadern auf (»Wir sind kaputt, aber die Welt geht weiter, als wenn der Krieg nicht dagewesen wäre«[54]), Georg Rahe kehrt zu den Todesfeldern der Front zurück und erschießt sich (»Kameraden! Wir sind verraten worden! Wir müssen noch einmal marschieren! Dagegen! – Dagegen – Kameraden!«[55]). Eine gebrochene Generation, auch die noch betrogen, die mit dem Leben davongekommen waren.

Am Ende des Buches, während des Gerichtsverfahrens gegen Albert, schreit einer der Protagonisten der Welt seine Anklage ins Gesicht, und Remarque weist unmißverständlich auf seine eigene

Haltung gegenüber den Entwicklungen Weimars hin: »Ihr alle gehört vor Gericht! Ihr habt das mit eurem Krieg aus uns gemacht! Sperrt uns doch gleich mit ein, das ist das beste! ... Ihr habt euch um die Siege gestritten, ihr habt Kriegerdenkmäler eingeweiht, ihr habt von Heldentum geredet und euch gedrückt vor der Verantwortung! ... Von allen Kanzeln hättet ihr es predigen müssen, immer wieder hättet ihr es uns sagen müssen: ›Wir haben alle furchtbar geirrt! Wir wollen gemeinsam zurückfinden!‹ ... Statt dessen habt ihr wieder angefangen, zu fälschen und zu hetzen und eure Paragraphen in Gang zu bringen.«[56]

In der Buchfassung wählt Remarque einen optimistischen Schluß, der konträr zur verzweifelten Grundstimmung des Romans liegt. Willy Hohmeyer spricht hier stellvertretend für seinen literarischen Schöpfer von der »kleinen« Utopie der Hoffnung: »Und so wie wir denken eine ganze Masse Leute. Die allermeisten, das könnt ihr wohl glauben. Mir ist seit damals – ihr wißt ja, seit Ludwig und Albert – so allerhand durch den Schädel gegangen, und ich finde, daß jeder auf seine Weise irgendwas tun kann, selbst wenn er eine Kohlrübe als Kopf hat. Nächste Woche sind meine Ferien zu Ende, und ich muß wieder als Schulmeister aufs Dorf. Darauf freue ich mich direkt. Ich will meinen Jungen da beibringen, was wirklich Vaterland ist. Ihre Heimat nämlich, und nicht eine politische Partei ... Ich habe mir das lange hin und her überlegt und gefunden, daß wir alt genug sind, eine Aufgabe zu haben.«[57] Ernst Birkholz nickt zustimmend: »Wie einfach das alles ist; aber wie lange hat es gedauert, dahin zu finden.«[58]

Dieser Schlußdialog spielt sich auf einer idyllischen Waldlichtung ab, und ihm vorausgegangen ist die Begegnung mit einer Gruppe fanatischer Jugendlicher, die unter der Leitung eines nationalistischen Führers wieder einmal Krieg spielt (»Ja, ... so geht es wieder los«[59]). Alles wiederholt sich, und »am Abendhimmel zieht in der Richtung nach Osten ein hakenförmiger Keil – eine Schar wilder Gänse«.[60] Der Autor läßt sie in der Anfangsszene des Buches, als Birkholz und seine Kameraden noch im tödlichen Granatfeuer liegen, schon einmal »vor dem trüben Grau der Wolken«[61] auftauchen.

»Der Weg zurück« ist nicht nur in der Wahl der Orte – Osnabrück und Umgebung – von Erinnerungen Remarques geprägt. Die Handlung enthält zahlreiche Szenen, die der eigenen Biographie entstammen: das Lehrerseminar, der Aufstand der Frontheimkehrer gegen die Unbelehrbarkeit ihrer alten und auch neuen Lehrer, die Wahl einer Delegation, die mit den Behörden über den Unterrichtsplan verhandelt, die Erlebnisse von Birkholz als Landschullehrer, die Charakterisierung einiger Romanfiguren nach Vorbildern aus dem Freundes- und Kriegskameradenkreis des Autors. Entscheidender als dieser biographische Hintergrund aber ist, daß Remarque mit seinem neuen Werk erneut einen Tabu-Bruch begangen hat. Wie Heinrich Böll in seinen frühen Romanen nach 1945 Heimkehrerschicksale thematisiert und die Restaurationstendenzen der Adenauer-Ära anklagt, spricht Remarque zwölf Jahre nach dem Ende des Ersten Weltkriegs die gesellschaftliche Situation in einem Land an, das den Krieg zu verleugnen sucht, die Schuld und die Opfer.

Geschrieben wird der Roman zu einem Zeitpunkt, als der deutsche Nationalismus wieder offen und unter immer stärkeren Beifall in der Bevölkerung seine Ziele nennt. Revanche für Versailles, Aufrüstung und die These vom »Volk ohne Raum« werden nicht nur von Hitler und seinen Gefolgsleuten unverhohlen propagiert. Die Deutschnationalen unter Führung von Remarques ehemaligem Arbeitgeber Hugenberg, die Reichswehrführung oder der einflußreiche Bund ehemaliger Offiziere, der »Stahlhelm«, stellen kaum weniger radikale Forderungen. Der Haß auf die Republik einigt sie, und die nationalistische Attitüde ist ihnen gemeinsam. Bis weit in die Kreise des katholischen Zentrums hinein ertönt der Ruf nach einer autoritären Führung, der neuerlichen Erhebung des »Vaterlandes« in die heroische Rolle eines militarisierten Staates.

Remarques neuer Roman ist zeitlich in den frühen Tagen der Republik angesiedelt, aber er ist als Warnung für eine Phase geschrieben, in der das Ende der deutschen Demokratie bereits heraufzudämmern beginnt. Erheblich direkter als »Im Westen nichts Neues« nimmt Remarque nun Stellung, weist in vielen Passagen auf das politische Umfeld hin, in dem seine Figuren argumentieren, allerdings nicht in

Form breiter gesellschaftspolitischer Analysen oder der Einbeziehung kaum verschlüsselter Persönlichkeiten der Zeitgeschichte, wie bei Arnold Zweig in seinem Roman-Zyklus »Der große Krieg der weissen Männer« oder Lion Feuchtwanger in seinem Buch über das Land Bayern (»Erfolg«, 1930). Remarque »belehrt« seine Leser aber recht ungeschminkt, wie er die Geschichte Weimars, die fehlende Aufarbeitung der Hintergründe des Krieges und seiner Folgen für die Menschen beurteilt.

Schon am Anfang des ersten Romanteiles beschreibt er eine kurze Begegnung, die das tragische politische Szenario der kommenden Jahre vorwegnimmt. Als der Kompanieführer Heel nach dem Ende der Kampfhandlungen und dem Ausbruch der Revolution dem sozialdemokratischen Soldaten Max Weil mit deutlich antisemitischem und antiintellektuellem Unterton schmallippig erklärt: »Nun beginnt Ihre Zeit, Weil. –«, antwortet dieser: »Sie wird weniger blutig sein.« – »Und weniger heroisch.« – »Das ist nicht das Letzte im Leben.« »Zweck«, macht Heel die verhängnisvolle Haltung des konservativen Lagers deutlich, »das ist Ihre Welt. Warum, wozu, weshalb – wer so fragt, weiß nichts davon. –«[62] Folgerichtig läßt Heel später als Freikorpsführer den Demokraten Weil bei einer Demonstration kaltblütig niederschießen. An der Spaltung der deutschen Gesellschaft – wie sie Remarque im Denken dieser beiden Männer aufzeigt –, wird die Weimarer Republik zugrunde gehen.

Über die ganz privaten Schicksale von Ernst Birkholz und seinen Mitheimkehrern hinaus, schildert Remarque historische Szenen aus den Frühjahren Weimars. Beispielsweise Massenaufmärsche von protestierenden, über den Verlauf der Revolution und die wirtschaftliche Entwicklung verbitterten Arbeitern. Er gibt bei der Beschreibung solcher Szenen die Haltung des neutralen Erzählers auf: »Wir fallen unwillkürlich in Gleichschritt. Das ist ein anderes Marschieren als sonst. Das Pflaster dröhnt, und wie ein Blitz fliegt über den Kolonnen eine wilde, atemlose Hoffnung auf: als ginge es jetzt geradewegs in ein Dasein der Freiheit und Gerechtigkeit hinein.«[63]

Als Birkholz bei den Behörden besondere Regelungen für den Schulbesuch der Kriegsteilnehmer durchgesetzt hat, reflektiert er diesen Erfolg nicht ohne Resignation und beschreibt damit das Dilemma der Republik: »Es war nicht leicht, das durchzusetzen, obschon doch Revolution ist – denn dieser ganze Umsturz ist nur ein bißchen Windgekräusel an der Oberfläche. Er greift nicht durch.«[64] Und einige Kapitel später resümiert Georg Rahe: »Ach, diese Revolution, … die ist mit den Händen an der Hosennaht gemacht, von Parteisekretären, die vor ihrer eigenen Courage schon wieder Angst gekriegt haben. Sieh dir an, wie sie sich bereits gegenseitig in den Haaren liegen, Sozialdemokraten, Unabhängige, Spartakisten, Kommunisten. Inzwischen knallen die anderen ihnen in aller Gemütsruhe die paar wirklichen Köpfe ab, die sie haben, und sie merken es nicht mal.«[65]

Der linke Sozialdemokrat und bayerische Ministerpräsident Kurt Eisner, die Kommunisten Rosa Luxemburg und Karl Liebknecht, Außenminister Walther Rathenau und der Zentrumspolitiker Matthias Erzberger, die hundertfachen Fememorde der Rechten – die Republik lebte in den ersten Jahren in einem Bürgerkrieg, und Remarque sah sehr genau, wer da von wem ermordet wurde. Auch die zögerliche Haltung der Sozialdemokratie, die in den ersten Monaten nach dem Kriegsende tatsächlich die Macht in ihren Händen hatte und sie durch Eberts verhängnisvollen Pakt mit den alten Kräften aus Reichswehr und wilhelminischer Beamtenschaft verspielte, die Lüge des Krieges nicht entlarvte und zumindest auf ihrem rechten Flügel die Revolution aus tiefsten Herzen ablehnte, wird von ihm historisch exakt und anklagend interpretiert.

Dabei übersieht Remarque keineswegs die gefährliche, weil politisch wirksame Arroganz, mit der Deutschlands Konservative einem Sozialdemokraten als erstem Mann im Staat begegnen: »Stellen Sie sich vor, … ein Sattler! Ein Sattler als Reichspräsident! Malen Sie sich das mal aus: ein Gala-Empfang bei Hofe und ein Sattler, der Audienzen erteilt. Zum Piepen!«[66]

Und er gibt seinen Lesern schon eine Ahnung von dem Kommenden: »Es ist alles umsonst … Wir sind kaputt, aber die Welt geht weiter, als wenn der Krieg nicht dagewesen wäre. Es wird nicht mehr lange dauern, und unsere Nachfolger auf den Schulbänken werden mit gierigen Augen den Erzählungen aus dem Kriege lauschen und sich aus der Langeweile der Schule heraus wünschen, auch dabei gewesen zu sein. Jetzt schon laufen sie zu den Freikorps – und kaum siebzehnjährig begehen sie politische Morde.«[67]

Es taucht auch eine Gestalt in diesem Roman auf, die verkörpert, was bald zum Inbegriff des häßlichen Deutschen werden sollte, vor dem die Welt nach dem Wissen um die Geschehnisse in den Konzentrationslagern Hitlers oder die Formen des »Vernichtungskrieges« der deutschen Wehrmacht mit Grauen stehen wird. Bruno Mückenhaupt, der »beste Scharfschütze des Bataillons, der nie vorbeitraf« und dessen »Trefferliste« einen Ehrenplatz in seiner biederen, kleinbürgerlichen Wohnung erhalten hat. Als Birkholz ihn besucht, spielt Mückenhaupt mit seinem blonden Töchterchen, und auf dem Porzellankopf seiner Tabakspfeife ist ein schießender Soldat abgebildet mit dem sinnigen Spruch: »Üb Aug und Hand fürs Vaterland!«

»Im Sommer war natürlich immer meine beste Zeit, weil man da abends solange sehen konnte«, schwärmt er dem alten Kriegskameraden vor. »Hier – warte mal – Juni – 18. vier Kopfschüsse, 19. drei, 20. einer ... hier, paß mal auf, 26. da war die neue Ablösung gerade angekommen, die von Bruno noch keinen Dunst hatte, neun Kopfschüsse, was sagst du nun?«[68] Als Birkholz meint, das sei heute, im Frieden, doch alles anders zu sehen, empört sich Bruno: »Mensch, du bist wohl Bolschewist, was? War doch Pflicht! Befehl!«[69] Pflicht und Befehl, darauf werden die Generäle Hitlers sich bald auch berufen, die in ihren Tagesrapporten die Truppe zur Vernichtung von »Juden und Slawen« aufrufen, die Richter des Dritten Reiches, die massenweise ihre Bluturteile sprechen, die Mediziner, die Häftlinge als »wissenschaftliche« Versuchsobjekte ermorden, die Beamten der Reichsbahn, die exakte Fahrpläne für die Deportation der Juden nach Auschwitz aufstellen. »Bruno wird wieder mit seinem Mädel spielen. Dann wird die Frau mit dem Abendessen kommen. Danach wird er zum Bier gehen. Sonntags macht er mit der Familie einen Ausflug. Er ist ein gemütlicher Mann, ein guter Vater, ein geachteter Bürger. Nichts dagegen zu sagen.«[70] Remarque zeichnet 1930 das Bild eines Mörders, wie wir ihm in den Berichten über die Todes- und Folterknechte des Dritten Reiches immer wieder begegnen werden.

Ein Roman also, dessen politische Dimensionen nicht zu übersehen sind. Der Schriftsteller Erich Maria Remarque, zum Zeitpunkt der Niederschrift angegriffen, verleumdet und im Schlußkampf der Republik in die erbitterten und polemischen Machtauseinandersetzungen hineingezogen wie kein anderer deutscher Autor, bezieht unzweideutig Stellung. Nicht für oder gegen eine Partei, aber für die Wahrheit. Angesichts der allgemeinen Entwicklungen und der Diskussion um sein Kriegsbuch, die durch die Aufführung des Films »Im Westen nichts Neues« mit neuer Schärfe entfacht wird, ist »Der Weg zurück« ein mutiges Werk geworden.

Der Episodenstil von »Im Westen nichts Neues« ist nicht mehr so konsequent und durchgängig eingesetzt. Es fehlt auch die Dichte und die scheinbar kühle Distanz des Erzählers. Die Figuren aber werden plastischer, die Geschichte breiter, die Monotonie der Front, die Paul Bäumers Leben im Krieg prägte, ist einem vielfältigen Geschehen in den bewegten Friedenszeiten gewichen. Warum Remarque im Vorabdruck des Romans in der »Vossischen Zeitung« einen pessimistischen Schluß gewählt hat – er endet mit dem Selbstmord Georg Rahes – und ihn für die Buchausgabe umgeschrieben hat, läßt sich aus den Dokumenten nicht nachvollziehen. Vielleicht liegt der Grund dafür in den Angriffen seiner Kritiker aus dem nationalistischen Lager, die ihm Defätismus und Lebensverneinung vorwerfen. Wichtig sind ihm diese Änderungen jedenfalls. Er besteht nicht nur Ullstein gegenüber auf Umstellungen, Streichungen und Ergänzungen, sondern läßt auch seine Übersetzer, die bereits den Text des Zeitungsabdrucks bearbeiten, wissen, daß er lieber seine Auslandsverträge brechen, als auf diese Umarbeitungen verzichten würde.

Ein Grund für diesen Schritt könnte jedoch auch in der sich verändernden politischen Situation zu finden sein. Remarque hat das Manuskript im September 1930 weitgehend beendet. Am 14. September aber feiern die Nationalsozialisten einen triumphalen Wahlsieg. Ende Dezember sind 4,4 Millionen Menschen arbeitslos, die Firmenpleiten erreichen neue Rekordhöhen, Amerika zieht seine kurzfristig gewährten Kredite zurück, Banken und Sparkassen geraten in immer größere Liquiditätsschwierigkeiten (am 11. Mai 1931 wird die »Österreichische

Kreditbank« zusammenbrechen und dabei eine der vier deutschen Großbanken, die »Darmstädter und Nationalbank«, mit in den Abgrund reißen, was zu einer fatalen Kettenreaktion führt), die Regierung Brüning beginnt ihre rigorose Sparpolitik, die die soziale Situation, die Verelendung in der Arbeiterschaft und im Kleinbürgertum dramatisch verschärft, die Debatten im Reichstag, der Kampf auf der Straße radikalisieren sich. Möglicherweise will Remarque mit dem resignativen Schluß der ersten Fassung jetzt nicht noch einen weiteren Beitrag zum allgemeinen Stimmungsverfall liefern. Der neue Schluß signalisiert seinen Lesern Hoffnung, will sie aufrütteln: es ist möglich, das Land vor seinen Verderbern zu retten, wenn die Demokraten die zu lösenden Probleme anpacken.

Der Vorabdruck erscheint vom 7. Dezember 1930 bis zum 29. Januar 1931 wiederum in der »Vossischen Zeitung«. Am 4. Dezember hat das massive Störmanöver der Nazis gegen den Film »All Quiet on the Western Front« begonnen. Am 30. April 1931 liefert der Propyläen-Verlag die Buchausgabe von »Der Weg zurück« aus. In wenigen Wochen sind über 180.000 Exemplare verkauft. Tilman Westphalen berichtet, daß noch im Erscheinungsjahr 25 Übersetzungen im Ausland vorliegen.[71] Natürlich sind dies nicht die Zahlen des einzigartigen Erfolgs von »Im Westen nichts Neues«, aber auch der »neue Remarque« ist ein Bestseller. Jedenfalls im Vergleich zu anderen Titeln des deutschsprachigen Buchmarktes in diesem Jahr, in dem Hermann Brochs »Die Schlafwandler«, Erich Kästners »Fabian«, Kurt Tucholskys »Schloss Gripsholm«, Lion Feuchtwangers »Der jüdische Krieg«, Arnold Zweigs »Junge Frau von 1914« oder Franz Werfels »Die Geschwister von Neapel« erscheinen. »Der Weg zurück« nimmt den Spitzenplatz auf den Verkaufslisten ein. Möglich ist dies zweifellos auch, weil der Autor inzwischen mit einem großen, auf seinen neuen Roman wartenden Publikum rechnen kann und Ullstein erneut eine beachtliche Werbe- und Pressekampagne startete.

Die literarische Kritik ist in Deutschland zurückhaltend bis vernichtend. Benno Reiffenberg, konservativer Rezensent in der »Frankfurter Zeitung«, schreibt hämisch: »... das neue Buch ist beinahe hilflos. Es rührt, wie dumpf und ungeschickt erstrebt wird, eine seelische Entwicklung aufzuzeigen, und wie nichts anderes entsteht als die Addition von kleinen, ganz primitiven Szenen, die mit einer ad hoc erfundenen, völlig durchsichtigen Psychologie erklären sollen, wo doch hätte gestaltet werden müssen.«[72] In der »Revalschen Zeitung« – um ein typisches Beispiel für die Stimmung in der Provinz zu geben – heißt es: »Von hier bis zum Kitsch ist ein kaum bemerkbarer Sprung. Und nichts kommt gegen den Bombast auf, dessen Unwahrscheinlichkeit in jeder Hinsicht dem Leser kalte Schauer über den Rücken jagt.«[73]

Solche oberflächlichen Verrisse – in denen sich Vokabeln wie »Kitsch«, »Bombast« oder »mangelnde Gestaltungskraft« stereotyp wiederholen – werden Remarque in seinem künftigen Schriftstellerleben stets begleiten. Auch – um dies vorwegzunehmen – nach 1945, als die restaurativen Tendenzen in den bundesrepublikanischen Feuilletons ihre eloquenten Befürworter finden (viele von ihnen haben schon öffentlich über Literatur geschrieben, als diese noch von den Herren Hitler und Goebbels bestimmt wurde). Manfred Hausmann, Rudolf Alexander Schröder, Werner Bergengrün oder Frank Thiess – also, wie sie selbst ihr Leben im Dritten Reich gerne stilisierten, die »innere Emigration« der deutschsprachigen Literatur – werden dagegen mit Lorbeerkränzen der alle politischen Systeme durch meisterhafte Anpassung überlebenden Kritiker geschmückt.

1931 nennen allerdings auch viele Blätter »Der Weg zurück« ein »Kunstwerk und dazu eine Tat« (»Volksstimme«)[74] oder sprechen von einem »Dichter von hohem Rang. Ein erschütternder Menschengestalter« (»Brünner Tagesbote«)[75]. In »Die Literatur« heißt es: »Daß Remarque ein Mann ist, der nicht um des Welterfolges seines ersten Buches willen ein zweites schrieb, sondern ein Künstler, der etwas zu sagen hat, das beweist ›Der Weg zurück‹.«[76] Tucholsky dürfte dagegen die »Weltbühne«-Leser mit seiner Rezension ratlos gemacht haben: »Und das brauchte nun eben nicht in feierlichen Tiraden gepredigt zu werden; man könnte das ja auch gestalten, aber Remarque kann es nicht. Es langt nicht. Das soll uns nicht hindern, zu sagen: Wenn nur alle Bücher so sauber gearbeitet, so hübsch grundiert und ausgemalt, so reinlich gestaltet wären. Aber es langt nicht.«[77] Heinrich Mann spricht in der »Vossischen Zeitung« (die den Vorabdruck brachte!) von »wahrhaft ergreifenden Szenen des Romans«.[78] »Die Rote Fahne« dagegen weiß auch in diesem Fall, was fehlt: »An allen großen historischen Kräften, die nach Kriegsende wirkten, geht Remarques trauriger Held vorüber. Klassenkampf ist ein unbekannter Begriff. Die Revolutionäre werden als Mob gezeigt ... Vor einiger Zeit wurde an bedeutende Schriftsteller aller Länder die Anfrage gerichtet, wie sie sich im Falle eines Krieges gegen die Sowjetunion verhalten würden. Remarque antwortete nicht.«[79]

Für die Nationalisten und Faschisten bleibt Remarque der Autor, der »unseren braven Frontsoldaten ihr Heiliges« nimmt, »für das sie kämpften und bluteten: Ehre, Heldentum, Vaterlandsliebe« (»Goslarsche Zeitung«).[80] Der »Völkische Beobachter« wählt dabei die Sprache, die ihrer Herren würdig ist: »Remarque zeigt den Krieg in den Augen des Etappenschweins und pazifistischen Feiglings ... Remarque hat die Erlebnisse einiger Schweine zur Moral und zum Geist des deutschen Soldaten erhoben.«[81] Kurioses gibt es in den vielen Kritiken auch zu lesen. So lobt die »Neue Badische Landeszeitung« in Mannheim das wahre, echte Deutschtum Remarques in höchsten Tönen: »Deutsch ist dieses Buch, deutsch bis in die Knochen ... Wem das Wort Deutsch mehr ist als eine Phrase, wird mit fast nationalem Stolz sagen dürfen, nur ein deutscher Mensch konnte dies schreiben.«[82]

In vielen Kritiken geht es wieder um die Biographie des Autors, beten die Rezensenten erneut die Halbwahrheiten und Verdrehungen herunter, die bereits im Zusammenhang mit »Im Westen nichts Neues« die Zeitungsspalten füllten. Wobei auffällt, daß nun auch Ullstein im Zuge des sich verschärfenden Antisemitismus verstärkt angegriffen wird. »Wer so zu schwindeln versteht, dem kann es nicht schwer fallen, Ullsteinbücher zu schreiben ...«[83] Wenige Monate später pöbelt Goebbels – der Film »Im Westen nichts Neues« ist gerade verboten worden – in »Der Angriff«: »Remarque ist beseitigt, aber es starrt noch von jüdischem Unrat in der gesamten deutschen Öffentlichkeit; hier gilt es, auszumisten.«[84]

Die Filmrechte für »Der Weg zurück« hatte Universal schon gekauft, bevor das Buch geschrieben worden war. Der erste Drehbuchentwurf ist 1932 fertig, aber dann dauert es noch fünf Jahre, bis das Vorhaben realisiert ist. Die Produzenten befürchten Schwierigkeiten auf dem europäischen Markt, und das Skript erfährt mehrfache Änderungen. Die Tragödie der Heimkehrer, Remarques pessimistische Geschichte, wird schließlich zu einer ziemlich dünnen Komödie aufgepeppt, um einen Kinoerfolg zu schaffen. Von der Grundstimmung des Romans ist nichts mehr zu spüren. Mitten in der Planung ist Universal-Chef Carl Laemmle zudem finanziell am Ende, er verliert die Herrschaft über sein Unternehmen.

Für die inhaltliche Verflachung des Filmes gibt es jetzt vor allem politische Gründe. In Berlin regiert längst Adolf Hitler, nicht wenige Amerikaner blicken in diesen Jahren wirtschaftlicher Depression voller Bewunderung auf die »Ordnung«, die das nationalsozialistische Regime nach den turbulenten Weimarer Jahren angeblich geschaffen hat. In Spanien beginnt 1936 der Bürgerkrieg, und Washington beobachtet nervös die Intervention der kommunistischen Internationale zugunsten der Franco-Gegner. Im gleichen Jahr täuscht Hitler mit dem Spektakel der Olympischen Spiele in Berlin die sich blind stellenden westlichen Demokratien, die so gerne glauben wollen, was ihnen das deutsche Regime vorlügt. Die USA machen mit Deutschland wieder gute Geschäfte, daran hat der 30. Januar 1933 bislang nichts geändert.

Der deutsche Konsul in Los Angeles, Georg Gyssling, weiß die allgemeine Stimmung für die Interessen Nazi-Deutschlands zu nutzen. Remarque bleibt für die neuen Herren in Berlin der verhaßte pazifistische Autor, der den deutschen Militarismus »entehrt« hat. Hitlers Statthalter in Kalifornien interveniert energisch und frech bei den Filmemachern, und die lassen sich ganz offensichtlich einschüchtern. Hermann Flau berichtet, Gyssling habe im April 1937 Briefe an alle Mitarbeiter des Films geschickt, in denen er sie vor Auftrittsverboten im Dritten Reich warnt. »I have been instructed on my government to warn you …«[85] Universal nimmt die Boykott-Drohung des Dritten Reiches ernst, fürchtet um finanzielle Einbußen. So entsteht ein politisch entschärfter und miserabler Film.

Die Aufnahme des neuen Romans wird mitbestimmt durch Ereignisse, die sich erneut um das Vorgängerbuch ranken und die die Republik in den Dezembertagen des Jahres 1930 bewegen. Es ging vordergründig nur um einen Film, aber in Wirklichkeit um das Selbstverständnis der deutschen Demokratie. Und wieder ist es der Name Remarque, der im Zentrum des »Gassensturms« (Theodor Wolff) steht. Dem Sensationserfolg von »Im Westen nichts Neues« folgt knapp zwei Jahre später der politische Skandal um die Romanverfilmung.

Carl Laemmle, aus Schwaben stammender Jude, der in jungen Jahren nach Amerika ausgewandert ist, gehört Ende der Zwanziger zu den mächtigen Filmproduzenten Hollywoods. Im Sommer 1929 ist er wieder einmal auf einer seiner regelmäßigen Europa-Tourneen und erholt sich in Karlsbad. Der ungarische Filmemacher Paul Fejos weist ihn in diesen Wochen auf die riesigen Auflagen und die Debatte über den Remarque-Roman hin. Laemmle erkennt rasch, daß sich ihm hier der Stoff für ein vielversprechendes Filmprojekt bietet. Sein Sohn Julius verhandelt in Berlin erfolgreich mit dem jungen Autor, der die Rechte an die Universal-Pictures verkauft und auch gleich einen Vertrag über die Verfilmung seines nächsten, noch ungeschriebenen Romans – »Der Weg zurück« – abschließt. Allerdings lehnt Remarque den Wunsch Laemmles ab, die Rolle des Paul Bäumer zu übernehmen und die Dreharbeiten in Amerika zu begleiten. Seine Versuche, sich an den Drehbucharbeiten zu beteiligen, gibt er bald frustriert auf. Im Dezember 1929 schreibt er Brigitte Neuner aus Berlin: »Ich sitze hier und versuche zu dichten für das amerikanische Laemmle. Das ist schwierig, wenn man diesen Mann von Angesicht kennt ...«[86] Das klingt nicht sehr witzig, sondern eher nach Galgenhumor.

Als Laemmle seinen Coup triumphierend und medienwirksam bei seiner Rückkehr in die Staaten vor der Presse »verkauft« (»Fünf Minuten sind wir der Konkurrenz in Berlin bei Remarque gerade noch zuvorgekommen«[87]), antwortet er auf die Fragen der Reporter, wer denn dieser so komentenhaft aufgestiegene »young guy« eigentlich sei, ganz im Stile Hollywoods: »Ein ziemlich bescheidener Bursche, trotz des großen Erfolges. Er ist erstaunlich verschlossen und sehr anspruchslos. Und wenn seine Frau nicht krank gewesen wäre, boys, dann hätte ich ihn euch mitgebracht nach USA.«[88]

Die Auseinandersetzungen, die der Roman in Deutschland ausgelöst hat, sind auch in Amerika nicht unbemerkt geblieben. Laemmle läßt auf entsprechende Fragen der Zeitungsleute anklingen, daß die geplante Verfilmung wohl auf ähnliche Reaktionen stoßen würde: »... eine der größten deutschen Filmtheater-Ketten hat mir bereits mitgeteilt, daß sie mit dem Projekt nichts zu tun haben möchte, wenn unser Film in Deutschland gezeigt wird. So etwas habe es nie gegeben, schreiben ja die Kritiker in Deutschland, alles sei gelogen. Aber was soll es nie gegeben haben – den Krieg?! Wir haben das doch auch durchgemacht. Soll es den ganzen Schmutz nicht gegeben haben?! Da mußten wir auch durch ... Ich bin sicher, wir werden einen ganz großen Film haben.«[89]

Es wird ein großer Film. Unter der Regie des 35jährigen Lewis Milestone läßt Laemmle für 1,25 Millionen Dollar eine der bedeutendsten Produktionen des damaligen Hollywood drehen. Die Rolle des Paul Bäumer wird an den 22jährigen, noch gänzlich unbekannten Lew Ayres vergeben, das Drehbuch schreiben der Dramatiker Maxwell Anderson, George Abbott, und auch der Regisseur ist bei der Abfassung des Skripts dabei. Auf dem Universal-Gelände bauen die Bühnenarbeiter einen deutschen Kasernenhof, vor der Stadt werden die Schlachtenszenen unter Verwendung von nur 150 Statisten abgedreht. Wie sehr Remarques Buch nicht nur die deutschen Militärs erbost, zeigt im übrigen die Reaktion der US-Army. Die Anfrage, ob sie für die Dreharbeiten Soldaten aus ihren Reihen zur Verfügung stellen würde, beantwortet sie mit einem glatten Nein.

Der Film folgt im großen und ganzen der Romanvorlage. Diskussionen gibt es im Team über die Schlußszene. Remarque läßt Paul Bäumer schließlich »bildlos« sterben. Milestone löst die Szene, indem er Bäumer in der letzten Sequenz nach einem Schmetterling greifen läßt. Dabei trifft ihn die Kugel eines französischen Scharfschützen. Die Hand, die die Kamera zeigt, ist die des Regisseurs.

Der Schriftsteller Ilja Ehrenburg berichtet in seinen Memoiren, Laemmle habe während der Dreharbeiten von Milestone gefordert:

»Ich möchte, daß der Film ein Happy-End hat.« Die Antwort des Regisseurs: »Gut, der Film soll ein Happy-End haben. Deutschland gewinnt den Krieg.«[90] So war es sicher nicht, aber die hübsche Anekdote wirft ein bezeichnendes Licht auf die Haltung Hollywoods bei Romanverfilmungen. In diesem Fall aber gelingt eine sehr authentische Umsetzung des Remarque-Textes.

»All Quiet on the Western Front« startet im April 1929 in den amerikanischen Kinos. Er läuft monatelang, wird ein Publikumsrenner und bringt dem Produzenten und dem Regisseur den damals noch neuen, aber bereits sehr begehrten Oscar ein. Wie das Buch, so ist auch der Film ein Welterfolg geworden.

Politik und Militärs werden dem Film in den nächsten Jahrzehnten mit äußerstem Mißtrauen gegenüberstehen. Die realistische Bildführung und pazifistische Tendenz des Films entlarven ebenso wie der Roman die propagandistische Lüge von Heldentum, Ehre und Patriotismus. Aber die Suggestion der Bilder erscheint vielen Staatenlenkern und Generälen erheblich gefährlicher als ein Roman. Werner Skrentny zitiert in seinem Aufsatz über die Geschichte des Filmes einen Major a. D. der US-Army, der schon kurz nach den Uraufführungen in Los Angeles und New York an den amerikanischen Präsidenten und 48 Gouverneure telegraphiert: »Der Film unterminiert den Glauben in die Armee und die Autorität. Moskau hätte keinen subversiveren Film produzieren können.«[91] Der gute Mann hat in seinem Protestschreiben nur ausgedrückt, was wohl bis heute der Alptraum aller Militärs ist. In zahlreichen Ländern der Welt – beispielsweise in Polen, China, Jugoslawien oder der Türkei – wird die Aufführung von den jeweiligen Regierungen verboten. Hans Beller weist in seiner Fernseh-Dokumentation »Geschundenes Zelluloid« im übrigen darauf hin, daß bei der Wiederaufführung des Milestone-Streifens in den fünfziger Jahren die Schlußszene mit einer optimistischen Musik unterlegt wird, die das Grauen von Krieg und Tod verharmlosen soll. Amerikas junge Soldaten kämpften zu diesem Zeitpunkt in Korea.

Die deutsche Uraufführung von »Im Westen nichts Neues« aber wird die verheerendsten politischen Folgen nach sich ziehen, die wohl je ein Film ausgelöst hat. Sie führt zu einer »geistigen« Niederlage der Weimarer Republik. Am Ende der tagelangen Demonstrationen auf dem Nollendorfplatz und stürmischen Debatten im Reichstag und in den Länderparlamenten schreibt Theodor Wolff im »Berliner Tageblatt«: »... niemand wird leugnen, daß ein Unterschied zwischen einem tragischen Menschenschicksal und einem Filmverbot besteht. Aber der eine wie der andere Fall kann ein Prüfstein für die moralischen und geistigen Zustände in einem Staat, für die Kraft oder die Schwäche des Rechtsempfindens und des Wahrheitssinnes und für den Charakter der Regierenden sein.«[92] Als die immerhin noch demokratisch legitimierte Reichsregierung dem Druck des von den Nazis organisierten Mobs in den Kinos und auf den Straßen der Hauptstadt nachgibt und den Film verbietet, ahnen viele Beobachter, daß die Republik sich selbst aufgegeben hat. Carl von Ossietzky notiert in der »Weltbühne« den prophetischen Satz: »Heute hat er (der Faschismus – WS) einen Film erlegt, morgen wirds etwas andres sein.«[93]

Der Kampf der Hitler-Partei gegen Remarques Roman war zwar lautstark gewesen, aber politisch doch relativ bedeutungslos, weil die Nationalsozialisten noch ohne parlamentarische Macht waren. Im Reichstag saßen zu diesem Zeitpunkt 12 Abgeordnete der NSDAP. Als der Film am Abend des 4. Dezember 1930 im Mozartsaal am Berliner Nollendorfplatz vor einem ausgewählten Publikum Premiere hat, ist die politische Situation völlig verändert. Am 27. März 1930 war das Kabinett Müller, die letzte demokratische Regierung Weimars, am Ende. Mit der Kanzlerschaft des konservativen und monarchistisch gesinnten Zentrum-Politikers Heinrich Brüning begann die Periode der »Präsidialregierungen« und damit die Endphase der ersten deutschen Demokratie. Brüning regierte bald nur noch über Notverordnungen, der Reichstag war weitgehend ausgebootet. Die Macht im Lande lag in der Hand eines kleinen Kreises von Republikgegnern um Brüning, Hindenburg und die Reichswehrführung. Der Kanzler selbst war – wie erwähnt – im Krieg Offizier gewesen. Er blickte mit Stolz und Nostalgie auf diese Zeit der Pflicht und des »Heldentums« zurück. Sein Verhältnis zum ehemaligen Chef der kaiserlichen Armee und jetzigen »Vorgesetzten«, zu Reichspräsident Paul von Hindenburg, war ganz vom Befehls- und Gehorsams-Denken geprägt. Es ist nicht schwer vorstellbar, wie Remarques Roman und seine Verfilmung auf eine Regierung wirken mußte, die von einem solchen Geist beseelt war.

Bei den Reichstagswahlen vom September 1930 mußten die bürgerlichen Parteien schwere Einbußen hinnehmen, die Kommunisten legten beachtlich zu, und die Nationalsozialisten eroberten 107 Mandate und wurden damit stärkste Fraktion. Die dramatisch ansteigenden Arbeitslosenzahlen, die Hilflosigkeit und immer sichtbarer werdende Selbstaufgabe der demokratischen Parteien, die Radikalisierung der politischen Auseinandersetzungen während der Debatte um den Young-Plan waren allein den Republikgegnern von rechts und von links zugute gekommen. Hitler und sein Chefpropagandist Joseph Goebbels sahen nun in diesem sich verändernden politischen Klima ihre Chance gekommen, die verhaßte Republik der »Novemberverbrecher« zu stürzen. Der Film, dessen pazifistische Tendenz sie natürlich verabscheuten, war ihnen eine willkommene Gelegenheit, einen zielgerichteten Propagandafeldzug gegen die Republik zu starten. Geschickt und gut vorbereitet instrumentalisierte Goebbels in Berlin den Film, um die Straße zu mobilisieren.

Er konnte dabei zwei zentrale Punkte der Nazi-Ideologie miteinander verbinden: den Antisemitismus – der Ullstein-Verlag gehörte einer jüdischen Familie, Laemmle war Jude, Remarque wurde das vielfach angedichtet – und die bis weit in die bürgerlichen Kreise hinein vertretene Auffassung, im Weltkrieg habe der deutsche Soldat ehrenvoll und das Reich vor fremden Mächten schützend gekämpft. Die Tagebuch-Notizen des Berliner NSDAP-Chefs aus diesen Wochen zeigen, daß es Goebbels bei der Kampagne um weit mehr ging, als nur um die Absetzung eines Films. Den großen Wahlerfolg im Rücken, sollte jetzt die Republik sturmreif geschossen werden. Peter Dörp weist zudem mit Recht darauf hin, daß Goebbels den Kampf gegen die Aufführung von »Im Westen nichts Neues« nutzte, um seine eigene, in diesen Tagen bedrohte Stellung innerhalb der Nazi-Hierarchie wieder zu stärken.[94]

»Die große Schlacht des Dr. Goebbels« (Schrader) nimmt am 6. Dezember 1930 ihren Anfang. Wenige Minuten nach Beginn der Kinoaufführung werden im Kinosaal erste laute Protestrufe der eingeschleusten und gut präparierten Nazis laut, bald erklingen Trillerpfeifen, Stinkbomben werden geworfen, und schließlich rennen die wohl berühmtesten weißen Mäuse in der deutschen Geschichte zwischen den Zuschauerreihen herum. Geschrei, Tumulte, Schlägereien, echte und gespielte Empörung beherrschen die Szene. Die Aufführung wird abgebrochen, Polizei räumt den Saal, und der »Angriff«, Goebbels Berliner Sprachrohr, beschreibt am nächsten Morgen das Ereignis in seinem berüchtigten Sprachduktus: »Deutsche stehen Schulter an Schulter im Mozartsaal. Deutsche, die in jähem Erwachen sich zu ihrem Volkstum bekennen. Um die endlich in glutrote Scham Gejagten sitzen die blau und blaß gemalten parfümierten Judenweiber mit ihren glatzköpfigen fettleibigen Begleitern. So manche kostbare Puderquaste fällt aus zitternder Hand zu Boden. Einige Juden versuchen noch, mit frechem Maul unter dem Schutze der Gummiknüppel ihr verlogenes Kulturgefasel aufzutischen. Einige wagen noch, mit diamantengeschmückter Faust zu drohen. Aber kernige Arbeiterfäuste schreiben schnelle Antwort. Weiter rollt beim Lampenlicht der Film. Letzte Faustkämpfe im Parkett. Da wallt pestilenzartiger Gestank auf. Ein Schrei, und in die starre Ruhe dröhnt ein sonorer Männerbaß aus dem Parkett: ›Hier hat ein Jude in die Hose gesch . .!‹ Lachen brüllt auf. Schlotternd hängen Judas Kinder in roten Polstersesseln, sausen aber plötzlich hoch, denn eine Fistelstimme gellt: ›Mäuse im Saal!‹ Und nun springen sie, die sonst so tapferen Juden, Zions Rosen von Jericho.«[95]

Eine Passage, die die Zielrichtung der Nationalsozialisten anzeigt. Ein undeutscher Film, ein jüdisches Machwerk, eine »Kulturschande« sei dies, wird den Lesern suggeriert, wobei die Sprache das antisemitische Klischeevokabular der Zeit voll ausschöpft. Aber da stehen nicht »Deutsche Schulter an Schulter«, und es ballen sich im Mozartsaal auch keine »Arbeiterfäuste«, sondern ein organisierter Mob tobt sich aus, gelenkt vom Gauleiter Joseph Goebbels, der weiß, wie gerade dieses Thema und dieser Film das konservative deutsche Gemüt verunsichern. So notiert er am 6. Dezember selbstbewußt in seinem Tagebuch: »Beratung der Abgeordneten (über das Vorgehen der Nazis bei der Premiere – WS) und dann geht's abends in den Film. Schon nach 10 Minuten gleicht das Kino einem Tollhaus. Die Polizei ist machtlos. Die erbitterte Menge geht tätlich gegen die Juden vor. Der erste Einbruch in den Westen. ›Juden heraus!‹ ›Hitler steht vor den Toren!‹ Die Polizei sympathisiert mit uns. Die Juden sind klein und häßlich. Draußen Sturm auf die Kassen. Fensterscheiben klirren. Tausende von Menschen genießen mit Behagen dieses Schauspiel. Die Vorstellung ist abgesetzt, auch die nächste. Wir haben gewonnen. Ich sitze mit meinen Jungens noch im Café. Erlebnisse werden ausgetauscht, es ist nun Brüsten, aber alles hat geklappt.«[96] Die Siegesmeldung sollte sich leider als nur allzu richtig erweisen.

Während auch die weiteren Vorstellungen das gleiche Schicksal erleben, und der Protest auf den Straßen Berlins seine gewalttätige Fortsetzung findet, gibt es am 12. Dezember im Reichstag eine beschämende Debatte. Goebbels kann triumphieren: »Gestern: im Reichstag großer Krawall. Ich werde an die Luft gesetzt. Unsere Leute sind wie wild. Um 4h kommt das Film-Verbot. ›Wegen Gefährdung des deutschen Ansehens in der Welt.‹ Das ist ein Triumph. Es hagelt Glückwünsche von allen Seiten.«[97]

Im Preußischen Landtag erklärt Innenminister Severing (SPD) in Verkennung der sich entwickelnden Machtverhältnisse in der Republik spöttisch, wer glaube »Hitler stehe vor den Toren Berlins«, dem würde er raten, »ihn nicht solange warten zu lassen, die Füße könnten ihm kalt werden«.[98] Sein Kabinettschef, Ministerpräsident Otto Braun, beschreibt die Situation erheblich realistischer: »Ein Volk, das die Wahrheit nicht mehr verträgt, gibt sich selbst auf!«[99]

Das Filmverbot wird zur Kapitulation vor den anstürmenden Feinden der Republik. Goebbels läßt dabei in seinen Reden keine Zweifel, um was es ihm dabei geht: »Wir werden einst Deutschland ausräuchern, wie wir neulich das Kino ausgeräuchert haben. Dann werden wir ganz legal die Köpfe rollen lassen, die für die heutige Schande verantwortlich sind.«[100]

In Österreich spielten sich ähnliche Szenen ab wie in Deutschland, als der Film in die dortigen Kinos kam. Finanzskandale (der Zusammenbruch der Creditanstalt) und Regierungskrisen stürzten das Land in ein mittelschweres Chaos. Die österreichischen Nationalsozialisten und die rechtsradikale Heimwehr nutzten die Stunde, riefen zum Sturz der bürgerlichen Regierung auf und forderten den Anschluß an ein faschistisches Deutschland. Ebenso wie ihre Vorbilder im Reich organisierten sie Massenproteste gegen den Film, störten die Aufführungen und erreichten am 2. Januar 1931 schließlich auch in Wien ein Verbot. Mussolini verbannte den Film am 7. Juni 1931 aus den italienischen Lichtspielhäusern.

Es half in dieser aufgeheizten und weit über die eigentliche Sache hinausgehenden politischen Kampfatmosphäre im übrigen nicht, daß Laemmle mit einer entschärften Synchronfassung auf den deutschen Kinomarkt ging. Sie war um 15 Minuten kürzer. Mehrere Szenen – die Drill-Schikanen auf dem Kasernenhof, die Verweigerung der soldatischen Ehrenbezeugung durch Paul Bäumer, einige seiner Erlebnisse während eines Heimaturlaubes – wurden gestrichen. Der Vergleich der Synchronfassung mit dem Original zeigt, daß die Produzenten bemüht waren, die Antistimmung in Deutschland durch das Herausnehmen von Szenen und Dialogen, die das »Ehrgefühl« der deutschen Militärseele besonders trafen, zu berücksichtigen. Und es paßt zur deutschen Mentalitätsgeschichte, daß in diesem Land erst 1984 in einer Rekonstruktion des ZDF der vollständige Film zu sehen war.

Durch das Aufführungsverbot hatten nur sehr wenige Deutsche die Gelegenheit, sich ein eigenes Urteil zu bilden. Dieser Umstand trug entscheidend zum Propagandaerfolg der Nazis bei. Da half es wenig, daß Theodor Wolff sich im »Berliner Tageblatt« redlich bemühte, Aufklärung zu betreiben: »... wer behauptet, daß dies ein ›Hetzfilm‹ sei, lügt unverschämt, und wer sagt, daß er den deutschen Soldaten in einem schlechten Lichte zeige, spricht bewußt oder unbewußt die Unwahrheit.«[101] Solche Stimmen der Vernunft gingen in der von den Radikalen erzeugten hysterischen Atmosphäre unter. Die Niederlage des demokratischen Lagers ließ sich auch nicht dadurch verdecken, daß das Filmverbot am 2. September 1931 wieder aufgehoben wurde. Carl von Ossietzkys Diagnose war bittere Realität: »So hat sich also wieder ein echtes republikanisches Drama entwickelt: ein Staat, der sich selbst verläßt und denen, die ihn verteidigen wollen, den Arm lähmt durch das Bild seiner Jämmerlichkeit. Der Fascismus hat seinen ersten großen Sieg nach dem 14. September errungen.«[102]

Remarque hatte den Film vorab in einer Sondervorstellung in Osnabrück gesehen, wohin er Anfang Dezember zurückgekehrt war, um unter Qualen an »Der Weg zurück« weiterzuarbeiten. Zwischen seinen beiden Romanen schrieb er Ende 1929 und Anfang 1930 einige Kurzgeschichten, von deren Existenz bis Anfang der neunziger Jahre keine Notiz genommen wurde. Ende März 1930 erschien im vielgelesenen amerikanischen »Collier's Magazin« seine Erzählung »The Enemy«. Im August und September folgte in der Zeitschrift der Abdruck von zwei weiteren Geschichten (»Silence« und »Where Carl had fought«). Die Ausgaben vom 21. November bis 5. Dezember 1931 enthielten abermals drei Kurzgeschichten Remarques (»Josef's Wife«, »Annette's Love Story« und »The Strange Fate of Johann Bartok«). Alle sechs Erzählungen behandeln ähnliche Themen wie die beiden Romane. Geschichten über den Krieg und seine Folgen sind es, glänzend geschrieben, lapidar im Ton, das humanistische und antimilitaristische Engagement des Autors erneut unterstreichend. Künstlerisch sind einige von ihnen vom Rang der »short stories« der von Remarque so geschätzten amerikanischen Kollegen Hemingway und Fitzgerald.

Um so erstaunlicher, daß sie zu seinen Lebzeiten nie in ihrer Originalsprache erschienen sind und erst 1993 wiederentdeckt und veröffentlicht wurden.[103] Die amerikanische Fassung mußte ins Deutsche rückübersetzt werden, da die Urmanuskripte unauffindbar sind. Ihr Erscheinen wurde als kleine literarische Sensation empfunden, und die Erzählungen stießen – über zwanzig Jahre nach dem Tod des Autors – nicht nur in Deutschland auf großes Leserinteresse. Der schmale Band wurde innerhalb kurzer Zeit in mehrere Sprachen übersetzt.

Es waren Auftragsarbeiten. Remarque schloß mit der »United Press of America« im September 1929 einen Vertrag über die amerikanische Abdruck-Lizenz von »Der Weg zurück« und verpflichtete sich im Zuge dieser Vereinbarung zu »einer Serie von drei Artikeln aus Ihrer Feder, durchschnittlich je 1500-2000 Worte lang, die zum Gegenstand französische Schlachtfelder haben«.[104] Für jeden Artikel wurde ein Honorar von 1000 Dollar garantiert. In einem weiteren Vertrag wurden diese Konditionen festgehalten und die Zahl der zu liefernden Erzählungen auf sechs festgesetzt. In »Collier's« erschien auch »Der Weg zurück« als Fortsetzungsgeschichte. Vor Beginn des Romanabdrucks und danach wurden jeweils drei Erzählungen veröffentlicht. Die Amerikaner setzten mit diesem Vorgehen ganz offensichtlich auf den Remarque-Boom, der auch die Leser der Vereinigten Staaten längst erreicht hatte.

Überraschend ist, daß Ullstein die Kurzgeschichten nicht veröffentlicht hat. Die Dokumente geben keinen Aufschluß. Scheute Remarque davor zurück, in so kurzer Zeit mit neuen Texten auf den deutschen Markt zu gehen? War es die Rechtelage, die einen Abdruck in Deutschland verhinderte? Oder gab es bei Ullstein angesichts der verschärften politischen Lage die Sorge, sich vor dem Erscheinen des neuen Romans mit weiteren Remarque-Veröffentlichungen zu exponieren?

Die Intention der Erzählungen ist wiederum eindeutig: Die Figuren in seinen sechs Geschichten sind Opfer des Krieges. Der Krieg bricht in ihr Leben ein, die Schicksale und Begebenheiten, die Remarque pointiert schildert, zeigen seine Sinnlosigkeit, die moralische Veränderung, die er bei den Menschen auslöst. »Hier sah ich zum ersten Mal Gefangene, und zwar viele«, heißt es in »Der Feind«. »Ein plötzlicher Schock traf mich; gleich darauf mußte ich über mich selbst lachen. Mich hatte schockiert, daß sie Menschen waren wie wir selbst. Aber die Tatsache war..., daß ich einfach noch nie darüber nachgedacht hatte.«[105] In einer anderen Erzählung überlebt der Klempner und Installateur Johann Bartok zwar den Krieg, aber die Zeit an der Front und in der langen Gefangenschaft haben seine private Existenz vernichtet. In der fünften Geschichte sieht Annette den Geliebten und unmittelbar nach der Trauung ins Feld ziehenden Ehemann als Helden, der in »kühnen Angriffen« für das Vaterland kämpft, und erst nach seinem Soldatentod erkennt sie, »was der Krieg eigentlich gewesen war«.[106] Eine andere Titelfigur, Karl Broeger, besucht nach dem Krieg den Ort der Grabenkämpfe, an denen er teilgenommen hat, und steht vor dem Denkmal für die Gefallenen: »Nur eines haben sie ausgelassen: Nie wieder. Das fehlt.«[107] Der Landwirt Josef Tiedemann schließlich (»Josefs Frau«), wurde in einem Schützengraben verschüttet und hat sein Gedächtnis verloren. Erst als ihn seine Frau nach Jahren an die Stelle zurückführt, wo sein Unglück begann, gewinnt er sein Gedächtnis zurück. Sich erinnern, das Verdrängen aufheben, das ist die Botschaft, die Remarque den Lesern vermitteln will.

Anfang des Jahres 1931 ist eine Besonderheit zu vermerken. Die Debatte über den verbotenen – und dann wieder zugelassenen – Film »Im Westen nichts Neues« bleibt ein vielbeachtetes Thema. Am 26. Januar findet im Berliner Bach-Saal eine Protestveranstaltung der Deutschen Liga für Menschenrechte statt. Die Besetzung ist prominent. Es sprechen Heinrich Mann, Käthe Kollwitz, Carl Zuckmayer und andere. Der Tenor ist eindeutig: Der Film, so die Diskussionsteilnehmer, gebe nur ein schwaches Bild von dem tatsächlichen Geschehen an der Front ab. Das Besondere – Remarque-Forscher Thomas Schneider spricht »von der Sensation des Abends« – ist aber, daß eine schriftliche Erklärung von Remarque verlesen wird. Nach Monaten greift der Autor zum ersten Mal auf einer öffentlichen Kundgebung in die Auseinandersetzung ein: »Ich habe lange nach einer Erklärung dafür gesucht, wie es möglich ist, daß Menschen, die den Krieg mitgemacht haben, schon heute, zwölf Jahre später, so völlig verschiedener Ansicht über die Wirklichkeit des Krieges sein können. Zweifellos bekommen selbst die furchtbarsten Erlebnisse durch die Tatsache, sie überwunden zu haben, noch etwas vom Glanz eines heroischen Abenteuers. Niemand wird die ungeheure Leistung der deutschen Soldaten herabsetzen können und herabsetzen wollen. Aber es muß mit aller Entschiedenheit dagegen Front gemacht werden, die Erinnerung an diese Leistungen jetzt einseitig zu benutzen, den

Krieg zu verherrlichen und darüber den grenzenlosen Jammer zu verkleinern, den er geschaffen hat.«[108] Das sind keine taktischen Formulierungen mehr, sondern Sätze, die genauer als alle Interview-Äußerungen auf die »Tendenz« des Romans hinweisen. Keine Verunglimpfung der Menschen, die an der Front kämpften und starben, aber ein Appell gegen jede »Verherrlichung« dessen, was zwischen 1914 und 1918 geschah.

Trotz dieses überraschenden öffentlichen Einwurfs versucht Remarque, sich weiterhin den Diskussionen um seine Person zu entziehen. Er reist auch in diesem Jahr viel, schreibt einige der bereits erwähnten Kurzgeschichten für das amerikanische Magazin, und am 30. April erscheint die Buchausgabe von »Der Weg zurück«. Der Autor ist in Südfrankreich – teilweise mit Jutta, teilweise mit Ruth Albu. Er ist in Noordwijk aan Zee – mit Brigitte Neuner. Er ist in Heidelberg – mit Ruth Albu. Er ist in Rothenburg ob der Tauber – wer bei ihm ist, wissen wir nicht. In Monte Carlo ist er Zuschauer beim »Grand Prix Automobile de Monaco« und Besucher der Spielbank. In Cannes und Cap d'Antibes genießt er einen mondänen Badeurlaub. In Leiden hat er einen Autounfall ohne größere Folgen.

Aber es ist wie immer: Das unruhige Reise- und Liebesleben befriedigt ihn nicht, löst vielmehr eine Krisenstimmung aus. Der Schriftsteller Emil Ludwig erhält im Juni 1931 von der holländischen Nordseeküste melancholische und selbstanklagende Zeilen: »Ich lebe seit zwei Jahren in schweren Depressionen und Verzweiflungsanfällen, ich flüchte vor den Menschen, vor mir selbst und vor dem Leben – ich möchte etwas Geschlossenes, Klares, Positives werden, aber es ist schwer und manchmal glaube ich, es sei zu spät ...«[109] Hinter diesen Sätzen steht der ihn ständig plagende Selbstvorwurf mangelnder Arbeitsdisziplin. Im Frühjahr hat er mit der Niederschrift eines neuen Romans begonnen. Er ist mit der Arbeit unzufrieden, weiß nur zu genau, daß er durch die vielen Reisen und die nächtlichen Trinkgelage mit zu großen Unterbrechungen und wenig konzentriert am Schreibtisch sitzt. Schuldgefühle und Zweifel an seinem künstlerischen Vermögen sind es, die diese Depressionen auslösen. Das Manuskript trägt die Überschrift »Pat«. Bald wird er es total umschreiben, und die endgültige Fassung erscheint erst sechs Jahre später unter dem Titel »Drei Kameraden«.

Die politische Lage in Deutschland trägt ebenfalls nicht dazu bei, seine Stimmung zu heben. In der zweiten Jahreshälfte 1931 zeichnet sich das Scheitern der Regierung Brüning immer deutlicher ab. Im Juli kommt es zum großen Bankenkrach, Ende des Jahres gibt es 5,6 Millionen Arbeitslose, das Kabinett kann nur noch mit Notverordnungen überleben, Kommunisten und Nationalsozialisten liefern sich erbitterte Straßenkämpfe. Auch in den bürgerlichen Parteien wird der Ruf nach einer autoritären Staatsführung immer lauter.

Es ist vor allem Ruth Albu, die Remarque vor dem Kommenden warnt, ihn drängt, das Land zu verlassen. Sie reisen gemeinsam in den Tessin und suchen ein neues Schriftstellerdomizil. Sie finden es wenige Kilometer von Ascona entfernt. An den Berg schmiegt sich das Haus, der Blick von der großen Terrasse fällt auf den Lago Maggiore und zwei kleine Inseln, »Isole di Brissago«, wo sich der einstige Warenhausbesitzer und jetzige Aussteiger Max Emden ein kleines Schloß eingerichtet hat. Links liegt im Dunst der Berge und des Sees das idyllische Ascona, rechts überragt ein »italienischer« Kirchturm das Dorf Ronco. Die Sonne des Südens, das Blau des fernen Mittelmeeres liegen über dieser zauberhaften Landschaft. Für 80 000 Franken kauft Remarque die Villa. »Casa Monte Tabor« lautet die Adresse, und hier lebt der Autor fast vierzig Jahre, mit vielen, auch sehr langen Unterbrechungen. Er wird die Villa erst für immer verlassen, als der Krankenwagen ihn nach Locarno fährt.

Die Frauen sollen das Haus einrichten, während Remarque in Berlin ist. Ruth Albu und Jutta Zambona kaufen großzügig ein, Möbel, Wäsche, Haushaltsgegenstände. Etwas peinlich dabei ist, daß er sie für diesen Dienst getrennt bestimmt, die Damen von der doppelten Auftragserteilung aber nichts ahnen. Er mag das lustig gefunden haben, Jutta Zambona findet es nicht, als sie es bemerkt. Ein Spieler bleibt er, lacht über seine Späße, hält die verschiedenen Personen und Kreise, die in seinem Leben eine Rolle spielen, stets gerne getrennt, was ihn wohl auch ein wenig geheimnisvoll machen soll.

Im April 1932, neun Monate, bevor in Deutschland Hitler die Macht übernimmt, hat Remarque in Porto Ronco seinen neuen, ständigen Wohnsitz. Er ist kein Emigrant im klassischen Sinn. Er muß nicht bei Nacht und Nebel über die Grenze fliehen, wie bald Hunderttausende seiner Landsleute, darunter fast die gesamte Kulturelite der Weimarer Republik. Er verliert auch nicht sein Vermögen, sondern transferiert es rechtzeitig in die Schweiz. Aber bald bleibt auch ihm Deutschland verschlossen. Nach dem 30. Januar 1933 ist sein Leben nicht weniger bedroht als das seiner jüdischen und politisch links orientierten Kollegen. Die Nazis haben den Autor nicht vergessen, der das berühmteste antimilitaristische Buch der zwanziger Jahre geschrieben hatte. 24 Stunden, bevor die braunen Aufmärsche den Triumph ihres »Führers« feiern, am 29. Januar 1933, steigt Remarque in seinen Lancia – der Autor war für einige Wochen wieder in Berlin gewesen – und fährt ohne Halt durch, bis er die Schweizer Grenze passiert hat. Fast zwanzig Jahre dauert es, bis er Deutschland wiedersieht, gelebt hat er dort nie mehr. Remarque wird zum Weltbürger.

KAPITEL 6

»Wann geht Europa zugrunde?«

(1932 – 1939)

Im sonnendurchfluteten Delta des Flußes Maggia liegt die Bucht von Ascona. Umgeben ist sie von steilen, häufig schneebedeckten Bergen, die den weiten, grünfarbigen See einrahmen. Wolkensilhouetten huschen über die Wasseroberfläche, Himmel und Wellen vollziehen ihr graziöses Wechselspiel. Ascona ist Anfang der Dreißiger noch immer das kleine Fischerdorf, das es immer war. Die Piazza, die sich sanft am Ufer hinzieht, liegt verschlafen und idyllisch am Fuße der Wohnsiedlung. In den engen Gassen spazieren Einheimische und Gäste entlang der ockerfarbigen Steinwände gemächlich im angenehm kühlen Schatten. Treppen weisen den Weg zu den in die Bergwände gebauten Häusern. Hinter den Mauern und Torbögen liegen liebliche Gartenoasen, kühle Brunnen, von dorther weht der Geruch nach südlichen Weinen. Einige Hotels und Cafés – mehr gibt es nicht. Hier wird ohne Hast gelebt. Eine Autostunde entfernt liegt schon Mailand. Ascona gehört zur Schweiz, aber Italien bestimmt den Lebensrhythmus seiner Bewohner. Das Klima ist ohne schroffe Sommer-Winter-Gegensätze, im Frühjahr entfaltet die Natur einen paradiesischen Farbenrausch. Weiße und violette Rhododendren, der gelbe Ginster, ein duftendes und hundertfarbiges Blumenmeer verwandeln die Landschaft in ein impressionistisches Gemälde. Im Spätherbst kommt der Regen, manchmal wochenlang. Der See versinkt in Wasserfluten, die Berge sind dann nur noch zu ahnen, eine melancholische Erinnerung an Jugend, Sonne und trunkenes Lebensglück.

Manchen hat es dorthin gezogen. Um die Jahrhundertwende kamen die ersten zivilisationsmüden »Aussteiger«. Langhaarige Jünglinge und Gesundheitsapostel waren es, Naturapologeten, Vegetarier und etwas skurrile Anhänger einer Rechtschreibereform. Der Antwerpener Fabrikantensohn Henri Oedenkoven gründete ihre Siedlung auf dem »Monte Verità«. In Holzhäusern lebten sie dort, kaltes Wasser und die Nacktkultur propagierend. Die Einwohner unten im Dorf lächelten über das, was sich da oberhalb ihres Gemeinwesens tat. Sie nahmen es hin, weil das Leben nun einmal seltsame Auswüchse erzeugt.

1904 kam ein damals noch völlig unbekannter Mann aus München dorthin. Auf seiner mehrjährigen Reise durch Europa lebte er einige Zeit in Ascona. Später wurde er ein sanfter und idealistischer Anarchist, ein Dichter und Bänkelsänger gegen Gewalt, Unrecht und Unfreiheit. Dieser Mann, Erich Mühsam, schrieb ein kleines Büchlein über Ascona und spöttelte über die Vegetabilisten auf dem »Monte Verità«. Er wollte eigentlich ganz dort bleiben, jedoch »... nicht, weil ich in der vegetabilischen Lebenshaltung, wenn sie die Massen übernähmen, etwas Kulturförderndes erblicken könnte; auch nicht, weil ich die gewiss erfreuliche Erscheinung, daß die meisten hier bestehenden Ehen ohne Staats- und Pfaffenhilfe zustandegekommen sind, für einen überwältigenden Beweis der Weltentwicklung halte«. Er reiste wieder ab. Zum Glück für Ascona, denn immerhin empfand er diesen Ort als höchst geeignet, »zu einer Sammelstätte solcher Menschen, die infolge ihrer individuell gearteten Veranlagung ungeeignet sind, jemals nützliche Mitglieder der kapitalistischen menschlichen Gesellschaft zu werden«.[1] In Deutschland warfen ihn die wilhelminischen und die republikanischen Autoritäten später mehrfach ins Gefängnis, weil er die Revolution predigte und beim Versuch, in Bayern eine Räteregierung zu errichten, auf der Verliererseite stand. Ein deutsches Schicksal: Die Nazis erschlugen ihn in einem Konzentrationslager, weil dieser körperlich kleine, aber moralisch willensstarke Mann sich ihnen nicht beugen wollte.

Auch die Gräfin Franziska Reventlow tauchte in Ascona auf. In Schwabing, im Boheme-Kreis der großen und kleinen Talente, hatte sie gelebt. Die Scheinehe mit einem verlotterten, aber reichen Erbe aus östlichem Adelsgeschlecht, geschlossen am Lago Maggiore, die die Zukunft ihres geliebten und vaterlos aufwachsenden Sohnes sichern sollte, brachte weder Geld noch Glück. Die Gräfin lebte mittellos am schönen See, bis sie in Muralto nur 47jährig starb.

Emil Ludwig kam ebenfalls noch vor dem Ersten Weltkrieg dorthin. Dramatiker wollte er werden und schrieb in seinem Haus bei Ascona eine Vielzahl antiker Bühnenwerke. Es ging in ihnen zu wie bei Hugo von Hofmannsthal, nur hatte der Erfolg. Ludwigs Stücke wollte niemand lesen oder aufführen. Erst als er seine Biographien schrieb, über Goethe, Napoleon oder Wilhelm II., da wurde er ein Bestsellerautor und reich. In diesem Zustand der schriftstellerischen Glückseligkeit begegnete er dann Erich Maria Remarque, der sein Nachbar geworden war.

Viele skurrile und berühmte Persönlichkeiten wohnten für Monate, Jahre oder bis zu ihrem Tod in Ascona, Reiche und Gestrandete. Die Tänzerinnen Isadora Duncan und Mary Wigman, die russische Malerin Marianne von Werefkin und ihr Gatte Alexej von Jawlensky, der »Prinz von Theben«, die Lyrikerin Else Lasker-Schüler, die ihren lungenkranken Sohn dort heilen lassen wollte, der sagenhaft reiche Baron Eduard von der Heydt und Max von Emden. Der Zauber des Ortes und der Tessiner Landschaft, das ausgeglichene Klima, die Nähe zu Italien, Traumland der Deutschen nicht erst, seit Goethe dort weilte, hatte sie angezogen. Preiswert lebte es sich damals dort auch noch. Die Alteingesessenen waren tolerant, und sie fanden, daß die mondäne Welt ihrem Ort gar nicht schlecht stand, als in den Dreißigern neue Fremdlinge kamen und lange blieben. Noch viel später, Hitler war endlich besiegt, kauften oder bauten sich die Schriftsteller und Journalisten Hans Habe und Heinz Liepman ihre Häuser, Walter Feilchenfeldt behielt in Ascona seinen Zweitwohnsitz, Walter Mehring lebte schließlich in einem nahen Altersheim, Max Frisch tauchte häufig im Ort auf.

Für Remarque wurde Ascona so etwas wie eine Heimat. Er haßte zwar die Einsamkeit, wenn ihn ein neuer Roman an den Schreibtisch zwang, aber er liebte den Blick auf den See und die Berge. Bald hatte er seinen Stammplatz im Café Verbano oder im Hotel »Schiff«, wo er bis in die Morgenstunden mit Wirt und Gästen trank und plauderte. Auf den »Monte Verità« stieg er hoch, wo jetzt das Hotel »Semiramis« stand, um zu essen, zu feiern, zu trinken. Frühaufsteher konnten ihn dann auf der Piazza entdecken, wo er sich ungestört rasieren ließ. Gelegentlich endeten die Nächte auch im Cabaret, wo die Damen nicht nur sangen und spielten. Freundschaften verbanden Remarque mit Galeristen und Buchhändlern des Ortes. Er besuchte ihre Geschäfte, fachsimpelte über Kunst oder die Schönheit einer wertvollen antiken Skulptur. Die Kunst- und Buchhändler kamen auch in sein Haus und saßen mit ihm an dem großen Steintisch auf der Terrasse. Der Hausherr holte eine Flasche aus seinem exquisiten und gut sortierten Weinkeller, und die fröhliche Runde löste die Weltprobleme. Manchmal stand eine römische Terrakottafigur vor ihnen, überstrahlt von der mediterranen Sonne. Erst, wenn der Gastgeber sah, wie die Formen einer spärlich oder gar nicht bekleideten steinernen Römerin im Tageslicht wirkten, entschied er über den Kauf.

Keine Luxusvilla war es, wie mancherorts zu lesen ist. Wunderschön gelegen, aber ziemlich klein und, was die Lage der Räume und Badezimmer betrifft, unpraktisch und verquer gebaut. Herrlich der große Kaminraum mit den Bücherregalen, der ausladenden Sitzgarnitur und dem mächtigen Schreibtisch, an dem Remarque arbeitete. An den Wänden hingen Bilder von van Gogh, Cézanne, Degas und Renoir, die Parkettböden waren mit wertvollen alten Teppichen belegt, meist doppelschichtig, weil sie sonst nicht mehr unterzubringen waren. Auf dem Arbeitstisch, in den Regalen und auf den Kommoden sammelten sich die antiken Figuren, Plastiken und Vasen. Welche Frau auch immer bei ihm lebte, sie hatte stets ihr eigenes Schlafzimmer. Das blieb auch so, als Paulette Goddard einzog, die Hausherrin von »Casa Monte Tabor« in Remarques letzten Lebensjahren. Der Lancia stand in der unten an der Uferstraße in den Fels gehauenen Garage. Die Katzen und Hunde gehörten zum Hausinventar. Der Garten, eine grüne Märchenwelt, fiel schmal und steil zum See herab, wo ein kleiner Steg zum Sonnen und Baden lockte und ein Boot lag, das ihn gelegentlich hinüber zu Max Emden auf die »Isole de Brissago« brachte. Sie tranken dort bis zur Morgendämmerung und stritten, wessen van Gogh der schönere sei.

Remarque lebt in Porto Ronco, zehn Minuten von Ascona entfernt, bis zum September 1939. Dann geht er in die Vereinigten Staaten und kehrt erst neun Jahre später, am 1. Juni 1948 nach Porto Ronco zurück. Hier bleibt er, von vielen längeren Reisen unterbrochen, bis zu seinem Tod. Er ist dort, soweit es ihm überhaupt möglich war, glücklich geworden. Emil Ludwig notierte einmal: »Die Leute, die ihn teils beneiden, teils verleumden, kennen ihn nicht auf dem

Lande, und doch habe ich ihn hier, als meinen Nachbarn am Lago Maggiore, am anmutigsten und auch glücklich gefunden ... In Hollywood dagegen habe ich ihn nur so zerstreut wie die anderen leben sehen, und mit steigenden Jahren vergräbt er sich nur immer mehr in seine Einsamkeit, auch wenn sie beständig von Frauen und Cocktails belebt ist.«[2]

Bevor Krankheit und Alter ihn zu einer Änderung seiner Lebensweise zwingen, fühlt er sich jedoch regelmäßig nach einigen Monaten in seinem Haus und dem kleinen Ort eingeengt, zieht es ihn zunächst nach Paris, in die Staaten oder nach Venedig, in schicke Kur- oder Badeorte, wie St. Moritz und Antibes, in den fünfziger und sechziger Jahren ist Remarque dann häufig und lange in Rom. Die »Casa Monte Tabor« war für fast vier Jahrzehnte ein Fluchtpunkt, an den er sehnsuchtsvoll dachte, wenn er fern davon in Hotelzimmern, in Nachtbars oder Restaurants saß. Kaum umfängt ihn die Arbeitseinsamkeit am Lago Maggiore, träumt er vom Leben draußen in der Welt. Seine Stimmung schwankt, wo immer er ist. Nach einem Gang durch seinen Garten, als ihn die Blumenpracht betört, er liebevoll mit seinen Hunden gespielt hat, notiert er: »... die reinste Freude ... – aber ist das genug? Wären Ziele nicht besser? Auch ohne Freude?«[3] Ein anderes Mal: »Gutes Wetter. Tagsüber gearbeitet. Man wird besser, wenn man arbeitet.«[4]

Zu den ersten Menschen, die er in seiner neuen Umgebung kennenlernt, gehört das Ehepaar Elga und Emil Ludwig. Ihr Sohn Gordon schreibt später, es »entwickelte sich bald beiderseits eine große Kollegialität und Achtung. Dutzende Male suchten sich die beiden Schriftsteller auf, mit und ohne Gattinnen, und zumeist zogen sich diese Besuche bis tief in die Nacht hinein.«[5] Ludwig ist lebhaft und politisch engagiert. Er verehrt Mussolini, der ihn zu einem großen Interview empfangen hat, und es wird darüber mit seinem Nachbarn manch heftige Debatte gegeben haben. »Es war wunderschön bei Ihnen«, bedankt Remarque sich nach einer solchen trink- und redfreudigen Nacht artig bei Ludwigs Frau. »Ich bin nur etwas besorgt, zu lange geblieben und zu laut gewesen zu sein.«[6] So freundlich geht es im Tagebuch nicht zu. Remarque reagiert, wie so häufig, wenn er seine Abende und Begegnungen reflektiert, ungerecht und nervös. »Gestern abend Ludwig und Frau«, heißt es am 20. März 1937. »Brauchte einen Tag um mich zu erholen. Von Ludwig und seiner Frau. Wenn die Basis eines Lebens Ehrgeiz und Eitelkeit sind, wird man mit Begabung und Fleiß höchstens ein guter Schriftsteller, niemals ein erträglicher Mensch.«[7]

Er lernt in Ascona den bei Wien lebenden Schriftsteller Jacob Wassermann kennen, dessen in den Weimarer Jahren so erfolgreichen Romane er schätzt. Eine Beziehung, die jedoch schon bald der Tod abbricht, denn Wassermann stirbt Anfang 1934.

Aus Deutschland kommen nicht nur schlechte politische Nachrichten, sondern auch die Behörden machen Ärger. Gegen Remarque läuft ein Verfahren wegen Devisenvergehens. Der Autor soll gesetzeswidrig Geld in die Schweiz transferiert haben. Außerdem habe er unrechtmäßig einen Zweitwohnsitz in Holland, was völlig aus der Luft gegriffen ist. Hintergrund ist die drastische Devisenzwangswirtschaft, die infolge der Wirtschaftskrise schon vor Jahren eingeführt worden ist. Deutsche dürfen nur einen begrenzten Geldbetrag in Devisen umwechseln oder ausführen. Bei den Honoraren, die Remarque einnimmt, hat er die Höchstsumme durch Überweisungen auf seine Schweizer Konten zweifellos überschritten. Das Amtsgericht Berlin-Mitte erläßt im August 1932 einen Strafbefehl: 30 000 Reichsmark Geldstrafe oder 60 Tage Gefängnis. Remarques Konten bei der Berliner und Darmstädter Nationalbank werden beschlagnahmt. Sein Anwalt Max Lion verhandelt, und nun heißt es, er habe die vom Gesetzgeber erhobene Krisensteuer für das Jahr 1931 nicht bezahlt. Remarque überweist schließlich im August 33 000 Reichsmark an die deutschen Finanzbehörden. Der Abschied aus Deutschland wird ihm leichtgemacht. In finanziellen Dingen verliert er ohnehin oftmals den Überblick. »Kürzlich habe ich eine Aufstellung meiner Ausgaben im letzten Jahre gemacht«, meldet er im August 1932 Ruth Albu, »man hat sie verlangt. Ich konnte sie natürlich nur lückenhaft machen, denn wann hätte ich was von meinem Gelde gewußt ...«[8]

Im Oktober ist er in Rom, dann wieder in Berlin. Von Brigitte Neuner ist nichts mehr zu hören, Ruth Albu erreichen noch liebevolle Botschaften, aber er schwankt auch in dieser Beziehung. »Es ist schwer, Dir zu antworten. Was soll ich auch sagen? Worte verderben immer nur alles. Ich kann sagen: ich weiß es nicht, – ich kann sagen: ich habe das Gefühl, auf einer Eisscholle zu treiben, die langsam schmilzt, – ich kann sagen: vielleicht bin ich unglücklich –, aber ich will es nicht wissen, – ich kann sagen: ja, ich bin haltlos und müde und habe doch noch nicht einmal begonnen, – ich kann sagen: ja, vielleicht kann ich nicht lieben, aber wer wünschte mehr als ich, es zu können, – ich kann sagen: ja, geh weg von mir, mach Dich los, ich tauge nicht für einen Menschen, der ungestüm und unbedenklich sich einsetzt und sich hineinwirft, ich bin halb, ich bin nie ganz da, ich bin zu wenig, ich nehme nur und gebe nichts – ... Ja, ich kann nicht so lieben, wie Du es willst und brauchst ...«[9] Das kann nicht gut gehen und tut es auch nicht. Er entscheidet nicht gern in seinen Beziehungen, liebt schwebende Zustände, flüchtet sich in Selbstanklagen, die nur verdecken sollen, daß er keine Bindungen will, die ihm Fesseln anlegen, Verantwortung abfordern, gar eine Änderung seiner Lebensweise erzwingen könnten. Die Briefe an Ruth Albu stehen da nicht allein. »Ich bin ausgewichen, wo ich konnte; – ach, ich wollte nicht hinein in dieses sonderbare Versagen, in dieses Zwielicht, ich wollte Klarheit und Glück, ich wollte leben. Aber jetzt sehe ich manchmal, daß dieses unerbittliche Abgleiten vielleicht nur eine Vorbereitung ist: auf die kahlen, trostlosen Gipfel der Arbeit. Ich hasse sie: sie hat mir alles zerschlagen, sie hat mir die Wärme genommen, sie nimmt mir die Wenigen, die mich lieben, sie drängt sich hinein in mein Dasein, ohne daß ich an sie und mich glauben kann ...«[10]

Das Verhältnis bleibt noch einige Zeit intim, aber im Spätsommer 1932 ist es beendet. Jutta Zambona ist eifersüchtig, und Ruth Albu versteht nicht, daß er sich von seiner geschiedenen Frau nicht lösen kann. Er will Kavalier bleiben, kann so richtig niemanden kränken, sucht die Schuld bei sich und trinkt besonders viel. Remarquesche Lebenssituationen. 1933 muß Ruth Albu Deutschland verlassen, geht nach England, dann in die Vereinigten Staaten. Er trifft sie im Mai

1936 noch einmal in Wien, sie ist dann wieder verheiratet, er an der Seite einer neuen Geliebten, die im Tagebuch mit dem Initial E. auftaucht (es ist Margot von Opel, die er später auch in New York wiedertrifft). Der Kontakt bleibt, Remarque und die kluge Ruth sehen sich mehrfach während seiner Amerikazeit, sein letzter Brief erreicht sie 1967.

Die literarische Hauptarbeit in diesem Jahr 1932 ist der Roman »Pat«. Auf den Tag, als Hitler bei Hindenburg erscheint und dieser ihm das Kanzleramt anträgt, ist die erste Fassung beendet. Remarque ist unzufrieden, von den üblichen Selbstzweifeln geplagt, legt das Manuskript in die Schublade. In den nächsten Monaten stehen andere Dinge im Vordergrund.

Als Remarque im Januar 1933, aus Berlin kommend, – wir erwähnten es schon – die schweizerische Grenze überschreitet, wird es Nacht in Deutschland. Durch das Brandenburger Tor ziehen die johlenden und singenden Massen unter düsterem Fackelschein und dumpfen Trommelklängen an ihrem Führer vorbei, der auf dem Balkon der Reichskanzlei seine Anhänger grüßt. Goebbels schreibt am Abend des 30. Januar in sein Tagebuch: »Es ist fast wie ein Traum. Die Wilhelmstraße gehört uns.«[11]

Die neuen Herren halten ihr Versprechen und lassen »Köpfe rollen«. Wenige Stunden nach der Machtübernahme stürmen die SA-Horden Parteibüros und Wohnungen. Tausende werden ohne jede Rechtsgrundlage verhaftet, in die Gefängnisse geworfen, gefoltert oder ermordet. Viele können noch nicht glauben, daß Hitler wahr macht, was er angekündigt hat. Einige, wie Thomas Mann, Ernst Toller oder Oskar Maria Graf, gehen in den ersten beiden Februarwochen auf Vortragsreisen ins Ausland, Lion Feuchtwanger ist schon seit November auf Lesetour in den USA, Arnold Zweig oder Leonhard Frank zögern, wollen noch nicht wahrhaben, daß eine Kulturnation zum Terrorstaat verkommen kann. Heinrich Mann löst am 21. Februar in Berlin eine Fahrkarte bis Frankfurt am Main und reist von dort am nächsten Tag nach Straßburg.

In der Nacht des 27. Februar brennt der Reichstag. Die Nationalsozialisten nutzen ihre Stunde. Am Tag darauf setzen sie, die für den

Brand die KPD verantwortlich machen, im Reichstag die Notverordnung zum »Schutz von Volk und Staat« gegen »Verrat am deutschen Volk und hochverräterische Umtriebe« durch. Die Menschenjagd ist eröffnet. Zu den ersten Verhafteten gehören der »Weltbühne«-Leiter Carl von Ossietzky und Erich Mühsam, viele führende Kommunisten, Sozialdemokraten und Gewerkschafter. Hunderte entkommen den Nazi-Greiftrupps in letzter Sekunde und fliehen unter häufig abenteuerlichen Umständen über die Grenze. Arnold Zweig geht über die schneebedeckten Berge in die Tschechoslowakei, Bertolt Brecht übernachtet mit Helene Weigel in einer fremden Wohnung, die ihnen sein Verleger Peter Suhrkamp besorgt hat, und in den frühen Morgenstunden des 28. Februar reisen sie mit dem Zug von Berlin nach Prag. Die Schriftsteller Franz C. Weiskopf und Bruno Frank sitzen im gleichen Abteil. Anna Seghers und ihr Mann gehen ebenfalls am Tag nach dem Reichstagsbrand in die Schweiz, ihre Kinder sind noch in Mainz. Auch Alfred Döblin gelingt es, Zürich zu erreichen. Andere scheitern, werden in ihren Wohnungen oder in den Zügen verhaftet. Im April kommt es zu Boykotten gegen jüdische Geschäfte, die ersten Konzentrationslager werden provisorisch errichtet.

Nur wer Geld hat, kann sich in der Schweiz ohne behördliche Bedrängnisse oder gar Verfolgungen niederlassen. Thomas Mann wird mit offenen Armen aufgenommen, Remarque hat zwar bei seinen Auslandsreisen später Paßprobleme, bleibt aber in Porto Ronco ansonsten unbehelligt. Else Lasker-Schüler, Alfred Döblin, Bertolt Brecht oder Anna Seghers müssen weiterziehen, denn sie sind mittellos. Robert Musil überlebt nach seiner Flucht aus Österreich in der Schweiz nur mit Hilfe von finanziellen Zuwendungen seiner Kollegen. Ganz zu schweigen von den Namenlosen, die in den zwölf Jahren, in denen ihnen ihre Heimat verschlossen bleibt, zwischen die Räder einer herzlosen Bürokratie geraten.

Remarque hilft. Er nimmt durchreisende Flüchtlinge in seinem Haus auf und gewährt ihnen finanzielle Unterstützung. Ernst Toller und Bruno Frank besuchen ihn. Auf seinem Grundstück wird Anfang Mai der jüdische Journalist Felix Manuel Mendelssohn tot aufgefunden, und sofort macht das Gerücht die Runde, Hitlers Mordbuben hätten dabei ihre Hand im Spiel gehabt. Schweizer Zeitungen berichten über diesen Fall, Thomas Mann notiert in seinem Tagebuch: »Neues über Scheußlichkeiten u. Moritaten in Deutschland u. sogar außerhalb. Der tödlich ›verunglückte‹ junge Mendelssohn, den man wahrscheinlich für Remarque gehalten.«[12]

Am 10. Mai brennen im Land der Dichter und Denker vor den Universitäten hohe Scheiterhaufen. Grölende Studenten werfen Bücher in die Feuer und belegen die einzelnen Titel mit martialischen Sprüchen: »Gegen literarischen Verrat am Soldaten des Weltkrieges! Für Erziehung des Volkes im Geist der Wehrhaftigkeit! Ich übergebe der Flamme die Schriften von Erich Maria Remarque!« Emil Ludwig berichtet von dieser makabren Stunde deutscher Selbstentlarvung: »In der Nacht der öffentlichen Bücherverbrennung ... lud ich meinen Freund Erich Maria Remarque ein, um ein Glas mit mir zu trinken. Wir entkorkten unseren ältesten Rheinwein, drehten das Radio an und lauschten dem Knistern der Flammen, den Reden Hitlers und seiner Anhänger – und tranken auf die Zukunft.«[13]

Es ist eine Ehrenliste deutschen Geistes, deren Repräsentanten hier an den Pranger gestellt wird. Sie reicht von Karl Marx bis Karl Kautsky, von Sigmund Freud bis Albert Einstein, von Heinrich Mann bis Lion Feuchtwanger, von Alfred Kerr bis Theodor Wolff, von Kurt Tucholsky bis Carl von Ossietzky. Joseph Goebbels gibt an diesem denkwürdigen Tag in der deutschen Geistesgeschichte die Losung aus: »Das Zeitalter des überspitzten jüdischen Intellektualismus ist nun zu Ende.«[14] Oskar Maria Graf aber schreibt am 15. Mai in der Saarbrücker »Volksstimme«: »Ich habe ... mein Heim, meine Arbeit und – was vielleicht am schlimmsten ist – die heimatliche Erde verlassen müssen, um dem Konzentrationslager zu entgehen. Die schönste Überraschung aber ist mir erst jetzt zuteil geworden. Laut ›Berliner Börsencourier‹ stehe ich auf der weißen Autorenliste des neuen Deutschland, und alle meine Bücher, mit Ausnahme meines Hauptwerkes ›Wir sind Gefangene‹, werden empfohlen! Ich bin also dazu berufen, einer der Exponenten des ›neuen‹ deutschen Geistes zu sein! Vergebens frage ich mich, womit ich diese Schmach verdient habe ... Verbrennt die Werke des deutschen Geistes! Er selber wird unauslöschlich sein, wie eure Schmach!«[15]

Remarque schweigt. Dabei wird es lange bleiben. Er schreibt in den nächsten Jahren für keine der vielen kleinen Exilzeitschriften, die in Paris, London, Amsterdam oder Prag ihr kümmerliches Dasein fristen. Wie schon in der Endzeit der Republik findet sich unter keinem Appell oder Aufruf der antifaschistischen Organisationen seine Unterschrift. Mitte der dreißiger Jahre streitet das deutsche Exil leidenschaftlich über die »Volksfront«, ein Bündnis zwischen liberalem Bürgertum, Sozialdemokraten und Kommunisten, das sich dem europäischen Faschismus entgegenstellen soll. Heinrich Mann ist der intellektuelle Kopf dieser Bewegung, Lion Feuchtwanger verleitet die kontrovers ausgetragene Diskussion zu einer Pro-Stalin-Broschüre (»Moskau 1937«), die er nach einer Rußland-Reise 1936 veröffentlicht und die Leopold Schwarzschild im »Neuen Tagebuch« erbittert verurteilt. Europas intellektuelle Elite spaltet sich in dieser Frage. Remarque meldet sich nicht zu Wort.

Im Frühsommer 1935 ist er für einige Stunden Besucher des in Paris stattfindenden »Internationalen Schriftstellerkongresses zur Verteidigung der Kultur«. Zu den Rednern gehören André Gide, Romain Rolland, Aldous Huxley, Martin Andersen Nexö, Ilja Ehrenburg, André Malraux, Henri Barbusse, Louis Aragon, Boris Pasternak, Heinrich Mann, Bertolt Brecht, Lion Feuchtwanger, Robert Musil, Ernst Toller, Anna Seghers, Johannes R. Becher und Max Brod. In den fast hundert Diskussionsbeiträgen werden mehrfach Remarque und sein Kriegsroman erwähnt. Der Autor selbst, dessen beide Romane »Im Westen nichts Neues« und »Der Weg zurück« Ende 1933 im Dritten Reich verboten und beschlagnahmt worden sind, bleibt stumm.

Viele nahmen ihm dies übel. Kurt Tucholsky hatte bereits im Mai 1931 in einer Besprechung von »Der Weg zurück« angemerkt: »Auf Remarque als Kämpfer können wir nicht zählen, seit er sich von dem Kammerjäger Goebbels so leicht hat besiegen lassen.«[16] Carl von Ossietzky schrieb anläßlich des Filmverbots: »Wir kennen seine

Abneigung gegen öffentliches Hervortreten und teilen mit vielen andern die Schätzung eines über Nacht berühmt gewordenen Autors, der es ablehnt, sich herumreichen zu lassen und unter Salonkätzchen und Bankettaffen den Löwen zu spielen. Aber dieser so gut ertragene Ruhm bringt doch noch andre Verpflichtungen mit als solche gegen den guten Geschmack. Herr Remarque ... hätte nicht ... schweigen dürfen ... Herr Remarque hat im entscheidenden Stadium geschwiegen und sich damit selbst zu einer literarischen Ohnmacht degradiert.«[17]

Ossietzky stellte an sich selbst hohe moralische Ansprüche. 1932 ging er für seine Meinung ins Gefängnis, floh im Februar 1933 nicht, als es noch Zeit war, und bezahlte seine unbeugsame Haltung schließlich mit dem Leben. Bei einem solchen Mann konnte Remarques Verhalten nur auf Unverständnis stoßen.

Tucholsky dagegen war diesem viel ähnlicher, als ihm offenbar bewußt war. Ebenfalls von schweren Depressionen heimgesucht, litt auch er unter ständigen Zweifeln an seinen Arbeiten. Angeekelt von den politischen Zuständen in Deutschland, ging er schon 1927 nach Paris und lebte seit 1930 in Schweden. Er reagierte mit selbstverordnetem öffentlichen Schweigen, als die Republik ihrem Ende zuging, schließlich Hitler kam, und der Terror das Land überzog. Dem glänzenden Journalisten und Schriftsteller Tucholsky fehlte nicht etwa der notwendige Mut, sondern die Verzweiflung hatte ihn überwältigt. Im Dezember 1935 beging er Selbstmord. Vielleicht verstand er Remarques Haltung in seinen letzten Lebensjahren erheblich besser, als es in seinem »Weltbühne«-Artikel zum Ausdruck kam. In Tucholskys späten Briefen taucht Remarques Name nicht mehr auf. In den »Q-Tagebüchern« notiert er 1935 im Zusammenhang mit einer Meldung über die Ausweisung des Berliner Berichterstatters der Basler »Nationalzeitung«: »Wenn ich nicht irre, ist es derselbe Verlagsangestellte, der seine Artikel 33 mit einem kleinen Kreis zeichnete, ein Mann, dem man schon damals große Schwierigkeiten gemacht hat, was ihn nicht hinderte, mich einmal lausig anzugreifen ... schuld an den Zuständen, schrieb er, seien immerhin Kerr und Ludwig und Remarque (glaube ich), Feuchtwanger und ich.«[18]

Remarque wird sich mit vielen Wendungen in Interviews und Gesprächen auch in den Jahren nach 1933 über seine »unpolitische« Haltung äußern. »Politik verdirbt nur die Kunst«, sagt er im Mai 1936 einem ungarischen Journalisten, der ihn während seines Aufenthaltes in Budapest besucht. »Man soll Schriftsteller oder Reporter sein, der Schriftsteller soll Augen haben, er soll alles sehen, aber er darf nicht politisieren. Natürlich kommt es vor, daß er dann mit einem seiner Bücher Politik macht, aber das muß ohne seinen Willen erfolgen, denn eine Absicht dieser Art tötet die Kunst.«[19] Viele andere Autoren haben bewiesen, daß dies keineswegs immer so sein muß. Es hat nicht die Kunst von Thomas und Heinrich Mann, von Alfred Döblin, Bertolt Brecht oder Lion Feuchtwanger »getötet«, wenn sie sich in ihren Artikeln und Vorträgen zur aktuellen politischen Lage in Europa, speziell in Deutschland äußerten. Es ehrt diese und viele andere Exil-Autoren, daß sie sich in die Volksfront-Debatte einmischten, öffentliche Erklärungen zum Spanischen Bürgerkrieg abgaben oder immer wieder auf die Zustände im Dritten Reich hinwiesen.

Remarque bleibt in seinem literarischen Werk nach wie vor politisch, die Ereignisse, die seine Zeit erschüttern, verarbeitet er künstlerisch engagiert und von einem unbezweifelbar politischen Standort aus. Sein nächster Roman – »Drei Kameraden« (die Handlung spielt in den letzten Jahren der Weimarer Republik) – und die Bücher über das Leben im Exil, die dann erscheinen, besitzen eine Nähe zu Feuchtwangers Epos »Exil«, Anna Seghers »Transit« und »Das siebte Kreuz«, Arnold Zweigs »Das Beil von Wandsbek« oder Bruno Franks »Der Reisepaß«. Remarque hüllt seine Geschichten nicht in das Gewand des »historischen Romans«, wie Heinrich Mann (»Henri Quatre«-Romane«), Hermann Kesten (»Ferdinand und Isabella«), Lion Feuchtwanger (»Die Söhne«, »Der Tag wird kommen«, »Der falsche Nero«), Gustav Regler (»Die Saat«), Stefan Zweig (»Erasmus von Rotterdam«) oder auch Thomas Mann (Joseph-Romane), um die Gegenwart widerzuspiegeln. Remarque spricht die Unmenschlichkeit seines Zeitalters unmittelbar an, und seine Leser müssen nicht rätseln, wen und was er meint. Insofern beobachtet er auch nach 1933 sehr genau die Entwicklungen und reflektiert sie auf

Tausenden von Seiten. Die Zustände empören, erschüttern, bewegen, entsetzen ihn nicht weniger als diejenigen, die sich verpflichtet fühlen, über ihre künstlerische Arbeit hinaus den Weg der öffentlichen Einmischung zu wählen.

Gelegentlich, wenn auch bis in die Jahre des Zweiten Weltkriegs hinein höchst selten, tut Remarque dies doch. »Es gibt kein Beispiel guter Literatur unter einem autoritären Regime«, sagt er während eines Paris-Aufenthaltes 1938 zu einer französischen Journalistin. »Rußland, das vor der Revolution einen beneidenswerten Platz in der Kunst und der Literatur einnahm, hat viel weniger Werke von Wert hervorgebracht, seit alle Bücher unter einer strengen Zensur stehen. In Deutschland wird diese Zensur zugleich auf politischer und künstlerischer Ebene ausgeübt.«[20] Das werden weder die kommunistischen Emigranten noch die Zensoren in Berlin gerne gelesen haben.

Robert Kempner, später US-Anklagevertreter bei den Nürnberger Prozessen, hat mündlich überliefert, daß die Nationalsozialisten 1935 einen Emissär in Gestalt von Hermann Görings Staatssekretär Körner nach Porto Ronco entsandt haben, um den weltberühmten Schriftsteller zu überreden, wieder nach Deutschland zurückzukehren, was dieser harsch abgelehnt haben soll. Später wird er einmal sagen: »Was? Fünfundsechzig Millionen wollen hinaus und ich soll freiwillig zurückgehen? Nicht im Leben!«[21] Auf die Frage, ob er denn nicht Heimweh habe, antwortet er in dem erwähnten Pariser Interview mit der Bemerkung: »Nein, ich bin kein Jude ... Die Juden waren, im Gegensatz zur landläufigen Meinung, in Deutschland die besten Patrioten ... Für mich ist das Nationalgefühl annehmbar, wenn es die Basis der Kultur, des Fortschritts ist, nicht wenn es die absurde Vorstellung bezeichnet, allen seinen Nachbarn überlegen zu sein.«[22]

Solche verstreuten Anmerkungen, aber vor allem seine Romane widersprechen also der vielfach wiederholten Kritik, Remarque habe in den Exil-Jahren mangelndes Bekennertum bewiesen, sein privates Leben sei ihm wichtiger gewesen als die Bedrohung der Welt durch den Vormarsch des Faschismus. Aber nicht nur seine Bücher, sondern auch viele private Notizen im Tagebuch oder in Briefen zeigen, daß er die politischen Entwicklungen mit Entsetzen, Wut und Resignation verfolgt hat. Am 7. April 1937 notiert er: »Aus den Ebenen Spaniens Blutgeruch über Europa. Und aus der ganzen Welt der Verwesungsgestank der trägen Herzen. Verfluchtes Jahrhundert! Im Krieg mischten sich zuviele ein 1914/18 – jetzt zu wenig und die Falschen. Der Frieden der Welt, oder wenigstens Europas, hängt an zwei ehrgeizigen Hanswürsten, die immer frecher werden, je weniger Widerstand sie spüren.«[23] Am 14. März 1938, dem Tag des Einmarsches der deutschen Wehrmacht in Österreich: »Niemand hat sich gerührt, – wie zu erwarten war... Der Privatkrieg eines Deklassierten. Damit man in Braunau gezwungen wird, anders über ihn zu denken.«[24] Eine Eintragung vom 31. März spiegelt seinen politischen Pessimismus in einer ganz allgemeinen Anmerkung wider: »Der Sozialismus, der die Massen mobilisierte, ist durch die Massen vernichtet worden. Das gleiche Wahlrecht, mühsam erkämpft, hat die Erkämpfer erschlagen. Wenn die Masse ausschlaggebend ist, ist es auch die Demagogie.«[25] Mit Abscheu wird im April die Verlogenheit der politischen Agitation vermerkt: »Fast das Scheußlichste bei all diesen Sachen ist die heuchlerische Verdreherei; – jetzt haben sie Oesterreich befreit; gerettet; erlöst. Kanonen haben sie nur, weil sie so fröhlich sind. Ebenso wie die Italiener in Abessinien sich nur verteidigt haben; und die Japaner den Chinesen helfen wollen.«[26] Einmal heißt es sogar: »An alles mögliche gedacht. An Spanien. Müßte hingehen.«[27] Aber das ist seine Sache nicht, auch nicht, sich wenigstens öffentlich zu Wort zu melden, auf Versammlungen zu sprechen oder im Meinungsstreit des deutschen Exils mitzumischen. Über seine Haltung aber kann es keine Zweifel geben.

In den Jahren zwischen 1933 und 1950 ist Remarques Leben unruhig und über weite Strecken exzentrisch. Alkohol und Frauen nehmen ihn in dieser Zeit in einem Ausmaß in Anspruch, das ihn künstlerisch hemmt, häufig von der Arbeit ablenkt und psychisch bedrückt. Er weiß um die Oberflächlichkeit, die damit verbunden ist und leidet unter Schuldgefühlen. »Arbeiten. Mich nicht treiben lassen. Auf mich achten.«[28] Mancher seiner Biographen und sich später erinnernden Freunde sprechen mit bedenklichem Unterton über sein Leben in diesen Jahren und reihen mit bürgerlicher und teilweise voyeuristischer Empörung die zahlreichen Alkoholexzesse und Frauenaffären aneinander, womit sie nur die vordergründige Seite seiner Existenz berühren.

Die Exiljahre sind für Remarque tatsächlich Krisenjahre, was aber so erstaunlich nicht ist. Auch wenn es ihm materiell sehr viel besser geht als den meisten seiner Leidensgefährten, ist auch er von den Wurzeln seiner Herkunft und seiner Sprache abgeschnitten. Die Nazis verbrennen seine Bücher und entziehen ihm seine Staatsbürgerschaft. Schon die Zeit zwischen 1929 und 1933 hat Remarque als Alptraum erlebt. Kein anderer deutscher Schriftsteller ist in diesen Jahren in einem solchen Ausmaß diffamiert worden, wie dieser Autor. Sein Privatleben wird in den Dreck gezogen, seine Künstlerschaft gerade wegen des unvergleichlichen Erfolges von Anbeginn an in Frage gestellt. Zweifellos, die Liebesbeziehung zu Marlene Dietrich, die im Sommer 1937 beginnt und 1940 wieder beendet ist, und das sich unmittelbar anschließende Verhältnis mit der russischen Schauspielerin Natascha Paley (1941 bis 1950) haben das ihre zur Krisenstimmung beigetragen. Remarques Tagebücher weisen in langen Passagen auf diese schwierigen, ihn mehr quälenden als beglückenden Liebesaffären hin. Auch der Alkoholkonsum erreicht in den dreißiger und vierziger Jahren seinen Höhepunkt.

Es kann jedoch auf der anderen Seite nicht übersehen werden, daß Remarque in all diesen Jahren hart arbeitet. Zwischen 1933 und 1948, als er nach Porto Ronco zurückkehrt, hat er drei neue Romane veröffentlicht und die Arbeit an zwei weiteren vorangetrieben. Darunter sind mit »Drei Kameraden« und »Liebe Deinen Nächsten« zwei sehr gelungene Werke, und »Arc de Triomphe« wird immerhin ein Welterfolg. Da Remarque stets mehrere Fassungen schreibt, entstehen in diesen Jahren Tausende von Prosaseiten. Die Tagebücher zeigen zudem, daß seine Lebenskrise sich nicht nur auf das Nachtleben oder seine Leidenschaften bezieht, sondern ihre eigentliche Quelle woanders zu suchen ist. Lebens- und Arbeitsangst treiben ihn über Jahrzehnte um, der nie mehr zu wiederholende Erfolg von »Im Westen nichts Neues« läßt ihn jede neue Arbeit doppelt kritisch betrachten. Depressionen sind nicht die Folge von Alkohol oder von einem intensiven Liebesleben (das in Wirklichkeit nicht intensiver als bei vielen anderen, weniger berühmten Menschen ist), sondern umgekehrt: Remarque suchte immer wieder das Vergessen, den Rausch, weil er glaubt, daß die Schwermut ihn sonst überwältigen würde. Er steht zudem mit seinem Lebensstil in der Literaturgeschichte wahrhaftig nicht allein. Goethe floh erschöpft für zwei Erholungsjahre nach Italien und war auch sonst in seinem Privatleben ganz und gar nicht das Dichterdenkmal, das ihm die dankbaren Freunde der Klassik errichtet haben; Fontane liebte die Nebenfrauen nicht weniger als Remarque und leistete mißmutig die Unterhaltszahlungen für die Früchte seiner außerehelichen Vergnügungen; Brecht beutete seine weiblichen Gefährtinnen seelisch und künstlerisch aus und kümmerte sich herzlich wenig um deren Gefühlslage; Thomas Manns Tagebücher legen ein beredtes Zeugnis über bürgerliche Verdrängungen ab; Lion Feuchtwangers oder Jean Paul Sartres Liebesleben würde Bände füllen; Joseph Roth trank sich zu Tode, Ernest Hemingways Alkoholsucht trug schließlich mit dazu bei, daß sein Künstlertum ruiniert wurde. Egomanen waren sie, in vielen Situationen wenig sympathische Menschen, was ihr Verhältnis zu den sie bewundernden und liebenden Frauen oder Familienmitgliedern betraf, besessen von ihrer Arbeit, und jeder mußte den Preis dafür zahlen. Gefährdete sind sie gewesen, Depressionen und Krisen suchten ihr Leben heim, und bei allen schlug sich das auch in der Qualität ihrer Werke nieder. Der Künstler ist traumatisch besetzt von der immer wiederkehrenden Urangst seiner Existenz: dem Verlöschen seiner Kreativität.

Im Januar 1934 veröffentlicht die amerikanische Zeitschrift »Collier's« eine neue Kurzgeschichte von Remarque: »On the Road«. Eine gelungene Erzählung aus der harten Männerwelt der Landstraße. Der Autor thematisiert ein weiteres Mal das Dasein als Überlebenskampf (im Arbeitermilieu beim Eisenbahnbau) und den stillen Heroismus der »anständigen Tat«.[29]

Im März beginnt Remarque mit der Neufassung des »Pat«-Romans. Im Frühjahr 1935 unternimmt er längere Ausflüge nach Venedig und Salzburg, im November ist er in St. Moritz, den Jahreswechsel verbringt er in Paris. Margot von Opel tritt in sein Leben, Remarque ist zeitweise glücklich und reist mit ihr im Mai 1936 nach Budapest und Wien und ist im Juni wieder in Venedig. Dann fahren er und Margot von Opel nach Istrien und an den Gardasee. Er steigt in den großen Hotels ab, speist in den besten Restaurants, und die Wein-, Cognac- und Schnapsflaschen, die er in den langen Nächten auf diesen Reisen trinkt, sind auch nicht billig. Er lädt gerne ein, »schmeißt« zu vorgerückter Stunde nicht selten eine Tisch- oder gar Lokalrunde. Dazu sammelt er weiter seine Bilder, Teppiche und Plastiken und verwöhnt die Damen seiner Umgebung mit Blumengrüßen und kostspieligeren Geschenken. Ein teures Leben.

Jutta bereitet ihm weiter Probleme. Sie bedrängt ihn, beklagt in ihren Briefen seine Kälte, ist von ihm finanziell abhängig. Sie kehrt immer wieder nach Berlin zurück, fühlt sich dort aber bedroht. Ihre Schwester ist zwar die Ehefrau von Görings Bruder Heinrich, der keinerlei Sympathien für die Nazis hat, aber sie verläßt sich offensichtlich nicht auf den mächtigen Arm des angeheirateten Verwandten. Sie will fort aus Deutschland, nörgelt und quält. Er bleibt höflich und unverbindlich.

Und immer das Nachdenken über neue literarische Projekte und die eigene Situation. »Soll ich ein Theaterstück schreiben oder einen Roman?«[30] – »Moderner Roman: Mit gestrigen Mitteln kann man keine heutigen Bücher schreiben. Man muß alles Literarische gekonnt und wieder vergessen haben; – dann kann man anfangen zu schreiben.«[31] – »Bei Schriftstellern muß der Arsch in Ordnung sein. Hexenschuß ist kein Stimulans. Ruhm wird in den meisten Fällen ersessen. Beim Rest ist es Glück oder Schwindel, – bis auf die paar Ausnahmen.«[32] Er hält sich zuwenig an diese Erkenntnis, die Verleger und Übersetzer drängen auf Manuskriptabgabe. Er fühlt sich unter Druck, es geht mit der neuen Fassung von »Drei Kameraden« nur langsam vorwärts. Und doch drängt es ihn weg vom stillen Arbeitsplatz in Porto Ronco: »Die letzten fünf Jahre hier – zusammengefallen zu fast nichts. Ich muß heraus.«[33]

Gäste empfängt Remarque in seinem Haus nicht sehr gerne, wenn sie dann da sind, verplaudert er die Nacht. »Die jährlichen Besuche bei Remarque«, schreibt Querido-Verleger Fritz Landshoff, »hatten stets den gleichen Verlauf. Jedesmal, wenn ich ihn anrief, um Tag und Stunde meines Kommens zu verabreden, zögerte er lange, ehe er überhaupt einen Termin festlegte. Schließlich gab er einige Minuten am Spätnachmittag zu einem Drink in seinem Haus. Jedesmal wurde aus diesen wenigen Minuten ein Besuch, der über ein improvisiertes Abendessen bis in die frühen Morgenstunden dauerte und in dessen Verlauf er über sein Leben und mit besonderer Wärme über seine Sammelleidenschaft sprach.«[34]

Zerrissen bleibt Remarque bei diesem unsteten Leben, beklagt die Leere, von der er sich umgeben fühlt. »Tisch zum Arbeiten fertig gemacht. Aber werde ich arbeiten? ... Werde ich mein Buch fertigmachen«; »Schreibe nicht gern. Briefe nicht und Bücher nicht ... Ich bin eigentlich viel zu müde für mein Alter. Ich weiß nicht, was ich will. Ich weiß nie, was ich möchte. Ziele? Mein Gott, was sind das schon für Ziele, an die geglaubt wird? Wenn ich nicht weiß, woher, wozu, wohin – was sind alle Ziele dann anderes als frommer Selbstbetrug?« Und am Lido in Venedig notiert er ein paar Tage später: »Am Strand gesessen. Leute angesehen. Man sage nicht, daß Bürgerlichkeit keine Nuancen habe. Nichts elender, als Paare zu sehen, über denen die Müdigkeit der Gewohnheit liegt. Verstaubte Liebe; der Küchengarten der Gefühle. Der Abend mit dem großen, steinernen Gesicht des Horizonts, der Wind aus den Jahrtausenden, der flüchtige Glanz des ungeheuren Augenblicks: Das Sein, – wer weiß mit ihnen etwas anzufangen? Karrengäule des Lebens, ewiger Schutt der Natur; – waren die Jahrtausende nötig, um das hervorzubringen? Muß zu einem unbekannten Ziel so ein unendlicher Aufwand vertan werden?«[35]

Melancholische Todesgedanken, Sinnzweifel, sie sind nicht zu verjagen durch Alkohol oder die Suche nach menschlicher Nähe. Am Abend seines vierzigsten Geburtstags, den er in Porto Ronco verbringt, schreibt Remarque: »Die spielende, graue kleine Katze. Die Hunde, die gebürstet werden. Die Blumen. Aber was tue ich eigentlich zwischen alledem? ... Vierzig Jahre. Das ist zehn Jahre mehr als neununddreißig. Versäumtes Leben ... Grammophon gespielt. Zimmer photographiert. Sonderbar: als käme ich nicht wieder hierher. Als wäre alles das letzte Mal: der Sommer; – das Haus; – der Friede; – das Glück; – Europa; – das Leben vielleicht.«[36] Und in diesen oft rasch auftretenden Stimmungswechseln entsteht mühsam und über Jahre der neue Roman.

Zum Zeitpunkt der Veröffentlichung der Querido-Ausgabe des »neuen« Remarque beginnt die Welt allmählich zu ahnen, was Hitler plant, auch wenn sie immer noch nicht bereit ist, dem deutschen Diktator energisch entgegenzutreten. Am 12. März 1938 marschieren deutsche Truppen in Österreich ein, auf dem Wiener »Heldenplatz« jubelt eine riesige Menge dem Landsmann zu, der von einem Balkon aus pathetisch den »Anschluß« seines Heimatlandes an das Deutsche Reich verkündet. Am 30. Mai weist Hitler seine Generäle an, sich auf die militärische Zerschlagung der Tschechoslowakei vorzubereiten, im September lösen seine Gefolgsleute die »Sudetenkrise« aus. Der britische Premier Chamberlain reist nach Berchtesgaden und Godesberg, um den Frieden zu retten. Das Ergebnis dieser »Appeasement-Policy« ist das Abkommen von München, in dem London und Paris die Tschechoslowakei opfern. Am 1. Oktober besetzt die deutsche Wehrmacht das Sudetenland. Am 9. und 10. November inszeniert Goebbels neuerliche Pogrome in Deutschland, allerorts brennen die Synagogen, Hunderte von Juden werden ermordet, Tausende in die Konzentrationslager verschleppt. Europa treibt auf einen neuen Krieg zu, auch wenn das die verantwortlichen Männer in den westlichen Demokratien immer noch nicht wahrhaben wollen. In dieser explosiven Lage erscheint Remarques Roman »Drei Kameraden«.

Drei Kameraden

»Drei Kameraden« kommt fünf Jahre nach seiner letzten Buchveröffentlichung auf den Markt. Der Roman liegt 1936 zunächst unter dem Titel »Three Comrades« in der amerikanischen Übersetzung vor, dann 1938 auf deutsch bei Querido, einem der beiden führenden Exilverlage für die in Deutschland jetzt verbotene Literatur. Lektor in diesem niederländischen Verlagshaus ist Fritz Landshoff. Viele der wichtigsten Autoren der Weimarer Republik haben hier eine neue Heimstatt für ihre Bücher gefunden. Die Werke von Heinrich Mann, Franz Werfel, Arnold Zweig oder Lion Feuchtwanger werden bis zur Besetzung Hollands in Amsterdam gedruckt und ausgeliefert. Nicht zu diesem Kreis zählt Thomas Mann. Er bleibt seinem Stammverlag Fischer treu und gibt seine Werke an den Nachfolger und Schwiegersohn des großen Samuel Fischer, Gottfried Bermann-Fischer, der diesen deutschen Traditionsverlag zunächst nach Wien und dann nach Stockholm auslagert.

Auf den ersten Blick ist »Drei Kameraden« eine hinreißende und gefühlvolle Liebesgeschichte, in der die Politik und das aktuelle Zeitgeschehen nur in Randbemerkungen aufzutauchen scheinen. Wieder sind es die Vertreter der »verlorenen« Generation, von denen Remarque erzählt. Drei junge Männer, illusionslos, zynisch, aber doch nicht ohne die Remarquesche Kraft des »Trotzdem«, betreiben eine kleine, wenig einträgliche Autowerkstatt und Garage: Der Ich-Erzähler Robert Lohkamp, der »Chef« und ehemalige Rennfahrer Otto Köster und »der letzte Romantiker« Gottfried Lenz. Sie waren zusammen im Krieg, und das gemeinsame Fronterlebnis hat sie geprägt. »Es war alles gleich – solange man lebte.«[37] Sie reden und trinken in langen Nächten, um zu vergessen. »Eisern saßen wir auf den Barstühlen, die Musik plätscherte, das Dasein war hell und stark; es floß mächtig durch unsere Brust, die Trostlosigkeit der öden möblierten Zimmer, die uns erwartete, die Verzweiflung der Existenz war vergessen, die Bartheke war die Kommandobrücke des Lebens, und wir fuhren brausend in die Zukunft hinein.«[38] Sie prügeln sich und kämpfen ums materielle Überleben, begleiten den Wirbel der Zeit mit sarkastischen Anmerkungen, in der rauhen Schale ihres Skeptizismus verbirgt sich jedoch eine Menschlichkeit, die ihre Fähigkeit zum Mitleiden nicht hat versiegen lassen.

»Drei Kameraden« nimmt erneut die Grundstimmung auf, die schon die Figuren in »Der Weg zurück« erfaßt hatte. Die Enttäuschung und die Leere angesichts einer den Krieg und die gesellschaftliche Wirklichkeit verdrängenden Umwelt haben die zentralen Figuren auch dieses Romans unfähig werden lassen, die bürgerliche

»Normalität« für ihr persönliches Leben zu akzeptieren. »Ziele machen das Leben bürgerlich«, erklärt Gottfried Lenz verächtlich.[39] Wieder klingt Remarques Bestürzung über das Schicksal seiner Generation an: »Wir hatten marschieren wollen gegen die Lüge, die Ichsucht, die Gier, die Trägheit des Herzens, die all das verschuldet hatten, was hinter uns lag – wir waren hart gewesen, ohne anderes Vertrauen als das zu dem Kameraden neben uns und das eine andere, das nie getrogen hatte: zu den Dingen – zu Himmel, Tabak, Baum und Brot und Erde –; aber was war daraus geworden? Alles war zusammengebrochen, verfälscht und vergessen. Und wer nicht vergessen konnte, dem blieben nur die Ohnmacht, die Verzweiflung, die Gleichgültigkeit und der Schnaps. Die Zeit der großen Menschen- und Männerträume war vorbei. Die Betriebsamen triumphierten. Die Korruption. Das Elend.«[40]

Sie sind »Ausgeschlossene«, unfähig geworden, Zukunft zu denken. »Gab es denn etwas anderes als Alleinsein?«[41] Sie haben überlebt, und das ist das Wichtigste: In den Nächten des Café »International«, dort wo die Gestrandeten Wärme und Menschen suchen, die Huren und Zuhälter, Schieber und Bohemiens, ist nichts mehr zu spüren von dem Bürgerlichen ihrer Jugendjahre, den falschen Träumen »wilhelminischer« Werte. Der Krieg und die zerbrechende Republik stehen stellvertretend für das Nichts, ein mit Rum gefülltes Glas ist das Elixier, es zu ertragen: »Rum hat mit Schmecken nicht viel zu tun. Er ist nicht so einfach ein Getränk – er ist schon mehr ein Freund. Ein Freund, der alles leichter macht. Er verändert die Welt. Und deshalb trinkt man ja.«[42] In Otto Kösters häßlichem, aber mit einem hochgezüchteten Motor ausgestatteten Auto, dem einzigen »Besitz«, den sie liebevoll »Karl« getauft haben, rasen sie über die Landstraßen oder gewinnen mit ihm sogar ein Rennen. Eine Flucht vor der Realität, aber auch Neue Sachlichkeit, Lebensrausch, der Lobpreis des Augenblicks, in dem man atmet.

Gescheitert und erfolglos, so empfinden sie sich selbst (»Dafür gehörst Du einem Orden an, Bruder – dem Orden der Erfolglosen, Untüchtigen, mit ihren Wünschen ohne Ziel, ihrer Sehnsucht, die nichts einbringt, ihrer Liebe ohne Zukunft, ihrer Verzweiflung ohne

Vernunft ...«[43]), die drei Werkstattbesitzer, der Maler Ferdinand Grau, der sein Geld mit Porträts nach Photos von Verstorbenen verdient, die kleine Welt der Mieter in der Pension der Witwe Zalewski, die auch den Ich-Erzähler in einem kümmerlichen Zimmer beherbergt. In den Tragödien dieses gesellschaftlichen Mikrokosmos – der Buchhalter Hasse erhängt sich am Fensterkreuz, weil seine Frau ihn betrügt, der Student Georgie kann seinen Lebenstraum, eine akademische Laufbahn, aus Geldmangel nicht Wirklichkeit werden lassen, die verlassene Erna Bönig droht am »Alleinsein« zu zerbrechen – spiegelt Remarque das Elend der Zeit in den nun einsetzenden Jahren der wirtschaftlichen Depression. »Es war das Ehepaar Hasse, das da gegeneinander raste. Die beiden wohnten seit fünf Jahren hier in einem kleinen Zimmer. Es waren keine schlechten Leute. Hätten sie eine Dreizimmerwohnung gehabt, mit einer Küche für die Frau, und außerdem noch ein Kind, dann wäre ihre Ehe wahrscheinlich gut geblieben. Aber eine Wohnung kostete Geld, und ein Kind bei diesen unsicheren Zeiten – wer konnte sich das leisten! So hockten sie zu dicht aufeinander, die Frau war hysterisch geworden, und der Mann hatte ständig Angst, seinen kleinen Posten zu verlieren. Dann war er fertig. Er war fünfundvierzig Jahre alt. Niemand nahm ihn mehr, wenn er einmal arbeitslos wurde. Das war das Elend – früher sackte man langsam ab, und es gab immer noch wieder Möglichkeiten, hochzukommen –, aber heute stand hinter jeder Kündigung sofort der Abgrund der ewigen Arbeitslosigkeit.«[44]

Bei einem Museumsbesuch stößt Lohkamp auf überfüllte Räume, aber die Menschen kommen nicht, um die dort präsentierten Kunstwerke zu genießen, sondern weil es hier geheizt ist, sie für wenige Stunden ein Asyl vor der Kälte der Straßen und Brückenunterführungen finden. Remarque zeichnet in dieser und vielen anderen Szenen des Romans ein Bild von Weimar Ende der zwanziger Jahre, das von anklagendem Mitgefühl und suggestiver Eindringlichkeit bestimmt ist. »Es war sehr still in den Räumen, und man hörte trotz der vielen Besucher kaum ein Wort – aber mir schien trotzdem, als sähe ich einem ungeheuren Kampf zu –, dem lautlosen Kampf von Menschen, die niedergeschlagen waren, aber sich noch nicht ergeben wollten. Sie waren ausgestoßen aus den Bezirken ihrer Arbeit, ihres Strebens, ihrer Berufe – jetzt kamen sie in die stillen Räume der Kunst, um nicht der Erstarrung und der Verzweiflung anheimzufallen. Sie dachten an Brot, immer nur an Brot und Beschäftigung ... und zwischen den klaren Römerköpfen und der unvergänglichen Anmut weißer, griechischer Frauengestalten wanderten sie umher in dem schleppenden Gang, mit den vorgebeugten Schultern von Menschen, die kein Ziel haben, ein erschütternder Kontrast, ein trostloses Bild dessen, was die Menschheit in Tausenden von Jahren erreichen und nicht erreichen konnte: den Gipfel ewiger Kunstwerke, aber nicht einmal Brot genug für jeden ihrer Brüder.«[45]

Den Hintergrund der Erzählung aber bildet bereits das bedrohliche Aufkommen einer neuen Ideologie der Gewalt und des Schreckens. Kaum verschlüsselt schildert der Autor den Auftritt eines charismatischen politischen Agitators, dem bald die Massen zuströmen sollten. »Auf dem Podium stand ein kräftiger, untersetzter Mann und redete. Er hatte eine volle Bruststimme, die mühelos in den entferntesten Winkeln verständlich war. Es war eine Stimme, die überzeugte, ohne daß man viel darauf achtete, was sie sagte. Und was sie sagte, war leicht verständlich. Der Mann ging auf der Bühne umher, ungezwungen, mit kleinen Armbewegungen, ab und zu trank er einen Schluck Wasser und machte einen Witz. Dann aber stand er plötzlich still, voll dem Publikum zugekehrt, und peitschte mit veränderter, greller Stimme Satz um Satz hinaus, Wahrheiten, die jeder kannte, von der Not, vom Hunger, von der Arbeitslosigkeit, sich immer weiter steigernd, die Zuhörer mitreißend, bis er in einem Furioso herausschmetterte: ›Das kann nicht so weitergehen! Das muß anders werden!‹ ... Sie saßen jetzt da in dem heißen Saal, zurückgelehnt oder vorgebeugt. Reihe an Reihe, Gesicht neben Gesicht, der Strom der Worte spülte über sie hin, und es war sonderbar: So verschieden sie auch waren, die Gesichter hatten alle den gleichen, abwesenden Ausdruck, einen schläfrig-süchtigen Blick in die Ferne einer nebeligen Fata Morgana, es war Leere darin und zugleich eine übermächtige Erwartung, die alles auslöschte, Kritik, Zweifel, Widersprüche und Fragen, den Alltag, die Gegenwart, die Realität. Der da oben wußte alles ...«[46]

Unmittelbar nach dieser Szene schildert Remarque eine Parteiversammlung der SPD. »Der Redner, ein Beamtentyp ... redete Papierdeutsch, er brachte Zahlen, Beweise, es stimmte alles, was er sagte, aber trotzdem überzeugte er weniger als der andere, der überhaupt nichts bewies, sondern nur behauptete.«[47] In nur wenigen Textpassagen gelingt es dem Autor, das Dilemma der Weimarer Demokraten offenzulegen, ihren hoffnungslosen Kampf gegen eine Bewegung des Irrationalen und des Hasses, denn die Leute »wollen gar keine Politik. Sie wollen Religionsersatz«.[48]

Dunkel und von vielen noch nicht ernstgenommen erhebt sich in Deutschland die Macht der Zukunft und beginnt die Straße zu erobern. Der permanente Bürgerkrieg, der schon die Frühzeit der Republik erschüttert hat, setzt erneut ein, und er wird erst mit dem Sieg der Diktatur enden. »Die Stadt war unruhig. Draußen marschierten alle Augenblicke Kolonnen vorüber, manche mit schmetternden Militärmärschen, andere mit der Internationale, und dann wieder schweigende, lange Züge, denen Schilder vorangetragen wurden mit Forderungen nach Arbeit und Brot. Man hörte die vielen Schritte auf dem Pflaster wie das Gehen einer riesigen, unerbittlichen Uhr. Nachmittags war es zwischen den Streikenden und der Polizei bereits zu einem Zusammenstoß gekommen, bei dem zwölf Leute verletzt worden waren, und die ganze Polizei stand seit Stunden unter Alarm. Die Pfiffe der Überfallautos gellten durch die Straßen.«[49] Gottfried Lenz, der heitere Verneiner und pessimistische Lebenskünstler, wird aufgrund einer Verwechslung – mehr oder weniger ein Zufall – auf offener Straße von einem Nazi niedergeschossen und stirbt. Es dämmert erneut die Zeit herauf, in der ein Menschenleben für die sich zunehmend radikalisierende Gesellschaft ohne Wert ist.

Otto Köster will den gewaltsamen Tod des Kameraden rächen. Wochenlang durchstreift er die Straßen Berlins, um den Mörder zu stellen. Es wird dann ein anderes Mitglied des Freundeskreises sein, das den Schützen ausfindig macht und in einem Akt der Selbstjustiz erschießt. Das Rachemotiv ist in allen kommenden Romanen Remarques ein zentrales dramaturgisches Moment. Nicht mehr ein so harmloses, wie bei Paul Bäumer und seinen Mitsoldaten, die dem verhaßten Himmelstoß nachts auflauern und ihn kräftig verprügeln, oder so »privat«, wie Albert Troßkes Eifersuchtsmord an dem Schieber Julius Bartscher (»Der Weg zurück«). Köster plant die Tat kühl und zielstrebig, und in einem späteren Roman verfolgt und tötet Ravic den Nazi Haake erbarmungslos (»Arc de Triomphe«). Die Nummer 509 erschießt in den letzten Tagen des KZ Mellen einen der Peiniger der Häftlinge (»Der Funke Leben«).

Remarque macht damit eine Grundhaltung seines Denkens deutlich. Der Mensch, existentiell bedroht und rechtlos geworden, darf die Opferrolle nicht wehrlos akzeptieren. Verloren ist erst der, der sich aufgibt, tatenlos die Mordorgien der Henker und Menschenquäler hinnimmt. Die Demütigungen, die die Verfolgten durch die brutale Haltung ihrer Peiniger erleiden müssen, werden sie als Individuum vernichten, wenn sie nicht Widerstand leisten. Rache weist dem auch von der psychischen Zerstörung bedrohten Ich des Opfers einen Weg zur Erhaltung der Selbstachtung, ohne die ein Überleben nicht mehr lohnend sein kann. Da Recht und Gesetz in diesen Zeiten ihre Gültigkeit verloren haben – auch in den nichtfaschistischen Staaten, die die Flüchtlinge wie Treibgut über die Grenzen schieben, sie ins Gefängnis werfen oder verhungern lassen –, bleibt aus der Sicht Remarques nur der Weg, dem Recht durch die eigene Tat wieder Gültigkeit zu verschaffen. Eine »militante« Position, die er hier einnimmt, ist es gewiß. Aber weil sich die Welt viel zu lang nicht gegen die Hitlers und die seelenlosen Bürokraten in den Exilländern gewehrt hat – auch so könnte die Botschaft dieses Autors zu verstehen sein –, bleibt nur der Schritt, den er viele seiner Protagonisten gehen läßt.

In den Rezensionen, die nach der Veröffentlichung von »Drei Kameraden« erscheinen, wird gelegentlich mit Erstaunen registriert, Remarque habe nach Hitlers Machtübernahme ein Buch veröffentlicht, das das Aufkommen des Nationalsozialismus völlig übergehe. Die oben angeführten Textpassagen zeigen, daß dies falsch ist. Remarque sprengt nicht den Zeitrahmen, in dem er seine Geschichte angesiedelt hat, gibt sich nicht als der allwissende Erzähler, der nach 1933 weiß, wie die Geschichte der Republik ausging. 1928/29 war Hitler – dessen Partei damals im Reichstag ganze zwölf Mandate besaß –

noch eine abenteuerliche, vom Bürgertum und der Arbeiterschaft verachtete politische Randfigur. Erst mit der Debatte um den Young-Plan, der das Jahr 1929 überschattete, beginnt sein langsamer Aufstieg. Das Bündnis, das er mit den nationalistischen Kräften um Alfred Hugenberg in dieser Frage eingeht, seine rücksichtslose Agitation gegen die endgültige Regelung der die Republik mehr psychologisch als ökonomisch belastenden Reparationsfrage macht ihn im Kleinbürgertum, bei den rechten Deutschnationalen und auch bei einem zunächst noch kleinen Teil der Arbeiterschaft ab 1930 zu einer ernsthaften politischen Alternative. Die Handlung von »Drei Kameraden« spielt in dieses so entscheidende Jahr 1929 hinein, und Remarque läßt den politischen Hintergrund sehr genau und folgerichtig erst in den letzten Kapiteln deutlichere Konturen gewinnen.

Aber natürlich ist es bis heute für viele Leser vor allem auch eine romantische und melodramatische Liebesgeschichte. Mit Pat Hollmann schafft Remarque seine erste große Frauenfigur. In den beiden vorangegangenen Romanen blieben die weiblichen Gestalten schemenhaft. Ihre Auftritte dienten nur der Darstellung von träumerischen »Friedenssehnsüchten« einer buntgemischten Männerwelt an der Front und nach ihrer Heimkehr aus dem Krieg, beschrieben in mehr oder weniger handfesten Szenen im Soldatenpuff, beim Besuch französischer Frauen hinter den Frontlinien und auf provinziellen Tanzdielen.

Die Liebe, mit ihren Schönheiten und Kämpfen, spielt in Remarques Leben über Jahrzehnte hinweg eine zentrale Rolle. Er weiß um ihren Rausch, um das Glück, der Einsamkeit durch die Beziehung zu einem geliebten Menschen entfliehen zu können. Aber er kennt auch ihre zerstörerische Wirkung, die Niederlagen und Demütigungen, die sie immer wieder heraufbeschwört. Eifersucht ist ihm nicht fremd, sexuelle Abweisungen treffen ihn ungewöhnlich hart.

Harley U. Taylor vertritt in seiner Studie über Remarque die Auffassung, die weibliche Hauptfigur des Romans, Pat Hollmann, sei ein Spiegelbild von Jutta Zambona. »If it is true that every person has one great love in his life«, schreibt er, »then this was Remarque's ... no other relationship apparently ever touched him as deeply.«[50] Auch wenn Remarque den Roman »J.R.Z« (Jutta Remarque Zambona) gewidmet hat und in die Darstellung von Pat vieles von dem Charakter und dem Aussehen Juttas eingeflossen ist, die Ausschließlichkeit, mit der Taylor argumentiert, dürfte nicht zutreffen.

Pat ist eine idealisierte Frauengestalt, so wie sich wohl der Autor eine Lebensgefährtin erträumt. Schön, anschmiegsam, unbürgerlich, nicht nur Geliebte, sondern auch »Kameradin«. Die Gestaltung dieser Figur ist vor allem ein Produkt seiner Phantasie. Sie »paßt« in diese Geschichte, ihre Liebe zu »Robby« Lohkamp ist aus der Sicht des Erzählers Sinnbild einer Hoffnung, daß das Leben in seiner Verlorenheit einen Lichtpunkt haben kann: das Sichselbstfinden in einem anderen Menschen. Pat ist »schön, jung, voll Erwartung, ein Schmetterling, verflogen durch einen glücklichen Zufall in mein ... belangloses, sinnloses Leben ...«[51] Die Liebe, so verkündet der Romantiker Remarque, gibt dem Sinnlosen einen Sinn. Aber er wäre nicht der melancholische Skeptiker gewesen, der er war, wenn er nicht auch diese Hoffnung relativieren und zerstören würde. »Will dir was sagen, Robby«, philosophiert das Straßenmädchen Rosa lebensnah, »im Ernst gesprochen: Das menschliche Leben ist zu lang für die Liebe. Einfach zu lang. Das hat mir mein Arthur erklärt, als er abgehauen ist. Und das stimmt. Liebe ist wunderbar. Aber einem ist sie immer zu lang. Und der andere, der sitzt dann da und stiert. Stiert wie wahnsinnig.«[52]

Pat stirbt in einem Sanatorium an Tuberkulose. Remarque wählt nicht nur für das tragische Ende dieser Liebesbeziehung die Krankheit der Romane und Opern des 19. Jahrhunderts (und Juttas), die Schwindsucht. Aber sein Schluß verklärt nicht, sondern weist auf den Anfang hin: »Gab es denn etwas anderes als Alleinsein?«[53] Im letzten Absatz des Romans sitzt Lohkamp am Totenbett der verlorenen Geliebten. »Ich habe gesehen, wie ihr Gesicht anders wurde. Ich konnte nichts tun, als leer dasitzen und sie ansehen. Dann kam der Morgen, und sie war es nicht mehr.«[54] Nichts hat Bestand, wir bleiben in der großen Leere unseres Seins.

Pat, »der brave Bursche«, ist die vierte im Bunde der »drei Kameraden«. Gerade dies macht sie für Lohkamp so liebenswert. Es klingt in diesem Buch eines der großen Lebensthemen Remarques an: die Kameradschaft. Sie war in der Welt Paul Bäumers nicht weniger das herausragende Merkmal des Zusammenlebens an der Front als im Kreise um Ernst Birkholz nach der Rückkehr der »Verlorenen« in die Heimat. Kameradschaft – wenn nun auch schon vom Mißtrauen der um das Überleben kämpfenden Flüchtlinge durchbrochen – verbindet einige der Entrechteten und Erniedrigten in den Exilromanen. Selbst im erbarmungswürdigsten Milieu, das Remarque für eines seiner Bücher gewählt hat, im Konzentrationslager (»Der Funke Leben«), erlischt ihre Flamme nicht, wird die Solidarität der Häftlinge zur Quelle des Widerstandes. Der Pessimist und Gestalter der melancholischen Trauer feiert sie immer wieder, sie ist die letzte Stütze seiner müden Verlierer. In »Drei Kameraden« hat er sie sozusagen programmatisch in den Titel aufgenommen.

Ein gefährlicher Begriff, so wie er in der Remarqueschen Dichtung benutzt wird. Er, der sonst die menschlichen Beziehungen mit soviel realistischer Skepsis zu beschreiben weiß, verliert hier nicht selten die Balance. Da geraten einige seiner Geschichten doch arg an den Rand männerbündischer Apologien, selbst der Krieg verliert seine Schrekken, wenn der Autor die Kameradschaft beschwört, die zum großen Erlebnis seiner Figuren geworden ist. »Wir zerbrachen nicht«, heißt es beispielsweise in »Im Westen nichts Neues«, »wir paßten uns an; unsere zwanzig Jahre, die uns manches andere so schwer machten, halfen uns dabei. Das Wichtigste aber war, daß in uns ein festes, praktisches Zusammengehörigkeitsgefühl erwachte, das sich im Felde dann zum Besten steigerte, was der Krieg hervorbrachte: zur Kameradschaft!«[55] Paul Bäumer, der dies formuliert, ist nicht Remarque, aber er spricht zweifellos in diesen Sätzen aus, was der Autor empfindet. Solche sehr suggestiv vorgebrachten, sich wiederholenden Formulierungen ließen sogar einige nationalistische Kritiker den Roman über das Leben in den Schützengräben preisen. Sie sahen mit ihrem heroisierenden Blick auf den Krieg im Militär ohnehin die Schule der Nation, die Brutstätte braver Untertanen. Das hohe Lied auf die Kameradschaft war ein Mittel, Individualismus und kritische Distanz zu zerstören.

Natürlich entspricht eine solche autoritäre Haltung nicht einmal im Ansatz der Intention des Pazifisten Remarque. Seine Idealisierung der Soldatengemeinschaft liest sich heute jedoch nicht ohne zwiespältige Empfindungen. Wobei allerdings Remarques »Kameraden« – die kleinen »Wir«-Gruppen seiner Romane – eindeutig eine Anti-Kriegs-Gemeinschaft bilden, sie eine zivile Variante zu den Männerbund-Verherrlichern in den Kriegsbüchern und -artikeln der Zeit bilden.

Trotzdem mag mancher Leser verständlicherweise mit dem Kopf schütteln, wenn dieses Thema bei Remarque wie ein Leitmotiv – zumindest in seinen zwischen 1928 und 1935 entstandenen Romanen – immer wieder anklingt, er neben der Liebe die »Kameradschaft« offenbar als einzigen gesicherten Ort in der menschlichen Gemeinschaft empfindet, der es wert ist, das Dunkel der Existenz zu ertragen. In dieser lange gepflegten Sichtweise findet sich zweifellos vieles vom eigenen Erleben dieses Schriftstellers wieder. Es sei daran erinnert, daß er im »Traumbuden«-Kreis eine Gruppe von Gleichgesinnten fand, bei denen er zum erstenmal ein Gemeinschaftsgefühl entwickelte. Jugendbewegte Wandervogelromantik spielte da zweifellos ebenso hinein. Nicht von ungefähr, daß der junge Remarque in seinen Tagebüchern von 1918 dieser Zeit mit ungewöhnlicher Schwärmerei nachtrauert. In »Der Weg zurück« erinnert sich Birkholz bei einem Waldgang »an die Zeit damals; an die Abende am Lagerfeuer, an die Volkslieder, die Gitarren und feierlichen Nächte vor dem Zelt. Das war unsere Jugend. In diesen Jahren vor dem Krieg lebte in der Romantik des Wandervogels die Begeisterung für eine neue, freie Zukunft ...«[56] Als Soldat – und in vielen Berichten ehemaliger Kriegsteilnehmer tauchen ähnliche Empfindungen auf – findet Remarque ebenfalls Halt in der Kameradschaft mit Menschen, die wie er in einer extremen Lebenssituation stehen. Vielleicht war die Sehnsucht nach diesem verlorenen Gemeinschaftsgefühl später eine der Triebfedern für seine Zechrunden, die er gerne und häufig mit »Kumpanen« zubrachte.

Vor dem »Urerlebnis« des Krieges lag in der Erinnerung die Zeit unbeschwerter Lebenserwartungen und Freundschaften, und so werden nicht nur der Autor, sondern auch viele seiner Figuren von der –

wie es Josef Wennemer treffend formuliert – »irrationale(n) Suche nach kindlicher Geborgenheit« bestimmt.[57] Emil Ludwig schreibt in einer kleinen Studie über seinen geschätzten Gesprächspartner in Ascona: »Er hat ein Gefühl stärker erlebt als die meisten Autoren: Kameradschaft. Er fand sie mit 18 Jahren im Kriege und sucht sie seitdem in der Welt, ich glaube vergebens.«[58]

Wir wissen, daß die Sehnsucht und der Drang nach Gemeinschaft besonders in der Pubertät einen hohen Stellenwert für den Heranwachsenden besitzen. In dieser Lebensphase macht der junge Mensch seine oft entscheidenden sozialen Erfahrungen. Remarque bleibt in diesem Punkt bis in die Altersjahre hinein »pubertär«. Er romantisiert die Kameradschaft in einem Ausmaß, das der Wirklichkeit nicht standhielt. Kameradschaft ist das erträumte Gegengewicht im Leben eines Einzelgängers. Sicher ist sie aber auch die Metapher für das, was er in allen seinen Romanen beschwört: Solidarität. Ohne diese Klammer des menschlichen Zusammenlebens versinkt eine Gesellschaft in Chaos und Barbarei. Bewegend versteht es Remarque, in unzähligen Szenen auf dieses Grundelement der Menschlichkeit hinzuweisen. In »Drei Kameraden« etwa – in jedem seiner Romane gibt es Dutzende Beispiele –, wenn Otto Köster seinen geliebten »Karl« verkauft, damit Lohkamp den Aufenthalt der todkranken Pat im Sanatorium finanzieren kann. Im Nachlaß befinden sich Notizen Remarques zu diesem Buch, in dem er seine Konzeption festhält: »Der Roman ... berichtet ... von Menschen, die hart um ihr Dasein kämpfen müssen; Menschen ohne Illusionen, die aber wissen, daß der Kamerad Alles und das Schicksal nichts ist.«[59]

Solidarität ist ein Schlüsselbegriff der Remarqueschen Epik. Sie teilt sich dem Leser auf eindringliche Weise mit und ist der Lichtschimmer im historischen Dunkel, das den Hintergrund des Schicksals seiner Figuren bildet. Erheblich weniger überzeugend dagegen wirkt die »Landsknecht«-Kameradschaft, die gelegentlich wie aufgesetzt und allzu klischeehaft daherkommt.

Die Romane, die nach »Drei Kameraden« entstehen, relativieren dieses Leitmotiv, in den späten Büchern (»Zeit zu leben und Zeit zu sterben«, »Der Himmel kennt keine Günstlinge« und »Die Nacht von Lissabon«) ist es nicht mehr zu finden. Ansätze einer pessimistischeren Sicht klingen bereits in der Geschichte von Lohkamp und Pat Hollmann an. »›Drei Kameraden‹ ist für mich der Abgesang auf die Kameradschaft, da sie gegen die Barbarei und das Schicksal nicht hilft.« (Thomas Schneider)[60]

Die Entstehungsgeschichte von »Drei Kameraden« war langwierig und im Vergleich zu den beiden vorangegangenen Romanen ungewöhnlich. Der Grund dafür ist vor allem in den politischen Ereignissen zu sehen, die während der Arbeit an dem Manuskript eintraten. Remarque begann mit der Niederschrift unmittelbar nach der Fertigstellung der endgültigen Buchvorlage von »Der Weg zurück«, also im Frühling 1931. Knapp zwei Jahre später lag die erste, wohl bereits für den Druck vorgesehene Fassung unter dem Titel »Pat« vor. Thomas Schneider hat nach seinen Studien im New Yorker Nachlaß festgehalten, daß Remarque eine »Vielzahl von Notizen und sog. Plänen« angefertigt hatte, die er »zur konzeptionellen Planung im Hinblick auf Handlungsstruktur und Personencharakterisierung verwandte«. Er zitiert in seinem Aufsatz zur Entstehungsgeschichte des Romans einen Brief von Remarques Berliner Freundin Lotte Preuß, der am 30. Januar 1933 geschrieben worden ist und einen Hinweis darauf gibt, daß »Pat« zu diesem Zeitpunkt aus der Sicht der Verfassers druckfertig war: »Erich, du, Lieber, was soll ich dir sagen: ich habe beim Lesen geheult, ich habe beim Schreiben geheult ... der schönste Liebesroman, den ich kenne – man muß dir den Nobelpreis darauf geben.«[61]

Hitlers Machtübernahme greift natürlich auch einschneidend in Remarques Leben ein. Ihm ist, wie praktisch allen links-liberalen oder antimilitaristischen (und unabhängig von ihrer Haltung allen jüdischen) Autoren, jede Publikationsmöglichkeit im Dritten Reich genommen. Hinzu kommt, daß er die veränderte politische Situation in dem Manuskript berücksichtigen will, sie ihn zu einer Umarbeitung zwingt. Im Herbst 1933 sitzt er wieder an dem Roman. »Die große Zahl der nun folgenden varianten Fassungen des Textes, die in Typoskripten, handschriftlich korrigierten Manuskripten und handschriftlichen Aufzeichnungen dokumentiert sind, lassen zunächst eine Fortentwicklung der Konzeption von ›Pat‹ erkennen, schließlich eine signifikante Umstrukturierung des Textes hin zur publizierten Fassung von ›Drei Kameraden‹«.[62]

Die neue Vorlage ist im Frühjahr 1936 beendet. Allerdings nimmt der Autor, wie Thomas Schneider berichtet, bis zur amerikanischen Veröffentlichung an dem Manuskript Umarbeitungen vor. Im April 1936 schreibt sein englischer Verleger Huntington: »Ich habe Ihren neuen Roman über die so sympathischen jungen Leute, die sich so mutig in den Jahren der Nachkriegszeit mit einer Garage durchschlagen, gelesen. Jede Seite des Buches war mir eine wahre Freude und ich möchte Ihnen herzlichst gratulieren zu dem großen Effekt der menschlichen Wärme, der Ihnen in Ihren Charakteren ... so meisterhaft gelungen ist.«[63]

Nach einigen Diskussionen um den Titel – ursprünglich war »Ein bißchen Leben« geplant, Huntington dachte vorübergehend an den verkaufsträchtigen, aber die Intention des Romanes gänzlich verfehlenden Namen »Wir waren jung – Wir waren fröhlich« – erschien die englische Ausgabe 1937 als »Three Comrades«. Remarque notierte im Tagebuch im Herbst 1936 noch einige anderen Überlegungen, die er aber verwarf: »Staub im Wind? Kleines Schicksal? Dünung? Zwielicht? Traum vor der Nacht? Our little Life? Such nach Bruder!«[64]

Von Februar bis Mai 1937 konnten die Abonnenten der biederen US-Zeitschrift »Good Houskeeping« Remarques neues Werk als Fortsetzungsgeschichte genießen. Otto Klement hatte den Kontrakt zustande gebracht und verkaufte die Filmrechte dann auch gegen ein hohes Honorar an MGM in Hollywood.

Gegenüber der Ursprungsfassung ist »Drei Kameraden« weniger direkt an das Geschehen des Romans »Der Weg zurück« herangeführt als »Pat«, und vor allem spielt die Weltwirtschaftskrise, die ihren Höhepunkt während der Niederschrift des früheren Manuskripts erreichte, im endgültigen Text nicht mehr die zentrale Rolle. Remarque hatte »Pat« noch mit der Vorbemerkung beschrieben: »Das vorliegende Buch ist das dritte und letzte einer Reihe, zu der ›Im Westen nichts Neues‹ und ›Der Weg zurück‹ gehören. Es hat im Grunde das gleiche Thema; die Frage, die in den ersten beiden

Büchern für Hunderttausende gestellt wurde, kehrt hier wieder für einen einzigen Menschen. Es ist die Frage des Lebens und des Todes; die Frage: Warum?«[65] Dies trifft auch noch teilweise auf »Drei Kameraden« zu. Der zeitgeschichtliche Hintergrund der endgültigen Fassung zeigt bereits den Aufmarsch des Nationalsozialismus, der schließlich zum Untergang der Republik führt. In »Pat« läßt Remarque Gottfried Lenz durch einen Unfalltod sterben, in »Drei Kameraden« wird er Opfer eines politischen Mordes.

Der Roman ist in seiner Sprache und in der Wahl des Milieus trotz vieler Ähnlichkeiten mit »Der Weg zurück« verändert. Wo im Vorgängerbuch die biedere Provinz auflebt, die Figuren der Handlung in ihren Dialogen eine vielfach entsprechende, zur Einfachheit neigende Wortwahl benutzen, pulsiert in »Drei Kameraden« die Großstadt. Die Cafés und die darin verkehrende Halbwelt, der glitzernde Neureichtum und das Elend der Großstadtarmut, Autos und Wettbüros, die hitzigen politischen Debatten in einer Stadt, zu deren Eroberung gerade Joseph Goebbels ansetzt, verändern nicht nur den Hintergrund der Erzählung, sondern auch den Erzählduktus des Autors. Die Menschen sind »lässiger«, ihr Lebensstil, ihr Umgang miteinander verliert das »Frontverhalten«, das Ernst Birkholz und seine Kameraden noch so stark geprägt hatte. Remarques Humor, seine »burschikose« Sprache (»Unsere Zeit hat für ihre Gefühle die Worte noch nicht. Sie kann nur burschikos sein – alles andere ist unecht«[66]) ist farbiger und leichter. Die Jahre, die er in Berlin gelebt hat, fließen ein in die Gestaltung des Romans. Und es bekommt ihm gut.

Die deutschsprachige Auflage war nicht mehr zu vergleichen mit derjenigen der beiden Vorgänger-Romane: ganze 17500 Exemplare erschienen Querido für den »Bestsellerautor« angesichts des versperrten Buchmarktes in Deutschland noch vertretbar. Was allerdings für Remarque im Gegensatz zur Mehrzahl seiner weniger glücklichen Kollegen auch nicht mehr von großer Bedeutung war. Er war längst ein internationaler Autor geworden, und der deutschen Veröffentlichung standen viele fremdsprachige Ausgaben gegenüber.

Nach dem Krieg erscheint die erste Ausgabe im besetzten Deutschland im September 1951 bei Desch in München. Querido und Bermann Fischer bestätigen dem Autor schriftlich, daß sie keinerlei Rechtsansprüche für »Drei Kameraden« und »Liebe Deinen Nächsten«, die während der Exiljahre in diesen Verlagen erschienen sind, erheben. Stolz schreibt der neue Verleger an den Autor: »Wir haben vorsätzlich ein größeres Format gewählt und dem Schutzumschlag ... attraktive Farben gegeben. Es hat sich schon auf der Buchmesse in Frankfurt gezeigt, daß es durch die äußere Gestaltung unter Hunderten von Büchern herausfällt. Es wird auch im Schaufenster seine Wirkung tun.«[67] Der erste Remarque, der wieder auf den deutschen Markt gelangt (von »Im Westen nichts Neues« liegt bis zu diesem Zeitpunkt lediglich eine Sonderausgabe für Kriegsgefangene in amerikanischen Lagern vor, und »Arc de Triomphe« wird 1948 beim rasch Konkurs anmeldenden Schweizer Kleinverlag Mischa verlegt und dann »verramscht«), ist kein Renner. Die erste Auflage liegt bei 10 000 Exemplaren, die zweite Auflage ist erst Ende 1952 verkauft. Allerdings erwerben verschiedene Buchgemeinschaften den Roman und bieten ihn ihren Kunden in beachtlichen Auflagen an. Im November 1951 druckt die neu gegründete und bald sehr auflagenstarke Illustrierte »Quick« ihn als (etwas gekürzte) Fortsetzungsgeschichte.

Die Rezensionen in Deutschland waren unterschiedlich, skeptisch, ablehnend oder lobend. Im Berliner »Tagesspiegel« hieß es: »Hemingways verlorene Generation ist wirklich vom Nichts zu Tode getroffen; bei Remarque kokettieren die Halbwelt-Helden mit dem Nichts.«[68] F. C. Weiskopf meinte abfällig: »An literarischer Substanz hat er (Remarque) in der Zeit zwischen dem vorletzten Buch und dem Roman ›Drei Kameraden‹ nicht gewonnen.«[69] In der DDR-Zeitung »Sonntag« war zu lesen: »Was soll der Leser zu diesem Roman, der schon in der Zeit des Faschismus im westlichen Ausland erschien, sagen? Was soll er sagen, wenn er bemerkt, daß Remarque, weit davon entfernt, an gewisse positive Elemente seines ›Im Westen nichts Neues‹ weiterentwickelnd anzuknüpfen, gerade die negativen Züge (und die waren in der Mehrzahl) verstärkt?«[70]

Remarques Pessimismus paßte nun einmal nicht in das Bild von der strahlenden proletarischen Zukunftsgesellschaft, das die DDR-Oberen ihren Bürgern vorgaukelten.

Dagegen lobte die FAZ die »starke Erzählkunst des Autors«, seine »humanitären Ideen«. »Und so entsteht das Bild einer Generation zwischen den Zeiten, einer aus abenteuerlichen Holzschnitten zusammengefügten Chronik und einer Liebesrhapsodie, wie die moderne Literatur nur wenige kennt.«[71] Auch in der Provinz gibt es positive Resonanz, der Wuppertaler »Generalanzeiger« spricht vom »wohl eindrucksvollsten Werk unserer Tage«[72], und das Organ der westdeutschen Gewerkschaften, »Welt der Arbeit«, urteilt nicht weniger enthusiastisch: »Das Buch verbindet Treue zu Realität mit dichterischer Kraft. Selten ist die Geschichte einer Kameradschaft schöner und eindringlicher geschildert worden. Und es gibt in unserer Literatur wenige Beispiele für die Zartheit und Verhaltenheit, mit der hier die Geschichte einer Liebe vor uns abrollt.«[73]

1938 gab es naturgemäß nur in ausländischen oder Exilblättern Reaktionen auf das Buch. Alfred Polgar meinte damals in der Baseler »National-Zeitung« euphorisch: »Eine so schöne, starke Liebesgeschichte ist lange nicht geschrieben worden ... Remarque erzählt meisterlich, in einer gedrängten, kleinplastischen, den Dingen ganz nah an den Leib rückenden, unmittelbaren Sprache.«[74] In der von Brecht, Feuchtwanger und Bredel herausgegebenen und unter russischem Einfluß stehenden Exilzeitschrift »Das Wort« ließ der Kritiker kein gutes Haar an dem Buch: »Billige Effekthascherei« sei das alles.[75] Wahrscheinlich störte es Moskau empfindlich, daß Remarque den »Kampf« der deutschen Kommunisten in den Schlußjahren der Republik so gar nicht zu würdigen verstand. Immerhin, ein unbestritten »marxistischer« Ansatz läßt sich in dem Roman sehr wohl finden. Auf die Bemerkung Lohkamps, nicht die Welt sei verrückt, sondern »nur die Menschen«, antwortet der Gastwirt Alois lapidar: »Verrückt sind die nicht. Bloß habgierig. Einer gönnt dem andern nischt. Und weil zuviel von allem da ist, haben die meisten gar nischt. Es liegt bloß an der Verteilung.«[76]

Schließlich noch zwei Stimmen aus der angelsächsischen Zeitungswelt, die 1938 erschienen. »Jeder, der seine Zeit bewußt miterlebt, muß dieses Buch lesen«, schreibt der Kritiker der Londoner »Times«, und im »Observer« ist zu lesen: »Der Roman ist mit so echter Leidenschaft, so warm und menschlich geschrieben, daß er nur begeisterte Zustimmung wecken kann.«[77]

Remarques Romane bleiben in der Literaturkritik umkämpft und umstritten. Er selbst notiert am 18. Mai 1937 im Tagebuch: »Erste englische und amerikanische Kritiken über Drei Kameraden. Besser als ich erwartete. New York Times überwältigend gut.«[78] Und drei Tage später folgt die schon in anderem Zusammenhang erwähnte, fatalistische Eintragung: »Schlechtere Kritiken angekommen. Nicht viel. Aber genug, um mich zu überzeugen.«[79]

Am Rande nur sei angemerkt, daß »Drei Kameraden« bei einer Umfrage unter Deutschlehrenden an den Hochschulen in der ehemaligen Sowjetunion 1994 als das gemeinsam mit einem Kinderbuch Erich Kästners (»Das doppelte Lottchen«) von ihren Studenten meistgelesene deutschsprachige Buch genannt wurde. Ein solches Ergebnis ist – wie Petra Köhler-Haering, die diese Befragung durchgeführt hatte, betont – sicherlich zeitbedingt zu werten.[80] Viele russische, ukrainische oder aserbaidschanische Deutschlernende erkennen in der Darstellung der Spätphase Weimars und des Lebens der Menschen in dieser Zeit zweifellos die eigenen Nöte und Sorgen. Die Nachfolgestaaten der UdSSR machen seit dem Zusammenbruch des sowjetischen Imperiums ebenfalls eine Umbruchphase unter schwierigsten ökonomischen Bedingungen durch. Aber dieser Hinweis – der kein literarisches Urteil sein kann – beweist doch, wie aktuell für viele Leser in der Welt Remarques Romane nach wie vor sind. Auch die Geschichte von den »Drei Kameraden«.

Am 17. Juli 1936 notiert Remarque im Tagebuch: »Telegramm Klement. Filmverkauf des Buches an Metro. Glaubs noch nicht recht. Wäre prachtvoll. Vielleicht ein Cézanne drin.«[81] Ein Bild des französischen Impressionisten war »drin«. Louis B. Mayer kauft die Filmrechte und beauftragt einen der bedeutendsten zeitgenössischen amerikanischen Autoren, Francis Scott Fitzgerald, mit dem Drehbuch. Insofern scheinbar eine glückliche Lösung, als Fitzgerald in seinen Romanen (»Diesseits vom Paradies«, »The Beautiful and the Damned«, »Der große Gatsby«) und Kurzgeschichten ebenfalls das Drama einer »lost generation« thematisiert. In den zwanziger Jahren werden er und seine Frau Zelda zu Kultfiguren in der intellektuellen amerikanischen Szene. Und wie Remarque bekämpft er seine Ängste und künstlerischen Selbstzweifel durch ein Übermaß an Alkohol. Für Hollywood hat er schon vorher mehrere Drehbücher geschrieben, aber zur Zeit seiner Arbeit an »Three Comrades« den Zenit seines literarischen Ruhmes bereits überschritten. Seine letzten Lebensjahre – und in sie fällt seine Bearbeitung des Remarque-Stoffes – stehen im Schatten des psychischen Zusammenbruchs seiner Frau und einer den Autor blockierenden künstlerischen Krise. Fitzgerald stirbt 1940 im Alter von 44 Jahren.

Remarques Roman begeistert ihn. Er schreibt eine Drehbuchfassung, die die Naziherrschaft anklagt. Einige Szenen, die er neu einfügt, schildern die Demütigung und Entrechtung deutscher Juden durch ihre »arischen« Landsleute oder den Patriotismus dieser nun allein wegen ihrer »Rasse« aus der Gemeinschaft der Deutschen ausgestoßenen Menschen. Aber Fitzgerald hat handwerkliche Probleme. »Alle ideellen und materiellen Studiointentionen entgleiten ihm völlig bei dieser Arbeit, seinem wohl wichtigsten Drehbuchentwurf ...«[82] Der Produzent Joseph Mankiewicz zieht einen weiteren Bearbeiter, E. E. Paramore, hinzu, schreibt selbst vieles um, es gibt heftige Auseinandersetzungen im Schreiberteam, und am Ende steht ein politisch entschärftes, recht sentimentales Script. Die Rolle Lohkamps übernimmt der junge Robert Taylor, und Pat Hollmann wird von Margaret Sullavan dargestellt. Im Juni 1938 sind die Dreharbeiten beendet, und die Kritik äußert sich überwiegend positiv über das neueste Produkt aus der Filmmetropole. Die »New York Times« meint: »It is a superlatively fine picture, obviously one of 1938's best ten and not one to be missed.«[83] Remarque selbst allerdings ist von der Kinoversion seines Romans wenig angetan. Als er ihn im Oktober 1938 in Paris gemeinsam mit Marlene Dietrich gesehen hat, notiert er: »Montag Abends Film Drei Kameraden angesehen. Schlecht. Sullavan gut. Puma war sehr erregt und schimpfte ... Wollte nicht mehr viel hören über den Film. War mir auch ... egal.«[84]

Harley U. Taylor weist in seiner Remarque-Monographie darauf hin, daß Louis B. Mayer vor der Uraufführung des Films eine Vorführung für den Nazi-Vertreter in Los Angeles, Gyssling, arrangieren ließ. Hollywood wußte, wie hysterisch die Herren in Berlin auf Remarque reagierten, und Mayer wollte sie nicht verärgern. Schließlich ging es um Geschäfte. »Not surprisingly, the Nazi was not pleased with the accurate portrayal of Nazi violence and suggested to Mayer that the communists be substituted as the villains of the piece.«[85] Der mächtige Filmboß war zu entsprechenden Änderungen sofort bereit. Zum Glück bewies Produzent und Mitautor Mankiewicz Zivilcourage und setzte sich mit seinem Protest gegen solche willfährigen Verbeugungen vor dem Dritten Reich gegen Mayer durch. So ließ die Filmversion von »Three Comrades« doch immerhin den politischen Hintergrund erkennen, vor dem sich die Liebe zwischen Lohkamp und Pat so kinoschön und melodramatisch abspielt.

Im September 1937 kommt es zu einer Bekanntschaft, die mitbestimmend für Remarques nächste Jahre sein wird. Dunkel, peinlich, manchmal beglückend, auf jeden Fall für lange Zeit seinen Lebensrhythmus diktierend. Am Lido begegnet er der Schauspielerin Marlene Dietrich. Sie sehen sich nicht zum ersten Mal. Anfang 1930 kam es zu einem kurzen, folgenlosen Gespräch im Berliner »Hotel Eden«. Diesmal aber ist es ein Beginn. Nur wenige Wochen später teilen sie Bett und Mahlzeiten, das *Puma* wird bis zum Herbst 1940 zum beunruhigenden Mittelpunkt in Leben und Tagebuch. Dann kann Remarque sich lösen. Nie völlig, aber es endet doch eine Leidenschaft, bei der er eine oft wenig schmeichelhafte Rolle spielte.

Marlene Dietrich war schon damals fast ein Mythos. 1901 in Berlin geboren, Tochter aus großbürgerlichem Hause, begann sie in den Zwanzigern ihre Schauspielerkarriere. Zunächst hatte sie Nebenrollen und Auftritte in Tanzrevuen, dann kam 1930 über Nacht der Durchbruch. Als Künstlerin Fröhlich in »Der blaue Engel« – Vorlage war der Roman »Professor Unrat« von Heinrich Mann – wurde sie berühmt. Ihr Entdecker und zeitweiliger Liebhaber war der Regisseur Joseph von Sternberg. Ihre laszive Erscheinung – schön, erotisch, geheimnisvoll – faszinierte das Kinopublikum. Hollywood rief sie und ihren meisterlichen Regisseur. Sie machten in Amerika mehrere erfolgreiche Filme, Marlene Dietrich wurde reich und ein Weltstar. Als Remarque sie in Venedig traf, war ihre Karriere allerdings schon über den ersten Höhepunkt hinaus, die letzten Filme erwiesen sich als wenig zugkräftig an den Kinokassen. Beide kamen also in einem Augenblick zusammen, als ihr Künstlerstern nicht ganz so strahlte wie in den Jahren zuvor.

Marlene Dietrich sah nicht nur erotisch aus, sie war es auch. Ihre Affären sind Legende. Sie trat in ihren Filmen an der Seite der großen männlichen Hollywood-Stars auf, und kaum einer unter ihnen, der nicht nach der Arbeit in den Studios in den Armen der Dietrich landete. Maurice Chevalier, Michael Wilding, James Stewart, Gary Cooper, Kirk Douglas, Frank Sinatra, John Wayne – um nur einige zu erwähnen, die heute noch berühmt sind. Es waren häufig nur flüchtige sexuelle Begegnungen. Über Jahre zogen sich dagegen die intimen Beziehungen zu Douglas Fairbanks jr., Jean Gabin oder Yul Brunner hin. Die Dietrich war aber auch hingerissen von den Mächtigen in der Politik oder in der Literatur und »lag ihnen buchstäblich in offener Bewunderung zu Füßen«.[86] Affären mit Joseph Kennedy, dem Vater des späteren Präsidenten, Edward R. Murrow oder Adlai Stevenson, dem unterlegenen Herausforderer von Eisenhower, gab es, der alte Bernhard Shaw erlag der Versuchung, mit Ernest Hemingway, Jean Cocteau oder Noël Coward verband sie keine intime, aber bewundernde Freundschaft. Im Zweiten Weltkrieg ging sie im Rahmen der Truppenbetreuungsprogramme nach Europa und begeisterte nicht nur die GIs, sondern auch manchen US-General, der sich nur willig und gerne verführen ließ. Die dankbare Armee dekorierte sie mit schönen Orden. Kaum weniger lang war die Liste ihrer weiblichen Geliebten, zu denen Edith Piaf und Gertrude Stein zählten und viele, die im kulturellen und gesellschaftlichen Rampenlicht standen oder in der Halbwelt auffielen.

Die Dietrich war keine bedeutende Schauspielerin, aber ein Star. Sie füllte diese Rolle mit ungeheurer Disziplin aus, wußte sich so darzustellen, wie die Welt es von ihr erwartete. Exzentrisch, ausschweifend, intelligent, aber nicht klug, lebte sie allein für ihre Film- oder Konzertauftritte. Sie kannte eigentlich nur eines: Marlene Dietrich. Und sie ging noch in einem Alter auf die Bühne, als es besser gewesen wäre, es nicht mehr zu tun. Nach ihrer Filmkarriere feierte die über Siebzigjährige in den Nachtclubs von Las Vegas, in den Theatern und Konzertsälen Amerikas und Europas als Chanson-Sängerin Triumphe. Am Ende war sie alkohol- und medikamentensüchtig, stürzte mehrfach auf der Bühne, war schließlich fast nur noch eine Karikatur der großen, umjubelten Dietrich. Sie starb 1992 in Paris, wo sie ihre letzten Lebensjahre menschenscheu und krank verbracht hatte. Ein Mythos ist sie geblieben, und einige Jahre nach ihrem Tod zierte ihr Konterfei eine bundesdeutsche Briefmarke.

Das war die Frau, die Remarques Leben nun bestimmen sollte. Wenn hier ihr reges Liebesleben, ihre egomanische Lebensweise erwähnt wird, dann, um zu verdeutlichen, in welche Rolle Remarque geraten mußte, als er sich in sie verliebte. Zunächst war es eine gegenseitige Leidenschaft. Marlene Dietrich hatte 1929/30 seinen spektakulären Aufstieg in der Weimarer Literaturszene noch in Berlin miterlebt. Der Schriftsteller wiederum traf auf eine Frau, die seinen Idealen nur zu sehr entsprach: schlank, von außergewöhnlicher Schönheit und umstrahlt vom Glamour, dem er schon immer erlegen war. Finanziell war jeder von ihnen unabhängig, und so lebten sie im Luxus. Beide hatten Deutschland verlassen, waren Weltenbummler und sich in ihrem Haß auf die Nazis einig.

Fatal in diesem Verhältnis war, daß Marlene Dietrich es nie bei einer Beziehung lassen konnte. Immer gab es für sie neben dem jeweiligen Favoriten andere Männer oder Frauen. Als Neunzehnjährige hatte sie in Berlin Rudolf Sieber geheiratet, und aus dieser nie geschiedenen Ehe stammte eine Tochter. Der Gatte wurde sehr bald aus dem gemeinsamen Bett verbannt und lebte und litt mal nahe, mal fern an der Seite der Diva, von der er finanziell vollständig abhängig war. Die russische Geliebte Siebers rundete den Dietrich-Clan ab, ein Gefolge, das sie ständig auf ihren Reisen oder bei längeren Aufenthalten in Hollywood, in Paris, London, Wien oder Südfrankreich umgab. Wer immer gerade das Herz der Dietrich gewonnen hatte, war dabei, wurde in die »Familie« aufgenommen, bis er Platz machen mußte für eine neue Leidenschaft. Briefe, Tagebücher (auch das von Remarque), die umfangreiche Lebensbeschreibung der Tochter zeigen das Bild einer chaotischen, von den Besessenheiten der Hauptperson dieser unzähligen Liebes- und Lebensdramen beherrschten Kleinwelt, das die Dietrich-Biographen in der Regel gnädig verhüllen.

Remarque war in dieser Tragikomödie der Gefühle und Heimlichkeiten der »arme Ritter«. Er litt unter den Lügen und Affären der Dietrich, unter dem Leben im »Clan«, der von seinem Oberhaupt befehligt, umsorgt, bekocht und erdrückt wurde. Wenn sie nachts heimlich aus ihrem Hotelzimmer schlich, um zu einem oder einer Geliebten zu eilen, suchte er sie auf den Straßen und in Nachtbars. Lächerliche, peinvolle und entwürdigende Szenen spielten sich im Schlafzimmer ab. Nicht das souveräne Leben eines Schriftstellers war es in diesen Zeiten, sondern häufig eine ziemlich miese Schmierenkomödie. Er wußte es. Maria Riva, die Tochter Marlene Dietrichs, beschreibt die Situation Remarques am Ende dieser Beziehung, als beide in Hollywood leben, mit dem sehr treffenden Satz: »Dieser liebevolle Mann war zu einem tragischen Voyeur geworden, zu einem Cyrano von Beverly Hills.«[87]

Remarque ist nicht an Marlene Dietrich zerbrochen, aber diese Beziehung hat ihm bittere Stunden beschert und sein Künstlertum für einige Jahre fast blockiert. Er fühlte das Unwürdige seines Verhaltens und verachtete sich deswegen. Die Dietrich ließ nie einen Liebhaber frei, auch wenn sie ihn eigentlich schon längst verlassen hatte und in ihrem Tagebuch von Treffen mit den neuen Angebeteten schwärmte. Und Remarque fand lange Zeit nicht die Kraft, auszubrechen aus einem Leben, dessen banaler Untergrund ihm nahezu täglich bewußt war.

Das Tagebuch enthüllt im Zusammenhang mit seinen Reflexionen über Frauen und Alkoholnächte über Jahrzehnte hinweg eine Urangst dieses Schriftstellers: ›Lebe ich eigentlich noch, geht die Vitalität wahrer Existenz nicht unwiederholbar an mir vorüber, ist meine Zeit nicht schon abgelaufen?‹ Das *Puma* und später Natascha Paley, das sind auch Ersatzhandlungen. Die Beziehungen zu diesen beiden – und anderen – schönen Frauen sind für ihn ein Schutz vor dem als bedrohlich empfundenen Alter und der so verachteten Bürgerlichkeit. Er kann nicht loslassen, denn was bleibt dann? Die Selbstanalysen in den persönlichen Notizen weisen jedenfalls auf solche Erklärungsmuster hin. Natürlich stehen daneben die Sexualität und die Faszination, die die unkonventionell lebende Dietrich (und Natascha Paley) auf den Osnabrücker Handwerkersohn ausüben. Aber wer die selbstquälerischen Zeilen liest, die er über seine Kämpfe, die Glücksmomente und die anklagenden Vorwürfe in der Beziehung zum *Puma* – dann auch zu Natascha – niederschreibt, dem erscheint die körperliche Liebe, die er fordert, fast zweitrangig.

Zunächst ist auch die Schauspielerin hell entflammt, sie schätzt den Charme, das »gute Benehmen« des attraktiven und berühmten Mannes. Er ist einfühlsam und ein Gesprächspartner, der zuhören kann. Sie treffen sich in Paris, im Sommer 1938 zieht der »Clan« für ein paar Wochen ins südfranzösische Antibes. »Einen Tag unten am Wasser nachts. Himmlisches Gesicht. Eile, herauf zu kommen. Schwärmerische Nacht. Aber sonst, – eher dem Ende zu. Viele kleine Anzeichen. Bei mir, bei ihr. Empfindlichkeit, Spott, Gereiztheit. Zu wissen, daß es wahrscheinlich das Beste u. Letzte ist.«[88] Marlene Dietrich beginnt in diesem gemeinsamen Urlaub eine Beziehung mit der reichen Jo Carstairs, und Remarque vermerkt: »Das Puma seit einigen Tagen völlig einer Frau verfallen.«[89] Mit masochistischer Genauigkeit schildert er in seinem Tagebuch in den nächsten Wochen über Seiten, wie Streit, Trennung, nächtliche Suchstreifzüge in Bars und Schwulenkneipen seine Zeit ausfüllen. »... ich lache u. mein Leben geht vielleicht kaputt ... Hatte Herzklopfen. Schweiß. War wirklich angeschlagen.«[90] Wenn sie getrennt sind, werden Telegramme hin- und hergeschickt (»Du Klammer ohne die mein Leben zerfließt«[91]), Briefe werden geschrieben, Blumengrüße ausgetauscht und lange nächtliche Telefongespräche zwischen Porto Ronco und Kalifornien geführt. »Kannst Du nicht doch Pat spielen«, beschwört er sie Anfang Januar 1938. »Soll ich Metro kabeln, dass ich unter dieser Bedingung Szenario mitbearbeite? ... Beginne neues Buch für Dich ausschließlich (erstmals taucht hier die Idee eines Ravic-Romans auf, der erst später mit ›Arc de Triomphe‹ realisiert wird – WS) ... Übereile nichts, nie fürchten, nie ärgern. Wir beginnen ja erst und alle werden sich noch wundern.«[92] Er unterzeichnet seine Botschaften mit *Alfred, Ravic, Große Kreuzotter, Assessor von Felseneck*, nennt sie *Puma, Tante Lena* oder *Jussuf.* Ein nervöser Verliebter und ein sich selbst in dieser Beziehung sehr klar beobachtender Tagebuchschreiber ist er in all diesen Jahren.

Von September bis Anfang Dezember 1938 lebt er mit ihr in Paris. Eine turbulente Zeit: viele Menschen, viele Nächte, viel Alkohol – wenig Arbeit. Es sind Monate, in denen Glücksgefühle und Niedergeschlagenheit abrupt wechseln. Und fast immer wird die Stimmung von der Geliebten beeinflußt. »Spazieren gegangen durch die Straßen ... für Marlene Rosen gekauft. Schön, so zu gehen. Fühlte mich frei. Sah die Leute an, Mädchen, Frauen, dachte, es sei nie ein Ende, auch wenn das Puma weggeht. Denn so geht es doch nicht für lange. Dieses Stützen auf mehrere Schultern ist nichts für mich. Auch nicht das Herumspielen. Man soll mit Schauspielerinnen nichts anfangen.«[93] – »... diese Fürsorge u. gleichzeitig die Tücke.«[94] – »Ich glaube nicht, daß ich das Theater noch sehr lange mitmache.«[95] – »Es ist eine sanfte Hölle jetzt. Ich werde wirklich von allen Seiten gebraten ... Muß weg. So geht das nicht. Fürchte mich vor dem Abend. Diese Gleichgültigkeit ist entsetzlich.«[96]

Die im Tagebuch genau registrierten »zärtlichen« Nächte werden wenige Stunden später von absurden, lächerlichen Streitereien abgelöst. »Sagte ihr, daß ich um 2 Uhr Ruth Albu treffen würde. Sie erstarrte etwas. Ging. Als ich ins Schlafzimmer ging, stand sie hinter der Tür. Später sah ich, daß sie alle meine Schuhe versteckt hatte, damit ich nicht gehen sollte.«[97] Bühnenreife Auftritte oder wie er einmal verächtlich notierte: »Eine Waschfrauenszene«.[98] Nach einem Armbandumtausch beim Juwelier: »Mir hings zum Halse raus ... Mußte lachen, so komisch war es, das Puma zu einer kleinen, gierigen Person werden zu sehen; – denn es ging ja um relativ wenig.«[99] Selten finden sich in den Pariser Wochen Eintragungen wie diese: »Später Oktobertag. Graue, kühle Luft, nicht traurig. Läßt Zimmer lieben, Wärme, Kamin, Arbeit. Stille, ruhige Stimmung. Rilke gelesen.«[100]

Er schreibt seit April 1938 an seinem ersten Exil-Roman (»Liebe Deinen Nächsten«), kommt aber kaum zur Arbeit. Was Schuldgefühle auslöst, ihn nervös macht. »Es heißt sich zu entscheiden! ... Selbstbesinnung! Fester sich fassen! Sezieren, was nicht zugehört. Genug von Tucken, Weibern u. Amouren! ... stell dich an deinen Platz!«[101] – »Arbeite, Soldat, vergiß und arbeite!«[102] – »Allein in Porto Ronco. Himmlische Vorstellung.«[103] Er sehnt sich nach Arbeitsruhe und kann sich doch nicht losreißen. Die entsprechenden Eintragungen klingen wie Selbstbeschwörungen: »Soldat! Solltest du in Portoronco an den einsamen Abenden zuviel Verlangen nach ihr haben, denke daran, daß es ein Glück ist, daß sie abreiste. So ging es nicht weiter, auch im besten Verstehen nicht, denke daran, daß in den ausgeglichensten Stunden du immer das erkannt hast ... Du kannst nicht der Schlattenschammes eines Filmstars sein ... Du bist vierzig, Soldat. Beginne dein eigenes Leben! ... Du hast viele Dinge in dir, die hinauswollen, aber du mußt ruhig bei ihnen sein, ihnen Zeit gönnen u. sie lange ansehen. Du hast nun genug Film-Regieassistent gespielt ...«[104]

Viele Besucher kommen in die französische Hauptstadt. Remarque trifft mehrfach Walter Feilchenfeldt, der ihm Bilder anbietet: »Hinterher in Feilchens Hotel drei Cézannes angesehen. Aquarelle, zwei Landschaften, ein Kopf mit Strohhut von hinten. Gekauft.«[105] Ruth Albu kommt für wenige Tage. Jutta hält es in Porto Ronco nicht mehr aus, sie drängt und erscheint schließlich in Paris, was ihn stört, und so kümmert er sich auch wenig um sie. Die Abende und Nächte gleichen sich, sehen aus wie dieser Abend: »Am 7. abends mit Vera, Russie u. drei Leuten aus Ägypten zuerst bei Russie, dann im Maxim, anschließend in einigen Boites, zuletzt Scheherazade. Gegen sechs Uhr morgens zeigten uns zwei der Ägypter den Blick im Louvre vom Kleinen Carussel zum Obelisken u. zum Arc. Grauer, heller Morgen, graues helles Licht. Mit dem Puma ins Hotel, geschlafen, lange, tief, voll Liebe.«[106] Dazwischen Kino- und Ausstellungsbesuche,

Verlagsverhandlungen, Spaziergänge im Bois und Essen bei Fouquet's auf den Champs-Élysées. Manchmal sehnsuchtsvoll-melancholische Erinnerungen an das Leben vor dem Ruhm: »An früher gedacht. Klavier, Kompositionen, Lieder, Gedichte. Weiß nicht, wie ich es wieder kriegen soll. Flüchtiges Leben.«[107]

Am 20. Februar 1938 hat er lapidar im Tagebuch notiert: »22. Januar in St. Moritz geheiratet.«[108] Zum zweiten Mal wird Jutta Zambona seine Frau. Und dies zu einem Zeitpunkt, in dem er von Marlene Dietrich gefesselt ist. Nicht Liebe hat ihn zu diesem Schritt bewogen, sondern Hilfsbereitschaft. Jutta droht die Ausweisung aus der Schweiz nach Deutschland, als wiederangetraute Ehefrau ist sie geschützt. Glücklich fühlte er sich nicht. An das ferne *Puma* schreibt er aus St. Moritz: »Um mich herum in der Halle ist ein mächtiges Teetrinken im Gange – ich hasse das alles, die Bar, die Leute, den Schnee und die Vergangenheit.«[109] Er leidet in den ersten Monaten des Jahres 1938, die er überwiegend in Porto Ronco verbringt, unter der Einsamkeit und der Trennung von Marlene Dietrich (»Tagebuch eines allein lebenden Menschen schreiben«[110]). Hexenschuß und Ischias plagen ihn, er spürt das eigentlich noch so ferne Alter, und Hitler marschiert im März in Österreich ein. »Zeitung gelesen. Zum Kotzen.«[111]

Ruth Albu hat einmal über Remarques Verhältnis zu Jutta Zambona gesagt: »Ganz so krank kann sie nicht gewesen sein. Aber er war verliebt in ihre Schönheit. Immer. Er umgab sich gern mit schönen Dingen.«[112] Es ist wohl so, aber innerlich steht er ihr fern. Im September 1938, er ist mit der Dietrich in Paris, hält er im Tagebuch fest: »Mit Peter telefoniert. Weinte. Fühlte sich allein. Schrecklich. Riet ihr, entweder nach Paris zu kommen oder über Porto-Ronco nach Paris zu fahren. Wie kann man ihr nur helfen, ohne zurückzugehen! Zurück kann ich nicht. Das wäre das Ende meines Lebens.«[113]

Später zahlt er *Peters* Wohnungen, ihre Reisen, ihren Lebensunterhalt. Sie erwerben als Ehepaar 1947 gemeinsam die amerikanische Staatsbürgerschaft. Eine Papierehe aber ist es, sie leben nur noch sporadisch unter einem Dach, Jutta dann als Besucherin in den Heimen des Schriftstellers. Emotional hat sich Remarque schon nach der ersten Scheidung von ihr gelöst. Die zweite amtliche Trennung erfolgt 1957, zu dem Zeitpunkt, an dem er sich entschließt, Paulette Goddard zu heiraten.

Die Politik beobachtet er in diesem dramatischen Jahr mit Nervosität. Einige Tage nach der »Reichskristallnacht« schreibt er: »Erregung in der Welt über Deutschland. 1 Milliarde Kontribution, Verwüstungen aller Häuser und Geschäfte, Verhaftungen von vielen Tausenden Juden, – alles, weil ein 17jähriger poln. Jude Grynspan den 3. Sekretär der deutschen Botschaft in Paris, v. Rath, erschossen hat ... Absolutes Gefühl, auf einem Vulkan zu leben.«[114] Auch wenn er die politischen Ereignisse in seinem Tagebuch kaum reflektiert, dort Marlene Dietrich herrscht und nicht Adolf Hitler, sieht Remarque die Entwicklungen mit Sorge und ahnt, daß der Friede in Europa nicht mehr zu halten ist.

Schon im Juli ist Remarque aus Deutschland ausgebürgert worden. Mit Schreiben vom 25. April 1938 teilt der »Reichsführer SS« dem Auswärtigen Amt auf Antrag der Gestapo mit: »Die Voraussetzungen für die Aberkennung der deutschen Staatsangehörigkeit sind gegeben.« Unterzeichnet ist der Brief von Dr. Werner Best, der als stellvertretender Gestapo-Chef und späterer Reichskommissar im besetzten Dänemark einer der großen Verwaltungstechnokraten des Nazi-Regimes ist. Nach dem Krieg lebt er lange unbescholten und als Industrieberater in der Bundesrepublik. In der Begründung der Gestapo heißt es: »Erich Remark hat mit Unterstützung durch die jüdische Ullstein-Presse jahrelang in gemeinster und niederträchtigster Weise das Andenken an die Gefallenen des Weltkriegs beschimpft und sich schon dadurch aus der deutschen Volksgemeinschaft ausgeschlossen. Mit dem auf diese Weise erworbenen Geld kaufte er sich eine Villa in der Schweiz. In Porto Ronco bei Locarno unterhielt er bis in die letzte Zeit einen regen Verkehr, der sich ausschließlich auf Emigranten, Juden und Kommunisten beschränkte.«[115] Seine Ehefrau ereilt das gleiche Schicksal, auch sie wird ausgebürgert.

Remarque reagiert betroffen und mit Galgenhumor: »Nachmittags Anruf aus London: ich sei auf der letzten Ausbürgerungsliste.

Na, wenn schon! Höchstens praktisch, man wird beim nächsten Krieg nicht sofort interniert.«[116] Er ist nun staatenlos, was Reiseprobleme mit sich bringt. 1937 haben er und Jutta Zambona einen panamesischen Paß erworben, der ihm seine Bewegungsfreiheit bewahrt. Eine Ausweisung aus der Schweiz nach dem Verlust der deutschen Staatsbürgerschaft rückt für den wohlhabenden Emigranten ohnehin nie in den Bereich des Möglichen. Zu Recht hat er es jedoch Deutschland nie vergessen, daß es ihn ausgestoßen hat. Selbstredend, daß in der Bundesrepublik niemand auf die Idee kommt, dem Schriftsteller in einem Akt des Respekts und der Wiedergutmachung die deutsche Staatsbürgerschaft zurückzugeben. Er wird bis zu seinem Tod keinen Antrag auf seine Wiedereinbürgerung stellen.

Ende November 1938 reist Marlene Dietrich nach Kalifornien, und wenige Tage später fährt Remarque nach Porto Ronco. Eine Notiz im Tagebuch läßt die Vermutung zu, daß er zunächst plant, den Roman über Paris zu schreiben, also die Monate mit dem *Puma* literarisch zu verarbeiten. »Spät abends die ersten Worte vom Roman mit Ravic geschrieben ... Typische Stimmung; etwas nervös, verärgert, deprimiert, – schon Zweifel an den beiden Themen; – dann bei Ravic umschlagend in Einfälle.«[117] Dann aber legt er diese Seiten in die Schublade und konzentriert sich auf »Liebe Deinen Nächsten«. Er ist fleißig, fühlt sich unwohl, das *Puma* geht ihm nicht aus dem Kopf, und kommt länger keine Botschaft aus Amerika, verdüstert sich die Stimmung, plagt ihn Eifersucht. »Vom Puma seit zehn Tagen nichts. Längste Zeit bis jetzt. Jo oder ein Mann.«[118] Er leidet unter dem Alleinsein, denkt immer wieder an einen Ausbruch aus der Schriftstellerklausur: »Sonderbare Stimmung. Manchmal Fluchtgedanken, – aber wohin? Höchstens zum Puma. Paris? London? Hotels? Nein, muß noch versuchen durchzuhalten. Mindestens diesen Monat noch.« – »Weiß nicht, ob ich fahren soll, Ende Januar oder nicht. Alle Gedanken kreisen um das Puma, – sonderbar, dafür, dagegen. Muß weiter arbeiten.«[119]

Der Roman aber wächst. Remarque kommt zwar nur langsam voran, klagt über Stockungen und ist mit einzelnen Abschnitten unzufrieden, kann jedoch am 6. Januar notieren: »70 Seiten des

Manuskripts insgesamt.«[120] Silvester feiert er bei Emil Ludwig und erlebt den ersten Morgenschimmer des Jahres 1939 in Asconas Nelly-bar. Marlene erreicht zum Jahreswechsel ein Jubeltelegramm: »Himmlisches abgelaufenes Jahr. Himmlisches kommendes Jahr. Puma sei froh und fürchte dich vor nichts. Das Glück gehört den Furchtlosen. Bleibe meine Freude. Ravic.«[121]

Die politischen Nachrichten bleiben bedrückend. »Offensive in Spanien. Bombardements durch japanische Flugzeuge in China. Forderungen Italiens auf Tunis. Gärung im Memel. Wann geht Europa zugrunde? Durch einen einzigen Menschen –.«[122] Hinzu kommen alarmierende Briefe von seiner Schwester: »Zustand meines Vaters fast ohne Hoffnung. Schwerste Arteriosklerose. 72 Jahre. Und so schwer gearbeitet, sein ganzes Leben.«[123] Ärger droht auch von Jutta, die in Paris ist und nun nach Porto Ronco kommen will. »Sagte, ich müsse arbeiten. Das Übliche ... Aber der Gedanke, daß sie hier sitzt, vorwurfsvoll, beobachtend, – und ich will dabei arbeiten – fast unmöglich!«[124]

Die ersten Kapitel des – wie immer – handgeschriebenen Romanmanuskripts werden von einer Sekretärin abgetippt, und er bleibt skeptisch. »... etwas deprimiert über das Buch, seit einiger Zeit. Nicht schlimm. Typisch, wenn man die ersten Schreibmaschinenseiten sieht.«[125] Dann beschließt er, »das Buch noch einmal zu schreiben«, da es »zu nackt in der Handlung« sei und es »etwas epischer, zusammengezogener« werden soll.[126] Schließlich aufatmend am 26. Februar: »Das Buch in der ersten Niederschrift beendet.«[127] Dann wieder wachsende Zweifel: »Nachmittags angefangen, erstes Kapitel des Buches zu lesen. Völlig entsetzt über den Mist. Feilchen angerufen, Trost verlangt ... Mich gefaßt u. das erste Kapitel durchgearbeitet. Für die Zeitungsausgabe ist nicht mehr viel zu machen. Ich fürchte, auch für das Buch nicht überaus viel.«[128]

Remarque ist erschöpft und will weg. »Ach, Puma, ich bin es müde Bücher zu schreiben ohne Dich. Die Zeit ist zu kurz.«[129] Am 14. März verläßt er Porto Ronco und fährt über Lausanne nach Paris. Dort trifft er die Dietrich-Familie – ohne ihre Hauptdarstellerin –, und am 18. März besteigen sie die »Queen Mary«. Mit auf der Reise ist auch sein Agent Otto Klement. Es geht nach New York. In Kalifornien wartet das *Puma*, und in wenigen Tagen betritt er zum erstenmal das Land, das ihm bald Zufluchtsort und zweite Heimat werden wird.

Als er im März 1939 den Ozean überquert, kommt er noch nicht als Emigrant. Das *Puma* und nicht der drohende Krieg ist Anlaß für die Reise. Seine Stimmung wechselt zwischen Bedenken und Vorfreude auf die Frau, die ihn aus der Arbeitsruhe in Porto Ronco hinausgetrieben hat. »Nicht sehr zufrieden«, notiert er während der Überfahrt, »aber sonderbar, daß eine Bar mit Musik nachts über den schweigenden Ozean fährt.«[130] Er will auf der »Queen Mary« ein Filmskript für die Dietrich schreiben, gibt diese Arbeit aber auf. Er ist zu nervös. Die politischen Entwicklungen tragen das ihre dazu bei. Er macht sich keine Illusionen über das, was kommen wird: »Scheußliche Nachrichten in der Zeitung. Dumpfes Ultimatum an Litauen wegen Memel. Dann wird Danzig folgen und Italien ebenfalls was haben wollen, und das ist dann der Krieg.«[131]

Am 23. März erreicht er New York. Zwei Stunden Paß- und Zollkontrollen, Quartier im Waldorf Astoria, dann die Großstadt der Superlative. Er stürzt sich in das Nachtleben, Shows, Tanzrevues, Schwarzen- und Schwulenkneipen in Harlem. »Das schönste aber der Ton der Stadt, – wie der dunkel donnernde, verhaltene Klang eines Rennmotors.«[132] Wenige Tage später reist er nach Los Angeles. Auf der Zwischenstation in Chicago besucht er das dortige Art Institute, bewundert die van Goghs, Toulouse-Lautrecs, Gauguins oder Cézannes. Am 27. März erreicht er Beverly Hills. Kalifornien wird bis 1942 seine zweite Heimat sein.

Es geht so weiter, wie es mit der Abreise Marlene Dietrichs aus Paris im Herbst 1938 geendet hat. »Puma furchtbar enttäuscht, daß ich Emigrantenstoff gemacht habe u. nicht Ravic. Findet das Buch schlecht. Ebenfalls enttäuscht, daß ich keinen Filmstoff mitgebracht habe.«[133] Streitereien über Remarques neuerliche Verheiratung mit Jutta, Eifersuchtsszenen und »Tage vollkommenen Glücks« wechseln rasch. Akribisch notiert er, wann das *Puma* ihn in ihr Bett läßt und wann sie sich verweigert. »Manchmal ist es wirklich ein Krieg mit dem Biest.«[134] Er haßt das oberflächliche Leben in Hollywood, die Partys, die lauten Filmpremieren und gelegentlich auch sich selbst. Nach einem der typischen Abende mit vielen Filmgrößen – Gary Cooper, Errol Flynn und Dolores del Rio waren dabei – schreibt er: »Photographiererei u. Getue, weiter nichts. Alles ist dauernd in Pose.«[135] Er trifft auf den Studiofesten aber auch Thomas Mann, sehr herzlich geht es dabei jedoch nicht zu. Zahnschmerzen plagen Remarque, wochenlang muß er sich behandeln lassen, und Marlenes Exliebhaber Joseph von Sternberg, der immer noch um die Verlorene wirbt, hebt seine Laune auch nicht. Es taucht Jo Carstairs in Beverly Hills auf, und sie versetzt Marlene in Aufregung. Das enervierende Versteckspiel beginnt erneut. »... unwirklich manchmal u. bestürzend und überhaupt oft von der leichten Schwermut ... des Nichtganzhabens u. des Nichthaltenkönnens.«[136] Glühende Liebesbriefe schreibt er dennoch: »Schaut euch nur Ravic an, zerkratzt, liebkost, mit Küssen bedeckt und bespuckt. Ich, Ravic, habe viele Wölfinnen gesehen, die sich darauf verstehen, ihr Aussehen zu ändern, aber ich kenne nur einen solchen Puma. Ein herrliches Geschöpf ... So geschieht einem, wenn man mit einem Puma zusammenlebt, meine Freunde. Sie kratzen bisweilen, wenn sie streicheln wollen, und selbst im Schlaf ist man vor einem Angriff nicht sicher.«[137]

Remarque ist unglücklich und denkt mehrfach an eine vorzeitige Rückkehr nach Europa. Aber er bleibt. Die politischen Nachrichten sind weiterhin alarmierend. »Krieg so nahe wie nie. Albanien eingenommen; vorbei, – aber Polen, Griechenland etc.«[138]

Anfang Juni reist er mit dem Dietrich-Clan nach New York, erledigt einige Geschäfte (»Klements Fall besprochen u. vorgesorgt, daß er kein Geld nehmen kann.«[139]), trifft seinen hochgeschätzten amerikanischen Übersetzer Denver Lindley und besteigt das Schiff, das ihn und den etwas hysterischen Dietrich-Anhang nach Europa bringt. Einige Tage Paris mit all den bekannten Aufregungen (»Gestern abend mit Peter telefoniert. Wenige Worte nur. Sehe schon – alles zum Teufel und dieser verdammte Puma auch.«[140]) und schönen Gesprächen mit Walter Feilchenfeldt, der ihm einen Cézanne verkauft. »Will Buch anfangen durchzuarbeiten«,[141] ermahnt er sich. Vierzehn Tage später: »Wie soll ich bloß mein Buch fertig kriegen?«[142]

Während er diese Zeilen schreibt, können die Leser des »Collier's« bereits die für einen Vorabdruck freigegebene Fassung von »Liebe Deinen Nächsten« begutachten. Unter dem Titel »Flotsam« erscheint der Text vom 8. Juli bis 23. September 1939. Für den Autor ist allerdings die Arbeit an dem Roman noch nicht beendet. Für die Buchausgabe nimmt er in den nächsten Monaten langwierige Umarbeitungen vor.

Er sitzt in Paris und wartet, was das *Puma* beschließt. Dann ist er für ein paar Tage in Porto Ronco (»Eine sonderbare Welt. Ich dazu«[143]). Nach der Rückkehr in die französische Hauptstadt muß er mit Jutta einen Behördenbesuch abstatten und erhält – dank des Einflusses der berühmten Marlene Dietrich – nach nur kurzer Wartezeit seine Carte d'Identité. »Gestern vormittag mit Peter zum Innenministerium ... Wartezimmer voller Menschen – das Elend des Wartens gesehen.«[144] Die Stimmung wechselt wie immer abrupt. Nach einer Fahrt durch die Pariser Straßen: »Der große Himmel. Das grüne Herz des Julis. Warum muß man sterben?«[145] In einem in diesen Monaten abgesandten Brief an die Dietrich: »Wir haben alle so wenig Wärme vor uns selbst in unseren Herzen, – wie Kinder verwirrter Zeiten, – so wenig Glauben an uns, – viel zu viel Tapferkeit und viel zu wenig Hoffnung – arme, kleine Soldaten alle nur, die marschieren und marschieren und nicht wissen, was es noch gibt, außer Marschieren. Dumme, kleine Soldaten des Lebens, – Kinder verwirrter Zeiten, – mit einem Traum manchmal nachts.«[146]

In der letzten Juliwoche reisen sie wieder nach Antibes. Das Vorjahr scheint sich zu wiederholen. Der Dietrich-Clan geht ihm auf die Nerven, Joseph von Sternberg ist da, nervös und verbittert, weil die Dietrich ihn übersieht, die lesbische Jo taucht auf, das alte Spiel findet seine Fortsetzung, Marlene Dietrich eilt von ihm zu ihr oder umgekehrt. »Jetzt ist es los. Und ich sitze da u. habe diese verdammten physischen Herzschmerzen. Scheiße.«[147] Der letzte Friedenssommer sollte es sein, der Strand ist überfüllt, der amerikanische Botschafter in London, Joseph Kennedy, ist da, auch Noël Coward, alle die Dietrich umschwärmend. Sie fahren ins benachbarte Cannes oder Nizza,

Remarque spielt ein wenig, langweilt sich und ist verbittert über die Eskapaden des *Puma.*

Mitte August fährt Marlene Dietrich zurück nach Paris und schifft sich einige Tage später ein, um in die Vereinigten Staaten zu reisen. Sie wird dort einen neuen Film – »Der große Bluff« – drehen und mit ihm ihren Karriereknick überwinden. »Politisch alles unklar«, heißt es im Tagebuch des an der Riviera zurückgebliebenen Remarque, »Danzig, Polen. Schweiz zu eingewinkelt für mich.«[148] Es beginnt das Warten auf die Entscheidungen in Berlin. Er ist unentschlossen. Mit dem *Puma* nach Amerika? »Aufregende Tage. Krieg in der Luft ... Heute morgen Zeitungen: Erste Jahrgänge in Frankreich mobilisiert ... Fahren morgen nach Biarritz. Überlegt, ob ich Mittwoch nach New York fahren soll. Wenns noch geht ... Höre gerade, daß der russisch-deutsche Nichtangriffspakt unterzeichnet worden ist.«[149] Die Würfel sind gefallen. Stalin hat den Vertrag mit dem Teufel unterschrieben, Hitler steht vor dem Sprung nach Polen.

Ganz Frankreich begibt sich auf die Flucht. Am 29. August fährt Remarque in Paris ein. »Überall Eingezogene mit ihren Köfferchen. Viele Pferdetransporte. Farbige Soldaten. Abends fast gespenstisch ... Im Lichte der Scheinwerfer die dunklen Kolonnen. Die unruhig ergebenen Pferde in der Nacht. An der Straßenkreuzung von Fontainebleau ein riesiges weißes Kreuz; – ein kreidigweißer Schimmel im Scheinwerferlicht. Die stillen Wälder. Der Mond fast voll über den Ebenen, Matthias Claudius. Viele Gedanken. Einfahrt in Paris. Alles gegen Fliegersicht abgedunkelt. Die Champs-Elysées. Der Arc nicht sichtbar.«[150]

Am Abend vor seiner Abreise sitzt Remarque im Restaurant Fouquet's auf dem Pariser Prachtboulevard, zweifelnd, voller Selbstvorwürfe und immer noch unentschlossen. »Scheußliches Gefühl: wegzufahren. Alles ist in einem dagegen. Viele Gedanken, viele Verachtung für mich u. eine gewisse Entschlossenheit ... Das starke, stille Gefühl des Lebens. Die Verachtung, weil ich Peter nicht mitnehme, die Überlegung u. die Gewißheit, es nicht zu können, weil ich das Puma nicht verlieren will ... Ich will immer noch nicht fahren. Nicht ausreißen. Aber das Puma wird sich tot ängstigen u. es braucht mich. Ich saß da auf der Straße, es wurde dunkler, ich liebte die Stadt u. wollte bleiben u. wußte, daß ich es nicht tun würde, – wenn das Schiff fährt. Abends versucht, zu telegraphieren. Polizeiliche Zensur. Vorlegen in der Präfektur u. nur in französ. Sprache. Bei Fouquet gegessen; alles dunkel, auch sämtliche Lichtreklamen. Sonderbares Bild. Wenige Kellner; alles mobilisiert ... Dann ins Hotel. Der Mond silbern über der schwarzen Stadt.«[151]

Am nächsten Morgen fährt Remarque nach Cherbourg und betritt gemeinsam mit Mann und Tochter der Dietrich die »Queen Mary«. Diesmal wird es keine Luxusreise. Die Speisesäle des Schiffs sind mit Betten belegt worden, ein Flüchtlingsschiff hat Kurs auf New York genommen. Draußen im dunklen, unruhigen Ozean lauern die deutschen U-Boote.

Kapitel 7

»Man braucht ein starkes Herz«

(1940 – 1948)

Die Vereinigten Staaten steckten Ende der dreißiger Jahre immer noch in einer schweren Wirtschaftskrise. Franklin D. Roosevelt war 1932 Präsident geworden, und seine Wirtschafts- und Sozialpolitik (»New Deal«) hatte zunächst die Arbeitslosigkeit von 15 Millionen (1933) auf sechs Millionen (1937) sinken lassen. Dann aber stieg sie 1938 erneut auf zehn Millionen an. Die amerikanische Außenpolitik hatte sich nach dem Scheitern der Europa-Pläne von Woodrow Wilson 1920 auf Isolationskurs begeben. Auch Roosevelt verfolgte während der dreißiger Jahre, als Europa durch den Vormarsch des Faschismus in Italien, Deutschland, Spanien und einigen Balkanländern gespalten wurde, eine strikte Neutralitätspolitik.

Für alle Emigranten war Amerika ein begehrter Zufluchtsort. Es war schwer, in das Land zu kommen, aber wer es schaffte, hatte hier bessere Arbeitsmöglichkeiten als anderswo. Innerhalb der Vereinigten Staaten hörte der Papierkrieg zwar nicht auf, aber er war doch erheblich humaner als in den europäischen Nachbarstaaten des Dritten Reiches. Roosevelt und der Kongreß beharrten jedoch auf den festgesetzten Einwandererquoten, und dies änderte sich auch nicht, als der Strom der Flüchtlinge in Europa gewaltig anstieg, die Situation für die jüdische Bevölkerung lebensbedrohend wurde. Mit zunehmender Kriegsgefahr und der Einverleibung Österreichs in Hitlers Reich, dann mit der Eroberung Westeuropas durch die deutsche Wehrmacht wurden die USA ab 1938 zum Ziel einer immer größeren Zahl von Vertriebenen und Gefährdeten. Vor den amerikanischen Konsulaten in Wien, Prag, Paris oder Marseille drängten sich die Menschen in der Hoffnung, die begehrten Affidavits zu erlangen. Dieses Papier gab es nur, wenn Freunde oder Verwandte des Antragstellers mit ihrem Einkommen dafür garantierten, daß der Einwanderer dem Staat finanziell nicht zur Last fallen würde. Wer es hatte, mußte dann nach Kriegsausbruch noch darum kämpfen, einen Schiffsplatz für die Überfahrt zu ergattern. Bald gab es kaum noch Schlupflöcher in Europas Häfen, um den deutschen Verfolgern zu entrinnen. So wurde Lissabon im neutralen Portugal zu einem der letzten Rettungstore für die Flüchtlinge. Als die deutsche Armee

Frankreich im Mai 1940 besetzte, versuchten Tausende Emigranten in gefährlichen Fluchtaktionen über die Pyrenäen zu entkommen. Heinrich und Golo Mann, Lion und Marta Feuchtwanger, Franz und Alma Werfel, Anna Seghers und ihrer Familie gelang es. Der verzweifelte und hoffnungslose Walter Benjamin nahm sich an der spanischen Grenze das Leben.

Remarque hatte mit der Niederschrift seines Romans »Liebe Deinen Nächsten« im April 1938 begonnen. Die Fassung der Buchausgabe vollendet er in den ersten Monaten, in denen nun auch er Emigrant ist. Nach dem Krieg und seinen unbewältigten Folgen für die Menschen, die ihn überlebten, klingt jetzt sein zweites großes Lebensthema an: das Exil. Es wird ihn bis zu seinem Tod nicht mehr loslassen. Vier seiner Romane sind dieser Erfahrung gewidmet. Auf »Liebe Deinen Nächsten« folgt »Arc de Triomphe«, der letzte von ihm vollendete Prosatext »Die Nacht von Lissabon« gehört in diesen Themenzyklus, und Remarque stirbt über einem unvollendeten Manuskript, das nach seinem Tod unter dem Titel »Schatten im Paradies« von Paulette Goddard veröffentlicht wird und ebenfalls vom Schicksal der Menschen im Exil erzählt.[1]

Ins Exil gingen nicht nur die berühmten Autoren oder Wissenschaftler, die sich nicht einfügen wollten in das Dritte Reich oder es aus »rassischen« Gründen verlassen mußten. Es waren vor allem auch die »kleinen« Leute, die aus Deutschland hinausgetrieben wurden. Menschen, deren Leben allein für »vogelfrei« erklärt wurde, weil sie Juden waren oder als Sozialdemokraten, Kommunisten und liberale Demokraten öffentlich gegen den Aufstieg der Nationalsozialisten protestiert und gekämpft hatten. Journalisten, Hochschullehrer, Juristen, Politiker, Angestellte, Handwerker, Arbeiter – wer immer auf den langen Listen der Nazis notiert worden war, mußte mit Konzentrationslager oder Tod rechnen, wenn er im Land blieb.

Das Exil bildete keine Einheit. Gemeinsam war ihm nur die staatliche Verfolgung und Vertreibung. Häufig ging es in den Exilblättern so weiter wie in den Weimarer Jahren: linke und bürgerliche Ideologen stritten um die absolute Wahrheit, die Beurteilung der Gründe für den Untergang Weimars, die Bedeutung des spanischen Bürgerkriegs, die Rolle der Sowjetunion und besonders rabiat um die Frage der Volksfront. Man war sich einig über die Bewertung Nazi-Deutschlands, aber diskutierte ansonsten mit viel Haarspalterei und polemisch, überwarf sich und blieb doch angesichts der politischen Ereignisse hilflos.

Remarque beteiligt sich an diesen Kontroversen nicht. Was er zu sagen hat, was er in diesen Jahren denkt und empfindet, läßt er in seine Romane einfließen, in denen er das Leben der Exilanten in einer sie ablehnenden Welt mitfühlend beschreibt. Unüberhörbar ist dabei die Anklage gegen die Verursacher, gegen die Nazis und die herz- und mitleidlosen Regierungen und Bürokraten in den Fluchtstaaten. Wie schon in seinen »Weimarer« Romanen geht es Remarque nicht um die breite Darstellung der großen historischen Zusammenhänge, die Frage etwa, was zum europäischen Faschismus geführt hat, oder um den Streit, wem denn nun die Zukunft gehören werde, dem »siegreichen Proletariat«, den Faschisten oder dem bürgerlichen Liberalismus. Sein Thema bleibt das Schicksal der Menschen, ihre Verzweiflung und Hoffnungslosigkeit, ihr Mut und ihre Einsamkeit.

Remarques Exilromane verfolgen zeitlich und räumlich sehr genau den Weg, auf dem sich das Schicksal der Flüchtlinge vollzog. Die Handlung von »Liebe Deinen Nächsten« spielt in der Tschechoslowakei, Österreich, der Schweiz und Frankreich. Die Zeit umfaßt die Jahre 1936/37. Die Pariser Geschichte Ravics in »Arc de Triomphe« setzt im November 1938 ein und endet mit dem Beginn des Krieges im September 1939. »Nacht von Lissabon« – Handlungsorte sind die portugiesische Hauptstadt und Osnabrück, der Roman endet mit der Überfahrt nach Amerika – ist in den Jahren 1939 bis 1942 angesiedelt. »Schatten im Paradies« (endgültiger Titel »Das gelobte Land«) führt schließlich ins Amerika der letzten Kriegsjahre. So wie sie in diesen Romanen geschildert werden, verliefen auch die Fluchtwellen der deutschen Emigration.

Für einige aus dem Kreise der exilierten deutschen Literatur waren die ersten Fluchtorte insofern noch erträglich, als sich diese Autoren schon in den Jahrzehnten zuvor kulturell mit ihrem Aufnahmeland tief verbunden fühlten. Dies galt besonders für Frankreich oder Großbritannien. Unzählige Deutsche hatten schon im 19. Jahrhundert in Paris politisches Asyl gefunden. Die berühmtesten waren Heinrich Heine, Ludwig Börne und Richard Wagner (der sich später als höchst undankbarer Exgast unseres westlichen Nachbarn erweisen sollte). In London lebte der Flüchtling Karl Marx bis zu seinem Tode. Frankophil waren Heinrich Mann, der sich 1934 in Nizza niederließ, und der Kunsthistoriker Julius Meier-Graefe, der im südfranzösischen Saint Cyr seinen letzten Lebensort fand. Stefan Zweig verließ schon 1934 Salzburg, um in das von ihm so geschätzte England zu gehen.

Europäische Zentren des intellektuellen deutschen Exils waren bis zum Kriegsausbruch Paris (Ernst Weiß, Walter Benjamin, Joseph Roth, Walter Mehring, Walter Hasenclever, Max Ernst, Willy Münzenberg, Remarque hielt sich zwischen 1933 und 1939 häufig dort auf), Sanary sur Mer (Lion Feuchtwanger, Ludwig Marcuse, Franz und Alma Werfel, Wilhelm Herzog), Prag (Willy Haas, Stefan Heym, Wieland Herzfelde), Amsterdam (Hermann Kesten, Klaus Mann, Fritz Landshoff) und London (Stefan Zweig, Ernst Toller, Robert Neumann, Sigmund Freud). In der Schweiz lebten Thomas Mann, Robert Musil, Emil Ludwig, Alfred Polgar und Remarque.

Eine Sonderstellung nahm die Sowjetunion ein. Sie öffnete ihre Grenzen fast ausschließlich für kommunistische Flüchtlinge. Aus der literarischen Szene überlebten dort Johannes R. Becher, Friedrich Wolff und Willi Bredel nicht nur die Hitler-Herrschaft, sondern auch die blutigen Säuberungswellen des Stalinismus, die vor der deutschen Emigration nicht haltmachten. Materiell sehr viel besser gesichert als ihre Leidensgenossen in den westlichen Demokratien – für Linientreue gab es regelmäßige staatliche Unterstützung –, lebten die Emigranten in ständiger Furcht vor Verhaftung und Todesurteil. Die Sowjetunion als Exilland taucht in keinem der Romane Remarques auf.

Das ferne, damals von der Welt noch abgeschiedene Palästina nahm die jüdischen Flüchtlinge Arnold Zweig, Max Brod, Leo Perutz, Else Lasker-Schüler, Max Zweig und Louis Fürnberg auf. Ihre Publikationsmöglichkeiten blieben eingeengt, hebräische Übersetzungen ihrer Werke waren angesichts der Judenverfolgungen in Deutschland weitgehend verfemt. Eine deutschsprachige Exilpresse konnte sich vor dem Hintergrund eines erbitterten Sprachenstreites nicht etablieren. Die von Arnold Zweig und Wolfgang Yourgrau herausgegebene Schrift »Orient« wurde von den Zionisten bekämpft, boykottiert, und sie blieb ohne Echo. Die jüdischen Alteinwanderer befanden sich gegenüber den arabischen Nachbarn und der britischen Mandatsmacht in einem harten Überlebenskampf, für kulturelle Grundsatzdebatten interessierte sich die Mehrheit der jüdischen Siedler im Lande wenig. Auch das Flüchtlingsleben in Palästina hat Remarque nicht in seine Exil-Geschichten einbezogen.

Das Verhalten der jeweiligen nationalen Bürokratien in den Aufnahmestaaten gegenüber den Flüchtlingen war unterschiedlich. Geliebt wurden sie nirgendwo. Der Faschismus hatte damals allerorts seine Anhänger, und Menschen, die von ihrem Land »verstoßen« werden, bleiben den nationalistischen Untertanen aller Staaten und Zeiten stets höchst verdächtig. Hinzu kam, daß kaum ein Land, in das die Exilanten gelangten, frei war von den wirtschaftlichen Erschütterungen dieser Jahre. Überall herrschte Arbeitslosigkeit, und die hereinströmenden »Fremden« wurden als Konkurrenten im Kampf um Beschäftigung und Brot empfunden und vielfach abgelehnt.

Der Blick auf die Staaten, in denen Remarques Exil-Romane spielen, zeigt ein unterschiedliches Bild. Die demokratische Tschechoslowakei, an deren politischer Spitze zunächst noch der Philosoph Tomas Masaryk stand, zeigte sich angesichts des ausbrechenden Barbarismus besonders großzügig. Das kleine Land öffnete seine Grenzen für eine große Zahl von Emigranten, schützte viele durch die Verleihung der Staatsbürgerschaft. Auch die Brüder Thomas und Heinrich Mann gehörten zu diesen Privilegierten. Die Schweiz nahm ebenfalls zahlreiche Flüchtlinge auf, vor allem, wenn sie gute Steuerzahler waren. Aber besonders gegenüber jüdischen Exilanten erwiesen sich die Behörden häufig ablehnend. Die in den vergangenen Jahren bekanntgewordenen Geschäfte der Banken dieses Landes mit dem ihnen anvertrauten Gold aus jüdischen Vermögen weisen noch einmal besonders eindrucksvoll auf die Haltung hin, mit der die Flüchtlinge schon damals konfrontiert wurden.

Frankreich gab sich offen, war im Umgang mit den staatenlos Gewordenen zunächst von beruhigender Schlampigkeit und blieb seiner liberalen Asyl-Tradition einigermaßen treu. Das wahre Gesicht der gespaltenen französischen Gesellschaft sollte sich in den ersten Monaten des Krieges zeigen, als die Emigranten aus Deutschland (und die Spanienflüchtlinge) erbarmungslos interniert wurden, gleichgültig, ob sie Nazi-Anhänger oder Nazi-Gegner waren. In der Vichy-Zeit lieferten die Franzosen ihre und die inhaftierten deutschen Juden an das Dritte Reich aus, die Fahrt ging direkt nach Auschwitz.

Für Österreich ergab sich durch die Sprache und die engen kulturellen Beziehungen wieder ein anderes Bild. Viele Intellektuelle hatten schon in den Weimarer Jahren intensive Beziehungen zur Metropole Wien oder dem Festspielort Salzburg. Zuckmayer oder Max Reinhardt beispielsweise hatten bereits vor 1933 dort ihre Wohnsitze. Aber die Alpen-Republik lebte schon vor dem Anschluß an Hitler-Deutschland in einem bürgerkriegsähnlichen Zustand. Die Austro-Faschisten versuchten, durch Terror die politische Lage zu verschärfen, das christlich-bürgerliche Parteilager tat alles, um den mächtigen und bedrohlichen Nachbarn nicht zu verärgern. Den Preis mußten zunehmend die Flüchtlinge zahlen. Ihre Lage wurde immer hoffnungsloser. Man schob die Entwurzelten über die Nachbargrenzen ab, warf sie ins Gefängnis, nahm ihnen jede Chance, ihre Existenz durch Arbeit zu sichern.

Die USA waren insofern ein »Paradies«, als sie für die mittellosen Emigranten erheblich bessere Verdienstmöglichkeiten boten als das europäische Exil. Wer erst einmal ins Land gelangt war, durfte damit rechnen, nicht zu verhungern. In New York gab es viele Gelegenheitsjobs, in Kalifornien fanden zumindest Schriftsteller, Schauspieler und Regisseure ein Auskommen in den großen Studios. Allerdings: Die meisten renommierten deutschen Autoren scheiterten im umtriebigen und rüden Filmgeschäft kläglich. Heinrich Mann und Alfred Döblin schlugen ein Jahr lang gemeinsam in einem Studiobüro die

Zeit tot und quälten sich mit der Abfassung von Drehbüchern, die dann keiner wollte. Die Gesetze der Literatur und des Films, besonders der Hollywood-Produktionen, waren denn doch sehr verschieden. Triviales und Sentimentales war gewünscht, Happy-End und politisch Unverfängliches sollte die Kinos füllen und die hohen Entstehungskosten decken. In der Regel gab es – wie im Falle Heinrich Manns und Alfred Döblins – Einjahresverträge, die den sich völlig fehl am Platze fühlenden Autoren einen wöchentlich überreichten und recht hohen Scheck garantierten. Meist verlängerten die frustrierten Weimarer Exgrößen ihre Verträge nicht, und die Filmbosse waren darüber wahrscheinlich nicht sehr traurig. Auch Brecht und Zuckmayer kehrten Hollywood bald den Rücken, weil sie sich den schlichten, ihnen handwerklich jedoch auch fremden Anforderungen nicht gewachsen fühlten. Brecht dichtete erbittert: »Die Stadt Hollywood hat mich belehrt/Paradies und Hölle/Können *eine* Stadt sein: für die Mittellosen/Ist das Paradies die Hölle.«[2]

Problematisch blieb in all diesen Jahren der Umstand, daß Regierung und Kongreß in Washington auf der Einhaltung der engbegrenzten jährlichen Einwanderungsquoten beharrten. In den Häfen Europas bangten nach dem Kriegsausbruch die flüchtenden Menschen, ob sie die notwendigen Papiere rechtzeitig zusammenbekommen würden, um die rettenden Ufer Amerikas erreichen zu können. Selbst Präsident Roosevelt weigerte sich nach den Novemberpogromen von 1938, jüdische Deutsche Ausnahmeregelungen zu befürworten, die eine höhere Einwanderungszahl als die gesetzlich festgelegte zugelassen hätten. Später im Krieg wurden die deutschen Emigranten als »feindliche Ausländer« angesehen. Es galt für sie in Kalifornien eine Ausgangssperre, die am frühen Abend begann und am Morgen endete, und diese Regelung traf einen Nachtschwärmer wie Remarque besonders hart. Das »Paradies« war nicht schattenlos.

Trotzdem wurden die USA zum wichtigsten Fluchtland. Neben den schon Genannten strandeten dort Lion Feuchtwanger, Ludwig Marcuse, Ernst Toller, Franz Werfel, Oskar Maria Graf, Richard Beer-Hofmann, Alfred Neumann, Hermann Broch, Bruno Frank, Emil

Ludwig, Alfred Polgar, Alfred Kerr, die Vertreter der »Frankfurter Schule« Theodor Adorno, Max Horkheimer und Herbert Marcuse, der Psychoanalytiker Erich Fromm, die Musiker Bruno Walter, Otto Klemperer, Hanns Eisler, Arnold Schönberg, Erich Wolfgang Korngold, der weltberühmte Physiker Albert Einstein, zahlreiche Schauspieler und Regisseure, darunter Max Reinhardt, Erwin Piscator, Fritz Lang, Wilhelm Dieterle, Fritz Kortner, Peter Lorre, Elisabeth Bergner. – Vielen gelang nur unter oft lebensbedrohenden Umständen die Flucht über den Atlantik. In der Umgebung von Los Angeles, wo die großen Filmstudios ihren Sitz hatten, und in New York – nahebei lag die Universität Princeton, die manchem deutschen Wissenschaftler (kurzzeitig auch Thomas Mann) Arbeit und Brot garantierte – waren die amerikanischen Exilzentren. An beiden Plätzen lebte und arbeitete nach 1939 der Schriftsteller Erich Maria Remarque.

Das ist der Hintergrund, der seine Exilromane ausfüllt. Remarque selbst ist ein privilegierter Emigrant, aber diese Position hat ihn nicht blind werden lassen für die Leiden und Demütigungen der Flüchtlinge, denen er nun allerorts begegnete. Er beobachtete ihr vielfach tragisches Schicksal, verstand es, sich in ein Leben der Not und des Ausgestoßenseins hineinzuversetzen. Etwas nüchtern ausgedrückt: der Schriftsteller erkannte das Material, das sich da für die Arbeit anbot, und er nahm es intensiv auf, denn er entdeckte in ihm *sein* Thema. War es nicht wieder eine »verlorene Generation«, die nun in der Fremde ohne Hoffnung und Perspektive zum Strandgut der Geschichte wurde? Der Frontkämpfer Paul Bäumer oder der Kriegsheimkehrer Ernst Birkholz und die Exilanten Josef Steiner, Ravic oder der in einem Lissaboner Café sein Leben erzählende Josef Schwarz, sie alle wurden zu Außenseitern in einer aus den Fugen geratenen bürgerlichen Gesellschaft.

Das Exil prägte natürlich trotz der Unabhängigkeit und dem Schutz, den Remarques Ruhm und sein Geld ihm boten, auch sein Leben. Mit seinem Weggang aus Deutschland wurde auch er heimatlos. »Ein Schriftsteller ohne Vaterland? Worüber sollte er denn schreiben? Woher seine Nahrung nehmen?«[3]

Der amerikanischen Ausgabe seines ersten Exilromans hat Remarque ein Motto vorangestellt, das als Leitmotiv auch für die kommenden Bücher über das Leben der Vertriebenen gelten kann: »To live without roots takes a stout heart –« (»Man braucht ein starkes Herz, um ohne Wurzeln zu leben –«). In diesem Satz spiegeln sich der Kampf, das Leiden, das Überleben und Sterben seiner Protagonisten wider. Sie alle werden herausgeschleudert aus ihrer gewohnten, im Verhältnis zum Exil gesicherten, oft bürgerlichen Umwelt, stehen übergangslos in einem Existenzkampf, auf den sie ihr bisheriges Leben nicht vorbereitet hat. Wurzellos sind sie geworden. Ein Paß, eine beschränkte Aufenthaltserlaubnis, ein Nachtquartier, eine Mahlzeit, eine schlechtbezahlte Arbeit oder ein kärglicher Gewinn bringender Handel –, das erfüllt jetzt ihr Denken und Handeln. Fremd sind sie im fremden Land, ohne Sicherheit, verfolgt von einer kalten Bürokratie. Die Macht des kleinen Grenz- oder Paßbeamten, des kontrollierenden Polizisten oder der nie aussterbenden Denunzianten entscheidet über ihr Schicksal.

Liebe Deinen Nächsten

Schon der Titel des ersten Romans, der sich dieser Thematik zuwendet, läßt anklingen, wie existentiell Remarque sie aufgreift. »Liebe Deinen Nächsten« – dieser der Bergpredigt entnommene Satz – ist Aufforderung, Hoffnung, ein verzweifeltes Dennoch, das Remarque einer unmenschlichen Zeit entgegensetzt. Harley U. Taylor meint in seiner Remarque-Studie, die Titelwahl »provides another example of Remarque's irony«.[4] Er begründet diesen Hinweis mit dem herzlosen (und unchristlichen) Verhalten vieler Figuren, die in dem Roman auftauchen. Eine solche These mißversteht jedoch vielleicht die tiefere Intention, die Remarque nicht nur in diesem Buch bewegt, ganz abgesehen davon, daß Ironie generell kein vertieftes Stilmittel seiner Epik ist. Remarques Humor, seine spöttische Relativierung der pathetischen Phrasen der Zeit und der Wirklichkeit, die seine Figuren erleben müssen, sind vielmehr davon geprägt, daß er die Erschütterung des Lesers mit sarkastischen und zynischen Dialogen oder Werturteilen des wissenden Berichterstatters durchbricht. Solche Elemente der Tragikomödie gehören zur Erzählstrategie dieses Autors. Zahlreiche Episoden des Romans weisen unzweideutig auf den ungebrochenen Humanitätsglauben hin, den er trotz der Schrecknisse der Zeit verkündet. »Liebe Deinen Nächsten« ist also einer der kategorischen Imperative, die der Schriftsteller Remarque einer moralisch enthemmten Welt entgegensetzt. Und er meint dies nicht ironisch, sondern bitterernst. Angesichts der weltweiten Flüchtlingsströme am Ende unseres Jahrhunderts und der Reaktion in den reichen Staaten des Westens ist das eine höchst aktuelle Position geblieben.

Die beiden Hauptfiguren in »Liebe Deinen Nächsten« durchleben alle Stationen, mit denen das Exil aufwartet. Der 21jährige »Halbjude« und ehemalige Medizinstudent Ludwig Kern begegnet im ersten Kapitel bei einer Polizeirazzia in Prag seinem aus politischen Gründen aus Deutschland vertriebenen Landsmann Josef Steiner. Der Ältere wird für Kern im Fortgang der Handlung zum bewunderten und hilfreichen »Lehrer« in einem Dasein, das radikal vom Überlebenskampf bestimmt wird. Wie schon für die jugendlichen Protagonisten in den Büchern, die in der Weimarer Zeit angesiedelt sind, wird auch die Entwicklung des Ludwig Kern im Stile des Erziehungsromans dargestellt. Paul Bäumer, Ernst Birkholz oder Robert Lohkamp, sie reifen ebenfalls in extremen Lebenssituationen, in denen der angelernte bürgerliche Moralkodex, der das Leben zuvor bestimmte, bedeutungslos wird. Der Schützengraben, die Rückkehr in die fremd gewordene Heimat, die Not der Wirtschaftskrise und jetzt die Emigration sind harte Lehrmeister des Lebens. Remarque stellt seinen jugendlichen Figuren Menschen an die Seite, die das Tal bitterer Erfahrungen schon durchschritten haben, ohne ihre Würde, ihre Selbstachtung zu verlieren. Weil sie nicht zerbrechen in einer zerbrechenden Welt, weil der Funke Humanität von der Wucht der Erlebnisse nicht ausgelöscht werden kann, weil sie nicht zulassen, daß das Leben sie in ihrem Denken und Handeln verschüttet, läßt sie der Erzähler zu wegweisenden Gefährten werden. Katczinsky (»Im Westen nichts Neues«) oder

Georg Rahe (»Der Weg zurück«), Otto Köster (»Drei Kameraden«) oder jetzt Josef Steiner – das sind Remarques wirkliche Helden und gepriesene Erzieher.

Es ist eine Geschichte über menschliche Größe und menschliches Versagen. Kern flieht über die Grenze nach Österreich, dann in die Schweiz und schließlich nach Paris. Er trifft auf seinen Fluchtwegen – in den erbärmlichen Emigrantenhotels, im Gefängnis, beim Versuch, durch den Verkauf von Parfümartikeln zu überleben – unvermutete Helfer und die ewigen »Blockwarte«, die befehls- und ordnungsfixierten Angestellten kafkaesker Behördenapparate oder die sadistischen Helfershelfer einer seelenlosen »Realpolitik«. Remarque entwirft die »Comédie humaine« seines entarteten Zeitalters.

Da gibt es den Schweizer Grenzbeamten, der bewußt wegsieht, um Kern die Flucht zu ermöglichen, aber die zur Wiener Universität gerufenen Polizisten greifen nicht ein, als der antisemitische Studenten-Mob seine jüdischen Kommilitonen mit brutaler Gewalt verjagt (»Haut die Mosessöhne in die krumme Fresse!«[5]). Da stiehlt der Mitemigrant Binding Ludwig Kern sein letztes Geld, und die Besitzerin einer kleinen Schweizer Wäscherei gibt ihm einen Handlangerjob, obwohl dies gesetzlich verboten ist. Da verweigert der deutschnationale und reiche jüdische Emigrant Oppenheim dem um Unterstützung bittenden Ludwig Kern jede Hilfe, und der Klinikarzt Beer wird für ihn und seine Geliebte zum uneigennützigen Lebensretter. Da denunziert der Nazi-Anhänger Ammers den Flüchtling bei den Schweizer Behörden, und der Antisemit prügelt sich für jüdische Studenten, denn »bei so einer Schlächterei kann man doch nicht zuschauen«.[6] Remarques Botschaft in diesen zentralen Episoden seines Romans ist einfach und unzweideutig: Humanismus ist nicht nur eine Herausforderung für die große Politik, sondern auch für das Individuum. »Liebe Deinen Nächsten« oder verrate ihn, zwischen diesen Polen haben wir zu wählen. Eine der Figuren läßt Remarque sein skeptisches Credo einmal so formulieren: »Der Mensch ist groß in seinen Extremen ... In der Kunst, in der Liebe, in der Dummheit, im Haß, im Egoismus und sogar im Opfer – aber das, was der Welt am meisten fehlt, ist eine gewisse mittlere Güte.«[7]

Es zeichnet Remarque auch in diesem Roman aus, daß er sich vor pauschalen, in seiner Zeit so gängigen klassenspezifischen Urteilen hütet, was ihm natürlich heftigste Kritik im antifaschistischen Lager einträgt, zudem er auch mit unverkennbarem Spott einen Kommunisten auftreten läßt, dessen abgedroschene Phrasen über »die Bewegung« und »die revolutionäre Aufklärung der Massen« mit der Antwort bedacht werden: »... damit würden wir wohl nicht weit kommen. So was ist gut für ein sozialistisches Manifest, aber für weiter nichts«.[8] Wenn er einen bürgerlichen Richter schildert, der sich durch die Gesetzeslage gezwungen sieht, Kern zu verurteilen, obwohl er erkennen muß, wie damit Recht zu Unrecht verkommt, dann fehlt einem solchen Autor eben der richtige »Klassenstandpunkt«, und seine Geschichten entbehren der »wissenschaftlich gesicherten« historischen Perspektive.

Und doch zeigt gerade diese Episode besonders eindringlich, wie scharfsichtig der Erzähler das Versagen des europäischen Bürgertums anklagt. Der Schweizer Bezirksrichter, dem Kern wegen seines illegalen Grenzübertritts vorgeführt wird, schüttelt angesichts der Situation des Flüchtlings fassungslos den Kopf: »Sie müssen doch irgendwelche Papiere bekommen können ... Vielleicht kann man über ein deutsches Konsulat einen Ausweis für Sie beantragen! ... Hat denn der Völkerbund noch nichts für Sie getan? Sie sind doch viele Tausende; und Sie müssen doch irgendwie existieren dürfen!«[9] Die ganze Phantasielosigkeit, die so erfolgreiche Verdrängungsarbeit der bürgerlichen Eliten in den Jahren der Hitler-Diktatur spiegelt sich in dieser kleinen Szene wider. Naiv erklärt der Richter, daß es für Kern wichtig sei, nur zu einer Haft und nicht zu einer Gefängnisstrafe verurteilt zu werden. »Danke vielmals«, antwortet Kern. »Aber das ist mir gleich. Darin habe ich keinen Ehrgeiz mehr.« – »Das ist gar nicht gleich ... Im Gegenteil, es ist sogar sehr wichtig für die bürgerliche Ehrenrechte. Wenn Sie Haft bekommen, gelten Sie nicht als vorbestraft ...« – »Bürgerliche Ehrenrechte. Was soll ich damit? Ich habe ja nicht einmal die einfachsten bürgerlichen Rechte! Ich bin ein Schatten, ein Gespenst, ein bürgerlicher Toter.«[10]

Ein sehr aktueller Asyldialog findet vor dem Schweizer Amtsgericht statt. »Was sollen wir denn anders machen, als gegen das Gesetz verstoßen?« fragt Ludwig Kern angesichts der Tatsache, daß ihm jedes Menschenrecht genommen wird. Viele Wähler christlicher oder sozialdemokratischer Parteien unserer Tage dürften nicht weniger entsetzt als Remarques Richter aus ihren bürgerlichen Träumen von der ethischen Substanz »demokratischer« Politik erwachen, würden sie einen Blick in die Abschiebezellen heutiger Gefängnisse werfen. »Ein Mensch ohne Paß ist eine Leiche auf Urlaub. Hat sich eigentlich nur umzubringen, sonst nichts!«[11] Es hat sich nichts geändert: »Einen halben Meter neben dir geht für einen andern die Welt unter in Gebrüll und Qual – und du spürst nichts. Das ist das Elend der Welt!«[12]

»Liebe Deinen Nächsten« entwirft ein eindringliches Zeitpanorama. Nicht vordergründig aus der Perspektive der »großen« Politik, aber ihr Hintergrund bleibt in diesem Roman immer spürbar. »Ein rauhes Zeitalter«, konstatiert der ehemalige Reichstagsabgeordnete Marill. »Der Frieden wird mit Kanonen und Bombenflugzeugen stabilisiert, die Menschlichkeit mit Konzentrationslagern und Pogromen. Wir leben in einer Umkehrung aller Werte, Kern. Der Angreifer ist heute der Hüter des Friedens, der Verprügelte und Gehetzte der Störenfried der Welt. Und es gibt ganze Völkerstämme, die das glauben!«[13] Der einzelne ist in einer solchen Welt seiner Individualität beraubt, seine Existenz verschwindet hinter einer Gruppenbezeichnung. »Das ist der Palast des Völkerbundes ... Das ist der Platz, wo seit Jahren über unser Schicksal beraten wird. Ob man uns Ausweispapiere geben und uns wieder zu Menschen machen soll oder nicht.«[14]

Remarque macht jedoch deutlich, daß der Mensch sich durch sein individuelles Handeln einer persönlichen Verantwortung zu stellen hat. Humanität, Mitleid, Nächstenliebe oder schlichtes menschliches Empfinden für die Not des Nächsten bleiben letztlich Herausforderungen, auf die jeder einzelne reagieren muß. »Er hielt ein Auto an, aber der Fahrer verlangte fünf Schilling Fahrgeld von ihm. Es war ein Austro-Daimler im Werte von 15000 Schilling. Kern verzichtete.

Später nahm ihn ein Bauer ein Stück auf seinem Wagen mit und schenkte ihm ein großes Butterbrot.«[15]

Der Roman hat einen doppelten Schluß, Remarque entscheidet sich für beide Möglichkeiten, die das Schicksal für die Flüchtlinge bereit hält: Tod oder glückliches, zufälliges Überleben. Ludwig Kern und seine Geliebte Ruth Holland – diese Liebesgeschichte in der Erzählung um Flucht, Not und menschliche Bewährung ist rührend, optimistisch und ein heller Kontrast zum Dunkel des Umfeldes, in dem sie sich erfüllt – erlangen durch Josef Steiners Hilfe eine Schiffspassage nach Amerika. Steiner, der lebenserfahrene, illusionslose Skeptiker, kehrt heimlich nach Deutschland zurück, um seine sterbende Frau noch einmal im Krankenhaus zu sehen. Ein bewußter Schritt in die Selbstvernichtung: »Dann weißt du auch, was es bedeutet, wenn du 'rüberfährst!« – »Ja«. – »Daß du wahrscheinlich verloren bist.« – »Ich bin auch verloren, wenn sie stirbt.«[16] Nach dem Tod der Frau stürzt er sich aus einem Krankenhausfenster, den in sadistischer Vorfreude auf die Qualen, die den verhafteten Steiner erwarten, schwelgenden SS-Mann Steinbrenner mit in die Tiefe reißend.

Der Roman erscheint – wie berichtet – zunächst unter dem Titel »Flotsam« (»Strandgut«) als Fortsetzungsgeschichte in der Zeitschrift »Collier's«. Eine Titelwahl, die natürlich auf einen Leserkreis zielt, dem das europäische Exil fernsteht und der sich wohl eher auf eine spannende Geschichte einzulassen bereit ist, als sich einem Buch zu nähern, das mit einem Bibel-Zitat für sich wirbt. Generell gilt, daß Remarque seit »Drei Kameraden« für ein internationales Publikum schreibt und nicht mehr vorrangig seine deutschen Leser im Auge hat. Und doch trifft »Flotsam« die Intention des Autors recht gut. Denn es ist die Geschichte von gestrandeten Menschen, die über die Grenzen Europas und zunehmend auch Amerikas gespült werden. Die deutsche Buchausgabe, sie erscheint erst im August 1941, also ein halbes Jahr nach der amerikanischen, kann nicht mehr bei Querido in Amsterdam aufgelegt werden, denn in dieser Stadt sitzen inzwischen schon die Deutschen. Fritz Landshoff, der nach Amerika entkommen konnte, hat sich mit Bermann Fischer zusammengetan, und so erscheint denn doch noch ein Buch Remarques im Fischer-(Nachfolge-)Verlag.

Der Roman wird recht positiv aufgenommen. »›Strandgut‹ ist eine tief bewegende Geschichte«, schreibt der Rezensent des »Time Magazine«. »Remarque hat – wie Hemingway – die seltene Fähigkeit, Texte zu schreiben, die zugleich populär und echte Kunstwerke sind und die es verstehen, eine Generation zu verkörpern.«[17] In der »Chicago Daily News« heißt es, das Buch habe »etwas von der Qualität der Bergpredigt, etwas von der Einfachheit aller großen Poesie«.[18]

In der Bundesrepublik lag »Liebe Deinen Nächsten« erst 1953 vor. Bereits 1952 war der nach dem Krieg geschriebene und in Deutschland äußerst kontrovers diskutierte KZ-Roman »Der Funke Leben« erschienen. In die Kritiken über den Exil-Roman flossen also zweifellos auch Argumente ein, die von diesem Streit beeinflußt waren. Das Buch fand trotzdem in den größeren Zeitungen eine wohlwollende Aufnahme. Die FAZ meinte, daß zu diesem Werk »nur noch die Menschen mit krassen Vorurteil nein sagen« könnten. »Alle übrigen werden anerkennen, daß es ein gelungener Wurf ist, sehr dicht angesiedelt seinem ersten Werk, stark in der Handlung, echt in Diktion und Stil, fern aller Snobismen, voller gesunder Kraft und durchdrungen von einer Gläubigkeit, die wir nicht immer bei Remarque gefunden haben.«[19] Wobei der Hinweis auf die »Gläubigkeit« anzeigte, daß der Rezensent da wohl etwas arg mißverstanden hat. Die »Kölnische Rundschau« wies so zeitgemäß wie falsch »anerkennend« darauf hin, daß Remarque »nirgendwo politisiert, vor allem nicht aggressiv«.[20] Nach der Veröffentlichung der französischen Ausgabe 1962 (Titel »Les Exilés«) jubelte ein euphorischer Kritiker: »Wenn es in unserer Macht läge, Erich Maria Remarque würde Träger des Friedensnobelpreises.«[21] Auch in der DDR fanden die Exil-Romane, die im Laufe der Jahre dort erschienen, eine differenziert-positive Aufnahme. Remarques Werk wurde dabei eingespannt in die so vielbeschworene Literatur des »Antifaschismus«. Wobei dem Leser (ähnlich wie bei der Beurteilung Lion Feuchtwangers oder Heinrich Manns) natürlich klargemacht wurde, daß es sich hier um einen bürgerlichen Autor handelt, der den entscheidenden Schritt zur revolutionären Tat – sprich zum kommunistischen Bekenntnis – nicht vollzogen hat. »Freilich: es ist Remarque entgangen, daß die Liebe des Menschen zum Menschen allein kein Mittel ist, um die Verwirklichung des Humanen zu gewährleisten«, stellt Alfred Antkowiak in seiner Remarque-Studie im Zusammenhang mit einer sehr freundlichen Beurteilung von »Liebe Deinen Nächsten« ganz linientreu fest. »Hier bleibt er im Gespinst idealistischer Vorstellungen befangen.«[22] Die DDR-Leser allerdings konnten diese Feststellung nicht überprüfen. »Liebe Deinen Nächsten« wurde im anderen deutschen Staat nie veröffentlicht.

Auch Hollywood, nun schon regelmäßiger Verwerter der Romane von Remarque, griff rasch zu. Schon 1940, also vor der Buchausgabe, entstand unter der Regie von John Cromwell der Film »So Ends Our Night«. Frederic March spielte den Josef Steiner, der damals noch am Anfang seiner Karriere stehende Glenn Ford den jungen Ludwig Kern und Margaret Sullavan dessen Geliebte Ruth Holland. Erich von Stroheim, inzwischen der Paradedarsteller des amerikanischen Films für monokeltragende, preußische Offiziere oder dämonisch-böse Nazi-Charaktere, war als Gestapo-Scherge Steinbrenner zu sehen. Die Kritik reagierte wie immer sehr unterschiedlich. Remarque sah den Film im Januar 1941 in New York und schrieb in sein Tagebuch: »Nicht schlecht. Etwas lang, auch wohl langweilig. Möglicherweise aber nur für mich. Spitzenschauspieler ... Manuskript scheinbar schwierig zu machen gewesen.«[23] Ein paar Tage später: »Filmkritiken gesehen. Nicht besonders gut. Buch nichts für den Film gewesen, möglicherweise.«[24]

Für Remarque beginnt während der Arbeit an der Buchfassung sein amerikanisches Exil. Nach der Ankunft am 4. September 1939 bleibt er zunächst einige Tage in New York, dann reist er nach Los Angeles, und Marlene Dietrich erwartet ihn. Im nächsten halben Jahr ist das Tagebuch nahezu ausschließlich einem Thema gewidmet: dem Leben mit dem *Puma*. »Wozu schreibe ich eigentlich all diesen Mist? Immer, wo dies Weib auftaucht, ist Gequatsche, Gerede und Zank.«[25] Streit und Versöhnung, Hoffen und Wut (»Jedenfalls war das Ende, daß ich ihr eine Ohrfeige gab u. sie mich in die Hand biß«[26]), Bestürzung um die eigene Schwäche des sich nicht Lösenkönnens (»Vorgenommen, raus da!«[27]) und Faszination (»... daß Du die stärkste und intensivste Persönlichkeit hast, die ich kenne ...«[28]).

Jutta Zambona kommt im Oktober nach New York, wird für eine Woche auf Ellis Island interniert, da ihr panamesischer Paß seine Gültigkeit verloren hat, und die private Situation kompliziert sich. Remarque erwirkt durch einen Anwalt eine kurzfristige Aufenthaltserlaubnis für seine Frau, und Marlene Dietrich erregt sich darüber, daß er sich nicht scheiden läßt. Sie soll angeblich – Remarque macht eine entsprechende Anmerkung in seinem Tagebuch – gegen die Einreise Juttas bei der Einwanderungsbehörde interveniert haben. »Gestern mit Peter telefoniert. War vernünftig u. guter Laune. Viel besser als das Puma, das zum Teufel gehen soll.«[29] – »Peter war nicht so bösartig wie dieses ekelhafte Biest.«[30] Aber Jutta wird ihm in den kommenden Jahren immer wieder vorwerfen, daß er aus Paris abgereist ist, ohne sie mitzunehmen, und sie auf Ellis Island interniert worden ist.

Studiopartys und Filmpremieren im Kreise der Hollywood-Prominenz, lange Nächte mit Carl Zuckmayer, dem Agenten Otto Klement und anderen, viel Streit, peinliche Szenen in der Öffentlichkeit und im Schlafzimmer – ein aufzehrendes Leben. Die Dietrich ist in ihren Filmpartner James Stewart verliebt, *Peter* macht ihm Vorwürfe, weil er sich zu wenig um sie kümmere, und er muß sich Sorgen machen um seine Aufenthaltserlaubnis für die Vereinigten Staaten. Am Neujahrstag 1941 schreibt er ins Tagebuch: »Viele Vorsätze. Hoffe, daß ich wenigstens ein paar davon ausführen werde.«[31]

Remarque ist sich seiner unhaltbaren Situation sehr bewußt. Seine Tagebuchnotizen in diesen Monaten – und in den nächsten Jahren – werden zur schonungslosen Selbstanalyse. Die seitenlangen Berichte über seinen unerquicklichen, als entwürdigend empfundenen Alltag in Hollywood sind Abwehr und Verarbeitung. Neben ironischen und emotional erregten Passagen über sein fast tägliches Zusammensein mit der Dietrich notiert er seine Begegnungen mit Stars wie Orson

Welles, Charlie Chaplin, Edward G. Robinson und den vielen mehr oder weniger bekannten Schönen, mit denen er (nach der Dietrich-Affäre) schläft, plaudert und trinkt – Greta Garbo, Dolores del Rio, Lupe Velez (im Juni besucht er eine Party, bei der auch seine spätere Frau Paulette Goddard ist, ohne daß die Begegnung ihn offenbar beeindruckt hat). Er trifft Igor Strawinsky, Vicki Baum, Carl Zuckmayer, Elisabeth Bergner und ihren Mann Paul Czinner. Das reflektierende Tagebuch wird zur Medizin, nur hier, so scheint es, gewinnt er intellektuelle Distanz zum wirren Leben, das er führt. Die Auseinandersetzung mit sich selbst bewahrt ihn vor dem totalen Absturz. Er ist auf diesen Kalenderseiten ein genauer Beobachter, durchschaut die Beweggründe der Dietrich ebenso wie die eigenen. »Sah das Set. Die Schauspieler. Verstand das Puma. Sie leben in dieser Welt. Die andere ist irreal dagegen. Das Zuhause langweilig. Warten nur, wann sie wieder ans Set gehen können. Es ist ein Fieber, gegen das sie nicht können.«[32]

Ende Februar erhält er mexikanische Einreisepapiere und fliegt mit Jutta Zambona Anfang März nach Mexico City. Stierkämpfe, Begegnungen mit dem Maler Diego Rivera, Auseinandersetzungen mit Jutta (»Gespräch mit Peter über Separation, Scheidung. Schwierig. Will nicht allein sein. Wartet wohl doch noch. Unmöglich.«[33]), leidenschaftliche Botschaften an Marlene Dietrich (»... wer muß Dich nicht lieben?«[34]) und Langeweile. Nach vier Wochen erhält das Ehepaar ein amerikanisches Visum. Remarque kehrt zurück nach Beverly Hills, Jutta geht nach Dallas. Er verläßt unmittelbar nach seiner Ankunft den Bungalow, den die Dietrich ihm in ihrer Nachbarschaft gemietet hat, und bezieht ein neues Haus. »Ich hatte Schluß machen wollen.«[35] Aber er kann sich nicht lösen.

Schon Ende 1939 hat Remarque die junge Ruth Marton kennengelernt. Es entwickelt sich eine unkomplizierte Beziehung, die über Jahrzehnte anhält und sich besonders in Remarques New Yorker Jahren vertieft. Aufgewachsen ist die junge Frau in Berlin, hat in Wien Theater gespielt, ein Stück Europa verkörpert sie für ihn, eine der von ihm so geschätzten Trösterinnen ist sie, ein Mensch, der ihn liebt und ihm zuhört, ohne ständig Konflikte heraufzubeschwören.

Von Arbeit ist wenig die Rede in diesen Monaten. »Manuskript Ravic rausgekramt.«[36] Aber er erfüllt dem *Puma* seinen Wunsch nicht, legt die ersten Seiten »ihres« Buches »Arc de Triomphe« beiseite und macht sich an die Umarbeitung von »Liebe Deinen Nächsten«. Sie fällt ihm schwer. Erst im September 1940 kann er mit den üblichen Selbstzweifeln notieren: »Buch ungefähr durch heute; Energie läßt, wie immer, am Ende nach. Fürchte, es ist nicht gut. Lang, u. nicht auf dem Punkt.«[37] Einige Versuche für den Film, die ihn wenig befriedigen, beschäftigen ihn noch, viel mehr ist im Jahr 1940 aus der Schriftstellerwerkstatt Remarques nicht zu vermelden. Das Skript, das er 1940/41 nach seiner Erzählung »Beyond« schreibt, wird tatsächlich Vorlage für einen 1947 gedrehten Hollywood-Film: »The Other Love«.

In Europa herrscht nach der Niederlage Polens eine gespenstische Kriegsruhe. »Politisch düster. Churchill statt Chamberlain. Die Deutschen werden für die nächsten hundert Jahre das verhaßteste Volk der Welt sein.«[38] Dann überrennen Hitlers Armeen Frankreich, Holland und Belgien. »Hitler in Paris – welch eine Vorstellung. Das Ende der Kultur.«[39] Remarque versucht, sich gegenüber den politisch-militärischen Entwicklungen in Europa zu verschließen, »weil man nichts tun kann u. vielleicht später noch gebraucht wird«.[40] Er läßt seine Bilder und Teppiche aus der Schweiz nach Amerika schicken, bangt um ihre sichere Überfahrt und ist glücklich, als er sie wohlbehalten in Empfang nehmen kann, das »Gefühl von Heimat mit den Dingen«.[41]

Trotzdem, es geht ihm schlecht. Erstmals taucht im September 1940 eine ernsthaftere Bemerkung über seine Gesundheit auf: »Dauernde Herzgeschichten. Seit Tagen schon; Wochen. Trotzdem ich nicht mehr rauche. Trinke keinen Kaffee mehr.«[42] Nicht nur psychosomatisch ist dieses Warnsignal zu deuten. Trinken, Rauchen, Nachtleben, Aufregungen, Arbeit – der strapazierte Körper fordert seinen Tribut, das Herz bleibt auch in Zukunft die Schwachstelle, wird zwanzig Jahre später endgültig rebellieren und ihn schließlich im Stich lassen.

Im Dezember geht Remarque nach New York. Es ist eine Flucht, der Versuch, auszubrechen aus dem Kreislauf der Erniedrigung, und der Beginn seiner Trennung von Marlene Dietrich. Er löst sich schwer und ist nicht frei von Rückfällen. Mehr als ein Jahr später notiert er: »Das Puma, – weshalb ich so daran hänge: weil ich noch einmal jung war, jung, dumm, töricht, glücklich manchmal, unglücklich oft, – und sehe, daß es nicht wiederkommen wird; wohl das letztemal war.«[43] Der 43jährige empfindet die Trennung als einschneidend, reagiert melancholisch: »Sonderbares Gefühl, – geisterhaft. Nicht der Mensch, den man geliebt hat, – die Zeit, die Jahre, die vergangen sind, – unwiderruflich. Ein Stück Leben, das vorbei ist. Es schwindet stets, lautlos, – aber manchmal hört oder sieht man es, – wenn jemand vor einem sitzt, – dann kommt die schattenhafte Traurigkeit.«[44] Kurz vor seiner New-York-Reise (das genaue Datum ist nicht feststellbar) schreibt Remarque der Dietrich den Brief, der den Schnitt endgültig machen soll: »Nur was man abbricht bleibt. Darum: Adieu! ... Und keine Freunde werden, bürgerlich und sentimental, und damit drei Jahre raschen, flackernden Lebens und die Fata Morgana einer großen Erinnerung hoffnungslos vermantschen ...«[45] Sie begegnen sich auch dann noch, telefonieren und schicken Blumen, er bleibt aber auf Distanz, schreibt ihr noch in den fünfziger Jahren freundlich-liebende Briefe. Die Dietrich kann nie und bei niemandem ganz loslassen, das Ende einer Affäre, den Verlust der »Herrschaft« über einen Menschen nie akzeptieren. Sie versucht immer mal wieder den Kontakt aufzufrischen, schickt Remarque später, als sie beide in New York leben, Produkte ihrer Kochkünste in sein Apartment oder sendet im Dezember 1945 aus Paris die Botschaft: »Ich schreibe Dir, weil ich plötzlich akute Sehnsucht habe ... Ich bin durcheinander und leer und ohne Ziel.«[46] Auch er meldet sich in den nächsten Jahrzehnten hin und wieder und erinnert an die einstige, große Liebe. Mehr aber wird nicht sein.

Am Anfang dieses Endes, im Dezember 1940, quartiert Remarque sich im New Yorker Hotel »Sherry Netherland« ein, trifft *Peter*, Ruth Albu, die morphiumsüchtige Annemarie Schwarzenbach, den nach monatelanger Internierung aus Europa geflohenen Lion Feuchtwanger, der im Hotel »St. Moritz« sitzt und seiner Sekretärin einen Bericht über seine Erlebnisse im zusammenbrechenden Frankreich diktiert (»Der Teufel in Frankreich«). Bei einem Essen am Silvesterabend kommt es zu einer folgenreichen Begegnung: »Traf Nataly Paley, jetzige Mrs. Brown. Hübsch...«[47]

Die 35jährige Natalie Paley ist in Paris geboren, entstammt dem Hause Romanov, ihr Vater war der Bruder von Zar Alexander III. Eine schöne, knabenhaft wirkende Frau und zum Zeitpunkt, als sie Remarque kennenlernt, in zweiter Ehe mit einem Homosexuellen verheiratet. Sie ist Mannequin und Schauspielerin, hat in den dreißiger Jahren in mehreren französischen Filmen – an der Seite von Maurice Chevalier, Charles Boyer und Cary Grant – mitgewirkt und ist mit Jean Cocteau und Antoine de Saint-Exupéry liiert gewesen.

Ein paar Tage nach dem Silvesterabend lädt Remarque zu einem gemeinsamen Essen ein, und er ist gefangen: »Schönes, klares, ganz gesammeltes Gesicht, langer Körper, – eine ägytische Katze. Zum erstenmal das Gefühl, man könne sich verlieben nach dem Puma ... Brachte die schöne, schlanke, ... verwirrte russische Seele nach Hause.«[48] – »Um 1/2 6 Natasha P. Süßes Gesicht, graue Augen u. schlank wie ein Kind. Sanfter Beginn, die Wärme, die Worte, das leise Spiel, die weiche Haut des Gesichtes und die Lippen, plötzlich, fordernd.«[49] Er kann die Dietrich nicht vergessen, aber das Leben in New York lenkt ihn ab. Er trifft sich mehrfach mit Greta Garbo, deren Schönheit ihn fasziniert. Kein Streit, keine Eifersucht, sondern lange Spaziergänge und Gespräche, romantische Nächte und das Gefühl, endlich wieder zu sich selbst gefunden zu haben. Als er zurück ist in Los Angeles, vertieft sich diese Beziehung. »Garbo, liegend, kugelnd auf dem Fußboden, – weich, schön, gelöst.«[50] Auch wenn das Intime dieser Freundschaft nur kurz andauert, sie werden sich in den nächsten Jahren in Los Angeles oder New York immer wieder begegnen, gemeinsam Ausstellungen besuchen, Geburtstags- und Weihnachtsgeschenke austauschen.

Zwei Monate ist Remarque in New York. Er liebt die Stadt, die Nachtclubs in Harlem, wo ihn die schwarzen Musiker und Huren fesseln, besucht Boxkämpfe, die Museen und Gemäldegalerien der Stadt, trifft Natascha und Greta Garbo. Zum Arbeiten kommt er wenig, Buchpläne bewegen ihn (»Sanatoriumssache anfangen: Der

Wagen Kais ...«[51]; »Titel für das Ravic-Buch: Arc de Triomphe«[52]), darunter sogar eines über die Stadt, in der er lebt: »Buch: *Liebe zu New York*. Der Funke Leben E. M. R., zwischen den Millionen Lichtjahren Dunkelheit, treibend im Bagdad des 20. Jahrdts. ... Evtl. Titel: *New Yorker Tagebuch*.«[53] Nicht dieses Buch, aber andere Pläne und Titel werden Jahre später realisiert (»Der Himmel kennt keine Günstlinge« und »Arc de Triomphe«).

Ende Februar – »Zwei Monate New York – der Zug fährt an – Adieu du schöne Zeit!«[54] – fährt er zurück nach Los Angeles. Er bezieht wieder ein Haus in Westwood und schickt Blumen an das *Puma*. Natascha ist schon vorher angekommen, reist aber bald ab, und es bleibt für längere Zeit beim Briefwechsel. Für ihn beginnt eine Zeit höchster Aktivität – nicht im Künstlerischen, sondern im Privaten. Die Tage werden zur Nacht, das Leben ist eine ununterbrochene Kette von Partys, Alkohol und Frauen. Greta Garbo, Francis Cain, Lupe Velez, Dolores del Rio, Luise Rainer sind seine Geliebten aus der Traumfabrik Hollywood, daneben gibt es viele kleine, kurze Affären mit weniger bekannten Begleiterinnen. Marlene Dietrich bleibt der Stachel (»Es ist das Puma, das wieder herumgeistert in mir.«[55]), die Beziehung ist beendet, aber die Gedanken sind immer noch bei ihr. Eifersucht – das *Puma* hat gerade seine große Affäre mit Jean Gabin – und verletzter Stolz führen zu bizarren Szenen. Er schreibt weiterhin voller Verachtung über dieses Leben im Tagebuch, aber genießt es auch; und er leidet unter seiner mangelnden Arbeitsdisziplin. Es ist doppelte Flucht. Er will den Krieg in Europa vergessen, und die zurückliegenden Monate mit der Dietrich haben sein Selbstbewußtsein angeschlagen. »Kommt bald die Ruhe? Nach diesem Ausbruch, der auf das Puma zurückgeht? Dem Sich-selbstbeweisen, daß man noch fliegen, anregen, überreden, bezaubern kann?«[56] Die Ereignisse in Europa werden in seinen persönlichen Notizen kaum erwähnt, er will sie verdrängen, erinnert sich an die Zeit des anderen Krieges und wie er damals reagierte. »Gedanken an die Monate im Feld 1917. Daß in meinem kleinen Tagebuch kaum eine Notiz über den Krieg war; – dafür Verse, glühend, sentimental, dunkel. Abwehr gegen die Wirklichkeit.«[57] Als Remarque im April

Radionachrichten über die Kriegslage hört, heißt es: »Trotz alledem, – gerade deshalb trotz allem! Herausfinden, was bleibt! Und versuchen, es dann darzustellen.«[58] Angesichts des Vormarsches der Wehrmacht in der Sowjetunion: »Situation in Rußland schwierig. Nicht hinsehen. Hoffen. Still. Nerven behalten.«[59] Und im Oktober 1941: »Russen schwer bedroht. Linien durchbrochen. Deutschen 60 Meilen vor Moskau. Je mehr man es wegschiebt, – es steht immer dunkel am Horizont; und macht das bißchen tägliche Leben hektisch; – rasch noch nehmen, ehe die Dunkelheit alles überschwemmt.«[60]

Querelen hat er mit der Steuer und seinem Agenten. Er löst sie fatalistisch. »Klement (hat) das ganze Geld, das er von mir hatte, unterschlagen, – ungefähr 8000 Dollars ... Gab ihm noch 500 Dollar. Möglich, daß gelegentlich etwas zurückkommt.«[61] An die US-Finanzbehörden zahlt er schweigend 9000 Dollar. Dafür kann er seine Paßsituation auf beruhigende Weise klären. Er reist Anfang Mai für einen Tag ein weiteres Mal nach Mexico und verlängert sein Visum. Im Gepäck hat er sicherheitshalber ein Exemplar des gerade erschienenen Romans »Flotsam«, falls die Behörden Schwierigkeiten machen sollten.

Das Buchmanuskript von »Liebe Deinen Nächsten« ist also doch noch fertig geworden, und er versucht einen neuen Anfang für den Ravic-Roman zu finden: »Gestern abend ungefähre Grundidee zum: Arc de Triomphe gefunden. Ähnelt verzweifelt einer Autobiographie der letzten Jahre, – emotionell.«[62] Für Elisabeth Bergner, die in seiner Nachbarschaft lebt und mit der ihn ein sehr freundschaftliches, bald aber auch etwas angespanntes Verhältnis verbindet, schreibt er einige Filmdialoge. Mehr nicht. »Soldat, hüte Dich vor jeder Nervosität. Kratz den Hollywoodgrind von Deinen Knochen. Bade in guter Literatur. Arbeite, Faultier!«[63] – »Muß die Cocktailpartys u. Partys stoppen. Arbeiten.«[64] Solche Aufrufe zur Selbstdisziplin helfen nicht viel. Künstlerisch ein verlorenes Jahr?

Er schreibt wenig, aber liest viel: Hauptmann, Shakespeare, Nietzsche, Joseph Conrad, Oscar Wilde, Goethes Briefe. Er denkt an einen Band »Short Stories«, und die letzte Tagebucheintragung des Jahres lautet: »Titel für ein Buch. Spark of Life. Der Funke Leben.«[65] Vielleicht also doch nicht ganz umsonst dieses Leben zwischen Night-Clubs und schönen Liebesnächten. Remarques Gedanken umkreisen auch in diesem hektischen Lebensabschnitt neue literarische Pläne, und viele davon wird er in den kommenden Jahren realisieren. In einem undatierten Brief hat er einmal an Marlene Dietrich über seine Bücher und Figuren geschrieben: »Sie umstehen mich alle und warten, und ich sitze da, verhängt in diese tristen Geschehnisse, diese eintönige, entsetzliche Welt unterhalb der Paragraphen, und wirre und wühle mich durch, unzufrieden, geekelt oft und doch gebannt daran ohne sie zu lieben. Ich möchte Gedichte schreiben, schöne, wilde, neue Worte und Rhythmen; – sie lassen es nicht zu; – ich möchte einem der vielen Abenteuer die Hände hinhalten, die über der Schulter der Zukunft mich ansehen; – aber sie hängen sich an mich mit ihren grauen Händen und halten mich fest und ich bin dazu verdammt, ihre Jahre, ihre Träume, ihr Elend mitzuerleben und mit ihnen zugrunde zu gehen.«[66]

Anfang Januar 1942 zieht er ins »Beverly Hills«-Hotel. Weg vom *Puma*, immer noch leidend. Mit Sorgen und Resignation verfolgt Remarque in diesen Monaten das Kriegsgeschehen, das die Zeitungen, Radionachrichten und auch die Gespräche der Exilanten beherrscht. »Man wartet aufgeregt auf die Zeitungen.«[67] Das Jahr 1942 bringt die entscheidende Wende des Krieges. Mit dem Angriff auf Rußland im Juni 1941 und der Kriegserklärung an die Vereinigten Staaten am 11. Dezember hat Hitler den Bogen endgültig überspannt. Der bedrohliche Vormarsch der deutschen Wehrmacht ist am 28. November 1941 dreißig Kilometer vor Moskau zum Stehen gekommen. Im Januar 1942 muß Hitler wutentbrannt der Rücknahme der Front zustimmen. Am 28./29. März fliegen britische Bomber ihren ersten Vernichtungsangriff auf eine deutsche Großstadt (Lübeck), Ende Mai folgt die Bomberwelle über Köln. Es ist der Anfang einer Unternehmung, die die in Jahrhunderten gewachsenen deutschen Großstädte in Trümmerlandschaften verwandeln wird. »Morgens gelesen, daß Osnabrück mit 50000 ... Bomben ... in Ruinen und Flammen gelegt sei. Erna und Elfriede da. Nichts zu tun. An vieles gedacht. Wie viel mehr ich hätte tun können für sie; – u. für meinen Vater. – Die Stadt, der Dom, die grüne Katherinenkirche; die Wälle; die Mühle; die Schulen.«[68]

Hitler befiehlt zwar im Juni die große Sommeroffensive am Südflügel der Ostfront, aber im Spätherbst beginnt im Kaukasus die Schlacht um Stalingrad. Am 23. November ist die 6. Armee an der Wolga von sowjetischen Truppen eingeschlossen. In Afrika gelingt es Feldmarschall Montgomery, die Truppen Rommels, die schon zum Sturm auf Kairo und Palästina angesetzt haben, zurückzuschlagen. Am 7./8. November landen die Alliierten in Marokko und Algerien. Deutsche Truppen besetzen Vichy-Frankreich.

Amerika blickt zunächst auf die japanische Invasion in Asien, wo Singapur kapituliert, Java und die Philippinen fallen, Burma erobert wird. Die militärischen Entwicklungen in Europa sind für Roosevelt zunächst zweitrangig, was zu schweren Konflikten zwischen den Alliierten führt. Stalin fordert eine zweite Front in Europa, die Amerikaner halten ihn hin. Die Kriegsproduktion ist erst im Anlaufen, und vom Vormarsch der Japaner fühlt sich Amerika erheblich direkter bedroht als von Hitlers Divisionen. Ende 1942 aber ist der Scheitelpunkt des Zweiten Weltkrieges erreicht, es beginnt der lange deutsche Rückzug, der erst im April 1945 wenige Meter vor dem Führerbunker in Berlin enden wird.

Die amerikanische Westküste liegt dem pazifischen Kriegsschauplatz gegenüber. Für die in Kalifornien lebenden Flüchtlinge aus den Feindstaaten kommt eine unangenehme Zeit. Für sie wird eine nächtliche Ausgangssperre befohlen. »Verfügung des General Lieut. de Witt. Jap., Ital. deutsche Aliens ab Freitag Curfew von 8 Uhr abends bis 6 morgens. Zu Hause sein. Am Tage nicht weiter als 5 Meilen vom Hause entfernen«, notiert Remarque verbittert Ende März 1942. »Wie klein die Welt wird, – einst von Horizont zu Horizont, – dann ohne Deutschland, – ohne Österreich, – ohne Italien, – Schweiz – Europa – dann ohne Mexico – nur noch Amerika – dann schwieriger; Reisen nur noch mit Genehmigung – und nun – fünf Meilen in Hollywood. ... Morgen, – im Konzentr. Lager, eventuell, – was für Zeiten, als wir noch 5 Meilen Welt hatten!«[69]

Für den Nachtschwärmer und ruhelosen Reisenden eine als Katastrophe empfundene Einschränkung seines Lebensraumes. Gezwungen, in dem kleinen Hotelzimmer (»mein Gefängnis«) die Nächte zuzubringen, klagt er bald über schlechten Schlaf, morgendlichen Lärm und wachsende Niedergeschlagenheit. »Wo werden wir sterben.«[70] Die neuen Bestimmungen zwingen ihn zu einer Änderung seines Lebensstils. Aber es bleiben die Frauen und der Alkohol. »Hang over« – diese Beschreibung seines Zustandes ist trotz nächtlicher Ausgangssperre weiterhin an zahllosen Tagen in seinen Privatnotizen zu finden.

In den Nächten, die er nun im Hotel verbringen muß, versucht er zu lesen – Hemingway, Faulkner, Malraux, Somerset Maugham, immer wieder Nietzsche –, und die Arbeit soll vorangehen. »Beschlossen, Ravic nochmal anzufangen. Breiter, subjektiver. Ein Mann mit seinen Problemen.«[71] Er engagiert eine Sekretärin, »um mich etwas zu puschen«.[72] Aber schon wenige Tage später klagt er, sie habe eigentlich nichts zu tun. »Sonderbares Dasein in diesen Wochen, – abgeschlossen, ganz für mich, abwesend, lesend, unruhig, ohne alles von außen fast. Es gleitet vorüber, fremd, gläsern ... still ich selbst, wartend.«[73]

So ganz elegisch ist das nicht. Viele Partys nach wie vor, bei der Bergner etwa oder bei dem Schauspieler Oskar Homolka, wo er schlechtgelaunt Feuchtwanger (»Komischer Wichtigtuer«[74]), Franz und Alma Werfel, Brecht und Thomas Mann (»Das mickrige Gesicht«[75]) trifft und sich häufig betrinkt. Es kommt dann gelegentlich auch zu Streit, kleinen Ausbrüchen und im Suff heraufbeschworenen Autokarambolagen. »Werfel und seine Frau. Die Frau ein wildes, blondes Weib, gewalttätig, saufend. Hat bereits Mahler unter die Erde gebracht. War mit Gropius u. Kokoschka, die ihr scheinbar entkommen sind. Werfel wird nicht. Wir soffen. Sie pfiff Werfel wie einen Hund, war stolz darauf; er kam auch. Das erboste mich u. wodkaumflossen, sagte ich ihr die Meinung.«[76] Und doch wird gerade die Freundschaft zum Ehepaar Werfel besonders herzlich sein. »Ich sende Ihnen hier, aus meinen liquiden Schätzen, eine Flasche russischen Wodka, eingehüllt in Blumen, wie ein Bomberblueprint in Friedensverträgen, – mit höchster Verehrung.«[77] Solche Entschuldigungsgrüße schickt er nach etwas zügellosen nächtlichen Auftritten nicht nur an die Werfels.

Mißmutig ist er und fühlt sich nicht wohl. »Herzschmerzen seit Monaten.«[78] Gesichtsneuralgien plagen ihn, Kopf- und Nierenschmerzen. Er klagt über die innere Unruhe, Erinnerungen überfallen ihn. »... der Wunsch nach ... Liebe. Habe es wenig gehabt. Vielleicht immer noch von dem kleinen, zwei, dreijährigen her, der auf den Arm der Mutter wollte u. ihn besetzt fand vom kranken, älteren Bruder.«[79] Im Sommer eine neue, kurze Affäre, diesmal mit der Tänzerin Vera Zorina, der Frau des bekannten Choreographen George Balanchine, eine »kleine Juni-Liebe«.[80] Einmal begegnet er auch Paulette Goddard, und diesmal schickt er immerhin am Tag danach einen Blumenstrauß.

Trotz aller Selbstreflexionen und Ablenkungen beginnt er, sich vorsichtig und zurückhaltend zu engagieren. Im Mai 1942 bringt Lisl Frank, die Frau des Schriftstellers Bruno Frank, einen Spendenaufruf des »European Film Fund«, einer Organisation, die mittellose Emigranten in den USA unterstützt. Er ist an prominente amerikanische Künstler gerichtet. Gemeinsam mit Lion Feuchtwanger, Bruno Frank, Max Horkheimer, Thomas Mann und Franz Werfel unterzeichnet Remarque den Appell. Im September bittet ihn Charles Marsh, ein Freund von Vizepräsident Henry Wallace, zu einem Essen. »Über Dinge geredet, die ich in Washington tun könne. Marsh erklärte, wie sie sich die Neuordnung (im Nachkriegseuropa – WS) dächten ...«[81]

Im Dezember 1942 reist Remarque in die amerikanische Regierungsmetropole und trifft mit Wallace zusammen. Ein linksliberaler Politiker ist sein Gesprächspartner, der gerade das wichtige Amt für Wirtschaftskriegsführung im Kabinett Roosevelt übernommen hat. Ein bemerkenswerter, kluger Mann, der allerdings bei den Wahlen im Jahre 1948 – Amerikas Kommunistenjäger McCarthy ist zu diesem Zeitpunkt bereits auf dem Höhepunkt seiner hysterischen Kampagne – kläglich mit seiner linken »Progressive Party« scheitern wird. In den Kriegsjahren suchte Wallace Kontakt zu deutschen Emigranten – außer mit Remarque führte er Gespräche mit Thomas Mann und

Albert Einstein –, um mit ihnen über eine europäische Nachkriegsordnung zu diskutieren. Es geht aber auch um aktuelle Propaganda. Amerikanische Regierungsstellen treten an prominente deutsche Flüchtlinge heran, um sie für einen geistigen Feldzug gegen das Dritte Reich zu gewinnen. Thomas Mann hält von Oktober 1940 bis November 1945 seine regelmäßigen und berühmt gewordenen Radio-Reden »Deutsche Hörer!«, Marlene Dietrich reist zu Auftritten vor amerikanischen Truppenverbänden nach Europa. Remarque bleibt dem werbenden Wallace gegenüber zurückhaltend. Er will seine Unabhängigkeit nicht aufgeben. Zwei Jahre später jedoch schreibt er für den amerikanischen Geheimdienst »Office of Strategic Services« (OSS) eine Denkschrift über »Praktische Erziehungsarbeit in Deutschland nach dem Krieg«.

Die nächtliche Ausgangssperre, die Trennung vom *Puma* steigern seine Nervosität. Er legt das Manuskript des Ravic-Romans zur Seite, will etwas ganz anderes schreiben – was er nicht tut. Ende Oktober 1942 verläßt er Beverly Hills – seine Kunstsammlung überläßt er als Leihgabe dem »Los Angeles County Museum« – und geht wieder nach New York. Sein Wohnsitz ist erneut das »Sherry Netherland«-Hotel. An der Ostküste sind die Beschränkungen für die Exilanten kaum bemerkbar, und er hofft dort Abstand und Ruhe zu gewinnen.

Den ersten Anruf erhält Natascha, »ein leuchtendes Leben unter Puppen und Affen«[82], und er hängt seinen van Gogh im Zimmer auf. Vier Kapitel von »Arc de Triomphe« sind abgeschlossen, die Krise bleibt: »Drei Kameraden durchgeblättert. Schwachheiten entdeckt. Ich bin noch kein Schriftsteller.«[83]

Es wird eine schlimme, schwierige Zeit für ihn. Natascha übernimmt für die nächsten Jahre in seinem Leben die Rolle der Dietrich. Zunächst wird die Beziehung mit den rührendsten Worten im Tagebuch reflektiert, er schreibt gefühlvolle Liebesbriefe. »Natasha, Deine Stimme, – kam so klar durch das Telephon, als ob Du im Nebenzimmer wärst, – noch hier, noch mit mir, noch in meinem Kopf, – ich bedecke meine Ohren ein wenig, um sie länger in meinen Träumen hinter meinem Schädel zu behalten – und hinter meinen Augen sehe ich Deine grauen, wunderschönen, fragenden Katzenaugen, – und ich nehme mein Herz und werfe es in die Nacht, und ich gehe zum Fenster und sehe hinab auf die verbotene Stadt und fühle den Wind auf meinem Gesicht, und plötzlich denke ich wieder und wieder, wie wunderbar es ist, am Leben zu sein und in Deinen Gedanken und in Deinem Herz zu sein.«[84]

Es gibt viel Streit und viele Versöhnungen. Er trinkt maßlos, häufiger landet er in Bees Bordell, im August 1943 hat er eine kurze, leidenschaftliche Affäre mit Sandra Rambeau. »Natasha jeden Tag. Sandra jeden Tag ... Wie das noch werden soll weiß Gott!«[85] Die Leber macht Schwierigkeiten, die Kopfneuralgien tauchen immer wieder auf, das Herz meldet sich bedrohlich, er fühlt sich elend, aber ändert sein Leben nicht. Moralischer Katzenjammer erfaßt ihn, wenn er sich kaum noch erinnern kann, was er auf der Party am Vorabend geredet und getan hat. »Bruder, zieh die Konsequenzen. Trink nur noch mit Freunden. Und nicht in Gesellschaft.«[86]

New York ist ein Treffpunkt des europäischen Exils. Alma und Franz Werfel, Salvador Dalí, Arthur Rubinstein, Ernst Bloch, Max Reinhardt, Carl Zuckmayer, Emil Ludwig begegnen ihm bei den abendlichen Gesellschaften und Theaterpremieren. Greta Garbo kommt häufiger aus Hollywood, Jutta Zambona lebt in der Stadt, und er führt sie regelmäßig zum Essen aus, besucht mit ihr Ausstellungen, hört ihre Klagen über das Alleinsein und ihre Vorwürfe. Besonders der Schriftsteller Friedrich Torberg, der Kunsthändler Sam Salz und Carl Zuckmayer sind in den New Yorker Jahren häufige, geschätzte, manchmal ihn auch nervende Zech-, Essens- und Partygenossen. Er arbeitet wenig und voller Selbstzweifel. »Ich entdecke mehr u. mehr das Windige meines Charakters; wieviel Schauspielerei darin ist; es gibt eine Hoffnung, doch vielleicht ein Schriftsteller zu sein, – oder zu werden.«[87] – »Stecken geblieben mit dem Buch. Neun Kapitel. Rauche zuviel. Wille zu arbeiten.«[88] – »Abends gestern gearbeitet. Ruhige Klarheit, daß ich nichts kann.«[89]

Nach außen läßt er von seinen Produktionssorgen kaum etwas verlauten, gibt sich burschikos und gelassen. »Damit Du, Alma, nicht ganz ängstlich wirst: die erste Niederschrift meines Buches ist fertig.

An die 650 Seiten; – ungefähr 600 zuviel.«[90] Im Oktober 1943 wird ein neuer Romanplan auftauchen (»Titel: The (last) summer of Lilian Dunquerke«[91]), der mit »Der Himmel kennt keine Günstlinge« über ein Jahrzehnt später realisiert wird.

Remarque bleibt skeptisch gegenüber dem in seiner Umgebung wachsenden Optimismus über eine baldige Niederlage Deutschlands, und er versucht, die Geschehnisse nicht an sich herankommen zu lassen. Über neue Schikanen, die den Exilanten angedroht werden, ist er deprimiert: »Enemy-aliens, – Safes-deposit-boxes sollen gesperrt u. kontrolliert werden. Manchmal möchte man doch, nach 10 Jahren, nicht mehr immer als Bürger 2. Klasse behandelt werden.«[92] Er hat lange nichts mehr veröffentlicht, sein Leben ist teuer, und er verkauft einige Bilder. Geldsorgen: »Abends etwas über Geld nachgedacht. Wird Zeit, etwas zu machen. Soviel, wie ich ausgebe, kann ich nie verdienen, – wenn ich das für Peter einschließe. Steuern zu hoch, u. überhaupt. Dachte, der Krieg sei früher zu Ende. Sieht aber aus, als ob er wenigstens noch bis Ende 1944 dauern wird, – wenn nicht länger im Pazifik.«[93]

Im September 1943 fährt er für einige Wochen nach Los Angeles, trifft dort Werfel und das *Puma*. »Sah noch zerstörter aus. Alt. Enttäuscht. Und da ist nichts mehr zu tun ... Fort. Diese schöne Legende, Marlene Dietrich, ist vorbei. Alt. Verloren. Schreckliches Wort.«[94] Ein illusionsloses Urteil über die große Liebe seiner letzten Jahre. Der Roman, den sich die Dietrich so von ihm gewünscht hat, ist immerhin nicht ganz vergessen. In Long Beach besucht Remarque das St. Mary's Hospital und ist bei zwei Operationen dabei. Anschauungsunterricht für einen Schriftsteller, denn der in Paris lebende Roman-Exilant Ravic verdient sich sein Geld als Chirurg ohne Arbeitserlaubnis.

Mitte Oktober ist er wieder in New York und bezieht ein Apartment im Hotel »Ambassador«. Unter dem Datum 23. Oktober finden wir den Eintrag: »... nachmittags endlich zur Ausstellung meiner Bilder. Viele Leute da, zu meinem Erstaunen. Gute Besprechungen sogar.«[95] Seine Cézannes, Degas', Renoirs, Gauguins, van Goghs und Daumiers hängen vier Wochen lang in den New Yorker Knoedler-Galleries.

Remarque ahnt nicht, daß in diesen Tagen in Berlin vor dem Volksgerichtshof der Prozeß gegen seine fünf Jahre jüngere Schwester Elfriede Scholz eröffnet wird, der mit einem Todesurteil endet. Am 16. Dezember wird sie mit dem Fallbeil in Plötzensee hingerichtet. Der Vorsitzende des Volksgerichtshofes, Robert Freisler, wird im späteren Bericht einer Prozeßbeobachterin mit der Bemerkung zitiert: »Ihr Bruder ist uns leider entwischt, Sie aber werden uns nicht entwischen.«[96]

Hitlers berüchtigter Blutrichter wird es zweifellos genossen haben, über eine Verwandte des von den Nazis verhaßten Autors zu Gericht sitzen zu können. Aber es gibt im Dritten Reich unzählige gleichartige Terrorurteile, und ein direkter Zusammenhang dürfte wohl nicht bestanden haben. Vielleicht sind jedoch die Versuche, Elfriede Scholz vor der Vollstreckung des Urteils zu bewahren, auch deswegen chancenlos, weil sie aus der Familie des berühmten Autors stammt. Zwei Gnadengesuche ihrer Anwältin werden abgelehnt.

Elfriede Scholz lebte mit ihrem Mann, dem Musiker Heinz Scholz, in Dresden und war dort als Schneiderin tätig. Es war ihre zweite Ehe. Eine mutige Frau, die in Gesprächen nie einen Hehl aus ihrer Ablehnung der Hitler-Diktatur und des Krieges gemacht hatte. »Wir waren damals fest überzeugt, daß sie auf irgendeine Weise aktiv im Widerstand arbeitete ... und es gab Hinweise ihrerseits.«[97] Ihre Verhaftung erfolgte am 18. August 1943 nach einer Anzeige des Hauptmanns Hans-Jürgen Rietzel wegen »staatsfeindlicher Äußerungen«. Elfriede Scholz hatte in Gegenwart der Frau dieses überzeugten Nazis ihre Meinung über das Dritte Reich geäußert und »wünschte Hitler eine Kugel durch den Kopf«. In Deutschland nannte man das »Wehrkraftzersetzung«.

Berichte über den Prozeß und die Vollstreckung des Urteils weisen darauf hin, daß Remarques Schwester in den Wochen ihrer Haft und beim Gang zum Schafott ungewöhnlichen Mut und große Tapferkeit gezeigt hat. Sie verzichtet während des Verfahrens »auf den sogenannten deutschen Gruß. Ruhig und gelassen nahm sie die Verkündigung des Todesurteils an und ließ sich ebenso ruhig fesseln und abführen«.[98]

Deutsche Vergangenheitsbewältigung: Robert Kempner, Ankläger in Nürnberg und Freund Remarques, versucht in den sechziger Jahren, die strafrechtliche Verfolgung der Mörder von Elfriede Scholz durch die Nachkriegsjustiz zu recherchieren. Eine Prozeßzeugin, die die Angeklagte belastet hat, wird 1950 in der DDR zu fünf Jahren Zuchthaus verurteilt. Am 25. September 1970, dem Todestag von Remarque, teilt die Generalstaatsanwaltschaft Berlin Kempner mit, daß die Akten über den Tod der Elfriede Scholz von der bundesdeutschen Justiz geschlossen worden sind. Der damals noch lebende SA-Obergruppenführer Lasch, einer der Richter im Prozeß, bleibt unbehelligt. Osnabrück beschließt 25 Jahre nach dem Tod von Elfriede Scholz, einer Straße der Stadt ihren Namen zu geben. Sie liegt in einer Neubausiedlung, abgelegen und schmal.[99] Remarque erfährt erst 1946 von dem furchtbaren Schicksal seiner Schwester. Er hat sich später kaum dazu geäußert. Als 1952 die amerikanische Übersetzung seines dunkelsten Romans (»Spark of Life«) erscheint, stellt er seiner KZ-Geschichte jedoch die Zeile voran: »To the memory of my sister Elfriede«. In der ebenfalls 1952 veröffentlichten deutschen Ausgabe – »Der Funke Leben« – fehlt diese Widmung, in neueren Ausgaben (1988) wurde sie wieder eingefügt. Erinnerung ist im Deutschland der fünfziger Jahre ein unangenehmer Störfaktor für die Neudemokraten, die gerade beginnen, das Land mit dem gleichen Eifer aufzubauen, mit dem sie es wenige Jahre zuvor zerstört hatten.

Das Jahr 1944 ist anders als die zurückliegende Zeit. Remarque scheint die Trennung von Marlene Dietrich endgültig überwunden zu haben. »Auf Deine Fragen: Marlene sah ich einmal zufällig. Sie soll hier den dritten Akt: ›Abschied vom in den Krieg ziehenden Geliebten‹, bis zum letzten ausgespielt haben. Kennst Du das, daß man so geniert ist vor sich selbst, jemanden mal ernst genommen zu haben, der nichts weiter ist als ein schönes Flittchen, daß man es nicht über sich bringen kann, es ihm zu sagen, sondern immer noch lieber ein bißchen zu nett ist, obschon es einen ankotzt?«[100]

Er zieht sich zurück, weniger Partys, weniger Barbesuche, weniger Alkohol. Die Kriegsereignisse gewinnen im Tagebuch einen breiteren

Widerhall, die privaten Eskapaden, die vorher die Seiten füllten, finden kaum noch Erwähnung. »Fast immer allein. Nur Natasha. Manchmal ein Gang zu Peter ...«[101] – »Trank reichlich ... Seit langem wieder einmal; u. mochte es nicht sehr.«[102] Er liest jetzt noch mehr, ist von Dostojewski fasziniert (»Welch ein Erzähler!«[103]), greift immer wieder zu Shakespeare, gelegentlich auch zu Heines Gedichten und Hauptmanns Dramen (»Gut, deutsch, u. irgendwie erstaunlich professoral.«[104]), und versucht, sich auf den eigenen Roman zu konzentrieren. Im Mai sitzt er nach langer Pause wieder am Ravic-Manuskript und kann am 25. August – natürlich unzufrieden – vermelden: »Erste Niederschrift des Buches heute beendet. 425 Seiten. Endlos. Ziemlich bedrückt.«[105]

Die Unruhe bleibt also und auch die Schwermut. »Der Friede, (die Balance) die nur noch in der Kunst ist.«[106] Im Sommer treten die Behörden wieder an ihn heran: »Ich solle in die Armee; Art von Radio, Artikeln ... Abgelehnt. Arbeit, ja, – keine Armee.«[107] Dann kommt die Anfrage, ob er drei Monate nach Europa gehen wolle, als Propagandist und Berichterstatter. Auch das lehnt er ab, fürchtet über Jahre gebunden zu sein, Arbeiten schreiben zu müssen, die ihn festlegen und die ihn nicht interessieren.

Aus den zurückeroberten Gebieten im Osten dringen die ersten furchtbaren Nachrichten über die Judenvernichtung in die amerikanische Öffentlichkeit. »In Lublin die Nazi Konzentr. Lager für Juden u. die Riesenkrematorien u. die Gräber gefunden. Verhungern lassen u. verbrannt. Gaskammern dabei, in denen sie aneinandergepreßt, vergiftet wurden.«[108] Vielleicht sind es diese Berichte, die ihn schließlich doch noch veranlassen, einen »Regierungsauftrag« zu übernehmen. Im September notiert er unlustig: »Arbeite an etwas für Strategic Service. Wie in Deutschland nach dem Krieg etc. Etwas, wovon jeder Schneider heute redet u. schreibt.«[109] Deutschlands Niederlage ist zu diesem Zeitpunkt besiegelt. Im Osten brechen die deutschen Fronten zusammen, im Oktober dringen die russischen Armeen in Ostpreußen ein, am 4. Juni fällt Rom, im gleichen Monat hat die Invasion in der Normandie begonnen, Paris ist am 25. August befreit. Die Frage, was mit dem Land und seinen

Menschen nach dem Krieg geschehen soll, rückt für die Alliierten immer stärker in den Vordergrund.

Remarques Denkschrift für den amerikanischen Geheimdienst OSS trägt den Titel: »Practical Educational Work in Germany after the War«. Sie zeigt zunächst, daß der Verfasser 1944 die mentale und reale Geschichte der Deutschen in den Jahren bis zu Hitlers Machtantritt wesentlich genauer sieht als noch viele Historiker in den ersten beiden Jahrzehnten der Bundesrepublik. Hintergründe des Verhaltens der militärischen, bürokratischen und politischen Eliten im Kaiserreich und in den Weimarer Jahren werden knapp skizziert. Die Kernforderung, die sich für den Autor aus der Entwicklung Deutschlands ergibt, ist die Zerstörung des Nationalsozialismus und des Militarismus. Sie macht er – neben dem Versagen der demokratischen Führer in den bürgerlichen und linken Parteien – für das Scheitern der Weimarer Republik verantwortlich. Remarque empfiehlt den Siegermächten, den Deutschen durch rücksichtslose Darstellung die von ihnen begangenen Verbrechen vor und während des Krieges vor Augen zu halten. Er weist auf die Folterkammern der Gestapo hin, den »schändliche(n) Kampf von 60 Millionen Deutschen gegen 500 000 Juden«,[110] die Geiselerschießungen hinter den Frontlinien, die Ermordung von Tausenden Zivilisten und die Konzentrationslager. In Radiosendungen, Filmen, Büchern, Broschüren und öffentlichen Gerichtsverhandlungen soll dem Volk der Täter bewußt werden, welchen Weg es beschritten hat. Es ist das Plädoyer eines Aufklärers.

In vielen Textpassagen weist Remarque bereits prophetisch auf die Versuche der Entlastung und Verleugnung hin, die sich nach der Niederlage in Deutschland breitmachen werden. »Wer wird einen deutschen General anklagen und ihm den Prozeß machen, der nur seine Pflicht tat?«[111] – »Um die Kinder zu erziehen, muß man die Lehrer erziehen ... Das gleiche gilt für Hochschul- und Universitätsdozenten und für Professoren.«[112] – »Eine scharfe Kontrolle und vielleicht ein Wandel gewisser (gerichtlicher – WS) Verfahrensregelungen wird ... sehr notwendig sein.«[113]

Die russische Geliebte: Natalie (»Natascha«) Paley in den vierziger Jahren

Der elegante Weltenbummler: Remarque in den vierziger Jahren

Das Haus: Die »Casa Monte Tabor« in Porto Ronco,
wo Remarque mit vielen Unterbrechungen seit 1931 wohnte

Die Altersgefährtin: Remarque mit seiner Frau Paulette Goddard

Der Weltschriftsteller:
Remarque in
den fünfziger Jahren

er Gentleman:
emarque vor Paulettes
aguar« Ende
r fünfziger Jahre

Der Festspielgast: Ankunft bei den Berliner Festwochen, 1956

Der Theaterautor: Nach der Premiere von »Die letzte Station« mit Kurt Meisel und Heidemarie Hatheyer auf er Bühne des »Renaissance Theaters«, 1966

er Romancier als :hauspieler: Remarque in :r Rolle des Professor)hlmann, Szenenphoto ıs dem Film »Zeit zu pen und Zeit zu sterben« ıit Charles Regnier und hn Gavin), 1958

Der Sammler: Erich Maria Remarque
mit einer griechischen Vase in den sechziger Jahren

Er warnt die Siegermächte vor Maßnahmen, die vom Haß diktiert sind. »Ein besiegtes, besetztes Land wird leicht zu einem Land der Hassenden. Kleine Fehler können sehr schnell zu Propaganda-Waffen werden ... Und Haß ist eines der Fundamente des Krieges.«[114] Am Schluß des Textes stellt Remarque ausdrücklich fest, daß er nicht auf die Frage eingehen wolle, »ob es einen harten oder gemäßigten Frieden für Deutschland geben soll oder ob man es für hoffnungslos hält, die Deutschen umzuerziehen, oder nicht.«[115]

Eine kluge, maßvolle und sehr realistische Denkschrift ist es geworden. Auch im Vergleich zu manchen Konzepten, die in der Öffentlichkeit – wie der Morgenthau-Plan – 1944 noch diskutiert werden. Vieles von dem, was Remarque vorschlägt, liegt in den ersten Nachkriegsjahren dann tatsächlich auf der Linie der amerikanischen Besatzungspolitik. Entnazifizierung und Umerziehung sind die entscheidenden Stichworte, die Briten und Amerikaner im demokratischen und die Sowjets im marxistischen Sinn umzusetzen versuchen. Bei den Franzosen hält der Vergeltungs- und Zerschlagungsgedanke noch einige Zeit an, bis sie auf diesen Kurs umschwenken. Remarque selbst wird in den fünfziger Jahren verbittert registrieren, daß die Generation, die die Weimarer Republik zerstört und Hitler aktiv unterstützt hat, sich als unbelehrbar erweist. Die Verbrechen werden schnell verdrängt, und Selbstmitleid, Hinweise auf die Bombardierung deutscher Städte oder die Forderungen nach der Rückgliederung der verlorenen Ostgebiete überwiegen bei weitem die Auseinandersetzung mit dem, was in Deutschlands Namen geschehen ist.

Skeptisch beobachtet Remarque im Herbst 1944 die inneramerikanischen Entwicklungen. Den Präsidentschaftswahlkampf, aus dem Franklin D. Roosevelt erneut als Sieger hervorgehen wird, begleitet er mit Pessimismus. »Es ändert sich nichts. Eine Klasse, die zum Untergang verurteilt ist, – die bürgerliche, konservative, reaktionäre, sieht nicht die Zeichen. Hunderte von Artikeln über Post-war Germany. Keine über Post war-America. Der Krieg hat die Auseinandersetzung zwischen Arbeit u. Kapital nur hinausgeschoben, – sie geht an seit 1918.«[116] Selten finden sich in seinen privaten Notizen solche antikapitalistischen Bemerkungen. Ähnliches ist aber auch in den Aufzeichnungen von Thomas Mann zu lesen. Die deutschen Exilanten sehen hellsichtiger als ihr Gastland, welche Konflikte sich bereits vor Kriegsende abzuzeichnen beginnen. »Die Konfusion, die nach dem Kriege kommen wird«, nennt es Remarque.[117]

Ihn erreichen aus Europa jetzt auch die ersten spärlichen Nachrichten über den Verbleib von Freunden und Bekannnten, von denen er seit 1939 abgeschnitten ist. So wird ihm berichtet, daß Walter Feilchenfeldt in Ascona das Inferno überlebt hat, über das Schicksal der eigenen Familie dringt noch nichts hinüber zum Sohn. Remarque wartet auf das Kriegsende. In seinen Träumen taucht immer häufiger Porto Ronco auf, das Haus am See, die Blumenlandschaft seines Gartens. Aber er will nicht darüber nachdenken, wie es für ihn weitergehen soll, und bleibt fatalistisch. »Das Warten. Das Suchen. Die kleinen Flecke Schönheit im Geröll der Zeit. Nostalgisches Wehen. Sehen u. Nicht-Besitzen. Die Flucht. Das Abwenden. Das Knirschen des Sandes, der langsam, seit Jahren, langsam die Sehnen zerreibt. Was bleibt? Die Überschwemmung der Zeitungen …«[118]

Das Verhältnis zu Natascha Paley ist in den ersten Monaten des Jahres ausgeglichen, verzaubert ihn, und er beschreibt sie im Tagebuch mit sanften Formulierungen. Ab Herbst geht es angespannter zu, einige *Puma*-Szenen beginnen sich zu wiederholen. Er ist eifersüchtig, sie wirft ihm Faulheit und den Alkohol vor. Wie so oft steht er vor dem Dilemma der Forderung nach einer engen Bindung, die er nicht eingehen will. Im Dezember erschüttert ihn der Selbstmord der einstigen Geliebten Lupe Velez, »angeblich wegen unglücklicher Liebe u. weil sie ein Kind trug von einem französ. Schauspieler. 34 Jahre alt … Wenig zu sagen. Sie war so voll Leben.«[119]

Das Jahr 1945 beginnt er mit der Niederschrift eines neuen Buches. »Gestern mit russischem Buch angefangen. Plötzlich guter Anfang, glaube ich.«[120] Er schreibt die ersten Zeilen von »Zeit zu leben und Zeit zu sterben«. Sein Übersetzer Denver Lindley meldet sich und sieht keine Probleme, das Manuskript von »Arc de Triomphe« für das »Collier's Magazin« zurechtzukürzen. »Am 12. mittags mit …

Editor von Colliers, gegessen; 50.000 Dollars für Serial verlangt. Er rief Sonnabend an, es sei in Ordnung.«[121]

Das Jahr 1945 bringt den Verlust von zwei ihm eng verbundenen Freunden. Bruno Frank und Franz Werfel sind gestorben, beide an ihren schweren Herzkrankheiten. Remarque wird an die eigenen gesundheitlichen Beschwernisse erinnert, er spürt das Alter. Als Werfels Verleger Ben Huebsch 1946 den Nachlaß-Roman »Stern der Ungeborenen« veröffentlicht, schreibt Remarque einige Zeilen für den Buchumschlag: »Das Testament eines großen Dichters und Menschenfreundes, – gegen den fernen Himmel einer Utopie gespiegelt, um es zeitloser, klarer und stärker zu machen. Eine überwältigende Fülle von Gedanken, Phantasien, Poesie, Satire und Philosophie, – ein großes und bedeutendes Buch ...«[122] Selten ist er bereit, sich öffentlich für das Werk eines Kollegen zu engagieren. Werfel gehört jedoch zu den wenigen aus dem Kreis der deutschen Schriftsteller, dem er sich verbunden fühlt.

Deutschland kapituliert am 7. Mai, Roosevelt ist vier Wochen vorher gestorben. Das Kriegsende stellt auch Remarque vor eine neue Situation. Der europäische Buchmarkt ist wieder offen für seine Werke, und er kann einen neuen Roman vorlegen. »Verträge, – Rumänien, Schweden, Spanien, Portugal, – Dänemark, Kanada für französ. Übersetzung – ein paar Länder mehr, als seit dem Kriege.«[123] Im Juli erscheint eine deutschsprachige Ausgabe von »Im Westen nichts Neues« für die Kriegsgefangenenlager (»Fischer versuchte zu mogeln«[124]). Am 13. September beginnt der Vorabdruck von »Arch of Triumph« im »Collier's Magazin«.

Arc de Triomphe

Die Geschichte, die Remarque in seinem neuen, auch für seine Verhältnisse so ungemein mühsam entstandenen Roman erzählt, ist zeitlich genau eingeordnet. Sie beginnt in der Nacht vom 11. November 1938, am 20. Jahrestag der Wiederkehr des Waffenstillstandes im Wald von Compiègne. Sie endet im September 1939, als Deutschland die

Welt erneut in einen Krieg stürzt. Der Arzt und Chirurg mit dem Emigrantennamen Ravic (auf den letzten Seiten erfahren wir, daß sein eigentlicher Name Ludwig Fresenburg lautet) ist den Folterkellern der Gestapo und dem Konzentrationslager entkommen und lebt seit Jahren in Paris. Im Schatten des Arc de Triomphe, unter dessen Bogen das Grabmal des unbekannten Soldaten liegt und der immer wieder leitmotivisch in der Erzählung Erwähnung findet, lebt er heimat- und rechtlos im Kreise der »Outsider« der französischen Metropole. Deutsche und russische Emigranten, geflohene und geschlagene Spanienkämpfer, Huren und Zuhälter, die abtreibenden »Engel« der »Gefallenen«, schurkische und »edle« Flics, die Notlage der Flüchtlinge ausnutzende oder hilfreiche Franzosen bevölkern die Seiten dieses Romans. Remarque führt die Leser ins Emigrantenhotel »International«, in die Klinik des Arztes Veber, ins Bordell »Osiris«, in die Nachtbar »Scheherezade«, in die Bistros und vor allem in die Straßen von Paris. Seine Menschen trinken Unmengen von Calvados und Wodka, philosophieren beim Schachspiel, vereinsamen in der Fremde. »Wir leben in einer sterbenden Zeit ...«[125]

Ravic operiert illegal, ohne Paß und ohne Aufenthaltserlaubnis. Sein Blick in die Zukunft ist ohne Hoffnung. Eine Remarquesche Figur, zynisch, desillusioniert und sich doch an die Gesetze der Humanität klammernd. »Leben heißt, von andern leben«, kommentiert Ravics Männerfreund, der russische Emigrant und Türsteher Morosow. »Wir fressen alle voneinander. So ein bißchen Flimmern von Güte ab und zu – das soll man sich nicht nehmen lassen. Es stärkt, wenn man schwierig lebt.«[126] Ravic lebt mit gepackten Koffern, die Ausweisung droht stündlich, bürgerliche Sicherheit gibt es für Menschen in seiner Lage nicht mehr. »Ein Stück Papier! Ob man es besaß oder nicht. Diese Kreatur (gemeint ist der Polizist Fernand, der nach Ravics Verhaftung seinen Paß verlangt – WS) würde sich entschuldigen und verbeugen, wenn man diesen Fetzen Papier hätte. Es würde gleichgültig sein, ob man eine Familie ermordet oder eine Bank beraubt hätte – der Mann würde salutieren. Aber selbst Christus ohne Paß – heute würde er im Gefängnis verkommen. Er würde ohnehin lange vor seinem dreiunddreißigsten Jahre erschlagen worden sein.«[127]

Remarques altes Thema kehrt wieder: Der Mensch, der sich nicht selbst aufgibt, der seine »Menschlichkeit« nicht verloren hat, behält seine Würde. Ravic wird Zeuge eines Unfalls und greift helfend als Arzt ein, obwohl er sich der Gefahr bewußt ist, in die er sich mit diesem öffentlichen Heraustreten als Paßloser begibt. Er wird von einem herbeieilenden Polizisten verhaftet. Und doch: »Es ist nie vorbei ... Leben ist eine viel zu große Sache, als daß es vorbei sein könnte, bevor wir aufhören zu atmen.«[128]

Zwei Stränge halten den Roman in seinem erzählerischen Fluß, bilden den spannungsgeladenen Vordergrund der Geschichte. Die Liebesbeziehung zwischen Ravic und Joan Madou und der Rachefeldzug gegen den Nazi Haake, seinen Folterknecht im Gestapokeller. Joan trifft er zu Beginn des Buches während eines Nachtspaziergangs auf einer Seine-Brücke. Sie steht nach dem Tod ihres Lebensgefährten unter einem Schock. Es entwickelt sich zögernd, zunächst abwehrend und dann intensiv eine leidenschaftliche Beziehung. Joan wird für Ravic die kaum noch erwartete Hoffnung, Rettung vor der Vereinsamung, wiedererwachte Lebenszugewandtheit. Eine Liebesgeschichte wie in »Drei Kameraden«, aber psychologisch gelingt es Remarque bei der Gestaltung der Entwicklung von Joan nicht, die einfühlsame Charakterisierung der liebenden Pat zu wiederholen. Joans Unstetigkeit, ihr Lebenshunger, ihre unerfüllte Suche in Beziehungen zu anderen Männern wirken klischeehaft und im mittleren Drittel des Romans sogar langatmig. Wenn sie am Ende von einem ihrer eifersüchtigen Liebhaber erschossen wird, paßt das in das Kolportagebild, das dem Leser in diesem Buch doch etwas häufig begegnet.

In der Gestaltung der Joan Madou verarbeitet Remarque zweifellos auch seine Beziehung zu Marlene Dietrich. Ihre Sprunghaftigkeit, ihre Eifersucht, ihren Egoismus, ihren Hang zu raschen Erlebnissen mit anderen Männern (und Frauen), ihre Beschwörungen der »einzigen Liebe«, er hat das alles selbst erlebt und erlitten. Ravic ist als Liebhaber Joans beherrschter als sein literarischer Schöpfer in seinem Verhältnis zu dem Hollywoodstar. Aber die lebenssüchtige Geliebte des Romans trägt in ihren Charakteranlagen deutliche Züge des *Puma*.

Remarque zeichnet in »Arc de Triomphe« ein Porträt der vielleicht folgenreichsten Beziehung in seinem frauenreichen Leben. »Sie nahm, was ihr paßte, ... und kümmerte sich um weiter nichts. Aber war es nicht das gerade, was ihn anzog? Wer wollte schon jemanden, der war wie man selbst? Und wer fragte nach Moral in der Liebe? Das war eine Erfindung der Schwachen. Und der Klagegesang der Opfer.«[129]

Insofern eine Liebesgeschichte voller realistischer Momente, und doch bleibt sie über weite Strecken der Darstellung ein Kunstprodukt. Es gelingt Remarque nicht, das eigene, ihn über Jahre erschütternde Erlebnis (»Jemand zerstören, weil man ihn liebt? Ihn töten, weil man ihn zu sehr liebt?«[130]) künstlerisch in so überzeugender Weise umzusetzen, wie es in vielen seiner anderen Romane der Fall ist.

In der Gestalt der von einem tödlichen Krebsleiden befallenen Amerikanerin Kate Hegström läßt Remarque im übrigen eine sympathische Gegenfigur zu Joan Madou auftreten. Kates Souveränität im Angesicht des Todes, ihre »zuverlässige« (und unerwiderte) Liebe zu Ravic entspricht dem anderen Frauenbild, das ihr Schöpfer im Leben wie in seinen Romanen immer wieder bewundert und gesucht hat.

Die »Kriminalgeschichte« rückt in der zweiten Hälfte des Romans in das Zentrum des Geschehens. Zufällig begegnet Ravic in einem Straßencafé seinem einstigen Gestapo-Peiniger Haake. »Was ging es ihn noch an? Einer mehr oder weniger. Einer mehr oder weniger von Hunderttausenden, die ebenso schlimm waren oder noch schlimmer. Einer weniger. Er blieb mit einem Ruck stehen. Das war es! Er war auf einmal ganz wach. Das war es! Das hatte sie groß werden lassen, daß man müde wurde, daß man vergessen wollte, daß man dachte: was geht es mich noch an? Das war es! Einer weniger! Ja, einer weniger – das war nichts, aber das war auch alles! Alles! ... Es war auf einmal weit mehr als eine persönliche Rache. Es war so, daß, wenn er es nicht tat, er sich eines unendlichen Verbrechens schuldig machte – daß irgend etwas in der Welt verloren war für immer, wenn er nicht handelte ... Und er wußte erst in diesem Augenblick wirklich, daß er Haake töten werde und daß es nicht mehr seine eigene kleine Angelegenheit war, sondern weit mehr. Ein Anfang ...«[131] Sich wehren gegen den modernen Barbarismus und seine Vertreter, nicht resignieren – Rache, das ist Remarques Botschaft an die Gefolterten, Vertriebenen und Verzagten, die vor Hitlers Mordknechten in die letzten Winkel der Erde geflohen waren. Rache nicht um der Rache, sondern um der eigenen Würde willen. Die Tat führt zur seelischen Befreiung von dem Trauma, das die erlittenen Folterungen und der durch Haake heraufbeschworene Selbstmord seiner einstigen Geliebten in Deutschland ausgelöst hatte. Der Individualist Remarque – und manche, vor allem kommunistische Kritiker haben ihm dies mit bitteren Worten vorgeworfen – ist kein Propagandist kollektiver Widerstandsbewegungen, sondern weist auch in diesem Zusammenhang auf die Entscheidung des einzelnen hin. Erst in seinem nächsten Roman – »Der Funke Leben« – tauchen Gruppen auf, die sich zum Kampf gegen ihre Unterdrücker gesammelt haben.

Ravic, der Haake in eine Falle lockt, vollzieht die Tat auf schauerliche Weise, schlägt den Gestapomann mit einem Hammer nieder und erwürgt ihn. Die Tötungsszene wird grausam ausgemalt. Die Zeit macht den Menschen zur Bestie, auch den Humanisten Ravic. Der »militante Pazifist« Remarque läßt aber keine Zweifel, wie dessen Handeln einzuordnen ist, welche perversen Unterschiede zwischen Mord und Mord in einer militarisierten Welt gemacht werden: »Ich habe ein Vieh ausgelöscht, das es tausend- und tausendmal schlimmer verdient hat. Ich habe Dutzende von Menschen in meinem Leben getötet, die mich nichts angingen, und ich bin dekoriert worden dafür, und ich habe sie auch nicht in fairem Kampf getötet, sondern sie beschlichen, belauert, von hinten, wenn sie nichts ahnten, und es war Krieg und war ehrenvoll.«[132]

Der Roman spielt in den Monaten, in denen Europa vor dem Ausbruch eines neuen Weltkrieges steht. Alle Versuche der westlichen Demokratien, Hitler zu beschwichtigen, seine Machtambitionen zu befriedigen, sind zum Scheitern verurteilt. Sein System ist politisch, ökonomisch und moralisch auf ein einziges Ziel gerichtet: den Vernichtungskrieg. »Jeder wußte, daß die Welt apathisch in einen neuen Krieg hineintrieb. Niemand hatte etwas dagegen – Aufschub, noch ein Jahr Aufschub – das war alles, worum man sich aufraffte, zu kämpfen.«[133] Nur schemenhaft werden die weltpolitischen Ereignisse dieser Monate von Remarque erwähnt. Ein paar zitierte Zeitungsschlagzeilen, wenige Andeutungen weisen auf den spanischen Bürgerkrieg, den Einmarsch in Österreich, die Appeasement-Politik der Kabinette in London und Paris, die Zerschlagung der Tschechoslowakei hin. Der Roman endet mit dem Überfall der deutschen Wehrmacht auf Polen. Ravic und seine Mitemigranten erwarten die französischen Internierungslager.

Die Geschichte wiederholt sich. »Ich gehe morgen«, erklärt ein Franzose angesichts der an die Front eilenden Landsleute. »Mein Vater fiel im letzten Krieg. Mein Großvater 1871. Ich gehe morgen. Es ist immer dasselbe. Seit ein paar hundert Jahren machen wir das nun schon. Und es nützt nichts, wir müssen wieder gehen.«[134] Der Mensch bleibt das Opfer der Politik.

Im Dezember 1945 erscheint die amerikanische Buchausgabe von »Arc de Triomphe«, die deutsche im Dezember 1946. Die Aufnahme bei den deutschen Lesern und Kritikern ist mehr als zurückhaltend. Der Überlebenskampf der in Trümmern hungernden Bevölkerung – im Winter 1946/47 wird das Land von einer ungewöhnlich heftigen Kältewelle heimgesucht – bietet nicht gerade einen besonders geeigneten Hintergrund für literarische Debatten. Die Verdrängung der Vergangenheit beginnt in den Medien erste Konturen zu gewinnen, und die »innerere Emigration« meldet sich mit absonderlichen Thesen zur eigenen Haltung in den Hitler-Jahren zu Wort.

Wenn »Arc de Triomphe« trotzdem sehr schnell zu einem Welterfolg wird, es nach »Im Westen nichts Neues« bis heute dieser Titel ist, der sich für viele Leser mit dem Namen Remarque verbindet, dann ist dies vor allem dem amerikanischen Buchmarkt zu verdanken. Innerhalb eines Jahres verkauft der New Yorker Verlag »Appleton-Century« über eine Million Exemplare, der Roman wird zum »Book of the Month« ausgewählt, und Hollywood zahlt für die Filmrechte einen ungewöhnlich hohen Betrag. Es folgen in den nächsten Jahren zahlreiche weitere Übersetzungen. Noch zwanzig Jahre nach der Erstveröffentlichung schreibt ein polnischer Kritiker: »Dennoch – und man kann es nicht vergessen – ist das ein Roman, der zur Bibel einer Generation wurde. Im Jahre 1945, 46 oder 47 waren alle Frauen Joan, und alle Männer spielten Ravic. Man sprach zueinander Sätze, die aus dem Buch entnommen waren. Man inszenierte Situationen, die vorher von Remarque geschaffen waren. In ›Arc de Triomphe‹ fand die aus dem Krieg hervorgehende Generation Prototypen ihrer Verhaltensweisen und, aus der Sintflut hervorgehend, suchte sie hier auch nach Regeln des Zusammenlebens, nach Mitteln für den Wiederaufbau ihres Gefühlslebens, ihrer Mode und Pose.«[135] Auch wenn diese Sätze die Reaktion auf das Buch vielleicht ein wenig überzeichnen, Remarque unterstreicht zum Beginn der Nachkriegsära mit der Veröffentlichung seines jüngsten Romans zweifellos ein weiteres Mal seine Position als international vielbeachteter Autor. Neben Thomas Mann und Lion Feuchtwanger – jedenfalls wenn dessen fremdsprachige Auflagen als Kriterium herangezogen werden – repräsentiert sein Werk für die Welt den deutschsprachigen Gegenwartsroman.

Remarque hat mit »Arc de Triomphe« ein Werk geschrieben, das stilistisch und in seiner Erzählkonstruktion so »amerikanisch« geprägt ist wie kein anderes seiner Bücher. Der »Skeptizismus« seiner Hauptfiguren, die knappen Dialoge, die Kürze der Absätze, die dramatischen (und nicht analytischen) Effekte, die eingebaute »Kriminalgeschichte«, die häufig filmisch anmutenden Erzählsequenzen – der amerikanische Leser fühlte sich in diesem Roman, obwohl der in Europa spielt, zu Hause. Wohl keines seiner Bücher, die nach Remarques drei Frühwerken erschienen waren, nutzte so wie dieses die von der literarischen Kritik stets so verdammten Kolportageelemente.

Ein Emigrantenroman, aber doch nicht von der Dichte, dem moralischen Aufbegehren und der konsequenten politischen Hintergrundsdeutung, wie sie in der Geschichte von Josef Steiner und Ludwig Kern zu finden ist. Künstlerisch ist »Arc de Triomphe« ein schwächeres Werk dieses Autors. Sein Welterfolg läßt sich wohl vor allem dadurch erklären, daß es Remarque gelingt, in dieser Erzählung den Zeitgeist auf besonders eindringliche Weise zu treffen. Die Figuren, ihr Denken und Handeln, spiegelt das Empfinden einer Generation wider, die ihre Existenz jenseits von Pathos und »Weltidee« im eigenen Ich reflektiert. Im Ansatz war dies schon am Ende des Ersten

Weltkriegs sichtbar geworden. Jetzt, nach einem Vernichtungskrieg, wie ihn die Menschheit in ihrer Geschichte bislang nicht erlebt hatte, nach dem Sichtbarwerden der unvorstellbaren Vorgänge in den Konzentrationslagern der Nazis, gibt es keine Illusionen mehr.

Die Jahre jenseits des Atlantiks haben Remarque zu einem »amerikanischen« Autor werden lassen. Sein neuer Roman wird von vielen Lesern an die Seite der Werke von Ernest Hemingway, Sinclair Lewis und Francis Scott Fitzgerald gerückt. Weniger in der Erzähltechnik als in der Grundstimmung, in der seine Figuren agieren und reflektieren, in der Trauer, die ihre Existenz unabwendbar überschattet, im zynischen Urteil, mit dem sie menschliches Handeln, Politik, Geschichte belegen, in ihrem Alleinsein. Manches in der Atmosphäre erinnert an die erzählenden Prosawerke der in den fünfziger Jahren so gefeierten Existentialisten Sartre und Camus.

Auch die amerikanischen Kritiken, die nach der Erstveröffentlichung erschienen, waren nicht nur enthusiastisch. Aber der Grundtenor entsprach dem Erfolg, den »Arc de Triomphe« beim Leser jenseits des Atlantiks hatte. »Was Remarque zu sagen hat, ist oft unerträglich wahr«, schrieb die »New York Times«, »die Art, wie er es sagt, ist oft unnötig theatralisch.«[136]. Die »Saturday Review of Literature« meinte: »Jedenfalls ist es eines der seltenen Bücher, die – zum Bestseller auserkoren – zugleich den ernsthaften erwachsenen Leser interessieren, bewegen und zufriedenstellen ... Ravic ist ein Meisterwerk der Charakterisierung. Er ist der Mann des 20. Jahrhunderts, der überlebt.«[137]. In der Literaturbeilage von »The Times« hieß es: »Remarques Erzählstil ist flüssig und theatralisch, sein immer gleicher Ton von bitterer und müder Weisheit eher billig.«[138]

Die deutsche Kritik blieb bei der ersten Remarque-Veröffentlichung in seinem Heimatland nach dem Krieg zurückhaltend bis ablehnend. Die Rezensenten taten sich schwer mit dem Milieu, den Bordellhäusern, der Rachetat Ravics, den »nihilistischen« Protagonisten. Hinter den – nicht ganz unberechtigten – ästhetischen Vorbehalten standen aber unübersehbar die politischen. »Es ist bezeichnend für die Mentalität des heutigen Amerika«, schrieb die Berliner »Tägliche Rundschau«, »daß ausgerechnet dieses in jeder Hinsicht zweifelhafte und nihilistische Literaturwerk drüben zu den ›Best-Sellern‹ gehört.« In völliger Verkennung der Intention Remarques empörte sich der Kritiker – und er stand damit nicht allein – über die Darstellung der Tötung von Haake: »Diese Rache ist in einer Weise geübt, daß die Frage entsteht, wo eigentlich der Unterschied zwischen dem Untermenschentum der Faschisten und dem Menschentum des ... Herrn Ravic liegt.«[139] Im »Rheinischen Merkur« – dem Leib- und Magenblatt des sich in diesen Monaten formierenden politisch-katholischen Adenauer-Deutschlands – entsetzte sich ein Dr. M. G.: »Was trennt uns da noch vom Nihilismus? Das wenige an lyrischer Naturbetrachtung, an ästhetischem Genuß oder philosophischer Lebensergründung ist zu wenig, um uns letztlich vor der Verzweiflung zu schützen.«[140] Der Rezensent in der »Schwäbischen Zeitung« hielt dagegen: »Dies ist ein enttäuschtes, bitteres und illusionsloses Buch. Es ist schlaflos, hellsichtig, wissend und alt.«[141] Im kommunistischen Teil Deutschlands stieß der Roman auf ideologische Skepsis. »Die Weltbühne« moniert »eine Flucht in private Sphären, die nicht einmal durch überragende künstlerische Aussage entschädigt.« Wo sind in dieser Emigrantengeschichte die politischen Flüchtlinge, fragt die Kritikerin, und meint natürlich die mangelnde Darstellung des kommunistischen Widerstandes im Exil.[142]

Hollywood griff wieder zu. Mit einer Starbesetzung verfilmte United Artist die Geschichte. Ingrid Bergman und Charles Boyer, die 1944 mit »Gaslicht« einen Kinotriumph hatten feiern können (die Bergman erhielt für ihre Darstellung in diesem Film den Oscar), spielten das Liebespaar Joan und Ravic, Charles Laughton war in der Rolle des Nazis Haake zu sehen, und Regie führte Lewis Milestone, der einst so gefeierte Regisseur von »Im Westen nichts Neues«. Trotz dieser optimalen Voraussetzungen wurde der Streifen eine finanzielle Pleite. Die Ablehnung war allgemein. Die Remarquesche Vorlage wurde von den Drehbuchautoren auf eine sentimentale Liebesgeschichte verkürzt, selbst die prominenten Schauspieler konnten da nichts mehr retten. Die »Frankfurter Rundschau« meldete: »Remarque-Film in New York durchgefallen.«[143] Am 22. April 1948 schrieb Remarque im Tagebuch: »Film A.d.T. rausgekommen.

Fürchterliche Kritiken. Einigemale mit Bergman u. Boyer zusammen.«[144] Den weiblichen Star des Films aber erreichten sehr charmante Zeilen: »Seltsam, ich weiß, nachdem ich Joan auf der Leinwand gesehen habe, daß ich ihr Gesicht in meiner Vorstellung nicht mehr zurückrufen kann. Von nun an wird es immer dein Gesicht sein.«[145]

Remarque hat Glück, daß er am Beginn der Nachkriegszeit einen Welterfolg verbuchen kann. Sein Name als Autor ist sofort wieder in aller Munde, und die Buch- und Filmhonorare bringen ihm beträchtliche Einnahmen. Er braucht sie. Anfang 1946 soll er 60 000 Dollar Steuern für das Vorjahr begleichen, und aus der Schweiz erreicht ihn die Drohung, er müsse dort rückwirkend für die Jahre seiner Abwesenheit Zahlungen leisten. Ärgerlich notiert er: »Gleichgültig, was man verdient, – wenig bleibt.«[146] – »Nichts gearbeitet in all den Monaten. Viel mit Anwälten. Steuern, Kontrakte etc.«[147] Die geschäftlichen Probleme drohen ihm über den Kopf zu wachsen, aber er hat eine kluge Hand bei der Auswahl seiner Berater. Robert Lantz wird sein neuer Agent in Amerika, und er handelt glänzende Verträge mit Hollywood aus. So fließt ein sehr hoher Betrag für die Wiederaufführung des Films »All Quiet On the Western Front«, und Remarque ist mit zwanzig Prozent an den Einnahmen von »Arch of Triumph« beteiligt. Denver Lindley, sein ihm freundschaftlich verbundener Übersetzer und Lektor, wechselt zum Verlag »Appleton-Century«, und Remarque überläßt den Paris-Roman dessem neuem Arbeitgeber. In Harriet Pilpel findet er eine Anwältin, die in Steuer- und finanziellen Privatsachen seine Interessen offenbar hervorragend vertritt. Sein Name taucht nun nicht mehr nur in den Klatschspalten der Yellow-Press auf. Er ist in der Presse auch wieder als ernsthafter Interviewpartner gefragt.

Die Nachrichten aus Deutschland, die ihn jetzt erreichen, bewegen Remarque. Aus Leipzig schreibt ihm im Juni 1946 zum erstenmal seine Schwester Erna, und er erfährt, daß der Vater noch lebt und Elfriede von den Nazis hingerichtet worden ist. Er schickt sofort an die notleidenden Familienmitglieder und einige Freunde Lebensmittelpakete. Aus Paris hört er, daß sein Auto, das er dort 1939 bei der

Flucht aus Frankreich zurückgelassen hatte, wohlbehalten in einer Garage steht.

Körperlich fühlt sich Remarque nicht wohl. »Neuralgie, weiter. Rauche nicht, trinke kaum mehr. Keinen Kaffee, fast kein Fleisch.«[148] Er denkt an den Rußlandroman, den er im vorigen Jahr bereits angefangen hat und der seit Monaten in der Schublade liegt. »Sonst: Lesen, Spazieren. Schwer, anzufangen zu arbeiten, ohne zu rauchen.«[149] Dann greift er ein ganz anderes Thema auf. Er beginnt mit der Niederschrift des KZ-Buches »Der Funke Leben«. Die ersten Seiten des Romans, der den Terror der Nazis zeigt, schreibt er bemerkenswerterweise vier Wochen, nachdem er von der Ermordung seiner Schwester erfahren hat. In den nächsten Jahren wird er an den beiden Manuskripten (»Zeit zu leben und Zeit zu sterben«, »Der Funke Leben«) parallel arbeiten.

Das Verhältnis zu Natascha wird wieder spannungsgeladener, als er sich endlich an den Schreibtisch setzt: »Vorgestern Natasha. Etwas nervös, wie mehrfach. Kümmere mich nicht genug, etc. Alte Geschichten. Immer stören sie, oder werden launisch, wenn man was tut. Können es nicht vertragen.«[150] Immerhin, Mitte November kann er vermelden, daß die erste Niederschrift des KZ-Romans fast fertig ist.

Im Dezember kommt Marlene Dietrich nach New York. Unglücklich in ihrer Beziehung zu Jean Gabin, sucht sie wieder den Kontakt zu Remarque. »Das Puma erschien ... Hatte telephoniert. Kam, wollte wieder anfangen ... Ich wollte nicht; ließ es gehen.«[151] Dann, nach einem alkoholschweren gemeinsamen Abend, gibt er doch für eine Nacht nach, Natascha erfährt davon, und Jutta Zambona ist auch eifersüchtig. Er klagt über sein unkonzentriertes, »faules« Leben, aber er trägt selbst erheblich zu den recht banalen Alltagswirrnissen bei.

Anfang Juli 1947 muß er zum wiederholten Mal zu einer Anhörung erscheinen, um nachzuweisen, daß er unbescholten genug ist, um amerikanischer Staatsbürger werden zu können. »Neues Hearing in Citizenship-Sachen gehabt... Fragen über: Nazismus, Kommunismus, Zugehörigkeit, – ob Curfew gebrochen, – dann: warum getrennt von Peter lebe; u. über Marlene. Ob etc. Ich bin jetzt 49 Jahre u. muß das beantworten.«[152] Aber er hat das moralische und politische Staats-Examen bestanden, am 15. August werden Remarque und Jutta Zambona eingebürgert.

Mitte 1947 hat er die ersten Niederschriften der beiden in Angriff genommenen Romane beendet, und er beginnt mit der neuerlichen Überarbeitung von »Zeit zu leben und Zeit zu sterben«. Gleichzeitig studiert er weiterhin intensiv die ersten Veröffentlichungen über die deutschen Konzentrationslager. Er denkt immer mehr an eine Reise nach Europa. »Wunsch nach Porto-Ronco. Aber was tun, an den Abenden? Den vielen. Hier war nie das Gefühl gewisser Sicherheit. Das war drüben etwas besser; nur etwas ... Hier ist man nie sicher. Irgendwas ist immer los. Steuern, irgendetwas. Dazu: Daß man nicht genug verdienen kann. Für Peter, mich, meinen Vater, Erna, das Haus in der Schweiz – das meiste Geld ist verbraucht ...«[153] Im Herbst reist die Dietrich wieder ab: »Soeben Marlene hier, sich zu verabschieden. Rührung, trotz allem. ... Der langsame Untergang. Man kommt plötzlich in das Alter, wo das, was schön mit einem aufgewachsen ist, alt wird, – u. man sich erschrocken fragt: Bist du bereit dazu, es zu überstehen, daß sie um dich herum sterben werden? Da waren schon so manche ... Es wird kahl werden u. trostlos ...«[154]

Das Jahr endet in dieser Stimmungslage. Natascha beschwert sich wieder einmal massiv über sein Trinken, seine »Unzuverlässigkeit«, und er will, aber kann sich nicht trennen. Sie hat inzwischen den Theaterproduzenten Jack C. Wilson geheiratet, und Remarque denkt nicht daran, seine Unabhängigkeit einzuschränken. »Vergleiche manchmal mit der Puma-Periode, die glaube ich, schlimmer war.«[155] Und die letzte Tagebucheintragung des Jahres 1947: »Ich muß aufhören, Schnaps zu trinken. Geht nicht, daß ich mich verliere.«[156]

Das neue Jahr beginnt mit dem Entschluß, den Roman »Der Funke Leben« völlig neu zu schreiben (»Wird länger dauern; aber ist nicht anders zu machen. Man kann nicht flicken.«[157]) Es wächst der Wunsch nach Europa zu fahren, er verhandelt mit »Collier's«, mit der »Herald Tribune« und der Zeitschrift »Cosmopolitan«, da er offenbar plant, Berichte aus Europa zu schicken. Dort bestimmt der kalte

Krieg die Politik. In der Tschechoslowakei kommt es zu einem erfolgreichen kommunistischen Umsturz (»Nennen es Demokratie. Wieviel um das Wort herumgelogen ist«[158]), und auf die Währungsreform in den Westzonen folgt die Blockade Berlins durch die Sowjetunion. Remarque registriert die Entwicklungen mit nervösen Zukunftserwartungen: »Man lebt in einer Zeit, wo history is in the making. Vielleicht wird man später darum beneidet werden. Zu viel ›history‹. Seit wir denken können. Von 1914 an. 33 Jahre. Etwas Ruhe wäre gut.«[159] Er befürchtet, daß er nur noch in diesem Jahr die Möglichkeit hat, Europa zu besuchen. Trotzdem: »Wunsch nach Porto Ronco. Wunsch nach Sicherheit. Irgendwohin-Gehören.«[160] Im März ist Remarques Vater in das Haus am Lago Maggiore eingezogen.

Der Sohn hat Ausreiseprobleme. Er will Deutschland sehen, um für seinen Roman Eindrücke vor Ort zu gewinnen. Schließlich hat er die Papiere für einen Europa-Besuch, aber keine Einreisegenehmigung für das besetzte Deutschland. Im Mai besteigt er »eher bedrückter Stimmung«[161] mit Natascha die »America« und reist nach Paris. Nach neun Jahren kehrt der Exemigrant und Neuamerikaner zurück nach Europa.

KAPITEL 8

»Die Aussichtslosigkeit der Vernunft«

(1948 – 1955)

Remarque kehrt auf einen zerstörten Kontinent zurück. Auch die Siegerstaaten sind ökonomisch ausgeblutet. England kämpft mit Versorgungsproblemen, Frankreich wird von Regierungskrisen erschüttert, der kalte Krieg hat Europa gespalten. Der vor allem von Amerika finanzierte Wiederaufbau, dessen erste Konturen sich im Frühjahr 1948 abzuzeichnen beginnen, bezieht auch den westlichen Teil Deutschlands mit ein. Im Juni, als Remarque erstmals wieder für einige Wochen in Porto Ronco wohnt, beginnt die Berlin-Blockade. Die Welt geht einer neuen militärischen Auseinandersetzung entgegen.

Remarque trifft in Le Havre ein und reist weiter in das geliebte Paris. »Fühle die Stadt, Europa; – aber es dringt noch nicht durch.«[1] Anfang Juli ist er – nach einer kurzen Zwischenstation bei Walter Feilchenfeldt in Zürich – nach neun Jahren wieder in seinem Haus am Lago Maggiore. »Alles, wie ich es verlassen hatte. Zahnpasta; Briefe; Bleistifte; Papier: am selben Ort ... Dornröschentraum. Man wacht auf: – es ist zehn Jahre später. Sonderbare Wirkung. Rührung u. Gespensterei ... durch den Garten. Der Alte mit ... Kaffee auf der Terrasse. Der Alte, der schon vorher in mein Schlafzimmer gekommen war. Er geisterte herum. Sehe schon die Schwierigkeit. Er will Unterhaltung; Menschen ... Was mit ihm machen?«[2] Es geht nicht gut mit dem Vater. Ein inzwischen über achtzigjähriger Greis, unbeschäftigt, stolz auf seinen Sohn, aber störend für den nervösen Autor, der den KZ-Roman ein drittes Mal völlig neu zu schreiben beginnt. »Suche einen Platz zum Arbeiten. Habe noch keinen gefunden. Der Alte sitzt überall.«[3]

Er feiert still und mit etwas düsteren Altersgedanken seinen 50. Geburtstag, denkt immer wieder nach, wo er in Zukunft leben soll. »Leben hier, – als Ausgangspunkt, zu still. Könnte es wohl nicht. New York zu sehr gewohnt. Bindungen dort. Auch nicht viele. Wesentlichste: Natasha ...«[4] Am 11. Juli reist er für einige Tage nach Rom, Natascha ist dort. Streit, kleinliche Auseinandersetzung, die Frau, von der er nicht lassen kann, reist nach Palermo, er bleibt und trinkt. Das Verhältnis zermürbt ihn. Es ist wie mit dem *Puma*. Er ärgert sich maßlos über Vorwürfe, ist eifersüchtig und selbst keineswegs ein treuer Lebensgefährte. In den Wochen in Ascona, in denen er Natascha glühende Liebesbriefe schreibt, hat er eine Affäre mit Ellen Janssen begonnen. Er, der das bürgerliche Leben so sarkastisch in seinen Romanen und im Tagebuch beschreiben kann, reagiert in den quälenden Nachtdiskussionen mit Natascha ganz offensichtlich äußerst kleinbürgerlich. Sie auch. Der Flair des freien, großzügigen Bohemien-Lebens, mit dem er und der Gesellschaftskreis, in dem Natascha verkehrt, sich umgeben, er bewahrt sie in Sachen Liebe und Sexualität nicht vor wenig souveränen Affekten. Bestechend allerdings, wie Remarque seine eigene Rolle und die seiner Partnerinnen in diesem sich wiederholenden Spiel durchschaut. Illusionslos sieht er seine Lügen, seine Heimlichkeiten und seine Schwäche, nicht die notwendigen Entschlüsse fassen zu können.

Im August ist er wieder in Porto Ronco. Er will arbeiten, aber: »Die Abende mit dem Alten sind tötlich. Meine Schuld. Ich bin scheußlich. Versuche es ab u. zu; aber er stört u. irritiert mich.«[5]

Die Berichte aus Deutschland empören ihn zunehmend. Irritiert notiert er, daß die alten Nazis in ihren Positionen bleiben und die ehemaligen KZ-Häftlinge im Zeugenstand schlecht behandelt werden. Verstärkt wird seine Ablehnung durch die Erzählungen von ehemaligen Insassen von Konzentrationslagern, die ihn besuchen oder denen er in Ascona begegnet. Seit Monaten beschäftigt ihn sein Roman, dessen Handlung in dieser Hölle angesiedelt ist. Er recherchiert genau, liest sehr viel KZ-Literatur, und was er da erfährt, hat zweifellos zu seiner schwermütigen Stimmung beigetragen. Gelegentlich sehnt er sich nach einem anderen Thema. »Wichtig: Ich will, wenn dieses Buch fertig ist, einen humoristischen Roman schreiben; – u. Stücke.«[6]

Im Oktober ist er erneut in Paris. Kurz vorher ist Emil Ludwig gestorben, die völlig mittellose Witwe unterstützt er mit 1000 Schweizer Franken. Am 21. Oktober ist Remarque wieder in New York, Hotel »Ambassador«. Er trifft die Dietrich, die vereinsamte Jutta Zambona und natürlich Natascha. Das alte Leben.

Es beginnt eine Zeit, die ihn künstlerisch vollständig blockiert. Das Tagebuch des Jahres 1949 ist recht umfangreich, kennt aber nur ein

Thema: Die sich zu einer persönlichen Katastrophe entwickelnde Beziehung zu Natascha. Seite um Seite Reflexionen über die Frau, was sie gesagt, wie sie reagiert, wo er einen Fehler ihr gegenüber gemacht hat, warum sie mit ihm schläft oder sich verweigert. »Überlegungen wie immer über N. Fast keine Sekunde frei davon. Wirklich fast keine.«[7] Nach jedem Streit schickt er Blumen und kleine Geschenke, beschimpft sich deswegen, weiß, welch verheerende Auswirkung das für seine Arbeit hat. Die täglichen Eintragungen sind für ihn psychische Bewältigungsstrategien einer unseligen Bindung. »Gestern abend dieses Tagebuch von Anfang an wiedergelesen. Es befreite mich etwas; sogar stark. *So* will ich nicht wiederleben, wie in diesem Jahr ...«[8]

Schon im ersten Eintrag des Jahres klagt er: »Nicht gearbeitet seit Monaten.«[9] Dabei wird es bleiben. Im August notiert er wütend: »Das Aas hat mich tatsächlich Monate vom Arbeiten abgehalten.«[10] Er kann seine Verträge nicht einhalten, der geplante Vorabdruck von »Der Funke Leben« mit »Collier's« platzt, weil er nicht rechtzeitig liefert, »Cosmopolitan« lehnt ab, den noch unfertigen Text als Fortsetzungsroman zu bringen. Das Manuskript kommt kaum voran, wiederholt auftretende Durchblutungsstörungen ängstigen ihn – wohl auch eine psychosomatische Reaktion auf das haltlose Leben. Er gibt das Rauchen auf (»... die Frustration des Nichtrauchens«[11]).

Im Mai 1949 überquert er ein weiteres Mal den Ozean, reist nach Paris, wo Natascha bereits ist. Nach zwei Wochen flieht er in sein Haus in Porto Ronco. »Es geht so weiter. Vertrunkene Abende.«[12] Im Juli eilt er für zehn Tage nach Rom, um dort die Geliebte zu treffen. Es endet mit neuerlichem Streit, Natascha fährt nach Sizilien, er betrinkt sich und kehrt an den Lago Maggiore zurück. Dort intensiviert er wieder die Beziehung zur zwanzigjährigen Ellen Janssen, die er als Sekretärin einstellt. *Peter* will kommen, er sagt ärgerlich zu.

Beklemmende Wochen. Jutta stört ihn, er versucht wie ein betrügerischer Ehemann seine nahezu täglichen Telephonate mit Natascha vor ihr zu verbergen. Als sie im Herbst wieder abreist, ist er erleichtert. »Balance u. heiterer Frieden. Gedanken, ob man nicht doch hier leben könnte, – ob nicht Peters lange Anwesenheit das Haus widerspenstiger gemacht habe, – ob man N. York nicht aufgeben könne; – Spielereien, aber da.«[13]

Im Sommer trifft er in Ascona die deutsche Schauspielerin Brigitte Horney (»Einfache, klare, starke, gute Lebensbegeisterung«[14]) und deren Mutter, die Psychoanalytikerin Karen Horney. Es entwickelt sich zu diesen beiden Menschen in den kommenden Jahren eine unkomplizierte, freundliche Beziehung. Die Gespräche mit der Ärztin werden für ihn bald eine wichtige Quelle der Selbstanalyse.

Im September fährt er nach Zürich, trifft dort Walter Feilchenfeldt und seinen Vater. Es geht weiter nach Paris, und dann – nach langem Zögern, denn er ahnt, was ihn erwartet – besteigt er ein weiteres Mal das Schiff nach Amerika. Am 7. Oktober 1949 bezieht er wieder sein Apartment im Hotel »Ambassador«. Diesmal lag wirklich ein verlorenes Jahr hinter ihm. Im Manuskript ist er kaum weitergekommen, und die Zweifel an seinen künstlerischen Fähigkeiten haben einen neuen Höhepunkt erreicht. Ende August allerdings taucht im Tagebuch eine wichtige Notiz auf: »Möchte schreiben: die Sache von dem Mann, der (Emigrant) seine Frau aus Deutschland holt, Liebe, Lager, Tod, Lissabon, Fremdenlegion.«[15] Er wird diesen Plan nicht vergessen, und zwölf Jahre später erscheint der Roman »Die Nacht von Lissabon«.

Er liest Werke von Sigmund Freud und C. G. Jung und ist angetan von Joyce' »Ulysses« (»Sehr komisches Buch; wirklich! Humoristisch.«[16]). Silvester feiert er wieder in großem Kreis, Lilly Palmer und ihr Mann Rex Harrison sind da, auch Paulette Goddard und Natascha. Die verschwindet an diesem Abend irgendwohin, ihn überwältigt wieder einmal die Eifersucht, und er stürzt sich in Nachtbars: »Weiß nicht mehr, was los war«.[17]

Der Körper rebelliert. In diesen Monaten tritt der erste Ménièresche Anfall auf. Diese mit Schwindel, Schmerzen und zeitweise einseitiger Taubheit verbundene Krankheit wird ihn nicht mehr loslassen. In den nächsten Jahren taucht sie immer wieder auf, macht ihn für Stunden, Tage und auch Wochen arbeitsunfähig. Warnzeichen einer Zuckererkrankung melden sich, er muß zeitweise strenge Diät einhalten, was ihm schwer fällt. Die Herzschmerzen bleiben eine ständige Sorge.

Aber sein Leben ist nach wie vor chaotisch. Der immerhin 51jährige Mann läuft nachts zum Haus der Geliebten, schaut, ob Licht brennt oder sie mit einem Nebenbuhler unterwegs ist, er ruft an, schmeißt den Telephonhörer auf die Gabel, gelegentlich kommt es gar zu leichten Handgreiflichkeiten, er schickt wieder Blumen. Ein elender Kreislauf. »Wäre doch mein Buch fertig! Sie stört u. stört es.«[18] Er wird nun auch besonders empfindlich, wenn er mit anderen Menschen zusammen ist, und es fällt ihm sogar schwer, ruhig zu bleiben, wenn alte vertraute Freunde wie Walter Feilchenfeldt und seine Frau nach New York kommen, mit ihm Ausstellungen besuchen oder dinieren. »... der Gedanke: noch einmal diese 6 Monate mit N. – ist unerträglich. Unerträglich auch: noch einmal diese letzten Jahre ...«[19]

Die Politik, die er wieder etwas aufmerksamer verfolgt, depremiert ihn ebenfalls, wenn auch nicht in dem Ausmaß wie die privaten Dinge. »Durch einige Pfunde von Zeitungen gewatet. Die stumpfe Verzweiflung mit aller Politik. Nationalismus in jeder Form (als Amerikaner, als guter Deutscher) ist Faschismus.« Die Zukunft des Kommunismus, so hält er Anfang 1950 fest, sei durch die Politik der westlichen Demokratien »überwältigend groß ... einzige Instanz, die erfolgreich einstweilen die Weltrevolution verhindert: Stalin u. das Politbureau. Tun alles, um zu beweisen, daß Kommunismus in ihrer Auffassung schlimmer ist als alles andere.«[20] Am 25. Juni beginnt die Offensive der Nordkoreaner in den Süden der Insel: »Russische Antwort, typisch: Südkorea (das in vier Tagen fast geschlagen worden ist) habe angefangen.«[21] Die Reden, die Präsident Truman und andere Regierungsmitglieder in diesen dramatischen Tagen halten, begleitet Remarque mit skeptischen Kommentaren: »Die große Versuchung: historisch zu werden.«[22]

Da der Roman nicht fertig wird, gibt es auch Sorgen mit dem amerikanischen Verlag, denn man berichtet ihm, »Appleton betrachte unsern Vertrag als gebrochen, wolle halben Vorschuß zahlen ...«[23] Er versucht, sich endgültig von Natascha zu trennen. »Wunsch danach, zu arbeiten. Aber es kommt von tiefer her. Vom Leben ohne N. Da bewegt sich etwas, – als käme mein Leben von vor 13 Jahren (bevor ich in die Passionen ging) wieder, rühre sich und wolle wieder beginnen.«[24]

Die Sehnsucht nach Porto Ronco ist wieder da, er hat genug von Amerika »für eine Weile«. Am 20. Mai fährt er mit der »Ile de France« nach Europa. Er versucht, sich in seinem Haus am See zu fangen, die Arbeit an dem Roman wieder aufzunehmen. Es fällt ihm schwer, die Abende allein zu verbringen, und er bricht auch immer wieder aus in die Tavernen und Kneipen Asconas. Anfang Juli kommen Mutter und Tochter Horney, er trifft den Schriftstellerkollegen Robert Neumann, das Verhältnis zu Ellen Janssen macht ihn nicht weniger nervös als der Lärm, den die Erweiterung der Seeuferstraße direkt an seinem Grundstück erzeugt. Natascha bleibt in seinen quälenden Gedanken, die Trennung durchlebt er wie ein Drogensüchtiger den Entzug.

Dieser Sommer in der Nähe von Karen Horney aber mündet in eine ganz entscheidende Periode der Selbsterforschung ein. Die 1885 in Hamburg geborene Psychoanalytikerin lebte bis 1932 in Berlin und wanderte dann in die Vereinigten Staaten aus. Ihre bekanntesten Veröffentlichungen sind »Neue Wege der Psychoanalyse« und »Der neurotische Mensch in unserer Zeit«. Sie gehört zu den Vertretern des Neufreudianismus. Ihre Tochter Brigitte Horney ist von 1930 bis 1943 eine berühmte Ufa-Schauspielerin (»Savoy Hotel«, »Münchhausen«) und übernimmt dann auch zahlreiche Rollen in bundesrepublikanischen oder österreichischen Kinoproduktionen (»Melodie des Schicksals«, »Nacht fiel über Gothafen«). Im Alter tritt sie in mehreren populären Fernsehserien auf (»Jacob und Adele«, »Das Erbe der Guldenburgs«). Sie spielt intensiv Theater – im Schauspielhaus Zürich, am Stadttheater Basel und am Deutschen Theater in Göttingen unter dem Intendanten Heinz Hilpert.

Am Lago Maggiore mietet Karen Horney nach dem Krieg bis zu ihrem Tod im Jahr 1952 fast in jedem Sommer ein Haus. Beide Frauen entwickeln zu Remarque ein sehr freundschaftliches Verhältnis, Brigitte Horney verliebt sich in den Schriftsteller, und dieser schätzt ihre lebenszugewandte, kluge Art sehr. Eine Beziehung, die nicht ganz frei ist von Irritationen, aber doch seinerseits von der Leichtigkeit, die ihm stets behagt. »Geehrter Zauber!«, meldet er sich einmal nach einem etwas verunglückten Gespräch mit Brigitte Horney. »Irgendwas muß sauer geworden sein! Angestrengtes Nachsinnen läßt mich mit Ha! bei deinem letzten Anruf halten! Solltest du Lieblosigkeit verspürt haben, weil ich was von Diktierenmüssen u. Sekretärin sagte? Ungerechte! Ellen Janssen ist mit Aplomb u. Krach davongegangen, – ich mußte mir für wichtigste Briefe einen Ersatz suchen, die Frau (59) des Dorfsekretärs Ammann, die eine Stelle in Locarno u. 5 Kinder hat ... Wie soll ich denn, du rachsüchtige Trine, vor die Augen deiner Mutter treten, wenn ich ihr nichts sagen kann über dir?«[25]

»Boni und ich haben uns weiter angefreundet«, schreibt die Mutter im August aus Ascona an die Tochter. »Und er ist wirklich reizend zu mir. Ich habe ihm die Druckfahnen zu meinem Buch kommen lassen (›Der neurotische Mensch in unserer Zeit‹ – WS), weil ich dachte, es kann ihm etwas geben. Und sieh da, nicht nur liest er es, sondern er sagte gestern abend – fast feierlich – daß heute ein bedeutsamer Tag wäre – Es seien ihm einige Lichter aufgegangen über sich selbst. Er fange an, Dinge in sich zu verstehen, die er immer gesehen, aber nicht begriffen habe.«[26]

Die Lektüre hat Remarque ganz offensichtlich elektrisiert (»Wichtiger, wichtiger Tag!«[27]). Er vertieft das Gelesene in langen Gesprächen mit Karen Horney. Immer schon hat eine intensive Selbstbeobachtung sein Leben begleitet, reflektiert er seine Auftritte in der Gesellschaft, seine Beziehungen zu Frauen, Arbeit und Alkohol in langen Tagebuchmonologen. Jetzt aber, unter dem Druck der Natascha-Affäre und der klugen Leitung der Psychoanalytikerin, brechen aus dem Unterbewußten lange verschüttete Erlebnisse und Erfahrungen auf. In diesen Wochen vertraut er dem Tagebuch Gedanken und Erinnerungen an, die sein Verhalten in den vergangenen beiden Jahrzehnten nachvollziehbar machen. Sie lösen ein wenig das Rätsel, wieso Remarque bis an den Rand der künstlerischen und persönlichen Selbstzerstörung an Marlene Dietrich, dann an Natascha Paley hing, der Alkohol, das von ihm im Grunde verachtete, banale Leben in der Glamour-Welt ihn gefangenhielten. Die entscheidenden Passagen hat er in der zweiten Augusthälfte 1950 im Tagebuch notiert, und sie seien hier etwas ausführlicher zitiert.

»Die zwei Dinge in meinem Leben: mehr zu scheinen, als ich bin, – vielmehr: mehr scheinen zu wollen, – und die fast ›morbid dependancy in love‹ – zusammen mit: übergroßer Empfindlichkeit, Schauspielerei, Renommisterei, Weltmann, Kavalier, homme à femme sein wollen, – gleichzeitiges Gefühl, ein Schwindler zu sein, indiskret aus Angeberei zu sein und es wirklich zu sein, – als Schriftsteller nichts zu taugen, entlarvt zu werden eines Tages – dies u. mehr: Ursache: meine Kindheit. Die ersten drei Jahre, bis Theo, mein Bruder starb; meiner Mutter Worte: daß ich ein sehr zärtliches Kind war; zurückgesetzt werden mußte, weil der Bruder durch drei Jahre starb; keine Zeit für mich. Dadurch: 1. Lebensunsicherheit, Einsamkeit, Ablehnung etc. 2. Gefühl: nicht ›lovable‹ zu sein. Daher Wunsch, ein anderer zu sein, als ich selbst, um ›lovable‹ zu werden. Und: das Nichtgeliebt-werden mit Einsamkeit, Weltfurcht, Chaos, Trostlosigkeit, Sinnlosigkeit verbindend: die enorme Exageration der Liebe, die alles das nicht ist, in der alles das aufgelöst wird, und mit deren Verlust alles das wieder droht: Weltangst, Chaos, Sinnlosigkeit. Deshalb das Hängen daran, das immer neue Versuchen, Verlorenes zu retten, alles, was wie schlimmer Masochismus aussieht, – die Entschuldigungen für das andere, das Aufgeben von mehr und mehr von sich u. dadurch das todsichere Verlieren des anderen ... Die Tage auf Treppen, wenn ich meine Eltern verfluchte; die Träume, daß sie ruiniert waren u. ich dann reich von ferne kam u. zeigte, daß ich es weitergebracht hatte u. sie retten konnte, kühle Satisfaktion. Nicht, daß ich *wenig* Zärtlichkeit hatte in meiner Kindheit; daß ich *weniger* hatte als ein *anderer*: von da könnte vieles stammen, neben dem andern ... Meine Sucht zur Kritik gehört zu meiner Neurose. Die Abneigung gegen Menschen. Der Sarkasmus; – Ablehnung ... Unschlüssigkeit in Entscheidungen, – aus der Unsicherheit heraus. Snobismus. Die Sucht nach bekannten, berühmten Menschen u. Frauen: sich mit ihnen zu schmücken, dadurch, daß man sie kennt, hat, hatte, sich u. der Welt zu beweisen, daß man ›lovable‹ ist. Meine Angeberei mit Namen; im Gespräch; überall, wissend, daß es sogar unklug ist, es trotzdem tuend: dasselbe, dasselbe.«[28]

Drei Tage später schreibt ein »Mann, gebeugt über seine Vergangenheit«[29] weiter über seine Forschungsreise durch das eigene Ich: »... meine Trinkerjahre, das absichtliche Verbummeln nach meinem ersten Buch; – den Erfolg ›appeasen‹ u. zeigen, daß man nicht durch ihn anders geworden sei, (Irr-Schluß) das Schicksal ›appeasen‹. Die Überbescheidenheit, das Einstimmen in Kritik, das Gefühl, durch Schwindel so weit gekommen zu sein. Trinken, um ›außer-sich‹ zu sein ... geglaubt, daß ich nicht tränke aus Kummer etc., sondern aus Freude am Leben, – ja, aber um zu Über-Leben; Über mich-wegleben. Nicht tiefer *mich* leben ... Arbeitsunlust; so oft. Der Bruch zwischen Inspiration u. Ausführung; nicht die natürliche Ernüchterung; eine blutarme Verschmälerung manchmal, die hemmt. Das Impotenz-Gefühl, die Impotenz-Angst im Sex. Die Schwindelversuche auch dort. Lust wird zu Ehrgeiz u. Arbeit deswegen.«[30]

Rechenschaft gibt er sich auch über seine öffentliche Abstinenz in politischen Fragen, die so viele seiner Kritiker bemängelt hatten: »Die Ablehnung jeder Teilnahme am »Weltgeschehen«, – innerlich u. äußerlich. Äußerlicher Grund: daß ich nicht genug weiß; (was stimmt) nicht mehr u. wohl weniger als andere; – u. daß frühere törichte (nicht törichte, Buchwald, E.K., Lt.) Dinge wieder aufgerührt u. leicht gegen mich verwendet werden könnten.«[31]

Schließlich die Selbstvorwürfe in seinem Verhalten gegen die Familie: »Was hast du, großer Liebender, mit all deiner Hingabe deiner Familie gegeben? Deine Schwester ist tot; sie hätte gerettet sein können; du wolltest nicht alle in der Schweiz zu ernähren haben müssen. Du warst beschämt über deine Familie. Du machtest aus deinem Vater einen Kapitän; du erhöhtest ihr social standing. Und du kümmertest dich wenig um sie. Wolltest sie verbergen.«[32]

Eine radikale Analyse über sich selbst hat er in diesen Tagen vollzogen (»Nicht fort; sondern: zu mir.«[33]). Karen Horney und ihr Buch sowie die vorangegangene Freud- und Jung-Lektüre haben sie ausgelöst. Die Lebenskrise, in die Natascha und das Stocken in der Arbeit an dem Roman ihn gestürzt haben, machen Remarque in diesen Wochen zweifellos besonders empfänglich für das, was er da liest und diskutiert. Selbstreflexionen haben sein Denken ständig begleitet, und so fällt die Beschäftigung mit der (theoretischen) Psychoanalyse bei Remarque verständlicherweise auf besonders fruchtbaren Boden.

Vieles von dem, was er über sich und sein Verhalten notiert, ist so neu im Tagebuch nicht. Jetzt aber, in der Schlußphase eines langen, unstetigen und zerstörerischen Lebensabschnitts, wird es zur bitteren Bilanz. Und doch muß es auch ein wenig relativiert werden. Was Remarque an sich selbst beobachtet, gilt in seinem Kern für unzählige Menschen. Schuldgefühle gegenüber der Familie, den Geliebten, den engen Freunden, wer kennt sie nicht? Ahnen wir nicht alle, daß wir »Schwindler« sind in unseren Selbstdarstellungen? Wer unter den Berühmten in dieser Welt hat den Ruhm ohne Schaden überlebt? Die psychoanalytische Literatur über Impotenz-Ängste füllt Bibliotheken, und der mehr oder weniger ausgeprägte Alkoholismus ist eine Massenkrankheit. Remarque allerdings vollzieht einen Schritt, den nicht viele zu machen in der Lage sind: Er durchbricht die Blockade der Verdrängung, offenbart vor sich selbst illusionslos, warum er leidet, zu wenig arbeitet, zu viel trinkt, sich trotz aller Demütigungen nicht lösen kann von Natascha (und vorher so lange nicht von Marlene Dietrich). Insofern sind diese Tagebuchpassagen mit ihren Hinweisen auf die Kindheitsjahre, die Verhaltensweisen nach der Veröffentlichung von »Im Westen nichts Neues« oder seine Hinwendung zu »berühmten« Frauen natürlich von außerordentlichem Gewicht für die Deutung seines Lebens.

Erkennen heißt noch nicht automatisch verändern. Das gilt auch für Remarque. Die Gespräche mit Karen Horney bessern die Stimmung, geben ihm Mut für die Arbeit, lassen ihn die Trennung von Natascha Paley für einige Zeit mit etwas mehr Abstand sehen. Im November ist der Roman endlich weitgehend abgeschlossen. Dann packt ihn erneut die Unruhe, er will weg, reist nach Paris, und am 10. November geht es nach New York. Wieder Hotel »Ambassador« und wieder Natascha, die selbstanklagende Analyse hilft da wenig. Er schickt ihr Blumen, trifft sie auf der Straße oder auf Partys, besucht sie einige Male in ihrer Wohnung, und alles droht von neuem zu beginnen. »Soll das wieder losgehen?«[34] Die Stimmung wird wieder gereizt, er reagiert nervös, wenn er Jutta zum regelmäßigen gemeinsamen Essen trifft: »Rannte auf der Straße vor mir her, davon. Mit 52 Jahren passiert mir das.«[35] Karen Horney lebt in New York, er trifft sie häufig, spricht »über Kindheit, Erfolg, Komplexe.«[36] Er besucht eine ihrer Vorlesungen und registriert nachdenklich, welchen vernünftigen und interessanten Menschen er im Kollegenkreis der Psychoanalytikerin begegnet. Eine andere Welt als die der Hollywood-Stars und Nachtclubs.

Ende des Jahres macht er eine für die Zukunft wichtige Bekanntschaft. Felix Guggenheim spricht ihn wegen der Rechte für die amerikanische Neuauflage von »Im Westen nichts Neues« an, und er gewinnt einen sehr zuverlässigen Agenten für die so wichtigen Verhandlungen in den USA und in Europa. Eine Notiz am letzten Tag des Jahres weist noch einmal auf Natascha hin: »Wäre ich es doch los! Mein großer Wunsch für 1951.«[37]

Im April hat er die Überarbeitung an »Der Funke Leben« weitgehend abgeschlossen. Ein neue, kurze Affäre mit einem Starlett namens Gipsy Markoff, »voll Narben von altem Flugzeugunfall, hübsch, Silberblick, dunkel, in Weiß und Rot ...«[38], lenkt ihn etwas ab. »Immer wieder das Staunen: Wie versklavt ich war, ohne es zu wissen, – im Denken, Fühlen, sogar Sprechen. Entronnen! Lasset uns einen Hammel schlachten u. musizieren!«[39]

Am 30. April 1951 begegnet er auf einem Spaziergang Paulette Goddard. Drei Tage später lädt er sie zum Essen ein, man trifft sich einige weitere Male, sie schickt ein Photo, bald bleibt sie nach einem gemeinsamen Abend »bis mittags« bei ihm, und Marlene Dietrich ahnt hellsichtig, was sich anbahnt: Sie »riß Paulette herunter«.[40] Er weiß es noch nicht gleich, aber es beginnt in diesen Wochen seine letzte große Beziehung zu einer Frau. Wie immer von seiner Seite zunächst voll Skrupel und zögerlich, die Partnerin ist die Drängende. »Paulette plötzlich entschlossen, Montag nach Paris zu fliegen ... Leise legt sich mir da eine Schlinge um den Hals. Ich würde lieber allein gehen, sein, bleiben.«[41] Remarque sieht die amerikanische Übersetzung des KZ-Romans noch durch, dann geht es im Juni 1951 über Paris, wo er eines seiner Bilder in einer Toulouse-Lautrec-Ausstellung bewundert, nach Porto Ronco – zunächst ohne Paulette.

Er denkt noch immer an die russische Prinzessin, aber die Loslösung hat unübersehbar eingesetzt. Neue Probleme tauchen auf, aber sie sind nicht vergleichbar mit dem, was er in den letzten fast 14 Jahren durchlebt hat. »Briefe von Paulette. Wieder wie früher: nicht voll, klar dagegen, – schräg, abgleitend, ausweichende Reaktion. Sie wollte kommen; ich ausweichend. Werde sie verlieren; dann bedauern.«[42] Am 22. August kommt sie in die »Casa Monte Tabor«, draußen peitschen Regen und Sturm über die zusammengebrochenen Flußbrükken. Es werden ungewöhnlich glückliche Wochen. Paulette ist unkompliziert, »singt und lacht«, eine »Wohltat«. »Große Wärme eines direkten Menschen.«[43]

Paulette Goddard war zwölf Jahre jünger als Remarque. Als sie sich näher kennenlernen, lag eine große Hollywood-Karriere hinter der außergewöhnlich hübschen Frau. Der Weg nach oben war nicht untypisch für das Filmgeschäft. Auftritte in Tanzrevuen, kleinere Nebenrollen, und dann kam Charlie Chaplin. Unter der Anleitung des genialen Schauspielers und Regisseurs, der zunächst ihr Geliebter, dann ihr Ehemann war, wurde sie zum Filmstar. In »Modern Times« (1936) und »The Great Dictator« (1940) machte Chaplin sie zu seiner Partnerin. Auch nach der Trennung übernahm Paulette Goddard zahlreiche Hauptrollen, verdiente viel Geld und galt als eine der schönsten Frauen in der amerikanischen Filmmetropole. Als es um die von allen weiblichen Filmstars hochbegehrte Rolle der Scarlett in »Vom Winde verweht« ging, wurde sie schließlich nur von der damals noch unbekannten Vivien Leigh aus dem Rennen geworfen.

Paulette Goddard war 41, hatte drei Ehen und einige Liebhaber – darunter auch der bekannte mexikanische Maler Diego Rivera – hinter sich, als die Beziehung mit Remarque begann. Den Zenit ihrer Karriere hatte sie Anfang der fünfziger Jahre überschritten, sie war wohlhabend und unabhängig, eine intelligente und selbstbewußte Frau, lebenszugewandt und humorvoll. In Hollywood zählte sie zu den Stars, die während der Roosevelt-Ära und dann, als die Kommunistenjagd des Senators McCarthy in den späten Vierzigern begann, eine – einst von Chaplin mitgeprägte – liberale Position einnahmen.

Ein Glücksfall für Remarque. Es fehlte ihr die besitzergreifende Egomanie der Dietrich und die ins Pathologische abgleitende Nervosität von Natascha Paley. Endlich hatte Remarque eine Lebenspartnerin gefunden, die ihn nicht nur liebte, sondern es ihm auch zeigte und seinem schwermütigen, entschlußlosen und schwierigen Charakter mit Wärme und Humor begegnete. Tagebuch, Briefe und die Berichte von Zeitzeugen bestätigen, daß es eine glückliche Beziehung war. Sie reisten beide gerne – bald wurden Rom und Venedig ihre bevorzugten Ziele –, liebten den Luxus und die gegenseitige Unabhängigkeit. Paulette war viele Monate des Jahres in den USA, während er in Porto Ronco arbeitete. Beide besaßen in New York ihre eigenen Apartments, in denen sie bei ihren Besuchen wohnten. Paulette im Ritz-Tower, Park Avenue, und Remarque in 30 E 57th Street. Paulette lebte seit Jahrzehnten eng mit ihrer Mutter Alta Mae zusammen, Remarque schätzte die immer noch glänzend aussehende, ältere Dame sehr. Paulette fühlte sich in Ascona nie so heimisch, wie es Remarque dann tat. Sie nahm am Leben des Dorfes kaum teil, blieb immer ein wenig der große Filmstar, aber sie verbrachte nach Remarques Tod dort ihre letzten Lebensjahre. Er war stolz auf die Schönheit seiner Frau, sie wiederum bewunderte den Ruhm des vielbeachteten Autors. Sie liebte Juwelen und teure Kleider, er erwies sich als großzügiger Ehemann, der gerne schenkte. Es gab auch Streit, aber es fehlten in dieser Beziehung die selbstzerstörerischen Dramen.

Remarque veränderte sich durch das Zusammenleben mit Paulette Goddard. Er neigte weiterhin zu Depressionen und Selbstzweifeln, trank nach wie vor häufig. Aber Paulette, das Alter und die Krankheiten ließen ihn ruhiger werden, er fühlte sich geliebt und nicht ausgenutzt, sein Hang zur Eifersucht – beim *Puma* und bei Natascha nicht grundlos – wurde nicht herausgefordert. In den zwei Jahrzehnten mit Paulette Goddard arbeitete er viel und relativ regelmäßig. Im letzten Lebensabschnitt waren es die schweren Herzattacken, die ihn zunehmend vom Schreiben abhielten, und nicht private Auseinandersetzungen. Das Tagebuch, das so lange Fluchtpunkt der Lebensbewältigung gewesen war, wird dünner, die Einträge versiegen schließlich ganz. Er braucht es nicht mehr, um sein seelisches Gleichgewicht zu finden.

Am Anfang, als Paulette ihn im August 1951 in Porto Ronco besucht, ist es für Remarque nicht ganz einfach, mit der neuen Situation fertig zu werden. Natascha spukt immer noch in seinen Gedanken herum, und Mutter und Tochter Horney reagieren ein wenig enttäuscht auf das neue Verhältnis, das sich in New York angebahnt hat. »Irritiert mit Brigitte. Meine Schuld. Empfinde, was sie möchte, kann nicht, werde irritiert.«[44] Es gibt auch Auseinandersetzungen mit dem Scherz-Verlag. Das Manuskript von »Der Funke Leben« stößt beim Verleger auf scharfe Ablehnung. Remarque ist enttäuscht, daß die beiden Horney-Damen ebenfalls wenig mit dem Manuskript anzufangen wissen, eine Umarbeitung anmahnen. »Scherz entsetzt über Buch. Möchte raus ... Karen: warum so destruktiv. Brigitte: Man würde ablehnen, wenn nicht – Deutsche Reaktionen. Man darf Deutsche nie erinnern. Mörder, die empfindlich sind.«[45]

Journalisten klingeln, wollen ein Interview, »... vorher flehend, – hinterher gleich kess.«[46] Es sind drei Reporter des Nachrichtenmagazins »Der Spiegel«, die ihn befragen. Er reagiert nervös: »Bezeichnen mich als überhöhten Journalisten. Tolstoi allerdings auch. Alter, guter Intellektualismus wieder da. Nehme an, daß meine deutsche Reise kurz sein wird.«[47]

Das Ergebnis dieses Gesprächs und einiges mehr können die Deutschen dann ein Vierteljahr später begutachten. Das Konterfei des berühmten Schriftstellers ziert im Januar 1951 das Deckblatt des Hamburger Magazins, und seine Person ist zum Thema für die Titelgeschichte – »Weltbürger wider Willen« – geworden. Seine Sorgen über diese Veröffentlichung sind nicht ganz unberechtigt. In dem Text steht die Vergangenheit wieder auf, er schildert seine frühen Lebensstationen – Wahrheit und Legende werden da kräftig vermischt –, alle die von ihm als peinlich empfundenen »Angebereien« und »Selbstdarstellungsaktionen« werden breit ausgeführt, ehemalige Schulkameraden und Nachbarn kommen zu Wort. Und doch ist der Bericht in einem freundlichen Tenor abgefaßt, Remarque wird als international überaus erfolgreicher Autor nicht ohne Respekt dargestellt und den »Spiegel«-Lesern ein wohlwollendes Autorenporträt geboten: »Der große Kamin in dem übergroßen, aber gar nicht ungemütlichen Wohnzimmer und seine Vorliebe für alte Pullover geben dem einstigen Osnabrücker Seminaristen einen leichten Oxforder Anstrich. Die scharfgewinkelten Brauen, ein vielbeschriebenes Remarque-trademark, haben etwas von ihrer millionenfach erprobten Umschlagbild-Attraktion eingebüßt, aber seitdem er nicht mehr seinen Grappa ... trinkt, hat sein Gesicht den Ausdruck einer zähen und irgendwie rassigen Bulldogge wiedergewonnen.«[48] Er plaudert gegenüber den Journalisten harmlos über seine Beziehung zu Marlene Dietrich (»Sie ist die prachtvollste Frau und die beste Köchin, die mir je begegnet ist«[49]) und macht aus seiner Bewunderung für Paulette Goddard kein Geheimnis: »Die modernste Frau, die ich kenne, und blitzgescheit.«[50]

Nicht uninteressant, wie Remarque sich über seine Romane in diesem Gespräch äußert. Seine Bemerkungen – wenn sie denn in der abgedruckten Verkürzung tatsächlich richtig wiedergegeben wurden – zeigen die für ihn typische Haltung der souveränen, aber auch ein wenig augenzwinkernden Bescheidenheit, die er stets an den Tag legt, wenn er öffentlich über sein Werk spricht. »Im Westen nichts Neues« nennt er »sein bestes Buch«, über »Drei Kameraden« meint er sehr leichthändig, es sei »ein kleines, anständiges Buch, wie man es so gerade herunterschreibt und zu dem man stehen kann«, und »Arc de Triomphe« nehme »etwas zu viel Rücksicht auf das, was das Publikum drüben in Amerika erwartet«. Über »Der Funke Leben« macht er sich wenig Illusionen in bezug auf die deutsche Reaktion: »Diesmal bin ich jedenfalls sicher, von allen Seiten attackiert zu werden.« Bis zum Abdruck des »Spiegel«-Artikels bleibt das ungewollte Treffen mit den Journalisten für ihn ein beunruhigendes Ereignis, auf das er in den nächsten Monaten im Tagebuch immer wieder mit mißtrauischen Bemerkungen zurückkommt.

Paulette reist Anfang Dezember 1951 wieder in die USA, um dort einen neuen Film zu drehen, und Remarque beginnt, sich wieder mit »Zeit zu leben und Zeit zu sterben« zu beschäftigen. Das Manuskript hat er 1947 beiseite gelegt, um zunächst den KZ-Roman fertigzuschreiben.

Der Plan, nach Deutschland zu reisen, wird aufgeschoben. Das Spiegel-Interview, die Reaktion des Scherz-Verlages haben ihn verärgert, sein Mißtrauen gegenüber den Entwicklungen und Diskussionen in der Bundesrepublik neu entfacht. »Etwas am neuen Buch gepusselt. Keine Leere, – eher: Europa ist etwas zu nahe gerückt. Sachen, wie Scherz oder ›Der Spiegel‹, eine Zeitschrift, die nach altem Material gegen mich sucht u. mich zu blackmailen versucht, (um dann doch zu drucken, was sie will) stören mich mehr als sie sollten.«[51] Eine nicht ganz unverständliche Abwehr. Es wird in Deutschland mit viel Häme über ihn geschrieben. So ist am 5. Juli 1951 in der »Passauer Neuen Presse« zu lesen: »Selbst die Franzosen finden es erstaunlich, daß Remarque ähnlich wie Thomas Mann es heute noch für nötig hält, seine Erklärungen im Ausland durch antideutsche Bemerkungen zu würzen. (Und da will er wieder zurückkommen? – Er würde besser fortbleiben, denn auch er ändert sich offenkundig nicht.)«[52] Viele solcher Artikel erscheinen in diesen Jahren in Deutschland, und Remarque ist nicht der einzige Emigrant, dem eine solch unverhohlene Ablehnung entgegengebracht wird. Im Sommer 1951 will er nach Deutschland fahren, aber nicht Heimweh treibt ihn, sondern: »Grund dafür: meinen Vater zu sehen...«[53]

Im Januar 1952 erscheint im Appleton-Century Verlag die amerikanische Buchausgabe von »Der Funke Leben« (»Spark of Life«), ein halbes Jahr vor der deutschsprachigen Veröffentlichung. Erneut ein Zeichen dafür, daß Remarque vor allem den amerikanischen Markt im Auge hat und die Copyright-Verträge entsprechend abschließt. Er ist längst kein deutscher Autor mehr und dürfte angesichts der Querelen mit Scherz doppelt glücklich darüber sein.

Der Funke Leben

Das Thema seines Romans berührt die Grenzen fiktiver Darstellung, denn Remarque wählt als Ort der Handlung ein deutsches Konzentrationslager. Und es gelingt ihm einer seiner besten Prosatexte. »Der Funke Leben« ist künstlerisch und »politisch« ein Meisterwerk geworden. Remarque greift unmittelbar nach dem Ende der Nazi-Herrschaft eines der großen Tabus der verdrängenden deutschen Gesellschaft auf. »Der Autor begann seine Arbeit an ›Der Funke Leben‹ 1946«, heißt es in einer Anfang der fünfziger Jahre verfaßten Notiz, die im Nachlaß gefunden wurde, »und arbeitete fünf Jahre daran. Es war schwierig, das Buch zu schreiben ... Viele seiner Freunde und auch seine Familie sind Opfer der Nazis geworden – und er hatte den dringenden Wunsch, seinen Teil dazu beizutragen, daß sich dieses niemals wiederereignen könnte.«[54]

Wie sehr ihn das Thema bewegt, wie persönlich er sich von ihm betroffen fühlt, zeigt auch die Widmung in der Erstveröffentlichung vom Januar 1952 der amerikanischen Ausgabe von »Spark of Life«: »To the memory of my sister Elfriede«. Die Verurteilung seiner Schwester durch Freislers Volksgerichtshof und ihre Hinrichtung sind allerdings nicht der einzige Anlaß für den Plan, einen Roman über die Welt der Konzentrationslager zu schreiben. Aber die Tragödie eines Mitglieds seiner Familie gibt vielleicht den entscheidenden Anstoß, sich literarisch dem Grauen der Nazi-Herrschaft zu nähern, es dem schon rasch einsetzenden Vergessen zu entreißen. Remarque erkennt, nachdem die ersten authentischen Nachrichten über die Verbrechen in den Haft- und Todeslagern die Weltöffentlichkeit erreichen, schärfer und vor allem wesentlich früher als die meisten Deutschen, welche moralischen Grenzüberschreitungen in der Hitler-Zeit möglich geworden sind. Insofern läßt sich »Der Funke Leben« literaturgeschichtlich an die Seite von »Im Westen nichts Neues« stellen. Wie damals Ende der zwanziger Jahre greift Remarque jetzt erneut das entscheidende Geschehen dieser Jahre auf. Der von der Kritik so häufig als »Unterhaltungsschriftsteller« übersehene Autor beweist damit ein weiteres Mal sein politisch äußerst sensibles Gespür für die Ereignisse, die die modernen Gesellschaften auf eine Weise erschüttern wie nichts sonst. Der Erste Weltkrieg hat den Europäern den so lange und euphorisch gehegten Glauben an Fortschritt und Vernunft geraubt – und es ist Remarque, der zehn Jahre nach dem Waffenstillstand von 1918 den berühmtesten Anti-Kriegsroman seiner Epoche veröffentlicht. Die Verbrechen in den Konzentrationslagern haben den selbstgewissen Glauben des Menschen an den Menschen irreparabel zerstört, und es ist erneut Remarque, der früher als andere einen bedeutenden Roman über das Leiden und Leben der Opfer in der »Lagerhölle« schreibt. Auch Anna Seghers, Primo Levi und Jorge Semprun haben tiefbewegende, das kaum Beschreibbare beschreibende Texte veröffentlicht, die über den Terror in den deutschen Konzentrationslagern berichten. Levi und Semprun schrieben autobiographische Bücher, waren selbst Häftlinge in den Todeslagern gewesen. In »Das siebte Kreuz« von Anna Seghers ist das Leben und Sterben im KZ aber nur Teilaspekt und Ausgangspunkt der Geschichte von Georg Heisler. In »Der Funke Leben« jedoch steht das KZ im Zentrum der Handlung, und der Autor war nicht »dabeigewesen«. Neben dem Thema, dem sich Remarque zugewandt hat, stellte gerade diese Tatsache einen weiteren »Tabubruch« des Autors dar, der in Deutschland wütende Ablehnung hervorruft.

Es bleibt besonders auch angesichts dieses Buches ein Phänomen, daß Remarques literarische Leistung als einer der herausragenden deutschsprachigen Autoren unseres Jahrhunderts bis heute nicht in dem Maße gewürdigt worden ist, wie sie es verdient. Von weiteren Einwänden, auf die »Der Funke Leben« nach seinem Erscheinen in Deutschland stieß, wird noch zu reden sein. Aber schon hier sei darauf hingewiesen, daß die in späteren Jahrzehnten veröffentlichten Erinnerungen von KZ-Überlebenden, ihre Darstellungen des Verhaltens von Opfern und Tätern, bestätigen, wie differenziert Remarque das Geschehene bereits unmittelbar nach Kriegsende zu schildern fähig ist.

Es war Remarque wohl bewußt, was für ein brisantes Thema er gewählt hatte. Nach der Niederschrift einer ersten Fassung begann er Anfang 1948 mit einer Neufassung. Vorangegangen waren intensive Recherchearbeiten. Vor allem Eugen Kogons 1946 geschriebener Tatsachenbericht »Der SS-Staat« bot Remarque für die endgültige Gestaltung des Themas eine Fülle von Material, das er in seinen Roman einarbeitete. Hans Werner Richter schrieb damals über Kogons vielbeachtetes Buch: »Äußere Einrichtung der KZs, ihre innere Organisation, die Martern der Einlieferung, Arbeiten, Strafen,

Ernährung, all das wird mit einer Nüchternheit und Sachlichkeit geschildert, die in ihrem Verzicht auf billige Wirkung geradezu meisterhaft genannt werden muß...«[55] Kogon war selbst jahrelang Häftling in Buchenwald gewesen und hatte mit seinem Buch die erste historische Analyse über das System der deutschen Konzentrationslager vorgelegt. Remarque hörte auch viele Augenzeugenberichte von Menschen, die ihn in Ascona besuchten.

Ein wichtiger Gesprächspartner war ihm während der Arbeit an dem Buch Leo Kok. Der ehemalige, aus Holland stammende Pianist lebte schon vor dem Krieg in Ascona. Während des Krieges hatte er sich dem französischen Widerstand angeschlossen, geriet in deutsche Kriegsgefangenschaft und kam in das Konzentrationslager Buchenwald. Er überlebte, ging wieder nach Ascona und betrieb ein Buchantiquariat, das Remarque gerne besuchte. Kok war ein schweigsamer, von den Leiden der Haft gezeichneter Mann. Dem Schriftsteller aber erzählte er viel vom Lagerleben, den Opfern und den Tätern. Und der nahm es auf in seine Geschichte.

Der Roman ist zeitlich in den letzten Kriegsmonaten angesiedelt. Im Konzentrationslager vor der Stadt Mellern lebt und leidet seit 10 Jahren der Häftling 509. Er hat die tiefste Stufe des Lagersystems erreicht, lebt im Kleinen Lager, dem letzten Kreis der Hölle. Wer hier eingeliefert worden ist, kann nicht mehr hoffen, auf ihn wartet nur noch der Hungertod. »Schließlich war auch der Haß erloschen. Der Kampf um eine Brotkruste war wichtiger geworden als alles andere – und ebenso die Erkenntnis, daß Haß und Erinnerungen ein gefährdetes Ich ebenso zerstören konnten wie Schmerz. 509 hatte gelernt, sich einzukapseln, zu vergessen und sich um nichts mehr zu kümmern als um die nackte Existenz von einer Stunde zur andern.«[56]

Die Geschichte setzt mit dem ersten Bombardement der Stadt Mellern durch die alliierten Luftgeschwader ein. 509 beobachtet vom auf der Höhe liegenden Lager die brennende Stadt. Verzweifelt wehrt er sich gegen die aufkeimende Hoffnung, daß das Ende der Nazi-Herrschaft gekommen ist, denn sie reißt ihn zurück in eine »Lebensnormalität«, die sich in seiner Lage schon so häufig als trügerisch erwiesen hat. Der Spannungsbogen der Geschichte wird in den folgenden Kapiteln durch das sich nun immer deutlicher abzeichnende Ende des Hitlerschen Terrorregimes und den im Lager wachsenden Widerstand gegen die SS-Wachmannschaft erzeugt. »Unser bißchen Widerstand ist das einzige, was wir noch haben.«[57]

Remarque schildert nicht nur Leiden, Folter und Entwürdigung des Individuums in seiner völligen Ausgeliefertheit an die enthemmten und entmenschlichten Bewacher. Er zeigt auch – und erneuert damit die humanistische Botschaft, die schon seine vorangegangenen Kriegs- und Exilromane verkünden –, daß die Würde des einzelnen im letzten unantastbar bleibt, wenn er sich nicht selbst aufgibt. Dem Verlag Kiepenheuer & Witsch schreibt Remarque mit Blick auf den Text für den Buchumschlag: »Ich halte es für wesentlich zu betonen, daß das Buch weniger eine Anklage ist als eine Bestätigung des Lebenswillens und ein Triumph des Geistes.«[58]

All das, was in den späteren Jahrzehnten durch die Überlebenden oder die wissenschaftliche Forschung über den Terror sichtbar wurde, findet sich bereits in Remarques Darstellung des Lagerlebens: Der peinigende Hunger, die katastrophalen hygienischen Verhältnisse, die überfüllten Baracken, die Beseitigung der Leichenberge, die bestialischen Bestrafungen, der unter den Häftlingen ausbrechende darwinistische Überlebenskampf. Da gibt es die »Muselmänner«, die nur noch auf den Tod warten können, den Heroismus und die »Feigheit« der Gepeinigten und aller Menschenwürde Beraubten. Die Zukunft reduziert sich auf den Besitz einer Kruste Brot, die nächste Stunde entscheidet über Leben und Tod. Remarque hat die »Ordnung des Terrors« (Wolfgang Sofsky) wenige Jahre nach dem Ende des Dritten Reiches mit erschreckender Klarheit analysiert.

Im Sadisten in SS-Uniform zeichnet Remarque das Psychogramm eines deutschen Kleinbürgers, der zum Folterknecht und Mörder wird und der im Deutschland Adolf Hitlers seine ersehnte Stunde gekommen sieht: »Niemann putzte seine Brille. Sie war angelaufen. Es kam von der Wärme, die er spürte, wenn er die Todesangst sah, während die Häftlinge stürzten, sich wieder aufrafften, stürzten, sich aufrafften und weitertaumelten. Es war eine Wärme im Magen und hinter den Augen. Er hatte sie zum erstenmal gespürt, als er seinen ersten Juden getötet hatte. Er hatte es eigentlich gar nicht gewollt; aber dann war es über ihn gekommen. Er war immer ein gedrückter, verschubster Mensch gewesen, und er hatte sich anfangs fast gefürchtet, auf den Juden einzuschlagen. Als er ihn dann aber vor sich am Boden rutschen und um sein Leben betteln sah, hatte er plötzlich gespürt, wie er ein anderer wurde, kraftvoller, mächtiger, er hatte sein Blut gefühlt, der Horizont war weiter geworden; die demolierte, bürgerliche Vierzimmerwohnung des kleinen jüdischen Konfektionärs mit ihren Ripsmöbeln hatte sich in die asiatische Wüste Dschingis Khans verwandelt; der Handlungsgehilfe Niemann war auf einmal Herr über Leben und Tod gewesen, Macht war da gewesen, ... bis dann der erste Schlag ganz von selbst kam auf den weich nachgebenden Schädel mit dem spärlichen Haar – ...«[59]

Als die gewissenlosen Deutschen das Racheschwert der Gegner trifft, ihre Städte in Schutt und Asche versinken, die Straßen sich mit Flüchtlingsströmen füllen, an den Fronten das große Sterben die deutschen Armeen lichtet, formuliert der jüdische Häftling Ahasver unter dem fernen Donnern der näher rückenden Front mit biblischer Wucht: »Als der erste Jude von ihnen erschlagen wurde, ... haben sie das Gesetz des Lebens gebrochen ... Sie haben gelacht. Sie haben gesagt: was sind schon ein paar Juden gegen das größere Deutschland? Sie haben weggesehen. Dafür werden sie jetzt von Gott geschlagen. Ein Leben ist ein Leben. Auch das ärmste.«[60]

Während der allmählichen Auflösung der Lagerordnung gelangt 509 in den Besitz eines Revolvers, und er spürt wieder das Leben. »Er war kein Mensch mehr gewesen, und er hatte es nicht mehr sein wollen; es hätte ihn zerbrochen. Er war eine Nummer geworden und hatte sich nur noch als Nummer genannt und nennen lassen. Schweigend saß er in der Nacht und atmete und hielt die Waffe fest und fühlte, wie vieles sich in den letzten Wochen verändert hatte. Die Erinnerungen kamen plötzlich wieder, und ihm war, als äße und tränke er gleichzeitig etwas, das er nicht sehen konnte und das wie eine starke Medizin war.«[61] Die, die sich wehren, bleiben »unbesiegt«. Am Ende des Romans stirbt 509, aber aus der Häftlingsnummer ist wieder ein Mensch geworden: erstmals nach Jahren verwendet er gegenüber seinen Mitgefangenen wieder seinen bürgerlichen Namen. Er ist nicht mehr, wie die Nazis es wollten, die Nummer 509, sondern Friedrich Koller.

Im Lager – die Hauptszenen spielen im sogenannten »Kleinen Lager«, und Remarque schildert wie kein anderer Autor das Geschehen im KZ von ganz »unten«, aus der Sicht des Fast-»Muselmanns« – bildet sich eine Widerstandsgruppe, die das Überleben für die Zeit danach organisiert. Remarque schildert diese Auflehnung gegen die Bewacher in den verschiedensten Facetten. »Die Kommunisten bildeten in der unterirdischen Lagerleitung eine besonders zähe, verschlossene und energische Gruppe. Sie arbeitete zwar mit den anderen zusammen, traute ihnen aber nie ganz und verfolgte ihre besonderen Ziele. Sie schützte und förderte immer zuerst ihre eigenen Leute.«[62] Remarque greift in mehreren Szenen des Romans die aktuellen Nachkriegsdebatten über die Rolle des kommunistischen Widerstandes auf und beurteilt die totalitäre Ideologie ihrer Vertreter ablehnend. Ein alter Schulfreund des Häftlings 509 ist Kommunist, und in einem Dialog mit ihm weist der Autor illusionslos auf eine längst Wirklichkeit gewordene Zukunft hin: »Sag mir lieber, was mit denen geschähe, die gegen euch sind, wenn ihr gewinnen würdet und die Macht hättet? Oder denen, die nicht für euch sind?« – »Da gibt es viele verschiedene Wege.« – »Ich kenne welche. Du auch. Töten, Foltern, Konzentrationslager – meinst du die auch?« – »Unter anderem. Je nachdem, was notwendig ist.« – »Das ist ein Fortschritt. Wert, dafür hier gewesen zu sein!« – »Es ist ein Fortschritt ... Es ist ein Fortschritt im Ziel. Und auch in der Methode. Wir tun nichts aus Grausamkeit. Nur aus Notwendigkeit.«[63] Dieser Dialektik der Macht folgend, werden im östlichen Nachkriegsdeutschland in der Tat bald wieder Menschen in Konzentrationslagern gefoltert und gemordet. Nur die Uniformen haben gewechselt, denn auf den Wachtürmen sitzen die Schergen der neuen politischen Herrn.

Abgesehen von dieser Debatte aber ist »Der Funke Leben« das Buch geworden, in dem der Gedanke an die menschliche Solidarität stärker thematisiert wird als in allen anderen Werken dieses Autors. Wo in seinen Weimarer Romanen die Kameradschaft auf vielen Seiten – und nicht immer besonders gelungen – beschworen wird, steht jetzt die Fähigkeit des Menschen, für den anderen einzutreten, eine aktive Gemeinschaft gegen den Haß und die Gewalt der Mächtigen zu bilden. Der Individualist Remarque betritt ein Feld, das ihm ansonsten nie geheuer war.

Er hat mit »Der Funke Leben« einen Gegenwartsroman geschrieben. Zum Zeitpunkt des Erscheinens debattiert der Bundestag die neuen Beamten- und Versorgungsgesetze. Die ehemalige Nazi-Administration wird nahezu ausnahmslos in ihre alten Positionen übernommen, die einstigen KZ-Bewacher stellen unverfroren und erfolgreich ihre Pensionsansprüche oder werden in den Polizeidienst übernommen. In den Parlamenten und den neuen demokratischen Medien herrscht das »Gnadenfieber«, die Freilassung von verurteilten Nazi-Straftätern oder die Umwandlung von Todes- in Freiheitsstrafen wird gefordert. Von den Opfern, den Millionen in den Konzentrationslagern gemordeten und den Tausenden, die überlebten, spricht in Deutschland kaum jemand. »Reue ist undeutsch«, erklärt der korrupte und raffgierige Lagerkommandant Neubauer markig seinem Fahrer Alfred, und Remarque läßt ihn die Haltung formulieren, die nach 1945 für Deutschland zum Motto werden sollte.[64]

Die neue Demokratie baut auf die alten und so »bewährten« Kräfte. »Für jemand wie mich gibt es immer etwas zu tun«, erklärt in Remarques Roman der Lagerführer Weber, einer der willigen Helfer des Regimes, seinem Kommandanten Neubauer. »Wir kommen schon wieder hoch – wenn auch unter anderen Namen. Meinetwegen als Kommunisten. Für einige Jahre wird es keine Nationalsozialisten mehr geben. Alle werden Demokraten sein. Das macht nichts. Ich werde wahrscheinlich irgendwo und irgendwann bei einer Polizei sein. Vielleicht mit falschen Papieren. Da geht die Arbeit dann weiter.«[65] Weber wird am Ende des Romans von Häftling 509 erschossen, aber in der deutschen Wirklichkeit der Nachkriegsjahre haben die Webers in der Regel nicht einmal falsche Papiere gebraucht, um ihre Arbeit weitermachen zu können. Remarque wird sich in den fünfziger Jahren immer wieder verbittert gegen die Restaurationstendenzen des Adenauer-Staates äußern, und sein KZ-Roman ist aus dieser

Perspektive gesehen vor allem auch ein Buch gegen das Vergessen. Seine Landsleute haben ihm dies herzlich übel genommen.

Der Häftling Bucher und die Mitgefangene Ruth Holland treffen sich an den unzähligen trostlosen Abenden am Lagerzaun und träumen vom Leben »draußen«. Sie blicken voller Sehnsucht gemeinsam auf ein weißes Haus, das auf der Höhe jenseits des Stacheldrahts wie ein Symbol verlorenen bürgerlichen Glücks steht. Nach der Befreiung eilen sie zu dem Haus, um die erste Nacht in der Freiheit dort zu verbringen. »Der Garten blühte; aber als sie an das weiße Haus herankamen, sahen sie, daß hinter ihm eine Bombe eingeschlagen war. Sie hatte den ganzen hinteren Teil zerstört; es war nur die Fassade, die unbeschädigt geblieben war. Sogar die geschnitzte Eingangstür war noch da. Sie öffneten sie; aber sie führte auf einen Schutthaufen. »Es war nie ein Haus. All die Zeit.«[66] Den Anfang der Desillusionierung setzt Remarque an das Ende seines Romans.

Der Roman trifft einen Nerv der Nachkriegsdeutschen. In den Rezensionen spiegelt sich die massenpsychologische Befindlichkeit des Volkes der Täter eindrucksvoll wider. Erscheinen soll »Der Funke Leben« im Schweizer Scherz-Verlag. Remarque hat einen sehr lukrativen Vertrag abgeschlossen, und Alfred Scherz hofft, den Bestsellerautor langfristig an sein Haus binden zu können. »Es scheint uns von ausschlaggebender Bedeutung zu sein, Ihr gesamtes literarisches Werk wieder in *einer* Verlegerhand zusammenzufassen.«[67] Zum Zeitpunkt des Vertragsabschlusses ist Alfred Scherz der Inhalt des Buches nicht bekannt. Als er das fertige Manuskript in den Händen hält, erschrickt er offenbar heftig. In zwei Briefen vom Sommer 1951 wird deutlich, wie sehr der Verleger angesichts der zu erwartenden Diskussion über den Roman um sein Geschäft bangt. »Haben Sie sich einmal reiflich überlegt«, schreibt er dem Autor am 20. Juli 1951, »welche Wirkung – gerade jetzt – eine deutsche Ausgabe in der Schweiz und namentlich in Deutschland haben wird? ... wenn wir ›Ein Funke Leben‹ (sic) im Herbst oder selbst im nächsten Frühjahr erscheinen lassen, setzen Sie und wir uns der Gefahr aus, dass eine Flut von Angriffen auf Sie und uns erfolgt, die zu einem Boykott nicht nur dieses Buches, sondern aller Ihrer Werke und unserer Verlage führen wird, wodurch Ihr neues Buch auch jeglicher Wirkung beraubt würde.«[68] Einen Monat später setzt Alfred Scherz einen schmählichen Schlußpunkt unter die von ihm ausgelöste Affäre: »Wir wissen, dass wir namentlich auch im Interesse von Ihnen handeln, wenn wir Sie bitten, vorläufig davon abzusehen, das Buch bei uns in deutscher Sprache aufzulegen.«[69] Während eines Münchner Aufenthaltes von Remarque kommt es zu einer persönlichen Unterredung mit Verlagsmitarbeitern in der dortigen Filiale. Sie bleibt ergebnislos. Am 27. Juli 1952 notiert Remarque im Tagebuch: »Gespenstische Unterredung über Sp. of L. Im Versuch, sich zu rechtfertigen, weil sie es nicht genommen hätten, erklären sie mir, was geändert hätte werden müssen, u. bestätigen damit, warum sie es nicht genommen hatten.«[70] Felix Guggenheim, Remarques Agent, führt noch einen Briefwechsel mit Alfred Scherz, und der geschäftstüchtige, aber mutlose Verleger findet zum Abschluß der leidigen Affäre auch noch eine schöne Begründung für sein Verhalten: Bei der Höhe der geforderten Honorare sei der Verlag davon ausgegangen, daß es sich »selbstverständlich um einen im grossen Stil dem Schweizer und deutschen Leserkreis verkäuflichen Roman handeln müßte. Diese Bedingungen haben sich sofort nach Prüfung des Manuskripts nicht erfüllt ...«[71] Für einen Weltautor ist dies eine zweifellos originelle Begründung.

Der Roman erscheint schließlich im Kölner Kiepenheuer & Witsch Verlag, dessen Besitzer Joseph Caspar Witsch mit diesem mutigen Schritt Remarque als Hausautor gewinnt. Mit Scherz gibt es noch ärgerliche finanzielle Streitereien, Remarque ist empört über die Feigheit des Schweizer Verlegers und seine Tricks, sich aus den Vertragsverpflichtungen herauszuwinden. Seinem Agenten Felix Guggenheim schreibt er am 15. Dezember 1951 ärgerlich: »Inzwischen ist die Angelegenheit Scherz so geworden, wie ich es vermutet habe ... Wir hätten von Anfang an auf unserem Recht bestehen und mit Klage drohen sollen. Eine Klage wäre Scherz zweifellos unangenehmer gewesen als uns. Jetzt müssen wir entweder beschämt von dannen ziehen oder tatsächlich die Klage erheben, denn nach dem Briefwechsel, den wir geführt haben, gibt es keine Fortsetzung. Selbst die Klage wird schwierig sein, da Scherz aus Ihren Briefen, ich weiß nicht mit wieviel legalem Recht, herausgelesen hat, daß wir vom Vertrag zurücktreten wollen. Das hat er eiligst bestätigt und mir das Manuskript zurückgeschickt ... Schon aus persönlichen Gründen würde ich wünschen, Scherz klar zu machen, daß er seit Jahren hinter mir hergelaufen ist für seinen Vertrag, daß ich genug davon habe, von ihm fast einer Art des Betrugs bezichtigt zu werden ... Gleichzeitig möchte ich ihm mitteilen, daß er absolut kein Stillschweigen über seine Haltung bewahren braucht, daß im Gegenteil verschiedene meiner Verleger, denen ich die Sache mitgeteilt und dazu einige seiner Briefe vorgelegt hätte (ähnlich wie er es unter Bekannten mit meinem Buch getan hat), mich dringend gebeten hätten, mir diese als kennzeichnende Dokumente für ihre Propaganda zur Verfügung zu stellen ... Es wird Scherz noch unangenehmer sein, als Angstmeier dazustehen als als Vertragsbrecher.«[72]

Scherz behält insofern recht, als der Buchverkauf der deutschen Ausgabe tatsächlich mäßig bleibt. Die deutschen Leser sind Anfang der fünfziger Jahre nicht bereit, sich mit ihrer Vergangenheit auseinanderzusetzen. Die Kritiken sind differenziert, reichen von hohem literarischen Lob bis zu polemischen Ablehnungen. »Ein Buch von den fürchterlichen Dingen, die sich zu unseren Lebzeiten ereignet haben«, schreibt Karl Korn in der FAZ, »ein Buch aus dem Geiste der Wahrhaftigkeit und der stellvertretenden Mitverantwortung, ein Buch der Selbstreinigung.«[73] Heinrich Böll bemängelt unter dem Titel »Heißes Eisen in lauwarmer Hand« in der Stuttgarter »Literatur«, »über Unmenschlichkeiten unmenschlich schreiben – das ist keinesfalls der richtige Weg« und wirft dem Autor (fälschlicherweise) vor, er habe »als Erzähler über große Strecken den Jargon der SS« angenommen. Sein Fazit: »Remarques Buch ›Der Funke Leben‹ wird immerhin eine Funktion erfüllen, eine wichtige, politisch gerade im richtigen Augenblick: es wird die ermüdete Aufmerksamkeit auf einen Stoff lenken, der der Gestaltung noch wartet.«[74] Im gleichen Blatt widerspricht Hedwig Rhode dem jungen, gerade die Aufmerksamkeit der Literaturwelt erringenden Schriftsteller Böll allerdings energisch: »Nein, das heiße Eisen eines im Jahre 1952 erscheinenden

KZ-Romans ist bei Erich Maria Remarque in warmen, sauberen Händen. Mit heißem Herzen und eiskaltem Mut geht er das Thema an ...«[75] »Die Zeit«, damals noch in recht nationalistischem Fahrwasser, erklärt lapidar und ziemlich heuchlerisch: »Dies ist ein beschämendes Buch. Beschämend für den Autor Erich Maria Remarque, beschämend für unsere Schriftsteller, die unser aller Schuld den KZ-Opfern gegenüber noch nicht durch ein besseres Buch über die Lager zum Teil gutzumachen versuchten.«[76] Rudolf Krämer-Badoni dagegen: »In der Zeit der Feme im Weltmaßstab gehört ein übermenschlicher Mut dazu, ein solches Buch zu schreiben.«[77]

Interessant übrigens, mit welcher aus den Hitler-Jahren nur allzu bekannten Diktion in Remarques Heimatstadt Osnabrück die Veröffentlichung begleitet wird. »Wir wollten ihn eigentlich totschweigen, den sauberen Herrn Remarque, der in Osnabrück geboren ist und sich nun damit brüstet, Amerikaner zu sein«, schreibt die »Neue Tagespost«. »Aber er hat uns herausgefordert. Als er kürzlich Deutschland besuchte, hatte er überall, wo er auftauchte, eine schlechte Presse. Inzwischen war nämlich sein neuestes Buch ›Der Funke Leben‹ bekannt geworden, worin er über deutsche Konzentrationslager schreibt. Das kann Erich Maria Remarque, obschon er niemals in einem KZ gewesen ist. Und das tut Erich Maria Remarque, obwohl er als Deutscher geboren wurde. Ja, damit brüstet sich Erich Maria Remarque, denn es sei ihm ›Bedürfnis‹ gewesen, so sagte er jetzt in Paris, einen ›geschichtlichen Beitrag zu den unglaublichen Greueln‹ zu liefern. Ein echter Remarque! ... Darum sind wir froh, daß er Deutschland wieder verlassen hat. Hoffentlich kommt er nicht wieder!«[78] Wo der Vorwurf der Kolportage, der in unzähligen deutschen Rezensionen erhoben wird, nicht ausreicht, muß der »Nestbeschmutzer« herhalten.

Im Ausland dagegen stößt der Roman auf große Zustimmung. »Wie immer das Gesamturteil ausfallen mag: Remarque kehrt nicht als Racheanwalt ins Land seines ersten Bucherfolges zurück. Der deutsche Leser wird zu erkennen haben, worum es Remarque geht. Und er wird es tun, sofern er sich zu Anständigkeit und Menschenwürde wieder emporgeschwungen hat ...«[79] – »Im Schrecken, den

›Der Funke Leben‹ entwirft, ist das Buch geradezu unerträglich ernst; gerettet wird es dadurch, daß es sich auf Opfer konzentriert, deren Wille zu überleben und, noch wichtiger, deren Menschlichkeit und Anstand unauslöschlich sind.« »Es ist dokumentarische Fiktion, würdig des Autors von ›Im Westen nichts Neues‹«[80] – »Kein tatsächlich Überlebender eines Konzentrationslagers war in der Lage, ein so wildes und wortgewaltiges Bild zu liefern wie Erich Maria Remarque in ›Der Funke Leben‹«.[81] In den USA wird der Roman denn auch ein großer Erfolg. »Appleton-Century« startet eine riesige Werbekampagne, und kurz nach der Auslieferung klettert Remarques Buch auf Platz vier der Bestsellerliste. Der Schauspieler José Ferrer plant eine Dramatisierung des Stoffes, aber Remarque zögert, und bald läßt auch Ferrer die Sache fallen. »Der Funke Leben« wird nie verfilmt.

Zum erstenmal seit Jahren hat Remarque den Silvesterabend 1951 allein verbracht. Er ist in guter Stimmung, Paulette ruft aus Spanien an. Im abgelaufenen Jahr hat er kontinuierlich an »Zeit zu leben und Zeit zu sterben« gearbeitet und ärgert sich jetzt über seine Verlage. »Lindley will zweites Buch nehmen, aus dem Appleton Shuster sich herauswinden wollte. Schweine diese Verleger!«[82] Der Freund und Übersetzer hat wieder einmal den Verlag gewechselt, und Remarque überläßt ihm den neuen, noch nicht fertigen Roman.

Erstmals wächst wieder der Wunsch zu malen, und Remarque genießt die neu gewonnene Ruhe. Und doch: »Wünsche, manchmal nach N. Y. Europa (Deutschland) rückt zu dicht. Wie eine klatschsüchtige, kleinliche Kleinstadt.«[83] So reist er Mitte April 1952 über Paris nach New York, lebt dort zurückgezogen in seinem Apartment. »Abends viel zu Hause.«[84] Eine solche Anmerkung fand sich in den vergangenen New Yorker Jahren nur höchst selten im Tagebuch. »Regen, Gewitter, Blau, Wolken vor den Fenstern, – wie konnte man so lange ohne Aussicht leben? In jeder Beziehung, – Augen, Intellekt, Emotion, Geist u. Gott.«[85] Er liest in diesen Wochen intensiv Yoga- und Zen-Literatur.

Ende Juni besteigen Remarque und Paulette Goddard wieder das Schiff, es geht nach Rotterdam, weiter nach Amsterdam – Museen,

Ausstellungen, Bilder –, und dann ist Remarque zum erstenmal nach 20 Jahren wieder in Deutschland. Er wandert durch die Straßen Osnabrücks, registriert Zerstörung und Veränderung, reagiert im Tagebuch emotionslos. In Bad Rothenfelde besucht er Vater und Schwester. Noch aus Amerika hatte die Familie die Mahnung erreicht: »Ich bitte euch, *niemand*, etwas über meine Ankunft zu sagen, damit wir die paar Tage Ruhe haben. Sage das doch auch zu Vater.«[86] Nur wenige Tage ist er dort und fliegt von Hannover aus nach Berlin.

Das Wiedersehen mit der Stadt seines ersten literarischen Triumphes ist nicht weniger ernüchternd als der Gang durch Osnabrück. Remarque hat einen scharfen, ablehnenden Blick für seine ehemaligen Landsleute. Da ist nichts von Wehmut zu verspüren, und er empfindet ganz offensichtlich auch kein Mitleid mit dem geschlagenen Volk, das sich durch seine Taten selbst ruiniert hat. »Wie in einem Stück von E.T.A. Hoffmann u. E. Wallace. Wie unter Wasser. Völlig fremde Wesen. Zombies, aber aufmerksam, witternd. Keine Verbindung. Etwas Fremdes das sich auf fremder Bühne abspielt. Alles wie eine Art Traum; jede Anrede, auch vom Hotelpersonal, als wäre es nicht wahr, alles nicht, – der Ton nicht, der Mensch nicht, – als würde es sich gleich verwandeln oder verschwinden. Kein Empfinden von Menschlichkeit, Wärme, Echtheit, – alles abgetrennt, wie auf einer Bühne, u. keiner guten. Das Neonlicht; die Schatten der Straßen, der Ruinen; der deutsche Blick; das Frettchenhafte vieler Menschen ... Ausgebombte Seelen. Auskommandierte Seelen. Schiefe Gesichter. Flüstern. Schweigen ... Höflichkeiten, die wie Kommandos klingen ... Ein Start ohne Illusionen.«[87]

Er läßt sich viel über den Nazi-Alltag in Deutschland erzählen – Material für das Buch, an dem er gerade schreibt –, besucht seine alte Jugendliebe, die Schauspielerin Lotte Preuß (»alles falsch u. rührend und brav u. zum Kotzen«[88]), und fährt weiter nach München. Paulette, die ihn bis Berlin begleitet hat, fliegt nach Paris.

Im Desch-Verlag, der »Drei Kameraden« veröffentlicht und seinen KZ-Roman abgelehnt hatte, trifft er Erich Kästner, Hans-Werner Richter, Hans Hellmut Kirst und Theodor Plievier, man plaudert ein paar Stunden und hat sich wenig zu sagen. »Sonderbar, daß die Reaktion von ihnen war, etwas frische Luft gekriegt zu haben, – alle etwas zu seriös, auch wohl etwas hoffnungslos oder resigniert.« Und am Ende der Stoßseufzer: »Telefon mit P(aulette). Das einzig Echte, was ich in vielen Tagen gehört habe.«[89] Deutschland ist ihm fremd geworden.

Für zwei Monate kehrt er nach Porto Ronco zurück, versucht den Roman zu beenden, ist dann mit Paulette in Venedig und Mitte Oktober wieder in New York. »Entschluß: Aufhören mit den *Zeit*romanen. Dafür Romane über Persönlichkeiten, Charaktere, Menschen, – mit Zeithintergrund. Ravic etc.«[90] Er beginnt wieder im Manuskript von »Schatten im Paradies« zu arbeiten, skizziert einige Stücke, darunter finden sich erste Gedanken über »Die Heimkehr des Enoch J. Jones«. Kaum New Yorker Nachtleben, dafür häufige Theaterbesuche (einmal sitzt Natascha in der gleichen Sitzreihe, und Marlene Dietrich vor ihm) und viel Zeit mit Paulette. Im Dezember notiert er: »die Vogt-Sache«, der erste Hinweis auf den Roman »Der schwarze Obelisk«.

Remarque lebt zurückgezogen und spottet über das neue Leben: »Abends dann P. Die Suppen; Zeitungen; T.V., – das Abenteuer der Bürgerlichkeit.«[91] Die Arbeit am Roman deprimiert ihn. »Fliegende Zeit ... Verzweifelung. Nicht weiter, als vor einem Jahr. Festgestellt, daß ich nicht gut gearbeitet habe.«[92] – »Gefühl, Roman-Karriere ausgelaufen; matt, tot – Wunsch nach Stücke(n).«[93] Mit wachsendem Ärger beobachtet er die politischen Entwicklungen, ist entsetzt über die Hexenjagd-Atmosphäre der McCarthy-Ära in den USA (»Auf der Suche nach Kommunisten zertrampeln sie die Demokratie«[94]) und deutet die allgemeinen Entwicklungen der Weltpolitik mit wachsendem Alterspessimismus. »Zeitungen. Werde ich älter? Vernünftiger. Ungeduldiger? Kann es nicht mehr ertragen, manchmal. Die Aussichtslosigkeit der Vernunft. Der Sieg, nicht nur der Dummheit, – der Reaktion u. des Egoismus u. der primitivsten Form, über all unter Disguise (Masken-WS) des Fortschritts, der Wahrheit, der Menschlichkeit.«[95]

Anfang des Jahres wird er von einem neuen schweren, ihn über Wochen belästigenden Ménièreschen Anfall heimgesucht. Trotzdem erwägt er in diesen Monaten neue Pläne: Stücke, Romane, Kammermusik, Opern, Musicaltexte will er machen und »von etwa 70 an: Große Romane; Lyrik.«[96] So sehr er über das eigene Talent, die Verlage, die hohen Steuerzahlungen, die Politik, die Menschen in seiner Umgebung klagt, der nun 55jährige ist zurückgekehrt zu einem ernsthaften Schriftstellerleben. Im Tagebuch, dem Gradmesser seiner Stimmungen und Befindlichkeiten, spielen die Frauen und der Alkohol keine Rolle mehr. Die Notizen legen jetzt Zeugnis ab von einem suchenden, um den Stoff seiner Werke ringenden Künstler. »Der Wunsch, anders zu schreiben. Sich zu teilen: das dramatische in Stücke zu tun, – die Romane epischer zu machen. Der Stil Thornton Wilders für Romane, – zusammenfaßender, beschreibender, weniger Szenenfolge als Überschau, – der Erzähler stärker fühlbar, nicht unsichtbar, wie bis jetzt – und das, was nicht dafür gebraucht wird, in Bühnenstücken austoben. Was im Roman (bei mir) wie Sensationalismus wirkt, wird auf der Bühne Kraft. Experimentieren!«[97]

Er beginnt im Mai 1953 mit der Arbeit an seinem einzigen fertiggeschriebenen und aufgeführten Theaterstück »Die letzte Station«, holt den Text von »Die Heimkehr des Enoch J. Jones« wieder aus der Schublade und entwirft eine Skizze zu »La Baccarole« (eine in Venedig angesiedelte Komödie sollte es werden). Der Traum, sich auch als Theaterautor zu etablieren, wird sich jedoch nicht erfüllen. Das einzige vollendete Stück wird 1956 in Berlin einen Achtungserfolg erringen, aber es erobert nicht die Bühnen, ist heute praktisch vergessen. Im übrigen hat sich Remarque im letzten Lebensjahrzehnt wieder – neben einigen Arbeiten für den Film und Korrekturen an »Die letzte Station« – ganz auf seine Romane konzentriert.

Im Juli 1953 überqueren Remarque und Paulette Goddard erneut den Ozean, landen in Rotterdam, dann geht es nach Bad Rothenfelde zum Vater. Er wird ihn zum letztenmal sehen. Ein kurzer Gang durch Osnabrück, dann korrigiert er wieder in Porto Ronco. Dort kauft sich Paulette einen luxuriösen »Jaguar«, der in der Garage an der Seeuferstraße bleibt.

Im Dezember stirbt überraschend Walter Feilchenfeldt. Auch wenn Remarque sich im Tagebuch häufig nervös und ungerecht über den langjährigen Freund äußert – er vertraut den privaten Aufzeichnungen manch spontanes, häufig durch die eigene Stimmung mitgeprägtes Urteil über Menschen an, mit denen er gerade zusammen gewesen war –, der Verlust trifft ihn. Er sorgt sich in diesen Wochen rührend um Witwe und Kinder.

Ärger gibt es mit dem Desch-Verlag, der ohne seine Zustimmung eine gekürzte Ausgabe von »Arc de Triomphe« auf den Markt gebracht hat und mit dem Remarque daraufhin jeden Kontakt abbricht. Aber immerhin: Anfang Dezember glaubt er mit dem neuen Roman »durch« zu sein. »Gute Stimmung,« heißt es am Jahresende. »Arbeit. Wunsch, sofort neue Sachen zu tun.«[98]

Das Jahr 1954 beginnt mit einer guten Botschaft: »Collier's« will den Roman für 30.000 Dollar im Vorabdruck bringen. Nach den Korrektur-Strapazen erholt Remarque sich einige Wochen mit Paulette in St. Moritz und notiert nach der Lektüre der Novelle »Der Tod in Venedig« über das Werk des so wenig geliebten Kollegen: »Doch sehr geschwätzig u. nicht das Meisterwerk klassischer Kunst, als das es angesehen wird.«[99] Im April erscheint die amerikanische Buchübersetzung von »Zeit zu leben und Zeit zu sterben« (»A Time to Love and a Time to Die«), im September folgt die deutsche Ausgabe.

Zeit zu leben und Zeit zu sterben

Zehn Jahre vorher – also noch in der Zeit des Zweiten Weltkriegs – hatte Remarque mit der ersten Fassung begonnen. Er setzte sich also bereits mit dem Thema auseinander, als der kalte Krieg sich immer deutlicher abzuzeichnen begann. Dann blieb das Manuskript liegen, die Arbeit an »Der Funke Leben« erhielt Vorrang. 1951 begann er mit der Überarbeitung, und Ende 1953 schloß er sie ab. Er schrieb die endgültige Fassung dieses Romans, als eine neue weltweite militärische Auseinandersetzung drohte. Zwischen 1951 und 1953 fand der Korea-Krieg statt, und 1952 zündeten die USA die erste Wasserstoffbombe. Die Regierung Adenauer und die Westalliierten lehnten 1952 ein Angebot Stalins über gesamtdeutsche Wahlen ohne jede Gesprächsaufnahme ab. Das Klima zwischen den beiden Supermächten vereiste, ein alles vernichtender Atomkrieg rückte in den Bereich des Möglichen.

»Im Westen nichts Neues« schrieb Remarque, als die Weimarer Republik in ihre Schlußphase eintrat, der deutsche Nationalismus die Revision des Versailler Friedensvertrages forderte. Er legte damals keinen Roman über den Ersten Weltkrieg vor, sondern ein Buch, das die Deutschen an seine Folgen erinnern sollte. »Zeit zu leben und Zeit zu sterben« ist ebenfalls kein Buch über den (Zweiten Welt-) Krieg. Wie zwei Jahrzehnte vorher, bedient sich der Autor erneut eines vergangenen Geschehens, um die Gegenwart zu entlarven. Er will seine Leser vor der Wiederholung der Geschichte warnen.

Er erzählt von Menschen an der russischen Front und in den von Bombenangriffen zerstörten deutschen Städten, die Opfer und Täter eines historischen Prozesses geworden sind. Während in der Bundesrepublik die nationalsozialistische Vergangenheit abgehakt wird, die Konservativen von »Einzeltätern« sprechen, die Haltung der Wehrmacht als untadelig hinstellen, sie auf deren ungebrochene positive Tradition pochen, steht Remarques Roman gegen diese restaurativen Tendenzen. Über vierzig Jahre später wird sich im wiedervereinigten Deutschland eine lebhafte Debatte über die Verbrechen der Wehrmacht hinter den Frontlinien in Polen und Rußland entzünden. Remarque hat diesen so lange verleugneten Tatbestand bereits Anfang der fünfziger Jahre offengelegt. Die Frage der Schuld ist das zentrale Thema seines neuen Romans. Er stellt sie zu einem Zeitpunkt, als die Pläne für den Aufbau einer neuen deutschen Streitmacht bereits in der Schublade liegen und eine neue Feindbild-Ideologie propagiert wird.

Die Romanhandlung ist in drei Abschnitte gegliedert: Front – Heimat – Front. Die Niederlage der deutschen Armee in Rußland ist nicht mehr aufzuhalten. Stalingrad ist gefallen, und der sich lange hinziehende deutsche Rückzug hat längst eingesetzt.

Die Kompanie von Ernst Graeber, dem Hauptprotagonisten des Romans, wird abgeordnet, russische Partisanen zu erschießen. »Jeder wußte, daß die vier Russen vielleicht Partisanen waren, vielleicht auch nicht – aber sie waren in aller Form verhört und verurteilt worden, ohne je eine wirkliche Chance zu haben. Was war auch schon festzustellen gewesen? Sie hatten angeblich Waffen gehabt. Jetzt wurden sie in aller Form, unter Beisein eines Offiziers, erschossen.«[100] Am Anfang steht das Verbrechen.

Graeber und seine Kameraden wehren sich nicht und werden Komplizen des Terrors. Nicht wie der SS-Mann Steinbrenner, der mit sadistischer Lust an der Erschießung teilnimmt, aber sie machen mit. »Man hat sich damals eingeredet – das Vaterland nicht im Stich lassen zu wollen, wenn es im Krieg war«, erkennt Graebers Freund Ludwig Fresenburg, »ganz gleich, was los war, wer Schuld hatte und wer ihn begann. Es war eine Ausrede. Genauso wie die frühere, daß man nur mitmache, um Schlimmeres zu verhüten. Auch das war eine Ausrede. Vor sich selbst. Nichts als das!«[101] An anderer Stelle, als Graeber in der Heimat auf einem Fest seines ehemaligen Schulbekannten, dem SA-Mann Binding, sitzt, will er angeekelt aufstehen und weggehen. »Er zwang sich, sitzen zu bleiben. Er hatte oft genug weggesehen und nichts wissen wollen. Er und hunderttausend andere, und sie hatten geglaubt, ihr Gewissen damit beschwichtigen zu können. Er wollte das nicht mehr.«[102]

Remarque will seinen bundesrepublikanischen (aber auch amerikanischen) Lesern eine doppelte Botschaft vermitteln: Er schreibt ein Buch über die deutsche Schuld, über die Verbrechen, die das Land zwischen 1933 und 1945 begangen hat. Gleichzeitig aber warnt er sie, angesichts der sich neuerlich erhebenden Kriegsgefahr, die durch die Politik der Supermächte Anfang der fünfziger Jahre heraufbeschworen wird, wieder wegzusehen, zu schweigen und zu verdrängen. Fresenburg wird dies auf den Schlußseiten des Romans formulieren: »Wir werden lieber dafür sorgen, daß dies alles nie wieder passieren kann. Um das sicherzustellen, würde ich wieder ein Gewehr in die Hand nehmen, wenn ich müßte.«[103]

Es ist heute kaum noch nachvollziehbar, mit welcher Hysterie die westliche Politik in der Entstehungszeit des Buches die Kommunistenfurcht schürte. In den Vereinigten Staaten entschieden die McCarthy-Komitees über Menschen und Karrieren, und in der Bundesrepublik wurde das sowjetische Imperium mit dem Dritten Reich gleichgesetzt. In den Wahlkämpfen zogen Konrad Adenauer und seine Paladine durch die Lande und predigten, »lieber tot als rot«. Im Kanzleramt herrschte an wichtiger Stelle Hans Globke, der die Nürnberger Rassengesetze mitformuliert hatte, an den Gerichten saßen die gleichen Richter, die schon in den Hitler-Jahren ihre Blut- und Rassenurteile gesprochen hatten. Am 11. Mai 1951 verabschiedete der Bundestag das 131er Gesetz, das schließlich zur pauschalen Übernahme der Nazi-Beamtenschaft in den Dienst der Bundesrepublik führte. Die FDP forderte, daß auch ehemalige Gestapo-Beamte einen Rentenanspruch haben sollten. Keines der Unrechtsurteile gegen Widerständler, Wehrmachtsdeserteure oder Helfer der Verfolgten wurde aufgehoben.

Remarques Buch steht zum Zeitpunkt seines Erscheinens im diametralen Gegensatz zur deutschen »Unfähigkeit zu trauern« (Alexander und Margerete Mitscherlich). Er schildert nicht nur die Verbrechen an der Front, sondern im großen Mittelteil des Romans weist er seine Landsleute auch eindringlich darauf hin, welcher Preis gezahlt werden muß, wenn Gleichgültigkeit und Opportunismus erneut die Oberhand gewinnen. Werden (wieder das schemenhaft auftauchende Osnabrück) ist längst ebenfalls zur Front geworden. »Die Stadt sah nicht mehr aus wie die Heimat, die er erwartet hatte; sie sah aus, als läge sie in Rußland.«[104] Die Bewohner erleben die vernichtenden Luftangriffe der Alliierten, die Stadt versinkt in Schutt und Asche und begräbt Frauen, Kinder und Greise. Die Totalität des Zweiten Weltkrieges wird sichtbar, die zwar vom Hunger gezeichnete, aber fern von den Schlachtfeldern liegende Heimatstadt von Paul Bäumer gibt es jetzt nicht mehr. Hitlers Krieg ist ein Vernichtungsfeldzug, und so werden schließlich auch diejenigen Opfer, die ihm zugejubelt, gedient oder zu seinen Taten geschwiegen haben. Remarques Warnung ist nicht zu überhören: Was wird auf die Welt zukommen, wenn angesichts der bereits in Serie produzierten Atomwaffen ein Dritter Weltkrieg ausbricht?

Ernst Graebers Nachdenken beginnt bei der Partisanenerschießung. Auf seinem Heimaturlaub erlebt er dann, wie der Terror des

Krieges auf seine Urheber zurückschlägt. Eindringlich schildert Remarque in den Werden-Kapiteln des Romans das Leben der Zivilbevölkerung in Trümmern und Bunkern. »An der Front mußte jeder nur auf sich selbst aufpassen, und wenn jemand einen Bruder in derselben Kompanie hatte, so war das schon viel; aber hier hatte jeder eine Familie, und es war nicht er allein, auf den man schoß; auf jeden wurde für jeden mitgeschossen. Es war ein doppelter und dreifacher und zehnfacher Krieg.«[105] Die Schlußfolgerung ist so schlicht wie wahr: »Man weiß nie, was los ist, wenn es einem nicht selbst an den Kragen geht.«[106] Das moralische Dilemma, vor dem die Menschen stehen, wird Graeber bewußt: »Ich weiß auch, daß der Krieg verloren ist. Und ich weiß, daß wir nur noch weiterkämpfen, damit die Regierung, die Partei und die Leute, die alles das verursacht haben, noch einige Zeit länger an der Macht bleiben, um noch mehr Elend anrichten zu können.«[107] Im Gespräch mit seinem aus dem Dienst entlassenen ehemaligen Religionslehrer Pohlmann stellt Graeber schließlich die aus der Sicht des Autors zentrale Frage: »Ich möchte wissen, wieweit ich an den Verbrechen der letzten zehn Jahre beteiligt war ... Und ich möchte wissen, was ich tun soll.«[108]

Er findet keine gesellschaftliche, sondern eine persönliche Antwort. Im Chaos der Bombennächte erlebt er in der Liebe zu Elisabeth Kruse für wenige Tage das Glück, das im Krieg keine Zukunft haben kann. Zurückgekehrt an die Front, erfüllt sich sein Schicksal: Er läßt die ihm zur Bewachung übergebenen russischen Partisanen frei und erschießt den SS-Mann Steinbrenner (im Ansatz erneut Remarques Rachemotiv), als dieser ihn daran hindern will. »›Mörder‹, sagte er noch einmal und meinte Steinbrenner und sich selbst und unzählige andere.«[109] Kein politisch bewußter Widerstand: Graeber zieht nicht die Konsequenz aus seinem Wissen um das Verbrecherische dieses Krieges und schließt sich den Partisanen nicht an. Eine private moralische Entscheidung steht am Ende des Lebens von Ernst Graeber, den Sekunden nach seiner Tat die Kugel eines der von ihm befreiten Russen tötet.

Remarque widerspricht in seinem Roman auch in einem anderen Punkt entschieden dem Zeitgeist der frühen fünfziger Jahre. Während in der Bundesrepublik die KPD 1956 verboten wird, schildert er in der

Figur des Soldaten Immermann einen humanen und keineswegs unsympathischen Kommunisten. Die Sowjetunion wird zudem nicht verteufelt, sondern ihrem Handeln im Krieg das Vorgehen der Deutschen gegenübergestellt. »Siehst du, was wir da machen? Stell dir vor, daß die Russen bei uns einmal dasselbe machen würden – was bliebe da übrig?«[110] Diese Erzählerhaltung ist besonders bemerkenswert, da Remarque die marxistische Ideologie (»Dieser verdammte Kommunist denkt, alle Menschen wären gleich. Das ist der größte Unsinn, den es gibt!«[111]) und die stalinistische Wirklichkeit im östlichen Europa scharf ablehnt.

»Zeit zu leben und Zeit zu sterben« ist ein düsterer Roman geworden. Das Vorgängerbuch »Der Funke Leben« erzählt von den Opfern, der Rußland-Roman ist sein Spiegelbild: die Welt der Täter. Verbrechen und Zerstörung werden stringent thematisiert, und Remarque erlaubt sich kaum noch die burschikose Tonlage der Landserwelt. Wo er es in einigen wenigen Szenen tut, wirkt sie wie ein Fremdkörper, aufgesetzt und mißlungen. In »Im Westen nichts Neues« gibt es noch helle Augenblicke, die Vernichtungstotalität des Zweiten Weltkrieges (und Remarques gewachsener Pessimismus) läßt das nicht mehr zu.

Wie sehr Remarque den Nerv der frühen Bundesrepublik mit diesem Buch getroffen hat, zeigt die Veröffentlichungsgeschichte. Die deutschsprachige Fassung von 1954 enthält entscheidende Streichungen und Veränderungen, die in den Übersetzungen nicht zu finden sind. Mit der Übernahme des Manuskriptes von »Der Funke Leben« hatte der Kölner Verlag Kiepenheuer & Witsch Mut und verlegerisches Gespür gezeigt. Bei »Zeit zu leben und Zeit zu sterben« war er erfolgreich bemüht, der allgemeinen politischen Stimmung in Westdeutschland entgegenzukommen. Verleger Witsch handelte dabei aus einer Mischung von Opportunismus und verlegerischen Gewinninteressen.

»Ich möchte Ihnen ganz offen sagen«, schreibt er an seinen Autor, »daß wir die eine oder andere Stimme im Verlag hatten, die ganze Partien des Romans als unzumutbar empfand und die meinte, daß Ihr neues Buch mindestens so hart sei wie ›Der Funke Leben‹ …

Allerdings waren wir uns alle einig, daß unglaubhafte oder zu dem von Ihnen beschriebenen Zeitpunkt des Krieges unwahrscheinliche Kombinationen, Haltungen und Ausstattungen einzelner Personen weggenommen werden müßten, wenigstens für die deutsche Ausgabe, wo man ja alle diese Dinge noch sehr gut in Erinnerung hat und auch Unwahrscheinlichkeiten im kleinen übel vermerkt. Mit solchen Kleinigkeiten wirft man der Kritik, vor allen Dingen der böswilligen Kritik, mit der wir nach ›Funke Leben‹ in vielen Organen rechnen müssen, die schönsten Köder vor. Der Anfang und der Schluß des Romans sind aus der deutschen – nicht aus einer verkappten Nazi-Perspektive die Teile, die den Erfolg des Romans am meisten gefährden. Die Figur ›Steinbrenner‹ läßt sich so, wie sie beschrieben ist, in der damaligen Situation nicht unterbringen.«[112] Der besorgte Verleger weist in diesem Zusammenhang auf seine eigenen Erfahrungen als Soldat hin. »Es hat auch in der Wehrmacht keine Diskussion der Rassenfrage gegeben.« Da muß der Soldat Witsch geschlafen haben, als die Tagesbefehle vor seiner Einheit verlesen wurden, in denen die Generalität die Richtung wies: »Das jüdisch-bolschewistische System muß ein für allemal ausgerottet werden.«

Einige Sätze später läßt der besorgte Verleger dann die Katze aus dem Sack: »Ein anderer Einwand richtet sich gegen die Figur des Kommunisten Immermann, der doch im ganzen gesehen der einzige ist, der von vornherein die Situation klar erkennt ... Hinzu kommt noch, daß diese Figuren in einem heute erscheinenden Roman leicht wie eine posthume Rechtfertigung der Besatzungspolitik von 1945 bis 1949 wirken könnte, einer Besatzungspolitik, in der jeder Kommunist persona grata war und die mit Kommunisten versuchte, demokratische Institutionen aufzubauen ... Nach dem, was in Deutschland so erlebt worden ist mit Kommunisten, deren Politik eine geradlinige Fortsetzung des nationalistischen Terrorismus ist, wird kaum jemand von einem Kommunisten, wer es auch immer ist, irgend eine Art von Belehrung annehmen und ihn gleichsam als Verfechter der Menschlichkeit akzeptieren.«

Witsch argumentiert dem Autor gegenüber ausschließlich politisch. Er war selbst als Verleger aus der DDR ausgereist, hatte schlimme Erfahrungen im kommunistischen Deutschland gemacht, insoweit ist seine subjektive Haltung nicht ganz unverständlich. Aber vor allem ist er in diesem Zusammenhang die Stimme des kalten Krieges, der in Europa herrscht. Die Veränderungen, die das Lektorat dann im veröffentlichten Text vornimmt, belegen dies eindeutig. Aus dem »Kommunisten« Immermann wird ein »Sozialdemokrat«; der Satz, in dem Graeber sich selbst und seine Kameraden als »Mörder« bezeichnet, wird gestrichen; die Tötung Steinbrenners wird mit dem Begriff »Notwehr« ergänzt; der Schlußszene, in der einer der befreiten Russen Graeber erschießt, wird der Satz angefügt: »Es sind also doch Partisanen, dachte Graeber«.[113] Diese Beispiele zeigen, daß der Verlag Kernthesen des Autors streicht oder verändert und damit die Intention des Romans entscheidend abzuschwächen bemüht ist.

»Ich wäre Ihnen dankbar, lieber Herr Remarque, wenn Sie sich diese Argumente und Korrekturvorschläge sozusagen sine ira et studio anhören und ansehen wollten«, schreibt Witsch seinem Autor, »und wenn Sie uns möglichst schnell das Manuskript so, wie sie es dann haben wollen, zurückgeben könnten.«[114] Remarque schweigt. Es ist keine persönliche Antwort an den Verlag überliefert, in dieser Phase der Verhandlungen läßt der Autor lediglich seine Sekretärin schreiben, und die geht mit keinem Wort auf die Manuskriptveränderungen des Verlages ein. Keine Reaktion auch, als das druckfertige Manuskript an ihn geschickt wird und Witsch mahnt: »Ich möchte bei dieser Gelegenheit auch gerne hören, ob Sie unsere Kürzungen berechtigt fanden oder nicht. Sie haben sie so kommentarlos akzeptiert, daß ich beinahe fürchte, Sie haben sie nicht gerne akzeptiert.«[115]

Warum läßt der Autor diese Zensureingriffe zu? Eine klare Antwort gibt es nicht. Während der Korrespondenz mit dem Verlag hatte er einen Autounfall. Möglicherweise hat dies ihn abgelenkt. Der Druck des Manuskriptes stand zudem unter großen Zeitzwängen, da die Auslandsrechte die deutsche Ausgabe terminlich mitbestimmten. Im Tagebuch jedenfalls referiert er die Vorschläge des Verlegers mit Verachtung und Resignation. Nach einem bedrängenden Anruf von Witsch heißt es: »Die Deutschen haben vor allem Angst; (die Verleger) daß die D. so empfindlich sind. Das sich rechtfertigende Volk.«[116]

Am 27. März: »Nachricht von Kiepenheuer über vorgeschlagene Änderungen ...; wollen die Wehrmacht hochhalten; einen (klarer sehenden) Kommunisten in einen Soz. Demokraten verwandeln; möchten letzten 3 Kapitel rausnehmen u. so was. Der Ton des Lehrers u. des irgendwo: Sie waren ja nicht dabei; es war doch anders, (u. nicht ganz so schlimm)«.[117]

Am 16. April aber notiert er: »Mit schweigendem Disgust (Ekel – WS) die deutsche Ausgabe fertig gemacht für Kiepenheuer.«[118] Vielleicht ist in dieser Anmerkung der Schlüssel für sein Verhalten zu sehen. Die deutschen Verhältnisse, die sich ja auch in den Briefen von Witsch widerspiegeln, empören ihn. »In ›Time‹ vom 12. April gelesen«, heißt es unmittelbar an den obigen Satz anschließend, »daß Richter Fritz Eickhoff 20 Nazipolizisten freigesprochen hat in Dortmund, die angeklagt waren, im Warschauer Ghetto auf Durchfahrten an einem Tag 110 Juden erschossen zu haben, da ihnen ihr Hauptmann gesagt hatte, es lohne sonst nicht das Gas, wenn sie nicht wenigstens einen abknallten. Richter u. 6 Geschworene erklärten, die Leute hätten auf Befehl gehandelt u. die Angeklagten hätten infolge mangelhafter formaler Erziehung nicht realisiert ›that they committed a misdeed‹. Zum Kotzen. Dafür sind die Staatsanwälte munter; verklagen, verbieten etc. Ein Verlag, der ein Buch herausgebracht hat, ironisch gegen die Verhältnisse in Bonn, Edlef Köppen, mußte versichern, es sei nur für internen Gebrauch bestimmt, werde nicht übersetzt oder im Ausland verkauft.«[119] Der Schriftsteller Wolfgang Koeppen hatte in den fünfziger Jahren drei glänzende Romane über die bundesrepublikanische Gesellschaft geschrieben. Wahrscheinlich handelt es sich bei dem von Remarque angesprochenen Buch um »Das Treibhaus«, das 1953 erschienen war.

Der Zusammenhang ist deutlich. Remarque ist angewidert von dem, was in Deutschland vorgeht, er verweigert die Auseinandersetzung mit Kiepenheuer und der deutschen Öffentlichkeit. Er bleibt sich selbst treu, weicht aus, wo andere gekämpft hätten, winkt innerlich müde ab. Dies mag ein Fehler gewesen sein, aber es entsprach schon immer seiner Haltung, lieber zu schweigen, als auf die Barrikaden zu gehen. Und so werden die deutschen Leser erst 1989 die Urfassung von »Zeit zu leben und Zeit zu sterben« im Buchhandel finden. Die Rekonstruktion des Textes war schwierig, da das Originalmanuskript nicht mehr vorhanden ist. Mitarbeiter des Remarque-Archivs haben die Neuausgabe durch Heranziehung der amerikanischen Übersetzung von Denver Lindley vorgenommen.[120]

Die Verlagseingriffe blieben 1954 nicht verborgen. Es waren zunächst Meldungen aus Dänemark und Norwegen, die auf die Differenzen zwischen der deutschen und den übersetzten Ausgaben hinwiesen. Deutsche Zeitungen griffen die Vorwürfe dann auf. »Der Spiegel« konstatierte recht kritiklos: »Tatsächlich ist die deutsche Ausgabe bei aller Härte an vielen Stellen spürbar milder als die fremdsprachigen Übersetzungen.« Man könne im Zweifel sein, ob die »Prozedur der redaktionellen Änderungen ... zur Schonung des Lesers oder des Autors vorgenommen wurden ...«[121] Ansonsten ließ das Magazin den Verleger wortreich zurückweisen, es hätte sich hier um einen Akt der Zensur gehandelt. F. C. Weiskopf wurde in einer DDR-Veröffentlichung wesentlich schärfer und forderte: »Wenn dem so ist, muß freilich Erich Maria Remarque das Schweigen brechen, das er bisher in dieser Sache so peinlich gewahrt hat. Weiterschweigen heißt eine Schuld eingestehen.«[122]

Es ist wie immer, wenn ein neuer Roman Remarques erscheint: ein vielfaches, kontroverses, das Gebiet der Literatur verlassendes Echo ertönt. Aber die Rezensionen sind doch insgesamt erheblich positiver, als der Verlag erwartet hat. Auf die Streichungen geht kaum ein Kritiker ein. In der FAZ wird zwar zugestanden, daß »die literarischen Qualitäten Remarques ... unbestritten« sind, aber auch in Buchkritiken gibt es Stereotypen: »Er war nicht dabei!«[123] Was ja bekanntlich auch für Friedrich Schiller galt, von dessen Anwesenheit in Wallensteins Lager die Geschichte nichts weiß. »Die Welt« meint, es sei »ein schwermütiges, aber stets dramatisch bewegtes Buch«, vielleicht werde es sogar sein »erfolgreichstes«.[124] Das »Neue Deutschland« beklagt, der Autor entdecke uns zwar nicht die »realen Wurzeln dieser Barbarei, und er gibt dem einzelnen Menschen wie der ganzen Gesellschaft keine Perspektive«, trotzdem gebe »der Roman mehr als die meisten Werke, die aus Westdeutschland kommen«.[125] Ablehnend dagegen die

»Stuttgarter Zeitung«: »Kriegserlebnis aus zweiter Hand ... Es ist alles schief.«[126] In der »Zeit« wird Remarque als Vertreter der »Allerweltsliteratur« präsentiert und seinem neuen Roman attestiert, er sei »ohne ausreichende sittliche Legitimation geschrieben«.[127]

Der Autor nimmt in Porto Ronco den Wirbel, der nach der Veröffentlichung entstanden ist, mit stoischer Schweigsamkeit und den gewohnten Selbstzweifeln hin: »Buch am 20. rausgekommen. Kritiken ziemlich schwach. Schlechteste in Time, die auch ›Funke Leben‹ verrissen haben. Vielleicht recht. Zuviel herumgearbeitet, gekürzt, versucht, zu beleben etc.«[128] Er wird damit dem eigenen Werk nicht gerecht. Unter den fiktiven Prosatexten deutscher Autoren über die Zeit des Zweiten Weltkriegs ragen die Erzählungen von Heinrich Böll und Alfred Andersch, Teile der »Blechtrommel« von Günter Grass, »Die Deutschstunde« und »Heimatmuseum« von Siegfried Lenz heraus. Aber auch »Zeit zu leben und Zeit zu sterben« gehört in diese Reihe.

Drei Jahre nach der Buchveröffentlichung wird der Roman verfilmt. Regie führt Douglas Sirk, und die Hauptrollen sind mit John Gavin (Ernst Graeber) und Liselotte Pulver (Elisabeth Kruse) besetzt. Remarque ist aktiv an dieser Produktion von »Universal International Pictures« beteiligt. Er übernimmt als Schauspieler die Rolle des Professor Pohlmann (die er vorzüglich ausfüllt), und er schreibt das Drehbuch. Damit ist er allerdings nicht so erfolgreich wie als Darsteller. Sein Entwurf wird von Orin Jannings völlig umgeschrieben. Das neue Buch behagt Remarque wenig: »Meine Meinung: Das Drehbuch, an dem ich gearbeitet habe, ist danach so stark geändert worden, eigentlich ist es komplett neugeschrieben worden bis in die Details hinein, daß ich dafür keine credits verlangen könnte und auch nicht verlangen will. – Im Gegenteil würde ich lieber deutlich machen, daß ich nicht der Autor bin, und da es seitdem breit publiziert wurde, daß ich es sei, möchte ich einen Weg finden, dies zu korrigieren.«[129] Die Dreharbeiten fanden in Deutschland statt, die Ruinen Berlins waren die Kulisse für das zerstörte Werden des Romans. Ein recht guter Film wird es. Vor allem in den Vereinigten Staaten ist der Film ein Kassenerfolg. 1958 ist er offizieller Beitrag der

USA bei den Berliner Filmfestspielen und wird dort »mit freundlichem Beifall«[130] aufgenommen.

Im Nachlaß Remarques fand sich ein Text über den Film, der möglicherweise in einer englischen oder amerikanischen Zeitung veröffentlicht worden ist. Er verfaßt ihn 1958 unter dem Titel »Das Auge ist ein starker Verführer« und beschäftigt sich darin etwas grundsätzlicher mit Roman-Verfilmungen. »Wenn ich nun an die Figuren in dem Buch denke«, schreibt Remarque mit Blick auf den Film »Im Westen nichts Neues«, »sehe ich zuerst die Gesichter der Darsteller, die in dem Film spielten, und nur, wenn ich etwas in meiner dunklen Erinnerung geforscht habe, die Menschen von früher, wie sie wirklich waren. Der Film ist lebendiger. Das Auge ist ein starker Verführer.«[131] Wichtiger vielleicht sind Passagen in diesem kleinen Text, die sich zwar auf die Filmversion seines neuesten Buches beziehen, aber auch für den Roman gültig sind: »Ein großer Unterschied zwischen ›Im Westen nichts Neues‹ und dem neuen Film ist, daß ›Im Westen nichts Neues‹ beeindruckende Schlachtszenen hat, ›Zeit zu lieben und Zeit zu sterben‹ hat keine. Kein einziger feindlicher Soldat wird gezeigt, – aber die Zerstörung ist viel größer als in dem ersten Krieg. Der Feind ist unsichtbar. Tod regnet vom Himmel. Der Krieg der Kampflinien ist vorbei: die Fronten sind überall. Der Krieg der Soldaten ist vorbei: der totale Krieg richtet sich gegen jedermann ... Irgendwann in der Zukunft werden irgendwo einige Leute einige Knöpfe drücken, – und Millionen werden einen schrecklichen Tod sterben.«[132] Buch und Film sind eine Antwort auf die politischen Entwicklungen der Zeit, die die Welt in die bedrohliche Nähe eines nuklearen Krieges gerückt haben.

Als die ersten amerikanischen Kritiken über den Roman ihn erreichen, lebt Remarque wieder für einige Frühlingswochen in Porto Ronco. Er hat den nächsten Roman – »Der schwarze Obelisk« – bereits in Angriff genommen. Aus Amerika erreicht ihn die Nachricht von der Verhaftung von Robert Oppenheimer. Der berühmte Physiker ist 1943 zum Direktor der Forschungslaboratorien in Los Alamos ernannt worden und leitet dort das Team, das eine einsatzfähige Atombombe entwickelt. Aus moralischen Gründen wendet sich Oppenheimer Anfang der fünfziger Jahre gegen den Bau der Wasserstoffbombe. Die Hardliner in der amerikanischen Administration werfen ihm »illoyales Verhalten« gegen die Vereinigten Staaten vor. Remarque reagiert erregt auf die Meldungen, denn es ist ja auch sein Thema, das da plötzlich so vehement in den USA diskutiert wird. »Zauberlehrling-Situation. Großer Stoff für Stück!«[133] Nicht er, aber Heinar Kipphardt schreibt es Anfang der sechziger Jahre.

Am 9. Juni 1954 stirbt Remarques Vater. »Trauer. Warum nicht früher gefahren. Hatte ihm wenigstens geschrieben, daß ich käme. So hatte er wenigstens die Vorfreude. Sonderbar: als wenn ein Stück von mir fort ist.«[134] Er reist nach Bad Rothenfelde, nimmt an der Beisetzung teil, stiftet für den gläubigen Vater ein paar Messen. Er ist auch einige Stunden in Osnabrück, zum letztenmal in seinem Leben. Emotionslos: »Ging durch die Straßen. Mond wieder da. Sah nach Hakenstraße, Süsterstraße. Etwas beendet. Ganz.«[135] Über Paris und Mailand geht es zurück an den Lago Maggiore.

Der Schriftsteller Friedrich Torberg, mit dem ihn eine alte Freundschaft verbindet, schlägt ihm Anfang Juni vor, einen Filmtext zu schreiben. Das Thema: Die letzten zehn Tage Hitlers. Remarque sagt zu, reist nach München, wo er den Regisseur Georg Wilhelm Pabst trifft und mit ihm Details bespricht. Einen Abend verbringt er mit dem Ehepaar Ingrid Bergman und Roberto Rossellini (»Beide passen nicht zusammen«), besucht die Salzburger Festspiele, ist begeistert von einer »Don Giovanni«-Aufführung und erholt sich einige Tage in St. Moritz. Dann geht er an die Filmarbeit.

In der Filmhandlung werden die letzten Lebenstage Hitlers im April 1945 dramatisiert. Die Szenen spielen überwiegend im Führerbunker und in seiner unmittelbaren Umgebung, etwa in einem von Flüchtlingen überfüllten U-Bahn-Schacht, der überflutet wird. Es tauchen in dem Film neben Hitler zahlreiche historische Figuren auf: Goebbels, Göring, Speer, Himmler oder die Generäle des Führers.

Die Handlung basiert auf einem Bericht – »Ten Days To Die« –, den der amerikanische Richter Michael A. Musmanno aufgrund einer umfangreichen Aktensammlung 1950 geschrieben hat. Musmanno ist bei den Nürnberger Prozessen Vorsitzender Richter im Einsatzgruppenprozeß gegen Mitglieder der SS, der von September 1947 bis April 1948 stattfindet und mit mehreren Todesurteilen endet. Seine Dokumentation beruht auf ausführlichen Interviews mit Personen, die die letzten Tage in Hitlers Reichskanzleibunker miterlebt haben.

Der Amerikaner ist ein engagierter und frommer Menschenrechtler, der schon in den zwanziger Jahren im spektakulären Prozeß gegen die beiden Arbeiter Sacco und Vanzetti vehement die Verurteilung und Hinrichtung dieser beiden »Anarchisten« bekämpft hat. Er nimmt Kontakt zu dem österreichischen Regisseur Georg Wilhelm Pabst auf, dessen erfolgreicher Film »Der Prozeß« – die Geschichte über einen angeblichen jüdischen Ritualmord – ihn fasziniert hat, und schlägt ihm vor, das Thema seines Buches zu verfilmen. Pabst, der für die Umsetzung des Themas etwas naiv Shakespeares Drama »Julius Cäsar« vor Augen hat, findet in Carl Szokoll, Produktionsleiter bei Cosmopol-Film in Wien, einen engagierten Produzenten. Das erste Skript über die Filmhandlung schreibt der österreichische Schriftsteller Fritz Habeck, dann treten die Filmemacher an Erich Maria Remarque heran. Sein Buch »Der Funke Leben« ist in aller Munde, und der Roman ist für Szokoll und Pabst eine gute Empfehlung. Remarque akzeptiert.

Ein interessanter Film ist es geworden, auch wenn die Filmbewertungsstelle ihm mit gewundenen Worten, die allein politisch motiviert sind, ein Prädikat verweigerte. Die Hauptrolle des fiktiven jungen Ritterkreuzträgers Wüst wird mit Oscar Werner besetzt, und Albin Skoda spielt Hitler. Das Ende des Dritten Reiches im Führerbunker wird aus der Sicht zweier an den »großen Entscheidungen« unbeteiligter Offiziere und eines Hitlerjungen geschildert. Vor allem gelingt es Pabst, die dichte, zunehmend von der Panik vor dem unabwendbaren Ende bestimmte Atmosphäre packend heraufzubeschwören. Das jammervolle Ende eines Diktators, der im letzten Akt seines Schreckensdaseins auch noch das eigene Volk mit in den Untergang zu reißen befiehlt, und seine Generäle, die Verbrechen in blinder Nibelungentreue begehen, auch wenn die Rote Armee schon wenige Meter vor den Bunkertoren steht – ein schauerliches Szenario haben Remarque und das Filmteam entworfen, und es scheint vielen

Zuschauern und Kritikern kaum glaublich, daß die deutsche Wirklichkeit so ausgesehen hat. Aber genau so geht der Mann unter, der Europa in einen über vierjährigen Vernichtungskrieg gestürzt hat.

Die Uraufführung von »Der letzte Akt« fand 1955 statt. Es ist heute kaum noch vorstellbar, was es für diese Zeit bedeutete, einen Film zu drehen, in dem Hitler leibhaftig auftrat und die Rolle der Wehrmacht kritisch beleuchtet wurde. Die Bundesrepublik hatte im Oktober 1954 die Pariser Verträge unterzeichnet und erklärte damit ihre Absicht, in die westliche Verteidigungsgemeinschaft (Nato) einzutreten. Die »Dienststelle Blank« bereitete mit Nachdruck die Aufstellung einer neuen deutschen Armee vor, und in Parlamentsdebatten und Parteitagsresolutionen wurde immer lauter die Rehabilitierung verurteilter Nazi-Generäle gefordert. Die Stimmung im Land war ziemlich eindeutig: Vergessen, Verdrängen, die Deutschen und ihre Generäle haben die Verbrechen in den Konzentrationslagern und an der Front nicht zu verantworten. Allenfalls der Führer und einige seiner engen Mitarbeiter hatten sich geirrt, waren falsche Wege gegangen, und wie sie mit den Juden umgegangen sind, war sicherlich schlimm. Die Uraufführung des Films »Der letzte Akt« stand also im gleichen aktuellen Kontext wie der Roman »Zeit zu leben und Zeit zu sterben«.

Georg Wilhelm Pabst hatte im Dritten Reich zwar einen »Regimefilm« gedreht, war aber in den Jahren vorher ein engagierter Regisseur sozialkritischer und pazifistischer Filme (»Westfront 1918«, 1930) gewesen. Carl Szokoll, Widerstandskämpfer und Major im österreichischen Heer, hatte 1945 den heranrückenden sowjetischen Truppen Pläne über die Verteidigungsstellungen von Wien zukommen lassen, um die Stadt vor der Zerstörung zu retten. Remarque mußte sich ohnehin durch seine Romane und öffentlichen Anmerkungen über die Entwicklungen in der Bundesrepublik keine Sorge um seinen Anti-Deutschen-Ruf machen. Das Tableau der Beteiligten war also eindeutig, und die Schlacht fing schon im Vorfeld der Dreharbeiten an. »Der Spiegel« kolportierte eine Illustriertenschlagzeile: »Uns bleibt nichts erspart – Hitler stirbt für Kinokassen« und begann den Bericht über eine Pressekonferenz Remarques in Wien mit den Worten: »Blasiert wie sonst auch räkelte sich Erich Maria Remarque an einem Tag der letzten Januar-Woche auf einem der zierlichen Stühle des Wiener Hotels Sacher und sprach über den neuen Hitler-Film: ›In einer Zeit, wo man nur ein Mitglied des Auswärtigen Amtes werden kann, wenn man einmal in der NSDAP gewesen war, ist der Film doppelt notwendig. Die Gefahr des Neonazismus ist kein dummes Gerede. Wir müssen zeigen, daß Hitler wie eine Ratte im Keller gestorben ist.‹«[136] In der FAZ schrieb der Kritiker nach der Uraufführung: »Als ich kürzlich im Rundfunk ein Interview mit Erich Maria Remarque hörte, der den Entwurf zum Drehbuch des Films geliefert hatte, da kamen mir einige Zweifel an dem, was man uns da als ein Stück jüngster und zugleich verhängnisvollster deutscher Geschichte auf die Leinwand zaubern wollte. Remarque reagierte im Gespräch seine antideutschen Affekte in einer Weise ab, die peinlich und verletzend wirkte.«[137]

Remarque hatte also erneut einen Stoff angepackt, der die Emotionen in Deutschland hochkochen ließ. In vielen Zeitungsredaktionen, auch im »Spiegel« oder in der »FAZ«, ging es 1955 teilweise zu wie auf der politischen Bühne der jungen Demokratie: Deutschnationale, ehemalige Offiziere, mancherorts einstige hohe Nazi-Vertreter hatten ihre Plätze wieder eingenommen. Der Drehbuchautor ahnte im übrigen sofort, auf was er sich eingelassen hatte: »Bereits Rauschen im deutschen Blätterwald wegen des Films. Wie kann ich, ein Hollywood-Nightclubfritze, u. Szokoll, ein Verräter, der im Kriege alles tat, damit Wien nicht zerstört wurde, es wagen – man sollte meinen, jedem Verbrecher sei es erlaubt, einen Hitlerstoff zu machen, – aber nein: heiligstes Volksgut, noch immer.«[138]

Hinzu kam dann auch noch der Ärger um Remarques Drehbuch. »Film: Drehbuch endlich gekommen; durchgelesen; vieles geändert ... muß etwas tun. Hängt mir zum Halse heraus, – aber werde protestieren müssen und nach Wien fahren.«[139] Er hatte tatsächlich nicht nur einen Handlungsentwurf abgegeben, sondern »einen Dialogtext mit Regieanweisungen, Akteinteilungen, Angaben zur Szenerie etc.«[140] Schließlich einigten sich Pabst und Szokoll mit Remarque, daß Fritz Habeck das Buch auf der Grundlage von Remarques Text überarbeiten sollte.

Zwanzig Jahre nach der Uraufführung schreibt ein renommiertes Filmlexikon sehr distanziert über »Der letzte Akt«: »Die künstlerisch uneinheitliche Gestaltung und die Verbindung der in quasi dokumentarischem Stil verfilmten authentischen Ereignisse mit kolportagehaften Elementen verhindern eine echte moralische und politische Auseinandersetzung.«[141] Es muß wohl jeder Zuschauer für sich entscheiden, inwieweit er die moralischen und politischen Aussagen des Films aufnimmt oder nicht. Bemerkenswert aber ist, daß im Drehbuch ein zentrales Motiv Remarques erhalten geblieben ist, das er schon in »Zeit zu leben und Zeit zu sterben« behandelt hat. Denn es geht in dem Film auch um die Geschichte des – am Ende von der SS erschossenen – patriotischen jungen Ritterkreuzträgers, der – wie die Romanfigur Ernst Graeber – zur späten Einsicht gelangt, daß der Krieg sinnlos und verbrecherisch ist. Remarque wiederholt seine warnende Botschaft an die wiederaufrüstenden Deutschen.

Szokoll berichtete nicht ohne Stolz in Gesprächen mit der Presse, »Der letzte Akt« sei in 52 Ländern angelaufen und damit der größte Nachkriegserfolg des deutschen Films. Im August 1955 eröffnete der Kinofilm über Hitlers letzte Tage die Filmfestspiele von Edinburgh.

Remarque wird 1956 in einem kleinen Artikel für den Londoner »Daily Express« noch einmal zu dem Film Stellung nehmen. Er faßt darin seine persönliche Haltung zum Geschehen im Dritten Reich und zur Aufarbeitung seiner Geschichte in der Bundesrepublik sehr pointiert zusammen: »Die sogenannte Hitlerlegende hielt sich in Deutschland viel länger als die Naziversprechungen. ... Der Film ›Der letzte Akt‹ bot eine Gelegenheit, mit dieser Hitlerlegende aufzuräumen. Es war nichts weiter zu tun, als das dokumentarische Material zu benützen. Was da an Gemeinheit, Gefühllosigkeit, Selbstmitleid, Dummheit, Unfähigkeit, übelster Sentimentalität, Dilettantismus und Feigheit zusammenkam, schien übergenug, um den Führermythus und die Sage von der Herrenrasse explodieren zu lassen. Es war eine Götzendämmerung – keine Götterdämmerung.«[142] Auch wenn heute die meisten Deutschen keine Nazis mehr seien, schreibt Remarque, zeigten zahlreiche aktuelle Beispiele in Fragen der Wiedergutmachung für die Opfer und der Rehabilitierung der Täter, wie wenig die Deutschen gelernt hätten. »Die letzten Worte des Films ... sind: ›Seid wachsam!‹ ... Ist es nötig, wachsam zu sein?« Remarque steht in freundschaftlichem Kontakt mit dem ehemaligen stellvertretenden Chefankläger bei den Nürnberger Prozessen, dem in Freiburg geborenen, 1933 aus dem Staatsdienst entlassenen und 1935 emigrierten Robert Kempner. Von ihm erhält er viele interne Informationen über innerdeutsche Restaurationsentwicklungen, und sie bestärken sein Mißtrauen gegen das, was in Bonn geschah. »Die entsetzlichen politischen Dinge, – Amerika u. England atemlos, Adenauer u. den Deutschen Unabhängigkeit, Armee etc. zu geben, – ignorieren, daß die Nazis überall wieder ... sind u. Adenauer selbst äußerst undurchsichtig ist. Die Schuld: verdrängt, nie erkannt, in Deutschland, – deshalb keine Besserung, Änderung – eher ein Nun-gerade, – und bereits: Vorwürfe jedem, der nicht alles vergessen will, (33-45) als Haß-Bruder etc ... Der Staatssekretär des Bundeskanzleramtes, ist der Kommentator der Judengesetze. Der erste Leiter der Gestapo, Diels, bezieht eine Pension von der Bundesregierung ... Alles das macht nichts. Deutschland muß gegen den Kommunismus eingesetzt werden, – Panik des Kapitalismus. Schwer zu ertragen.«[143] Die Empörung bleibt und damit auch die Distanz zum Geburtsland.

KAPITEL 9

»Die große Berührung mit dem Tod«

(1955 – 1970)

Am 11. Januar 1955 bricht Remarques Tagebuch kommentarlos ab. Fast zwanzig Jahre hat er sein Leben akribisch in diesen sehr persönlichen Notizen festgehalten, sich verzweifelt, kühl und auch selbstanklagend beobachtet und analysiert. Es waren zwei künstlerische Krisenjahrzehnte, die erst mit der Beziehung zu Paulette Goddard allmählich ausklangen. Die letzten 15 Lebensjahre stehen ganz unter dem Zeichen der Arbeit, und 1963 beginnt der gesundheitliche Zusammenbruch, Remarques Alltag mitzubestimmen. Der Autor wird in dieser Zeit noch drei Romane vollenden, ein umfangreiches Roman-Fragment hinterlassen, ein Theaterstück schreiben und an einigen Filmtexten mitwirken. Für die Presse ist er weiterhin ein begehrter Gesprächspartner, es erscheinen immer wieder Interviews mit ihm, und sie sind ungewöhnlich inhaltsleer, wiederholen viele Klischees über sein Leben und sein öffentliches Auftreten. Die Journalisten, die ihn besuchen und befragen, interessieren ganz offensichtlich der angebliche Lebemann und »Weltenbummler«, Cocktailfreund und Teppichsammler erheblich stärker als der Schriftsteller und sein Werk. Remarque beläßt es dabei, spielt ein wenig den naiven Bestseller-Autor und plaudert ebenso harmlos wie seine Interviewer. Nach wie vor reist er viel, von 1964 an fast nur noch in den wärmeren, italienischen Süden, nach Rom vor allem, und 1966 ist er das letztemal in New York. Er liebt, wenn er in Porto Ronco ist, immer noch die Nächte in der Nelly-Bar, die Abende im Café Verbano oder die Feste auf der Piazza, aber er wird ruhiger. Gerne besucht er Leo Koks Buchantiquariat in der Casa Serodine. Gleich nebenan ist das Antiquitätengeschäft von Wladimir Rosenbaum, der vor dem Krieg ein bedeutender Anwalt in Zürich war und seit 1936 in Ascona lebte. Remarque versteht sich gut mit diesen Männern, plaudert mit ihnen über alte Bücher und schöne Skulpturen.

Für den Biographen ist das Fehlen der Tagebuchaufzeichnungen bedauerlich. Die Konturen von Remarques Leben werden wieder unschärfer. Auch die Dokumente sind spärlich, vieles ist lückenhaft und verloren. Allerdings, die letzten Lebensjahre sind auch nicht mehr von der Dynamik wie die Zeit im Exil. Krankheit, Alter,

Paulette Goddard – Remarque lebt ruhiger in diesen Jahren. Künstlerisch verarbeitet er Themen und Gedanken, die sich vorher geformt haben. Er selbst ringt um die Fertigstellung der neuen Romane. Sie vor allem bewegen ihn jetzt.

Im September 1963 hat Remarque während eines Rom-Aufenthaltes eine schwere Herzattacke, wenige Wochen später folgt in Porto Ronco ein Schlaganfall. Angst, Todesahnungen und Depressionen überfallen ihn. Um sie zu bekämpfen, greift er erneut für einige Wochen zum alterprobten Mittel der Verarbeitung: er führt von Oktober 1964 bis März 1965 wieder Tagebuch. Dann nicht mehr. Die glückliche Beziehung mit Paulette hat seine Neurosen und Selbstanklagen in den Hintergrund gedrängt. Das Alter, der ungebrochene Erfolg seiner neuen Romane, die in den 60er Jahren dann doch wachsende Anerkennung des offiziellen Deutschlands, die lebensfrohe, hübsche Frau an seiner Seite – es wird trotz der wachsenden gesundheitlichen Beschwernisse lichter in seinem Leben.

In der klatschsüchtigen Welt der Prominenz wurde Paulette Goddard als berechnend, geld- und kaufgierig, den alternden Mann wenig umsorgend dargestellt. Auch ihre amerikanische Biographin Julie Gilbert zitiert sehr breit entsprechende Äußerungen und weist nicht ohne Empörung auf Paulettes häufige Abwesenheit von Porto Ronco und ihre regelmäßigen, monatelangen Aufenthalte in New York hin. Es stimmt, sie war ein Star und legte diese Rolle auch nicht ab, als ihre Karriere sich dem Ende zuneigte. Sie war nicht ohne Egoismus und wirkte auf manchen Besucher berechnend. Aber Remarque sah sie anders. Er war in dieser Beziehung überaus glücklich, schrieb ihr bis zu seinem Tod rührende Briefe der Liebe und der Bewunderung. Paulette sandte ihm nahezu täglich Botschaften der tiefen Zuneigung, wenn sie getrennt waren. Er war ihr Gesprächspartner, Ratgeber, bewunderter Geliebter und vielleicht auch so etwas wie eine Vater-Figur (Paulettes Vater hatte die Familie verlassen, als sie noch ein kleines Kind war).

Sie waren ein vielbeschäftigtes Paar. Für den Schriftsteller gewann die Arbeit eine immer größere Bedeutung, und er schrieb, wenn die Gesundheit es zuließ, erheblich regelmäßiger und konzentrierter als in den früheren Jahrzehnten. Die Schauspielerin übernahm nach wie vor Film-, Fernseh- und Theaterrollen, und ihr beruflicher Standort waren die USA. Als die Herzkrankheit Remarque zwang, das Reisen zu vermeiden, war er viel zu klug, um Paulettes Leben einzuschränken. Im Gegenteil, er unterstützte ihre Reisepläne, freute sich über ihre Erfolge und schrieb ihr sehnsuchtsvolle Liebesbriefe.

Paulette Goddard sprach kein Deutsch, und die amerikanische Jüdin schätzte die Deutschen nicht sehr. Sie langweilte sich gelegentlich, wenn Remarque in Gesellschaft der in Ascona lebenden Freunde Hans Habe oder Heinz Liepman die Nächte verplauderte. Sie konnte spitze Bemerkungen machen, und die kleine Stadt am See ersetzte ihr nicht New York oder die glitzernden Einkaufsstraßen von Paris, Rom oder Mailand. Es gab Verstimmungen und Auseinandersetzungen, beide konnten schwierig und auch stur sein. Remarque neigte zum Sarkasmus, und wenn er zuviel getrunken hatte, verlor er auch schon einmal seinen vielgerühmten Charme.

Die Briefe, die Tagebücher, die er in den ersten vier Jahren ihrer Beziehung noch führte, und Remarques veränderte Lebensweise können jedoch eigentlich nur den Schluß zulassen, daß Paulette Goddard ihn auf eine beglückendere Weise erfüllte als die drei Frauen, die vorher in seinem Leben eine so große Bedeutung besaßen. Das hat sicher auch mit seinem Alter zu tun, mit den Einsichten, die er über sich selbst in einem schwierigen Prozeß der Reflexion gefunden hatte. Aber wenn hier nun vom letzten Lebensabschnitt Remarques, von seinen späten Romanen und seinem Tod erzählt wird, dann kann nicht übersehen werden, daß die Schauspielerin Paulette Goddard darin eine Hauptrolle einnimmt und gut ausgefüllt hat.

Nach der Filmpremiere von »Der letzte Akt« im April 1955 schreibt Remarque intensiv an seinem Osnabrück-Roman »Der schwarze Obelisk«. Einige Reisen nach Zürich, München und Berlin, dann im November Paris und sonst Arbeitsmonate in Porto Ronco. Im Frühjahr und Sommer 1956 beendet er den Text seines Theaterstücks »Die letzte Station«. Im September ist er zu den letzten Proben im Berliner Renaissance-Theater. Am 20. September hebt sich der

Vorhang, und erstmals erlebt die Welt den Theater-Autor Erich Maria Remarque.

Ort der Handlung: Berlin, Zimmer im Westen. Zeit: 30. April und 1. Mai 1945. Während die in das Stadtzentrum eindringende Rote Armee die letzten Stützpunkte der Deutschen unter schweren Beschuß legt, gelingt dem KZ-Häftling Ross die Flucht vor der Exekution, und er rettet sich in die Wohnung von Anna Walter, die dort vereinsamt das Kriegsende erwartet. Sie nimmt den Flüchtling auf, SS-Männer dringen in das Zimmer ein, und Ross kann seine Identität verbergen. Ein Mithäftling, der ihm gegenübergestellt wird, stürzt sich aus dem Fenster, um ihn unter der Folter nicht verraten zu müssen. Aus dem Radio kommt die Nachricht von Hitlers Selbstmord. Der Oberscharführer Schmidt, der Ross verfolgt hat, kehrt am nächsten Tag in Zivilkleidung in die Wohnung zurück, in der Tasche einen Paß, der ihn vor den Russen als ehemaligen KZ-Häftling ausweisen soll. Ross wiederum hat sich mit einer deutschen Offiziersuniform vor der SS getarnt. Als eine Gruppe Russen in die Wohnung eindringt, entsteht eine groteske Situation: Der Häftling Ross wird durch seine Uniform für die Eroberer zum faschistischen Täter, der SS-Mann Schmidt dank seines gefälschten Passes zum Opfer. Am Ende die Entlarvung der Lüge, Schmidt wird erschossen, Ross überlebt.

Knappe, mit kurzen, schnellen Dialogen ausgefüllte Szenen hat Remarque geschrieben. Düster der Hintergrund des untergehenden Dritten Reiches, hell die Menschlichkeit von Anna und Ross, die Nebenfiguren typisieren den Deutschen der Nazi-Zeit. Es geht in dem Stück um Vergangenheitsbewältigung, um die Wahrheit, um die Warnung vor dem Vergessen. ».. . und jetzt kommt ihr«, wirft Anna dem Häftling Ross vor, »und seid Märtyrer und kämpft und schreit die Wahrheit heraus und fragt und reißt alles wieder auf!«[1] Zynisch läßt der Autor den SS-Mann Schmidt die Zukunft voraussagen: »In dieser Woche gehen ein paar tausend fanatische Parteigenossen in den Untergrund. In drei Tagen gibt es offiziell keine Nazis mehr. Und wer dabei war, hat nur mitgemacht, um Schlimmeres zu verhüten. Man kann uns nicht alle erschießen – und es wird schwer sein, uns zu finden, dafür ist gesorgt. Wir kommen wieder!«[2] Darum steht am Ende nur ein Schein-Happy-End: »Wir wollen es nie vergessen ... Wir wollen uns auf das Leben verlassen.«[3] Während der Handlung kommt im Nebenzimmer ein Kind zur Welt, und die glückliche Mutter singt leise ein Lied. »Da singt se nu for't Neujeborne, – und unten weinen se um die Doten. Aber so war't wohl immer, was?«[4]

Viel Jubel des Premierenpublikums, der Autor verbeugt sich mit den Darstellern auf der Bühne. Kurt Meisel und Heidemarie Hatheyer haben die Hauptrollen übernommen. Ein Erfolg, aber kein Durchbruch. Die Kritiken sprechen zwar nicht ohne Anerkennung von der dramatischen Kraft des Stückes, aber auch von »hingeknallten Effekten«. Noch 30 Vorstellungen im Renaissance-Theater, weitere Inszenierungen am Stadttheater Gießen, in Ostberlin und Wien, die Fernsehausstrahlung eines Mitschnitts der Berliner Aufführung, dann verschwindet das Schauspiel lange von den deutschen Spielplänen. 1995 kommt es am Landestheater Schleswig und in Düsseldorf wieder auf die Bühne. Remarque und Paulette Goddard hoffen nach der deutschen Uraufführung auf die Übernahme durch eine amerikanische Theatertruppe, sprechen sogar vom Broadway (was denn auch prompt einige Zeitungen ankündigen), aber die Pläne zerschlagen sich. Erst 1973 gelangt das Stück in einer Bearbeitung von Peter Stone doch noch in die USA. Überaus erfolgreich ist es in Osteuropa. In Moskau steht »Die letzte Station« 13 Jahre auf dem Spielplan, in Theatern der Tschechoslowakei und Polens bleibt es ebenfalls über einen langen Zeitraum präsent. Wieviel dem Autor an seinem Schauspiel liegt, zeigen die mehrfachen Umarbeitungen in den nächsten Jahren.

Zehn Jahre vor der Uraufführung von »Die letzte Station« hat ein anderes Schauspiel in Zürich Premiere, dessen Handlung im Dritten Reich spielt und das sich mit dem Verhalten der Deutschen in einer Diktatur auseinandersetzt. Carl Zuckmayers »Des Teufels General« ist einer der großen Theatererfolge der fünfziger und sechziger Jahre, bis heute steht das Stück auf den Spielplänen. Dem Dramatiker dient als Vorlage die Geschichte des im Ersten Weltkrieg erfolgreichen Jagdfliegers und dann unter Hitler zum General-Oberst aufgestiegenen Ernst Udet. Die Deutschen identifizieren sich unter großem Beifall mit Zuckmayers General Harras, der zwar den Nazis lange und an einem herausragenden Platz dient, aber dann doch, als an einen militärischen Sieg immer weniger zu denken ist, deutlich macht, wie sehr er eigentlich das alles verachtet, was der Nationalsozialismus macht. »Wer auf Erden des Teufels General wurde und ihm die Bahn gebombt hat«, läßt sich Harras am Schluß des Stückes, kurz vor seinem Selbstmord, vernehmen, »der muß ihm auch Quartier in der Hölle machen.«[5] Solchen kernigen Sprüchen eines deutschen Fliegerhelden lauschen die Besucher der deutschen Theater gerne. Eigentlich haben sie ja alle nicht so richtig mitmachen wollen, und »anständig« ist man geblieben, wie dieser General, Judenmorde hin, Vernichtungskrieg her. Remarques Bühnenheld dagegen ist ein entsprungener KZ-Häftling, und seine Schlußfolgerungen aus dem Geschehen in den Hitler-Jahren, bieten den Zuschauern keine Entlastungsstrategien. Zudem sind es in »Die letzte Station« Russen, die die Menschen befreien und die im Schlußakt des Schauspiels über »Gut und Böse« entscheiden. Nicht schwer vorstellbar, wie eine solche Darstellung im Jahre 1956 auf die politisch schwarzweiß malenden Westdeutschen wirkt.

Remarque beendet 1956 noch ein Schauspiel, zu dem er die ersten Skizzen Anfang der fünfziger Jahre niedergeschrieben hat: »Die Heimkehr des Enoch J. Jones«, eine Komödie mit kräftigem satirischen Einschlag. Nach Korea-Krieg und fünf Jahren Gefangenschaft kommt der amerikanische GI Enoch Jones in die kleine Provinzstadt zurück, in der er vorher gelebt hat. Den Angehörigen ist schon vor Jahren sein Tod gemeldet worden, und Ehefrau Lolly hat inzwischen seinen besten Kriegskameraden Bill geheiratet. Die Heimkehr des Toten löst Verwirrung und Entsetzen aus, und vier Akte lang stellt Remarque in vielen burlesken, aber auch bissigen Szenen das kleinbürgerliche Amerika der fünfziger Jahre dar. Jones kann sich – wie Ernst Birkholz, als er nach dem Ersten Weltkrieg wieder in seiner Heimatstadt lebt – nicht mehr zurechtfinden in der geldgierigen, von dümmlichen Reportern, eitlen Bürgermeistern und patriotischen Kriegervereinen bevölkerten Friedenswelt. Schließlich verläßt Jones mit der ehemaligen tschechischen Partisanin Liese Ravic (!) – neben ihm die einzige Figur auf der Bühne, die Heuchelei und Selbstbetrug durchschaut – seine Familie und wandert mit ihr zu den »Wiesen und Blumen«. Das ist in vielen Szenen witzig und entlarvend, aber das Spiel hat denn doch – im Gegensatz zu seinem Berlin-Stück – einige Längen. Vor allem im dritten Akt, in dem Jones und Bill über den Krieg und das Leben philosophieren wie einst Paul Bäumer und seine Kameraden. Da entstehen dramaturgische Brüche, und das Stück verliert bedenklich an komödiantischem Esprit und an Balance.

Interessant jedoch ist die Schärfe, mit der Remarque die weitverbreitete politische Stimmung im Amerika dieser Jahre karikiert. Der Kommunistenjäger McCarthy wird erst 1954 entmachtet, und der Außenminister heißt zum Zeitpunkt, als Remarque sein Schauspiel beendet, immer noch John Foster Dulles. »Faschismus hat viel Gutes«, meint beispielsweise in einer Szene der superpatriotische Major Ickles.[6] Und ein Dialog wie dieser, geschrieben auf dem Höhepunkt des kalten Krieges, spricht ebenfalls für sich: Reporter: »Hat man Sie mit kommunistischen Doktrinen gefüttert?« – Jones: »Nicht mehr als vorher mit kapitalistischen.«[7] Viele solcher zeitkritischen Spitzen finden sich in dem Bühnentext, und sie zeigen Remarque ein weiteres Mal als politisch unabhängigen Kopf, der den Ideologien seiner Zeit mit Spott und Verachtung entgegentritt. Diesmal hält er nicht seinen ehemaligen deutschen Landsleuten den Spiegel der Vernunft vor, sondern den Amerikanern. Allerdings haben diese nie etwas davon erfahren. Das Stück ist bis heute nicht gedruckt worden. Im Oktober 1988 wird es durch »Die Probebühne« in Osnabrück erstmals aufgeführt.

Wichtiger als die Fertigstellung dieser kleinen Bühnensatire und die Berliner Premiere ist aber zweifellos der neue Roman, der im September 1956 erscheint, wiederum bei Kiepenheuer & Witsch. Remarque schreibt bei der Übersendung der letzten Korrekturen noch aus Berlin optimistisch an seinen Verleger: »Ich nehme an, daß Sie die Publicity anhand des Erfolges von meinem Stück, (das hier über dreißig Vorhänge und sehr gute Kritiken hatte) gesehen haben, u. ich glaube, daß einiges davon auch noch dem Roman zugute kommen wird, wenn wir ihn rasch herausbringen, zumal noch Berichte mit Bildern in den Magazinen nachkommen.«[8] Er sollte recht behalten, auch dieser Roman wurde ein Erfolg.

Der schwarze Obelisk

Die beiden letzten Romane Remarques waren dunkel koloriert, ihren Hintergrund bildeten das Leben in einem Konzentrationslager und der Zweite Weltkrieg. Das neue Buch wirkt demgegenüber nahezu heiter. Remarque ist zurückgekehrt nach Osnabrück, in die Zeit seiner späten Jugend. Es ist das Jahr 1923, und die Inflation erreicht ihren Höhepunkt. Wie der Schatten des »Arc de Triomphe« über der Geschichte von Ravic und Joan Madou liegt, so wird jetzt der schwarze Obelisk, der unverkäuflich auf dem Gelände der Grabsteinfirma »Heinrich Kroll und Söhne« stehende mächtige Stein, zum historisch-symbolischen Hintergrund der Erzählung über »eine verspätete Jugend« (so lautet der Untertitel).

Tilman Westphalen weist in seiner Betrachtung über den Roman auf die geschichtlichen Zusammenhänge hin, die Remarque herstellt. Der Vater der Brüder Georg und Heinrich Kroll hat den Obelisk 1863 gekauft, als Otto von Bismarck (im Roman ist einmal vom »Obelisken Otto« die Rede[9]) gerade als preußischer Ministerpräsident beginnt, Deutschlands Geschichte zu revolutionieren, und den Nazi-Anhänger Heinrich Kroll läßt Remarque doppelsinnig vom »wertvolle(n) hochpolierte(n) S.-S.-Granit«[10] schwärmen. »Was war, so scheint die Frage des Autors zu lauten, im Inflationsjahr 1923, im Elend der Kriegsfolgen ... übriggeblieben von einer Reichsidee, die dem deutschen Volk eine Führungsstellung unter den Völkern der Welt versprach, die die Deutschen einigen und Wohlstand bringen sollte?«[11]

Der zeitgeschichtliche Hintergrund spielt also auch in diesem Roman eine zentrale Rolle. Die Inflation ist das beherrschende Thema des Geschehens, lapidar wird von den ansteigenden Selbstmorden der durch die Geldentwertung in den Ruin gestürzten Kleinbürger berichtet. Die Schilderung einer Demonstration von Kriegsversehrten und Witwen der Gefallenen, die Schlägerbanden der frühen SA-Sturmtrupps oder die kritischen Dialoge über die politischen und gesellschaftlichen Geschehnisse werfen nicht weniger scharf ein Licht auf die Not der Zeit. Die Schieber gewinnen, die Opfer des zurückliegenden Krieges verlieren, leben in blankem Elend. Heinrich Kroll, der Grabsteinverkäufer, übernimmt neben dem eifersüchtigen Pferdeschlächter Watzek die Rollen der eifernden, unbelehrbaren Nationalisten, die sich um Hitler zusammenscharen und vom Versailler Schandfrieden reden, von der guten alten Zeit, in der das alles nicht möglich gewesen sei, von der stählernen Zukunft des deutschen Wiederaufstiegs. Im Dorf Wüstringen hetzt Major Wolkenstein den mordgierigen Mob auf einen Republikaner, der bei einer Kriegerdenkmalseinweihung die schwarzrotgoldene Fahne aus dem Fenster seines Hauses hängt. Ihnen stellt Remarque die skeptischen Humanisten gegenüber, die vergeblich Toleranz, Menschlichkeit und historische Wahrheit fordern. Georg Kroll, Kriegskamerad und Chef des jungen Protagonisten Ludwig Bodmer, gehört dazu.

Und doch ist es über weite Strecken ein leichter Roman, der verspielt und nostalgisch auf die eigene Jugend zurückblickend von der Entwicklung des suchenden, liebenden und idealistischen Ludwig Bodmer erzählt. Ein wenig »Zauberberg«-Einfluß webt mit hinein. Naphta und Settembrini sitzen in Gestalt des Vikars Bodendiek und des Arztes Guido Wernicke bei Wein und Gespräch in der Irrenanstalt, wo sie als Seelsorger und Mediziner tätig sind, und versuchen ihren jugendlichen Tischgenossen Bodmer, der dort beim sonntäglichen Gottesdienst die Orgel spielt, wie weiland Hans Castorp von ihren Weltbildern zu überzeugen: Kirche contra Wissenschaft. Der Werdenbrückner Dichterclub mit seinen reimenden Studienräten und Gastwirten trifft sich im Hotel »Walhalla«, man geht ins Bordell oder in die Kneipe, schlägt sich mit den Nazis und durch das vom in schwindelnde Höhe steigenden Dollarkurs bestimmte Dasein. Ansonsten sucht da ein naiver Protagonist nach dem Sinn des Lebens (Jedem begegnet er mit der Frage: »Wie denken Sie über das Leben?«[12]). Scherz, Ironie und Remarques lebensphilosophischer Blick auf die Liebe und den Tod – das ist der eine, viele Kapitel ausfüllende Aspekt dieses Romans. »Also ein Buch ohne viel Politik und ohne viel Tragik u. ohne Tote, except einen oder zwei«, teilt Remarque seinem Verleger Witsch bei der Übersendung einiger Manuskriptkapitel gutgelaunt mit.[13]

Eine andere Ebene der Geschichte ist in der Welt der psychisch Kranken angesiedelt. Ludwig Bodmer trifft in der Anstalt die schizophrene Isabelle, und die »Vernunft« der in sich selbst und ihre Visionen Eingeschlossenen durchdringt die Wahrheit stärker als das, was »draußen« diskutiert und geredet wird. Die Gesunden, die Not, Neid, Krieg und Vernichtung heraufbeschwören, sind die eigentlichen Kranken in der Welt. Die aber, die vor der Wirklichkeit in den Irrsinn geflohen sind, bleiben still. »Und vielleicht auch denken sie gar nichts –«, meint Bodmer während eines Gottesdienstes in der Anstalt, »gleichgültig wie das Meer, das Leben und der Tod. Nur wir beseelen die Natur. Wie sie sein mag, wenn sie sie selbst ist – vielleicht wissen es die Köpfe da unten; aber sie können das Geheimnis nicht verraten. Was sie sehen, hat sie stumm gemacht.«[14] Isabelle wird als geheilt entlassen, »aber was ist es, das sie zur Strecke gebracht haben?«[15] Die Normalität, in die die junge Frau zurückkehrt, kennt nicht den Zauber der Bilder und Gedanken, die die Scheinwirklichkeit des Lebens durchdringen. In der Begegnung mit Isabelle, in seinen Gesprächen mit ihr über die Liebe, die Angst und den Tod aber hat der junge Wegsucher die Antwort gefunden, die er von dem Kirchenmann und dem Wissenschaftler vergeblich eingefordert hatte: Ich lebe, um zu leben.

»Der schwarze Obelisk« ist sicherlich der biographischste Roman Remarques. Werdenbrück (Osnabrück), die Enge der Kleinstadt, die Dichterrunde, das Grabsteinunternehmen, die Irrenanstalt, die »verspätete Jugend« des Ich-Erzählers, der Entschluß Ludwig Bodmers, nach Berlin zu gehen – das ist der eigenen, erlebten Vergangenheit entliehen. Der Autor hat zum Zeitpunkt der Niederschrift das sechzigste Lebensjahr fast erreicht, er fühlt sich gesundheitlich angeschlagen, er blickt mit Bitterkeit und Resignation auf die Restaurationsbestrebungen des Adenauer-Staates, er ist durch die Straßen seiner nahezu völlig zerstörten Heimatstadt gegangen, ihm ist bewußt, daß er seinen Wohnsitz niemals mehr im Land seiner Geburt haben wird – insofern ist der Roman auch vielleicht so etwas wie ein nostalgischer Abschied von Deutschland, von der eigenen Jugend, den frühen Träumen und Hoffnungen.

So verspielt, amüsant und leichthändig Remarque die Jugend- und Reifungsgeschichte seines Helden erzählt, er macht seinen Lesern schon in einer Vorbemerkung deutlich, daß es ihm um mehr geht, als ihnen lediglich ein harmloses Lesevergnügen zu bieten. »Darum scheltet nicht, wenn ich einmal zurückgehe zu den sagenhaften Jahren, als die Hoffnung noch wie eine Flagge über uns wehte und wir an so verdächtige Dinge glaubten wie Menschlichkeit, Gerechtigkeit, Toleranz – und auch daran, daß *ein* Weltkrieg genug Belehrung sein müsse für eine Generation.«[16] Ein Buch der Warnung ist es an die Zeitgenossen des kalten Krieges, das er geschrieben hat. Ein Roman vor dem Hintergrund gigantischer Hochrüstungen der Supermächte. »Der schwarze Obelisk« erscheint sechs Jahre vor der Kuba-Krise, in der die Welt nur einen Schritt vor dem Dritten und diesmal atomaren Weltkrieg stehen wird. Prophetisch klingen Remarques Einleitungssätze: »Die Welt liegt wieder im fahlen Licht der Apokalypse, der Geruch des Blutes und der Staub der letzten Zerstörung sind noch nicht verflogen, und schon arbeiten Laboratorien und Fabriken aufs neue mit Hochdruck daran, den Frieden zu erhalten durch die Erfindung von Waffen, mit denen man den ganzen Erdball sprengen kann.«[17]

Auch das Schlußkapitel löst alle Heiterkeit und Schelmenromantik jählings auf. Remarque berichtet darin knapp vom weiteren Schicksal seiner Figuren. Georg Kroll geht elend in einem Konzentrationslager zugrunde, der pathetische Lokaldichter Hans Hungermann wird Kulturwart und Obersturmbandführer bei den Nazis. Der Grabmal-Bildhauer der Firma Kroll, Kurt Bach, kehrt als arbeitsunfähiger Krüppel aus dem KZ zurück, und er kämpft nach dem Zusammenbruch des Dritten Reiches »immer noch um eine kleine Rente, ebenso wie unzählige andere Opfer des Regimes. Er hofft, wenn er Glück hat, auf eine Rente von siebzig Mark im Monat – etwa einem Zehntel dessen, was Hungermann als Pension bezieht, und auch etwa ein Zehntel dessen, was der Staat dem ersten Chef der

Gestapo seit Jahren an Pension bezahlt – dem Mann, der das Konzentrationslager gegründet hat, in dem Kurt Bach zum Krüppel geprügelt wurde –, ganz zu schweigen natürlich von den noch wesentlich höheren Pensionen und Schadenersatzabfindungen, die an Generäle, Kriegsverbrecher und hohe frühere Parteibeamte gezahlt werden.«[18] Wieder hat Remarque mit seinem neuen Roman ein politisches Skandalthema aufgegriffen und entlarvt die bundesrepublikanische Wirklichkeit der Verleugnung.

Die Kritiken sind überwiegend ablehnend. Wobei es ein bezeichnendes Licht auf die deutsche Mentalität der späten Fünfziger wirft, daß kaum ein Rezensent ernsthaft auf die aktuellen Warnungen des Autors in der Vorbemerkung oder auf das Schlußkapitel eingeht. Keine Besprechung diskutiert Remarques Vorwürfe gegen den Umgang des Staates mit Tätern und Opfern. Niemand im Kreise der Rezensenten stellt sich der von ihm angeschnittenen Problematik der atomaren Aufrüstung. Die Gegenwartsbezüge des Autors werden ausgeblendet.

Der Kritiker der FAZ zitiert zwar aus der Vorbemerkung, und gesteht dem Roman Aktualität zu, aber er stellt sofort apodiktisch fest: »Das Ende heißt 1945.«[19] Die »Frankfurter Rundschau« läßt sich erst gar nicht auf Gegenwartsbezüge ein und kommt zu dem Fazit, es sei »eine nicht ganz ausgereifte Angelegenheit und auf jeden Fall ein bedenklich schwaches Buch ...«[20] »Die Gegenwart« rechnet akribisch auf, wo der Autor sich sachlich geirrt hat, zum Beispiel, wenn er bereits im Jahr 1923 von der »scheißbraunen Uniform« der SA spreche, ansonsten fällt dem Blatt zur Gegenwart auch nichts ein. In der »Süddeutschen Zeitung« hat der Kritiker die Vorbemerkung (»Scheltet nicht, wenn ich noch einmal von alten Zeiten rede«) besonders einäugig gelesen, denn »unerwartete Entschuldigungen haben immer was Peinliches und legen den Gedanken nahe, daß der Autor sie nötig hat«.[21] Die bundesrepublikanische Literaturkritik ist sichtbar einverstanden mit dem, was im Adenauer-Land geschieht, und nur Friedrich Luft spricht in der »Welt« aus, was die meisten mit Blick auf Remarques Gegenwartsgedanken denken: »Hier irrt Remarque. Diese Analogie ist ein Kurzschluß. Bonn ist nicht Weimar.«[22]

Hollywood griff den Stoff nicht auf. 1988, zum 90. Geburtstag des Autors, produzierte jedoch das ZDF eine Fernsehversion. Regie führte Peter Deutsch, die Hauptrollen spielten Udo Schenk (Ludwig Bodmer), Rainer Hunold (Georg Kroll) und Karina Theyenthal (Isabelle). Der Film hält sich eng an die Vorlage, und es gelingt, die Geschichte dicht und atmosphärisch umzusetzen. Romanverfilmungen bleiben in der Regel immer problematisch, das gilt auch für »Der schwarze Obelisk«. Die Kritik war daher nach der Ausstrahlung geteilt, bemängelte Regie und die Leistung der Darsteller. Aber gegenüber den Schwächen vieler Kinoproduktionen von Remarque-Stoffen ist es eine durchaus sehenswert szenische Umsetzung des Romans geworden.

Nach der Veröffentlichung des Romans fährt Remarque für sieben Monate in die USA. In Los Angeles trifft er mit dem Leitungsteam zusammen, das die Dreharbeiten für »A Time to Love and a Time to Die« vorbereitet, und sagt endgültig zu, die Rolle des Professor Pohlmann zu übernehmen. Die ersten Monate aber sind wieder einmal mit lästigen privaten Dingen ausgefüllt. Er will sich von Jutta scheiden lassen. Wie häufig bei solchen Trennungen eine unerquickliche Sache. Anwälte werden eingeschaltet, es geht vor allem um Geld. Juristisch vertritt seine Seite seine langjährige Beraterin in den USA, Harriet Pilpel. Jutta schreibt ihm schon am 16. Juli 1956, als er ihr die Scheidung vorgeschlagen hat, einen Brief, der ein Schlaglicht auf das seit Jahren schon schwierige Verhältnis wirft. »Die Scheidung kann die Verhältnisse nur klären, nicht daß sie mir helfen kann, dazu ist es zu spät, denn der Schaden ist angerichtet. Daß Du diesen jahrelangen Zustand als Mißverständnis empfindest, ist bitter für mich, nachdem Du mir im Jahre 52 die Scheidung so energisch abgelehnt hast und *ich* in der Zwischenzeit diesen Zustand mit meiner Gesundheit habe bezahlen müssen. Alles dieses es wäre nicht nötig gewesen, und es ist grausam, daß sich hinterher diese lange Zeit als ein Mißverständnis herausstellt.«[23] Es folgen dann viele Klagen über ihre Gesundheit.

Jutta Zambona hatte sich nie frei gemacht von Remarque, sie weigerte sich, ein eigenständiges Leben zu führen. Sie spielte in all den

Jahren mit seinen so leicht zu entfachenden Schuldgefühlen, ließ sich ihr Leben von ihm finanzieren und war larmoyant. Dies ist ein hartes Urteil, und sicher war Remarque kein einfacher Mann. Aber es erstaunt doch, wie sehr sie ihm ständig sein Verhalten ihr gegenüber vorwarf, ihre angeblichen oder tatsächlichen Krankheiten ausspielte und seine entschlußlose Gutmütigkeit ausnutzte. Immerhin hatte er über Jahrzehnte ihr Leben finanziert, sich um einen regelmäßigen Kontakt bemüht, sie zum zweitenmal geheiratet, als in den dreißiger Jahren ihre Ausweisung aus der Schweiz drohte. Sie wohnte jahrelang auf seine Kosten in einem Apartment des teuren New Yorker Hotel »Pierre», und er war in all den Jahren der Trennung als Ratgeber zur Stelle. Auch wenn er sich gegen die hohen Geldforderungen von Juttas Scheidungsanwälten zu wehren versuchte: bis zu ihrem Lebensende sorgte Remarque dafür, daß sie ein sicheres Auskommen besaß.

Die Scheidung erfolgte am 20. Mai 1957 in Juarez, Mexiko, ohne daß eine der Parteien anwesend war. Im September war Remarque vier Wochen in Berlin, um bei den Dreharbeiten zu »Time to Love and Time to Die« dabeizusein. In der »New York Times« hatte er einmal sein Verhältnis als Schriftsteller zum Film deutlich gemacht: »Für den Film zu arbeiten, ist eine interessante Erfahrung. Der Unterschied zwischen dem Schreiben eines Romans und eines Drehbuchs ist wie der, einen LKW oder einen Sportwagen zu fahren. Im Kino muß alles schnell gehen. Die Geschichte muß Schwung haben, dann geht alles gut.«[24] Eine möglicherweise etwas sehr schlichte Deutung, aber er liebte es, in Interviews unkompliziert zu argumentieren. Generell stand er den US-Filmproduktionen mit einiger Skepsis gegenüber: »Der amerikanische Film ..., der im Ausland so sehr bekannt ist, ist in seiner geistigen Entwicklung ziemlich stecken geblieben. In Hollywood wird zuviel schablonenhaft gearbeitet. Es gibt keinen Platz, wo mehr über Kunst geredet und weniger dafür getan wird, als Hollywood. Die Kombination von Geschäft, Zensur, Sensation und Kunst ist fast immer tödlich, von einigen Ausnahmen abgesehen. Rein technisch ist die amerikanische Filmindustrie erstklassig.«[25] Demgegenüber schätzte Remarque die amerikanische Literatur hoch ein und lobte seine Kollegen Ernest Hemingway, William Faulkner, Sinclair Lewis oder Thomas Wolfe mehrfach in der Öffentlichkeit.

Mitte November 1957 ist er wieder in den Vereinigten Staaten, trifft dort Paulette, die wochenlang mit einer Theatergruppe durch die Provinz reist und in Jean Anouilhs Stück »Der Walzer des Toreros« spielt. Am 25. Februar 1958 heiraten sie in Branford (Connecticut), in kleinem Kreis ohne große Photographenmeute. Die Presse hat schon lange gerätselt, ob sie nicht längst ein amtlich getrautes Paar seien, und Paulette hat bereits einmal einen Hochzeitstermin öffentlich angekündigt, der dann nicht eingehalten wurde. Für die Regenbogenpresse ist das berühmte Paar längst zum Objekt journalistischer Begierde geworden – der Intellektuelle und die Schöne, das ist der Stoff für einfältige Storys und Meldungen. Paulette, immer noch ganz Hollywood-Star, genießt den Rummel, Remarque läßt ihn über sich ergehen. Sich an der Seite einer schönen Frau zu zeigen, hat er aber noch nie verachtet. Allerdings werden sie in dieser Hinsicht von einem anderen Paar ähnlicher Konstellation in den Schlagzeilen deutlich auf den zweiten Platz verwiesen: Arthur Miller und Marilyn Monroe, sie haben 1956 geheiratet, sind bis zu ihrer Scheidung (1962) unbestritten die Lieblinge der Sensationsreporter.

In New York haben Paulette und Remarque ihre Wohnungen. Sie werden in den nächsten Jahren ihr Domizil sein, wenn sie in der Stadt sind. In der Zeit, in der sich Remarque in Europa aufhält, wird sein Apartment häufig von Paulettes Mutter Alta als Quartier gewählt. Nachzutragen zur Hochzeit ist noch, daß Marlene Dietrich, so vermelden jedenfalls die allwissenden Zeitzeugen, bei der Nachricht geschrien haben soll: »Ausgerechnet die Goddard.«

Im Sommer 1958 ist Remarque in Porto Ronco und schreibt intensiv weiter an seinem Romanprojekt »Der Himmel kennt keine Günstlinge«. Im Oktober ein paar Tage Venedig, dann ab März 1959 wieder für Monate New York. Die Wohnung hoch über der Stadt mit einem weiten Blick über die erleuchteten Wolkenkratzer ist mit einigen Degas' und Cézannes und seinen schönen Teppichen eingerichtet. Viele Abende ist Remarque jetzt zu Hause, Paulette, die nicht mehr fürs Kino, aber für das Fernsehen arbeitet, ist in wohltuender

Nähe. Der Vorabdruck des neuen Romans beginnt unter dem Titel »Geborgtes Leben« im Juli 1959 in einer deutschen Illustrierten. Wären da nicht die ständigen Herzschmerzen, die immer wieder auftretenden Gesichtsneuralgien, es ließe sich von einer glücklichen Zeit im Leben Remarques sprechen.

Im Herbst beteiligt er sich am deutschen Dialogbuch für Stanley Kramers Film »On the Beach« (»Das letzte Ufer«) mit der Starbesetzung Gregory Peck und Ava Gardner. Dies ist insofern interessant, als Remarque sich mit dieser kleinen Arbeit erneut einem hochpolitischen Thema zuwendet. Kramer inszeniert in seinem Film die Apokalypse, die Welt nach einem Atombombenkrieg. Nicht sehr gelungen, aber ein Stoff, der Remarque bewegt: In Interviews weist er immer wieder auf die Kriegsgefahr, die drohende Selbstvernichtung einer hochgerüsteten Staatenwelt hin.

Nicht seine einzige Filmarbeit in diesen Jahren. Die Remarque-Bibliographie weist zwischen 1955 und 1963 seine Mitarbeit an sieben weiteren Filmen aus. Es sind darunter Werke, die sehr erfolgreich in den Kinos liefen, etwa »Die Kanonen von Navarone«, »Der längste Tag« oder »Exodus«.[26] Inwieweit Remarque bei diesen Filmen über die Rolle des zeitgeschichtlichen Beraters hinaus tätig geworden ist, läßt sich nicht mehr verifizieren.

Den Jahreswechsel verlebt Remarque in New York, und im März 1960 ist er in Rom. Italiens Hauptstadt wird zunehmend zu einem seiner Lieblingsorte. Viele Monate wird er in den kommenden Jahren dort zubringen. Vor allem das warme Klima behagt ihm, die Schönheit der Stadt, ihre historische Kulisse. Auch Paulette begleitet ihn gern dorthin. New York wird immer unerreichbarer. Die Herzbeschwerden erlauben Remarque nicht mehr zu fliegen, die Ärzte warnen, und er wird die Stadt, in der er so viel erlebt und erlitten hat, nur noch einmal wiedersehen: im Sommer 1966.

Während Remarque noch an den letzten Korrekturen der Geschichte über Clerfayt und Lillian Dunkerque sitzt, ist bereits ein neuer Roman in Arbeit. Wieder das Exil und wieder Osnabrück: Er schreibt »Die Nacht von Lissabon«. Im Februar/März 1961 veröffentlicht »Good Housekeeping« den Vorabdruck von »Heaven Has No

Favorites«, und in Deutschland erscheint die Buchausgabe, für die der Autor noch einmal umfangreiche Korrekturen vorgenommen hatte.

Der Himmel kennt keine Günstlinge

Remarque kehrt in diesem Roman zu einem seiner Lieblingsthemen zurück. Die Handlung seines dritten Buches – »Station am Horizont« – und die Erzählung »Das Rennen Vanderveldes« (1926) spielten bereits im Rennfahrermilieu, und die in diesen Texten verwendeten Namen tauchen nun erneut auf. Ein deutlicher Hinweis, daß der Autor sehr bewußt an die früheren Geschichten anknüpft. Es ist sein einziger Roman, dessen Handlung nach dem Zweiten Weltkrieg angesiedelt ist. Er spielt in den frühen fünfziger Jahren, als in Deutschland das Wirtschaftswunder eingesetzt hat und die Restauration allerorts den politischen Alltag bestimmt. Aber der Autor führt seine Leser nicht etwa in die Gegenwart der Bundesrepublik, sondern in die Schweiz, nach Frankreich und Italien. Und das Zeitgeschehen ist ausgeblendet in dieser Geschichte, nur einige sarkastische Nebenbemerkungen beziehen sich auf die Verdrängungen und Vergeßlichkeiten der neudemokratischen Deutschen. »Wir sind Basler Görings«, erklärt beispielsweise ein junger Tankwart, der zufällig den Namen des einstigen Hitler-Paladins trägt. »Wenn ich zu den andern gehörte, brauchte ich hier nicht Benzin zu zapfen. Dann kriegten wir eine dicke Pension.«[27] – »Es ist ganz gut, sich an Tunnels zu gewöhnen«, meint der Protagonist des Romans bei einer Fahrt durch den Gotthardtunnel. »Nach allem, was man hört und sieht, werden wir bald alle so ähnlich leben, in Luftschutzkellern und unterirdischen Städten.«[28] Ansonsten der unpolitischste Roman, den Remarque seit den Frühromanen geschrieben hat. Ein Nebenprodukt.

Es ist ein Buch über den Tod. Bei aller Leichtigkeit des Erzählens bleibt die Handlung vom Dunkel des Unentrinnbaren bestimmt. Der alternde Rennfahrer Clerfayt begegnet im Schweizer Sanatorium »Bela Vista«, wo er einen erkrankten Kollegen besucht, der schönen

Lillian Dunkerque. Sie lebt dort seit drei Jahren in der abgeschlossenen Sanatoriumswelt, müde, resigniert, wissend um die unbesiegbare Lungenkrankheit. Sie will noch einmal ausbrechen, reist gegen den Rat des Arztes mit Clerfayt hinunter in die südliche Ebene, weg von Kälte, Schnee und Bergen. »Hier verlernt man alles ... Wer ein paar Jahre hier ist, taugt nicht mehr für unten.«[29] Eine Liebesgeschichte entwickelt sich im Schatten des Todes. Und Remarque füllt sie mit seinen lebensphilosophischen Gedanken. Clerfayt, der von der Krankheit seiner Gefährtin nichts ahnt, argumentiert lebenszugewandt, will sie heiraten, ein Haus bauen, nicht mehr »von Rennen zu Rennen« existieren, sondern sich eine neue berufliche Zukunft suchen. Für Lillian aber gibt es – vermeintlich im Gegensatz zu ihrem Partner – keine Zukunft, und sie kann die Gedanken des Geliebten nicht mehr nachvollziehen. »Dieses war anders. Es fiel zusammen mit dem Hause, der Zukunft, der Liebe, der Fürsorge, mit all den schönen Namen, die es für sie nicht mehr gab, weil sie das Sterben nur noch schwerer machten.«[30] Aus diesen entgegengesetzten Lebenskonstellationen entwickelt Remarque die Dialoge seiner beiden Hauptfiguren, läßt er sie rätseln und sprechen über das Nichtvorstellbare: den Tod.

Aber es ist Clerfayt, der herausgerissen wird aus seinen Zukunftsträumen und -hoffnungen. Bei einem Autorennen verunglückt er tödlich. »Clerfayt, nicht ich! dachte sie immer wieder – es war verrückt. Sie hatte zu sterben, nicht er. Was war das für eine grausige Ironie?«[31] Das Leben bleibt unerklärbar. »Von Brescia nach Brescia« geht das 1000-Kilometer-Rennen, das Clerfayt fahren wird. Für Lillian ein Symbol der Sinnlosigkeit, das Leben als Kreislauf, entleert aller Vernunft. Sie kehrt zurück ins Sanatorium, wo sie wenige Wochen später stirbt.

Remarque erzählt die Geschichte sehr schnörkellos, aber der Stil wirkt passagenweise unelegant, etwas hölzern. Er wird der durchaus ansprechenden Handlung nur mühsam gerecht. Das Ergebnis ist ein routiniert konstruierter Unterhaltungsroman. Mehr nicht, aber das immerhin. Die Geschichte spielt in der von ihm schon im Frühwerk gerne beschriebenen mondänen Welt, in der Spielcasinos, ein dekadenter Oscar-Wilde-Adliger, das geheimnisvolle Venedig und die

Schönheiten von Paris ebenso auftauchen wie die Bergwelt der Schweizer Alpen und die Landschaft, in der er lebt, das Tessin. In seinen Reflexionen und Lebensbetrachtungen ist es abgeklärt, wäre es besser erzählt, könnte es wie ein Alterswerk erscheinen.

Im übrigen variiert »Der Himmel kennt keine Günstlinge« das Filmskript, das Remarque 1941 unter dem Titel »Beyond« für Marlene Dietrich geschrieben hatte. In der erst 1947 erfolgten Verfilmung – »The Other Love« – geht es ebenfalls um »Zauberberg«-Atmosphäre. Lillian Dunkerque heißt Karen Duncan (gespielt von Barbara Stanwyck), und sie kommt als berühmte Pianistin in das Sanatorium. Der sie liebende Mann ist nicht Rennfahrer, sondern ihr Arzt (David Niven), und ein Playboy und Rennfahrer (Richard Conte), der für viel Herzensverwirrung sorgt, ist auch da. Das endet aber alles sehr rührselig, und vor dem Tod wird noch der Ehebund zwischen der Dame und ihrem selbstlosen Mediziner geschlossen. Viel von Remarques Film-Idee ist nicht übriggeblieben, und das *Puma* hatte die Rolle auch nicht mehr bekommen.

Die Kritik lehnt den Roman überwiegend ab. »Alles in allem«, meinte der »Rheinische Merkur«, »eine oft unerträgliche Mischung aus Parfüm und Tod, Mondänität und Verwesung, aber im thematischen Kern so ernst und echt ..., daß man kaum die Frage zu entscheiden mag: handelt es sich bei diesem neuen Remarque nun um einen Edelreißer oder um einen Wurf zumindest nach Literatur?«[32] Marcel Reich-Ranicki spricht in »Der Zeit« vom »Knalleffekt in Todesnähe« und schreitet zur Hinrichtung: »Der Stil ist beschämend, die Sentimentalität schauderhaft, die Routine abstoßend.«[33] Sanfter geht Joachim Kaiser in der »Süddeutschen Zeitung« mit dem Roman um: »Glanzvolle Einsichten, elegante Verknüpfungen, Erfahrungen mit der Welt ... treten zusammen zu einem neuen Roman alter Schule, dem man die Achtung und Bewunderung wohl nicht deswegen zu versagen braucht, weil man ihn allzu gerne, allzu leicht gelesen hat«.[34] In der »New York Times« lobt der bekannte amerikanische Kritiker Orville Prescott zwar »das sehende Auge des geborenen Schriftstellers«, aber insgesamt sei »Heaven Has No Favorites« »hohl und ermüdend«.[35]

Sicher hat Remarque keine glückliche Eingebung, als er zuläßt, daß der Vorabdruck von seinem Agenten an die Springer-Illustrierte »Kristall« vergeben wird. Der Autor persönlich schickt dem Blatt aus New York die ersten drei Kapitel und teilt stolz mit, »Sie bekommen nun einen richtigen, ausgewachsenen Roman.«[36] Eine andere Version geht dahin, daß die Illustrierte an Remarque herangetreten sei und ihn um einen Roman gebeten habe. Der Schriftsteller habe das Skript zu »The Other Love« angeboten und dann schließlich den umfangreichen Roman-Text von »Der Himmel kennt keine Günstlinge« geschrieben. Wie auch immer, »Kristall« ist keine sehr niveauvolle Illustrierte in den fünfziger Jahren und besitzt nicht gerade den Ruf, große Literatur zu fördern. Unter dem Titel »Geborgtes Leben« und in stark gekürzter Fassung erscheint die Geschichte von Clerfayt und Lillian dort ab Sommer 1959 in 12 Folgen. Auf großen Werbeseiten läßt der Springer-Verlag, der sein defizitäres Blatt in die schwarzen Zahlen zu bringen hofft, den Autor mit der Bemerkung zu Worte kommen: »Ich glaube, daß dieser Roman eines meiner Hauptwerke wird.« Eine Feststellung, die allenfalls von Remarques ausgeprägtem Geschäftssinn zeugt. 1968 spricht er sehr viel realistischer von »meinem schwächsten Buch«.[37] Zum Zeitpunkt der Veröffentlichung ahnt er allerdings bereits, daß die Kritik nicht allzu sanft mit ihm umgehen würde. »Wir müssen ja bei diesem Buch mit Ablehnung rechnen«, teilt er seinem Verleger mit, »da es von meiner gewohnten Linie abweicht, und da manche Kritiker empfindlich gegen einen Stoff sind, der im Ritz und in guten Restaurants spielt.«[38] Ausnahmsweise tut der Autor seinen Rezensenten in diesem Fall unrecht.

Auch Hollywood klopft wieder an, und Remarque schließt einen Vorvertrag über die Filmrechte ab. Aber erst nach seinem Tod, 1977, wird die Geschichte mit einer Starbesetzung verfilmt. Regie führt Sydney Pollack, die Rolle von Clerfayt (aber der heißt jetzt nicht mehr so, sondern Bobby Deerfield) übernimmt Al Pacino, Lillian Dunkerque wird von Marthe Keller dargestellt. Ein hübscher, anspruchsloser und zeitgemäßer Kinofilm. Von der Buchvorlage ist allerdings nicht mehr allzuviel zu erkennen, und warum der Film »Bobby Deerfield« heißt, bleibt das Geheimnis der Drehbuchautoren.

Wie sehr Remarque darauf achtet, von Kiepenheuer & Witsch gut vermarktet zu werden, macht übrigens ein kleines Nachspiel zur Veröffentlichung dieses Romans deutlich. »Es ist wahr, daß ich überrascht war über die Ankündigung der ›Günstlinge‹«, teilt er aufgebracht Joseph Witsch mit, »– ebenso überrascht wie ich das auch bei anderen früheren Ankündigungen in Ihrer Hauszeitschrift war, die stets den Eindruck machten, daß ich unter: ›ferner liefen‹ bei Ihnen geführt würde. Ich halte das für schlechte publicity, und es ist sonderbar, daß es unter allen meinen Verlegern mir nur bei Ihnen passiert.«[39]

Remarque zwingt sich in den nächsten Monaten des Jahres 1961 zur Ruhe. Er lebt in Porto Ronco, schreibt an dem neuen Exilroman (»Schatten im Paradies«/«Das gelobte Land«), und der Freundeskreis wird kleiner. Das Ehepaar Ruth und Heinz Liepman lebt in der Nachbarschaft, und bald bildet sich ein freundschaftlicher Kontakt. Ruth Liepman, Jüdin und in ihren frühen Hamburger Jahren Kommunistin, hat die Nazizeit in Holland überlebt und wird nach dem Krieg eine erfolgreiche Literaturagentin. Heinz Liepman hat Romane geschrieben (sein Buch »Vaterland«, einer der ersten »Tatsachenromane« über das nationalsozialistische Deutschland, erschien 1933 und wurde in 17 Sprachen übersetzt), muß nach Hitlers Machtübernahme ins Exil gehen und lebt seit 1937 in New York, wo er überwiegend als Journalist arbeitet. Er kehrt 1947 nach Hamburg zurück und zieht, enttäuscht über die Verhältnisse in Deutschland, 1961 in die Schweiz. Es verbindet ihn also viel mit Remarque, nicht zuletzt vielleicht, daß Osnabrück auch seine Geburtsstadt ist. »Heinz nannte er immer seinen einzigen Freund, aber das war sicher eine typisch Remarquesche Übertreibung.«[40]

Mit Liepman macht Remarque im Herbst 1962 ein vielbeachtetes Interview, das in der »Zürcher Woche« und in der »Welt am Sonntag« veröffentlicht wird. Remarque nimmt darin zu politischen Fragen, aber auch zu seinem persönlichen Verhältnis zu Deutschland Stellung. »Die deutsche Bundesregierung – so zitierte eine ostdeutsche Zeitung – habe mir eine Art Ultimatum gestellt: entweder sollte ich die westdeutsche Staatsbürgerschaft wieder erwerben oder aus

Deutschland ›verbannt‹ bleiben. Das ist entweder ein Mißverständnis oder völliger Unsinn. Nichts dergleichen ist geschehen. Ich bin von den Nazis ausgebürgert worden, und, soweit ich weiß, ist diese Ausbürgerung nie rückgängig gemacht worden.«[41] Und er ergänzt: »Ich bin damals zum Weltbürger gemacht worden – gegen meinen Willen. Jetzt bin ich ein Weltbürger – mit Willen.«[42] Auf die Frage, wie er das Deutschland von heute, also der frühen sechziger Jahre, sehe, antwortet Remarque: »Natürlich bin ich besorgt. Kann sich eine Nation in zwanzig Jahren vollkommen verändern? Sicherlich muß man wachsam sein, kontrollieren. Ich bin überzeugt davon, daß der alte nazistische Geist nicht mehr existiert, aber hie und da flackern immer noch Funken auf ...«[43] In dem Gespräch mit Liepman wendet er sich auch entschieden gegen den ein Jahr vorher erfolgten Bau der Berliner Mauer, der immer noch die Gemüter erregt: »Eine große Tragik und entsetzliche Dummheit. Wenn ein Land Stacheldraht um seine Grenzen ziehen muß, damit ihm seine Menschen nicht weglaufen, dann hat es sich damit sein eigenes Urteil gesprochen.«[44]

Remarque bewahrt auch in den sechziger Jahren politisch seine unabhängige Position, läßt sich weder von Ost- noch von Westdeutschland instrumentalisieren. Seine Haltung gegenüber jeder Art von Diktatur ist unzweideutig. Seine Bücher, die lange in der Sowjetunion verboten waren, erreichen dort inzwischen Millionenauflagen. Remarque wird dort zum wohl einflußreichsten deutschen Autor unseres Jahrhunderts.

Im Oktober 1962 meldet er seinem Verleger, der auf die Abgabe des Manuskriptes von »Die Nacht von Lissabon« dringlichst wartet: »Lieber Herr Dr. Witsch, das Buch hat 310 Schreibmaschinenseiten. Ich arbeite noch daran. Und ich verstehe, fühle und mitfühle Ihre Angoisse, ob es fertig wird zur Zeit oder nicht ... Ich habe Bücher, an denen ich täglich bis zur Verzweiflung arbeitete, 2 Jahre zu spät abgeliefert und habe in diesen 2 Jahren nichts getan, als bis zum Herzanfall gearbeitet. Schon vor Jahren habe ich deshalb, aus Gesundheitsrücksichten, keine definitiven Ablieferungstermine gehabt. In diesen neuen bin ich hineingeraten wie der Ochse auf die Kirmes, und plötzlich stehen wir da ... Vor 10 Tagen mußte ich, wegen eines leichten

Herz-Unwohlseins, die Arbeit für eine Woche unterbrechen, – jetzt bin ich wieder dabei, – aber ich kann natürlich einfach nicht im voraus sagen, wann ich fertig werde.«[45] Der neue Roman soll in der viel beachteten Reihe »Bücher der 19« erscheinen, einem gemeinsamen Buchprogramm der großen westdeutschen Verlage, deshalb der Termindruck. Aber das Manuskript wird dann doch noch rechtzeitig fertig, und die deutsche Buchausgabe kann im Dezember 1962 ausgeliefert werden.

Die Nacht von Lissabon

Es wird der letzte Roman sein, den Remarque vollenden kann. Er verbindet erneut die großen Themen, die ihn in den letzten drei Jahrzehnten künstlerisch bewegt haben: das Exil, den Tod, die Liebe, die Einsamkeit des Individuums. Auch wenn die Geschichte, die Josef Schwarz in einer Lissabonner Nacht erzählt, vor dem Hintergrund des europäischen Flüchtlings-Exodus und des Triumphes der Nazis in den ersten Kriegsjahren spielt – die politischen Ereignisse bleiben stärker im Hintergrund, als es in »Liebe Deinen Nächsten« der Fall ist oder selbst in »Arc de Triomphe«. Es ist zumindest vordergründig eine individuelle Tragödie, die Remarque schildert, ausgelöst allerdings von der Zeit, in der Menschen gejagt und das Leben wertlos geworden ist.

Remarque wählt die Novellenform. Josef Schwarz, er hat diesen Namen durch den Paß eines Toten geerbt, verspricht einem Leidensgenossen zwei Visa und Schiffspassagen nach Amerika, wenn er bereit ist, bis zur Abfahrt am nächsten Morgen seine Geschichte anzuhören. In einer langen Nacht ziehen die beiden Flüchtlinge durch die Lokale Lissabons, und Schwarz erzählt: von Flucht und Rückkehr, von der wiedergefundenen Liebe zu seiner Frau Helen, vom Glück und vom Tod.

Schwarz ist nach jahrelangem Exil heimlich in die Heimatstadt zurückgefahren, um seine Frau wiederzusehen. Er trifft sie, und Helen entschließt sich, mit ihm gemeinsam ins Ausland zu gehen.

Helens Bruder Georg ist SS-Mann, ein fanatischer »Herrenmensch«, und er hat Schwarz vor seiner Flucht aus Deutschland verraten, ihn verhaften und foltern lassen. Schwarz und seine Frau gehen in die Schweiz, dann nach Frankreich. Sie erleben die Wiedergeburt ihrer Liebe, die im bürgerlichen Ehe-Alltag der Vor-Nazizeit schon fast erloschen war. »Was wäre sonst aus uns geworden? Ein mittelmäßiges, langweiliges Paar, das in Osnabrück ein mittelmäßiges, langweiliges Leben geführt hätte mit mittelmäßigen Gefühlen und einer Urlaubsreise im Jahr.«[46] Die deutsche Wehrmacht überrollt Frankreich, sie fliehen weiter nach Marseille, wo sie Helens Bruder entdeckt und die Rückkehr der Schwester erzwingen will. Schwarz tötet ihn, und sie gelangen nach Lissabon. Kurz vor der Abreise nach Amerika stirbt Helen an Krebs.

Eine Liebesgeschichte mit bitterem Ausgang. Eine Erzählung über die Verlorenheit des Menschen angesichts des Todes. Eine Erinnerung daran, wohin das Deutschland des Nationalsozialismus geführt hat. Bilder einer Kleinstadt, in der Angst, Opportunismus und Gewalt herrschen. Eine Mahnung, was es bedeutet, wenn Menschen zum Treibgut werden, sie ihre Identität verlieren, der Paß, das Visum über Leben und Sterben, Rettung oder Verlorensein entscheiden. Noch einmal berichtet Remarque über eine Epoche, in der Moral und Menschlichkeit der Gewalt und der Macht unterliegen.

Die Handlung umfaßt die Jahre 1939 bis 1942, schließt also zeitlich unmittelbar an »Arc de Triomphe« an. Die Stadt, aus der Josef Schwarz fliehen muß, ist Osnabrück, und sie heißt in dem Roman auch so. Das Geburtsdatum des Protagonisten ist der 22. Juni 1898, Tag und Jahr von Remarques Geburt. Es ist sein erster Exil-Roman, in dem ein Ich-Erzähler auftritt. Biographisches schwingt mit, eine bewußte Identifikation des Autors mit seiner Figur. »Es mag sein, daß unsere Zeit einmal die der Ironie genannt wird ... Natürlich nicht die der geistvollen des achtzehnten Jahrhunderts, sondern die der unfreiwilligen und ebenfalls bösartigen oder dummen unseres plumpen Zeitalters des Fortschritts in der Technik und des Rückschritts in der Kultur.«[47] Was Josef Schwarz hier feststellt, ist auch das Credo Remarques nach zwei Kriegen und Millionen Toten. In der »Nacht von

Lissabon« wird er geschichtspessimistisch und nicht ohne Blick auf die Vergangenheitsbewältiger in der Bundesrepublik sagen: »In hundert Jahren, wenn die Elendsschreie verhallt sind, wird ein findiger Historiker das alles als kulturfördernde, kulturdüngende und kulturverbreitende Tatsache feiern.«[48]

Remarque schildert eine kleine Szene, die Josef Schwarz während seines heimlichen Aufenthalts in Osnabrück erlebt und die wie in einem Blitzlicht die Fratze aller Diktaturen sichtbar werden läßt, der das Individuum in hilflosem Schrecken gegenübersteht. Schwarz begegnet im Abenddunkel auf der Straße zwei SS-Männern, die einen blutig geschlagenen Juden wegzerren: »Die SS-Leute blickten mich wütend und herausfordernd an, als sie an mir vorüberkamen, und der Gefangene starrte mit seinen paralysierten Augen auf mich und machte etwas wie eine Geste um Hilfe, und seine Lippen bewegten sich; aber kein Laut kam hervor. Es war die ewige Szene der Menschheit – die Knechte der Gewalt, das Opfer, und der ewige Dritte, der Zuschauer, der die Hände nicht hebt und das Opfer nicht verteidigt und nicht versucht, es zu befreien, weil er für seine eigene Sicherheit fürchtet und dessen eigene Sicherheit eben deshalb immer in Gefahr ist.«[49]

Der Romanschluß ist tragisch für das Individuum Josef Schwarz, aber gesellschaftlich geht der Blick in die Zukunft: Schwarz geht zur Fremdenlegion. »... solange es noch Leute wie den Lächler (ein Gestapo-Folterer – WS) gibt, wäre es ein Verbrechen, ein Leben mit Selbstmord zu verschwenden, das man gegen Barbaren seinesgleichen einsetzen kann.«[50]

Curt Riess hat in einem kleinen Text zu Remarques 70. Geburtstag generell über seine Romane etwas angemerkt, das im besonderen auf »Die Nacht von Lissabon« zutrifft: »Ich will keiner falschen Platzanweisung das Wort reden. Genau der Platz, den Remarque in der deutschen Literatur einnimmt, ist sehr gefragt und selten angemessen besetzt worden. Die Aufhebung der oft so künstlichen Unterscheidung zwischen Literatur und Unterhaltung ist in allen Büchern Remarques verwirklicht. Insofern haftet ihm und seinem Werk etwas Angelsächsisches an, genau das Angelsächsische, das wir so schwer erreichen und das bei Remarque gefunden zu haben wir uns endlich glücklich preisen sollten.«[51] Auch wenn »Die Nacht von Lissabon« vieles wiederholt, was Remarque in seinen vorangegangenen Exil-Romanen bereits geschildert und thematisiert hat, es ist ein gelungenes, gut konstruiertes und den Leser packendes Buch geworden.

Zwar nicht in Amerika, aber in Deutschland wurde auch dieser Roman verfilmt. Das ZDF produzierte 1970 einen Fernsehfilm, der im April 1971 ausgestrahlt wurde. Remarque konnte ihn nicht mehr begutachten, am 10. Drehtag starb er in Ascona. Die Regie hatte Zbynek Brynych, der auch das Drehbuch schrieb, und die Hauptdarsteller waren Martin Benrath (Josef Schwarz), Erika Pluhar (Helen) und Horst Frank (Georg): vielleicht nach »All Quiet on Western Front« die beste Verfilmung eines Remarque-Romans. Die ruhige Kamera, die sensibel gedrehten Rückblenden, aber vor allem die Leistung von Martin Benrath, der die Figur des Josef Schwarz überzeugend zu spielen wußte, erzeugten eine Atmosphäre, die dem Roman gerecht wurde.

Für diesen gibt es wohlwollende und ablehnende Kritiken. »Remarques Roman ist ein Gleichnis der absurden menschlichen Situation im Machtbereich der Diktatur«, meint die »Deutsche Zeitung«. »Dieser Stoff wehrt sich geradezu gegen jede erfundene Romanfabel.«[52] Im deutschsprachigen New Yorker »Aufbau« ist von »dichterischer Schönheit« die Rede,[53] und Curt Riess bewundert in der »Zürcher Woche« »die Leichtigkeit, die Einfachheit – im besten Sinn – dieses Autors ... bei dem Stoff, den er uns diesmal vorsetzt«.[54] Schließlich »Christ und Welt« einige Jahre nach der Veröffentlichung: »Die Aufhebung der oft so künstlichen Unterscheidung zwischen Literatur und Unterhaltung ist in allen Büchern Remarques verwirklicht.«[55] Sehr gut kommt der Roman bei den amerikanischen Rezensenten an. Alfred Antkowiak dagegen kritisiert von seinem marxistischen Standpunkt aus ein weiteres Mal, daß »das Thema des Antifaschismus allzusehr auf die Ebene des subjektiven Erlebnisses gedrängt« wird. »Tatsächlich verfügt Schwarz kaum über ein festumrissenes Bewußtsein.«[56] Und das fehlte bekanntlich auch dem »bürgerlichen« Autor dieses Romans.

Unmittelbar nach der Fertigstellung der Lissabon-Geschichte setzt sich Remarque an einen weiteren Exil-Roman, zu dem er bereits 1950 erste Notizen gemacht hatte. Er wird in den nächsten sieben Jahren mehrere Fassungen niederschreiben, aber das Buch nicht mehr vollenden. Eine dieser fragmentarischen Teilstücke wird dann – eine verlegerische Untat – als angeblich endgültige Fassung unter dem Titel »Schatten im Paradies« ein Jahr nach seinem Tod erscheinen. Er hat um die Fertigstellung des Manuskripts gerungen, von schweren gesundheitlichen Zusammenbrüchen getroffen, hofft er bis zum Schluß, es noch fertig zu bekommen.

Im September 1963 erleidet Remarque während eines Aufenthaltes in Rom einen Schlaganfall. Er ist zeitweise halbseitig gelähmt und sprachgestört, kann über Wochen nur unter großen Schwierigkeiten schreiben. Paulettes Mutter meldet er im Januar 1964: »Dies ist mein erster Brief seit zwei Monaten ... Wie du siehst, mache ich noch eine Menge Fehler. Aber der Arzt meint, es braucht Zeit und wird mit der Zeit besser werden.«[57] Im Februar erreichen Paulette, die in New York ist, die Zeilen: »Kleine Rubinprinzessin, ich sitze ganz still hier und schreibe Dir ziemlich schleppend ... Es ist sehr schwer, zärtlich zu sein ..., wenn man so langsam schreibt und immer aufpassen muß und Fehler macht. Aber in meinem Herzen bist nur Du, kleine Schimpansin!«[58] Er erholt sich, aber der Schlaganfall bringt einen tiefen Lebenseinschnitt. Als Remarque im Oktober 1964 in Venedig und Florenz ist, beginnt er wieder, für einige Wochen Tagebuch zu führen. Wie schwer die Zeit nach dem Zusammenbruch war, wird in einigen rückblickenden Anmerkungen deutlich: »Während der großen Depression im ganzen vorderen Jahr 64, war alles tot. Wozu, war die Frage. Für die kurze Zeit? Die erste große Berührung mit dem Tod, – dem eigenen Tod.«[59] – »Im Sommer 1964 noch hatte ich nicht geglaubt, weiter etwas sammeln zu werden. Es schien mir nicht mehr nötig zu sein, – wozu noch? bald würde ja doch alles vorbei sein. Die Bedrückung dadurch, daß der Rest des Lebens so plötzlich nahegerückt war. Es war eine lange Depression, – teilweise auch hervorgerufen durch finanzielle Unklarheiten, – aber noch mehr durch die Krankheit, zu deren

Symptomen sie gehören soll. Wohl auch wegen der Sorge, ob nicht die Arbeitsfähigkeit vermindert sei.«[60]

Den größten Teil des Jahres verbringt er in Porto Ronco. Paulette reist nach New York und Paris, die Situation ist auch für sie kompliziert: »Leichte Schwierigkeiten mit P. Sie hat es schwer, – was soll sie schon hier machen? Allein, ich rede wenig, Bekannte hat sie kaum, es ist still, wer spricht hier schon Englisch, u. Lesen kann sie nicht die ganze Zeit ... Was soll ich tun? Reisen kann ich noch nicht. Die Medizinen machen mich stupide. Arme P. Sie hat soviel Heiterkeit u. soviel natürliche Leichtigkeit! Aber alles das hier ist wie Blei für sie.«[61] Als er diese Zeilen schreibt, liegt bereits ein weiterer Herzanfall hinter ihm, der ihn Anfang 1965 bei einem Besuch in Mailand getroffen und einen vierwöchigen Klinikaufenthalt nach sich gezogen hat. Er ist und bleibt die nächsten Jahre gesundheitlich schwer angeschlagen.

Aus Osnabrück hat ihn die Nachricht von einer Ehrung erreicht. Reichlich spät, aber immerhin, seine Heimatstadt beginnt sich auf ihren berühmtesten Sohn zu besinnen. Sie verleiht ihm im Dezember 1963 die Möser-Medaille. Da er nicht reisen kann (oder will), um sie vor Ort persönlich in Empfang zu nehmen, bricht ein Jahr später, an einem grauen, regnerischen Novembertag, eine Delegation der Stadt in den Tessin auf und besucht den Geehrten in seinem Haus am Lago Maggiore. Es ist gutgemeint, aber für den Hausherrn kein Vergnügen. Eine kleine Satire irgendwie: »Gestern morgen die Delegation von Osnabrück; der Oberbürgermeister Kelch, der Stadtdirektor Vosskühler, fünf Senatoren u. Ratsherren, ein Photograph, ein Rundfunkmann, ein Reporter, Hanns-Gerd Rabe als Reporter, – zusammen elf Mann, die Ratsmitglieder in gestreiften Hosen und Marengojacketts. Kleine Reden, die Überreichung der Mösermedaille, eines Dokuments u. einer alten Landkarte (von Osnabrück). Rührend und langweilig. Was soll man mit elf Leuten, mit denen man nichts zu reden hat, tun. Gaben ihnen Gänseleber, Lachs und Champagner.«[62] Noch ein Abendessen mußte er für die Herren geben und dann der Seufzer, »ich war sehr froh, als es vorbei war ...«.

Die Osnabrücker erhalten trotzdem einen herzlichen Dankesbrief für ihren Auftritt. Überhaupt, es scheint auch an der Hase eine neue

Generation herangewachsen zu sein. Noch ein Jahr vor der Ehrung durch die Ratsherren hatte Remarque kurz nach seinem 65. Geburtstag spöttisch an den Freund Hanns-Gerd Rabe geschrieben: »Sonderbar, wie vorsichtig die Osnabrücker Stadtväter sind, ob sie sich auch nicht eine Blöße geben, – der Ministerpräsident von Hannover und der Bürgermeister von Berlin waren es nicht, – sie gratulierten einfach ...«[63] Nun doch immerhin eine Medaille, und 1968 wird eine Straße der Stadt nach der hingerichteten Schwester Elfriede Scholz benannt, was den Bruder nun wirklich sehr gerührt und gefreut hat. »Ich bin tief ergriffen über diese generöse und noble Geste«, erfahren die Ratsherren, »und möchte Ihnen dafür von Herzen meinen Dank aussprechen.«[64] Es dauert noch, bis sich seine Heimatstadt wirklich besinnt und den Schriftsteller durch eine Straße ehrt und ein Forschungsarchiv mitfinanziert.

Weitere offizielle Würdigungen gibt es jetzt. In Deutschland ändert sich Mitte der sechziger Jahre das politische Klima. 1965 gewinnt das konservative Lager zwar mit Ludwig Erhard noch einmal die Bundestagswahlen, aber ein Jahr später kommt es zur Großen Koalition in Bonn. Der ehemalige Emigrant Willy Brandt wird Vize-Kanzler und Außenminister, und eine junge Generation rüttelt aufmüpfig an den staubigen Pforten der Macht. Sie konfrontiert die Väter, die so lange taten, als sei da in der deutschen Geschichte fast nichts gewesen, mit einer unangenehmen anderen Sicht der Vergangenheit. Noch sind es nur Fragen, bald ist es eine kleine Kulturrevolution. Historiker werden dann nicht mehr von Schicksal und geschichtlichen Ausnahmesituationen sprechen, sondern die Wege aufzeigen, die die Deutschen zu Hitler geführt haben; die Literaturwissenschaft beginnt sich zu erinnern, daß während des Dritten Reiches die Elite der deutschen Dichter im Exil gelebt hat.

1967 wird Remarque das Große Verdienstkreuz der Bundesrepublik Deutschland verliehen, und in Porto Ronco gibt es eine etwas knappe Feierstunde. Paulette und der Freund Robert Kempner sind dabei. Die Begründung jedoch, die sich das Präsidialamt in der offiziellen Verleihungsurkunde abringt, ist an Dürftigkeit kaum zu überbieten. Allein, daß der Geehrte zu den weltweit meistgelesenen deutschsprachigen Autoren zählt, ist den Bonner Bürokraten dabei eingefallen. Der Bundespräsident hieß damals Heinrich Lübke. Im Juni 1968 wird Remarque Korrespondierendes Mitglied der Deutschen Akademie für Sprache und Dichtung in Darmstadt. Möglicherweise hat er sich nicht weniger gefreut, als ihn im selben Jahr die Gemeinden Ronco und Ascona mit der Ehrenbürgerschaft überraschen. Zu seinem 70. Geburtstag sendet der Bundespräsident ein Glückwunschtelegramm. »Das menschliche Verständnis, das Sie mir und meinen Arbeiten entgegenbringen«, antwortet Remarque dem ersten Mann im deutschen Weststaat, »hat mich sehr bewegt... Obschon ich seit vielen Jahren nicht mehr in der Bundesrepublik gewesen bin, nehme ich doch lebhaften Anteil an ihrem Geschick und ihrem Werdegang, – denn ebensowenig wie man ein Land trotz seiner blutigen Vergangenheit ganz verdammen kann, ebensowenig kann man es ganz vergessen.«[65]

Einen Literaturpreis hat das Volk der Dichter und Denker seinem international meistgelesenen lebenden Autor auch in seinen letzten Lebensjahren nicht gegönnt. Aber es ist sicherlich entscheidender, daß »Im Westen nichts Neues« seit Mitte der sechziger Jahre im demokratischen Deutschland zur weitverbreiteten Schullektüre geworden ist. Was der Ullstein-Verlag schon 1930 zufrieden für die Weimarer Republik konstatierte, gilt dann auch für die Bundesrepublik: kaum einen Schüler oder Studenten gibt es, der dieses Buch nicht gelesen hat oder doch zumindest mit ihm konfrontiert wird. Was kann sich ein Autor mehr wünschen?

Über die deutsche Gegenwartsliteratur schweigt sich Remarque im übrigen in den sechziger Jahren weitgehend aus. Heinrich Böll, Günter Grass, Siegfried Lenz oder Martin Walser kommen in seinen Interviews nicht vor. »Sehen Sie«, meint er 1963 in einem Fernsehgespräch mit Friedrich Luft, »die augenblicklichen deutschen Schriftsteller haben eigentlich eine einzigartige Situation: Die Generation vorher, die existierte, zu der ich mich auch zähle, ist nicht mehr da. Sie ist auch nie ganz richtig nach Deutschland zurückgekommen, nachdem sie ausgewandert ist. So daß sie also ein weites, leeres Feld vor sich haben, wo jeder einzelne sofort bemerkt werden könnte. Und trotzdem ist relativ wenig da. Ich frage Sie etwas: Liegt da vielleicht eine unterirdische, unterdrückte Angst vor, das alles auszusprechen, was man aussprechen möchte, immer noch, oder ist das nicht der Fall?«[66] Wenn Remarque in diesem Interview von »ausgewandert« spricht, weist dies nur ein weiteres Mal auf seinen Sarkasmus hin, mit dem er sich häufig öffentlich äußert, wenn er in Deutschland über die Vergangenheit spricht.

Zwei Jahre später greift er dieses Thema noch einmal in einer Buchkritik auf, um die ihn »Der Spiegel« gebeten hatte. Nach 1945 ist insgesamt nur eine Rezension von ihm erschienen. Es handelt sich in diesem Fall um den Roman »Breinitzer oder die andere Schuld« von Hans Frick. Er erzählt von den Erlebnissen eines KZ-Arztes, der gegen zwei seiner ehemaligen Mittäter einen Prozeß anstrengt und von der bundesdeutschen Justiz abgewiesen wird. »Breinitzer darf nicht sühnen«, wie es das Nachrichtenmagazin in der Einführung zu Remarques Rezension formuliert. Dieser steht in einem kurzen brieflichen Kontakt mit dem jungen Autor, dessen Vater er Ende der dreißiger Jahre einmal im Exil begegnet ist.

In seiner Kritik geht Remarque kaum auf die literarische Qualität des Buches ein, sondern er unterstreicht seine zeitgeschichtliche Dimension. Dabei fallen erneut bemerkenswerte Sätze über die deutsche Gegenwartsliteratur: »Man hätte annehmen können, daß die ungeheure Fülle der jüngsten Erlebnisse, von denen ein einzelner Tag früher für ein ganzes Schriftstellerdasein genug Material gewesen wäre, mit Übermacht aufgebrochen wäre – aber das Gegenteil war der Fall: Die Erlebnisse wurden dadurch, daß sie plötzlich in die Vergangenheit geglitten waren, für eine Zeitlang sonderbar unreal...« Nach dem Ersten Weltkrieg habe es die aufwühlenden Dramen, Gedichte und Romane von Walter Hasenclever, Ernst Toller, Leonhard Frank, Franz Werfel gegeben, den Expressionismus, die neue Malerei. »Doch dieser zweite Krieg war anders. Er wurde nicht zur Empörung, Aufschrei, Revolution – er war ein total verlorener Krieg, verloren nicht nur in den ausgebombten Städten, sondern auch in den ausgebombten Gehirnen und Herzen.«[67] Und dies, so meint Remarque, sei der Grund dafür, »daß die deutsche Literatur schwieg, zu lange für den ungeduldigen Außenstehenden, und sich dann nur langsam und sporadisch, eher durch Einzelleistungen vorwärts bewegte.«

Immerhin lagen damals schon Heinrich Bölls frühe Romane, Wolfgang Koeppens meisterliche Prosa, Hans Henny Jahnns monumentale Epen, die Bücher von Alfred Andersch und »Die Blechtrommel« von Grass vor. Persönlich war Remarque zweifellos enttäuscht, daß die jüngeren Autoren das Thema von Krieg, Verbrechen, Exil und Vertreibung aus seiner Sicht zu wenig thematisierten. Er, der Weltbürger, der in Amerika und in den Nachbarstaaten Deutschlands lebte, übersah nicht, mit wieviel Unglauben, Zorn und Verachtung die Menschen dort auf das Geschehen zwischen 1933 und 1945 blickten. Da war noch nichts vergessen und nur wenig vergeben. Aus einem internationalen Blickwinkel gesehen, berührte Remarque mit seinen zurückhaltenden Bemerkungen über die Arbeiten seiner jüngeren Kollegen auch ein weiteres Phänomen im Literaturbetrieb. Die neue deutsche Belletristik besaß Mitte der sechziger Jahre keine Weltgeltung. Thomas Mann, Lion Feuchtwanger oder Erich Maria Remarque blieben auch in den ersten beiden Jahrzehnten nach 1945 die deutschen Autoren, deren Neuerscheinungen sofort im westlichen Ausland vielfach übersetzt wurden, ihre Namen repräsentierten von den noch lebenden deutschen Romanschriftstellern die Literatur ihres Landes in der Nachkriegswelt. Das änderte sich erst in den siebziger Jahren, und auch dann gelang dies nur einigen Werken. Als Literaturmacht hatte Deutschland abgedankt.

Der Vielleser Remarque schreibt ansonsten keine Rezensionen über literarische Neuerscheinungen. Die Zeitungsfeuilletons fragen bei ihm wohl auch nicht an. Inwieweit er sich mit den Romanen der jungen deutschen Kollegen ernsthaft auseinandergesetzt hat, läßt sich nicht sagen. Als er noch Tagebuch führt, notiert er häufig, was er gerade liest. Neben den Klassikern immer wieder die modernen Amerikaner, einige Franzosen und die deutschsprachigen Neuerscheinungen der Exil-Kollegen aus seiner Generation – deutsche Gegenwartsprosa aus der Zeit zwischen 1945 und 1955 (dann endet das Tagebuch) ist nicht aufgeführt.

In den zwanziger Jahren hat Remarque mehrfach Buchkritiken veröffentlicht. Als er dann selbst ein berühmter Autor ist, äußert er sich generell nicht mehr über die Werke anderer Schriftsteller. 1962 hat er ein paar Seiten über das Buch »Eichmann und Komplizen« seines Freundes Robert Kempner geschrieben, die erst über dreißig Jahre später gedruckt werden. Auch hier handelt es sich um eine zeitgeschichtliche Betrachtung. Er tut sich offensichtlich schwer mit solchen als lästig empfundenen Nebenarbeiten. So teilt er Kempner mit: »Lieber Don Roberto, ich habe Sie endlos lange warten lassen mit meiner Review über Ihr Buch, – dabei brannte es mir immer auf den Fingern, und ich habe sicher ein Dutzend davon geschrieben. Immer fehlte noch vieles daran und auch jetzt fehlt noch so manches, – aber ich weiß, daß Besprechungen eine gewisse Länge nicht überschreiten sollen ... Ich möchte aber trotzdem immer noch hinzufügen, verbessern und ändern, und das könnte noch lange so weitergehen ...«[68]

Kempners Buch ist während des weltweit beachteten Jerusalemer Prozesses gegen Adolf Eichmann, den administrativen Organisator der Vernichtung des europäischen Judentums, erschienen. Das Verfahren endet mit einem Todesurteil, und Eichmann wird am 1. Juni 1962 hingerichtet. Remarque greift in seiner schmalen Besprechung der Arbeit von Kempner einen Gedanken auf, dem wir auch in der Charakterisierung einiger der Nazi-Figuren in seinen Romanen schon begegnet sind. »Sie sind keine Attilas, keine Dschingis-Khans, – sie sind eifrige, servile, auf Karriere bedachte Geschäftsführer, immer bestrebt, einer den anderen zu übertrumpfen im Morden, um vor den Augen der Vorgesetzten noch tüchtiger dazustehen; – pensionsberechtigte Volksgenossen, Familienväter, die patriotische Arbeit leisten und gut schlafen, pflichttreue Ehemänner, die seelenruhig, mit vier Abschriften, Verfügungen erlassen, durch die ein ganzes Volk ausgemerzt werden soll, – und das alles ungerührt, unter der Henker- und Knechtsmoral: Befehl ist Befehl ...«[69] Das Böse ist banal, wie Hannah Arendt es formuliert hat, aber – so muß ergänzt werden – deswegen nicht weniger schrecklich. Remarques antibürgerlicher Affekt findet nach dem Zweiten Weltkrieg einen erheblich ernsthafteren Hintergrund als in der Zeit, in der er sich einst mit jugendlicher Künstlerpose gegen das gesellschaftliche Establishment empört.

Diese Hinweise auf die ganz wenigen Texte, die Remarque neben seinen künstlerischen Werken schreibt, und seine Beurteilung der aktuellen deutschen Epik zeigen, wie sehr er auch im letzten Lebensjahrzehnt beherrscht ist von den Zeitereignissen, dem Geschehen im Dritten Reich und seinen Folgen. Sie haben sein Denken, seinen Blick auf die Welt der Moderne mit der gleichen Intensität besetzt, wie zuvor der Erste Weltkrieg und die Entwicklung der Weimarer Republik. Ein literarischer homo politicus bleibt er auch in seinen Altersjahren.

So erstaunt es auch nicht, daß das zentrale Bemühen in der zweiten Hälfte der sechziger Jahre erneut der Fertigstellung eines Romans gilt, der die Situation des Exils thematisiert. Bis wenige Wochen vor seinem Tod schreibt er daran und verwirft immer wieder die fertigen Fassungen. Es bleibt ein Fragment.

Das gelobte Land

Noch einmal die Welt der Gestrandeten. Sie hat ihn nicht losgelassen bis in die letzten Lebenswochen. Wieder sind es die Menschen ohne Heimat, denen sich Remarque zuwendet. Sie kämpfen um das Überleben, entwurzelt und von traumatischen Fluchterlebnissen gepeinigt. Aber der Autor nimmt in seinem letzten Romanvorhaben einen Ortswechsel vor. Die Handlung spielt in Amerika. Insofern eine dramaturgisch andere Perspektive als in den vorhergehenden Exil-Romanen, weil die Vertriebenen und Verfolgten nun nicht mehr in einer existenzbedrohenden Umwelt leben. Der Krieg findet in Europa und in Asien statt, nicht in den USA. Verhaftung möglicherweise, aber nicht mehr brutale Abschiebung, Folter oder Tod erwarten die Geflüchteten, die in die Fänge der Staatsbürokratie geraten. Bis nach New York reichen die Arme der Gestapo nicht. So ist es trotz Armut und Staatenlosigkeit das »gelobte Land«, in das sie gelangt sind.

Der Jude Ludwig Sommer – so der Name in seinem Paß, den er von einem gestorbenen Antiquitätenhändler in Paris übernommen hat – landet nach jahrelanger Flucht quer durch die von Hitlers Wehrmacht überrollten europäischen Länder in New York. In dem billigen Emigrantenhotel, in dem er lebt, trifft er auf zahlreiche Schicksalsgefährten. Ohne Arbeitserlaubnis versucht er sich durch kleine Jobs bei New Yorker Kunsthändlern über Wasser zu halten. Melancholie und Lebensphilosophie füllen die Gespräche aus, Wodka und Schlaftabletten die Nächte voll dunkler Erinnerungen. In ihren Träumen werden die Geretteten jetzt von den furchtbaren Erinnerungen an Folter und Verfolgung heimgesucht, von den Verlusten, die sie erlitten, von ihren ermordeten Ehefrauen, Kindern oder Freunden. Die Verarbeitung der Vergangenheit tritt an die Stelle der Überlebensstrategien, die sie in Frankreich, in der Schweiz oder sonstwo in Europa entwikkeln mußten. Remarques Blick erfaßt in diesem Roman das Danach, die Frage, in welche Situation die überlebenden Opfer gestellt sind. Seinen Lesern in der Weimarer Republik wollte er in »Der Weg zurück« deutlich machen, wie der Krieg die Rückkehrer verändert hat. In »Das gelobte Land« erinnert er die Deutschen an das Schicksal der Opfer, die ebenso wie Ernst Birkholz und seine Kameraden nicht einfach in den Alltag zurückkehren können, als wäre mit ihnen nichts geschehen.

Der weitere Perspektivwechsel der Handlung ist neben der fehlenden Lebensbedrohung für die Exilanten die sich immer deutlicher abzeichnende Niederlage Deutschlands. Sommer kommt Mitte 1944 nach Amerika, und im Laufe seiner Ich-Erzählung werden immer größere Teile Europas vom Alptraum Hitler befreit. Ludwig Kern, Josef Steiner oder Ravic (der in »Das gelobte Land« als Nebenfigur auftaucht) kennen nur die Gegenwart. Jeden Augenblick droht ihnen die Verhaftung und das Ende. Sommer blickt bereits nach vorn. Was wird, wenn Europa befreit ist? Remarque hat also erneut die Zeit im Blick, in der der Roman entsteht, das Nachkriegs-Deutschland. »Sie wollen uns gar nicht wieder haben.«[70] Auch Robert Hirsch, Sommers Freund, Mentor und Retter weist mit realistischem Pessimismus in die Zukunft, die auf die Exilanten in dem geschlagenen Deutschland wartet: »Aber das Zurückkommen! Sie träumen davon. Auf eine Art Wiedergutmachung. Selbst, wenn sie es nicht zugeben. Es hält sie aufrecht. Aber es ist eine Illusion! Sie glauben nicht wirklich daran. Sie hoffen nur. Aber niemand wird von ihnen etwas wissen wollen, wenn sie zurückgehen. Auch die sogenannten guten Deutschen nicht. Die einen werden sie weiter direkt hassen, die andern indirekt, weil sie ein schlechtes Gewissen haben.«[71]

Auch die innergesellschaftlichen Entwicklungen in den fünfziger und sechziger Jahren der Bundesrepublik läßt der Autor seine Figuren richtig voraussehen: »Wenn dieser Krieg vorbei ist, gibt es keine Nazis mehr. Nur brave Deutsche, die den Juden geholfen haben.«[72] Remarque, von Alter und Krankheit gezeichnet, blickt resignierend auf sein Jahrhundert: »Es ist zuviel in diesen letzten dreißig Jahren passiert, Ludwig. Gerechtigkeit für diese blutige Vergangenheit gibt es nicht. Hat es nie gegeben. Man müßte sonst die halbe Welt ausrotten. Glaube einem alten Mann ...«[73]

Das Fragment endet mitten im 21. Kapitel, als Josef Sommer darüber nachdenkt, nach Hollywood zu gehen. Nach Tausenden von Seiten lautet der letzte Romansatz des Schriftstellers Remarque: »Wir passen besser in den Karneval der verrückten Welt in den Traumfabriken drüben, um zu überwintern.«[74]

Remarque verbringt in seinen letzten Lebensjahren die Winter- und Frühjahrsmonate in Rom. Die Stadt mag er, und das mildere Klima bekommt ihm. Vielleicht ist auch Paulette die Drängende, in diesen Jahreszeiten ist es in Ascona still und einsam. Sie ist häufig in New York, er reist nur noch einmal dorthin. Ende April 1966 startet die »Raffaelo« von Genua aus, und Remarque ist der prominenteste Passagier an Bord. Eine Flugreise haben die Ärzte untersagt. Noch einmal die Stadt, in der er so lange gelebt und so leidenschaftlich geliebt hat. Abschied vom Metropolitan Museum und den Theatern, die Night-Clubs besuchte er schon bei seinen letzten Aufenthalten nur noch ganz selten. Etwas arbeitet er auch hier am Manuskript von »Das gelobte Land«, dessen Handlung in New York spielt.

Im Herbst kehrt er zurück nach Porto Ronco. Dem Osnabrücker Freund Hanns-Gerd Rabe schreibt er eine große, letzte Liebeserklärung an die Stadt, die ihm zur Heimat geworden war: »Das Wetter war heiter, New York herrlich, und es ist mir sehr gut bekommen, vor allem die mir bisher unbekannte Tatsache, daß New York doch die aufregendste Stadt ist, die ich kenne. Ich habe zu lange hier im Dorffrieden des Lago Maggiore gelebt, und auch Rom, Florenz und Venedig waren eigentlich nur Varianten davon, aber New York! Das ist wirklich eine Stadt ohne den melancholischen und bedrückenden Zauber der Vergangenheit! Knallendes Leben! Zukunft. Es ist möglich, daß man auch davon wieder genug kriegen kann und sich dann zurücksehnt nach Heidekaten und Möbeln des 18. Jhdts. – aber ich war nur aufregende zwei Monate da und das war gerade richtig.«[75]

Im August 1967 ein neuer Infarkt. Zwei Monate später wieder ein schwerer Herzanfall, Remarque muß für mehrere Wochen im St.-Agnes-Krankenhaus von Locarno liegen. Im Neujahrsbrief 1968 erreichen Paulette in New York die tapferen und dankbaren Zeilen: »Mein süßer Capitano, hab Dank, daß Du das verirrte Lebensschiff Deines Mannes sicher durch das Jahr geleitet hast. Es war ein wunderbares Jahr voll stiller Überraschungen und warmer Gefühle, die Du mir schenkst, ohne daß ich Dir soviel zurückgeben kann, wie ich möchte.«[76] Freund Rabe drängt schon seit Jahren auf einen Besuch Remarques in Osnabrück. Der antwortet stets freundlich und hinhaltend, weist auf seinen Gesundheitszustand hin und vertröstet seinen treuen Statthalter in der uninteressierten Heimatstadt. Sie ist ein abgeschlossenes Lebenskapitel.

Der 70. Geburtstag bringt die hübsche Ehrenbürgerschaft von Ascona und Ronco, der Verlag Kiepenheuer & Witsch hat eine kleine Festschrift zusammengestellt, und das Presseecho in der Bundesrepublik zu diesem Ehrentag ist bescheiden. Das klingt dann in der Regel so wie das, was die »Frankfurter Rundschau« sich am 21. Juni 1968 abgerungen hat: »Remarque hat im Laufe seines Lebens ein umfangreiches Werk von unterschiedlicher Qualität produziert, über zwanzig (!) Romane und mehrere Theaterstücke. Seine Romanstoffe wurden so oft verfilmt, daß man ihn als den ›König von Hollywood‹

bezeichnete. In den dreißiger Jahren wandte er sich vollends dem Unterhaltungsroman zu, wollte jedoch auf zeitkritische Absichten nicht verzichten.«[77] Er selbst will keinen »Rummel«. Dem Freund und Nachbarn Hans Habe schreibt er: »Solltest Du von irgendjemanden hören, der so etwas für mich beabsichtigt, bitte, tue das Möglichste, daß es nicht geschieht. Es ist sicher herzlich gut gemeint, aber mir liegt es garnicht.«[78] So bleibt es beim Bundesverdienstkreuz und der Mitgliedschaft in der Darmstädter Sprachakademie als Ehrung zum 70.

Im Oktober 1968 feiert die von ihm sehr geschätzte Mutter Paulettes in New York ihren 80. Geburtstag, Remarque hofft sehr, dabeisein zu können, sagt aber dann doch ab. Er versucht, den Roman zu beenden, ist mit Paulette, die in den beiden letzten Jahren sehr viel häufiger in seiner Nähe weilt, in Rom und im Herbst in Venedig: die Antiquitätengeschäfte, die Bilder in den Museen, die weiten Renaissance-Plätze und die wasserumspülten Paläste aus einer Zeit, die er gelegentlich etwas nostalgisch dem eigenen verrohten Jahrhundert gegenüberstellte. Leichtere Herzanfälle wiederholen sich, im August 1969 verschlechtert sich sein Gesundheitszustand dramatisch. Wieder muß er in das Locarner Krankenhaus. Noch einmal kehrt er kurz in die »Casa Monte Tabor« zurück. Dann das Ende. »Die Herzkrankheit wurde schlimmer«, berichtet Curt Riess in seinen Erinnerungen. »Angina pectoris mit entsetzlichen Schmerzen und Angstanfällen.«[79] Am 25. September 1970 starb der Schriftsteller Erich Maria Remarque im Krankenhaus von Locarno. Die Diagnose der Ärzte: Die Aorta, die Hauptschlagader, war so erweitert, daß sein Leben zerbrach.

EPILOG

Oben, auf dem Friedhof von Ronco, nicht weit von dem Haus entfernt, das er sich vor 40 Jahren gekauft hatte, liegt sein Grab. Der Blick von dort geht über die Dächer des kleinen Ortes weit hinaus über den See. Die Trauerfeier fand in der alten Dorfkirche von Ronco statt. Prominenz kam nicht zur Beerdigung. Paulette natürlich, und die Schwester reiste aus Deutschland an, Marianne Feilchenfeldt aus Zürich. Keine offiziellen Vertreter aus dem Land seiner Sprache und seiner Geburt, aber immerhin, die Witwe erreichte ein Beileidstelegramm des Bundespräsidenten Gustav Heinemann. Hans Habe war auch dabei: »Es war ein stilles Begräbnis, mit viel Blumen und keinen Reden. Der Pfarrer sprach italienisch, eine Sprache, die Remarque, der über dreißig Jahre im ›italienischen‹ Tessin lebte, nie erlernt hatte. Kein einziger der Kollegen war anwesend, keine Regierung war vertreten, und welche hätte es auch sein sollen – die deutsche, die amerikanische, die Schweizer? Dennoch war es ein langer Zug, der hinter dem Wagen zu dem Dorffriedhof von Ronco sopra Ascona hinaufstieg, zwischen den Mauern, die der Herbst gefärbt hatte. Alle Handwerker des Ortes waren da und der Bäckerjunge und der Kurzwarenhändler und die Ladenmädchen und der Apotheker und die Wirte. Sie sagten nachher, es sei ein schönes Begräbnis gewesen, keiner dachte daran, daß man einen großen deutschen Dichter zu Grabe getragen hatte.«[1]

Die Meldung von seinem Tod ging um die Welt, es erschienen unzählige Nachrufe, die ihn und sein Werk würdigten. In Deutschland blieben sie oft in den vertrauten Klischees stecken. Aber es klang auch ein wenig das schlechte Gewissen durch, diesen weltweit übersetzten und gelesenen Autor zu seinen Lebzeiten nicht ausreichend gewürdigt zu haben. Hermann Kesten schrieb in der »Frankfurter Rundschau«: »Das deutsche Volk, einige deutsche Regierungen, die deutsche Literaturkritik und viele deutsche Autoren, die schlechtere ›Autoren‹ zur Literatur zählten und ihn übersahen, haben ihm unrecht getan.«[2] Marcel Reich-Ranicki stellte in der »Zeit« verblüfft fest: »Tatsächlich wählte er für seine Bücher mit erstaunlicher Konsequenz Stoffe, die als unpopulär und gänzlich ungeeignet galten ...«

Einige Zeilen später kam er dann zu einem sehr doppeldeutigen Urteil: »Als die stärkste Seite des Schriftstellers Remarque erwies sich sein Geschmack. Denn es war der Geschmack von Millionen. Es ist nicht wahr, daß er den Lesern entgegenkommen oder schmeicheln wollte. Er hat das niemals nötig gehabt. Seine Prosa kennt keine Zugeständnisse. Er schrieb tatsächlich immer nur, was und wie es ihm gefiel. Und eben das wollte das Publikum haben.«[3] Ernst Johann beklagte in der FAZ: »... machen wir uns nichts vor, Remarque als literarische Figur zählt nicht bei uns ... die deutsche Zunft macht sich nichts daraus; sie ließ Remarque liegen, links, in der Mitte und rechts sowieso.«[4] Friedrich Luft nannte ihn in »Die Welt« zwar ein »Talent, das ... deutlich begrenzt bleiben mußte«, aber kritisierte doch auch die Berufskollegen. Sie hätten ihm verübelt, »daß er Remarque war und nicht Thomas Mann oder Döblin oder Hemingway. Remarque hat dafür büßen müssen, daß er Erfolg hatte, und dafür, daß er mit seinen Mitteln Erfolg hatte.«[5] Alles in allem zeigten die häufig mühsam nach einem Standpunkt ringenden Nachrufe nur ein weiteres Mal, wie suspekt den deutschen Kritikern dieser Autor war. Das Image des »Nestbeschmutzers«, das ihm seit dem Sensationserfolg Ende der zwanziger Jahre anhing, es spukte auch noch nach seinem Tod in ihren Köpfen. Wahrheit schmeckt bitter, und wer sie benennt, bleibt in der Gesellschaft ein Außenseiter.

Der Freund Robert Kempner erinnerte in einer kleinen Anmerkung noch einmal an die Peinlichkeiten, von denen die wenigen Ehrungen begleitet waren, die Remarque von seinem Geburtsland erfahren hatte: »Bis 1967 mußte Remarque, damals schon bei schlechter Gesundheit, auf die Verleihung des Großen Bundesverdienstkreuzes warten ... Obwohl Willy Brandt und der Verleger Dr. Witsch für die Ehrung eingetreten waren, verzögerte sie sich jahrelang wegen des beschämenden ›diplomatischen‹ Berichts, nach dem Remarque nach dem Krieg nicht einmal Beziehungen zu den Reichsdeutschen im Tessin unterhalten habe.«[6]

1971 füllt der Name Remarque erneut die Zeitungsspalten. Im Verlag Droemer-Knaur erscheint mit viel Werbegetöse der Nachlaß-Roman »Schatten im Paradies«. Paulette Goddard hat den Münchner

Büchermachern das Manuskript gegen ein Höchstangebot überlassen, und die werfen es in großer Eile auf den Markt. Verlag und Witwe handeln nicht nur fahrlässig, sondern auch gegen den Willen des Autors. Denn das, was der Öffentlichkeit präsentiert wird, ist eine mehr oder weniger willkürlich herangezogene Fassung des Fragments. Marc Wilhelm Küster hat in einer Untersuchung über die Manuskriptlage des unfertig gebliebenen Werkes nachgewiesen, »daß der existierende Roman auf einem von Remarque verworfenen Manuskript beruht und damit nicht nur ohne seine Autorisation, sondern gegen seinen Willen erschien. Der einzige Grund, der Droemer-Knaur bewogen hat, diesen Text zu wählen, war der Wunsch, einen Bestseller zu landen ...«[7] Küster zeigt anhand der verschiedenen, zeitlich gut einzuordnenden Manu- und Typoskripte, die sich im Nachlaß befinden, daß Remarque den Roman neu konzipiert und den Text umgeschrieben hat. Ein Verfahren, das seinem Vorgehen bei allen Romanen entsprach, die zu seinen Lebzeiten erschienen waren. Unter dem Titel »Das gelobte Land« ist die letzte von Remarque geschriebene Fassung der Exil-Geschichte 1998 erschienen, auch dies ein Fragment.

Im Umfeld der Veröffentlichung von 1971 behaupten Paulette und der Testamentsvollstrecker Felix Guggenheim wahrheitswidrig: »Der 72jährige hat bis zur letzten Stunde ... an diesem Roman korrigiert und gefeilt (was richtig war – WS). Wir haben nicht weniger als sechs Fassungen gefunden, von denen die letzte gedruckt wurde (was schlicht nicht stimmte – WS).«[8] Die geschäftstüchtige Witwe und der Münchner Verlag erreichen ihr Ziel: das Buch wird allgemein als literarische Sensation empfunden und erreicht hohe Verkaufszahlen.

Die Kritik, die allerdings nichts von der Manuskriptlage ahnen konnte, lehnte den Nachlaß-Roman ab. »Die Zeit«: »Man darf bekümmert sein über den Villenbesitzer von Ronco, den reichen, armen Remarque. Man muß bekümmert sein über die deutschen Leser, die diese Mischung aus Abenteuer und Angelesenem, aus feiner Lebensführung und flacher Psychologie, aus Drei-Sterne-Kognak und Drei-Groschen-Philosophie immer noch lesen ...«[9] »Frankfurter Rundschau«: »Da passiert einfach zu viel Belangloses ...«[10] »Der

Spiegel« (in dem Robert Neumann ansonsten freundlich über das letzte Werk des einstigen Nachbarn zu schreiben bemüht ist): »Autobiographie, roman-verbilligt. Es ist dieselbe Verbilligung, die immer schon das Geheimnis des Remarqueschen Erfolges war.«[11] »Süddeutsche Zeitung«: »Remarques Roman ... wirkt, vor allem am Anfang, wie ein schwächerer Wiederaufguß ...«[12]

Dann wird es stiller um den verstorbenen Autor. Aus seiner Geburtsstadt allerdings gibt es noch eine Provinzposse zu berichten, die sich über einen längeren Zeitraum hinzieht. Der Rat der Stadt beschließt im März 1971, die »Parkstraße« in »Erich-Maria-Remarque-Straße« umzubenennen. Was einige Anwohner empört. »Die Firma ›Seifenplatz‹ drohte sogar, ihren Geschäftsbereich aus Osnabrück zu verlegen.«[13] Die eingeschüchterten, um die Gewerbesteuer bangenden Stadtväter beschließen daraufhin am 15. Mai 1971 eine andere Lösung. Jetzt soll der »Karlsring« in »Erich-Maria-Remarque-Ring« umgetauft werden. Prompt gibt es neue Einsprüche, die Leserbriefspalten in den Zeitungen füllen sich bedenklich. Es erhebt sich ein mächtiger Streit, wen der verlorene und so wenig geliebte Sohn der Stadt da eigentlich aus dem Straßenverzeichnis verdrängen soll, Karl den Großen oder Johann Carl Stüve? Letzterer war es, der zur Ehre der Osnabrücker und der eigenen zum Namensgeber geworden ist. Was nicht viel ändert: »Wer ist denn E. M. Remarque? Ist er wirklich ein so berühmter Sohn der Stadt Osnabrück, daß dafür ein ebenso berühmter, wenn nicht sogar berühmterer ... bluten bzw. sterben muß?«[14] Die Sache wird mit deutscher Gründlichkeit vor Gericht ausgefochten, und dann wird die Namensentscheidung im September 1975 vom Stadtrat bestätigt. Und seitdem gibt es in Osnabrück den »E.-M.-Remarque-Ring«.

Paulette Goddard bemühte sich, ihrer Rolle als Nachlaßverwalterin gerecht zu werden. Nicht immer mit der notwendigen Sensibilität, wie die Veröffentlichung des Nachlaß-Romans bewies. Sie kümmerte sich sehr um eine amerikanische Aufführung seines Stückes »Die letzte Station« und hatte damit auch Erfolg. 1973 kam das Schauspiel unter dem Titel »Full Circle« in der Bearbeitung von Peter Stone, einem bekannten Stückeschreiber für das Theater, das Fernsehen und den Film, im Eisenhower-Theater in Washington und wenige Wochen später im »American National Theatre and Academy« in New York auf die Bühne. Regie führte kein Geringerer als Otto Preminger. Die »Neue Zürcher Zeitung« schrieb zur amerikanischen Uraufführung: »Das alles ist gutgemeinter, drastischer Erziehungsunterricht für eine Nachwelt, die das Fürchten vor entfesselten Dämonen, diesen Ausgeburten teuflischen Größenwahns, lernen soll ...«[15] In der amerikanischen Presse gab es dagegen viel Lob für das Schauspiel, die Inszenierung und die Darsteller. Probleme hatten die Kritiker jenseits des Atlantiks allerdings mit den Auftritten eines von Remarque positiv beschriebenen russischen Offiziers, durch den der jüdische Häftling gerettet und der SS-Mann überführt wird.

1977 kam die Verfilmung von »Der Himmel kennt keine Günstlinge« unter dem Titel »Bobby Deerfield« in die Kinos, 1979 drehte der Regisseur Delbert Mann eine Neuversion von »All Quiet on the Western Front«, und Anthony Hopkins übernahm 1984 in einer Neuverfilmung von »Arc de Triomphe« die Rolle des Ravic. Hinzu kamen die beiden Romanverfilmungen des deutschen Fernsehens (»Die Nacht von Lissabon«, 1971, und »Der schwarze Obelisk«, 1988).

Die Witwe verkaufte einen Teil der Bildersammlung von Remarque, 1976 ließ sie bei Sothebey's über 30 wertvolle Orient- und Perserteppiche versteigern. Sie lebte immer noch viel in New York, zog sich dann in den letzten Lebensjahren aber häufiger nach Porto Ronco zurück. 1975 erkrankte sie an Brustkrebs. Die schwere Operation veränderte das Leben dieser so schönen Frau. In den letzten Jahren vereinsamte sie zunehmend, trank viel und litt unter Schmerzen. Selten empfing sie noch Gäste in der »Casa Monte Tabor«, reiste manchmal zum Einkaufen nach Zürich oder Mailand, hinunter nach Ascona fuhr sie immer seltener. Paulette Goddard starb am 23. April 1990 in Remarques Haus. Ihr Grab liegt auf dem Friedhof von Ronco neben dem des Schriftstellers und ihrer Mutter.

Den gesamten Nachlaß des Schriftstellers und damit auch die Weltrechte für sein literarisches Werk hatte sie in eine Stiftung eingebracht, die von der »New York University« verwaltet wird. Das Haus wurde verkauft, die Behörden des Tessins forderten eine Steuernachzahlung in Millionenhöhe von dem Erben, und das war die Hochschule in New York.

Jutta Zambona, der Remarque im Testament 50 000 Dollar hinterlassen hatte, starb 1975 in Monte Carlo. Sie hatte bis 1971 in Italien gelebt und blieb dank der Vorsorge Remarques in all den Jahren nach der Scheidung finanziell gut versorgt. Natascha Paley ist im Dezember 1981 in New York gestorben. Marlene Dietrich überlebte sie alle. Sie starb – 91jährig – 1992 in Paris.

1975 hatte der Verlag Kiepenheuer & Witsch die Rechte an »Drei Kameraden«, »Liebe Deinen Nächsten« und »Arc de Triomphe« erworben. Damit war das gesamte Werk für den deutschsprachigen Raum in einer Verlegerhand. Im Laufe der achtziger Jahre wurden die Romane – bis auf das Frühwerk – neu aufgelegt. Die Leser blieben diesem Autor treu. Von »Im Westen nichts Neues« werden in Deutschland – wie schon erwähnt – jährlich zwischen 40000 und 50000 Exemplare verkauft. Die Romane »Arc de Triomphe«, »Der schwarze Obelisk« und »Die Nacht von Lissabon« folgen mit einem Durchschnitt von 12000 bis 15000 pro Jahr. Im Ausland erscheinen nach wie vor zahlreiche Neuübersetzungen und -ausgaben. Weltweit dürften die Auflagen insgesamt immer noch in die Millionen gehen. Fast drei Jahrzehnte nach seinem Tod ist Remarque ein unvergessener, vielgelesener Schriftsteller geblieben.

Das Haus über dem Lago Maggiore ist leer. Die herrlichen Bilder und Teppiche sind verschwunden. Durch die Spalten der Fenster- und Türläden dringt die mittelmeerische Sonne und taucht das kahle große Kaminzimmer in ein melancholisches Licht. Die breite Terrasse ist vom Zerfall bedroht, der Garten verwildert. Von draußen dringt gedämpft der Lärm von der Uferstraße und vom See in das vereinsamte Haus. Kinderrufe trägt der leichte Herbstwind aus der Ferne herüber. Der Besucher hört es nicht. Andere Stimmen kommen aus der Vergangenheit. Schwermütig erzählen sie vom Leben und der Zeit mit ihren nie endenden Schrecken. Von der Utopie des Glücks, von Frauen und Männern, vom Tod. »Allein sein«, sagt Ravic, »der ewige Refrain des Lebens.«[16]

DANKSAGUNG

Bei der Entstehung dieses Buches ist mir von vielen Seiten Hilfe und Unterstützung gewährt worden, für die ich zu danken habe. Ohne die Archivsammlungen im Erich Maria Remarque-Zentrum der Universität Osnabrück (RA) und der Remarque Collection, Fales Library, New York, N.Y. (wo u.a. die Tagebücher archiviert sind), hätte dieses Buch nicht geschrieben werden können. Zu danken habe ich auch der Marlene Dietrich-Collection (MDC) in Berlin, dem Deutschen Literaturarchiv Marbach und dem Deutschen Exilarchiv der Deutschen Bibliothek in Frankfurt/Main.

Viele Hinweise verdanke ich Menschen, die Remarque noch persönlich gekannt hatten. Ruth Albu (Los Angeles), Marianne und Walter Feilchenfeldt (Zürich), Fritz Hugelmann (Ascona), Ruth Marton (New York) und Maria Riva (Los Angeles) haben mir mit großer Offenheit über ihre Begegnungen mit Remarque erzählt.

Besonders zu danken habe ich Herrn Dr. Thomas F. Schneider, Erich Maria Remarque-Zentrum der Universität Osnabrück, für seine zahlreichen Ratschläge, Hinweise und kritischen Anmerkungen. Keine Frage zu Leben und Werk Remarques, die er nicht zu beantworten, kein Dokument, dessen Fundstelle er nicht zu orten wußte. Meine Tochter Judith von Sternburg war mir in der Zeit der Entstehung des Manuskripts eine kluge und liebevolle Begleiterin und Mahnerin. Ihre Einwürfe und Korrekturvorschläge haben den Text entschieden bereichert. Zu verantworten hat ihn natürlich allein der Verfasser.

Wiesbaden, im März 1998 — Wilhelm von Sternburg

ANMERKUNGEN

Abkürzungen:

MDC	=	Marlene Dietrich-Collection, Berlin
RA	=	Erich Maria Remarque-Archiv im Erich Maria Remarque-Zentrum, Universität Osnabrück
RC	=	Remarque Collection in der Fales Library an der New York University, New York

KAPITEL 1

1 TB v. 15. August 1950, in: Erich Maria Remarque: Das unbekannte Werk. Frühe Prosa, Werke aus dem Nachlaß, Briefe und Tagebücher. Herausgegeben von Thomas F. Schneider und Tilman Westphalen, Köln 1998. Fünfter Band, Briefe und Tagebücher, S. 431. Im folgenden wird dieser Band immer zitiert als UW, BT mit entsprechender Seitenzahl. Sofern die zitierten Briefe und Tagebuchaufzeichnungen in diesem Band abgedruckt sind, werden sie dort nachgewiesen. Bei den anderen Briefen und Tagebuchaufzeichnungen wird auf die entsprechenden Archive verwiesen
2 Offenbach Post v. 20. März 1948
3 Erich Maria Remarque: Drei Kameraden, Köln 1991, S. 120
4 TB v. 25. Juni 1938, RC
5 Harry Graf Kessler: Tagebücher. 1918-1937, Frankfurt am Main 1961, S. 592
6 Marta Feuchtwanger: An Emigre Life. Unveröffentlichte Tonbandaufzeichnungen aus dem Jahre 1976 von Lawrence M. Welscher. Band II, S. 757
7 Ruth Marton: Mein Freund Boni. Erinnerungen an Erich Maria Remarque, Köln 1993, S. 10
8 Alma Mahler-Werfel: Mein Leben, Frankfurt am Main 1963, S. 278
9 Ruth Marton: Mein Freund Boni, a.a.O., S. 148
10 TB v. 9. April 1938, UW, BT, S. 281
11 TB v. 15. August 1918, UW, BT, S. 247
12 TB v. 10. Oktober 1918, RC
13 TB v. 12. April 1937, RC
14 TB v. 23. April 1937, RC
15 TB v. 4. August 1938, UW, BT, S. 287
16 TB v. 16. Dezember 1936, UW, BT, S. 275
17 TB v. 21. Februar 1938, UW, BT, S. 280
18 Friedrich Luft: Das Profil. Gespräch mit Erich Maria Remarque, in: Erich Maria Remarque: Ein militanter Pazifist. Texte und Interviews 1929–1966. Herausgegeben und mit einem Vorwort von Thomas F. Schneider, Köln 1994, S. 133
19 Erich Maria Remarque: Im Westen nichts Neues, Köln 1987, S. 5
20 ebda, S. 131
21 Der Verfasser verdankt diesen Hinweis auf eine Bemerkung Remarques über Zola dem Patensohn des Schriftstellers, Walter Feilchenfeldt.
22 TB v. 22. August 1918, RC
23 Brief an Hanns-Gerd Rabe v. 9. Mai 1957, UW, BT, S. 177
24 Erich Maria Remarque: Drei Kameraden, a.a.O., S. 287

25 Hanns-Gerd Rabe: Remarque und Osnabrück, in: Osnabrücker Mitteilungen. Mitteilung des Vereins für Geschichte und Landeskunde von Osnabrück. 77. Band 1970, S. 198
26 TB v. 21. Mai 1937, RC
27 Thomas Mann: Tagebücher 1937-1939. Herausgegeben von Peter de Mendelssohn, Frankfurt am Main 1980, S. 413
28 ebda, S. 387
29 Hermann Kesten: Meine Freunde die Poeten, Frankfurt-Berlin-Wien 1980, S. 240
30 Klaus Mann: Tagebücher 1938–1939. Herausgegeben von Joachim Heimannsberg, Peter Laemmle und Wilfried F. Schoeller, München 1990, S. 61
31 Willi Jasper: Der Bruder. Heinrich Mann. Eine Biographie, München-Wien 1992, S. 188
32 Bertolt Brecht: Arbeitsjournal. Erster Band 1938 bis 1942. Herausgegeben von Werner Hecht, Frankfurt am Main 1973, S. 350
33 Harry Graf Kessler: Tagebücher, a.a.O., S. 593
34 Robert Neumann: Ein leichtes Leben. Bericht über mich selbst und Zeitgenossen, Wien-München-Basel 1963, S. 420
35 Robert Neumann: Daß er uns so genau kannte . . ., in: Der Spiegel, Heft 25, 1971, S. 127
36 Joseph Roth: Selbstverriss, in: Joseph Roth Werke 3. Das journalistische Werk. 1929-1939, Köln 1991, S. 132
37 Carl Zuckmayer: Als wär's ein Stück von mir. Horen der Freundschaft, Frankfurt am Main 1966, S. 483
38 Ludwig Marcuse: Mein zwanzigstes Jahrhundert, Zürich 1975, S. 352
39 Alfred Polgar: Der neue Remarque, in: Kleine Schriften. Band 4. Literatur, Reinbek bei Hamburg 1984, S. 152
40 Alfred Kerr: Zuckmayer: »Rivalen«, in: Mit Schleuder und Harfe. Theaterkritiken aus drei Jahrzehnten, Berlin 1982, S. 441
41 Ignaz Wrobel (Kurt Tucholsky): Der neue Remarque, in: Die Weltbühne v. 19. Mai 1931, S. 732
42 Carl von Ossietzky: Die Blutlinie, in: Die Weltbühne v. 21. Oktober 1930, S. 604
43 Romain Rolland – Stefan Zweig: Briefwechsel 1910-1940. Zweiter Band 1924-1940, Berlin 1987, S. 329
44 Rudolf Krämer-Badoni: Der alte patriotische Eifer, in: Neue Zeitung v. 27. September 1952
45 Joachim Kaiser: Kennt der Himmel wirklich keine Günstlinge? RA
46 Ernest Hemingway: Ausgewählte Briefe. 1917-1961. Glücklich wie die Könige, Reinbek bei Hamburg 1984, S. 244
47 Vgl. Stephen B. Oates: Faulkner. Sein Leben. Sein Werk, Zürich 1990, S. 136
48 Brief des Putmans-Verlag an Erich Maria Remarque v. 12. April 1929, RA

49 Ignaz Wrobel (Kurt Tucholsky): Hat Mynona wirklich gelebt?, in: Die Weltbühne v. 31. Dezember 1929, S. 18

50 Fritz H. Landshoff: Amsterdam, Keizersgracht 333. Querido-Verlag. Erinnerungen eines Verlegers. Berlin und Weimar 1991, S. 103

51 Zit. nach Jürgen Schebera: Kurt Weill. 1900-1950. Eine Biographie in Texten, Bildern und Dokumenten, Mainz-London-New York-Tokyo o.J., S. 218

52 Ludwig Renn: Erich Maria Remarque, Leben und Werk, Berlin (DDR) 1965, S. 5f.

53 Bei den hier erwähnten Büchern handelt es sich um folgende Veröffentlichungen: C. R. Owen: Erich Maria Remarque: A Critical Bio-Bibliography, Amsterdam 1984; Harley U. Taylor: Erich Maria Remarque. A Literary and Film Biography, New York-Bern-Frankfurt am Main-Paris 1989; Hans Wagener: Understanding Erich Maria Remarque, Columbia,SC 1991; Alfred Antkowiak: Erich Maria Remarque, Berlin (DDR) 1978; Franz Baumer: Erich Maria Remarque, Berlin 1994; Julie Gilbert: Opposite Attraction. The Lives of Erich Maria Remarque and Paulette Goddard, New York 1995 (deutsche Ausgabe u. d. T.: »Erich Maria Remarque und Paulette Goddard. Biographie einer Liebe«. Düsseldorf und München, 1997)

54 Ruth Marton: Mein Freund Boni, a.a.O.; Maria Riva: Meine Mutter Marlene, München 1992; Brigitte Horney: So oder so ist das Leben. Eine unvergeßliche Schauspielerin erzählt ihr Leben, Bern-München-Wien 1992; Carl Zuckmayer: Als wär's ein Stück von mir, a.a.O.; Alma Mahler-Werfel: Mein Leben, Frankfurt am Main 1963; Leni Riefenstahl: Memoiren. 1902-1945, Berlin 1996; Ruth Liepman: Vielleicht ist Glück nicht nur Zufall. Erinnerungen, Köln 1993; Curt Riess: Ascona. Geschichte des seltsamsten Dorfes der Welt, Zürich 1964

55 Aus den Arbeiten des Remarque-Archivs entstanden auch zwei Bilddokumentationen: Tilman Westphalen (Hrsg.): Erich Maria Remarque. 1898-1970, Bramsche 1988, und Thomas F. Schneider: Erich Maria Remarque. Ein Chronist des 20. Jahrhunderts. Eine Biographie in Bildern und Dokumenten, Bramsche 1991

56 Motto Remarques, das über seiner ersten Tagebucheintragung am 15. August 1918 steht.

KAPITEL 2

1 Zit. nach Peter Junk-Martina Sellmeyer: Stationen auf dem Weg nach Auschwitz. Entrechtung, Vertreibung, Vernichtung. Juden in Osnabrück 1900-1945, Bramsche 1988, S. 10
2 ebda, S. 63
3 Hanns-Gerd Rabe: Remarque und Osnabrück. Ein Beitrag zu seiner Biographie, in: Osnabrücker Mitteilungen. Mitteilungen des Vereins für Geschichte und Landeskunde von Osnabrück. 77. Band 1970, S. 242
4 Zit. nach Martina Krause: »... in den Fluten des radiumhaltigen Kleinstadtwassers.« Erich Maria Remarque und Osnabrück, in: Erich Maria Remarque-Jahrbuch VII, Bramsche 1997, S. 65
5 Heinz Liepman: Remarque und die Deutschen. Ein Gespräch mit Erich Maria Remarque, in: Erich Maria Remarque. Ein militanter Pazifist, a.a.O., S. 114
6 Bericht von Johannes Spratte v. 16. April 1969, RA
7 ebda
8 Brief von Wilhelm Heims v. 17. August 1970, RA
9 Osnabrücker Tageblatt v. 17. November 1929, RA
10 Brief von Wilhelm Heims v. 17. August 1970, RA
11 Brief von Gottfried Kerrenbrock v. 29. September 1970, RA
12 ebda
13 Volker Ullrich: Die nervöse Großmacht. Aufstieg und Untergang des deutschen Kaiserreichs 1871/1918. Frankfurt/M. 1997, S. 140
14 Zit. nach Julie Gilbert: Erich Maria Remarque und Paulette Goddard. Biographie einer Liebe, a.a.O., S. 13
15 Brief an Georg Middendorf v. 26. September 1917, UW, BT, S. 23
16 Erich Maria Remarque über sein Werk. Wie »Im Westen nichts Neues« entstand. Interview im »Algemeen Handelsblad« (Amsterdam) v. 8. März 1930. Zit. nach Remarque-Jahrbuch V, Bramsche 1995, S. 111
17 TB v. 3. u. 4. November 1936, UW, BT, S. 274
18 TB v. 20. Januar 1936, UW, BT, S. 261
19 Erich Maria Remarque: Im Westen nichts Neues, a.a.O., S. 148
20 TB v. 5. Juni 1936, UW, BT, S. 269f.
21 TB v. 8. Juli 1936, UW, BT, S. 272
22 TB v. 22. Juni 1936, RC
23 TB v. 7. Juli 1938, RC
24 TB v. 9. Oktober 1918, RC
25 Erich Maria Remarque: Der Weg zurück, Köln 1990, S. 134f.
26 Zit. nach »Neue Zeitung« aus dem Jahr 1948. Das genaue Datum ist auf der vorliegenden Photokopie nicht zu ermitteln. RA
27 Zit. nach Hanns-Gerd Rabe: Remarque und Osnabrück, a.a.O., S. 204

28 Kölner Zeitung v. 26. November 1929
29 TB v. 20. Oktober 1918, RC
30 Kölner Zeitung v. 26. November 1929
31 ebda
32 ebda
33 Friedrich Luft: Das Profil. Gespräch mit Erich Maria Remarque (1963), in: Erich Maria Remarque. Ein militanter Pazifist, a.a.O., S. 130f.
34 Zit. nach Hanns-Gerd Rabe: Remarque und Osnabrück, a.a.O., S. 205
35 Harry Graf Kessler: Tagebücher. 1918-1937, Frankfurt am Main 1961, S. 592
36 Hanns-Gerd Rabe: Remarque in Osnabrück, a.a.O., S. 205
37 TB v. 20. August 1918, UW, BT, S. 251f.
38 TB v. 9. Oktober 1918, RC
39 Brief v. Friedrich Vordemberge an Hanns-Gerd Rabe v. 10. Dezember 1969, RA
40 TB v. 15. August 1918, UW, BT, S. 245
41 TB v. 20. August 1918, UW, BT, S. 253
42 TB v. 15. August 1918, UW, BT, S. 249
43 Bericht v. Ernst Däuper an Hanns-Gerd Rabe v. 30. Oktober 1969, RA
44 Revers v. 2. Juli 1915, RA
45 Hanns-Gerd Rabe: Remarque und Osnabrück, a.a.O., S. 210
46 Vgl. Frédéric Lefevre: Une heure avec E. M. Remarque, auteur de »A l'Ouest rien de nouveau«, in: Les Nouvelles Littéraires. Artistique et Scientifique v. 25. Oktober 1930
47 Erich Maria Remarque: Von den Freuden und Mühen der Jugendwehr, in: Erich Maria Remarque: Das unbekannte Werk, a.a.O. Vierter Band. Kurzprosa und Gedichte, S. 19. Im folgenden wird dieser Band immer zitiert als UW, KG mit entsprechender Seitenzahl
48 Zit. nach Hanns-Gerd Rabe: Remarque und Osnabrück, a.a.O., S. 211
49 Brief von Georg Middendorf v. 7. Oktober 1969, RA
50 Axel Eggebrecht: Gespräch mit Remarque, in: Erich Maria Remarque: Ein militanter Pazifist, a.a.O., S. 46
51 ebda, S. 48
52 Zit. nach Hanns-Gerd Rabe: Remarque und Osnabrück, a.a.O., S. 212

KAPITEL 3

1 Brief an Georg Middendorf v. 1. August 1917, UW, BT, S. 19
2 Brief an Georg Middendorf v. 25. August 1917, UW, BT, S. 20
3 ebda
4 Brief an Georg Middendorf v. September/Oktober 1917, UW, BT, S. 23
5 Brief an Georg Middendorf v. 10. Januar 1918, UW, BT, S. 24
6 ebda
7 Brief an Georg Middendorf v. September/Oktober 1917, UW, BT, S. 23
8 Osnabrücker Tageblatt v. November 1920
9 Osnabrücker Tageblatt v. 15. Dezember 1920
10 Brief an Ludwig Bäte v. 19. Oktober 1918, UW, BT, S. 26f.
11 TB v. 15. August 1918, UW, BT, S. 247ff.
12 TB v. 18. August 1918, UW, BT, S. 249f.
13 TB v. 22. August 1918, RC
14 TB v. 24. August 1918, RC
15 TB v. 4. Oktober 1918, UW, BT, S. 257f.
16 TB v. 13. Oktober 1918, UW, BT, S. 258
17 ebda
18 Brief von Friedrich Große-Kracht v. 13. Januar 1919, RA
19 Hanns-Gerd Rabe: Remarque und Osnabrück, a.a.O., S. 218
20 Erich Maria Remarque: Die Traumbude, in: Erich Maria Remarque, Das unbekannte Werk, a.a.O., Erster Band, Frühe Romane, S. 84. Im folgenden wird dieser Band immer zitiert als UW, FR mit entsprechender Seitenzahl
21 ebda S. 149
22 ebda, S. 60
23 ebda, S. 61
24 ebda, S. 82
25 ebda, S. 58
26 ebda, S. 172f.
27 ebda, S. 164
28 ebda, S. 35
29 Erich Maria Remarque: UW, KG, S. 24
30 Vgl. Thomas F. Schneider/Donald Weiss: Erich Maria Remarque. Die Traumbude. Station am Horizont. Die unselbständigen Publikationen (1916-1968), Osnabrück 1995
31 Diese Hinweise bei Hanns-Gerd Rabe: Remarque und Osnabrück, a.a.O., S. 220
32 Brief von Gerhard Wöste v. 9. Dezember 1969, RA
33 Zit. nach Hanns-Gerd Rabe: Remarque und Osnabrück, a.a.O., S. 222
34 ebda

35 ebda
36 Hanns-Gerd Rabe: Junglehrer Erich Paul Remark, in: Merian-Heft »Emsland«, Nr. 7, Hamburg 1971, S. 47
37 Brief der Gemeinde Meppen v. 4. November 1969, RA
38 Zit. nach Hanns-Gerd Rabe: Remarque und Osnabrück, a.a.O., S. 223
39 Brief an Dechant Brand v. 28. August 1920, UW, BT, S. 40
40 Brief an Kreisschulrat Hogrebe v. 12. September 1920, UW, BT, S. 42ff.
41 Brief an Dechant Brand v. 8. November 1920, UW, BT, S. 45
42 Brief an Karl Vogt v. 7. August 1923, UW, BT, S. 52f.
43 Gespräch mit Wilhelm Scherp in der Kölner Zeitung v. 26. November 1929
44 Erich Remark: Das Lohmeyersche Haus, in: Osnabrücker Tages-Zeitung v. 1. Mai 1921
45 Hanns-Gerd Rabe: Remarque und Osnabrück, a.a.O., S. 224
46 Erich Remark: Die Stunde der Erlösung, in: Erich Maria Remarque, UW, KG, a.a.O., S. 25
47 Erich Remark: Die Frau mit den goldenen Augen, UW, KG, a.a.O., S. 7
48 Erich Remark: Die Stunde der Erlösung, UW, KG a.a.O., S. 23f.
49 Brief an Stefan Zweig v. 22. Juni 1921, UW, BT, S. 49f.
50 Brief an Stefan Zweig v. 7. Juni 1929, UW, BT, S. 80
51 Interview in Der Spiegel v. 9. Januar 1952
52 Vgl. Erich Maria Remarque: Die Traumbude. Station am Horizont. Die unselbständigen Publikationen. (1916-1968), a.a.O., S. 103
53 Brief an die Regierung v. 20. November 1922, UW, BT, S. 51
54 Zit. nach »Der Contibuben erster Streich« aus »Echo Continental«, RA
55 Erich Maria Remarque: Vom Stil unserer Zeit, in: UW, KG, S. 165
56 ebda, S. 168
57 Erich Maria Remarque: Reklame und Händler, in: UW, KG, S. 167
58 ebda
59 Julie Gilbert: Erich Maria Remarque und Paulette Goddard. Biographie einer Liebe, a.a.O., S. 95
60 Erich Maria Remarque: Inshalla, UW, KG, S. 120
61 Erich Maria Remarque: Vom Stil unserer Zeit, ebda, S. 162f.
62 Erich Maria Remarque: Cäsur, ebda, S. 93f.
63 Erich Maria Remarque: Still-Leben, ebda, S. 91
64 Erich Maria Remarque: Leitfaden der Decadence, ebda, S. 174f.
65 Erich Maria Remarque: Finale, ebda, S. 102
66 Erich Maria Remarque: Über das Mixen kostbarer Schnäpse, ebda, S. 179ff.
67 Axel Eggebrecht: Gespräch mit Remarque, in: Ein militanter Pazifist, a.a.O., S. 50
68 Erich Maria Remarque: Das unbekannte Werk, a.a.O., Erster Band, Frühe Romane
69 Thomas F. Schneider: Entstehung, in: Erich Maria Remarque: UW, FR, S. 571f.

70 Erich Maria Remarque: Gam, UW, FR, S. 361
71 ebda, S. 177
72 ebda, S. 179
73 ebda, S. 347
74 ebda, S. 348
75 ebda, S. 240
76 ebda, S. 238
77 ebda, S. 183
78 ebda, S. 355
79 Brief an Edith Roseveare v. 6. November 1925, UW, BT, S. 64
80 Leni Riefenstahl: Memoiren. 1902-1945, Frankfurt-Berlin 1996, S. 100f.
81 Axel Eggebrecht: Der halbe Weg. Zwischenbilanz einer Epoche, Reinbek bei Hamburg 1981, S. 257f.
82 Julie Gilbert: Erich Maria Remarque und Paulette Goddard, a.a.O., S. 101
83 Vgl. Thomas F. Schneider: Erich Maria Remarque. Briefe an Edith Doerry-Roseveare (1924-1957), in: Remarque-Jahrbuch II 1992, S. 78
84 ebda, S. 81
85 ebda, S. 82
86 ebda, S. 87
87 ebda, S. 91
88 ebda, S. 90

KAPITEL 4

1 Lion Feuchtwanger: Antwort auf eine Umfrage der »Welt am Abend«: »Wie bekämpfen wir das Dritte Reich?«, in: Welt am Abend v. 21. Januar 1931
2 Zit. nach Julie Gilbert: Erich Maria Remarque und Paulette Goddard, a.a.O., S. 110f.
3 Erich Maria Remarque: Das Rennen Vanderveldes, in: UW, KG, S. 158
4 Curt Riess: Meine berühmten Freunde. Erinnerungen, Freiburg i. Br. 1987, S. 179f.
5 Erich Maria Remarque: Station am Horizont, in: UW, FR, S. 553
6 ebda, S. 421
7 ebda, S. 445
8 ebda, S. 553
9 ebda, S. 517
10 Alle hier aufgeführten Zitate stammen aus: Erich Maria Remarque, UW, KG, S. 301
11 Brief an Friedrich Vordemberge-Gildewart v. 10. November 1928, in: UW, BT, S. 66
12 Vgl. Thomas F. Schneider: Erich Maria Remarque. Im Westen nichts Neues. Das Manuskript, Bramsche 1996, S. 19
13 Vgl. Thomas F. Schneider: Erich Maria Remarque. Im Westen nichts Neues. Bibliographie der Drucke, Bramsche 1992
14 ebda, S. 16
15 Mynona (S. Friedlaender): Hat Erich Maria Remarque wirklich gelebt? Der Mann. Das Werk. Der Genius. 1000 Worte Remarque, Berlin 1929
16 E. M. Requark: Vor Troja nichts Neues, Berlin 1930
17 Gottfried Nickl: Im Westen nichts Neues und sein wahrer Sinn. Eine Betrachtung über den Pazifismus und Antwort an Remarque, Graz und Leipzig o. J.
18 Kaspar Hauser (Kurt Tucholsky): Endlich die Wahrheit über Remarque, in: Die Weltbühne v. 11. Juni 1929
19 Vgl. Thomas F. Schneider: »Die Meute hinter Remarque«. Zur Diskussion um »Im Westen nichts Neues« 1928-1930, in: Jahrbuch zur Literatur der Weimarer Republik. Band I, St. Ingbert 1995, S. 143f.
20 Erich Limpach: Neudeutsche Kriegsliteratur. Völkischer Beobachter v. 16. Februar 1929. Zit. nach: Der Fall Remarque. »Im Westen nichts Neues«. Eine Dokumentation. Hrsg. Barbara Schrader, Leipzig 1992, S. 37
21 Freiherr von der Goltz: Erich Maria Remarque: Im Westen nichts Neues, in: Deutsche Wehr, Heft 14, 1929, zit. nach: Der Fall Remarque, a.a.O., S. 85

22 K. N.: Remarque. Im Westen nichts Neues, in: Die Rote Fahne v. 4. März 1929
23 Karl August Wittvogel: Der Fall Remarque, in: Die Rote Fahne v. 26. Juli 1930, zit. nach: Der Fall Remarque, a.a.O., S. 78f.
24 Vgl. Der Fall Remarque, a.a.O., S. 77
25 Martha Steinitz: Noch einmal Remarque, in: Die Friedenswarte, Heft 8, 1929, zit. nach: Der Fall Remarque, a.a.O., S. 83f.
26 A. Harabu: Kriegsbücher in Frankreich, in: Die Weltbühne v. 11. Oktober 1929, S. 531
27 Ignaz Wrobel (Kurt Tucholsky): Hat Mynona wirklich gelebt?, a.a.O., S. 16
28 Bruno Frank: Erster Hinweis, in: Das Tagebuch v. 19. Januar 1929
29 Carl Zuckmayer: Erich Maria Remarque: »Im Westen nichts Neues«, in: Berliner Illustrirte Zeitung v. 31. Januar 1929
30 Axel Eggebrecht: Paul Bäumer, der deutsche Unbekannte Soldat, in: Die Weltbühne v. 5. Februar 1929
31 Ernst Toller: Buchchronik der Woche: »Im Westen nichts Neues«, in: Die literarische Welt v. 22. Februar 1929
32 Rudolf G. Binding: Krieg für genügsame Leute, in: Die Literatur v. Juni 1929
33 Graf v. Schlieffen: Im Westen nichts Neues, in: Deutsches Adelsblatt v. 16. März 1929
34 Die hier aufgeführten Veröffentlichungen findet der interessierte Leser in: Der Fall Remarque, S. 451, Fußnote 20, a.a.O.
35 Ignaz Wrobel: Hat Mynona wirklich gelebt?, a.a.O., S. 16
36 Zit. nach Hubert Rüter: Remarque. Im Westen nichts Neues. Ein Bestseller der Kriegsliteratur im Kontext, Paderborn-München-Wien-Zürich 1980, S.38
37 Axel Eggebrecht: Gespräch mit Remarque, in: Die literarische Welt v. 14. Juni 1929
38 Vgl. Gottfried Bermann Fischer: Bedroht-Bewahrt. Weg eines Verlegers, Frankfurt/M. 1967, S. 368f.
39 Carl von Ossietzky: Ketzereien zum Büchertag, in: Die Weltbühne v. 19. März 1929, S. 444
40 Erich Kästner: »Krieg« von Renn. Neue Leipziger Zeitung v. 3. April 1929, in: Erich Kästner: Literarische Publizistik 1923-1933. Band 1, Berlin 1989, S. 158
41 Vgl. Hans Schwab-Felisch: Hundert Jahre Ullstein. 1877-1977, Band I, Berlin 1977
42 Thomas F. Schneider: Erich Maria Remarque. Im Westen nichts Neues. Das Manuskript, a.a.O., S. 12
43 Die Passagen aus dem Text der »Vossischen Zeitung« zit. nach: Materialien, in: Erich Maria Remarque: Im Westen nichts Neues, Köln 1987, S. 267f.

44 Zit. nach Werner E. Mosse: Der Niedergang der Weimarer Republik und die Juden, in: Werner E. Mosse (Hrsg.): Entscheidungsjahr 1932. Zur Judenfrage in der Endphase der Weimarer Republik, Tübingen 1966, S. 34
45 Vgl. Thomas F. Schneider: Erich Maria Remarque. Im Westen nichts Neues. Das Manuskript, a.a.O.
46 Alle Zitate aus den Interviews mit Axel Eggebrecht und Wilhelm Scherp, die im Jahre 1929 erschienen.
47 Zit. nach Hubert Rüter: Remarque, a.a.O., S. 55
48 Erich Kästner: »Krieg« von Renn, a.a.O., S. 158
49 Der Spiegel v. 9. Januar 1952
50 Harry Graf Kessler:Tagebücher. 1918-1937, Frankfurt am Main 1961, S. 592f.
51 Robert van Geldern: Erich Maria Remarque Lays Down Some Rules for the Novelist, in: The New York Times Book Review v. 27. Januar 1946
52 Hans-Harald Müller: Der Krieg und die Schriftsteller. Der Kriegsroman der Weimarer Republik, Stuttgart 1986, S. 36
53 Vgl. ebda, S. 20-35
54 Kurt Tucholsky: Vorwärts!, in: Die Weltbühne v. 5. Januar 1926, S. 1f.
55 Hans-Harald Müller: Der Krieg und die Schriftsteller, a.a.O., S. 1
56 Walter Laqueur: Weimar: Die Kultur der Republik, Frankfurt/Main-Berlin 1976, S. 170
57 Erich Maria Remarque: Fünf Kriegsbücher, in: UW, KG, S. 312
58 ebda, S. 313
59 Erich Maria Remarque: Im Westen nichts Neues, a.a.O., S. 151
60 ebda, S. 107f.
61 ebda, S. 8
62 ebda
63 ebda, S. 9
64 ebda, S. 42
65 ebda, S. 9
66 ebda
67 ebda
68 ebda, S. 23
69 ebda, S. 84
70 ebda, S. 176
71 ebda
72 ebda, S. 201f.
73 ebda, S. 84
74 ebda, S. 261f.
75 ebda, S. 22
76 ebda, S. 116
77 ebda, S. 236
78 ebda, S. 84

79 ebda, S. 54
80 ebda, S. 263
81 ebda, S. 184
82 ebda, S. 186
83 ebda, S. 250
84 ebda, S. 45
85 ebda, S. 236
86 ebda, S. 154
87 ebda, S. 254
88 ebda, S. 132
89 ebda, S. 204
90 ebda, S. 83
91 s. Anmerkung 36
92 Erich Maria Remarque: Im Westen nichts Neues, a.a.O., S. 29

KAPITEL 5

1 Axel Eggebrecht: Gespräch mit Remarque, in: Die Literarische Welt v. 14. Juni 1929. Zit. nach: Erich Maria Remarque: Ein militanter Pazifist, a.a.O., S. 43
2 Das Ende des Krieges? Ein Briefwechsel zwischen dem Autor von »Im Westen nichts Neues« und General Sir Ian Hamilton, in: Erich Maria Remarque: Ein militanter Pazifist, a.a.O., S. 56
3 ebda, S. 55
4 Ignaz Wrobel (Kurt Tucholsky): Hat Mynona wirklich gelebt?, a.a.O., S. 16
5 Erich Maria Remarque über sein Werk. Wie »Im Westen nichts Neues« entstand, a.a.O., S. 113
6 Vgl. Frédéric Lefevre: Une heure avec E. M. Remarque, auteur de « A l'Ouest rien de nouveau«, a.a.O.
7 Axel Eggebrecht: Der halbe Weg, a.a.O., S. 259
8 Erich Maria Remarque: Haben meine Bücher eine Tendenz?, in: Erich Maria Remarque: Ein militanter Pazifist, a.a.O., S. 62ff.
9 ebda, S. 64
10 Karl Vogler: Begegnung mit Erich Maria Remarque, in: Deutsches Volksblatt v. 9. April 1929
11 Zit. nach Der Spiegel v. 9. Januar 1952, S. 28
12 Bertolt Brecht: Arbeitsjournal. Erster Band 1938-1942. Herausgegeben von Werner Hecht, Frankfurt am Main 1973, S. 350
13 Brief an Hanns-Gerd Rabe v. 12. Februar 1929, UW, BT, S. 72
14 Report for the Nobel Peace Prize 1931, Norwegian Parliamentary Nobel Commitee, RA
15 Axel Eggebrecht: Gespräch mit Remarque, a.a.O., S. 51
16 Erich Maria Remarque über sein Werk. Wie »Im Westen nichts Neues« entstand, a.a.O., S. 111ff.
17 ebda, S. 111
18 ebda
19 Erika und Klaus Mann: Escape to Life. Deutsche Kultur im Exil, München 1991, S. 61
20 Brief an Kaplan Schüttken v. 25. Juni 1929, UW, BT, S. 83
21 Brief an den Literaturredakteur des Daily Herald in London, UW, BT, S. 82
22 Brief an Brigitte Neuner v. 24. Februar 1930, UW, BT, S. 90
23 TB v. 1. August 1936, RC
24 TB v. 25. Februar 1938, RC
25 TB v. 23. Februar 1938, RC
26 Axel Eggebrecht: Der halbe Weg, a.a.O., S. 259f.

27 Billy Wilder. Eine Nahaufnahme von Hellmut Karasek, Hamburg 1992, S. 77
28 Brief an Brigitte Neuner v. 9. März 1929, RA
29 Zit. nach Julie Gilbert: Erich Maria Remarque und Paulette Goddard, a.a.O., S. 152
30 Zit. nach einem Zeitungstext, dessen Herkunft nicht mehr indentifizierbar ist, und den Marianne Feilchenfeldt dem Verfasser zur Verfügung gestellt hat.
31 Zit. nach Julie Wilbert, a.a.O., S. 152
32 Brief an Putnam's Sons, London, v. 15. September 1929, UW, BT, S. 86
33 Vgl. C. R. Owen: Erich Maria Remarque. A Critical Bio-Bibliography, a.a.O.
34 Brief an Librairie Stock, Paris, v. 7. Mai 1929, UW, BT, S. 75
35 Zit. nach Hanns-Gerd Rabe: Remarque und Osnabrück, a.a.O., S. 228
36 ebda
37 Brief an Maria Hoberg v. 5. August 1930, UW, BT, S. 94
38 Brief an Brigitte Neuner v. 17. Juli 1930, RA
39 ebda
40 Brief an Brigitte Neuner v. 27. Dezember 1930, RA
41 Brief an Brigitte Neuner o. D., RA
42 Brief an Brigitte Neuner v. 22. Oktober 1930, UW, BT, S. 97
43 Erich Maria Remarque über sein Werk, a.a.O., S. 112
44 Brief an Max Krell v. Ende Januar 1929, UW, BT, S. 69f.
45 Erich Maria Remarque: Der Weg zurück, a.a.O., S. 151
46 ebda, S. 27
47 ebda, S. 28
48 ebda, S. 184
49 ebda, S. 108
50 ebda, S. 21
51 ebda, S. 231
52 ebda, S. 198
53 ebda, S. 266
54 ebda, S. 270
55 ebda, S. 301
56 ebda, S. 297
57 ebda, S. 308
58 ebda, S. 310
59 ebda, S. 307
60 ebda, S. 308f.
61 ebda, S. 9
62 ebda, S. 45
63 ebda, S. 75
64 ebda, S. 140f.
65 ebda, S. 195

66 ebda, S. 105
67 ebda, S. 270
68 ebda, S. 287
69 ebda, S. 288
70 ebda, S. 289
71 Vgl. ebda, S. 323
72 Frankfurter Zeitung v. 27. September 1931
73 Zit. nach Tilman Westphalen: Anmerkung, in: Erich Maria Remarque: Der Weg zurück, a.a.O., S. 325
74 ebda
75 ebda
76 Die Literatur, Heft 33, 1930/31
77 Die Weltbühne v. 19. Mai 1931, S. 733
78 Vossische Zeitung v. 18. April 1931
79 G.M.H: Remarque: Der Weg zurück, in: Die Rote Fahne, Nr. 130, 1931
80 Tilman Westphalen: Anmerkungen, a.a.O., S. 325
81 ebda, S. 325f.
82 ebda, S. 326
83 Heinrich Bröker: Der entlarvte Remarque, in: Die Ernte, Heft 24, 1930
84 Zit. nach »Der Fall Remarque«. »Im Westen nichts Neues«. Eine Dokumentation. Hrsg. Barbara Schrader, Leipzig 1992, S. 164
85 Zit. nach Hermann Flau: Remarque-Verfilmungen. Ungewollt politisch – politisch ungewollt, in: Tilman Westphalen (Hrsg.): Erich Maria Remarque. 1898-1970, Bramsche 1988, S. 121
86 Brief an Brigitte Neuner v. 27. Dezember 1929, UW, BT, S. 89
87 Zit. nach Werner Skrentny: »Es ist mir gesagt worden, daß ich nicht mehr nach Deutschland kommen soll ...«. Carl Laemmle, Produzent des Films »Im Westen nichts Neues«, in: Remarque-Jahrbuch III, Bramsche 1993, S. 34
88 ebda
89 ebda
90 Ilja Ehrenburg: Memoiren. Menschen – Jahre – Leben. Band II, München 1965, S. 158
91 Zit. nach Werner Skrentny: »Es ist mir gesagt worden ...«, a.a.O. S. 36
92 Theodor Wolff: Der Film. Berliner Tageblatt v. 14. Dezember 1930, in: Bernd Sösemann (Hrsg.): Theodor Wolff. Der Journalist. Berichte und Leitartikel, Düsseldorf-Wien-New York-Moskau 1993, S. 289
93 Carl von Ossietzky: Remarque-Film, in: Die Weltbühne v. 16. Dezember 1930, S. 890
94 Vgl. Peter Dörp: Goebbels Kampf gegen Remarque (2). Eine Untersuchung über die Hintergründe des Hasses und der Agitation Goebbels' gegen den amerikanischen Spielfilm »Im Westen nichts Neues« nach dem gleichnamigen Bestsellerroman von Erich Maria Remarque, in: Remarque-Jahrbuch III, Bramsche 1993, S. 45ff.

95 Zit. nach Werner Skrentny: Es ist mir gesagt worden, daß ich nicht mehr nach Deutschland kommen soll...«, a.a.O., S. 37f.
96 Die Tagebücher von Joseph Goebbels. Hrsg. von Elke Fröhlich. Teil I. Aufzeichnungen von 1924–1941. Band I 27. 6. 1924–31. 12. 1930, München-New York-London-Paris 1987, S. 642
97 ebda, S. 645
98 Zit. nach »Der Fall Remarque«, a.a.O., S. 181
99 ebda, S. 172
100 Zit. nach Peter Dörp: Goebbels Kampf gegen Remarque (2), a.a.O., S. 65
101 Theodor Wolff: Der Film, a.a.O., S. 290
102 Carl von Ossietzky: Remarque-Film, a.a.O., S. 890
103 Erich Maria Remarque: Der Feind. Erzählungen. Herausgegeben und mit einem Nachwort versehen von Thomas F. Schneider, Köln 1993
104 ebda, S. 68
105 ebda, S. 11
106 ebda, S. 52
107 ebda, S. 32
108 Zit. nach Erich Maria Remarque: Ein militanter Pazifist, a.a.O., S. 10
109 Brief an Emil Ludwig v. Juni 1931, UW, BT, S. 101

KAPITEL 6

1 Erich Mühsam: Ascona, Berlin 1905, S. 80
2 Emil Ludwig: Remarque, in: Remarque-Jahrbuch III, Bramsche 1993, S. 9f.
3 TB v. 4. April 1935, RC
4 TB v. 9. September 1936, RC
5 Emil Ludwig: Remarque, a.a.O., S. 8
6 Brief an Elga Ludwig, vermutlich v. 29. November 1932, UW, BT, S. 110
7 TB v. 20. März 1937, RC
8 Brief an Ruth Albu v. 23. August 1932, UW, BT, S. 106
9 Brief an Ruth Albu v. 22. Juni 1932, UW, BT, S. 102f.
10 ebda
11 Die Tagebücher von Joseph Goebbels. Teil I. Aufzeichnungen 1924-1941. Band 2. 1.1.1931-31.12.1936. Hrsg. von Elke Fröhlich, München-New York-London-Paris 1987, S. 357
12 Thomas Mann: Tagebücher 1933-1934, Frankfurt am Main 1977, S. 77
13 Zit. nach Julie Gilbert: Erich Maria Remarque und Paulette Goddard. Biographie einer Liebe, Düsseldorf und München 1997, S. 217
14 Zit. nach Helmut Heiber (Hrsg.): Goebbels-Reden 1932-1939. Band I, Düsseldorf 1971, S. 108
15 Zit. nach Christian Graf von Krokow: Scheiterhaufen. Größe und Elend des deutschen Geistes, Reinbek bei Hamburg 1993, S. 24f.
16 Ignaz Wrobel (Kurt Tucholsky): Der neue Remarque, in: Die Weltbühne v. 19. Mai 1931, S. 733
17 Carl von Ossietzky: Remarque-Film, in: Die Weltbühne v. 16. Dezember 1930, S. 890
18 Kurt Tucholsky: Die Q-Tagebücher. 1934-1935, Reinbek bei Hamburg 1973, S. 225
19 Istvan Hertelendy: Erich Maria Remarque in Budapest. Ein Gespräch mit dem weltberühmten Autor von »Im Westen nichts Neues«, in: Remarque-Jahrbuch VII, Bramsche 1997, S. 108
20 Jeanine Delpech: Remarque in Paris, in: Remarque-Jahrbuch VII, a.a.O., S. 112f.
21 Zit. nach Julie Gilbert: Erich Maria Remarque und Paulette Goddard, a.a.O., S. 165
22 Jeanine Delpech: Remarque in Paris, a.a.O., S. 113f.
23 TB v. 7. April 1937, UW, BT, S. 277
24 TB v. 14. März 1938, UW, BT, S. 280
25 TB v. 30. März 1938, RC
26 TB v. 9. April 1938, UW, BT, S. 281
27 TB v. 21. Juni 1938, UW, BT, S. 283

28 TB v. 6. September 1938, RC
29 Erstmals deutschsprachig veröffentlicht unter dem Titel »Unterwegs«, in: UW, KG, S. 378ff.
30 TB v. 24. März 1937, RC
31 TB v. 2. April 1937, RC
32 TB v. 7. April 1937, UW, BT, S. 277
33 TB v. 9. April 1937, RC
34 Fritz H. Landshoff: Querido Verlag. Amsterdam, Keizergracht 333. Erinnerungen eines Verlegers, Berlin und Weimar 1991, S. 102
35 TB v. 16. Juni 1936, UW, BT, S. 270f.
36 TB v. 22. Juni 1938,RC und TB v. 23. Juni 1938, in: UW, BT, S. 284
37 Erich Maria Remarque: Drei Kameraden, a.a.O., S. 18
38 ebda, S. 19f.
39 ebda, S. 227
40 ebda, S. 49
41 ebda, S. 50
42 ebda, S. 37
43 ebda, S. 389
44 ebda, S. 21
45 ebda, S. 269
46 ebda, S. 317f.
47 ebda, S. 318
48 ebda, S. 319
49 ebda, S. 315
50 Harley U. Taylor: Erich Maria Remarque. A Literary and Film Biography, New York-Bern-Frankfurt am Main-Paris 1989, S. 105
51 Erich Maria Remarque: Drei Kameraden, a.a.O., S. 108
52 ebda, S. 87
53 ebda, S. 50
54 ebda, S. 383
55 Erich Maria Remarque: Im Westen nichts Neues, a.a.O., S. 29
56 Erich Maria Remarque: Der Weg zurück, a.a.O., S. 305
57 Josef Wennemer: Die Gestalt des Kriegers oder »Die verlorene Generation«. Zu den Menschenbildern in der Prosa über den Ersten Weltkrieg bei Ernst Jünger und Erich Maria Remarque, in: Tilman Westphalen (Hrsg.): Erich Maria Remarque. 1898-1970, Bramsche 1988, S. 50
58 Emil Ludwig: Remarque, a.a.O., S. 9
59 Erich Maria Remarque: Drei Kameraden, a.a.O., S. 387
60 Thomas F. Schneider im Gespräch mit dem Verfasser.
61 Zit. nach Thomas F. Schneider: Von »Pat« zu »Drei Kameraden«. Zur Entstehung des ersten Romans der Exil-Zeit Remarques, in: Remarque-Jahrbuch II, Bramsche 1992, S. 66
62 ebda, S. 67
63 ebda

64 TB v. 22. Oktober 1936, RC
65 Zit. nach Thomas F. Schneider: Von »Pat« zu »Drei Kameraden«, a.a.O., S. 69
66 Erich Maria Remarque: Drei Kameraden, a.a.O., S. 204
67 Zit. nach Thomas Fleischer: Remarques Rückkehr auf den deutschsprachigen Buchmarkt nach 1945, in: Remarque-Jahrbuch VI, Bramsche 1996, S. 51
68 Zit. nach Tilman Westphalen: Anmerkungen, in: Erich Maria Remarque: Drei Kameraden, a.a.O., S. 395
69 F. C. Weiskopf: Roman im Niemandsland. Erich Maria Remarques »Drei Kameraden«, in: Literarische Streifzüge, Berlin 1956, S. 125
70 Alfred Antkowiak: »Drei Kameraden«, in: Sonntag v. 18. Oktober 1953
71 Zit. nach Tilman Westphalen: Anmerkungen, a.a.O., S. 396
72 Generalanzeiger, Wuppertal, o. D., RA
73 Welt der Arbeit, o. D., RA
74 Alfred Polgar: Der neue Remarque, in: National-Zeitung v. 16. März 1938
75 Zwei Stimmen zu einem Buch, in: Das Wort v. Juli 1938, S. 130
76 Erich Maria Remarque: Drei Kameraden, a.a.O., S. 316
77 Zit. nach »Zwei Stimmen zu einem Buch«, a.a.O, S. 129
78 TB v. 18. Mai 1937, RC
79 TB v. 21. Mai 1937, RC
80 Vgl. Petra Köhler-Haering: Remarques Roman »Drei Kameraden« als Unterrichtsgegenstand an sowjetischen und russischen Hochschulen, in: Remarque-Jahrbuch V, Bramsche 1995, S. 39-44
81 TB v. 17. Juli 1937, RC
82 Hermann Flau: Remarque-Verfilmungen. Ungewollt politisch – politisch ungewollt, in: Tilman Westphalen (Hrsg.): Erich Maria Remarque. 1898–1970, a.a.O., S. 122
83 Harley U. Taylor: Erich Maria Remarque, a.a.O., S. 113
84 TB v. 20. Oktober 1938
85 Zit. nach Harley U. Taylor: Erich Maria Remarque, a.a.O., S. 112
86 Maria Riva: Meine Mutter Marlene, München 1992, S. 252
87 ebda, S. 564
88 TB v. 4. August 1938, UW, BT, S. 287
89 TB v. 31. August 1938, RC
90 TB v. 1. September 1938, UW, BT, S. 287f.
91 Telegramm an Marlene Dietrich o.D., MDC
92 Telegramm an Marlene Dietrich v. Anfang Januar 1938, MDC
93 TB. v. 29. September 1938, RC
94 TB v. 14. September 1938, UW, BT, S. 290
95 TB v. 29. September 1938, RC
96 TB v. 30. September 1938, UW, BT, S. 293
97 TB v. 18. September 1938, RC

98 TB v. 28. Oktober 1938, RC
99 TB v. 25. Oktober 1938, RC
100 TB v. 17. Oktober 1938, RC
101 TB v. 14. September 1938, UW, BT, S. 291
102 TB v. 30. September 1938, UW, BT, S. 293
103 TB v. 9. Oktober 1938, RC
104 TB v. 27. Oktober 1938, UW, BT, S. 294
105 TB v. 3. November 1938, RC
106 TB v. 9. Oktober 1938, RC
107 TB v. 9. November 1938, RC
108 TB v. 20. Februar 1938, RC
109 Brief an Marlene Dietrich vom Februar 1938, MDC
110 TB v. 24. Februar 1938, RC
111 TB v. 15. März 1938, RC
112 Zit. nach Julie Gilbert: Erich Maria Remarque und Paulette Goddard, a.a.O., S. 157
113 TB v. 10. September 1938, RC
114 TB v. 17. November 1938, RC
115 Die Dokumente zur Ausbürgerung Remarques sind abgedruckt in: Remarque-Jahrbuch VII, Bramsche 1997, S. 14-24
116 TB v. 8. Juli 1938, RC
117 TB v. 9. Dezember 1938, RC
118 TB v. 13. Januar 1938, RC
119 TB v. 30. Dezember 1938, RC
120 TB v. 6. Januar 1939, RC
121 Telegramm an Marlene Dietrich v. 31. Dezember 1938, MDC
122 TB v. 3. Januar 1939, RC
123 TB v. 21. Januar 1939, UW, BT, S. 297
124 TB v. 20. Dezember 1938, RC
125 TB v. 19. Januar 1939, RC
126 TB v. 31. Januar 1939, RC
127 TB v. 26. Februar 1939, RC
128 TB v. 2. März 1939, RC
129 Telegramm an Marlene Dietrich v. 4. Februar 1939, MDC
130 TB v. 20. März 1939, RC
131 TB v. 22. März 1939, RC
132 TB v. 23. März 1939, UW, BT, S. 300
133 TB v. 30. März 1939, UW, BT, S. 303
134 TB v. 20. Mai 1939, RC
135 TB v. 23. April 1939, RC
136 TB v. 27. April 1939, RC
137 Brief an Marlene Dietrich o. D., MDC
138 TB v. 11. April 1939, RC
139 TB v. 22. Juni 1939, UW, BT, S. 305

140 TB v. 24. Juni 1939, RC
141 TB v. 26. Juni 1939, RC
142 TB v. 15. Juli 1939, RC
143 TB v. 10. Juli 1939, RC
144 TB v. 18. Juli 1939, RC
145 ebda
146 Brief an Marlene Dietrich im Jahr 1939, MDC
147 TB v. 4. August 1939, RC
148 TB v. 18. August 1939, RC
149 TB v. 24. August 1939, UW, BT, S. 309f.
150 TB v. 29. August 1939, UW, BT, S. 311f.
151 ebda

KAPITEL 7

1 Neuausgabe der letzten Nachlaß-Fassung dieses Romanfragments: Erich Maria Remarque: Das unbekannte Werk, a.a.O., Zweiter Band: Das gelobte Land
2 Bertolt Brecht: Hollywoodelegien, in: Bertolt Brecht: Gedichte 2. Sammlungen 1938-1956, Frankfurt/M. 1988, S. 116
3 Erich Maria Remarque: Ein militanter Pazifist, a.a.O., S. 112
4 Harley U. Taylor: Erich Maria Remarque, a.a.O., S. 147
5 Erich Maria Remarque: Liebe Deinen Nächsten, Köln 1991, S. 133
6 ebda, S. 137
7 ebda, S. 265
8 ebda, S. 293
9 ebda, S. 209
10 ebda
11 ebda, S. 17
12 ebda, S. 32
13 ebda, S. 83
14 ebda, S. 226
15 ebda, S. 157
16 ebda, S. 286
17 Time v. 28. April 1941
18 Zit. nach Tilman Westphalen: Nachwort, in: Liebe Deinen Nächsten, a.a.O., S. 333
19 Frankfurter Allgemeine Zeitung v. 15. August 1953
20 Kölnische Rundschau v. 5. Juli 1953
21 Die Zeitungszitate stammen aus: Tilman Westphalen: Nachwort, a.a.O., S. 321-338
22 Alfred Antkowiak: Erich Maria Remarque. Leben und Werk, Berlin 1985, S. 79f.
23 TB v. 22. Januar 1941, UW, BT, S. 345f.
24 TB v. 25. Januar 1941, RC
25 TB v. 15. September 1939, RC
26 TB v. 6. Oktober 1939, RC
27 TB v. 25. September 1939, RC
28 Brief an Marlene Dietrich o. D. (Frühjahr 1940), MDC
29 TB v. 23. November 1939, RC
30 TB v. 23. Dezember 1939, RC
31 TB v. 1. Januar 1940, RC
32 TB v. 21. September 1940, RC
33 TB v. 31. März 1940, RC

34 Brief an Marlene Dietrich o. D. (aus dem Hotel »Reforma« in Mexico City), MDC
35 TB v. 26. April 1940, RC
36 TB v. 17. September 1939, RC
37 TB v. 16. September 1940, RC
38 TB v. 10. Mai 1940, RC
39 TB v. 20. Mai 1940, UW, BT, S. 329
40 TB v. 13. Mai 1940, RC
41 TB v. 13. September 1940, UW, BT, S. 332
42 TB v. 10. September 1940, RC
43 TB v. 21. März 1942, RC
44 TB v. 27. Februar 1942, RC
45 Brief an Marlene Dietrich o. D., MDC
46 Zit. nach Julie Gilbert: Erich Maria Remarque und Paulette Goddard, a.a.O., S. 310
47 TB v. 31. Dezember 1940, RC
48 TB v. 6. Januar 1941, UW, BT, S. 341f.
49 TB v. 7. Januar 1941, RC
50 TB v. 20. Januar 1941, RC
51 TB v. 4. Januar 1941, RC
52 TB v. 23. Januar 1941, RC
53 TB v. 10. Februar 1941, UW, BT, S. 348
54 TB v. 21. Februar 1941, RC
55 TB v. 22. Mai 1941, RC
56 TB v. 5. Oktober 1941, UW, BT, S. 357
57 TB v. 18. August 1941, RC
58 TB v. 19. April 1941, RC
59 TB v. 22. September 1941, RC
60 TB v. 16. Oktober 1941, UW, BT, S. 357
61 TB v. 5. Juli 1941, RC
62 TB v. 30. Mai 1941, UW, BT, S. 352
63 TB v. 29. Mai 1941, RC
64 TB v. 14. Juli 1941, RC
65 TB v. 31. Dezember 1941, UW, BT, S. 357
66 Brief an Marlene Dietrich o. D., MDC
67 TB v. 15. Mai 1942, RC
68 TB v. 19. August 1942, UW, BT, S. 369
69 TB v. 24. März 1942, UW, BT, S. 363
70 TB v. 11. April 1942, RC
71 TB v. 7. Februar 1942, RC
72 TB v. 19. Februar 1942, RC
73 TB v. 16. April 1942, RC
74 TB v. 23. Juni 1942, RC
75 ebda

76 TB v. 13. August 1942
77 Brief an Alma Mahler-Werfel v. Sommer/Herbst 1942, UW, BT, S. 124
78 TB v. 11. Juli 1942, RC
79 TB v. 14. April 1942, UW, BT, S. 364
80 TB v. 20. Juni 1942, RC
81 TB v. 19. September 1942, UW, BT, S. 371
82 TB v. 6. Dezember 1942, RC
83 TB v. 12. November 1942, RC
84 Brief an Natascha Wilson-Paley v. 28. Mai 1942, UW, BT, S. 122
85 TB v. 13. und 19. Oktober 1943, UW, BT, S. 383 und RC
86 TB v. 24. Mai 1943, RC
87 TB v. 15. Juni 1943, RC
88 TB v. 7. April 1943, RC
89 TB v. 30 März 1943, RC
90 Brief an Alma Mahler-Werfel und Franz Werfel v. 24.–26. Juli 1943, UW, BT, S. 127
91 TB v. 2. Oktober 1943, RC
92 TB v. 23. August 1943, RC
93 TB v. 4. März 1943, RC
94 TB v. 28. September 1943, RC
95 TB v. 23. Oktober 1943, RC
96 Brief v. Claire Lehmkuhl an Erich Maria Remarque v. 25. Mai 1948. Zit. nach: Elfriede Scholz, geb. Remarque. Im Namen des deutschen Volkes. Dokumente einer justitiellen Ermordung. Hrsg. v. Claudia Glunz und Thomas F. Schneider, Osnabrück 1997, S. 149
97 ebda, S. 13
98 ebda, S. 14
99 Vgl. Einleitung v. Hans-Jürgen Sarfert: In Dresden denunziert. Elfriede Scholz, Schwester von Erich Maria Remarque, in: Elfriede Scholz, geb. Remarque, a.a.O.
100 Brief an Alma Mahler-Werfel und Franz Werfel v. März/April 1944, UW, BT, S. 129
101 TB v. 23. April 1944, RC
102 TB v. 27. September 1944, RC
103 TB v. 10. November 1944, RC
104 TB v. 15. Oktober 1944, RC
105 TB v. 25. August 1944, RC
106 TB v. 10 Januar 1944, UW, BT, S. 385
107 TB v. 27. Juni 1944, RC
108 TB v. 15. August 1944, RC
109 TB v. 27. September 1944, RC
110 Erich Maria Remarque: Praktische Erziehungsarbeit in Deutschland nach dem Krieg, UW, KG, S. 389
111 ebda, S. 394

112 ebda, S. 398
113 ebda, S. 399
114 ebda, S. 400
115 ebda, S. 403
116 TB v. 23. Oktober 1944, UW, BT, S. 388
117 TB v. 1. September 1944, RC
118 TB v. 7. Mai 1944, RC
119 TB v. 14. Dezember 1944, UW, BT, S. 389
120 TB v. 6. Januar 1945, RC
121 TB v. 17 Januar 1945, RC
122 Brief an Benjamin Huebsch v. 28. März 1946, UW, BT, S. 136
123 TB v. 20. September 1945, RC
124 TB v. 2. Juli 1945, UW, BT, S. 391
125 Erich Maria Remarque: Arc de Triomphe, Köln 1988, S. 160
126 ebda, S. 57
127 ebda, S. 216
128 ebda, S. 92
129 ebda, S. 176
130 ebda, S. 197
131 ebda, S. 362f.
132 ebda, S. 395
133 ebda, S. 9
134 ebda, S. 418
135 Krzysztof Teodor Toeplitz: Der Roman über den letzten Mann, in: Remarque-Jahrbuch II, Bramsche 1992, S. 46
136 New York Times v. 20 Januar 1946
137 Saturday Review of Literature v. 19. Januar 1946
138 The Times Literary Supplement v. 23. November 1946
139 Tägliche Rundschau v. 23. März 1949
140 Rheinischer Merkur v. 1. Mai 1948
141 Schwäbische Zeitung v. 17. September 1948
142 Die Weltbühne v. 15. April 1947
143 Frankfurter Rundschau v. 29. April 1948
144 TB v. 22. April 1948, UW, BT, S. 397
145 Brief an Ingrid Bergman nach d. 25. September 1946, UW, BT, S. 138
146 TB v. 25. Januar 1946, UW, BT, S. 392
147 TB v. 11. Juni 1946, UW, BT, S. 393
148 TB v. 3. Juli 1946, RC
149 TB v. 14. Juli 1946, RC
150 TB v. 1. August 1946, RC
151 TB v. 20. Januar 1947, RC
152 TB v. 21. Juli 1947, UW, BT, S. 395
153 TB v. 29. Juli 1947, UW, BT, S. 396
154 TB v. 21. November 1947, UW, BT, S. 397

155 TB v. 17. Dezember 1947, RC
156 TB v. 28. Dezember 1947, RC
157 TB v. 6. Januar 1948, RC
158 TB v. 28. Februar 1948, RC
159 ebda
160 TB v. 4. Februar 1948, RC
161 TB v. 10. Mai 1948, RC

KAPITEL 8

1 TB v. 22. Mai 1948, UW, BT, S. 399
2 TB v. 4. Juni 1948, UW, BT, S. 400
3 TB v. 8. Juni 1948, RC
4 TB v. 13. Juni 1948, RC
5 TB v. 7. August 1948, RC
6 TB v. 24. August 1948, RC
7 TB v. 31. August 1949, UW, BT, S. 410
8 TB v. 8. August 1949, UW, BT, S. 407
9 TB v. 1. Januar 1949, UW, BT, S. 404
10 TB v. 8. August 1949, UW, BT, S. 408
11 TB v. 14. Februar 1949, RC
12 TB v. 20. Juni 1949, RC
13 TB v. 15. September 1949, RC
14 TB v. 14. August 1949, RC
15 TB v. 31. August 1949, UW, BT, S. 411
16 TB v. 30. Oktober 1949, RC
17 TB v. 1. Januar 1950, RC
18 TB v. 15. Februar 1950, UW, BT, S. 416
19 TB v. 21. April 1950, UW, BT, S. 418
20 TB v. 15. Januar 1950, UW, BT, S. 415
21 TB v. 30. Juni 1950, UW, BT, S. 425
22 ebda
23 TB v. 11. April 1950, RC
24 TB v. 2. Mai 1950, RC
25 Brief an Brigitte Horney v. 3. November 1950, UW, BT, S. 141
26 Brigitte Horney: So oder so ist das Leben, a.a.O., S. 184
27 TB v. 15. August 1950, UW, BT, S. 431
28 ebda, S. 428ff.
29 TB v. 21. August 1950, UW, BT, S. 439
30 TB. v. 18./19. August 1950, RC
31 TB v. 20. August 1950, UW, BT, S. 436f.
32 ebda
33 TB v. 15. August 1950, UW, BT, S. 428
34 TB v. 20. November 1950, RC
35 TB v. 23. November 1950, UW, BT, S. 447
36 TB v. 4. Dezember 1950, RC
37 TB v. 31. Dezember 1950, RC
38 TB v. 23. Februar 1951, RC

39 TB v. 8. Februar 1951, RC
40 TB v. 15. Mai 1951, UW, BT, S. 459
41 TB v. 24. Mai 1951, RC
42 TB v. 5. Juli 1951, RC
43 TB v. 1. Oktober 1951, RC
44 TB v. 10. Juli 1951, RC
45 TB v. 4. August 1951, UW, BT, S. 461
46 TB v. 20. Oktober 1951, RC
47 ebda
48 Der Spiegel v. 24. September 1951
49 ebda
50 ebda
51 TB v. 14. Dezember 1951, UW, BT, S. 463
52 Passauer Neue Presse v. 5. Juli 1951
53 TB v. 14. Dezember 1951, RC
54 Zit. nach Tilman Westphalen: Nachwort, in: Erich Maria Remarque: Der Funke Leben, Köln 1988, S. 388
55 Zit. nach Eugen Kogon: Der SS-Staat. Das System der deutschen Konzentrationslager, München 1974. Die Anmerkung Richters, die er 1947 in der Zeitschrift »Der Ruf« schrieb, wird auf dem Rückumschlag des Buches wiedergegeben.
56 Erich Maria Remarque: Der Funke Leben, a.a.O., S. 14
57 ebda, S. 125
58 Brief an Kiepenheuer & Witsch v. 5. Juni 1952, UW, BT, S. 149
59 Erich Maria Remarque: Der Funke Leben, a.a.O., S. 178f.
60 ebda, S. 334
61 ebda, S. 210
62 ebda, S. 283
63 ebda, S. 308
64 ebda, S. 135
65 ebda, S. 321
66 ebda, S. 382
67 Brief v. Alfred Scherz an Erich Maria Remarque v. 25. Oktober 1950, RA
68 Brief v. Alfred Scherz an Erich Maria Remarque v. 20. Juli 1951, RA
69 Brief v. Alfred Scherz an Erich Maria Remarque v. 21. August 1951, RA
70 TB v. 27. Juli 1952, RC
71 Brief v. Alfred Scherz an Felix Guggenheim v. 14. November 1951, RA
72 Brief an Felix Guggenheim v. 15. Dezember 1951, UW, BT, S. 142f.
73 Frankfurter Allgemeine Zeitung v. 4. Oktober 1952
74 Literatur v. 15. August 1952
75 Literatur v. 1. Oktober 1952
76 Die Zeit v. 12 Februar 1953
77 Neue Zeitung v. 27. September 1952
78 Neue Tagespost v. 31. Dezember 1953

79 Der Bund v. 2. Mai 1952
80 Herald Tribune Book v. 27. Januar 1952
81 The New York Times Book Review v. 27. Januar 1952
82 TB v. 31. Dezember 1951, UW, BT, S. 467
83 TB v. 11. Januar 1952, RC
84 TB v. 10. Juni 1952, RC
85 ebda
86 Brief an Erna Rudolph, geb. Remark v. 11. Juni 1952, UW, BT, S. 150
87 TB v. 14. Juli 1952, UW, BT, S. 472
88 TB v. 17. Juli 1952, UW, BT, S. 474
89 TB v. 25. Juli 1952, UW, BT, S. 479
90 TB v. 19. August 1952, RC
91 TB v. 5. Januar 1953, RC
92 TB v. 25. Februar 1953, RC
93 TB v. 14. März 1953, RC
94 TB v. 9. März 1953, RC
95 TB v. 15. April 1953, UW, BT, S. 484
96 TB v. 24. Mai 1953, UW, BT, S. 485
97 TB v. 15. Januar 1954, UW, BT, S. 491f.
98 TB v. 30. Dezember 1953, RC
99 TB v. 4. Januar 1954, RC
100 Erich Maria Remarque: Zeit zu leben und Zeit zu sterben, Köln 1989, S. 25
101 ebda, S. 48
102 ebda, S. 176
103 ebda, S. 386
104 ebda, S. 97
105 ebda, S. 286
106 ebda, S. 88
107 ebda, S. 186
108 ebda
109 ebda, S. 398
110 ebda, S. 35
111 ebda, S. 375
112 Brief v. Joseph Caspar Witsch an Erich Maria Remarque v. 24. März 1954, RA
113 Vgl. Tilman Westphalen: Nachwort. »Wann wird zum Wort, was man sonst Heldentum nennt«, in: Erich Maria Remarque: Zeit zu leben und Zeit zu sterben, a.a.O., S. 411f.
114 Brief v. Joseph Caspar Witsch an Erich Maria Remarque v. 24. März 1954, RA
115 Brief v. Joseph Caspar Witsch an Erich Maria Remarque v. 27. April 1954, RA
116 TB v. 10. Februar 1954, RC

117 TB v. 27. März 1954, UW, BT, S. 495
118 TB v. 11. April 1954, UW, BT, S. 495f.
119 ebda
120 Vgl. Thomas F. Schneider/Angelika Howind: »Weiterschweigen heißt seine Schuld einzugestehen«. Zeit zu leben und Zeit zu sterben: Die Zensur eines Antikriegsromans in der BRD und ihre Revision, in: Krieg und Literatur, Nr. 2, Osnabrück 1989, S. 79ff.
121 Der Spiegel, Heft 45, 1954, S. 44
122 F. C. Weiskopf: Die politischen Valenzen des Dr. Witsch oder Der kastrierte Remarque, in: F. C. Weiskopf: Über Literatur und Sprache. Literarische Streifzüge. Verteidigung der deutschen Sprache, Berlin 1960, S. 340
123 Frankfurter Allgemeine Zeitung v. 24. September 1954
124 Die Welt v. 9. Juli 1954
125 Neues Deutschland v. 4./5. Mai 1957
126 Stuttgarter Zeitung v. 6. November 1954
127 Die Zeit v. 28. Oktober 1954
128 TB v. 28. Mai 1954, RC
129 Brief an Felix Guggenheim v. 19. November 1957, UW, BT, S. 178
130 Frankfurter Rundschau v. 8. Juli 1958
131 Erich Maria Remarque: Das Auge ist ein starker Verführer, in: Erich Maria Remarque: Ein militanter Pazifist,a.a.O., S. 102
132 ebda, S. 106
133 TB v. 1. Mai 1954, RC
134 TB v. 9. Juni 1954, UW, BT, S. 496
135 TB v. 25. Juni 1954, UW, BT, S. 498
136 Der Spiegel v. 9. Februar 1955
137 Frankfurter Allgemeine Zeitung v. 29. April 1955
138 TB v. 10. November 1954
139 TB v. 1. Januar 1955, RC
140 Heinrich Placke: Die politische Diskussion um den Remarque-Film »Der letzte Akt«, in: Remarque-Jahrbuch V, Bramsche 1995, S. 73. Dieser Arbeit sind zahlreiche hier dargestellte Einzelheiten über die damalige Debatte entnommen
141 Lexikon des internationalen Films Band 5, Reinbek bei Hamburg 1987, S. 2210
142 Erich Maria Remarque: Seid wachsam! Zum Film »Der letzte Akt«, in: Erich Maria Remarque: Ein militanter Pazifist, a.a.O., S. 97
143 TB v. 22. September 1954, UW, BT, S. 500f.

KAPITEL 9

1 Erich Maria Remarque: Die letzte Station, in: Erich Maria Remarque: Das unbekannte Werk, a.a.O., Dritter Band, Werke für Theater und Film, S. 216
2 ebda, S. 229
3 ebda, S. 254
4 ebda, S. 255
5 Carl Zuckmayer: Des Teufels General, in: Carl Zuckmayer: Lesebuch, Frankfurt am Main 1976, S. 306
6 Erich Maria Remarque: Die Heimkehr des Enoch J. Jones, Manuskript S. 59, RA
7 ebda, S. 40
8 Brief an Joseph Caspar Witsch v. 25. September 1956, UW, BT, S. 174
9 Erich Maria Remarque: Der schwarze Obelisk, Köln 1989, S. 19
10 ebda, S. 301
11 Tilman Westphalen: »Unser Golgatha«. Nachwort, in: Erich Maria Remarque: Der schwarze Obelisk, a.a.O, S. 390f.
12 Erich Maria Remarque: Der schwarze Obelisk, a.a.O., S. 126
13 Brief an Joseph Caspar Witsch v. 1. Juli 1956, UW, BT, S. 169
14 Erich Maria Remarque: Der schwarze Obelisk, a.a.O, S. 34
15 ebda, S. 343
16 ebda, S. 5
17 ebda
18 ebda, S. 383
19 Frankfurter Allgemeine Zeitung v. 3. November 1956
20 Frankfurter Rundschau v. 15. Dezember 1956
21 Süddeutsche Zeitung v. 1./2. Dezember 1956
22 Die Welt v. 8. Dezember 1956
23 Zit. nach Julie Gilbert: Erich Maria Remarque und Paulette Goddard. Biographie einer Liebe, a.a.O., S. 494
24 ebda, S. 501
25 M. Feldmann: Gespräch mit E. M. Remarque, in: Erich Maria Remarque: Ein militanter Pazifist, a.a.O., S. 89
26 Vgl. Erich Maria Remarque: Bibliographie. Quellen. Materialien. Dokumente. Band 1. Hrsg. Tilman Westphalen u. a., Osnabrück 1988, S. 35f.
27 Erich Maria Remarque: Der Himmel kennt keine Günstlinge, Köln 1990, S. 10
28 ebda, S. 114
29 ebda, S. 75
30 ebda, S. 272
31 ebda, S. 302

32 Rheinische Post v. 5. August 1961
33 Die Zeit v. 6. Oktober 1961
34 Süddeutsche Zeitung v. 3. Juni 1961
35 The New York Times v. 22. März 1961
36 Brief an Joachim Pierre Pabst v. 22. Mai 1959, UW, BT, S. 182
37 Brief an Reinhold Neven Du Mont v. 27. Mai 1968, UW, BT, S. 227
38 Brief an Joseph Caspar Witsch v. 15. Juni 1961, UW, BT, S. 186
39 Brief an Joseph Caspar Witsch v. 6. April 1961, UW, BT, S. 183
40 Ruth Liepman: Vielleicht ist Glück nicht nur Zufall. Erzählte Erinnerungen, Köln 1993, S. 198f.
41 Heinz Liepman: Remarque und die Deutschen. Ein Gespräch mit Erich Maria Remarque, in: Erich Maria Remarque: Ein militanter Pazifist a.a.O., S. 112
42 ebda, S. 113
43 ebda
44 ebda, S. 116
45 Brief an Joseph Caspar Witsch v. 2. Oktober 1962, UW, BT, S. 192
46 Erich Maria Remarque: Die Nacht von Lissabon, Köln 1988, S. 241
47 ebda, S. 189
48 ebda, S 104
49 ebda, S. 117
50 ebda, S. 305
51 Curt Riess: Die Nacht von Lissabon. Erich Maria Remarque zum 70. Geburtstag, RA
52 Deutsche Zeitung v. 2./3. März 1963
53 Aufbau v. 25. Januar 1963
54 Zürcher Woche v. 18. Januar 1963
55 Christ und Welt v. 2. April 1971
56 Alfred Antkowiak: Erich Maria Remarque. Leben und Werk, Berlin 1985, S. 144
57 Zit. nach Julie Gilbert: Erich Maria Remarque und Paulette Goddard, a.a.O., S. 579
58 ebda
59 TB v. 11. Oktober 1964, UW, BT, S. 503
60 TB v. 4. Dezember 1964, RC
61 TB v. 20. Februar 1965, UW, BT, S. 507f.
62 TB v. 1. November 1964, UW, BT, S. 505
63 Brief an Hanns-Gerd Rabe v. 30. Juni 1963, UW, BT, S. 198
64 Brief an den Rat der Stadt Osnabrück v. 31. Dezember 1968, UW, BT, S. 232
65 Brief an Bundespräsident Heinrich Lübke v. 8. Juli 1968, UW, BT, S. 229
66 Friedrich Luft: Das Profil. Gespräch mit Erich Maria Remarque, in: Erich Maria Remarque: Ein militanter Pazifist, a.a.O., S. 129f.
67 Erich Maria Remarque: Frontal durch Krieg und Frieden. Über Hans

Frick: »Breinitzer oder die andere Schuld«, Der Spiegel v. 21. Juli 1965. Abgedruckt auch in: Erich Maria Remarque: Ein militanter Pazifist, a.a.O., S. 134-137

68 Zit. nach: Erich Maria Remarque: Ein militanter Pazifist, a.a.O., S. 155

69 Erich Maria Remarque: Über Eichmann und Komplizen von Robert M. W. Kempner, in: ebda, S. 108

70 Erich Maria Remarque: Das gelobte Land, UW, Bd. 2, S. 233

71 ebda, S. 168f.

72 ebda, S. 174

73 ebda, S. 99f.

74 ebda, S. 414

75 Zit. nach Julie Gilbert: Erich Maria Remarque und Paulette Goddard, a.a.O., S. 594

76 ebda, S. 595

77 Frankfurter Rundschau v. 21. Juni 1968

78 Brief an Hans Habe v. 29. Februar 1968, UW, BT, S. 222

79 Curt Riess: Meine berühmten Freunde. Erinnerungen, Freiburg i. Br. 1987, S. 194

EPILOG

1 Hans Habe: Erfahrungen, Freiburg im Breisgau 1973, S. 142
2 Frankfurter Rundschau v. 8. September 1970
3 Die Zeit v. 2. Oktober 1970
4 Frankfurter Allgemeine Zeitung v. 28. September 1970
5 Die Welt v. 28. September 1970
6 Jüdische Rundschau v. 8. Oktober 1970
7 Marc Wilhelm Küster: Die Manuskriptlage zu Remarques »Schatten im Paradies«, in: Remarque-Jahrbuch V, Bramsche 1995, S. 104
8 Zit. nach ebda, S. 88
9 Die Zeit v. 20. August 1971
10 Frankfurter Rundschau v. 24. Juli 1971
11 Der Spiegel Nr. 45, 1971
12 Süddeutsche Zeitung v. 26. Juni 1971
13 Zit. nach: Ilsetraut Lindemann: Von der Schwierigkeit, in Osnabrück eine Straße nach Erich Maria Remarque zu benennen, in: Remarque-Jahrbuch IV, Bramsche 1994, S. 79
14 ebda, S. 81
15 Neue Zürcher Zeitung v. 16. November 1973
16 Erich Maria Remarque: Arc de Triomphe, a.a.O., S. 68

AUSWAHLBIBLIOGRAPHIE

Werke Erich Maria Remarques

Die Traumbude (1920)
Erstausgabe: Erich Remark. *Die Traumbude. Ein Künstlerroman.* Dresden: Die Schönheit, 1920 (Bücherei der Schönheit 4)

Neuausgabe: Erich Maria Remarque. *Die Traumbude. Ein Künstlerroman.* In: Erich Maria Remarque. *Das unbekannte Werk. Frühe Prosa, Werke aus dem Nachlaß. Briefe und Tagebücher.* Hrsg. von Thomas F. Schneider und Tilman Westphalen. Band 1: *Frühe Romane.* Köln: Kiepenheuer & Witsch, 1998, S. 19–173

Gam (1923/24)
Erstausgabe: Erich Maria Remarque. *Gam. Roman.* In: Erich Maria Remarque. *Das unbekannte Werk. Frühe Prosa, Werke aus dem Nachlaß, Briefe und Tagebücher.* Hrsg. von Thomas F. Schneider und Tilman Westphalen. Band 1: *Frühe Romane.* Köln: Kiepenheuer & Witsch, 1998, S. 175–361

Station am Horizont (1927/28)
Erstdruck in *Sport im Bild* (Berlin) Jahrgang 33 (1927), Heft 24–26, Jahrgang 34 (1928), Heft 1–4

Erstausgabe: Erich Maria Remarque. *Station am Horizont. Roman.* Hrsg. von Thomas F. Schneider und Tilman Westphalen. Mit einem Nachwort von Thomas F. Schneider. Köln: Kiepenheuer & Witsch, 1998

Im Westen nichts Neues (1928/29)
Erstausgabe: Erich Maria Remarque. *Im Westen nichts Neues. Roman.* Berlin: Propyläen-Verlag, 1929

Der Weg zurück (1930/31)
Erstausgabe: Erich Maria Remarque. *Der Weg zurück. Roman.* Berlin: Propyläen-Verlag, 1931

Drei Kameraden (1936)
Erstausgabe: Erich Maria Remarque. *Kammerater.* Paa Dansk ved Sonja Heise. Kobenhavn: Gyldendalske Boghandel – Nordisk Forlag, 1936

Deutsche Erstausgabe: Erich Maria Remarque. *Drei Kameraden. Roman.* Amsterdam: Querido, 1938

Liebe Deinen Nächsten (1939/41)
Erstausgabe: Erich Maria Remarque. *Flotsam.* Translated from the German by Denver Lindley. Boston: Little, Brown & Co., 1941

Deutsche Erstausgabe: Erich Maria Remarque. *Liebe Deinen Nächsten. Roman.* Stockholm/Batavia: Bermann Fischer, 1941

Arc de Triomphe (1945)
Erstausgabe: Erich Maria Remarque. *Arch of Triumph.* Translated from the German by Walter Sorell and Denver Lindley. New York: Appleton-Century-Crofts, 1945

Deutsche Erstausgabe: Erich Maria Remarque. *Arc de Triomphe. Roman.* Zürich: F. G. Micha, 1946

Der Funke Leben (1952)
Erstausgabe: Erich Maria Remarque. *Spark of Life.* Translated from the German by James Stern. New York: Appleton-Century-Crofts, 1952

Deutsche Erstausgabe: Erich Maria Remarque. *Der Funke Leben. Roman.* Köln, Berlin: Kiepenheuer & Witsch, 1952

ZEIT ZU LEBEN UND ZEIT ZU STERBEN (1954)
Erstausgabe: Erich Maria Remarque. *A Time to Love and a Time to Die.* Translated from the German by Denver Lindley. New York: Harcourt, Brace & World, 1954

Deutsche Erstausgabe der zensierten Fassung: Erich Maria Remarque. *Zeit zu leben und Zeit zu sterben. Roman.* Köln: Kiepenheuer & Witsch, 1954
Deutsche Erstausgabe der unzensierten Fassung: Erich Maria Remarque. *Zeit zu leben und Zeit zu sterben. Roman.* Köln: Kiepenheuer & Witsch, 1989 (KiWi 193)

DER LETZTE AKT (1955)
Erstausgabe: Erich Maria Remarque. *Der letzte Akt. Drehbuch.* In: Erich Maria Remarque. *Das unbekannte Werk. Frühe Prosa, Werke aus dem Nachlaß. Briefe und Tagebücher.* Hrsg. von Thomas F. Schneider und Tilman Westphalen. Band III: *Werke für Theater & Film.* Köln: Kiepenheuer & Witsch, 1998, S. 11–152

DIE LETZTE STATION (1956)
Erstdruck: Erich Maria Remarque. *Die letzte Station. Schauspiel in zwei Teilen.* Unverkäufliches Bühnenmanuskript. Berlin: Oscar Karlweiß Bühnenverlag, 1956

Erstausgabe: Erich Maria Remarque. *Die letzte Station. Schauspiel in zwei Teilen.* In: Erich Maria Remarque. *Das unbekannte Werk. Frühe Prosa, Werke aus dem Nachlaß, Briefe und Tagebücher.* Hrsg. von Thomas F. Schneider und Tilman Westphalen. Band III: *Werke für Theater & Film.* Köln: Kiepenheuer & Witsch, 1998, S. 153–257

Der schwarze Obelisk (1956)
Erstausgabe: Erich Maria Remarque. *Der schwarze Obelisk. Geschichte einer verspäteten Jugend. Roman.* Köln: Kiepenheuer & Witsch, 1956

Geborgtes Leben (1959) /
Der Himmel kennt keine Günstlinge (1961)
Als Vorabdruck: Erich Maria Remarque. *Geborgtes Leben. Geschichte einer Liebe.* In: *Kristall* (Hamburg) 14. Jahrgang (1959), Heft 15–26

Erstausgabe: Erih Mariia Remark. *Zhizn' vzajmy. Jstoriia odnoj ljubvi. Roman.* Moskau: Izdatelstvo Inostrannoj Lit. 1960

Deutsche Erstausgabe: Erich Maria Remarque. *Der Himmel kennt keine Günstlinge. Roman.* Köln: Kiepenheuer & Witsch, 1961

Die Nacht von Lissabon (1961/62)
Erstausgabe: Erich Maria Remarque. *Die Nacht von Lissabon. Roman.* Köln: Kiepenheuer & Witsch, 1962 (Die Bücher der Neunzehn 96)

Das gelobte Land (1970)
Erstausgabe: Erich Maria Remarque. *Das gelobte Land. Roman.* In: Erich Maria Remarque. *Das unbekannte Werk. Frühe Prosa, Werke aus dem Nachlaß, Briefe und Tagebücher.* Hrsg. von Thomas F. Schneider und Tilman Westphalen. Band II: *Das gelobte Land.* Köln: Kiepenheuer & Witsch, 1998

Schatten im Paradies
Erstausgabe: Erich Maria Remarque. *Schatten im Paradies. Roman.* München: Droemer Knaur, 1971

ERZÄHLUNGEN, KURZPROSA, SKIZZEN, ESSAYS, GEDICHTE

Erich Maria Remarque. *Der Feind. Erzählungen.* Hrsg. von Thomas F. Schneider. Köln: Kiepenheuer & Witsch, 1993

Erich Maria Remarque. *Ein militanter Pazifist. Texte und Interviews 1929–1966.* Hrsg. und mit einer Einleitung von Thomas F. Schneider. Köln: Kiepenheuer & Witsch, 1994 (KiWi 340)

Erich Maria Remarque. *Das unbekannte Werk. Frühe Prosa, Werke aus dem Nachlaß, Briefe und Tagebücher.* Hrsg. von Thomas F. Schneider und Tilman Westphalen. Band IV: *Kurzprosa & Gedichte.* Köln: Kiepenheuer & Witsch, 1998

BRIEFE UND TAGEBÜCHER

Erich Maria Remarque. *Das unbekannte Werk. Frühe Prosa, Werke aus dem Nachlaß, Briefe und Tagebücher.* Hrsg. von Thomas F. Schneider und Tilman Westphalen. Band V: *Briefe und Tagebücher.* Köln: Kiepenheuer & Witsch, 1998

ÜBER ERICH MARIA REMARQUE

HILFSMITTEL/BIBLIOGRAPHIEN

Claudia Glunz, Thomas F. Schneider. *Erich Maria Remarque. Werke der frühen fünfziger Jahre. Der Funke Leben, Zeit zu leben und Zeit zu sterben, Die letzte Station. Bibliographie der Drucke.* Osnabrück: Universitätsverlag Rasch, 1995 (Schriften des Erich Maria Remarque-Archivs 10)

Claude R. Owen. *Erich Maria Remarque. A Critical Bio-Bibliography.* Amsterdam: Rodopi, 1984

Thomas F. Schneider. *Erich Maria Remarque. Der Nachlaß in der Fales Library – New York University. Ein Verzeichnis.* 2. überarbeitete Auflage. Osnabrück: Universität Osnabrück, 1991

Thomas F. Schneider. *Erich Maria Remarque. Im Westen nichts Neues. Bibliographie der Drucke.* Bramsche: Rasch, 1992

Thomas F. Schneider. »Erich Maria Remarque (1898 – 1970). Exil in der Schweiz, Frankreich und den USA 1933 – 1948«, in: John M. Spalek, Konrad Feilchenfeldt, Sandra H. Hawrylchak (Hrsg.). *Deutschsprachige Exilliteratur seit 1933.* Band 4: *Bibliographien. Schriftsteller, Publizisten und Literaturwissenschaftler in den USA.* Bern, München: K. G. Saur, 1994, S. 1504–1526

Thomas F. Schneider, Donald Weiss. *Erich Maria Remarque. Die Traumbude, Station am Horizont. Die unselbständigen Publikationen (1916–1968). Eine Bibliographie.* Osnabrück: Universitätsverlag Rasch, 1995 (Schriften des Erich Maria Remarque-Archivs 9)

Thomas F. Schneider (Mitarbeit Claudia Glunz, Petra Oerke, Annegret Tietzeck, Dieter Voigt). *Erich Maria Remarque. Konvolute im Erich Maria Remarque-Archiv, Osnabrück. Der Nachlaß in der Fales Library – New York University. Nachträge.* Osnabrück: Universität Osnabrück/Erich Maria Remarque-Archiv, 1996

Tilman Westphalen et al. *Erich Maria Remarque-Bibliographie. Quellen, Materialien, Dokumente.* Osnabrück: Universität Osnabrück, 1988 (Schriftenreihe der Erich Maria Remarque-Dokumentationsstelle 4/5)

Laufende bibliographische Berichterstattung, auch zur internationalen Rezeption Remarques, in: *Erich Maria Remarque-Jahrbuch/Yearbook* (Osnabrück) Iff. (1991ff.)

Allgemeine Studien

Christine R. Barker, Rex W. Last. *Erich Maria Remarque.* London: Oswald Wolff; New York: Barnes & Nobles, 1979

Richard A. Firda. *Erich Maria Remarque. A Thematic Analysis of his Novels.* New York, Bern, Frankfurt/Main, Paris: Peter Lang, 1988 (American University Studies XIX, 8)

Hermann Flau. »Remarque-Verfilmungen. Ungewollt politisch – politisch ungewollt«, in: Tilman Westphalen (Hrsg.). *Erich Maria Remarque 1898–1970.* Bramsche: Rasch, 1988, S. 113–136

Andrew Kelly. *Cinema and the Great War.* London, New York: Routledge, 1997 (Cinema and Society)

Edward C. Reilly. »Erich Maria Remarque. Erich Paul Remark. 1898 – 1970«, in: Walter Beacham, Suzanna Niemeyer (Hrsg.). *Popular World Fiction. 1900 – Present.* Vol. 3: *Le – Sa.* Washington, D. C.: Beacham, 1987, S. 1262–1274

Thomas F. Schneider. »Der unbekannte Remarque. Der Erich Maria Remarque-Nachlaß in der Fales Library, New York – Ergebnisse und Aufgabenstellungen«, in: Tilman Westphalen (Hrsg.). *Erich Maria Remarque 1898–1970.* Bramsche: Rasch, 1988, S. 29–43

Thomas F. Schneider. »Ein militanter Pazifist? Erich Maria Remarques Schriften und Interviews zum Zeitgeschehen«, in: Thomas F. Schneider (Hrsg.). Erich Maria Remarque. *Ein militanter Pazifist. Texte und Interviews 1929 – 1966.* Köln: Kiepenheuer & Witsch, 1994 (KiWi 340), S. 9–41

Thomas F. Schneider (Hrsg.). *Erich Maria Remarque. Leben, Werk und weltweite Wirkung.* Osnabrück: Universitätsverlag Rasch, 1998 (Schriften des Erich Maria Remarque-Archivs 12). [Darin Beiträge zu

Im Westen nichts Neues, zu den Romanen der 30er und 50er Jahre, zur Biographie, zur internationalen Rezeption und zu Remarque als Unterrichtsgegenstand an Schulen und Hochschulen]

Thomas F. Schneider (Hrsg.). *Das Auge ist ein starker Verführer. Erich Maria Remarque und der Film*. Osnabrück: Universitätsverlag Rasch, 1998 (Schriften des Erich Maria Remarque-Archivs 13). [Darin Beiträge zu den Verfilmungen von *Im Westen nichts Neues, Der Weg zurück, Drei Kameraden, Liebe Deinen Nächsten* und *Zeit zu leben und Zeit zu sterben* sowie zum Film *Der letzte Akt*]

Harley U. Taylor. *Erich Maria Remarque. A Literary and Film Biography*. New York, Bern, Frankfurt/Main, Paris: Peter Lang, 1989 (American University Studies 1, 65)

Hans Wagener. *Understanding Erich Maria Remarque*. Columbia, SC: University of South Carolina Press, 1991 (Understanding Modern European and Latin American Literature)

Tilman Westphalen (Hrsg.). *Erich Maria Remarque 1898–1970*. Bramsche: Rasch, 1988

Zur Biographie

Julie Gilbert. *Erich Maria Remarque und Paulette Goddard. Biographie einer Liebe*. Aus dem Amerikanischen von Nikolaus Gatter. München, Düsseldorf: List, 1997

Martina Krause. »... in den Fluten des radiumhaltigen Kleinstadtwassers. Erich Maria Remarque und Osnabrück«, in: *Erich Maria Remarque-Jahrbuch/Yearbook* VII (1997), S. 275ff.

Hanns-Gerd Rabe. »Remarque und Osnabrück«, in: *Osnabrücker Mitteilungen* 77 (1970), S. 196–246

Thomas F. Schneider. *Erich Maria Remarque. Ein Chronist des 20. Jahrhunderts. Eine Biographie in Bildern und Dokumenten.* Bramsche: Rasch, 1991

Thomas F. Schneider. »Schatten im Paradies. Erich Maria Remarque in Hollywood, 1939–1942«, in: Carol Merril-Mirsky (Hrsg.). *Exilleben im Paradies. Katalog zur Ausstellung »Exil im Paradies«.* Beilage zur deutschen Fassung. Bramsche: Rasch, 1994, S. 55–60

Bernd Stegemann. *Fakten und Fiktionen – E. M. Remarque als Lehrer 1919–1920 und seine Darstellung von Schule, Lehrern und Schülern in den Romanen* Im Westen nichts Neues *und* Der Weg zurück. Osnabrück: Universität Osnabrück [Magisterarbeit], 1995 [masch.]

Alexander Stephan. »Ausgebürgert. Erich Maria Remarque und die Nazi-Bürokratie«, in: *Erich Maria Remarque-Jahrbuch/Yearbook* VII (1997), S. 7–26

Hans Wagener. »Erich Maria Remarque«, in: John M. Spalek, Joseph Strelka (Hrsg.). *Deutsche Exilliteratur seit 1933.* Band 1: *Kalifornien.* Bern, München: Francke, 1976, S. 591–605

Tilman Westphalen. »Mein Thema ist der Mensch dieses Jahrhunderts, die Frage der Humanität«. Erich Maria Remarque als Chronist deutscher Geschichte«, in: Tilman Westphalen (Hrsg.). *Erich Maria Remarque 1898–1970.* Bramsche: Rasch, 1988, S. 13–28

Zum Frühwerk

Armin Kerker. »Zwischen Innerlichkeit und Nacktkultur. Der unbekannte Remarque«, in: *Die Horen* (Hannover) 19 (1974), Heft 3, S. 3–23

Robert Kuhn. »Erich Maria Remarque. Der Conti-Bube«, in: Robert Kuhn. *Wenn Dichter texten ...* Hamburg: Gruner & Jahr, 1996 (Die STERN Bibliothek), S. 38–41

Thomas F. Schneider, Dieter Voigt. »Die trunkene Öffentlichkeit. Erläuterungen zu Erich Maria Remarques *Über das Mixen kostbarer Schnäpse*«, in: *Jahrbuch zur Literatur der Weimarer Republik* 1 (1995), S. 15–25

Donald Weiss. »Wer ist Juan de Lavalette? *Die Vielgelesenen* – ein Artikel als Zeugnis des ›Frühwerks‹ Remarques«, in: *Erich Maria Remarque-Jahrbuch/Yearbook* IV (1994), S. 90–94

Zu »Im Westen nichts Neues«

Richard Albrecht. »Erich Maria Remarques *Im Westen nichts Neues* – Kleine Hinweise auf große Wirkung 1930 bis 1932, oder Noch einmal über Aspekte des Abwehrkampfes gegen den Nationalsozialismus und die Rolle einiger Intellektueller«, in: *Krieg und Literatur/War and Literature* 1 (1989), Heft 2, S. 65–78

Johannes Brautzsch. *Untersuchungen über die Publikumswirksamkeit der Romane »Im Westen nichts Neues« und »Der Weg zurück« von Erich Maria Remarque vor 1933*. Potsdam: Universität [Diss.], 1969 [masch.]

Peter Dörp. »Goebbels' Kampf gegen Remarque. Eine Untersuchung über die Hintergründe des Hasses und der Agitation Goebbels' gegen den Roman *Im Westen nichts Neues* von Erich Maria Remarque«, in: *Erich Maria Remarque-Jahrbuch/Yearbook* (1991), S. 48–64

Modris Eksteins. »Erinnerung [Zu *Im Westen nichts Neues*]«, in: Modris Eksteins. *Tanz über Gräben. Die Geburt der Moderne und der Erste Weltkrieg*. Aus dem Englischen von Bernhard Schmid. Reinbek: Rowohlt, 1990, S. 410–443

Erich Maria Remarque. Im Westen nichts Neues. Das Manuskript. Katalog zur Ausstellung aus Anlaß des Erwerbs des Originalmanuskriptes zu »Im Westen nichts Neues«. Redaktion: Thomas F. Schneider. Bramsche: Rasch, 1996

Richard Arthur Firda. *All Quiet on the Western Front. Literary Analysis and Cultural Context*. New York: Twayne Publ., 1993 (Twayne's Masterwork Studies 129)

Michael Gollbach. *Die Wiederkehr des Weltkriegs in der Literatur. Zu den Frontromanen der späten Zwanziger Jahre*. Kronberg/Taunus: Scriptor, 1978, S. 42–83

Günter Hartung. »Zum Wahrheitsgehalt des Romans *Im Westen nichts Neues*«, in: *Erich Maria Remarque-Jahrbuch/Yearbook* 1 (1991), S. 5–17

Peter Horn. »Der ›unbeschreibliche‹ Krieg und sein fragmentierter Erzähler. Zu Remarques Kriegsroman *Im Westen nichts Neues*«, in: *Heinrich Mann-Jahrbuch* 4/1986 (1987), S. 85–108

Angelika Howind. »Ein Antikriegsroman als Bestseller. Die Vermarktung von *Im Westen nichts Neues 1928 bis 1930*«, in: Tilman Westphalen (Hrsg.). *Erich Maria Remarque 1898–1970*. Bramsche: Rasch, 1988, S. 55–64

Holger M. Klein. »Grundhaltung und Feindbilder bei Remarque, Céline und Hemingway«, in: *Krieg und Literatur/War and Literature* 1 (1989), S. 7–22

Jochen Meyer. »Erfolg ohne Tendenz. Tucholsky im Streit um Remarque«, in: Jochen Meyer. *»Entlaufene Bürger«. Kurt Tucholsky* *und die Seinen.* Eine Ausstellung des Deutschen Literaturarchivs im Schiller-Nationalmuseum Marbach am Neckar. Marbach am Neckar: Deutsche Schillergesellschaft, 1990 (Marbacher Kataloge 45), S. 582–603

Hans-Harald Müller. *Der Krieg und die Schriftsteller. Der Kriegsroman der Weimarer Republik.* Stuttgart: Metzler, 1986, S. 36–93

Brian O. Murdoch. *Remarque, Im Westen nichts Neues.* Glasgow: University of Glasgow French & German Publications, 1991 (Glasgow Introductory Guides to German Literature 7). 2. erweiterte Auflage 1995

Brian O. Murdoch. »Narrative Strategies in Remarque's ›Im Westen nichts Neues‹«, in: *New German Studies* 17 (1992/1993), 3, p. 175–201

Brian O. Murdoch. »We Germans? Remarques englischer Roman *All Quiet on the Western Front*«, in: *Erich Maria Remarque Jahrbuch/Yearbook* VI (1996), p. 10–34

Claude R. Owen. »All Quiet on the Western Front – Sixty Years Later«, in: *Krieg und Literatur/War and Literature* 1 (1989), p. 41–48

Hubert Rüter. *Erich Maria Remarque. Im Westen nichts Neues - Ein Bestseller der Kriegsliteratur im Kontext.* Paderborn, München, Wien, Zürich: Schöningh, 1980

Thomas F. Schneider. »Es ist ein Buch ohne Tendenz« – *Im Westen nichts Neues:* Autor- und Textsystem im Rahmen eines Konstitutions- und Wirkungsmodells für Literatur«, in: *Krieg und Literatur/War and Literature* 1 (1989), S. 23–39

Thomas F. Schneider. »Die Meute hinter Remarque. Zur Rezeption von *Im Westen nichts Neues 1928 – 1930*«, in: *Jahrbuch zur Literatur der Weimarer Republik* 1 (1995), S. 143–170

Bärbel Schrader (Hrsg.). *Der Fall Remarque. »Im Westen nichts Neues« – Eine Dokumentation.* Leipzig: Reclam, 1992 (Reclam-Bibliothek 1433)

Zur Verfilmung »All Quiet on the Western Front/ Im Westen nichts Neues«

Hans Beller. »Gegen den Krieg: *Im Westen nichts Neues (All Quiet on the Western Front, 1929)*«, in: Werner Faulstich, Helmut Korte (Hrsg.). *Fischer Filmgeschichte.* Band 2: *Der Film als gesellschaftliche Kraft 1925–1944.* Frankfurt/Main: Fischer Taschenbuch Verlag, 1991 (Fischer Cinema 4492), S. 110–129

John W. Chambers. »›All Quiet on the Western Front‹ (1930). The Antiwar Film and the Image of the First World War«, in: *Historical Journal of Film, Radio and Television* 14 (1994), 4, p. 377–411

John W. Chambers. »*All Quiet on the Western Front* (U. S., 1930: The Antiwar Film and the Image of Modern War)«, in: John W. Chambers II, David Culbert (Hrsg.). *World War II, Film and History.* New York, Oxford: Oxford University Press, 1996, p. 13–30

Peter Dörp. »Goebbels' Kampf gegen Remarque (2). Eine Untersuchung über die Hintergründe des Hasses und der Agitation Goebbels' gegen den amerikanischen Spielfilm *Im Westen nichts Neues* nach dem gleichnamigen Bestsellerroman von Erich Maria Remarque«, in: *Erich Maria Remarque-Jahrbuch/Yearbook* III (1993), S. 45–72

Helmut Fried. »Wer die Macht hat, verlangt nach Zensur!« Zur Rezeption des Films »Im Westen nichts Neues«, in: *Praxis Geschichte*, 1992, Heft 6 (November)

Heiko Hartleif. »Das Verbot des Remarque-Films ›Im Westen nichts Neues‹«, in: *Geschichte in Wissenschaft und Unterricht* 44 (1993), Heft 5, S. 323–330

Andrew Kelly. »All Quiet on the Western Front: Brutal Cutting, Stupid Censors and Bigotted Politicos (1930–1984)«, in: *Historical Journal of Film, Radio and Television* 9 (1989), p. 135–150

Bärbel Schrader (Hrsg.). *Der Fall Remarque. »Im Westen nichts Neues« – Eine Dokumentation.* Leipzig: Reclam, 1992 (Reclam-Bibliothek 1433)

J. Simmons. »Film and International Politics. The Banning of *All Quiet on the Western Front in Germany and Austria, 1930–1931*«, in: *Historian* 52 (1989), p. 40–60

Werner Skrentny. »Es ist mir gesagt worden, daß ich nicht mehr nach Deutschland kommen soll …« Carl Laemmle, Produzent des Films *Im Westen nichts Neues*«, in: *Erich Maria Remarque-Jahrbuch/Yearbook* III (1993), S. 334

Zu »Drei Kameraden«

Thomas F. Schneider: »Von *Pat* zu *Drei Kameraden*. Zur Entstehung des ersten Romans der Exil-Zeit Remarques«, in: *Erich Maria Remarque-Jahrbuch/Yearbook* II (1992), S. 67–78

Zu den Schriften des Exils

Lothar Schwindt. »Geheimdienstarbeit. Remarques Schrift *Practical Educational Work in Germany after the War*«, in: Tilman Westphalen (Hrsg.). *Erich Maria Remarque 1898–1970*. Bramsche: Rasch, 1988, S. 65–78

Zu »Liebe Deinen Nächsten«

Thomas A. Kamla. »Erich Maria Remarque: Liebe Deinen Nächsten«, in: Thomas A. Kamla. *Confrontation with Exile. Studies in the German Novel.* Frankfurt/Main: Peter Lang, 1975 (Europäische Hochschulschriften 1, 137), S. 77-85

Zu »Arc de Triomphe«

Helmut Rudolf. »Helden in der Krise«, in: *Német Filólgiai Tanulmányok. Arbeiten zur deutschen Philologie* (Debrecen) II (1966), S. 83-93

Julia Ströhlein. *Erich Maria Remarques »Arc de Triomphe« als Werk der Exilliteratur. Das schriftstellerische Engagement des Autors im Exil für Humanität.* München: Ludwig-Maximilian-Universität [Magisterarbeit], 1989 [masch.]

Zu den Romanen der 50er Jahre

Thomas Fleischer. *Die Verlagsvermarktung der Romane Erich Maria Remarques im deutschsprachigen Raum von 1945 bis 1952.* Osnabrück: Universität/Fachbereich Sprach- und Literaturwissenschaft [Magisterarbeit], 1995 [masch.]

Thomas Fleischer. »Remarques Rückkehr auf den deutschsprachigen Buchmarkt nach 1945«, in: *Erich Maria Remarque-Jahrbuch/Yearbook* VI (1996), S. 48-56

Beata Nawrocka. »Tradierte Stereotype der Darstellung von Juden in der deutschen Prosa nach 1945 – anhand der Nachkriegsromane von Erich Maria Remarque und *Homo faber* von Max Frisch«, in: *Rozprawy Niemcoznawcze* (Czestochowa) II (1995), S. 125-136

Bernhard Nienaber. »Der Blick zurück. Remarques Romane gegen die Adenauer Restauration«, in: Tilman Westphalen (Hrsg.). *Erich Maria Remarque 1898–1970*. Bramsche: Rasch, 1988, 79–93

Bernhard Nienaber. *Vom anachronistischen Helden zum larmoyanten Untertan. Eine Untersuchung zur Entwicklung der Humanismuskonzeption in Erich Maria Remarques Romanen der Adenauer-Restauration*. Würzburg: Königshausen & Neumann, 1997 (Epistemata Würzburger wissenschaftliche Schriften 206)

Heinrich Placke. »›... und schon arbeiten Laboratorien und Fabriken aufs neue mit Hochdruck daran, den Frieden zu erhalten durch die Erfindung von Waffen, mit denen man den ganzen Erdball sprengen kann‹. (1956). Die endzeitlich-visionären Elemente in Remarques Romanen der fünfziger Jahre«, in: Joanna Jablkowska (Hrsg.). *Apokalyptische Visionen in der deutschen Literatur*. Lódz: Wydwnictwo Uniwersytetu Lódzkiego, 1996, S. 63–73

Zu »Der Funke Leben«

Claudia Glunz. *Fiktionalität und Zeitzeugenschaft als Probleme der Rezeption eines KZ-Romans. Erich Maria Remarque: Der Funke Leben (1952). Eine quantitative Inhaltsanalyse von 105 deutschsprachigen Rezensionen aus dem Zeitraum 1952–1955*. Osnabrück: Universität Osnabrück [Magisterarbeit], 1992 [masch.]

Claudia Glunz: »›Eine harte Sache‹. Zur Rezeption von Erich Maria Remarques *Der Funke Leben*«, in: Thomas F. Schneider, Tilman Westphalen (Hrsg.). *»Reue ist undeutsch«. Erich Maria Remarques Der Funke Leben und das Konzentrationslager Buchenwald*. Bramsche: Rasch, 1992, 21–27

Gerhard Meier. »Remarques Stellung zu Faschismus und antifaschistischem Widerstandskampf, untersucht an seinem Roman *Der*

Funke Leben«, in: *Wissenschaftliche Zeitschrift der Pädagogischen Hochschule »Karl Liebknecht« Potsdam* 15 (1971), Heft 2, S. 225–242

Hubert Orlowski. »Stacheldrahtuniversum und Literatur. Zu Remarque und anderen«, in: *Erich Maria Remarque Jahrbuch/Yearbook* IV (1994), S. 5–28

Heinrich Placke: »Naturrecht und menschliche Würde. Anmerkungen zu den Sinnpotentialen des Romans *Der Funke Leben* von Erich Maria Remarque«, in: Thomas F. Schneider, Tilman Westphalen (Hrsg.). *»Reue ist undeutsch«. Erich Maria Remarques Der Funke Leben und das Konzentrationslager Buchenwald.* Bramsche: Rasch, 1992, S. 28–40

Thomas F. Schneider, Tilman Westphalen (Hrsg.). *»Reue ist undeutsch«. Erich Maria Remarques Der Funke Leben und das Konzentrationslager Buchenwald.* Bramsche: Rasch, 1992

Thomas F. Schneider: »Mörder, die empfindlich sind. Zur Entstehung von *Der Funke Leben«*, in: Thomas F. Schneider, Tilman Westphalen (Hrsg.). *»Reue ist undeutsch«. Erich Maria Remarques Der Funke Leben und das Konzentrationslager Buchenwald.* Bramsche: Rasch, 1992, 14–20

Thomas F. Schneider. »›Heißes Eisen in lauwarmer Hand‹. Zur Rezeption von Erich Maria Remarques *Der Funke Leben«*, in: *Erich Maria Remarque-Jahrbuch/Yearbook* IV (1994), S. 29–44

Zu »Zeit zu leben und Zeit zu sterben«

Angelika Howind, Thomas F. Schneider. »›Weiterschweigen heißt seine Schuld eingestehen‹. *Zeit zu leben und Zeit zu sterben:* Die Zensur eines Antikriegsromans in der BRD und ihre Revision«, in: *Krieg und Literatur/War and Literature* I (1989), 2, S. 79–142

Peter Junk. »Ort zu leben und Ort zu sterben: Osnabrück 1943. Fiktion und Realität am Beispiel eines Romans«, in: Tilman Westphalen (Hrsg.). *Erich Maria Remarque 1898–1970*. Bramsche: Rasch, 1988, S. 94–112

Bernhard Nienaber. »Remarque gegen Restauration. Der Rußland-Kriegsroman ›Zeit zu leben und Zeit zu sterben‹«, in: *Krieg und Literatur/War and Literature* I (1989), 1, S. 53–88

Thomas F. Schneider. »›Und Befehl ist Befehl. Oder nicht?‹ Erich Maria Remarque: *Zeit zu leben und Zeit zu sterben* (1954)«. Hans Wagener (Hrsg.). *Von Böll bis Buchheim. Deutsche Kriegsprosa nach 1945*. Amsterdam, Atlanta, GA: Rodopi, 1997 (Amsterdamer Beiträge zur neueren Germanistik 42), S. 231–247

Thomas F. Schneider, Angelika Howind. »Die Zensur von Erich Maria Remarques Roman ›Zeit zu leben und Zeit zu sterben‹ 1954 in der BRD. Mit einem Seitenblick auf die Rezeption in der DDR«, in: Ursula Heukenkamp (Hrsg.). *Militärische und zivile Mentalität. Ein literaturkritischer Report*. Berlin: Aufbau Taschenbuch-Verlag, 1991 (AtV 78), S. 303–320

Zu »Der letzte Akt«

Heinrich Placke. »Die politischen Diskussionen um den Remarque-Film *Der letzte Akt* (Österreich 1955)«, in: *Erich Maria Remarque-Jahrbuch/Yearbook* V (1995), S. 65–87

Zu »Die letzte Station«

Thomas F. Schneider. »The Empty Stage. Comments on the Stage ›War‹. About Erich Maria Remarque's *Die letzte Station*«, in: Wolfgang Görtschacher, Holger Klein (Hrsg.). *Modern War on Stage and*

Screen/Der moderne Krieg auf der Bühne. Lewiston, NY: Edwin Mellen, 1997, p. 53-66

Lothar Schwindt. *Erich Maria Remarque: Die letzte Station. Entstehung und Rezeption.* Osnabrück: Universität Osnabrück, FB SLW [Magisterarbeit], 1988 [masch.]

Zu »Schatten im Paradies«

Marc Wilhelm Küster. »Die Manuskriptlage zu Remarques *Schatten im Paradies*«, in: *Erich Maria Remarque-Jahrbuch/Yearbook* V (1995), S. 88-108

Hans Wagener. »Erich Maria Remarque: Shadows in Paradise«, in: John M. Spalek, Robert F. Beil (Hrsg.). *Exile. The Writer's Experience.* Chapel Hill: University of North Carolina Press, 1982, p. 247-257

Tilman Westphalen. »Nachwort. ›Alles war falsch. Ich muß noch einmal anfangen ... Und wir sind schon so müde‹«, in: Erich Maria Remarque. *Schatten im Paradies. Roman.* Mit einem Nachwort von Tilman Westphalen. Köln: Kiepenheuer & Witsch, 1995 (KiWi 389), S. 495-512

Zur Rezeption in einzelnen Ländern

Karen M. Beukers. »Die Remarque-Rezeption in den Niederlanden«, in: *Erich Maria Remarque-Jahrbuch/Yearbook* VII (1997), S. 73-92

Roman Dziergwa: »Erich Maria Remarque und Polen. Texte und Dokumente zur Rezeption des Schriftstellers und seines Werkes in Polen«, in: *Erich Maria Remarque-Jahrbuch/Yearbook* II (1992), S. 5-54

Roman Dziergwa. »Die Rezeption und der Streit um den Roman *Im Westen nichts Neues* von E. M. Remarque in der literarischen Öffentlichkeit des Vorkriegspolen«, in: *Studia Germanica Posnaniensia* (Poznan) XX (1993), S. 59–68

Jaroslav Kovár. »Remarques Romane in der Tschechoslowakei (1929–1992)«, in: *Brünner Beiträge zur Germanistik und Nordistik* 9 (1994), S. 69–82

Mitteilungen der Erich Maria Remarque-Gesellschaft Osnabrück e.V. 1989, Heft 5/6: *Remarque in der Sowjetunion*

Hubert Orlowski. »Die polnische Kriegsliteratur und Erich Maria Remarque«, in: *Erich Maria Remarque-Jahrbuch/Yearbook* I (1991), S. 18–29

Radoslava Pritzová. *Die Remarque-Rezeption in der Tschechoslowakei. Analyse der deutschen, tschechischen und slowakischen Rezeption zum Roman »Zeit zu leben und Zeit zu sterben«*. Bratislava: Filozofická fakulta Univerzity Komenského, Katedra germanistiky a nordistiky [Diplom-Arbeit], 1997 [masch.]

Li Qinghua. »Remarque-Rezeption in China«, in: *Erich Maria Remarque-Jahrbuch/Yearbook* I (1991), S. 30–47

Heather Valencia. »Some Notes on the Yiddish Editions of Remarque's *Im Westen nichts Neues*«, in: *Erich Maria Remarque-Jahrbuch/Yearbook* VI (1996), p. 35–38

Hans Wagener. »The Novels of Erich Maria Remarque in American Reviews«, in: Wolfgang Elfe, James Hardin, Gunther Holst (Hrsg.). *The Fortunes of German Writers in America. Studies in Literary Reception*. Columbia, SC: University of South Carolina Press, 1992, p. 211–230

Zu Elfriede Scholz

Claudia Glunz, Thomas F. Schneider (Hrsg.). *Elfriede Scholz, geb. Remark. Im Namen des Deutschen Volkes. Dokumente einer justitiellen Ermordung.* Osnabrück: Universitätsverlag Rasch, 1997 (Schriften des Erich Maria Remarque-Archivs 11)

PERSONENREGISTER

M

Bildnachweis

Bild 1, 2 New York University. Bild 3 oben Niedersächsisches Staatsarchiv, Osnabrück. Bild 4 unten New York University. Bild 5 Ullstein Bilderdienst, Berlin. Bild 6 Ullstein Verlag. Bild 7 University Southern California. Bild 8 Familie Wolf. Bild 9 New York University. Bild 10 University of Southern California. Bild 11 University of Southern California. Bild 12 Deutsches Institut für Filmkunde, Frankfurt. Bild 16 Newsweek. Bild 17 New York University. Bild 18 Landesbildstelle Berlin